# 网络英雄传之 黑客诀

郭羽 刘波 著

南方出版传媒
花城出版社
中国·广州

## 图书在版编目（CIP）数据

网络英雄传之黑客诀 / 郭羽，刘波著. -- 广州：花城出版社，2019.9
ISBN 978-7-5360-8967-9

Ⅰ.①网… Ⅱ.①郭… ②刘… Ⅲ.①长篇小说－中国－当代 Ⅳ.①I247.5

中国版本图书馆CIP数据核字(2019)第162039号

出 版 人：肖延兵
策划编辑：程士庆
责任编辑：黎　萍　夏显夫
特约编辑：张　洁　何瑶琴
技术编辑：薛伟民　凌春梅
封面设计：仙　境
联合出版：咪咕阅读

| | |
|---|---|
| 书　　名 | 网络英雄传之黑客诀<br>WANGLUO YINGXIONG ZHUAN ZHI HEIKEJUE |
| 出版发行 | 花城出版社<br>（广州市环市东路水荫路11号） |
| 经　　销 | 全国新华书店 |
| 印　　刷 | 佛山市浩文彩色印刷有限公司<br>（广东省佛山市南海区狮山科技工业园A区） |
| 开　　本 | 787毫米×1092毫米　16开 |
| 印　　张 | 28.5　　1插页 |
| 字　　数 | 530,000字 |
| 版　　次 | 2019年9月第1版　2019年9月第1次印刷 |
| 定　　价 | 59.80元 |

如发现印装质量问题，请直接与印刷厂联系调换。
购书热线：020-37604658　37602954
花城出版社网站：http://www.fcph.com.cn

# 目 录

| | | |
|---|---|---|
| 第一章 | 黑客来袭 | 1 |
| 第二章 | 敌暗我明 | 10 |
| 第三章 | 力挽狂澜 | 22 |
| 第四章 | 关键人物 | 32 |
| 第五章 | 借刀杀人 | 40 |
| 第六章 | 撬开缺口 | 47 |
| 第七章 | 棋逢对手 | 55 |
| 第八章 | 一线希望 | 64 |
| 第九章 | 引蛇出洞 | 72 |
| 第十章 | 时间竞赛 | 80 |
| 第十一章 | 暗中排查 | 89 |
| 第十二章 | 秘密行动 | 96 |
| 第十三章 | 漏网之鱼 | 103 |
| 第十四章 | 舐犊情深 | 109 |
| 第十五章 | 瞒天过海 | 117 |
| 第十六章 | 暗度陈仓 | 123 |
| 第十七章 | 云上交锋 | 130 |
| 第十八章 | 受制于人 | 136 |
| 第十九章 | 争分夺秒 | 145 |
| 第二十章 | 硝烟弥漫 | 151 |
| 第二十一章 | 全新线索 | 160 |
| 第二十二章 | 顺藤摸瓜 | 167 |
| 第二十三章 | 意料之外 | 174 |
| 第二十四章 | 无法回头 | 182 |
| 第二十五章 | 坦露心扉 | 188 |

| 第二十六章 | 悲伤过往 | 193 |
| 第二十七章 | 解开心结 | 199 |
| 第二十八章 | 致命谋杀 | 206 |
| 第二十九章 | 连环毒计 | 214 |
| 第三十章 | 关键筹码 | 225 |
| 第三十一章 | 文南之行 | 232 |
| 第三十二章 | 针锋相对 | 243 |
| 第三十三章 | 疯狂赛车 | 253 |
| 第三十四章 | 小鸡游戏 | 265 |
| 第三十五章 | 救援行动 | 275 |
| 第三十六章 | 前尘旧事 | 283 |
| 第三十七章 | 惊天计划 | 292 |
| 第三十八章 | 尔虞我诈 | 301 |
| 第三十九章 | 各怀鬼胎 | 309 |
| 第四十章 | 寸步不让 | 318 |
| 第四十一章 | 心狠手辣 | 325 |
| 第四十二章 | 釜底抽薪 | 334 |
| 第四十三章 | 骚乱开始 | 345 |
| 第四十四章 | 逃生希望 | 355 |
| 第四十五章 | 步步紧逼 | 363 |
| 第四十六章 | 纸条之密 | 371 |
| 第四十七章 | 致命抉择 | 379 |
| 第四十八章 | 千钧一发 | 389 |
| 第四十九章 | 力挽狂澜 | 398 |
| 第五十章 | 锁定位置 | 406 |
| 第五十一章 | 斩首行动 | 413 |
| 第五十二章 | 兵分三路 | 420 |
| 第五十三章 | 隧道伏击 | 427 |
| 第五十四章 | 混乱局面 | 434 |
| 第五十五章 | 生死决斗 | 442 |
| 尾声 | | 449 |

# 第一章　黑客来袭

7月17日，周六，中午。

湖滨市，中国东南沿海富庶的之州省的省会，竟然发生了一场震惊世界的恐怖袭击！

就在刚才——12点14分，一个市中心交通繁忙的十字路口，东西向的长长车流正在等待红灯。

天气酷热，街道拥堵，蝉鸣还在行道树上没完没了。

这样的周末，和平日一样，本来并无异常。

直到漫长的红灯稍一转绿，前方的汽车尚未起步，电动车、自行车已然向前蠕行……

"砰——"信号灯突然像烟花一般，猛地炸开，在半空中形成一个巨大的火球！那一刹的光芒，似乎比太阳还要刺眼！

震耳欲聋的爆炸声，将大地都震得颤抖了起来！

剧烈的冲击波向四面八方汹涌地扩散，将靠近路口的所有玻璃——车窗上的，或是沿街店面窗户上的——全都震碎，四散飞溅的碎片，划伤了无数路人，引发阵阵尖叫。

而最靠近信号灯的二十多个行人和骑车人，更是纷纷惨号着倒在地上，鲜血从捂着的指尖不断涌出，耳朵听不见任何声音，只有强烈的痛感，令他们下意识地蜷缩着身子，不断抽搐。

"天啊，爆炸了！"

"好多人受伤了！"

人群中有人在惊呼，也有人拿出手机拍起了视频，记录这惊人的一幕。

不少自行车和电动车掉转车头，想逆向逃离现场，却被来不及反应的顺向车辆堵住，非机动车道变得拥堵不堪，水泄不通。

挤在马路上的汽车已完全无法动弹，靠近路口的司机和乘客接连弃车逃跑，后面车上的人还没弄明白到底发生了什么事，有探出脑袋观望的，有拨打110报警的，也有拼命按喇叭催促前面车快走的。

整个道路陷入一片混乱之中！

就在这个惊惶时刻，一辆疾速飞奔的黑色哈雷逆势而来，与逃离的人群正好相反，一路驶向十字路口！

只见它敏捷地穿过重重车流，在离爆炸点只有五十多米距离时，实在无法前行了。车上的那位身穿黑色背心、黑色热裤的女郎长腿一跨，干脆利落地下了摩托，并摘下黑色头盔——一张神情凝重的美丽面庞露了出来。

只见她未作停顿，蹬着黑色的长筒靴，三步并作两步地越过慌乱逃窜的人流，快速来到爆炸的信号灯柱下——这个其他人避之唯恐不及的地方。

女郎梳着齐耳短发，皮肤略显苍白，一脸冷艳但目光如电，一寸寸地搜索信号灯周边的所有区域，很快就发现了蛛丝马迹。她半跪下来，捡起一个成人拇指大小的残破仪器，又用右手食指和中指拈了些爆炸残留物，放到鼻子旁闻了闻，神色便有些凛冽。

下一秒，女郎便拿出手机，按下快捷键"1"，等电话一接通，就不容反驳地说："老杜，你立刻去交通管理指挥中心一趟！"

电话那头的杜明礼还睡意蒙眬，本能地打了个哈欠，看了一眼时间，不由得叫苦："夜神，咱们昨晚为太平洋银行升级系统，熬了一整个通宵，忙到早上七点多，现在才休息了五个小时都不到……"

"在莲香路和东湖路交界处的交通信号灯中，有人装入了炸药和信号接收装置。"被称为"夜神"的女郎冷冷打断了杜明礼的话，"就在刚才，一个装有C-4炸弹的信号灯被引爆，造成了极大的杀伤力。"

杜明礼打了个激灵，猛地从床上跳起，脸色已经白了，结结巴巴地说："爆，爆炸？人为的？那岂不是恐怖袭击？"

他从未想过，"爆炸""恐袭"这种向来就距离十分遥远，生活中根本接触不到的名词，会和湖滨市有什么关系。

女郎冷哼了一声，不屑回答这种显而易见的问题，只是发号施令："你马上赶过去，看一下事态发展到什么程度了。我怀疑，这样的炸弹不止一个。"

短短一句话，顿时让杜明礼倒吸一口冷气。

12点29分，湖滨市公安交通管理指挥中心。

杜明礼刚迈进中央大厅的门，就听见市公安局陈局长劈头盖脸地问："童素在哪儿？怎么还没来？"

"夜神在爆炸现场，很快就会赶来！"杜明礼像被老师点名的小学生一样，下意识地昂首挺胸，大声回答，然后才循着声音向陈局长望去，就见市局几位正副局长，以及一些生面孔，正一起簇拥着一位身材高大、面容严肃、两鬓已经染上白霜的中年男子。

这位国字脸、身穿西装、左手还戴着白手套的官员，杜明礼觉得十分眼熟，稍微想了一下，立刻记起自己曾在电视上见到过——此人正是之州省安全部门的负责人夏正华！

陈局长担心几分钟前才匆匆赶到交通管理指挥中心的夏正华不了解相关情况，于是立刻介绍道："夏厅，这是素数科技的小杜，我们的'智慧交通系统'自启用之后，就一直由他们公司进行安全维护。不过小杜主要负责业务对接，真正解决问题的，是他们的技术总监童素。"

他还想再说几句，比如童素在网络上的代号是"赫卡忒"，是世界级的传奇黑客，被无数粉丝尊称为"夜神"，夏正华已经沉声道："童素是什么人，我很清楚，不用多讲。她既然刚好在现场，有什么发现？"

杜明礼被夏正华强大的气场震慑，愣了一下，才反应过来："夜神说，犯罪分子用的不是普通的工业硝铵炸药，而是改装过后的C–4。"

陈局长等人听了，脸色变得更不好看。

因为硝铵炸药和C–4，背后代表的含义截然不同。

硝铵炸药是常见的民用炸药，杀伤力一般；而C–4却是典型的军用炸药，能够轻易躲过X光的检查，爆炸威力惊人，而且不是随便就能弄到的。

夏正华却没有任何惊讶之色，沉着地说："继续。"

杜明礼忙道："她在现场只发现了炸药和改良的小型雷管，以及一个小型信号接收器，没发现任何定时设备。由此，夜神推断犯罪分子很可能是利用黑客手段入侵了'智慧交通系统'，通过控制交通信号灯的方式，做到了可以远程遥控引爆炸弹。"

无疑，这一次的事态前所未有地严峻。

杜明礼深吸了一口气，又道："夜神认为，如果情况真是这样，那就代表着炸弹很可能不止一个！"

陈局长看了夏正华一眼，叹道："她的判断没错，截至现在，已经有三个炸弹在湖滨市的不同路口爆炸。时间分别是12点整和12点15分！第一次爆了一个，第二次则是两个！"

杜明礼的脸色唰一下白了。

没等他说什么，一个急促的叫声响起："又爆了！"

"这次是哪里!"

"城溪南路与古云路口!"

"立刻调动警力,还有消防车和救护车,火速赶去!"

陈局长话音未落,又有人急急地喊:"建设五路与承平路口也有一个信号灯爆炸了!"

"还有通达路与解放路口!"

"省博物馆门口的信号灯也爆了!"

同一时间内,竟有四枚炸弹同时被引爆!

杜明礼下意识地抬起头,看了一眼中央大厅上的电子时钟——12点30分17秒。

交通管理指挥中心中央大厅,气氛一片死寂。

短短半个小时,三个时间点,七枚炸弹的引爆,让所有人的神经都无比紧绷。

他们焦急地看着时间一分一秒地过去,忍不住想,既然前三次爆炸的规律是十五分钟一次,而且每次炸弹的数量都是上一次的两倍,那下一个十五分钟后,会不会就有8个炸弹被引爆?

夏正华眉头紧锁:"信号灯那么高,旁边又都有摄像头,这些犯罪分子怎么可能有机会上去安装那么多的炸弹,还不被察觉?"

交通管理指挥中心的周主任对湖滨市的道路交通情况了如指掌,爆炸发生后,他很快就意识到了问题所在,正等着机会向夏正华汇报:"夏厅,问题应该出在前段时间,交通部门正好对湖滨市所有的信号灯做了一轮大检修和换新,主要的作业时间都在深夜。很有可能这些家伙混杂其中,借机搞了鬼。另外,目前那些安装了炸弹的信号灯,没有一个是高悬在路口针对机动车的信号灯,而是人行道旁边那些主要针对行人和非机动车的信号灯。后者一般也就一人半高,相对容易被做手脚。"

夏正华点了点头,又问:"那整个湖滨市,这种信号灯总共有多少个?"

周主任面露为难之色:"至少有上万个。"

上万个交通信号灯,就算在平时,想要逐一排查也至少需要一周时间吧,更不用说现在整个城市已经陷入混乱。哪怕没有亲身经历爆炸的人,也从朋友圈、微博等社交平台刷到了湖滨市遭遇的恐怖袭击。

各地网友都对湖滨市这一严重的突发事件高度关注,湖滨市的市民更不用说,各种谣言早就满天飞。虽然媒体在政府主管部门的要求下,迅速发布了一系列维稳报道,但湖滨市还是人人自危,路上的人都想尽快回到安全的地方,导致交通更是变得一团混乱。别说消防车和救护车，就连警察选择骑摩托车去现场处置，也未必能穿越拥堵的道路尽快赶到。

在这种情况下，想要勘查清楚所有的信号灯，谈何容易？

陈局长权衡了一下，说道："如果这些炸弹没有定时装置，引爆的方式都是通过信号灯，那我们直接关掉智慧交通系统，不就行了……"

他最后一个代表疑问的"吗"字还没说出口，交通监控大屏幕突然一暗。

众人面面相觑，都不知道这是什么情况，技术人员正准备起身去检查服务器的电源，覆盖整面墙的漆黑屏幕上，突然弹出了一张巨大的脸。

突如其来的一幕，吓得在场绝大多数人的心脏都漏跳了一拍，或多或少地流露出一丝惊恐，唯有夏正华面沉似水。

片刻之后，众人回过神来，才发现那是一张典型的"Joker"（小丑）式面容——绿色的头发，尖长的脸，惨白的肤色，狭长的眼睛，血红的嘴唇，简直就像小丑走出荧屏，来到现实。

"各位中国朋友，早上好！"

屏幕面前的"Joker"露出了一个"快乐"的笑容，嘴巴几乎咧到了耳根。他的眼神透露出说不尽的欢喜，脸孔却给人一种极其阴森、惊悚而诡异的感觉。

"刚才的七朵烟花，大家还满意吗？"

说完这句话，"Joker"就又咧嘴在那里笑，等待着所有人的回答。

众人齐刷刷地看着夏正华，紧张地等着他的答复，就听见夏正华淡淡地问："昨天往省政府邮寄恐吓信的人就是你？"

"Joker"没有回答，但笑得更加夸张。

这一刻，陈局长、周主任等人才明白，夏正华这个安全部门的领导为什么来得这么快。

从第一起爆炸案发生到夏正华到达市公安局交通管理指挥中心，只用了二十分钟，而且还是在交通状况并不好的情况下！

可见夏正华早有心理准备，甚至清楚这些犯罪分子的底细。

果然，夏正华下一句话就是："既然你是陈云升的同伙，应该很清楚，中国政府对于毒品是零容忍的态度，此人在我国制毒贩毒，数量巨大，理应按照中国法律受到严厉制裁。想要中国政府释放他，你们是痴人说梦！"

话音未落，画面中的人傲慢地笑道："你们可要好好想想，究竟是原则重要，还是安全重要。再拖下去，就不止一两颗炸弹这么简单了。"

夏正华刚想说话，却被"Joker"毫不客气地抢了话茬，语带警告："我给你们十五分钟，只接受'同意'这一回答；如果你拒绝，或者保持沉默——"

"Joker"嘴角咧到最大，让他的笑容显得无比狰狞："下一次的炸弹，还会翻倍！"

然后，屏幕就直接暗了下去。

短暂的死寂后，周主任才有点不确定地说："贩毒？制毒？难道制造今天这起大型恐怖袭击的犯罪分子，竟是一帮毒贩？"

他开始怀疑起自己的耳朵来。

毒贩给人的印象确实很凶残，但他们就算再怎么丧心病狂，也不敢制造恐怖袭击，直接与中国政府为敌啊！

他的疑问，也是在场许多人的疑问。

陈局长看了夏正华一眼，见领导没有阻止的意思，才说："陈云升不是普通的毒贩，他是跨国超级犯罪组织万象集团的高级干部，代号'方块Q'。万象集团控制了整个东南亚、东亚、中亚，甚至部分欧洲国家的毒品交易几十年，大本营在东南亚大国——文南国北部的升龙省。这几十年来，仗着他们的雄厚资金和强大实力，升龙省都不受文南国政府管束。去年更是公然树起反叛的旗帜，宣称自己是自由解放组织，要推翻现有文南国政府的'暴政'，双方的战事十分激烈，目前都还僵持不下。"

陈局长介绍完基本情况以后，夏正华加了一句："万象集团的高级干部，以扑克牌花色命名，四种花色，各司其职。而'方块'这一支，在万象集团内部，专门负责与钱有关的事情。"

无疑，这个陈云升应该掌控着万象集团整个东亚地区的钱袋子，在组织内部的地位举足轻重。失去他，这个庞大贩毒集团在东亚地区的洗钱网络就会群龙无首。而一旦东亚的资金回流变慢，甚至对文南国现今的战局都会产生不可估量的影响——毕竟，打仗是需要钱的！

此外，作为高级干部，陈云升知道组织的不少秘密，万一这些情报泄露——比如万象集团总部的位置，必将产生极其致命的影响——

原来文南国政府与万象集团已经对峙了几十年，却长时间未能拔除这一巨大威胁，其中一个重要原因，就是一直都没能摸清万象集团真正的总部位于升龙省的哪个位置，所以无法在战略上"攻敌之首"，只能与万象集团的人玩丛林战、巷战，形成拉锯，死伤无数。

在得知中国政府抓获陈云升后，文南国相关部门已经向中国发出申请，希望前来湖滨市提审陈云升。

万象集团应该是得知了这个消息,所以对他们来说,救出陈云升势在必行!

陈局长明白了其中的利害关系,不免忧心忡忡。

按照夏正华的意思,中国政府绝不会答应毒贩的胁迫,交出陈云升。但这么一来,压力就全在他们身上。

如何在最短的时间内,化解这场危机,保证百姓的安全,将公共财产的损失以及事件的影响降到最小,令陈局长非常头疼。

想到这里,陈局长突然意识到,这次的敌人中,似乎有极其高明的黑客,不仅无声无息地入侵了湖滨市的智慧交通系统,刚才甚至直接控制了中央大厅的屏幕,与他们对话,不由得提高了声音:"童素呢?怎么还没来?"

他话音刚落,一个清冷的声音已然响起:"我早就在了。"

听见这个声音,杜明礼十分激动:"夜神!"

下一秒,他就发现不对——这声音怎么像从自己口袋里传出来的?

杜明礼下意识摸出手机,就看见屏幕显示"正在通话",还开了免提,扬声器已经被调到最大,额头不由得冒冷汗:"夜神,你什么时候入侵了我的手机?不对,你怎么又入侵我的手机!"

"一时情急。"

童素毫无诚意地来了这么一句,旋即便道:"你们大可放心说话,指挥中心的信息安全系统还没有彻底沦陷。刚才出现在屏幕上的'Joker'并不是实时在与你们通话,只是一段影像。"

"啊?"

众人下意识地看了一眼已经重归漆黑的屏幕,又看着杜明礼的手机,一脸茫然。

顶着众人灼灼的目光,杜明礼硬着头皮问:"夜神,你会不会弄错了?他刚才还与夏厅对话。"

"这就是敌人的高明之处了。"童素的语速非常快,"万象集团内部肯定有资深心理学家,早就预先设想过你们的反应。这就是为什么刚才'Joker'会突然抢白夏厅的话,又为什么只说了几句就结束通话。"

面对这样厉害的敌人,童素越说越兴奋:"对方想通过这种方式给你们施加心理压力。最好让你们不相信交通管理指挥中心的网络安全,彻底关闭智慧交通系统,甚至将目前这个临时的应急指挥中心转移地址。这样,会造成我们更大的混乱!"

她的话语非常自信,带着绝对的权威,夏正华沉吟片刻,便道:"童小姐的建议是,我们不关闭智慧交通系统?"

"没错，我已经弄清楚了万象集团黑客的攻击手法，所以，不需要关闭智慧交通系统。只需你们立刻把身上携带的，包括但不限于手机、平板电脑等所有能够联网的设备，全部统一放到一间装有信号屏蔽仪的屋子里，隔绝与外界的通信。除了杜明礼的手机，因为这台设备已经被我控制，'Joker'用不了。"

众人一听自己的手机有可能被黑客控制，立刻变了脸色，纷纷把相关物品上交。周主任亲自带人把这些东西全都挪到最偏僻的房间里，与指挥大厅保持足够的距离，避免大厅被信号屏蔽仪影响。夏正华举一反三，指示将可能也被控制的警用通信器材一同屏蔽，用最近新进的一批设备顶上。

杜明礼这才终于醒悟。他之前一直觉得奇怪，"Joker"究竟采用什么手法，能在防火墙没有丝毫察觉的情况下攻入了系统。作为世界级黑客，童素为湖滨市智慧交通系统打造的防火墙非常坚固，连慕名前来的几个国际最顶尖黑客团体都未能成功破解。

现在可以肯定，"Joker"只是搜索到了部分交管指挥中心工作人员的资料，然后设法入侵了其中一位的手机，植入木马。只要这台手机连上交管指挥中心的Wi-Fi，就会成为黑客与特定网络之间的一座桥梁，黑客界的专用术语叫"跳板"。

好比一座城池，城墙既高且厚，根本无法攻破，但敌方可以派人混入城中，想办法夺取这座城池的控制权，然后从里面将大门打开。"Joker"借助这台手机，绕过强大的防火墙，直接连上了交管指挥中心的路由器，再对内部网络进行破译。

童素听见指挥中心这边做得差不多了，刚想发号施令，让指挥中心和素数科技两边的技术员一起开始解决湖滨市智慧交通系统被入侵的问题，顺便反追踪这个神秘的"Joker"，夏正华却提前一步在电话这头喊住童素。

"童小姐，首先，我必须代表政府感谢你，你第一时间到达现场，无论是判断出炸弹的种类，还是得出'炸弹上没有装定时器，犯罪分子是通过操纵信号灯来随时引爆炸弹'的结论，给了我们很大帮助。"夏正华说到这里，话锋一转，"但这条结论，其实是你的推论，并没有足够的证据。"

电话那头的童素皱了皱眉，没有反驳。

没错，她只是凭着对现场的粗浅搜索、自身高超的见识，以及随后进入智慧交通系统的检索，从而判断出炸弹的引爆方式。但专业人士没到现场之前，推断就只能作为推断，而不是决定性的证据。

想知道恐怖分子究竟用的是什么炸弹，采取的什么引爆方式，最好是能找到一个装有炸弹的信号灯，把它拆下来，才能一清二楚。

童素本来信心满满，要与神秘的"Joker"大战一场，破解对方的真实IP地址（网际协议地址），将这个疯狂的罪犯绳之以法。现在她突然意识到，当务之急并不是抓住"Joker"，而是把藏有炸弹的信号灯逐一排查出来，确保不再有人员伤亡。

在这一秒短暂的沉默里，童素的眼神从兴奋化为与彼端的夏正华一般的坚毅。

## 第二章　敌暗我明

政府紧急成立了应对这一突发危机的临时指挥小组，并抽调了整个湖滨市以及周边县区的所有警力，包括监狱的狱警都出动了一大半。但基层警察大多并不具备识别和拆除炸弹的专业能力。同时，还不能直接关闭智慧交通系统，因为一旦道路瘫痪而导致警车不能顺畅通行，就无法保证反恐处置的机动性，难以应对敌人的后手。

夏正华明白，自己不得不争取这位非官方技术强手的协助。

"童小姐，贵公司无疑是全市乃至全国对这套系统最熟悉的人，现在系统被入侵，你能否通过黑客技术，反向识别出哪个信号灯被动了手脚？"

童素本来就是个干脆利落的人，闻言立刻道："没问题。'Joker'将炸弹与信号接收器绑在一起，虽然能实现远程操控，随时引爆，但也会不可避免地在互联网上留下痕迹，我们可以顺藤摸瓜，把被他入侵过的信号灯给找出来。当然，'Joker'也意识到了这一点，所以，他往智慧交通系统里投入的是分布式病毒。"

传统意义上的病毒，只要找到关键节点就能顺藤摸瓜将其一扫而空，分布式病毒却不然。

作为去中心化的病毒，从投放的那一刻开始，这种病毒就会随机地蔓延、感染，你根本找不到规律，因为它自己都不知道自己来自何方，又要前往何处。

这些分布式病毒的存在，令被感染的信号灯开始乱跳，原本的红灯变成绿灯，绿灯变成黄灯。本来只有30秒的红灯会被拖到120秒，60秒的绿灯却会缩到15秒。

但童素知道，这种混乱中，一定隐藏着某些"暗语"。

"Joker"把炸药装进特定的信号接收器，再把信号接收器放入信号灯中，正在乱跳的信号灯，对接收器来说就相当于一组特定的密码，等密码输入完毕，信号接收器收到指令，炸弹就会直接引爆！

"所以。"童素加重了语气，"对我们来说，最大的难题，就是不知道'Joker'设置的密码是什么，只能找出有问题的信号灯，逐一排除。"

而此时被分布式病毒感染，开始乱跳的信号灯已经超过全市信号灯的五分之二，如果用人力去检查，无异于大海捞针。童素决定按照自己的方式，尽可能最高效地搞定这件事。

只听她毫不客气地说:"老杜,你把手机连接一台指挥中心的电脑,我会进行远程操控,传一个程序给大家,然后按我的命令行事。"

众人连忙去看夏正华,就见夏正华郑重地说:"技术方面,全权听从童小姐的指挥。"

有现场最高指挥官的"撑腰",童素更是信心十足:"趁下载文件的时间,请各位做好区域分工——这个程序是我刚才临时编写的,用于排查湖滨市所有的信号灯,还非常粗糙,仅能做到数据比对。为节省时间,提高效率,我已在程序中将湖滨市所有路口分成128个模块,其中1~16模块由我本人负责,剩下的模块,请各位立刻认领。"

此刻,闹市中心,哈雷摩托停在一条背街小巷里,借助一辆违停的汽车和一棵拐角的行道树,觅得了一个难得的安静空间。

平时隐藏在哈雷摩托座位下面的键盘已经弹出,摩托的液晶屏也变成了电脑显示屏,这辆哈雷摩托已经成为一台功能强大的黑客电脑。

屏幕上出现的不是里程和油耗,而是飞速闪烁的命令行。

12点36分47秒。

湖滨市公安交通管理指挥中心里,只有键盘敲击与机器运转的声音。

湖滨市数以千计的路口,上万交通信号灯,被切分成128个模块。

若能俯瞰卫星地图,就能发现整个湖滨市的交通地图被绘制成了巨大的坐标轴,每个路口按照经纬度依次排序,实时传输回来的图像化作数据流,在屏幕间飞快闪烁。

与此同时,整个湖滨市,公安、交警、交通协管员已悉数上路,一边全力疏导交通,维护秩序,一边也随时待命,听从临时指挥小组的调度。

"37,X16,Y27。"

专门数据汇总的显示屏上弹出一条消息,代表程序检索出来,这个路口的信号灯被病毒覆盖,可能藏有炸弹。

负责的技术人员立刻通过大数据比对,一秒不到就得出对应数据——37区域,X16,Y27,正是昌东大道的其中一段,大概有600米长,其中有两个路口!

下一刻,相关结论跳出:离这儿最近的警力支援是湖滨市公安局小和山分局昌东派出所,相距只有1500米。

由于湖滨市的交通信号灯非常人性化,一个十字路口,周围的8条人行道上,每边都有1个信号灯,这片区域一共两个十字路口,就是16个信号灯。如果采用人力一个一个把信号灯拆开排查,会耗费太多时间。

好在夏正华早就考虑到这一点,立刻问陈局长:"警犬和驯养员到了昌东派出所吗?"

据测定,狗能感觉到 200 万种物质发出的不同浓度的气味,一般每立方厘米的空气中含有 286 亿亿个气体分子,只要其中有 9000 个油酸分子,狗就能嗅出味来。在一桶水中滴入数滴碳酸,狗也能分辨出来。因此,经过特殊训练的警犬,才是 C-4 的克星。

夏正华在第一起爆炸发生时,就想到炸弹可能不止一个,立刻联系了附近所有可能拥有警犬的单位,征调了登记在册的全部现役警犬,以及不少退役警犬,赶赴湖滨市的各个核心区域。而现在,这些警犬已经分派到了各公安分局乃至派出所。

通过信号灯传递回来的数据,和过往资料进行快速交叉比对,然后用童素编写的特定程序进行木马检索,一旦确定有问题,就用最快的速度通知离信号灯最近的派出所,整个过程不超过十秒。

昌东派出所的警员已经带着警犬和轻便登高工具出发,虽然目前爆炸的炸弹,全都在低矮的行人信号灯里,但万一炸弹在高处的红绿灯中,也应能立即上去拆除。

"等等!"童素突然想到一件事,"找到炸弹后先做人群疏散,不要立即拆!得先打开信号干扰装置才行!万一'Joker'看见你们要行动,直接把炸弹引爆就糟了!"

夏正华立刻补充命令:"听童小姐的,以最快的速度联系所有储存信号屏蔽仪的仓库,将库存全部征用,立刻送到各派出所和现场!"

话音刚落,显示屏那边已经五连跳,同时刷出五个不同的坐标:"75,X22,Y13""16,X21,Y08""101,X19,Y26""09,X12,Y01""33,X09,Y14"。

高度的信息化,就像一个硬币的两面,在被黑客抓住破绽入侵智慧交通系统而导致这场灾难的同时,也令处理和救援能以最快、最高效的方式进行。

面对拥堵的交通,为了能把警犬和信号屏蔽仪尽快送到任务地点,警察们各施所长:有骑摩托车、电动自行车和共享单车穿街走巷的;有与警犬一起赛跑,拔腿狂奔的;有扛着仪器,脚踏滑板出动的;还有直接从马术训练场借了赛马,骑马横穿景区小道,抄近路赶时间的……

整个湖滨市公安部门,湖滨市的各个政府部门,甚至之州省政府都变成了一个巨大的机器,有条不紊地应对这场突如其来的恐袭。

很快,好消息就纷纷反馈:

"13 区问题路口 2 发现了一个炸弹!"

"75 区问题路口 1 发现了一个炸弹!"

…………

一个又一个炸弹被陆续发现，等到第六个炸弹被警犬嗅出来时，时间已经到了12点41分30秒。

童素也有些急了，连声问："有多少已经开始拆了？"

"4个在较为低矮的人行信号灯中炸弹正在拆除！但有一个是在较高的信号灯中，我们正在疏散人群，搭设登高架。"

"加快速度！"童素催促，想想又加了一句，"快到44分还没拆开的话，所有人立刻离开，以免受伤。"

就在短短两句话之间，消息又接连弹出：

"28区问题路口2，发现一个炸弹！"

"47区问题路口1，发现一个炸弹！"

"太好了！"众人十分激动，"8个炸弹，全部被找到了！"

接下来他们要做的，就是尽快拆弹！

由于警察们必须开启信号屏蔽仪，导致他们只有在成功拆弹后才能恢复信号，向临时指挥中心汇报，这让等待的过程变得更加揪心。

但这份等待是有价值的，12点44分51秒，距离下一次爆炸还差最后9秒时，总共8个炸弹，终于被全部拆除。

童素听到这一消息，彻底松了一口气。

可她还没来得及高兴多久，惊恐的声音就从耳机那头传来："夜神，又有8个信号灯爆炸了！"

"大家是不是很吃惊？""Joker"的脸又一次出现在屏幕上，笑眯眯地说，"这次的烟火依然没有让我失望。下一次，我们来玩个更大的吧！64个炸弹，如何？"

童素面无表情地盯着实时传回的画面，从包里抓了一大把奶糖出来，粗暴地撕开糖纸，直接把十几颗糖一齐往嘴里塞！

太过甜腻的味道，让舌尖都有些发苦，却勉强止住了短时间内，由于过度用脑造成的眩晕感。

童素冷哼了一声，自言自语："跟我玩这种文字游戏！"

另外8个炸弹引爆后，童素才反应过来，"Joker"口中的"翻倍"，其实隐藏着陷阱。

由于前三次引爆的炸弹分别是1个、2个、4个，所以大家理所当然地认为，这一次的炸弹应该是8个，对"Joker"说的"翻倍"也没往心里去，谁知道这次竟有16个！

就算警方效率很高，破解并拆除了8个炸弹，但另外隐藏的8个炸弹，还是爆了！

"Joker"是故意的!

老百姓不懂这些心理战的交锋,他们只知道,随着时间的推移,恐袭非但没有结束,反倒更加严峻,炸弹一次比一次多!对政府的质疑,对社会安全的恐慌,也将进一步蔓延。

"无聊的小花招。"童素的脸色非常不好看,已经想到自己是哪里疏忽了,"这家伙用了双重伪装,除了被干扰的信号灯里面植入了炸弹以外,正常工作的信号灯内,也有可能放了炸弹。"

由于之前检查到装有炸弹的信号灯全都是被分布式病毒干扰,一直乱闪的问题信号灯,所有人,包括童素的思维就固化在了"问题信号灯里装有炸弹"上,完全忽视了"正常工作的信号灯里面也可能有炸弹"的可能。

加上"Joker"有意把炸弹的位置分割开,任何一枚炸弹的间距都在五公里以上。就算警犬鼻子再灵,没走到相应的范围内,也不可能察觉到情况不对,才导致这一次,他们没发现另外8个炸弹。

虽然很不想承认,但这个叫"Joker"的家伙,绝非泛泛之辈。他们已经错失了先机,现在完全是被此人牵着鼻子走,实在憋屈。

童素心中的疑惑更深了——有这种实力,又深谙心理战的黑客……"Joker"马甲下的真面目,究竟是谁?

Poison scorpion(毒蝎子)?

应该不是。

毒蝎子在大洋国开了一家信息安全公司,混得风生水起,还发邮件让她去当顾问。但童素直接把这封邀请给回绝了,因为她觉得,这家伙很有可能是在帮大洋国联邦调查局钓她,只要她一踏上大洋国的土地,就要被关进监狱,没个十年八年根本别想出来。

大洋国联邦调查局早年用这种方法抓过很多中欧和东欧的黑客,现在大家都学乖了,根本不会上当。

Libra(天秤座)?

这家伙倒是有可能,童素这几年都没听到他的消息。但对黑客来说,这种情况,不是被大洋国联邦调查局收编了,就是被关在监狱里。

不过,他所在的国家动乱频频,局势复杂,被犯罪团伙控制了也不是不可能。

Dante(但丁)?

这位传奇天才早就洗手不干,回家继承祖传的医疗器械公司了,听说他的事业做得风生水起,家庭也非常和睦,妻子都快生第三个孩子了,不可能与犯罪团伙搅在一起吧?

Ra(拉)?

想到这个与自己齐名的顶级黑客——由于都是用希腊众神之名做代号,而且一个是太阳神,一个是冥府女神,所以被好事者并称为"日月双神",童素顿了一秒,却还是把 Ra 排除出了怀疑对象。

如果她没记错的话,Ra 好像是个超级富二代,在普林斯顿攻读博士学位,大家都说他可能会向华尔街发展,成为又一位呼风唤雨的金融大佬。虽然资本也充斥着罪恶与血腥,但不至于和毒贩挂钩吧?"

短短三十多秒,童素就已经想到了二十来个嫌疑人,却又一一否决,不免有些疑惑:"难道真是天外来客?"

绝无可能!

哪个黑客不是在一次次攻击与反攻击中磨炼出来的?顶多有些人起点高,天赋好;有些人起点低,天赋差。可无论哪一种,都会在互联网中留下痕迹,"无名黑客"简直就是个笑话。

黑客或许不会暴露现实中的身份,但在网上,不可能真正毫无线索可寻。

话虽如此,童素却知道,自己刻意避开了一个答案。

那个她无法触及,一想到就会痛苦的名字。

黑客界消失已久的神话——铜棒。

"夜神,刚才技术组检查了被拆下来的 8 个炸弹,发现里面有 6 个装有信号接收器,进行远程操控的炸弹,但还有另外两个是定时炸弹!"杜明礼的声音简直就是在耳边炸响,"这些定时炸弹根本就不需要联网,有可能藏在被干扰的信号灯里,也有可能被装在正常工作的信号灯里!想要找出来,无异于大海捞针。夜神,我们该怎么办?"

童素不耐烦地调小了耳机的音量:"不要催,我正在想办法!"

然后,她反问道:"每个出警的小队都有信号屏蔽仪了吗?"

相比定时炸弹,她更担心的仍然是远程操控炸弹。因为定时炸弹只会在预先设定好的时间爆炸,"Joker"已经无法中途进行控制。而对于远程操控炸弹,这个疯子可以通过互联网手段,随时提前引爆。

万一他从路面摄像头中发现警方正在拆弹,然后丧心病狂地引爆炸弹,那就糟了。

"配备了,但是——"

杜明礼话还没说完,手机就被夏正华拿了过去:"童小姐,技术科刚才对拆下来的炸弹进行分析,发现信号接收装置的频段有问题。"

童素眉头一皱:"什么频段?"

"根据技术科的分析,应当是GSM-R。"

听见这个名词,童素暗道不好。

GSM-R是铁路专用的数字移动通信系统,隶属于中国铁通,与国内的三大移动运营商都毫无干系。

偏偏市面上的信号屏蔽仪,基本上都是针对三大运营商的频段进行信号干扰与屏蔽,几乎不覆盖中国铁通。就算覆盖,也不敢把"干扰GSM-R的通信"加入其中,来来往往的高铁、动车、火车等,全都要通过GSM-R来联系。哪怕只是关掉湖滨市附近的GSM-R一小会儿,都会造成极其严重的影响。

"居然是GSM-R。"童素意识到事情的严重性,"看样子,'Joker'是铁了心,一定要把这些信号灯全都炸了!一旦他发现警方不断成功地将炸弹排查出来,准备拆弹,十有八九会提前将炸弹引爆!"

难道只能向现实屈服,关掉智慧交通系统?

不对,一定有什么办法,只是她没想到而已!

"夜神!"杜明礼那边又鬼哭狼嚎,"我们突然被智慧交通系统给踢出来了!"

童素心中一紧——该不会是"Joker"获取了最高管理员的权限,然后他删除了其他管理员账号吧?

那样一来,就相当于整个系统都彻底被"Joker"接管了!局面会变得无法收拾!

童素尝试用自己的账号正常登录,发现一直处于未响应状态,无法连接。

好在作为智慧交通系统信息安全的负责人,她曾在系统中留下了一个只有自己知道的后门,通过这个后门,童素绕开正常的登录程序,翻了进去。

然后,她就发现,"Joker"采取的是同归于尽的打法!

这家伙早早就在智慧交通系统里埋下了木马,此时突然激活,让所有的管理员都无差别地被踢下线,不管是谁,都没办法操控智慧交通系统!包括"Joker"自己!

哪怕童素通过后门翻进去,一旦想要获取管理员权限,也在第一时间就被踢了出来!

这也意味着,"Joker"对13点钟的这次"连环爆炸"势在必得!

目前在湖滨市的上万个信号灯里面,一共被安装了87枚炸弹。按照"Joker"的计划,这些炸弹将在12点整、12点15分、12点30分、12点45分和13点整这五个具体时间，分别以 1 个、2 个、4 个、16 个、64 个炸弹的数量，依次爆炸。

最后一次的炸弹数量，竟比前面四次加起来翻倍还要多！

对"Joker"来说，之前的几次爆炸只是开胃小菜，就算被警方拆掉几个炸弹也没关系，因为数量不多，而这 13 点整的爆炸，绝不能出问题！

而从"Joker"煞费苦心地要制止智慧交通系统被关闭，反过来说明，剩下的这些炸弹绝大部分应该都是远程遥控。万一智慧交通系统被关闭，他就失去了控制权。

所以，只要能关闭智慧交通系统，就能阻止爆炸！

就像一场敌我双方的对弈，面对步步紧逼的对方的狠招，童素想出了应对的妙棋，不禁一下子兴奋起来。

"马上物理断电！"在听完童素的分析后，夏正华当场拍板下了命令。

"Joker"给系统种下的木马，确实让任何人都无法通过登录系统去进行关闭。但系统运行必须有电，只要把电断了，问题就能解决。

虽然一旦智慧交通系统关闭，湖滨市的交通状况将变得更为糟糕，但两害相较取其轻，此时关闭系统成为最好的选择。

周主任立刻带人去机房，可当他准备输入密码开门时，却发现密码锁竟然坏了！

"怎么可能！明明今天早上我还来例行维护过这些服务器，密码锁根本没问题啊。"技术人员一边嘀咕，一边匆匆赶来。但在检查了密码锁后，他的脸色唰的一下就白了，"'Joker'用黑客手段攻击了密码锁，把它强制锁死了！"

这个密码锁之所以联网，是为了实现远程智能监控，只要有人尝试非法输入密码，管理员会立刻收到提示。

但谁也没想到，这也为"Joker"的破坏创造了条件！

夏正华神色凝重："直接撞开机房的门？"

"不行！"周主任哭丧着脸回答道，"机房是安全重地，所有的玻璃全都是性能超强的防弹玻璃。锁选用的也是目前国际上安全级别最高的 128 位密码'金刚锁'，锁芯与锁扣用的都是特殊合成金属，一般情况下根本没办法强行打开。"

"那怎么办？"陈局长焦急地问。

"只能用烈性炸药来炸！"周主任参与了这个安全机房的采购，对相关情况最为了解。

可现在，爆破专家们全都赶赴各个十字路口去拆弹了啊！

夏正华眉头紧锁："通知电力公司，直接切断机房的供电呢？"

"也不行。"周主任就差没急哭了，"除了市电外，我们还配备了 8 个大型 UPS（不间断电源）当作备用电源，一旦市电断了，系统就会立刻自动切换到由这些满载的 UPS 提供电力，而且至少能保证 8 个小时的供电。"

而这些 UPS，同样也放在机房里。

"最近的防爆组呢？距离这里多远？"

"9.6 公里，现在交通这么堵，就算立刻赶来，估计也要二三十分钟才能到吧。"

童素听到这里，心里咯噔一下。

来不及了。

很明显，每一次爆炸的时间，每一颗炸弹的地点，都是"Joker"精心计算好的。

之前的几次爆炸，炸弹数量都寥寥无几，这让警方觉得事件尚在可控范围内，暂时不需要关闭智慧交通系统。

同时"Joker"在湖滨市交通管理指挥中心方圆八公里之内，一个炸弹都没设置，其实就是为了将拆弹专家和防爆警察都调开一定距离。这么一来，就算警方发现密码锁出事，想要召回专家立刻进行爆破，时间也绝对不够！

顶尖黑客，与对弈高手一样，都特别注重布局。开局好了，后面就容易掌握先机。

现在"Joker"在政府不注意的情况下，已经把局布得非常精妙，每一手都下得恰到好处，所以才让夏正华、童素等人步步被动。

这种情况下，想要翻转不利的棋局，必须来一手"通盘劫"。

所谓的"通盘劫"，在围棋中，又叫"天下劫"，是能够一举左右全盘胜负的关键手。就如三国时的赤壁之战，若是曹魏胜利，必将天下一统，正因为孙、刘联军胜利，才奠定三分天下的局面！

对现在的童素来说，敌人已经使出了"铁索连环"这样的妙招，她必须借一股东风来"火烧赤壁"，才能化解眼前的危机！

童素的大脑飞快旋转起来，努力让自己保持冷静，内心却还是非常焦躁，如同困兽一般在原地打转！

她隐隐感觉到，自己应该是有办法破解这一困局的，偏偏那个模糊的念头就像被朦胧的纱隔着，看似近在咫尺，却迟迟不能清晰呈现。

鬼使神差地，童素又从后门登录进了系统，虽然无法获得管理权，但她直觉认为还是得从系统中去找解决方案。突然，她心神一震，发现一种病毒正以极快的速度向整个智慧交通系统传播！

按理说，童素本应该立刻采取措施，想办法用杀毒软件尝试将病毒驱赶出去，但她却只是呆呆地看着屏幕，眼睛越来越亮。

"夜神——"杜明礼也发现了新病毒入侵并开始蔓延的状况。

"不要去管！"童素激动地说，"这个病毒是来帮我们的！"

这就是她之前一直没想到，现在却突然出现的"东风"！也是她一直没能想到的绝妙"通盘劫"！

杜明礼没听明白，童素已经快速解释："这个病毒的原理很简单！'Joker'真正的王牌无疑是远程控制的信号灯炸弹，为此，他不仅采用了铁通专用频段，还在最后关头把所有管理员都踢出系统。但没关系，管理员进不去，病毒却能进去！我们可以重新写一个病毒，把信号灯的正确闪烁时间和顺序植入！由于'Joker'设置的病毒，导致任何管理员都无法登录，包括他自己，因此他也没办法进入系统内部对该病毒进行查杀。哪怕他想学这个病毒的创作者，再写一个全新的病毒进去覆盖，重新操控那些信号灯，也来不及了！"童素毫不掩饰自己的兴奋："这是哪路高人，时间点卡得这么好！活活让'Joker'搬起石头砸了自己的脚！"

如果这个病毒早十分钟投放，"Joker"未必没有后手。但这位神秘的黑客却硬是忍到现在才让病毒发挥作用，就算"Joker"准备了反击手段，短短五六分钟，想要重新夺回主导权也来不及了！

这样一来，警方就可以安然拆除所有炸弹，没有后顾之忧！

童素激动之余，又有些好奇，这神来之笔，究竟出自谁人之手？

她仔细解析了这个病毒，在一个隐秘处发现了制作者留下的签名——"π"。

"π？"童素有些疑惑，"这个名字，我从没听过。"

12点58分43秒，警方成功拆除了64枚炸弹，其中20个是定时炸弹，另有44个是远程炸弹。

时间一分一秒地过去，所有人的心都悬了起来。

大厅中的电子时钟跳到13点整的那一刻，空气仿佛都凝滞住了，但随后，便是巨大的喜悦："没爆，一个都没爆！"

"成功了，这次我们真的成功了！"

整个指挥中心，瞬间成为欢乐的海洋。

几位领导脸上也挂起了笑容，炸弹的成功拆除让他们全都松了一口气。周主任率先恭维："这次多亏了夏厅沉着指挥，还有夜神这种高人协助。当然，'Joker'千算万算也算不到，夏厅多年来一直在资助湖滨市的几家退伍警犬基地吧？"

陈局也感慨："如果不是夏厅，我们根本想不到，退役的警犬能解燃眉之急。"

他们这些公安系统的人很清楚,由于经费的原因,除了立功的警犬退役后能被国家继续照顾外,大部分在训练中被淘汰,或者执行了几年任务就因为各种原因退役的警犬,命运其实很悲惨。

有人愿意领养还好,没人领养,那就只能杀掉了。

虽说消息放出去,肯定有许多爱狗人士愿意接收这些警犬,但实际上,警犬往往只会交给警察或者退伍军人,还要经受严格的政治审核。即便如此,他们也只能领养较为温顺的德牧、黑背等,不可能养烈性犬种。

没办法,谁让警犬大多经受了出色的防爆训练,对风吹草动十分警惕,很可能对他人造成误伤。比如说,孩子手中拿着玩具仿真枪在玩,警犬有可能认为那是真的手枪,会立刻冲上去咬住对方的手腕。

尤其是烈性犬种,一旦流入社会后被犯罪分子得到,会产生极大的危害。

夏正华早年参过军,与警犬并肩作战,结下了深厚的感情。为了帮助退役警犬,他自掏腰包,一直在资助好几个私人的退役警犬基地。

今天一听见信号灯爆炸,夏正华就猜到炸弹可能不止一个,公安八成会缺警犬,立刻跟这些基地打了招呼。如果能起到作用,当然最好;就算没起到作用,也当给退役警犬们放风,权当来城里玩一趟。

谁也没想到,这些退役警犬竟真的成为一支奇兵,起到了极大的作用。

但很快,就有人问:"最后这个神秘出现的'π'是谁呢?"

众人你看看我,我看看你,都摇头表示不知道,杜明礼也很疑惑:"黑客界没有代号是'π'的大神啊!今天这是什么日子,神秘人物一出现就来两个?"

陈局长注意到,当他们谈论"π"的时候,夏正华却没有露出半点异色,不由得暗暗心惊。

这个神秘的黑客"π",难道就是夏厅手上的一张王牌?夏厅之所以全程保持从容,是不是因为除了童素之外,还有这么一张强有力的底牌存在?

没等陈局长多想,给众人留下极大心理阴影的小丑又出现在屏幕上,笑嘻嘻地说:"这么多的烟花,大家还满意吗?"

在场众人嘴角都心照不宣地上扬——果然是提前录制的视频,小丑还不知道自己的计划已经被摧毁。

但混着电磁杂音的下一句,就让所有人刚刚放下的心又重提到了嗓子眼——

"我倒有些意犹未尽,不如……再点个大的?"

战斗居然还没有结束!

"我听说，湖滨市东站是亚洲最大的交通枢纽之一，一百个十字路口也抵不上一个东站要塞。这次，我给你们两个小时！假如你们能回心转意，按昨天的那封信做，当然最好。如果不能……""Joker"笑得无比疯狂，"15点整，湖滨市东站的站台，就将被熊熊烈焰覆盖！"

# 第三章　力挽狂澜

"Joker"的最后通牒，令全场陷入了死一般的寂静。

谁也无法想象，万一湖滨市东站真的发生爆炸，对整个湖滨市乃至整个中国，究竟会产生怎样的影响。

但更让他们担心的是，"Joker"这个疯子的话，可信吗？

"夏厅！"陈局长很激动，"万一他们说要袭击湖滨市东站，可实际上是对国际机场动手，那该怎么办？"

"关于这点，请大家不用担心。"始终站在夏正华身后，用军帽盖住半边脸，之前一句话都没说的男子缓缓道，"机场、省市政府、跨江桥梁等重要基础设施，马上将进入全面戒严状态，交由武警部队接管。非常时期，必须采取非常手段，才能确保安全！"

他没说话之前，明明一个大活人站在这里，却硬是没人注意到他是什么时候来的，又待了多久。但当他说话之后，存在感却极其鲜明，气场不言而喻。

陈局长愣了一下，本能地去看了一眼夏正华，就听见夏正华淡淡地介绍了一句："国家安全部门，应上校。"

除了这六个字，其他什么都没有。

但仅凭"国家安全部门"几个字，就已经足够了！

陈局长不再多问，夏正华已道："小傅在哪儿？让他立刻带人，前去封锁东站！"

"夏厅，"童素终于忍不住了，"我现在离东站很近，顶多七八分钟就能到，不过，我们能聊聊吗？"

夏正华平静地说了一声"好"，对警方下达了疏散群众，搜寻炸弹的命令，又把指挥权暂时移交给了这位应上校，然后才拿过杜明礼的手机，并看了周主任一眼。

周主任会意，立刻引领夏正华到最近的会议室，并道："请放心，隔音效果很好。"这才轻轻地退出去，合上了门。

童素那边一直有呜呜的风声响起，显然是摩托车速度太快，从而产生的噪音。但她的声音，远远比这些噪音尖锐："夏厅，湖滨市东站的吞吐量有多大，你肯定比我更清楚。一个小时的时间，很难把民众全都疏散。光是陆续到达的高铁就会不断有人下来，除非高铁在湖滨市东站根本就不停，而且不在 15 点左右经过湖滨市东站，以免受到波及！就算这样，一个小时内，想在湖滨市东站找出炸弹，也未必容易。'Joker'敢直接说地点，就证明他将炸弹藏得很好，不怕我们发现。更何况，他万一说了谎，实际是去袭击湖滨市站呢？客运中心呢？或是袭击没有武警保护的某个大型商场呢？我们难道就不能虚与委蛇，答应他放了陈云升，非要冒这么大风险吗？"

面对童素的质问，夏正华态度平和，反问道："你对文南国了解多少？"

"不怎么了解，就知道是我们的邻国，一直与我国关系不错，十年前就已经结成全面战略合作伙伴关系。"

"这就够了。"夏正华平静道，"万象集团所处的升龙省靠近安寨国，支持他们战争所需要的武器，自然也是从安寨国送过去。"

而安寨国，长期被西方某强国殖民。

对聪明人，压根不用多说第二句话，童素已经懂了。

如果将国际局势看作一盘棋局，今天发生在湖滨市的恐怖袭击，虽只不过是很小的一手，却有可能引起很吓人的连锁反应。

中国与文南是非常亲近的战略合作伙伴，可如果万象集团推翻了文南国现有政府的话，那情况就会大变。

一是因为万象集团亲近某些视中国为对手的西方大国，二是因为中国与万象集团之间，曾经有血海深仇。

"万象集团一直对中国广袤的市场垂涎欲滴，早在三十年前，他们就不断派人从云南、广西等地翻山越岭，潜入中国大陆，秘密去西北收购冰毒的重要原料——麻黄。为了在中国贩毒，他们收买官员，扶植商人，勾结地头蛇，无恶不作。我国的西南和西北地带一度成为重灾区，无数缉毒警察出生入死，付出了血的代价，花费了整整十年，才将这个组织在中国大陆的势力连根拔起。"

童素呆住了。

夏正华轻叹道："我做梦也没想到，二十年后，万象集团会卷土重来，意图染指中国大陆这片绿色的净土。而他们的高级干部中，也出现了'Joker'这种顶尖黑客。难怪中央领导会说，没有网络安全就没有国家安全，也无法保障人民的利益。这种超人般的能力掌握在犯罪分子手里，真是让人难以应付。"

童素沉默许久，才缓缓道："有黑帽，就有白帽，您放心，我一定会打败'Joker'，不让他的阴谋得逞。"

对她来说，这句话发自肺腑。

在黑客界，黑客们按照性质、目的和利益获取手法，主要可分为"黑帽""红帽"和"白帽"。

黑帽就是人们心中典型的黑客形象，利用自己的技术不断攻击网站、程序等的漏洞，通过敲诈、勒索、窃取信息等方式牟取私利。更进一步，就像"Joker"这样，通过高超的黑客手段，为非作歹，无恶不作。

白帽与黑帽正好相反，他们是网络秩序的铁杆维护者，一旦发现漏洞，就会告知网站、程序的拥有者，或者免费公开，目的是为了让对方加以改进。就算以盈利为目的，也会以开公司的方式，进行正常的商业往来，代表人物就是消失多年的传奇黑客"铜棒"。

红帽则是一个特殊的群体，不为名，不为利，只为宣示国家主权。

童素一直是国内白帽的领军人物，但她这么做，并不是因为多遵守规则，纯粹是记得父亲当年的教导，加上内心的潜意识，不想越界罢了。哪怕被白帽们一致推举为大神、领头羊，她做事也没多认真。

可这一刻，她心中突然涌上浓浓的责任感。

"如果此刻是父亲在这个位置，他也会这么做吧。"

八分钟后，童素到达湖滨市东站。

此时的湖滨市东站已经被拉网封锁，警方正引导候车民众和到站乘客加紧离开，现场一片嘈杂。

夏正华早就向东站的特警们打过招呼，童素表明身份后，畅通无阻地进了候车区域，被带到了现场临时负责人傅立鼎面前。

这位省公安厅的特警总队大队长年纪很轻，只有三十出头，身材颀长，剑眉星目，往那儿笔直地一站，就当得起"正气凛然，相貌堂堂"八个字。

只来得及和童素点头致意，他就重新把注意力放回对讲机中此起彼伏的汇报。

"傅队，28个站台、30条高铁线全都检查过了，找不到炸弹的痕迹！"

"候车大厅已经仔仔细细翻两遍了，没任何收获！"

"停车场也里里外外都彻查了，停着的每辆车都让警犬嗅了，没发现可疑物品！"

傅立鼎忍不住爆了粗口。

童素也不寒暄，很快根据现场情况陷入飞快思考的状态。

"Joker"会把炸弹放在哪里呢？进湖滨市东站候车室的安检非常严，所有东西都要过安检机器，还有专人贴身检查，按理是带不进去的。难道会放在不需要安检的地方吗?"

现在已经是 14 点 25 分了,还有 35 分钟,炸弹就会被引爆。但到现在,他们都不知道炸弹在哪里,更不要说把炸弹给拆了。

"出站口呢?东西广场检查了吗?"

"还没搜查完毕!"

"一旦查完,立刻汇报!"傅立鼎虽然焦急,思路却很清晰,"包括站外附近的垃圾桶、广告牌这些地方,也都给我全部检查一遍!站台上的兄弟们也是,想想还有哪些疏漏的环节!"

时间就像握在手里的沙,会悄悄地从指缝间快速流逝,转眼就到了 14 点 35 分。

无论是检票口、站台、候车室、出站口、地下停车场、东西广场还是塔楼,乃至扶手电梯、自动取票机、柜台等地方,特警们全都逐一搜了个遍,还是一无所获。

"怎么会这样?"

"该不会那个王八蛋就是随口胡扯的吧?说不定,炸弹根本就不在湖滨市东站,而在湖滨市站。"

"是啊,对方是恐怖分子,说谎就像喝水一样平常。"

童素却果断摇头,否定了这个猜测:"不,他的目的不是杀更多人,而是通过制造恐慌给中国政府施压,并在压力下同意他的条件。因此他没必要故意说谎,只有'说到做到',才能展现能力,逼我们就范。"

此时的傅立鼎两眼发直,似乎在想什么,半响才望向童素,皱着眉道:"但他早早透露了爆炸地点,难道不知道警方可以提前疏散,以此抢占化解危机的先机,舒缓民众情绪吗?"

童素咬了下嘴唇,觉得傅立鼎说得很有道理。

傅立鼎左右踱步,自言自语:"但现在,站台已经没有老百姓,东西广场也只剩特警。民众都被拦在车站外面。复厅也说了,最后 15 分钟,所有高铁就算经过湖滨市东站也不会停下,铁路部门已经答应配合,正在调度。他到底会怎么做,才能让警方在车站一无所获呢?除非……炸弹根本就没安放在车站!"

傅立鼎突然停下。

他下意识地抬起头,望向上方巨大的电子屏幕。

童素顺着他的视线,也跟着看了过去,两人的目光同时定格在了一行滚动的绿色字幕上。

G12306,始发站,福州;终点站,上海;途经湖滨市,到站时间,15 点整。

"立刻通知G12306，炸弹有很大可能在列车上！"

"等等！"童素反应极快，一把扯过对讲机，傅立鼎大概是太激动，又没防备，竟被她直接把对讲机给抢了过去。

一旁的特警们本能地举起了枪，黑洞洞的枪口全都对准童素。

面对自己随时可能被击毙的阵仗，童素却顾不上害怕，只见她拿着对讲机，以极快的速度说："不能大张旗鼓地搜查，会惊动'Joker'！那个炸弹是远程遥控的，'Joker'可以随时引爆它。"

童素和"Joker"都是顶级黑客，她对"Joker"会玩的"远程遥控"手段早就了然于胸。在国外连上Wi-Fi，利用三层以上的代理IP地址作为跳板，任何可以连上4G（第四代移动电话行动通信标准）的设备，无论手机、平板电脑、电子阅读器还是无线充电宝，都能被操控成"肉鸡"（也称傀儡机，是指可以被黑客远程控制的机器），就像他对湖滨市智慧交通系统所做的那样。设备的持有者可能自己都没有注意到，一条短信或者电话已经无声无息地拨出去了，炸弹砰的一声，直接引爆。

就算公安能查到这台设备的主人，对方根本就不知道这回事。至于"Joker"，在完成这次盛大的"仪式"后，就会立刻悄然消失，再也查不到他的一丝踪迹。

但她与傅立鼎一前一后这两句命令来得太快，特警们一时间不明所以，不知该听谁的。好在夏正华的声音从对讲机里传来："童小姐认为列车上有'Joker'的同伙，会向对方通风报信？"

"不需要同伙！"童素急急道，"他只要随便控制一台手机或者电脑，从摄像头里就能监控到车厢内部的情况！更何况，他之前在信号接收器上采用的频段就是GSM-R，可见他已经破解了铁道部门的特殊频段，能够接收到铁路专用的通信和信号。一旦高铁有所反应，他立刻就能发现！"

童素的脑子转得很快，一想到炸弹在列车上，就开始思考：如果是自己来做这件事，要达到万无一失的完美效果，会把炸弹藏在列车的哪个地方。

几乎不用多考虑，她脑海中就跳出来三个字：行李箱。

没错，肯定是行李箱。

无论把炸弹放在洗手间，还是储藏室，"Joker"都不能做到高枕无忧。因为中国的列车员们都很负责，就算在高铁的运行过程中，也会定时去清理洗手间，整理储藏室，未必不会发现炸弹的存在。

唯有一个地方，列车员不会主动去碰，那就是旅客的行李箱。一般人旅行，都是带个背包装常用的东西，再拖个箱子装大件行李。路上要拿吃的用的，顶多从背包里拿，很少会在高铁上翻行李箱。

从福州到湖滨市的一路上，并不只有福州站、湖滨市东站这样的大型火车站，还有很多小站，安检并没有这么严格。

以"Joker"的本事，查到一辆高铁上有多少人，分别要从哪里到哪里，找到一个适合实施计划的目标，再入侵一些乘客的手机，把这些人当作自己的眼睛，简直不要太容易。

这也代表着，只要"Joker"在乘客进了车站，却还没上高铁的这段时间内，想办法换掉对方的行李箱，整个计划就妥了。

不需要同伙，也没有同伙，哪怕将所有乘客搜个底朝天，也别想找到关于"Joker"的任何线索。

"他会炸！"童素听见自己的声音，急切，高亢，"如果发现我们猜到了炸弹的所在，想要阻止惨剧发生，他一定会提前引爆炸弹！因为他的从容和镇定，全都建立在胜券在握，把我们当作老鼠玩弄的基础上！所以，我们既不能直接检查，更不能让车停下，就连开慢一点都不行。就算我们绕开 GSM－R，采用别的方式联络上铁路部门，成功避开他的耳目。他也能通过软件测速，知道高铁的行驶情况是否正常！"

经过这几个小时的交手，童素已经能勾勒出对方的大致性格，毫无疑问，对方和她一样是个完美主义者。

他们这样的人，很难接受自己的失败。只要输一次，就能记一辈子，心心念念，非要赢回来不可。

所以，童素认为，一旦"Joker"发现事情败露，一定会提前引爆炸弹。

因为对方给童素的感觉，便是这样极端的性格，就算回不了本，宁愿同归于尽，也绝不让对手翻盘。

童素的解释，让大家一时间都不知所措了。

既不能逐一检查，又不能让车停下，难道只能眼睁睁地看着炸弹爆炸？

关键时刻，还是夏正华表现出了极度的冷静："童小姐有没有想到解决的办法？"

"有。"童素毫不犹豫地说，"利用 4G 网络远程操控有一个最大的弱点，那就是——只要附近有信号屏蔽仪，令所有的 4G 网络都没办法使用。他就无法按下'开关'，炸弹也就不会引爆。而且，只需要常规的信号屏蔽仪就行，因为一般乘客使用的 4G 信号一般都是三大运营商之一，不需要用到全频段屏蔽。"

傅立鼎已经查到了 G12306 的列车时刻表，眉头紧锁，神色冷峻："但 16 分钟之前，G12306 已经在宁东站停靠过了。"

而宁东站之后的一站，就是湖滨市东站。

这意味着，他们根本就没有机会利用高铁停靠的时候把信号屏蔽仪送进车厢了。

怎么办？

童素努力让自己保持清醒，飞速思索着有什么办法可以解决这个难题，就听见夏正华问："屏蔽仪一定要在车厢内吗？放在车顶上行不行？"

"不用！"童素脱口而出，"屏蔽仪的辐射半径一般是25米到40米，根据所接触的材料，穿透力可能会稍有不同。但如果是5米以内的距离，除非完全隔绝电磁的材料，否则绝对没有问题！"

话音刚落，她就意识到什么，顿时兴奋起来："您的意思是——"

"我已经和最近的部队进行了联系，让它们出动军用直升机。"夏正华平静道，"G12306是八节车厢，全长220米，屏蔽仪要带几个？"

"八个！一节车厢一个，最好能投放在正中心！"

傅立鼎从童素手里拿过对讲机，补了一句："为了麻痹'Joker'，我们最好还是和国家铁路局打好招呼，让相关高铁都广播，由于突发事故，可能无法停靠到湖滨市东站，下一站才能停。并且，我们还要立即通知15点钟左右会停靠或通过湖滨市东站的高铁，让它们降点速，以确保在那个时间点东站没有其他列车！当然，降速不能太突然，尽量以不被'Joker'发现为前提。"

说到这里，傅立鼎想到一件事，便望向童素："你们这种顶级黑客，可以监听铁路部门的相关通信吗？如果可以，车上有炸弹的事情，或许不能通报铁路总公司，免得被'Joker'发现。"

童素干脆利落地回答："可以是可以，但夏厅的通信保密级别很高。要想无声无息地监听他的通话，很难。"

她其实不乐意说这种事，因为黑客生来就带着"能力太强"的原罪，世人一边崇拜、赞美着他们，一边恐惧、唾弃着他们。

如果被人知道，他们可以随意入侵其他人的手机，监听对方的电话，窥探别人的一举一动，无论是谁都会心里发毛。

童素倒不在意外人的看法，但素数科技想要在商界立足，为国家和企业提供更好的安全服务，总不能让大家都害怕吧？

但她也不能隐瞒，尤其在这么重要的时刻，一丝半点的信息不对等都有可能酿成惊天的惨剧。

傅立鼎没发现童素错综复杂的心思，只道："夏厅的级别够高，其他人可未必，铁道部门在收到消息后总要通知列车长吧？'Joker'既然能监听其他人的手机，难道监听不了列车长的？"

"放心。"夏正华的语声非常沉稳，"我刚才与铁道部门的相关领导已经打好招呼，通知列车长的时候，只说湖滨市东站疑似被安放炸弹，是一起性质极其恶劣的恐怖袭击，让所有列车暂时都不要停靠在湖滨市东站。"

傅立鼎闻言，稍稍舒了一口气，心想夏厅果然比自己思虑周全，早就考虑到了这一点。他权衡片刻，毅然给队员下达指令，让大家把正加速运来的十几台信号屏蔽仪搬到A16号站台，然后自己也急匆匆地往这个G12306即将停靠的站台快步走去。

童素愣了一下，小跑着跟上，追问："你打算亲眼看G12306进站吗？"

傅立鼎点了点头，开始下楼梯。

童素冰雪聪明，从刚才傅立鼎的话中就已经品出几分不对，再看傅立鼎的举动，立刻就想到哪里会出问题："部队的营地离这里很远？"

"是的。"傅立鼎面色凝重，"算上飞机升空的时间，哪怕是红色紧急状态，到这边也要至少20分钟。"

童素看了一眼手机，14点38分05秒。

距离十五点整，只剩21分55秒。

这就解释了傅立鼎为什么下站台，还让人调信号屏蔽仪过来——他打算沿着站台，布置十几台信号屏蔽仪，把直径500米的区域覆盖到位。

万一直升机不能及时赶到，就指望这一手可以奏效了。

14点57分40秒。

童素拿着望远镜，却看不到直升机的身影，反倒隐隐看见了极远处的列车，一颗心渐渐地沉了下去。

傅立鼎双手紧紧握拳，斩钉截铁地命令道："所有队员，听令——立刻打开信号屏蔽仪！"

霎时间，在这么短时间内能够收集到的全部12个信号屏蔽仪，齐刷刷地开启！

这也就意味着，他们的对讲机暂时也无法使用，屏蔽掉了与总部的联系。

就在此时，童素惊呼："你们看！"

远方的天空出现一抹黑色的影子，就像急速飞翔的苍鹰，掠过高逾千丈的白云，俯冲而下！

"啪——"

装有信号屏蔽仪、涂有吸附材料的盒子准确无误地落到了第八节车厢的上空，直升机又一次打了个盘旋！

"怎么先投放车尾？应该先投放车头！"童素气得快跳起来了，"万一第一节车厢进站了怎么办？直升机再想冲进来就危险了！"

傅立鼎也觉得应该先投车头，但飞行员这么做，肯定有他自己的考虑。所以，他只是看了一眼手表。

14点58分16秒。

他心算了一下，直升机从飞到一个稳定的安全高度并完成投放信号屏蔽仪，大约耗时16秒。八个就是128秒。但他们只有120秒的时间，来得及吗？

"啪""啪""啪"。

又是三个信号屏蔽仪投下，后四节车厢被准确覆盖。

此时，已到了14点59分05秒，不需要靠望远镜，光凭人的肉眼都能看见G12306在前方出现。

按理说，高铁准备进站，应该放慢车速才对。

但为了瞒过"Joker"，铁道部对列车长下达的指示是"不要在湖滨市东站停靠，继续往前开"。

这也就代表着，G12306会一直保持原有车速，不会降速！

所有人的心都悬了起来。

直升机似乎也有点急切，高度已经降到很低，飞掠的时候，连续两个信号屏蔽仪扔在了第3、4节车厢。

童素死死地捏着手中的望远镜，大气都喘不过来，眼睁睁地看着直升机转了最后一圈，试图往第1、2节车厢上投放信号屏蔽仪。

但G12306的车头，已经开进了湖滨市东站！

"啪"，二号车厢，准确投放！

"啪"，一号车厢，准……不对！

童素差点要高喊起来——最后一个信号屏蔽仪，竟然投在了二号车厢的最前方！因为直升机必须掉头了，再往前开就会撞上建筑物！

呼啸的高铁，开进了宽敞明亮的湖滨市东站。

分针与秒针，在这一刻重合。

15点整，寂静无声。

在场的所有人，大脑都是一片空白，仿佛失去了思考，甚至呼吸的能力。

不知过了多久，傅立鼎才第一个反应过来，看见干净如新的湖滨市东站，忽然高喊："成功了！"

霎时间，特警们才反应过来，脸上纷纷露出狂喜的神情！

没有爆，这一次，炸弹没有爆！

童素腿都有些发软，差点没站稳，但她很快意识到一件事，声音无比尖厉："直升机还在吗？还有信号屏蔽仪吗？快点给一号车厢扔上去！万一炸弹放在一号车厢的前端，刚才是凭借站台上的屏蔽仪才让遥控失效的，等过会儿'Joker'发现屏蔽不起作用了，一定会恼羞成怒引爆炸弹的！"

特警们如梦初醒，立刻拿起对讲机，发现按不动，这才反应是信号屏蔽仪还在起作用，于是匆忙关掉12个信号屏蔽仪。

傅立鼎急急忙忙地把消息传给夏正华，就听见夏正华不紧不慢地说："已经投了！我们的飞行员足足带了十个信号屏蔽仪，就是怕出现类似问题。"

松了一口气的众人你看看我，我看看你，才发现，所有人都已泪流满面。

交通管理指挥中心，欢呼声也响彻整个大厅。

可就在这时，夏正华的手机突然响起：

"夏厅！陈云升——死了！"

# 第四章　关键人物

7月18日，凌晨两点。

临安，天目山脉。

崇山峻岭之间，林立着森严的高墙。四角的岗楼高逾五米，探照灯无比明亮。

这就是山城监狱，一个只关押重大刑事罪犯的地方。

如果从高空俯瞰，就能发现，整个监狱由三个同心圆组成。最外围的大圆是覆盖着重重电网的高墙，中间层是劳动改造区，最里层的小圆则是囚犯们居住的地方，以及审讯室、医务室、餐厅等等。

这一天，山城监狱迎来了一批特殊的访客。

之州省安全厅厅长夏正华、湖滨市公安局陈局长、之州省公安厅特警总队大队长傅立鼎、"7·17专案组"的特约技术顾问童素，以及专案组的其他成员。

7月17日，湖滨市多个地点遭到东南亚贩毒组织万象集团的恐怖袭击，性质极为恶劣。之州省有关部门立即上报到公安部，并且很快就得到了来自北京的批示：成立"7·17专案组"，将这次恐怖袭击与之前的"塑料瓶注塑藏毒案"大案并案处理，由之州省副省长挂帅，之州省安全厅厅长夏正华为执行总指挥，全权负责打击万象集团在中国的行动。

但专案组开局就十分不利。

虽然成功阻止了犯罪集团针对湖滨市东站的爆炸，但与此同时，被关押在之州省守备最严密的山城监狱的陈云升，竟然死了。

死因非常可笑——与狱友发生冲突，被活活打死。

监控录像清晰地记录了陈云升死亡的整个过程：

正值午餐时间，犯人们劳动改造完毕后，来到食堂，拿起餐盘，排队打饭。每个人的表情都很冷漠、麻木，无人交流。

因为他们的吃饭时间只有15分钟，算上排队、找位置的时间，更是被压缩到了十分钟左右，这么宝贵的时间，不应该浪费在聊天上。

陈云升打完饭，正准备找位置坐下，却在走路的时候，不小心撞到了一个名叫张子恒的犯人，手上的饭菜全洒到了对方身上。

张子恒瞬间就怒了，单手掐着陈云升的脖子，拎着就往桌子上抡。

这一幕实在太过凶残，在场的犯人们全都吓傻了，就连站在远处的狱警都没反应过来，愣了几秒，这才抄起电棍，把张子恒电麻。

但这时候，陈云升的脖子都已经歪了，送到医务室时早已断了气。

死因：气管软骨被外力剧烈作用，导致骨折，压迫气管。碎裂的软骨插破了气管，阻碍了呼吸功能，最终窒息而死。

童素盯着监控录像看了好一会儿，才问："平常犯人们吃饭的时候，也只有几个狱警在？"

监狱长摇头叹道："不是，但昨天情况特殊，监狱的狱警被抽调走了一多半，才造成监管的不力。也正是因为优先应对警力调动的紧急事件，午饭也推迟到了1点半才开始。"

他这么一说，傅立鼎先皱眉："'Joker'的连环毒计，真是好狠啊！"

陈云升被袭击的时间是下午1点34分，那时"Joker"还在不断引爆炸弹，由此可知"Joker"根本就没想救出陈云升，而是打着杀人灭口的主意！他之所以大张旗鼓地进行恐怖袭击，目的之一就是为了调开监狱的警力！

夏正华直接点出了两个关键疑问："那么，'Joker'怎么知道陈云升被关在山城监狱？张子恒又是通过什么途径被收买的？"

"第一个问题，我或许能给出答案。"童素快速转着手中的魔方，气定神闲地说，"'Joker'既然入侵了湖滨市智慧交通系统，就相当于湖滨市路上的每一个摄像头都成了他的眼睛。他可以通过这些摄像头，寻找陈云升的痕迹。"

傅立鼎反驳："但我们从福建押回陈云升等人时，全程走的是公路，几乎没在外界露过脸啊！"

"但武装押运车，如果有心去找，本来就是很容易被发现的。掌握了海量的资料库之后以现在的计算机技术，想要做到人脸数据比对，实在太轻松了。"童素淡淡道。

她这两天也一直在琢磨，为什么"Joker"会选湖滨市智慧交通系统下手，现在看来，人家早就打了一石二鸟的主意。这边通过信号灯炸弹制造恐袭，那边通过交通监控和录像，锁定了陈云升的踪迹。

夏正华平静地说道："还有一个原因——'Joker'也知道，陈云升的身份非比寻常，虽然还没有审判，但我们抓到他后，绝不会把他关到普通看守所，只会先押解到最森严的监狱，临时看管起来。"

童素发现，夏正华对万象集团有种不同寻常的熟稔，便问："夏厅，您似乎对这个贩毒组织集团很了解？"

夏正华沉吟片刻，缓缓脱下了一直戴在手上的白手套。

霎时间，所有人都倒吸了一口冷气。

没有人能想到，夏正华的左手竟然是一片焦黑，坑洼不平，看上去像一截被烧焦的木头，而手指更是只剩下了大拇指和小指！

面对自己残缺的左手，夏正华出乎意料地平静："二十多年前，我和战友们接到消息，万象集团的毒贩会在广西境内的一家工厂进行毒品交易，我带队前往。结果身中埋伏，工厂爆炸，整整一个队伍，最后只活下来了两个人。一个是我，另一个——"

他叹了一声，目光仿佛穿越了二十余载的光阴，看见了那个朝气蓬勃，笑着喊他"学长"的青年。

那些原以为沉淀下去的思绪，一瞬间汹涌而出。

傅临渊。

那是他最看重的学弟、最得力的部下，也是最信任的战友。

那次对毒品交易的抓捕行动，虽然一切看似天衣无缝，但临行前，傅临渊却心神不宁，劝夏正华不要冒险。

夏正华不信这些玄学，带队前往，看在傅临渊一直坐立不安的分上，就安排他望风。

漫天的火光和爆炸中，他为了救傅临渊，下意识地伸出手，握住了迎面而来的燃烧弹，左手也彻底废了。

即便如此，他却侥幸活了下来。

而整支小队中，唯一平安无事的，就是一直将警惕心提到最高的傅临渊。但他受不了战友们全部牺牲在眼前的残酷事实，向组织申请，去万象集团卧底。

再然后……

傅临渊化名"林元"，混入万象集团，短短几年就已经做到了中层干部。靠着他传出的消息，中国缉毒警察捣毁了万象集团在中国三分之一的窝点。主事的"梅花J"察觉内部有问题，却始终试探不出内鬼究竟是谁，就想了个无比恶毒的法子。

万象集团的"大王"德隆严格约束手下，不准他们吸毒。但"梅花J"仗着天高皇帝远，又是危急时刻，拿毒品试探所有中层干部，逼迫他们吸毒。

在"梅花J"看来，缉毒警察是世界上最了解毒品危害的人，对毒品肯定有抵触，推三阻四不肯吸。谁也没想到，傅临渊为洗清"梅花J"的怀疑，好继续在万象集团卧底，一咬牙，当了第二个主动注射海洛因的人。

再后来，万象集团没了，傅临渊的毒瘾却再也戒不掉。

为了不被毒品彻底摧毁，这个铁骨铮铮的青年选择了死。

傅临渊自杀那年，还没有满30岁。

想起过往，夏正华长叹一声，努力收敛那些难言的情绪，缓缓戴上手套："20年前，我们付出了极其惨重的代价，才将万象集团从中国连根拔起。但我们从来没有放松过对万象集团这个毒邻居的警惕！"

"等一下！"童素打断了夏正华，"不大对吧？"

她之前没接触到这桩案子，刚才一直在看卷宗，才明白整件事情的前因后果。

万象集团，是一个掌控了全世界五分之二毒品产出和销售的庞大贩毒集团，与羽蛇家族瓜分了这个世界上90%的毒品交易。

万象集团是一个极其庞大、结构分明的毒品王国，总共有54个高级干部的席位，以纸牌的花色作为代号，而这个集团的统治者和继承人，代号分别是"大王"和"小王"。

代号"黑桃"的干部象征着"武力"，他们倒卖枪支，走私军火，保护其他毒贩，也是与缉毒警察直接交锋的群体。

据说，"黑桃A"到"黑桃K"，全都有世界顶级雇佣兵的水准。夏正华曾经率队与"黑桃9"交过手，险之又险，我方狙击手才将此人击毙，后来发现是泰国地下黑市的拳皇。

代号"红桃"的干部象征着"智慧"，主要负责研发、制造毒品。

当年中国大陆严厉封锁麻黄的销售，导致万象集团失去了重要的原材料来源时，"红桃10"硬是凭着出色的化学功底，直接用化学药剂合成出新型冰毒。等到缉毒警察查出他的真身时，发现他居然是某高校德高望重的化学教授。

代号"方块"的干部象征着"财富"，主要负责为组织洗钱，往往喜欢用商人的身份作掩护。

代号"梅花"的干部地位最高，他们负责开拓市场，把控方向，其他三支都要听从"梅花"的安排。

在万象集团，即便某个高级干部死了，该花色空出来，也不会立刻就补人上去。据说该组织内，常年有十来个花色是空位。这是为了方便提拔新人，以免新人没有上升的空间，失去为组织卖命的干劲。

这样严密的组织，以及高质量的干部群体，已经令人胆战心惊。

更可怕的是这个组织还有邪教一般的洗脑能力，组织内部的所有高级干部，只要发现情况不妙，自己跑不了了，即将被中国警方逮住，就会直接自杀。

根据卷宗记载，万象集团在中国内地的首领"梅花J"于2000年自杀，这也象征着他们在中国的彻底失败。从那之后，万象集团就在中国销声匿迹。

但再看看陈云升的履历：男，1965年11月1日出生。华人，马来西亚国籍。祖籍福建安溪。

1997年7月1日，香港回归，大量外资进入中国内地，引发华人又一次的归乡探亲、投资热潮。陈云升在当年的12月15日，到达安溪县陈家村，与族亲相认，代表祖父、父亲回乡祭祀。

第二年初，即1998年的3月1日，他投资100万美金，获得了安溪一片万亩茶田的30年经营权。然后又在泉州开了一家名韵茶厂，专门炮制高档乌龙茶，出口到日韩、东南亚等国家和地区，销路不错。

名韵茶厂解决了周边三个村数千人的就业，且年年按时、按质、按量纳税，从不偷税漏税，一直是泉州的明星企业，享有诸多政策优惠。

2005年1月31日，陈云升成立名韵集团有限公司，又开辟中低端乌龙茶生产线与销售网。

2009年4月15日，名韵集团拆分出三家子公司，分别经营高档乌龙茶、中低档乌龙茶，以及茶饮料。

2016年7月1日，由于中低档乌龙茶利润太薄，相关子公司转型，主打业务为健康矿泉水。

也就是在当月，陈云升以"公司的生产线太过老旧"为名，前往中国台湾，斥重金买下一条最新的注塑生产线。而这条注塑工艺，并不是用来改进生产，而是为了方便将毒品压到每个饮料瓶子里，从而出售！

但也是机缘巧合。

傅立鼎在一次很偶然的机会中，无意中发现一个过地铁安检的人鬼鬼祟祟。警察的直觉告诉他，这个人有问题。他追查下去，发现了一个贩毒网络；再顺藤摸瓜，牵出了"注塑藏毒案"，最后查到了福建知名企业家、名韵集团董事长陈云升身上。

要不是抓捕陈云升的时候，警方搞突击行动，从陈云升名下的工厂搜出几百斤毒品，以"藏毒"的确凿罪名将陈云升以及公司的一应高管带走，想对付这位"知名企业家"花巨资豢养的律师团，还真没那么容易。

"我有点不解。"童素有些疑惑，"陈云升1997年就来中国内地了，为什么2000年捣毁万象集团中国分部的时候，没查到他？你们到底怎么确定，陈云升就是万象集团的'方块Q'？"

"这个问题，我可以解释。"

傅立鼎一边说，一边调出一份资料，正是抓捕陈云升时的影像。

陈云升被捕时，正以知名企业家的身份，参加一个大型商业论坛，里头群星荟萃，万全天盛的两位联合创始人郭天宇和刘帅、太平洋银行的董事长谢蔚林等大咖齐聚。考虑到社会影响，特警是守在会场通道外，等陈云升出来才将他秘密带走的。

陈云升的部下们看见特警时，脚都吓软了，但陈云升却非常镇定，他迅速拿出手机，狠狠摔在地上！

随后他没有反抗，任由特警们将他押走。

如果仔细看，就能发现，他的唇角竟挂着一丝神秘的笑。

傅立鼎特意将这个画面定格，放大。饶是在场的刑警们办案经验丰富，都觉得背后凉飕飕的，有种毛骨悚然的感觉。

立刻就有人问："他为什么笑？"

"因为他的目的已经达到了。"这一次是夏正华开口，"那台手机中植入了特殊的装置，一旦受到剧烈碰撞，装置就会启动，将芯片、主板、电路等关键设备全部烧毁，半点残渣都不留下。专案组拿到的，只是一个手机的空壳。"

傅立鼎点了点头："我们虽然调出了该号码全部的通话记录，但陈云升是知名企业家，联络的对象至少有四分之三都是与他一个阶层的人物。加上他经常出入一些十分高档、私密性很强的会所，极大程度地增加了调查的难度。"

"至于通信软件的聊天记录……"傅立鼎耸了耸肩，"对拥有顶尖黑客的贩毒组织来说，写一个专用于通信的应用程序，当然是小菜一碟。无疑，现在这个他们用于通信的软件已经从根源上被删得一干二净了。"

夏正华补充道："我们当时判断，陈云升应该还背负着重要使命，暂时不能死。所以在被抓的那一刻，他没有像之前其他万象集团的高层那样，立即自杀。所以，昨天他的死，就更显得蹊跷和让人难以理解了。"

傅立鼎点了点头，又向众位专家介绍："另外，陈云生也潜伏得很深。从1997年到2000年，陈云升与'梅花J'从没接触过，无论是本人、助手还是公司业务、金钱交易，全都不沾边。"夏正华回答："万象集团当年盘踞我国西南、西北一带，主要的活动范围是云南、广西、贵州、甘肃、青海五省（自治区）。哪怕是洗钱，也很少走珠三角听到这里，夏正华低声道："虽然我们派出的卧底曾经报告，万象集团派遣到中国大陆的高管不是七个，而是九个，潜伏极深的另外两名高管，很可能是级别更高的'方块Q'和'黑桃Q'。但这只是他的推断，专案组掘地三尺，也没有找到足以佐证这句话的证据。线人当时又身染毒瘾，状况时好时坏。这种状态下说出来的话，可信度不够高，最后只是将这一情报作为补充，在卷宗里记了一笔。"

在场的都是资深的刑警、专家，都马上就感到了有不对劲的地方，于是有人追问："陈云升1997年就来了中国大陆，却从不与组织的同伴接触，这没道理啊！该不会是他们狡兔三窟，在福建还有一条毒品生产线，专门交由陈云升负责吧？"

"不大可能。"有人反驳道，"广东、福建本就是缉毒警察重点关注的地带，如果真有生产线，我国缉毒警察不可能任由它嚣张20年，却一点感觉都没有。"

"你们注意看这份资料，陈云升从1997年创办企业到2005年公司改革，八年时间内做的都是高端茶叶销售，尤其喜欢把茶叶往日韩新等国家、港澳台等地区卖。安溪铁观音本就天下闻名，陈云升从投资茶厂，到创办公司，再到公司转型，每一步都合情、合理、合法，谁都不会怀疑他有什么不妥。如果万象集团真像卷宗里记载的那样，分工明晰，组织严明，陈云升应该只负责洗万象集团从周边国家揽到的黑钱，不会涉及其他部分的事务，这样一来，能够最大限度减少他暴露的可能。"

这也是一条思路，而且听上去非常靠谱，当即就有人表示赞同："我国当年对外资，尤其是对归国华人的投资大开绿灯，监管与审核没有现在严格。万象集团或许是看到了这个机会，就决定派陈云升来将大量的毒资通过中国大陆中转，一进一出，钱就干净了。这一次，应该是万象集团与文南国政府开战，急需资金支援，必须拓展中国的渠道，才铤而走险地让陈云升去买注塑机做饮料瓶藏毒运输，导致东窗事发。"

陈局长的神色有些凝重："既然已经确定'方块Q'真在中国大陆潜伏了二十多年，还混成了知名企业家，那就证明卧底的情报来源非常准确。我们必须提高警惕，按照卧底的说法，'黑桃Q'很可能也一直留在中国大陆，没有离开。"

童素还是觉得没道理。

同一个组织的高层，又都潜伏在大陆，为什么整整三年多都没有任何联络？怎么想都不正常啊！

但此时，傅立鼎已经发现话题扯远了，立刻拽回来："我还是不解——就算'Joker'查到了陈云升在山城监狱，他是怎么和张子恒联系上的？张子恒可是好几年前就被送到了山城监狱，总不至于万象集团未卜先知，提前送个人进来吧？"

他抓重点的能力一向很强,三言两语就将大家的注意力都带到了正事上。

此时,夏正华深深地看了傅立鼎一眼,心情有些复杂。

别人都以为他对傅立鼎的另眼相看,只是因为傅立鼎有本事,有干劲,洞察力敏锐,在同龄人中出类拔萃,屡立奇功。这样的年轻人,谁不喜欢呢?夏正华想把傅立鼎当成学生培养并不奇怪,只能说傅立鼎走大运了而已。

唯有夏正华知道,他对傅立鼎的种种照顾,是来自于他对傅临渊的亏欠。而傅立鼎,正是自己那位已故亲密战友唯一的侄子。

那个少年本来风华正茂,有大好前途,却在成为英雄后,死于毒瘾带来的绝望。

# 第五章　借刀杀人

傅立鼎提出的问题，让所有人都看向童素。

自从"Joker"闹了那么一出之后，大家对黑客的印象都是"神通广大"，第一反应就是山城监狱的系统是不是也被入侵了。

童素当然也想过这个可能，所以她来到山城监狱的第一时间，就征得夏正华的同意，对整个监狱的网络与供电系统进行了详细的检查，闻言就摇了摇头，说："山城监狱外围密布高压电网，整个监狱内部的供电都是单独拉线，不走任何市电线路，也不曾对外联网。这样贩毒集团的黑客就算有通天本事，在没有内鬼配合的情况下，也不可能入侵到山城监狱的内部系统，更不可能拿到一丝一毫有价值的资料。"

她的话，让监狱长脸色顿变，难道是内部的狱警或工作人员有什么问题？

陈局长见状，忙问："张子恒的口供录好了吗？"

"主要说辞是陈云升故意撞他，把饭菜洒他一身。因为这几天本来心情就不好，一时冲动，不小心把人杀了。"

"与张子恒同住的几名囚犯也表示，张子恒最近两天有些阴阳怪气，看谁都不顺眼，已经把人往死里打了好几次。但这些犯人都不敢告诉狱警，怕狱警一旦处罚了张子恒，等张子恒从禁闭室出来，他们会遭到疯狂报复。"

"张子恒入狱的原因就是知道父母的死因和叔叔有关后，二话不说，直接把他叔叔杀了。这么冲动的人，确实有可能一时失手，将人活活打死。"

"我倒认为，这个张子恒一点都不冲动，你们看法医鉴定，他叔叔的尸体上足足有数百道伤口，每一道都准确地避开了致死的要害。而他叔叔的死因也并非利器导致的脏器破裂等，而是剧烈的疼痛以及大量的失血导致休克，从而死亡。整个过程中，案发现场就只有张子恒和他叔叔两人。"

专案组的专家们议论纷纷，童素的注意力也被吸引过去："也就是说，张子恒在杀人的时候一直保持高度冷静，对叔叔处以类似'凌迟'的刑罚后，再眼睁睁看着对方死去？"

夏正华评价："这个张子恒，不像第一次杀人。"

杀人犯一般分两种，冲动型作案和有预谋地作案。前者往往是脑子一充血，就把案子犯了，根本没想过后果。很多冲动型杀人犯一辈子连只鸡都没杀过，却因为过失夺去了别人的性命，后半辈子都良心不安。

但另外一种杀人犯就可怕了，他们一早就知道自己在做什么，会面临什么后果。而这种冷血变态的杀手，往往会有个进化过程，比如先是猎杀小动物，确定自己可以掌控弱者的生死之后，再对人动手。

陈局长对这个大案印象颇深，便道："当年警方也认为张子恒不像初犯，反倒像个冷血杀手。但是一是张子恒在家中遭逢巨变之前，就是个普通的纨绔子弟，没有任何案底；二是那些无良的自媒体不知道从哪里得知这个案子，大肆报道，什么'豪门争产、弟弟谋杀哥哥、侄子卧薪尝胆，多年后终复仇'，弄得网民像看小说一样追案件进度，很多人认为张子恒这是'为父母报仇'，属于'义士'，应该轻判。检方顶住很大的社会舆论压力，严格按照法律量刑，判了张子恒死缓。服刑两年后，应该就在山城监狱，被改判为无期徒刑。"

说到最后，陈局长长长地叹了口气："要是他没被关在这儿，陈云升估计就不会死了。"

"在国内没杀过人，未必在国外没有，毕竟，这个张子恒在国外待了十来年。"童素饶有兴趣地说，"我这就写个小程序，在全世界范围内查一查这个张子恒，看他有没有别的身份。"

山城监狱，审讯室。

傅立鼎拉开椅子，坐了下来，仔细打量着眼前的张子恒。

照片上看还不直观，只觉对方浓眉大眼，相貌阳刚。就近一看，才发现此人身上自带一股凌厉气质。

但此刻，张子恒被铐在铁桌后的审讯椅上，不知道是不是因为误杀了人，处刑又要加重，甚至可能被判死刑的原因，他的脸上流露出一丝懊恼。

傅立鼎笑了笑，语气竟然很放松："咱们聊聊吧！"

大概是他的态度，令张子恒生出一丝希望，对方立刻叫屈："警官，我真不是有意杀那个人的。我只是一时气愤，想着如果这么多双眼睛看着，被饭菜洒了满身都能忍，以后谁还服我？就……全怪我没有脑子，可我确实不是有意的！"

他这话也不是经不起推敲。

傅立鼎知道，监狱之中崇尚强者为王。

如果你不彪悍，就会被其他犯人欺负，脏活累活都给你干，好吃的全要"上贡"，甚至还可能被同性侵犯。

正因为如此，犯人往往把"实力"和"面子"看得比什么都重要，拉帮结派、认大哥等现象屡见不鲜。

张子恒的举动，无疑是想在其他犯人面前立威。造成了这么严重后果，他的辩护与叫屈也能理解——毕竟故意杀人和过失杀人，量刑上存在很大的差别。

不管从哪个角度看，张子恒的话似乎都没问题，但这等小伎俩却骗不到傅立鼎。

只见傅立鼎食指弯曲，轻轻敲击桌面，气定神闲地说："如果张先生都没脑子，天底下至少有90%的人就是草履虫了。"

张子恒闻言，正欲反驳，就见傅立鼎做了个"停"的手势，慢条斯理地说："你本来是个富家公子、不学无术的富二代。但九年前，你父母在加拿大因为煤气中毒，不幸逝世，家业被你叔叔继承。你叔叔对你并不好，拿到公司后就彻底不管你了，甚至连生活费都不给你一分。当时在大洋国读书的你很快就穷困潦倒，从此销声匿迹，不见踪影，你的亲人都以为你已经死了。直到三年前，你突然闯入叔叔的别墅，将你的叔叔残忍杀死，你的婶婶不小心撞破这一幕，被吓得一度精神失常，而你却放过了她，以及别墅里的其他人。"

傅立鼎办了这么多案子，自然清楚，一般的冲动杀人，比如震惊全国的几起灭门案，往往会先从妇女儿童开始下手，很少直接上来就杠上一个壮年男人。因为人一开始都会有胆怯心理，潜意识里会先挑弱势群体欺负，等到杀红了眼，就管不了那么多了。

但张子恒不是。

他的目标很明确，就是叔叔一人，他是来复仇的。

而且，张子恒消失的那六年经历也存疑。

一个曾经花天酒地的富二代，究竟他经历了什么，才会变成一个如此无情，在30秒内就能徒手夺人性命的冷酷杀手？

根据案发的监控录像，专案组判断，张子恒具有丰富的反侦查经验、强大的格斗技巧。他对人体要害的掌控十分精准，甚至对审讯都有足够的抵抗能力，很可能接受过极其专业的雇佣兵训练。

张子恒的蜕变，会不会与万象集团有关？

面对傅立鼎探究的目光，张子恒的态度很坚决："警官，你要相信我，我真是一时气愤，没想到自己会活活把那个人给掐死！"

真是滴水不漏啊！

张子恒一口一个"那个人"，就是为了表达他根本不认识陈云升，连对方的名字都不知道。

在细节上都这么注意，看样子，想用正常手段让张子恒招供，非常困难。

有经验的刑警都知道，像张子恒这种被买通了杀人的，嘴巴基本上都很硬。因为对方早就做好了以命换命的准备，除非你抓住他的弱点，击破他的心理防线，否则他就是个乌龟壳，绝对不会张嘴。

但警方打不起持久战。

所以，傅立鼎干脆利落地抛出一句："贺秋芳与贺萌萌已经失踪六天了。"

霎时间，张子恒的脸色就变了。

不等他掩饰，傅立鼎继续道："7月12日，贺萌萌的老师发现她没有来上学，想通知家长，却打不通贺秋芳留的电话。老师虽觉得奇怪，但以为这对母女有什么事，就等了一天。7月13日，她又没等到贺萌萌去上学，就上门家访，结果按了半天门铃，却无人开门。邻居也表示，已有两天没看到这对母女了。老师怕出事，就打电话报了警，警察调取监控录像之后发现，7月11日晚上6点多，母女俩手拉手进了小区就再也没出来。警方对该小区进行拉网式搜索，一无所获。"

事实上，中国香港警方那边还觉得奇怪，一对单身母女，为何莫名其妙失踪？就算绑架，也轮不到绑她们啊！直到专案组这边派人去交涉，才知道她们估计是卷入了这场贩毒大案，成为其中的牺牲品。

傅立鼎盯着张子恒的眼睛，语气中带着说不出的怜悯："已经快七天了，还是没有她们的消息。"

张子恒的脸色灰败了下去。

他明明按照对方吩咐的去做了，秋芳和萌萌却还没回来。

现在是18日的下午两点，离七整天只差4小时，已经过去了164个小时！

对张子恒来说，他比谁都要清楚，这意味着什么。

他这辈子最爱的女人，以及唯一的血脉，很可能已经葬身荒郊野外，或者被扔入大海之中。

"专案组会不遗余力解救人质。"傅立鼎不紧不慢地说，"但我们手上的线索太少，需要你的配合。"

张子恒声音嘶哑："我说，我什么都说。"

审讯室外，童素昂首挺胸，接受众人的赞美。

时间倒回半个小时前。

童素取了张子恒的脸模，以及身份证、银行卡等信息，做数据比对，又调取银行的录像，发现从六年前开始，直到张子恒入狱之前，他每隔一两个月就要进一次银行，给同一个账户寄钱！而他每次出现的地方，也都绝不相同，有可能上一次还在拉斯维加斯，下一次就到了塔斯马尼亚岛！

张子恒做得固然很隐蔽——他每次存款，都没用银行转账，而是直接去柜台存现金。但他或许不知道，银行的摄像头，对童素这种顶尖黑客来说，形同虚设！

"许多国际级大银行从几年前开始，就将摄像头统统替换成最新款的——这种高质量的新科技摄像头可以将录像压缩到极小，永久储存。而不像之前一般只能存储半年，就会被后面新的录像覆盖。"童素一边十指如飞，一边对专家们解释，"在我国的几大银行中，目前还只有太平洋银行对设备的更迭这么重视。"

专家们暗暗心惊："也就是说，只要是用了这种摄像头，无论多少年前的资料，你们都能调出来？"

"基本上是这样。"童素回答，"所以，黑客往往都对摄像头极为敏感，抬头看一眼就知道大概是哪个公司生产的；高明的黑客甚至会有意识地躲着摄像头走，并不是有什么见不得人的秘密，只是习惯隐藏自己。"

黑客的能力，本身就是一种原罪，这也是童素在创办网络信息安全公司的时候，才渐渐体会到的。

因为他们太神通广大了，所以合作方会警惕——你们这面最坚固的盾，有朝一日会不会变成最尖锐的矛？

这一点，就连童素自己都无法保证。

对黑客来说，善恶就在一念之间。

有不少因为破坏网络安全而被抓蹲了几年监狱的黑客，出来后改邪归正，成为最优秀的网络安全工程师；也有不少高明的程序员，认为自己的收入与技术不成正比，利用黑客技术牟利，敲诈勒索。

童素的心情复杂，活却干得非常利索，很快就从那错综复杂、犹如蜘蛛网般的重重身份中，锁定了另一张银行卡。

"张子恒十有八九是雇佣兵，光是护照就有几十个，银行卡也有上百张。这些假身份大部分都是用完就丢的。不过，他却曾用真实身份，一次性花1200万港币在中国香港买了一份为期30年的巨额保险，每个月都能固定从保险公司提取5万港币，等到保期结束，还可以取回本金及每年3%的投资收益。而一旦他在保期内去世，则有巨额赔偿金。所有这些资金,他都指令汇入一个账户。"

童素一边说,一边调出该账户拥有者的资料,怔了一下,才读了出来:"受益人是一名女性,名叫贺秋芳,27 岁,文员,单亲妈妈,独自带着一个六岁的女儿贺萌萌在中国香港生活,父不详。"

"而这对母女,已经失联超过六天了。"

此刻,所有人心中都只有一个念头——她们肯定是张子恒的情人与女儿!

而这,就是突破口!

审讯室内,张子恒开始交代。大家凝神屏息,希望能听到有价值的信息。

"三天前,我劳改的时候,突然听见了秋芳和萌萌的哭声。还有个男人的声音威胁我,说如果不杀掉陈云升,她们母女就要死。"

傅立鼎立刻问:"你在哪里听到的?"

"劳改的地方,但声音比较远,我不清楚具体位置。"

"你确定你听见了她们母女的声音?"

"我确定!"

张子恒的回答,让所有人面面相觑,陈局长觉得有点匪夷所思:"这家伙在说谎吧?他在监狱里,高墙之内,怎么可能听见他情人和女儿的哭声?"

除非,狱警中真有内鬼,夹带了什么音频文件进来。

夏正华若有所思,半响,接通了傅立鼎的耳机:"傅队,你问张子恒,他 20 岁之前是手无缚鸡之力的富家子弟,突然变得这么厉害,除了魔鬼训练之外,是不是接受了某些特殊的改造?或者,做过颅内共振频率测试?"

傅立鼎依计发问,张子恒则配合地逐一回答:"我在加拿大有奇遇,加入了一个雇佣兵组织。他们对我的身体注射了不少药剂,进行了一些手术,然后还经常检测我的全身数据,颅内共振频率就包含在其中。"

夏正华闻言,缓缓道:"前几年,菲律宾有位富商想除去一个敌人,对方却被关押在监狱里。那所监狱恰好有一个犯人是大洋国三角洲部队退役的雇佣兵,富商就买通对方,成功杀了那个对手。"

"而他与雇佣兵联系的方式,就是通过定向声波。"

童素颇觉好奇:"定向声波?"

"是的。"夏正华很笃定地说,"声波在每个人的颅脑内,共振频率不同。这就是为什么,同一段声音,有些人听着是嗡嗡嗡,有些人却能听出是旋律或者语音的原因。当然，想要解析某个人的声波共振频率，此人必须做过专门的临床试验。同时定向声波的使用有个特点，就是距离不长，必须靠近目标。如果张子恒也做过此类实验，又被'Joker'获悉具体数值，那么利用这个特性，只要定向声波发射器能够出现在监狱隔离区内，张子恒就能听到！"

监狱长点了点头，觉得夏正华的猜测有道理，可有个问题却想不明白："说不通啊，山城监狱守备如此森严，高空有电网，墙上也有，小动物一爬上墙就要被电死。'Joker'究竟是通过什么手段，把定向声波发射器弄到山城监狱里的？"

童素思忖片刻，问："对于飞过的无人机，你们怎么处理？"

"我们对无人机有一套专门的应对方案，只要无人机飞到上空就会被定位，直接击落，并且会根据无人机的编号等信息，把机主找出来。"监狱长回答道，"根据情节轻重，看怎么处理。"

言下之意，就是你如果不是故意弄无人机过来的，顶多是批评教育；但要是故意的，那么私闯监狱管制区就是违法行为了。

童素点了点头，刚要把"无人机"这个方案画掉，却发现不对："等等，你们监狱针对无人机的方式是……打下来？"

监狱长也迷茫了："不对吗？"

"请告诉我，无人机到底是进入监狱一定范围内就会自己掉下来，还是被打下来，这点非常关键！"

# 第六章　撬开缺口

经确认，"Joker"联系张子恒的方法，确实是通过无人机。

"Joker"驱使了一种小型蜘蛛无人机，表面涂层是绝缘的橡胶，从而翻过电网，到达监狱内部，开始播放特定声波，只有张子恒一个人能听见。

专案组在监狱边缘附近，找到了好几个无人机残骸，证明了这一推断。

但这也代表着，张子恒与万象集团无关，只是被威胁才杀了人。

正因为如此，专案组的成员们坐到一起，重新梳理线索。

主持会议的傅立鼎调出相关资料，投放到大荧幕上，向专案组的其他成员介绍道："我们彻查了名韵集团历年的账本、进货清单等相关信息，发现茶饮料中含有微量中草药成分，其中一味药就是麻黄。不过，厂里不足五公斤的麻黄存货，与进货清单和日消耗单据都能对上。然后，我们去查了提供给名韵集团麻黄的药企，发现对方是一家非常正规的企业，不仅经过了GMP（药品生产质量管理规范）认证，而且购进麻黄这种涉毒原料时，事先经过食药监局批准，生产与销售的端口也都在当地公安备了案。不仅如此，该药企负责运输麻黄的八名相关人员，也早就在公安系统实名备案，运输车辆也一样。每次购买运输，都是在公安批准的时间内执行，没有找到一点违规的情况。"

也就是说，与名韵集团合作的药企，很可能只是对方抛出来的障眼法。

这条线索彻底断了。

一时间，会议室又陷入缄默。

他们已经掌握切实证据，可以证明名韵集团的工厂中有一条注塑生产线，通过注塑技术，将冰毒压入矿泉水瓶、饮料瓶中，再通过旗下的销售网点，甚至官方的网店，将这些包裹着毒品的"饮料"销往全国。

销售这条线，他们算是追查出来了。

问题是，制作呢？

这些冰毒在什么地方制作？又通过什么方式运到名韵集团，再由名韵集团加工，销往全国？

夏正华沉默片刻，才问："食药监局那边怎么说？"

"这二十年来，在食药监局备案，原料涉及麻黄的药企，我们全都派人走访了一遍。"傅立鼎回答，"并没有发现任何异常。另外，根据检验科提供的报告——现场搜查出来的毒品，不仅有高纯度的冰毒，还有吗啡与海洛因。"

听了傅立鼎的汇报，众人面色更加凝重了。

目前市面上流通的毒品，主要分为三大类：大麻、吗啡（以及海洛因等）和冰毒。

其中，大麻在许多国家以及国家的一些州都已经合法化，是否为毒品，界定也比较模糊。当然，我国是严厉打击，坚决不允许娱乐性大麻出售的。

另外两种，吗啡与冰毒，则是世界公认的毒品。

吗啡、鸦片、海洛因等毒品，属于传统毒品，自罂粟中提取；甲基苯丙胺，即所谓的"冰毒"，则是新型毒品，原材料是麻黄。

但这两类毒品还有一个非常显著的差别：吗啡类毒品，归根到底，始终是提取自鸦片中的一种生物碱，需要以罂粟为原料，属于"半合成毒品"；冰毒则不然。

我国西北盛产麻黄，一度被贩毒集团盯上，但随着政策的收紧、监管的严格，以及世界各国对冰毒的严厉打击，贩毒分子想要获取麻黄素的难度越来越大。

为应对这种情况，以万象集团为首的贩毒分子重金收买了一批高素质的化学人才，进行冰毒生产工艺的研究，并在1998—2000年取得重大突破，可以绕过麻黄素，采用完全有机的方式合成冰毒。

现如今，世上的冰毒合成配方超过上百种，纯度有高有低。他们这次在名韵集团中查获的冰毒，就属于纯度极高的一种。

但无论是哪种毒品，始终绕不开一个环节——原料。

"做吗啡类毒品，他们的罂粟从哪儿来？"

"要合成冰毒，他们的化学材料又在哪里？"

见众人议论纷纷，傅立鼎做了个手势，等会议室安静下来，才继续说："关于原料，我有个想法。

"虽然电子鼻是公认的灵敏，只要带毒品进机场就要被抓。但在我国西南边境，有很长的国境线，而且大山林立，盘查困难，偷渡现象一直无法根绝。因此他们大可以在文南国对罂粟进行初次加工，再用各种办法通过陆路偷运进我国境内，然后到地下加工厂进行精加工。但我认为，销售吗啡类毒品，顶多算他们扩张'生意'的一环。因为国内对罂粟监管得太严，他们想跨国运输，成本较高。如果不在吗啡类毒品中掺入滑石粉、葡萄糖等药品，稀释成本，很大程度上会得不偿失。根据检验科提供的报告，从名韵集团的工厂缴获的吗啡类毒品，并没有掺入这些乱七八糟的东西。可见这个贩毒集团的野心非常大，只走高端路线，拒绝薄利多销。他们之所以贩卖吗啡类毒品，只是为了证明'我什么货都有，找我买准没错'，但这绝不是他们的主打产品。所以，我们的目标应该锁定在冰毒上。鉴于万象集团一贯的行事风格，我怀疑，他们在国内，可能不止一条生产线。"

对于傅立鼎的判断，刑警们纷纷点头。

如果这个贩毒集团采用的是有机合成冰毒的方式，绕过麻黄这种原材料，确实能极大程度地降低成本与风险。

更何况，他们也都看过了20年前的卷宗，万象集团当年就在云南、广西、贵州、甘肃和青海都有窝点，前面三个是经销，后面两个是制毒。现在卷土重来，有两三条生产线完全不奇怪。

很快就有资深的缉毒警察提出搜索方案："冰毒的主要成分甲基苯丙胺在合成过程中会产生大量有害物质和刺鼻的氨水味，按这个思路排查，是否可行？"

傅立鼎叹了口气，脸上露出显而易见的无奈："首先，我们无法确定制造冰毒的生产线就在福建；其次，肆意排放有害物质，产生刺激气味，被当地村民投诉的工厂多如繁星。就算只是福建一地，我们立刻联合福建警方共同排查，也需要漫长的时间。更重要的一点是，这个贩毒集团藏得如此隐蔽，又肯花大价钱去买注塑生产线。那他们有什么理由不去购买最昂贵的专业真空机、工业化空气过滤系统、水泥蓄水池等一系列设备，完善生产流程呢？一旦这些设备到位，冰毒的加工工厂从外表看上去就会无比普通，既不排放有害物质，也没有刺鼻气味。它可以有化工厂、五金厂、模具加工企业、包装厂、塑料分解加工厂等无数种可能的伪装，怎么查？"

说来说去，还是回到老问题上。

必须让毒贩主动开口交代，否则就很难追查下去了。

但陈云升是一个很警惕的人，而且这次他们抓的陈云升同伙，全是跟着陈云升去参加经济会议的公司高管，很多压根就不清楚名韵集团贩毒的事情，现在陈云升一死，难道线索就断了吗？

没有其他办法，专案组只能死马当活马医，提审名韵集团的财务总监赵国平。

短短一个月不到，赵国平就从曾经的意气风发，变得格外衰老。

只见他嘴角动了动，拉出一个类似于嘲讽的笑容："警官，就算你们没日没夜地提审，我也说不出其他有用的东西。能交代的，我全都交代了，包括名韵集团怎么避税，与哪些官员有往来。但藏毒的事情，我是真不知道。"

比起他的神经紧绷，傅立鼎却很淡定："我和你说一件事。"

赵国平警惕地望着他，就听见傅立鼎说："陈云升死了。"

这个消息犹如一道晴天霹雳，把赵国平打得头脑一片空白。

"他的死因呢，表面上看，是与一个犯人发生冲突，不凑巧，被活活打死了。但实际上……"傅立鼎不紧不慢地拿出一个小巧的玩意儿，看上去就像地摊上十块钱一个的蜘蛛玩具，"这东西，见过吗？"

赵国平愣了一瞬，摇了摇头。

"这叫定向声波发射器，采用特定的声波，专门传输信号。其他人都只能听到嗡嗡声，甚至根本听不到，只有特定的人能听懂。外头这层呢，则是绝缘涂层，否则翻不过电网。恐怖分子就是通过操纵蜘蛛型的无人机，把这个声波发射器投向山城监狱，告诉一个被关在这里的雇佣兵，让他动手。我们的专家破译了信息，调到同样的频率，终于把内容弄了出来，给你听听。"

下一刻，他就按下开关，明显经过变声器处理的声音响起：

"张子恒，限你三天之内，杀掉陈云升。否则，你的老婆和女儿就没命。"

然后，就是女人与孩童凄厉的哭喊。

"阿恒，我们被绑架了，救命！"

"爸爸，我好害怕！"

尖锐而惨烈的哭声，刺得赵国平头皮发麻，偏偏傅立鼎这时候来了一句："陈云升已经死了，下一个该轮到谁呢？"

赵国平抹了把冷汗："警官，我国的公安系统，不可能如此窝囊吧？死一个就算了，死两个……"

"这可说不准。"傅立鼎装作没听到赵国平对公安系统的诋毁，一个劲儿加重对方的心理负担，"对方连这么高科技的手段都用上了，可谓心狠手辣。他铆足了劲儿要杀人，我们未必防得住啊！要知道，这对被绑架的母女，已经失踪了七天，至今还没有任何消息。"

赵国平一张脸都快成了苦瓜："可，可我什么都不知道啊！"

傅立鼎十指交叠，气定神闲："我办案这么多年，见过不少枉死的人，尤其是连环杀人案的死者。很多都只是无意中撞破了某些场面，自己都没意识到，结果犯人却疑神疑鬼，决定斩草除根。"

他比了一个"割喉"的动作，赵国平顿时神经一抽。

傅立鼎见状，慢悠悠地笑了："虽然你知道的东西很有限，但未必就没有关键线索。

有时候，你自己都忽略的事情，指不定对我们而言就很重要呢。"

赵国平的呼吸急促了起来。

只见傅立鼎抽出一沓照片，递到赵国平面前："这几个人，见过吗？"

这些照片，全都是文南国首富——"橡胶大王"德隆的左膀右臂——当然，也仅限于参加了重大活动，有照片记录的那些人。

而德隆，正是万象集团的"大王"！

也就是说，这些人，很可能都是万象集团的高层！

赵国平颤抖着拿起照片，认认真真、一张一张地看了个遍，又努力回想，才郑重地摇头："抱歉，这些人，我一个都没见过。"

说出这句话的时候，他竟有些如释重负。

傅立鼎的目光，霎时就变得极为迫人。

被这种充满压迫性的目光长久注视，赵国平先绷不住了。

他不能让警方以为他有意为毒贩遮掩，得想办法洗清自己，这些天也一直在冥思苦想，希望能"戴罪立功"，但有什么线索比较重要呢？

"陈云升的财务问题，你最清楚！难道就没有可疑的地方？"傅立鼎拍着桌子冲赵国平吼道。

"陈总非常谨慎，私人账务和公司账务分得清楚，从不拿公账一分钱。他的私人账务，我也接触过，非常干净。"赵国平说到这里，突然想到了一件事，"有一次，我听陈总在电话里说要打笔钱给一个叫周英才的人，我当时有点奇怪，我刚从陈总办公室出来，怎么不让我去打呢？"

"这个周英才是谁？具体名字怎么写知道吗？"

"不知道，只听陈总说要把这笔钱投到福建的一个什么五金厂，可我从来没听陈总说过他投资了五金厂。"

周英才、五金厂、不明钱款的去向……傅立鼎凭借着自己多年的行侦经验，隐隐嗅到了这里面有问题。

审讯室外，夏正华已经发号施令："立刻去查，福建的企业，股东叫'周英才'的有几家！如果没有，就再扩充到全国！"

审讯室内，傅立鼎目光如电："这么重要的事情，你一开始为什么不说？"

赵国平苦笑："我只是猜测，周英才可能是老板的另一个身份，他们这些海外老板多拿一个假身份来逃税漏税，是很常见的，所以我就没当回事。"

这个信息，已经足够了！

童素的速度比谁都快，几分钟就写好了一个比对软件，从企业信息查询网上把数据这么一拉，飞速念道：

"整个福建境内，股东读音为'zhou ying cai'的五金厂一共25家。考虑到前后鼻音、读音等，例如邹英才、周音采之流，扩大范围，则有203家。"

"如果以陈云升经常活动的范围为圆心，直径100公里以内，数量为8家。"

夏正华面色微沉："能不能再缩小范围？"

布控一个地方，与布控八个地方，困难系数不一样。

童素想了想，又输入一连串指令。

这一次，她调出的是这八个股东的全部记录——包括但不限于身份证、银行卡、护照、机票购买信息，各式app注册信息等。

很快，童素的脸色就变了："夏厅、傅队，你们来看！"

"这个叫邹应材的法定代表人，文南国籍，在中国境内有很完备的身份记录，包括工商登记中的相关材料，但他却从来没有真正进入过中国国境。"

傅立鼎倒吸一口冷气："既然都没来过中国，他的各项申请与许可怎么批下来的？有些得法定代表人亲自去吧？"

"福建那边不大一样。"夏正华对个中的弯弯绕绕知道得更多，沉声道，"当年改革开放，招商引资，对外资优惠很多。许多企业就钻政策的空子，让一个中国台湾、中国香港或者新加坡的人当法定代表人，实际上就是挂个名，什么都不用做，连人都不用来，就从'本国民营企业'变成了'中外合资企业'，享受政策优惠。"

傅立鼎点点头："原来如此，那我建议立即联络福建警方，对邹应材担任法定代表人的几家工厂进行布控！"

湖滨市中心，一处高档精装修公寓内。

钥匙悄无声息地插入锁眼，轻轻一扭，旁边就弹出一个密码盘。

童素利落地输入指纹，解了二重加密，大门缓缓打开。

她满脸疲惫，反手关上门，也不开灯，将背上的登山包往沙发上一甩，径直走到柔软的大床前，往上一栽。

很快，床上就陷下一个小坑，毛茸茸的触感擦过童素的脸。

"德芙，你最近怎么这么亲我了？"童素伸出手，轻抚凑过来的黑色狸花猫。

德芙没有回答，只是依偎在她旁边，要她给自己按摩。

童素干脆一下坐起来，将德芙搂过来，一边给它按摩下巴，一边对它说："我的眼皮都要打架了，但精神就是很亢奋，感觉自己还能再熬72个小时！"

德芙舒服的咕噜咕噜的叫声，被童素当作回应，继续说："这两天可真是刺激，原来毒贩集团里也有那么厉害的黑客。而在我不了解的地方，已经有很多缉毒警察与这个罪恶的毒品王国战斗过，经历过流血、牺牲。"

"可我不明白，那么厉害的黑客，为什么要参与贩毒？凭'Joker'的本事，就算不想当白帽，无论是像中本聪那样开发一套虚拟货币系统，还是去攻打比特币交易所，都能一本万利，轻而易举地实现财务自由。"

"财富到一定程度，不就是数字吗？他可以通过黑客手段弄到几个亿，以后没钱还能继续这样玩，为什么还要贩毒呢？"

这些事情，她也只能对德芙说。

因为从很多年前，这个家里，就只有他们两个相依为命了。

"对了！"

童素忽然想起了一件事。

由于这两天的爆炸案太跌宕起伏，她都险些忘了，昨天最后一次信号灯之所以没爆炸，是一个签名为"π"的黑客横插一手。

很显然，对方的水准，也是超一流的。

"这两天是什么日子？以往顶尖黑客一年都难出一个，现在却像萝卜白菜一样，先蹦出一个神秘莫测的'Joker'，后又来了个天外飞仙'π'。"

想到这里，童素立刻放下德芙，来到床边的电脑桌前，鼠标轻扫，四台由支架撑着的24吋超大显示器同时亮起。

童素熟门熟路地输入一个论坛地址，进入全世界最大的黑客交流群，打下"黑客π"这个关键搜索词，就看见一个飘红（代表热度很高，被加上了"精华"的标志）的帖子。

"挑战帖？"

童素饶有兴趣地点开，看见是一个自称"π"的组织，说他们新成立了一家圆周率信息安全公司，就特意过来下帖子，挑战整个论坛的黑客们，欢迎所有人来攻打他们的服务器。

"π"还声称，只要谁能把服务器打下来，他们就立刻给对方价值一百万美金的比特币，决不食言！

"很狂嘛！"童素眼中流露出欣赏。

她都不用继续往下翻，光看这个帖子的热度就知道，绝对还没人打下来。

果然，拖拉到最后，帖子就剩下两种声音。

一种是顶礼膜拜，认为"π"太厉害了，那么多高手都灰溜溜地败下阵来，问"π"差不差成员，收不收徒。

另一种是很不服气，但自己又真打不过对方，就跪求业内大神出来，好好教训一下"π"。否则这帮家伙不得狂翻天了！先以"π"命名，自称代表"宇宙、生命和一切"，现在又视整个论坛的黑客为无物，让他们这些高手的脸往哪里搁？

童素将蓝牙音箱一开，来自宇宙的空灵旋律缓缓流淌，然后随手拿起桌上的六阶魔方，绚丽的光影在手中飞速流转。

随后，她往靠背上一仰，闭上眼睛，手中转动魔方的节奏却没有停。

这是童素特有的休息方式——身体休息，大脑却在高速思考，保持自己的状态达到最佳。

黑客攻防，就像下棋对弈，讲究的不仅仅是技术，还有心理。面对"π"这个顶尖高手，童素必须保持良好的心理状态，只有这样，她才不会落入对方设下的陷阱，做到见招拆招。

不知过了多久，童素睁开眼，骄傲又自信地笑了："就让我来终结这个'擂台'，打破你们不败的神话吧！"

# 第七章　棋逢对手

作为第一波试探，童素先来了一次 DDOS 攻击作为开胃菜。

DDOS 即 Distributed Denial of Service，DDOS 攻击即"分布式拒绝服务攻击"，但业内一般称之为"毒瘤式洪水攻击"。

这种黑客攻击的原理是向目标机器发送大量无用的数据包，使得机器忙于处理这些数据包，无暇处理正常数据，从而达到占用服务器资源，使真正的合法用户无法得到数据响应的目的。

正如它的名字一般，犹如洪水来袭，无比凶猛，势不可挡，乃是公认的最简单、粗暴、有效的黑客攻击方式。

这一刻，海量的数据包汇成汹涌洪流，向"π"的服务器袭去。

屏幕上闪烁着无数指令，那是对 TCP（传输控制协议）/IP（网络之间互连的协议）中的 ARP（地址解析协议）、ICMP（网际控制报文协议）、IP、UDP（用户数据报协议）、TCP 和应用层这六个层面所开展的全方位攻击。

就在这时，一个黑影突然出现，挡住半边屏幕。

两点幽幽的绿光，直愣愣地照向童素。

童素放下手中的魔方，靠背椅已灵巧地移到电脑桌前，她摸了摸狸花猫油光水亮的皮毛，笑得肆意："德芙，你想说我效率太低了？"

黑色的狸花猫安静而优雅地趴在电脑桌上，不动，也不叫。

"我也觉得自己人心慈手软。"童素恋恋不舍地将手从毛茸茸的猫身上挪开，移到冰冷的键盘上，飞快地输入一系列指令，"给他们加道 CC 攻击，当作餐前例汤好了，反正原理都是一样的。"

CC 攻击全名为 Challenge Collapsar，意为"挑战黑洞"，与其他的 DDOS 相比，技术含量相对更高一些。

虽然两者原理相同，都是利用海量的数据包去占用服务器资源，从泛意上来说，CC 攻击甚至能归入 DDOS 里。但一般的 DDOS 主要针对的是服务器，而 CC 攻击更侧重页面，也更难防御。

简单的CC攻击是利用代理服务器生成请求，复杂一点的CC攻击则是通过相关软件，以及黑客控制的傀儡机，模拟正常用户的访问请求，生成虚假数据包，从而达到侵占网站资源的目的。

童素采用的，则是二者叠加的方式，既有代理服务器生成的虚假请求，也有肉鸡（傀儡机）模拟出来的"正常请求"。

她操纵数千台傀儡机，对圆周率信息安全公司的服务器展开猛烈进攻，竟还有闲暇空出一只手去抚摸德芙，语气轻柔："你觉得无聊吗？等我打垮这些家伙就陪你玩。"

说罢，童素想了想，又道："可能没这么快，他们还算有点实力。"

因为她的DDOS和CC攻击，并没有起到意想中的效果——"π"的服务器尚游刃有余。

想要防御DDOS攻击，要么拥有足够的带宽去承载海量的数据包，要么需要足够的动态防护技术。

童素自己就是开信息安全公司的，自然知道，带宽的费用十分高昂，简直就是烧钱。若是单纯靠带宽防御DDOS攻击，一个月没千八百万的带宽费根本别想。"π"肯定不会这么傻的，真要这样做了，哪怕像素数科技，一年有一个亿的毛利润，也是大半的收入得交给运营商了。

更重要的是，如果天天都遭到DDOS攻击，那么承受高额的带宽费或许还能接受。可一般情况下，这些带宽都是被闲置的，完全就是浪费。

所以，素数科技采用的应对方式是"拆分"，即将所有传输过来的TCP/IP协议逐层拆解。

第一步是切掉全部来自国外的数据包，因为一般都是虚拟代理机；第二步是切掉一些无用的协议；第三步是切掉不规则的数据包；第四步是切掉从没访问过的用户；第五步是切掉虚假IP，以及没有回馈的用户，进行人机识别。

这样切到第六、第七层，数据包就已经很小了。以素数科技现有的带宽，七层拆包之后，足以应付绝大部分的DDOS攻击。

但"π"，似乎采用的是另一种方式。

"他们在引流清洗？"童素自言自语，空荡荡的房间里，只有德芙安静地趴着，聆听她说话，"这也不失为一种好思路。"

单线带宽费用过高，如果能多线并行，把DDOS攻击的压力分散到不同的地址上去，既降低成本，又分流了攻击，不是一举两得吗？

"看样子，圆周率信息安全公司的业务里应该会有这一项——帮其他公司分解流量，应对相关的DDOS洪水攻击。"

素数科技要不要也增加这项业务呢？

明天和杜明礼提一提好了。

童素一边想着，一边拆开了一袋软糖。

DDOS和CC攻击，对"π"的服务器造成了一定的压力，却远远没有高过他们的承受范围。

童素一点都不惊讶。

她本也没打算一击成功。

那么多黑客都倒在"π"的手下，对方怎么可能被这种小伎俩打倒？

她的主要目的，是想通过第一波的试探攻击，获取几个重要数据——被攻击目标主机数目及地址情况，目标主机的配置、性能，还有目标的带宽大小。

这就像一场战争，往往会通过一场小规模的交锋，尽可能地摸清对方的底细一样。

敌方的主力军在哪里？是什么样的兵种配置？兵力如何？大将是谁？会采用什么样的阵形？是雁形，还是之字形，又或者是长蛇形？

敌方辅助兵力又在哪里？采取怎样的策略？是互为犄角，能够彼此应和；还是分成了几个战场，各自为政？

收集情报，进行敌我双方的局势判断，对战争来说至关重要。不管在现实世界还是虚拟世界，都是如此。

对黑客来说，想要攻击一个站点，首先就要弄清楚究竟有多少台服务器在支持这个站点。因为一个大型网站，往往有很多台主机利用负载均衡技术提供同一个WWW（万维网）服务，在实际的应用中，一个IP往往代表着数台机器。

想让网站瘫痪，光攻击一台主机没用，其他主机还是能传输数据，必须让这些主机的IP地址全都不能用才行。

面对这种情况，黑客固然可以将大军全部压上，成百上千台傀儡机狂轰滥炸。但这种极为浪费的方式，厉害的黑客都不屑使用，他们偏爱收集情报，实现点对点的精准打击，以最小的消耗换取最大的利益。

童素也是一样。

虽然DDOS和CC攻击被"π"成功防御，但她却没有半点沮丧，脸上只有骄傲与自信："情报收集完毕！"

圆周率信息安全公司的服务器数量、主要主机的性能配置、带宽大小，以及分布在全球各地的IP地址等重要信息，都已被储存到了自己电脑的一个新建文件夹里。

知己知彼，百战不殆。

童素塞了一颗软糖到嘴里，眼中熠熠生辉，涌起对战争的渴望，做出无声的宣告：下面开始，我要动真格的了！

一切的黑客攻击，归根到底，其实就是两种手段：

第一种，釜底抽薪——让对方无法执行正确的命令，从根本上解决问题，DDOS 攻击就是典型；

第二种，偷梁换柱——让对方执行错误的命令，以达到自己的目的。

而这一方法的典型，就是 XSS（跨站脚本攻击）与 SQL（结构化查询语言）注入。

XSS 针对的是 web 客户端，即"前端"对浏览器层面的攻击。

简单来说，就是在别人的代码环境中，想方设法让对方执行入侵黑客的代码。

比如，在某个正规网站的网页中植入一个脚本，使得右下角会出现一个黄色网站的弹窗，骗取访客的点击，从而达到获取数据的目的。

SQL 注入，则是针对"后端"，即对应用层数据库的攻击。通过修改对方的数据库，从而获得敏感信息，甚至控制整个服务器！

这两种攻击方式，无论哪一种都足够让应对者头疼。但童素不仅双管齐下，而且直接采取了最强攻击手段！

针对服务器层面的 XSS 脚本移植！

针对平台层的 SQL 注入！

就在童素敲下"执行"按钮的同时，歌曲恰好切到下一首，激烈的鼓点响起，俨然是慷慨激昂的战歌。

机械键盘发出清脆悦耳的声音，应和激昂的节奏，奏响动人的弦乐。童素愉快地哼着歌，心想："谁让你们这么嚣张，敢下挑战帖呢？挑衅别人，就要有被攻打的觉悟，感受一下我带来的狂风暴雨吧！"

不消片刻，她就侵入了"π"的服务器！

光明正大摆在台前的主机，就像包裹着蜂蜜的罐子，诱人深入，童素却对此不屑一顾——"蜜罐技术"嘛，谁看不出来呢？

摆一台虚拟主机，让黑客攻打，不仅消耗了敌人的实力，也能掌握对方手中的代码。

这种小手段，针对普通黑客还行，对童素来说，就像巨大的木马上面写明了"特洛伊"一样，不足为惧。

只见她一边指挥着千军万马，进行 DDOS 和 CC 攻击，一边调派精英突击部队，悄无声息地潜入重重防御的城池，开始煽风点火，伺机夺取城池的控制权。

而她自己，更像一个黑夜中的精灵，信步闲庭地徜徉在虚拟的世界，如鱼得水，无比自在。

这片由 0 与 1 组成的世界，就是她的净土、她的乐园、她的王庭。

就见童素一边补充糖分，一边浏览"π"的数据，看到其中几行，有点惊讶："湖滨市圆周率信息安全有限公司？"

自打知道夜神在湖滨市开了一家信息安全公司后，其他黑客就心照不宣地避开了湖滨市这座城市，不和夜神抢生意，反正也抢不过。

正因为如此，童素才有些惊奇，随后便玩味地笑了。

冲着她来的？有趣！

她下拉菜单，找到了这家公司更多的资料，注册资本 500 万，是一个叫方小勇的人全额出资，已经认缴到位。

再顺手一查此人的履历——名校高才生，毕业后在银行工作，本来前途远大，结果妹妹高考失利，他鬼迷心窍，入侵高招系统，试图帮妹妹改成绩，以"危害社会公共信息安全罪"被判了五年，前段时间才出狱。

"刚出监狱，就有 500 万开公司？"童素先是疑惑，然后就懂了——这肯定只是摆在台面上的人。

看样子，只采用常规方法查资料，没办法揪出"π"的领袖，得从其他地方下手。

"咦？"童素突然发现了什么，一拉椅子，靠近屏幕，仔细看了几眼，眉头舒展，表情却不像刚才那样随意，反倒有些伤感。

但很快，她就冷静下来，摸了摸一旁的德芙，轻叹道："'π'的网页与数据库，部分源代码居然是'铜棒'15 年前的模板。虽然黑客界的花样不多，但也不至于用这么古老的版本吧？目前世界上流行的标准模板，不都是 Dante 八年前写出来的那套格式吗？难不成，'π'是'铜棒'的粉丝？"

德芙突然喵了一声，直接从童素的手底下挣脱，跳下电脑桌，跑到了猫爬架旁，噌噌噌就占据了最高点，遥遥看着童素。

童素这才意识到，自己刚才用的力有点大，弄疼了德芙，立刻道歉："对不起，德芙，我不是故意的，我只是……"

她轻咬下唇，神色复杂。

这么多年过去，听见那个名字，心里还是会痛。

因为这段小插曲，童素也没了刚才的好心情。

她本打算获取一下对方的数据库，顺带留下自己的签名，然后截图到论坛里，告诉所有人，我打败"π"了。

但现在，她却杀气腾腾地修改脚本，植入她判定的几台"π"的主机。

这份改良后的脚本能让童素获取对方数据表格的同时，直接在对方的数据库里删掉相应的表格。

如果说之前的脚本只能算是"复制"，这份全新的脚本就相当于"剪切"了。

这还是童素第一次做出如此恶劣的行径，只能说，"π"恰好撞到了枪口上。

童素将"π"的主机全部植入脚本，看着源源不断的数据流过来，心里那股无名火才压下一点。

稍微冷静下来后，童素将双手插入头发里，呻吟道："天啊，我做了什么！"

就算再生气，也不能拿别家的数据开玩笑啊！

这一刻，她想起了父亲的叮嘱：

"素素，你要记住，正因为黑客在数据的世界里无所不能，才更应该遵守心中的底线，不能仗着自己的力量，胡作非为。"

"我真是……"童素差点把头埋在桌子上，恨不得弄死五分钟前的自己，"明明是白帽子的领军人物，却做了这样的事情，一世英名毁于一旦。"

越是这样想，她就越迁怒于"铜棒"。

明明这么多年都熬过来了，以为自己不会在意，可一听到那个人的名字，竟还是理智全失，做出这么过分的举动。

"不行，我得赶快弥补。"

童素立刻编写全新的脚本，打算把拷过来的数据传回去，却发现屏幕一黑，自己的电脑居然失去了控制！

这一突如其来的变故，让童素心跳都差点停止。

作为一个黑客，电脑就是他们的铠甲、"堡垒"，也是最后的屏障。离开了这层武装，他们就从呼风唤雨的神变成了软弱的凡人，什么也不是。

一个黑客的电脑被他人控制，就像一条蛇被扼住了七寸，生死尽在别人的掌握之中。

下一刻，漆黑的屏幕上，浮现一行字：

"看在你只是恶作剧的分上，我就不删除你电脑里的全部数据了！"

童素见状，又羞又气。

她清楚，对方本打算以彼之道，还彼之身。既然她删掉了"π"的全部数据，那他就反删掉她电脑里的所有数据。但在控制她的电脑后，发现她想把这些数据还回去，这才只是打了一行字，充作警告。

这本来就是她的错，但被人像大人教训小孩一样地针对，反而激起了她的好胜心。所以，她立刻启用口令，打算抢回管理员权限，却发现行不通。

对方牢牢地控制了她的电脑，她暂时没办法将这人踢出去。

童素当机立断，激活备用的管理员权限，与对方共同掌控这一台电脑，然后打出一行字："你是谁？"

"你不需要知道。"

"告诉我你的名字，我就不去骚扰'π'！"

"你对'π'动手，我就对素数科技动手。"对方的回答异常冷血、果断、干脆。

童素也不是吓大的："来啊！素数科技从来不怕任何挑战，要是被击败了，那就是自己不行！怪不了别人！"

"'π'也一样！随时欢迎你来攻打！"对方反唇相讥，"只要你不担心自己的数据库安全就行。"

看见他的回答，童素心中的郁气竟然消散不少，只见她狡黠一笑："公司层面的竞争，何时到了直接摧垮对方的程度？"

没错，她是删掉了对方的数据库，但她不是立刻就准备还回去了吗？

正常的公司竞争，顶多是你打我，我打你。真要删掉所有数据，那就是结仇了，当然不至于到这分上。

对方沉默了。

不知为何，童素就是感觉他要跑，立刻加一句："你是'π'的领袖？你叫什么？"

"'π'公司的CEO（首席执行官）是谁，你不知道？"

"我当然知道是方小勇，但我不相信他有这种技术。"压过这名神秘黑客的感觉，让童素无比得意，乘胜追击，"你就是给他提供500万的人吧？你是'铜棒'的粉丝？"

察觉到对方又想走，她马上威胁："你不说的话，我就直接去找方小勇本人！同是在湖滨市的信息安全公司，可以展开技术交流！"

"……你对自己的长相很自信？"

童素一向很讨厌别人过多关注自己的容貌，因为很多人一看见她的脸，就自动把她代入"花瓶"的角色。但在此人变相质疑她是不是要用"美人计"的时候，她非但没生气，心中还有些窃喜，尾巴都快翘到天上去了："我对自己的黑客技术更自信！"

"在湖滨市公安交通管理指挥中心开了一场粉丝见面会还不够，打算在'π'也开一场？"

"你果然全程关注了这起案子！"

"我在湖滨市开公司，当然要了解湖滨市的动向。"

"那你知道对方的身份吗？"

"与湖滨市公安交通管理指挥中心有合作关系的是你们，又不是'π'，我为什么要去追踪那群袭击者？"

看见对方的回答，童素小声抱怨了一句"真过分"，却立刻反应过来，噼里啪啦地敲击键盘。

如果对方站在她面前，估计她能像机关枪一样地开问："你早就想到了解决方法，然后编写了那个病毒，就打算最关键的时候放对不对？你知道我们肯定会去调查'π'的来历，这样就可以主动打响公司名气，生意滚滚而来？"

"现在才想到，反射弧未免太长了。"

"你这人嘴巴怎么这么毒！"童素重重地按着键盘，仿佛这样就能把对方打一顿，半晌才收拾心情，把心里一直存着的疑问说了出来，"你是'铜棒'的粉丝？"

"关你何事？"

"'π'的网站和数据库模板，都是'铜棒'15年前留下来的作品！"童素不依不饶，"现在的人都用Dante的模板，认为它更简洁、明了、易懂，只有'铜棒'的粉丝才会致敬偶像。"

"那你干脆说，攻击湖滨市交通管理指挥中心的犯罪分子也是'铜棒'的粉丝得了。"对方嘴下毫不留情，"他们的进攻手法与构建代码的理念，都与'铜棒'同出一源，简直就像'铜棒'复出。"

童素突然顿住。

隔着屏幕，对方并没有意识到她的反常，继续说："还有，别把我和'铜棒'扯在一起，我比他强。"

看见这句话，童素大脑一热，热血上涌："不可能！"

"你看见'π'公司网页和数据库的主构架是'铜棒'留下的模板，就熟门熟路地利用相关漏洞，找到'真正的主机'。却落入我布置的圈套，进入第二重'蜜罐'之中，反而被我掌握了信息，破解出你的地址。"

对方的每一个字，都好像一块石头，砸在童素的心上："你的技术确实很不错，别说全国，放眼世界都可以排前十。如果不是过于崇拜'铜棒'，你本来不该犯这种错误。'铜棒'毕竟是十几年前的老古董了，就算复出，也未必能比你做得好。"

"你胡说！"童素气得整个人都不清醒了，"他是最强的，没人能比！"

"这么激动？你才是'铜棒'的粉丝吧？"

我……

童素的心情，忽然低落了下来。

喵呜。

不知何时，德芙已经踱到了她的身边，轻轻蹭着她的小腿。

童素将德芙抱起，放到大腿上，仿佛这样就能从对方身上汲取温度。她凝视着德芙绿宝石般的双眼，发现德芙也在望着她。

这一幕仿佛回到了十五年前，孤苦无依的她在楼道间的纸箱里，看见那只瑟瑟发抖的小奶猫。

失去了父母，下一秒就可能夭折的小猫，被同样失去了父亲的她捡回了家，开始了相依为命的日子。

她给小猫起名叫德芙（得福），希望它能健康长大，像巧克力一样，美丽、高贵、苦涩之中，又有些甜蜜。

"我不是他的粉丝。"童素抱着德芙，声音沙哑，眼眶微红，"但我比天底下任何一个人都要崇拜、敬爱、仰慕他。"

中国第一的传奇黑客——"铜棒"。

他是我的爸爸。

十五年光阴荏苒，小猫垂垂老矣，女儿悄悄长大，失踪的父亲，却还是没有回家。

德芙任由童素紧紧地抱着，非常安静，就算不舒服也没有挣脱。

网络那头的黑客发现了童素的缄默，先是打出一个"？"，看见她没有回答，又写了一行："我坦白，我是'铜棒'的粉丝。"

明明是冰冷的文字，但不知为何，却能从中读出他的小心翼翼："你说得没错，我是'π'的创始人。

"我叫 NULL。"

# 第八章　一线希望

两天后，晚上 11 点。

福建安溪，小鑫五金加工厂。

这家加工厂坐落在一个工业园区边缘，主体厂房建筑两层，看上去并不起眼。之州省与福建联合的特警行动队秘密将整座工厂包围，特警们手持该厂的地理位置、详细地形图和空中俯瞰图，商量着最后突进的策略。

配合专案组执行此次行动的，是福建武警边防部队的大队长严明树。这位年过四十，文质彬彬，看上去像一位中学老师的特警，在业界有个响当当的绰号，叫"闽南之狐"，形容他思维敏锐，足智多谋。在他担任边防大队长期间，福建边防堪称滴水不漏，任何走私、贩毒等犯罪行为，全都瞒不过他的眼睛。

夏正华听过严明树的大名，所以在联系福建省的警力支援时，特意点名，希望严明树参与。

而严明树也不负众望，不到一天，就锁定了制毒窝点的位置，并制定了详尽的突击方案。

童素非常好奇："严队，邹应材名下有六家工厂，为什么你这么确定就是这家小鑫五金加工厂？因为它位置偏？"

严明树摇了摇头："不，因为他们的工人几乎不出门。"

"我就是这点不明白，您究竟怎么发现的呢？"童素十分疑惑，"这个工业园里总共有 6000 多个工人，出入口又没有监控。而且每个工厂上下班时间都不一样。比如现在，有些工厂已经下班了，黑灯瞎火，还有些工厂三班倒，仍旧灯火通明。您怎么能确定，这家工厂的工人不出门？"

严明树笑着问："童小姐，您知道在这工业园区范围内，哪个部门是最了解工人们下班之后的去向的？"

童素迟疑了一下，才说出答案："保安部？"

"不，是附近的网吧。"严明树公布了答案，"现在网吧上网都是实名制，并且与公安的系统实现了联网。我们只需调取这一带网吧近几年的上网人群，对不同工厂工人的身份证做一个对比，就不难发现，园区内这么多的工厂，只有小鑫五金加工厂的工人从来没去过网吧。"

童素恍然大悟。

流水线工人的生活是很机械的，也是很枯燥的，他们结束了一天繁重的工作之后，第一反应不是睡觉，而是去网吧打几盘游戏，看看电影，放松一下。所以工业园附近网吧的生意一直特别好，一个青壮年男子，有可能舍不得去小饭店吃十几块一份的饭菜，但绝不可能一次都不去网吧。

严明树就用这个线索，轻松排除了其他五个错误答案，然后顺着小鑫五金加工厂这条线一查，就发现该工厂员工信息也全都是假的——录入的身份证是真的，但再仔细查就发现这些身份证都不属于本人，都是从网上买来的。

由此可见，这群成天住在工厂，几乎不出门的工人，基本上都是毒贩。

热感仪显示，目前，工厂里面有几十个人，分布在一楼和二楼，但没有一盏灯打开。

考虑到这群毒贩的穷凶极恶，专案组必须设想到敌人持枪与特警战斗的可能。

为避免引起毒贩的警觉，特警及刑侦的车全部远离现场，只有伪装成货运公司的通信车开到了厂房对面街角处，夏正华亲自坐镇，童素从旁协助，傅立鼎与严明树一同带队指挥。

"人员分为两组，分别从东、西两个方向进入厂区，具体行动路线已经一一标出，务必牢记！一组分为两队，B队在厂房屋顶潜伏，仔细观察敌人所在的位置，确认无误之后，发出信号。A队由傅队长带领，率特警队员利用绳索实施破窗突袭。二组人员听从严队长的指示，扼守厂房通向外界、车库，以及二楼通往一楼的各通道，如果傅队与敌人开始交火，立刻予以接应和掩护。同时尽量引诱敌人，为狙击手创造条件。所有人都明白了吗？"

"一组明白！"

"二组明白！"

就在这时，工厂建筑二楼的某个房间内亮起了灯光，隔着百米夜空，狙击镜中隐约可见室内有人影晃动。

全体行动人员见状，呼吸都是一滞。

"报告指挥车，这里是监控C3点。建筑物二楼西北有人开始活动，狙击角度不佳。报告完毕。"

"知道了，继续监控。"指挥车内，夏正华沉声道，"傅队，你听见了吗？"

黑夜中的楼房顶上，训练有素的特警完美隐蔽在夜色里，傅立鼎抓紧缆绳，靠近了窗户，语气依旧镇定："是，一组这就往目标方向前进。"

"严队？"夏正华转而问。

"——明白。"厂房二楼的某处楼道拐角，严明树持枪，半跪在地，不动如山，"二组已分头堵住五处要道，随时准备接应。"

"活动目标向东南角移动！"

"以对方的前进速度，2分25秒后，将到达傅队所在位置的下方！"

傅立鼎心中默默倒计时。

145、144、143……60、59、58……10、9、8、7、6、5、4、3、2、1！

算到"1"的那一刻，人影正好走到"指定"位置。傅立鼎借着绳子，一个用力，靠身体打碎巨大的玻璃，将对方扑了个正着！

不顾身上的多处划伤，他直截了当地将对方双手拧在背后："不许动！警察！"


会议室中，气氛凝重。

高居首位的夏正华面色铁青，只觉得脸都丢尽了！

专案组跨省办案，集中之州、福建的警力，调动大量资源，本以为能找到毒品加工厂，抓住毒贩，结果呢？

住在工厂里的，居然是几十个负责装修的工人！

专案组成员脸上无光，工厂的拥有者更是觉得天降横祸，欲哭无泪，老老实实地交代，这个工厂是他半个月前低价刚买来的，只是还没来得及去工商局完成材料变更。这也难怪童素没能查到这个至关重要的细节。

买家当然也考虑过，该工厂将土地使用权、厂房和设备打包一起，却只卖市价的一半，这么便宜会不会是陷阱。但听见对方声泪俱下说儿子欠了巨额赌债，不还上就要被追债的高利贷追讨人打断手脚，没办法，只能廉价转卖工厂，筹集资金。买家又亲自来工厂检查过，发现生产线虽然有部分缺失，但留下的机器没问题，就美滋滋地买了，请了装修队来修葺。

谁能知道，这个小鑫五金加工厂，居然是一家制毒工厂啊！

眼看气氛这么僵，只有童素没事般地开口："陈云升等人被抓的时间是7月7日，而小鑫五金加工厂被转卖的时间，则是7月10日。"

"三天之内，把与生产毒品有关的设备拆走，再把这家工厂转手。这样的速度，一般人想都没法想。"傅立鼎感慨道。

童素回应说："是的，这个毒品集团一直都留了后手，做好了被查的准备。真是思维缜密啊！"

7月7日，名韵集团老总陈云升以及一众高管被抓；

7月10日，小鑫五金加工厂被转卖；

7月11日，张子恒的秘密情人与女儿——贺秋芳母女被绑架；

7月12日，转让款全部打给了"邹应材"；

7月14日，张子恒第一次听到定向生波发射器传来的消息，做了一晚上的心理斗争；

7月16日，"Joker"向之州省省政府寄了恐吓信，要求释放陈云升等人，否则就制造恐怖袭击；

7月17日，湖滨市遭到恐怖袭击；

当天13点34分，陈云升被张子恒在山城监狱杀害。

半个月不到的时间，居然发生了这么多的事情，专案组一直被"Joker"像猴一样耍得团团转，刚刚找到一丝线索，立刻就被对方掐断。

纵观全局，"Joker"对每件事情都做了至少两手准备。

小鑫五金加工厂早就找好了接盘人，就算出事，也能最大限度降低损失，并且麻痹警方的注意力；

攻击湖滨市智慧交通系统，表面上是为了威胁中国政府释放陈云升等人，实际上是借机搜寻到陈云升的关押地点，也在杀人当天调走了大量狱警，降低了监狱的安保力量；

找到陈云升的所在后，又第一时间找出了最合适的"刀"，同时绑架贺秋芳母女，胁迫张子恒杀人。

整个过程，如同行云流水，一气呵成。

高智商犯罪团伙，果然不是等闲之辈。

毒品集团壮士断腕得如此干脆，令整个专案组都确定，他们的毒品生产基地绝对不止小鑫五金加工厂一个。

"那么注塑生产线呢？既然毒品生产基地不止一个，那么包装基地应该也不止一个。能不能以这个思路去查？"傅立鼎提出了自己的想法。

"很难。"童素面无表情，"注塑不是什么高精尖工业，生产厂家数不胜数，可以从中国台湾买，也可以从日本、大洋国、德国等地买。狡兔还有三窟，何况是这种高智商罪犯？保证花样翻新，绝不重复，就算你查到一条线索，也没办法顺着它追查下去！"

"1500万的工厂转让款呢？"严明树问，"有没有追查下去？"

"有。"童素干脆利落地说，"'邹应材'拿到1500万的第二天，就把它全投进了比特币交易所。"

全场寂静。

专案组有年纪比较大的专家，经常听见新闻报道比特币，却不大懂这些新鲜事物，刚好碰上这个契机，就诚恳提问："小童，你能给我们解释一下比特币的原理吗？"

童素有些纠结，一时不知该如何阐述。

如果直接讲比特币是一种虚拟货币，老一辈怕是要蒙，所以她斟酌半晌，才道："那我就从头开始说起。"于是她介绍了起来。

比特币是一种虚拟货币，所以首先得弄明白什么是货币。

人们心中的理想货币，需要满足什么条件呢？

第一，产量不能太大，至少要可控。就像黄金、白银之类的贵金属，产量稀少，而且耐高温，耐腐蚀，无疑是古往今来最坚挺的硬通货。

第二，要便于分割与携带。

第三，最好能简单而准确地判断价值。在这一点上，就算是贵金属也有所不足，比如黄金，成色的不同往往给交易带来麻烦。

自然界的物质，很难同时满足以上三种条件。

所以，人们想到了全新的办法——把财富用一个数字表示，然后印在纸上，这就是"纸币"。

这可以说是目前能想出来的，最接近理想状态的货币。

鉴定简单，找零方便，易于储存运输，也没有成色问题。唯一要解决的就是"产量不能太大"，这就迫使纸币不能由个人印制，必须交给国家，并且以法律的形式来规定纸币的发行程序，这就是衍生出来的第四点了。

但历史证明，滥印纸币，坐着生钱，结果导致通货膨胀，一块钱能买到的东西，最后五十万甚至一亿都买不到的惨剧，始终在历史中上演。

所以，科技进步到互联网时代的时候，就有一批顶尖的程序员试图用另一种方式，创造一种满足上述货币三原则的货币。

这就是"比特币"。

2008年11月1日，一个自称"中本聪"的人（真实身份、名字不为人所知）在"metzdowd.com"网站的密码学邮件列表中发表了一篇论文，题为《比特币：一种点对点式的电子现金系统》。

　　论文中详细描述了如何创建一套去中心化的电子交易体系，而且，这种体系不需要创建在交易双方相互信任的基础之上。

　　这种货币的生成方式非常独特，全世界的每一个人都可以完成，只要你有一台电脑，然后下载专用的比特币运算软件。

　　这个软件的本质是让你用计算机解决一项复杂的数学问题，来保证比特币网络分布式记账系统的一致性。

　　比特币网络会自动调整数学问题的难度，让整个网络约每十分钟得到一个合格答案。随后比特币网络会新生成一定量的比特币作为赏金，奖励获得答案的人。

　　这就是所谓的"挖矿"。

　　和法定货币相比，比特币没有一个集中的发行方，而是由网络节点的计算生成，谁都有可能参与制造比特币，而且可以全世界流通，可以在任意一台接入互联网的电脑上买卖，不管身处何方，任何人都可以挖掘、购买、出售或收取比特币，并且在交易过程中外人无法辨认用户身份信息。

　　而比特币的总量，在诞生之初，就被限定为2100万个！

　　2009年比特币诞生的时候，每笔赏金是50个比特币。诞生十分钟后，第一批50个比特币生成了，而此时的货币总量就是50。

　　随后比特币就以约每十分钟50个的速度增长。

　　当总量达到1050万时（2100万的50%），赏金减半为25个。当总量达到1575万（新产出525万，即1050的50%）时，赏金再减半为12.5个，以此类推。

　　也就是说，当结果无限趋近于2100万时，能够通过"挖矿"挖到的比特币，就越来越少。

　　事实上，87.5%的货币，都会在前12年内挖出来。

　　童素大概介绍完比特币的原理之后，话锋一转："一般来说，持有比特币的人，很少用比特币付款，因为它有个非常严重的问题——它的风险太大了。有可能，今天比特币是一万美金一个，明天就变成三千，后天再变成两万五。这种价格上的巨大落差，让所有人都心惊肉跳。所以，大部分的散户之所以持有比特币，基本上都抱着和炒股、炒房一个心态。但阻止比特币成为全球通行货币的最大原因，倒不是这个，而是因为——它不能被政府控制。这是它最大的优势，也是最大的劣势。"

　　比特币，是一种去中心化的货币。

　　你不知道与你交易的人是谁，在哪个国家。只需要在特殊的交易网站，输入数字地址，轻轻一点，这笔交易就算成功了。

无法追踪来源，也无法追踪去处。

甚至，你还可以采用物理交易的方式，一张纸条，一个硬盘，上头写着公钥（可以类比为银行卡号）与私钥（等同于银行卡交易密码）两串数字，几千万的财富就神不知鬼不觉地从手上流了过去。

"这就是为什么，尽管比特币的价格波动这么大，还有很多人拿它来洗钱的原因。"童素冷笑道，"与'无法追踪'这个巨大的好处相比，那些价格波动对犯罪分子来说，简直不值一提。"

她都把话说得这么明白了，在场还有谁听不懂？

这个贩毒团伙在用比特币洗钱！

夏正华眉头紧锁，半晌才问："一点追查的办法都没有吗？"

童素沉默片刻，缓缓道："我暂时想不出来，但有一个人或许有思路。"

"谁？"

"'π'的老大，NULL。"

次日，省安全厅"7·17专案组"会议室。

童素右边摆着一台笔记本电脑，对应的椅子上却空无一人，只有冰冷机械，明显是通过变声器进行伪装的声音从麦克风中传出来："你们想通过比特币这条线，追查对方的行踪？"

童素双手抱胸，神色沉静："我纠正一下，不是'想通过这条线'，是'只剩下这条线'。贺家母女的绑架案，中国香港警方至今没有头绪；名韵集团的高管也问不出什么更多东西了；而万象集团可能还存在的制毒基地和注塑包装基地，更是连影子都没摸到。"

NULL思考片刻，才道："很难。"

"所以，专案组才邀请你加入，希望我们能互相配合！"

"就算我加入，想通过比特币洗钱去抓一个顶尖黑客，依旧非常困难。"NULL直言不讳，"比特币交易太过隐蔽，唯一能追溯到有限资料的，只有比特币交易所。但世界上那么多个比特币交易所，对方只要化整为零，在不同交易所倒腾十几二十趟，基本上就不可能找到了。"

话很不中听，却是不争的事实。

想要通过一两宗比特币交易去查清买卖双方的真实身份，就像要在大海中找到一枚缝衣针一样，困难程度不言而喻。

就算对方只是新手，想逮都很麻烦，何况现在面对的还是"Joker"这样的顶尖黑客？

眼看气氛被NULL弄得很糟，傅立鼎连忙打圆场："难道没有任何办法？"

"有。"

还没等大家高兴，就听见NULL说："如果对方足够蠢，这1500万没有化整为零，直接在比特币交易所里打转，又被人承兑了，就可以通过获取比特币交易所的数据信息与银行的承兑信息，按照当天的币值，算出究竟是哪一笔交易，在哪个银行承兑。最后，通过入侵银行监控的方式，想办法捕捉人脸与步态，抓到对方。但我劝你们不要做这样的美梦，我能想到的事情，对方的黑客肯定也能想到。除非毒品集团缺钱了，否则对方一时半会不会承兑。"

童素目光闪动，有了新思路："如果，比特币价格大跌呢？"

NULL陷入思考。

"我觉得，对方会兑。"童素激动地说，"纵观敌方的行事作风，可以看出，他们是不肯吃亏的那种人。哪怕放弃制毒工厂，也要捞1500万回本。在这种情况下，比特币的价格跌一点，他们或许能忍，跌10%，跌20%，甚至直接腰斩呢？"

傅立鼎也觉得这想法有戏："如果万象集团真是以德隆、道达为首，那么，这个黑客很可能没有最高决定权。就算他不想兑，但德隆都是快花甲高龄的人了，道达也四十出头，对比特币未必有那么了解，他们会不会勒令他承兑呢？"

NULL给兴奋的专案组泼冷水："万一他不兑，而是转手卖给别人呢？"

童素毫不退让："如果比特币连续大幅度下跌，会有多少人敢买？他手上的比特币，总价值肯定不止1500万，如果有好几亿甚至几十亿，就算下跌了，又有谁能轻易吃得下？"

"那要建立在比特币大幅下跌的基础上。"NULL也不含糊，直接反驳，"你想过没有，到那时候，市场全都是恐慌性抛售、承兑，上百个比特币交易所会忙得不可开交。究竟要多大的服务器和运算量，才能在大海之中把这根针捞出来？"

说到这里，NULL一怔，童素的眼睛也渐渐地亮了，两人异口同声地说："除非，除了一两家比特币交易所外，其他比特币交易所全都暂停交易！"

"为达成这一目的，我们可以攻击比特币交易所！"

# 第九章　引蛇出洞

童素与 NULL 的思维转得太快,其他人根本没反应过来,就听见他俩你一句我一句都快把方案给定下了。

傅立鼎连忙打断:"二位,能不能详细解释一下?"

童素望向 NULL 所在的位置,哪怕那里空无一人,但她在心中却已描绘出对方的样貌——身材消瘦,皮肤是常年不见阳光的苍白,眼底泛着青黑。第一眼看上去,或许会让人觉得十分冷漠、阴郁、不好相处,但眼中却有着比太阳还炫目的光。

然后,她就听见 NULL 说:"我文学功底很差。"

童素不甘示弱:"我高考语文交的是白卷。"

话虽如此,她在习惯性地与 NULL 抬杠过后,还是决定照顾一下周围这群压根就不懂比特币的人。

"我先解释一下,什么叫'去中心化'——虽然我很厌恶这个词语,因为它已经被人滥用到了歪曲原义的程度,很多人自己都是一知半解,却敢大放厥词。

"我也不想在此处进行哲学、社会学乃至政治学上的思辨,只是单纯地阐述部分原理,就以大家都很熟悉的支付宝为例。

"如果要描绘一张关于支付宝的简图,就是无数线段的组合。线段一侧的端点代表着每个用户,另一侧的端点则无缝重叠在一个名为'支付宝'的点上,这个点就是所谓的'中心节点'。

"说得再通俗一点,就是——支付宝给每个用户发了一本交易记录本,你只能查阅到自己的交易记录。

"当然,在支付宝那里有所有记录本的汇总,只要攻下支付宝的数据库,就可以获取所有支付宝用户的全部信息。这就是'中心化'为人所诟病的原因,只要打下核心节点,就能控制全盘。

"比特币则不然。它相当于一本大型交易记录本,每个人达成比特币交易时,都会在上面留下一笔记录,全球共享,不存在任何隐瞒。

"每一个比特币的持有者都可以翻阅前人遗留下来的记录,清晰地知道某年某月某日某时某分某秒，进行了一笔数量为多少的比特币交易。但你只能看到这行交易记录，不知道它由谁所写，也无从追查。

"这本'交易记录本'的名字，叫作'互联网'。"

"没人可以全盘摧毁互联网，也就没人能彻底抹杀比特币。想要操控这股力量，只能尽可能多地持有比特币。即便如此，他们顶多也只能做到'引导'，而非'控制'，就像互联网一样。"

童素的解释非常简洁、明了，专案组的成员们纷纷点头，表示自己听懂了，请夜神继续往下讲。

"按照比特币之父中本聪的想法，比特币本身是没有太大缺陷的。但比特币没有漏洞，不意味着人没有。

"这个漏洞就是——比特币交易。"

这个逻辑也很好懂。

比特币是一种货币，而货币，需要流通。

事情恰恰尴尬在这里。

很多国家并不承认比特币的合法性，也不支持比特币交易。

比特币的价格太不稳定了，极大一部分的散户内心里根本就不认为比特币是货币，只把它当作与"炒房""炒股"一样的投机方式。

这也就意味着，他们持有的比特币，始终还是要转换成各国承认的法定货币。因为对这些人来说，那才是货真价实的"钱"。

既然是交易，就存在信用问题。

究竟是先钱后币，还是先币后钱？

万一我把比特币给了你，你不给我钱，我找谁哭去？

同理，如果我把钱给了你，你却不给我比特币，我也没办法追回损失啊！

为顺应市场需求，便诞生了比特币交易所。

就像所有的担保平台一样，比特币交易所以自身信用，进行对比特币交易的担保，并抽取一定的手续费。

比特币去中心化不假，但交易所是中心化的啊！想要在交易所内进行比特币交易，那就必须注册账户。

而注册账户，进行登录，就会被记下IP，就代表着能被查到真实地址！

不规律流动的比特币，总会在某些时候，不得不汇入一个人工制造的湖泊里。

哪怕它们很快就离开了湖泊，重新变成江河溪流，无处寻觅。但在汇入湖泊的时候，还是留下了痕迹。

"我们可以在比特币交易所之中，植入追踪木马。"童素已经兴奋了起来，如果不是正在开专案组会议，她估计马上就会开始分析网站漏洞，编写木马程序。

这一刻，童素恨不得手上有个魔方，或者乐高编程机器人，供自己挥洒精力。

但最后，她只是十指交叠，努力让自己变得平静："通过木马，可以查到交易所的全部交易记录；再进行全球追踪，查看每天有多少比特币被兑换成法定货币；然后按照当日的比特币价格，稍微计算一下，剩下符合条件的交易及其背后的 IP 地址，就所剩不多了。"

这个道理也很好懂。

毒品集团既然选择了用比特币洗钱，他们手上持有的比特币数量，当然不可能像散户那么少。

大宗交易，再加上承兑法定货币，范围就已经极大程度地缩小了。

夏正华点了点头，对童素的解释非常满意，但他还有个疑问："你们之前说，想要找出对方，就必须令大部分比特币交易所暂停交易，怎么做到？"

"当然是攻击比特币交易所，强行封停他们的交易！"

听见这个回答，夏正华沉默片刻，才问："一定要这样做？"

童素还没开口，NULL 便道："为防止对方二次洗钱。"

"很多比特币交易所，本身就是专门用来洗钱的工具。"童素回答，"开设三五个月，等足够的比特币存入之后，就谎称'被黑客攻击，卷走了里面的比特币，宣布倒闭'，实际上是二次洗钱，或卷款私逃。

"当然，也有可能是小网站本身就漏洞百出，真被黑客击垮了。自从比特币大热之后，黑客们都不热衷于敲诈勒索公司了，只要洗劫一个交易所，平均每个人至少分到上千万的黑钱。"

NULL 冷冰冰地说："也为了防止对方化整为零，再化零为整，频繁洗币。通过各种手段，反复洗十几遍之后，就算可以查交易所的登录 IP，也无济于事。"

他这个解释，大家有点没懂。

童素叹息一声，补上更清晰的说明："主要是现在比特币大热，价格每天都在上涨，一币难求。NULL 是怕毒品集团每天抛售少量比特币，化整为零，这会让工作量变得极其庞大，很难分辨谁是真正的散户，谁是毒枭。甚至，他们还可以主动炒币。以毒品集团庞大的现金流，他们手上掌握的比特币一定不是少数。如果某一天内，大批量的比特币抛售，就像某只股票突然被砸盘一样，肯定会造成市场恐慌，比特币价格大幅下跌。

连续几天，状况会更加惨烈。价格压到一定程度后，手持巨额资金的他们便会重新买进。这样一来，非但倒手就是一笔巨款，而且还把手上的比特币和钱都洗干净了。事实上，这样的炒币集团挺多，但都很神秘。我对此很有兴趣，一直在关注，也没查出对方究竟是谁。"

听童素这么一解释，众人都明白事情的严重性。

比特币交易本来就很难追查，要是像她说的那样，来来回回洗几道，那就更别想查了，任凭敌方逍遥自在去吧！

NULL 直指问题的关键："时间不等人，我们必须尽快攻击比特币交易所，封停他们的交易！"

NULL 顿了一顿，特别强调："这就像围棋对弈中的'胜负手'，是关键时刻做出的非常手段，不这么做，就没有其他更好的机会，攻击比特币交易所，可以说是我们现在唯一的'胜负手'。"

"等等！"傅立鼎喊住他俩，"不是说，只有在比特币交易所内进行交易，才能查到线索吗？怎么又封停？"

NULL 丝毫不给这位大队长面子，冷冷道："全世界有将近 30 家大型、正规的比特币交易所，敌人又同样是顶尖黑客，你怎么知道他会在哪几家洗钱，又怎么洗？当然要把主动权握在手里！只要封停 80% 以上的大型比特币交易所，令绝大部分持币者无法交易，市场就会恐慌，比特币价格也会断崖式下跌。到那时候，就算毒品集团不想出售比特币，他们的合作方也会迫切想将比特币换成价值更稳定的法定货币。这，才是我们唯一的机会！"

夏正华眉头拧成一个"川"字，神情非常严肃："也就是说，你们想人为操纵比特币价格大额下跌，强迫他们转卖、出售比特币，以追查他们的下落？"

"没错！"童素和 NULL 异口同声。

"如果我刚才没听错，小童说过，很多人是像炒股一样来炒币的。"夏正华有些不赞同，"一旦比特币下跌，他们承受巨额损失，心里想不开怎么办？"

前几年的股灾，给夏正华留下了很深的印象。

当时，很多人见到前所未有的牛市，眼看着股指一路上涨，气势如虹。卖房炒股、杠杆炒股，甚至挪用公款炒股的，屡见不鲜。

等到股灾爆发，多少人想不开，酿成无数家庭悲剧，一个个惨烈的场景，至今还历历在目。

夏正华不得不考虑，要是答应了这两位顶尖黑客提出的解决方案，万一再上演一次那样的场景怎么办？他们岂不是在人为制造悲剧？

面对夏正华的顾虑，童素和 NULL 都很不以为意。

童素心想，比特币这个圈子，门槛本来就比炒股高不少，一般都是年轻人在玩，中年人往往不懂其中门道，自然不会参与。就算币价大跌，坑到了人，也不像股灾波及那样广，没什么可顾虑的。

更何况，他们是为了抓毒贩，又不是自己炒币牟利。

只要她在封停交易所之前，不把自己持有的、总价值上亿的比特币抛售出去，而是承担这一做法带来的巨额损失，童素就不觉得自己会问心有愧。

至于 NULL，那就更冷血了。

炒房稳赚不赔吗？炒股稳赚不赔吗？既然答案都是"否"，为什么炒币就要稳赚不赔？

高收益的投机，本来就伴随着高风险，赔得倾家荡产的人不在少数，凭什么对炒比特币的人放开一条生路？

再说了，就算他们不攻击交易所，以比特币现在一路飙升，从九千美金升到快两万美金的架势，炒币集团估计也要出手了。大概会先打一波断崖式下跌，再逐批收割韭菜吧？

这就和股市一个道理，大资本成心把散户养肥，再慢慢杀来吃。

与其让这些人占便宜，倒不如他们破案的同时，顺便把这潭水给搅浑，想想就觉得很带劲！

眼看两位顶尖黑客都不说话，傅立鼎踌躇片刻，才问："我记得，中国好像是禁止比特币交易的，这些交易所，应该都是国外的吧？"

童素点头，示意傅立鼎说得没错。

傅立鼎苦笑着望向夏正华，果然，夏正华缓缓道："中国政府不能以任何理由去主动干预他国的经济，而是讲究合作共赢。"

这是我国的政治基调与外交理念之一，也是一道红线，绝不能逾越。

会议不欢而散。

童素向外走的时候，手机就开始振动，点开一看，是 NULL 发来的短信："你真决定放弃？"

"你什么时候入侵了我的手机！"

可恶，她的手机明明经过重重加密，这家伙怎么会……

"不要在意这些细节，你真不想知道敌方黑客究竟是谁?"

"你先告诉我，你用什么办法控制我的手机?"

"没有控制，只是植入了一段程序，可以超常规发短信。"

黑客所谓的"超常规发短信"，就代表着——他虽然用的是运营商的渠道，但他打出去的电话和发出去的短信，对方压根查不到任何记录，更不要说调取其中内容了。

大概是觉得自己的回答太冷硬，NULL又发过来一个"^_^"（笑脸）的表情，解释自己的行为："刚才在会议室，你的手机也连了Wi-Fi。"

对他们这种顶尖黑客来说，"我们连了同一个Wi-Fi"，就和"我俩共用一把钥匙"差不多，开门只是时间问题。

童素的脸顿时黑了。

一向习惯了打遍天下无敌手，就算把电脑摆在同事的面前，对方都无法破解加密程序的她居然忘了，NULL不是她带的菜鸟们，而是与她同一个水准的顶尖黑客！

对于NULL的做法，童素也不是不能理解，手痒了嘛！

一台重重加密的设备，对黑客而言，就像老饕遇到了美味佳肴，色狼遇到了绝世美女一样，都是难以抵挡的诱惑。

要不是她坐在夏正华眼皮子底下，不方便开小差，她也想破译NULL的电脑，追踪对方的实时方位。

对方的短信又发了过来："你真打算听夏正华的，放弃这条线索?"

童素当然不愿意，但有什么办法："人家专案组组长都说不行，我们只是临时工，干吗多管闲事?"

"他只说中国政府不会主动干预，没说私人不行。"

"不要和我玩这种文字游戏，一旦我干出这种事，国家安全部门就要上门了。我还不想被他们三堂会审，禁止出境。"

"放心，你又不是国家安全部门的员工，也没有前科，还是为了抓大型毒品集团，他们不会看这么严。"

童素停下脚步，脸上露出一丝得意："听上去，你对国家安全部门很了解，在里头待过?"

"……"

"难怪'7·17'连环爆炸案那一天，你用病毒覆盖'Joker'病毒的方式解决了大问题，夏厅一点都没觉得惊讶，说明他早就知道你与他是一伙的，对吧?"

NULL沉默半晌，没回答这个问题，而是刻意转移了话题："你想好了没?"

童素狡黠一笑："就算我不答应，你也会去做吧？"

"当然！"

"这么刺激的事情，我为什么要错过？"童素不再犹豫，"等我到家后通知你，然后开始行动？"

"先去公司，带小菜鸟们做点前期准备工作！"

"？"

"三天之内，尽可能多地抄一些黑客团伙的老底，弄到他们的全部数据备份，尤其是跳板的备份。"

童素有些不赞同："太耽误时间了吧？三天时间，足够对方把钱来来回回洗几道了。"

"也不差这点工夫。"NULL 坚持己见。

"我觉得太晚了！"

"你持有比特币吗？"

没想到话题转得这么快，童素愣了一下，才说："当然，我在云南还有两个矿场，上千台机器 24 小时不间断挖矿，已经挖出价值一栋豪华别墅的比特币了。"

"那你上比特币交易所，与他人交易的时候，设几重跳板？"

就算登录交易所账号时会显示 IP 所在，但他们这些黑客当然不会用真实 IP 地址，而是用跳板重重掩盖。

一般的黑客，设三五层跳板就觉得够了，跳板多了，一是他们的技术达不到这种标准，未必操控得来；二是数据在屡次传输的过程中容易丢失、延误。

但对童素这种顶尖黑客来说，在涉及重要交易时，跳板不超过十重，简直与赤身裸体没什么区别，毫无安全感可言。

她已经明白 NULL 要说什么，便道："十重吧？心情不好的时候，还会多设几重。"

"万象集团与人交易比特币，肯定是预先就谈好了价格的。登录、交易、下线，全过程可能连 30 秒都不到，就算另一方不熟练，耽误一定的时间，也要做好整个交易不超过两分钟的可能。"

NULL 谈起技术问题来，一向不留情面："这么短时间内，你确定自己能破译至少十重的跳板，查到对方的真实 IP？"

这就是 NULL 为什么坚持要多"扫荡"几个黑客团伙的原因。

跳板这些东西，很多黑客组织是会备份的，不一定是自己使用，但他们会专门追踪哪些数据异常。

比如说，一个联网的机顶盒，本来只是看固定的几个 app，例如优酷、爱奇艺等。某天突然链接了一个截然不同的 app，跑去看国外的新闻频道了！

哪怕只是两三秒的时间就立刻切回来，再也没登录过那个 app。基本上也能判定，这台机顶盒被某个黑客弄成了跳板之一。

这些数据被黑客组织搜寻后，可以当作情报出售，也可以自己记录在册。

如果哪天，使用这个跳板的黑客刚好攻击了他们，不就省了判定真假 IP、破译跳板的时间了吗？

对每个黑客来说，少破译一道跳板，就意味着多一分胜利的可能！

NULL 深知，一旦己方开始动手，封停交易所，敌方立刻能猜到他们的想法。

那种情况下，哪怕敌方被情势所迫，不得不兑换比特币，也会加大防备力度。

比如，做十几层的跳板，再比如，压缩交易时间。

这些做法，都会让追踪的难度变得更大。

所以，NULL 认为，不开始则已，一旦开始，事先必须做好海量的跳板信息储备。就像古代打仗，一定要屯够粮草那样，否则必输无疑！

童素也想到了非常关键的一点："我们无差别扫荡黑客团伙的举动，肯定会惊动敌人。他们看见我们这样无头苍蝇一样地乱转，会不会很得意自己扫尾扫得干干净净，让我们无从追寻，只能胡乱撒网呢？"

NULL 的回答异常简明扼要："肯定。"

"既然他们自认为高枕无忧，未必会急着洗钱。"童素越想就越觉得这是一箭双雕的妙计，"然后就被我们打个措手不及！"

"听上去很刺激！"

"本来就很刺激！"童素感觉自己从来没这么热血沸腾过，"我已经迫不及待了！"

# 第十章　时间竞赛

世界上最大的黑客论坛 cloud，最近出现一个极其火热的帖子，标题名叫《不怕死的点进来》。

黑客们基本上都有着旺盛的好奇心，看到这种标题，当然是毫不犹豫地点进去，就看见楼主问："各位 cloud 大神，请问有没有人知道，最近黑客界到底怎么了？现在的大神都开始针对弱小、可怜、无助的黑客组织了吗？"

看见楼主的提问，不少人表示"哈哈哈哈，我就知道最近的热点是这个"，也有人吐槽"既然是黑客组织，怎么也不能与'弱小''可怜''无助'这样的词挂上钩吧"。

立刻有人反驳："与大神们一比，我们当然是弱势群体，人家黑我们的电脑就和进自己家一样轻松，我们难道不可怜？"

各国语言，各种评论，热闹得飞起。

全世界的黑客们聚在这个帖子里水了几百楼，才有知情人士爆料："我有内幕消息，这件事是夜神和空神起的头。"

此人刚一说话，就有人插楼："空神是谁？"

"最近新冒出来的大神，'π'的领袖 NULL。'π'就是前段时间在论坛发帖，欢迎所有人去攻击他们的服务器，谁成功就奖励百万美金的那个组织。迄今为止，还没人拿到这笔巨额奖金。"

"这么厉害？"

"对呀，据说最接近成功的就是夜神，直接把'π'的数据资料全清空了。但被空神反追踪，双方打平。不过夜神认为自己输了，就没要百万奖金，两位大神应该是从那时候开始就成了朋友吧？"

这两人聊得倒是很开心，却惹怒了围观群众，众人一致要求他们去一边私聊，不要耽误大家看八卦！

被喷的两人灰溜溜地潜水，不敢冒头，就见知情人士继续爆料："据说是因为某个黑客集团胆大包天，居然跑去胁迫中国政府，态度非常嚣张，与夜神正面杠上。虽然该组织没能得逞，但他们的行为惹怒了夜神！"

"然后，夜神就和空神联手，三天之内，横扫了 26 个黑客组织！当然，其中不涉及中国本土，全都来自其他国家。中国黑客的风格，大家都知道，特别团结，特别爱国，厉害的黑客也特别多。看见大神带头示范，纷纷效仿。据说这群中国黑客私底下还建了个战绩交流群，日常问候就是'今天大家干趴下了几个黑客组织'，把这一战绩当成了评判实力的标准。事情闹得这么大，国外的大佬们当然不服，纷纷撸袖子上阵，下战书给中国的黑客组织一决高下。目前的战报是 15 负 7 胜，中国队高分领先。"

"Oh my God（天啊），这可真是遗憾！"

"被大神碾压的小黑客表示，我们真的很惨，秘密基地都被夜神一起端了，备份的数据全都被拿走了。看在上帝的分上，我们还是不讨论这个让人伤心的话题吧！"

"好啊！那我们聊什么呢？比特币？"

提出这个建议的人，理所当然地被所有回帖的黑客们狂喷——哪壶不开提哪壶，最近的比特币市场更让人伤心好不好？

自打五天前，比特币圈就开始风起云涌。

一开始是大洋国的大型比特币交易所"金币"暂停服务，理由是网站维护，需要升级。

这个理由只能骗骗不懂行的人，至少黑客们听到这一消息，第一反应都是心照不宣地笑了——"金币"交易所不仅被黑客攻击了，情况还很不妙啊！

对黑客来说，攻击比特币交易所可是无本万利的买卖，攻不下也不损失什么，一旦攻下，转瞬就能成为千万乃至亿万富翁，实现财务自由。

正因为如此，但凡比特币交易所，无论大小，每天都要经受无数波黑客攻击。扛得住就能闯出名声，慢慢坐大，扛不住就血本无归。

对比特币交易所来说，遭受黑客攻击，导致网站不得不停止交易，进行抢修，这是非常严重的事故。一旦被外界得知，就会被质疑安全得不到保障，被持币者们所抛弃。

所以，没有一家比特币交易所会承认自己被黑客攻击，打出的旗号都是"维护服务器"，这已经成了黑客界的常识。

这时候，大家还是当热闹看，没太在意。

但很快，第二家、第三家、第四家……等到第六家大型比特币交易所"进行维护"，交易关停时，黑客们忍不住了，纷纷询问这是哪位大神出手，这么大手笔究竟想干吗？另类的炒币技巧吗？

有不少黑客技痒，想与这个神秘高手切磋；又有一些黑客抱着一举成名的念头，便主动找上那些大型比特币交易所，要帮他们"维护系统"。

这些挑战者中不乏知名黑客，却悉数败在神秘人的手下。只能眼睁睁地看着，每天至少有一家大型比特币交易所宣布网站维护，暂停交易。而之前被封停的交易所，"完成升级"的日子遥遥无期。

黑客圈轰动了。

这些现实中一天都未必会说一句话的黑客，在网上疯狂交流，猜测这个封停各大交易网站的神秘人（或组织）究竟是谁。

面对众多黑客高手的挑战，来者不拒，未逢一败；却又分文不取，既不洗劫这些价值数十亿的比特币，也不将这些交易所摧毁，只是将一个又一个大型比特币交易所逼停！

酷，实在太酷了！

这位神秘的"终结者"究竟是谁？

对黑客来说，他们的世界其实很好懂。

你技术好，能解决别人搞不定的问题，你就是大神，大家都服你！

如果能搞出一两个全球性的新闻，那就更不得了，会被黑客们当作偶像般追捧！

要是身份还能不暴露，不被大洋国联邦调查局之类的官方组织逮到，就更是活着的传奇！

而现在，他们正在见证新传奇的诞生！

看热闹不嫌事大的黑客们，甚至在博彩网站开了盘，赌剩下来的大型比特币交易所还能撑几天，会不会全军覆没，等等。

不少无聊的黑客和高级程序员跑去下注，金额不断累积，最后竟达到数千万之多！便有人感慨，黑客圈从没这么热闹过！

如果说黑客们凑热闹的成分居多，比特币圈就是大地震了，无数持币者心慌意乱，不少人发帖怒骂——交易所不是绝对安全的吗？也会出事？

这样的帖子，自然招来了知情者的嘲笑：不然呢？难道你以为比特币真是另类炒股，交易所拥有国家信用做保障，永远不会倒？什么都不懂，还敢来混币圈？保证让你身价千万地进来，倾家荡产地出去！

一场又一场的骂战背后，是恐慌情绪的蔓延。

不得不说，有很大一部分持币者就像童素说的那样，压根不知道比特币是什么东西，只知道比特币大涨，很赚钱，稍微做了点浅显的功课就杀入币圈，唯恐自己错失了赚大钱的机会。

这些持币者，恰恰就是心态最不稳的那一类！

本来就一知半解，只是跟风，比特币大涨的时候，舍不得卖，恨不得币价蹿到天上，一夜暴富；一旦比特币的价格往下跌，立刻就陷入恐慌之中，吃也吃不香，睡也睡不好，每天都在计算着自己究竟损失了多少。

同时，连续十余家大型比特币交易所的暂停营业，也让媒体的目光聚焦到这里。

许多财经人士纷纷发表文章，告诉大家，交易所谎称"维护升级"，实际上是被黑客攻击的真相，表达对比特币安全性的质疑。

听说比特币交易网站没那么安全，一旦被黑客攻破，自己存在里面的比特币就会不翼而飞，网站也不负责赔偿后，很多人吓坏了，开始抛售手上的比特币。

比特币的价格立刻出现断崖式下跌！

"金币"交易所"进行维护"的第一天，比特币的价格还维持在每个19876美金。但半个月后，也就是第十五家大型比特币交易所暂停交易的那天，比特币的价格，一下跌落到了每个13679美金！

而这可怕的跌幅，并没有停止，反而愈演愈烈！

第二十四家大型比特币交易所宣布"维护升级"的那一日，比特币的价格，已经变成了每个8543美金！

看见这个价格，谁也无法想象，就在三周之前，主流舆论还都是一片唱好，认为比特币的价格能再一次创造历史，突破每个20000美金的大关！

炒币者心如刀绞，黑客们却也心跳加速。

早就有好事者总结出来了，全世界能够称得上"大型、安全、可信"的比特币交易所，总共有27家。

被大家尊称为"比特币交易所终结者"，简称"终结者"的神秘人，用一天一家的速度，逼停了24家比特币交易所。

剩下三家比特币交易所如临大敌，重金招募全世界的黑客，务必要扛过这一关。

无论哪家交易所在"终结者"的攻击下幸存，就会一跃成为公认的"世界第一比特币交易所"，从此声名大噪，财源滚滚，客似云来！

这场黑客之战，究竟鹿死谁手？

黑客们翘首以盼，却不知道，这场载入史册的传奇，只是三位顶尖黑客之间用特殊方式进行的一次攻防对决。

"又追丢了！"

童素往椅子背上重重一摊，只觉胸口憋着一股气，怎么都不顺！

蓝牙音箱里，传出 NULL 伪装后的声音："还有机会。"

"已经是第 17 次了！"童素咬牙，"我们追丢了敌人整整 17 次！上一次，我们都已经破解了他的第十重跳板，顶多再破一两重就能逮到时，他却下线了！"

对黑客来说，下线之后，立刻清除掉登录痕迹，已经成了本能。

哪怕其他黑客能将这份痕迹还原，但显示的 IP 却只是最外围的那一层虚拟代理——跳板机，毫无参考价值。

"上次是运气好！"NULL 就事论事，"他上次采用的跳板中，恰好有一个被我们事先掌握，省掉了一次破解的时间。"

"所以？"频繁的失败，让童素有点火大，语气也不好，"我们就该祈祷上天，让我们再撞一次大运？"

她的口气很冲，NULL 却没放在心里，而是继续说自己的发现："我发现，与这个毒品集团交易的人，真实 IP 有所重叠。你看，第 3 次与第 11 次的交易对象，真实 IP 都在大洋国科多拉市，距离只有五条街。我认为，他们就算洗钱，渠道也未必有那么广。这种情况下，存在与同一个集团进行多次比特币交易的可能。"

童素一听，非但没有高兴，反而气炸了："你没出全力？"

明明只是追查卖方，NULL 却顺便连买方也查了！

敢与毒品集团进行大额比特币交易的人，当然不会是省油的灯。他们往往也掌握着海量财富，就算没条件养顶级黑客，也一定会聘请懂行的人监督相关交易。

也就是说，买方的 IP，同样经过了伪装，只是跳板不如毒品集团的那位顶尖黑客多，手法也不如对方高明罢了。

NULL 分出精力去查买方的真实 IP，岂不是耽误了追查毒枭的进度？

自己累死累活，队友却瞒着她做别的事情，这令童素越想越气："要是你全力与我配合，一起破译卖方的跳板，说不定已经成功了！"

"只是'可能成功'！"NULL 纠正，"我不希望将胜利寄托在虚无缥缈的幸运上，因为我的运气一贯不好。"

听见他这么说，童素也冷静了下来。

虽然对 NULL 私下追查买方 IP 的行为很不爽，但童素不得不承认，NULL 的做法有一定道理。

想追查毒品集团的那位黑客，是一件非常不容易的事情。

此人在每个比特币交易所，至少有五个以上的账户，你根本不知道他会用哪个账户，与谁进行交易。

这令童素和 NULL 的排查工作越发困难。

他们只能采用最笨的方法，一旦出现大宗交易，立刻尝试去破解卖方的 IP。

这种方法吃力不讨好，经常是白费工夫。

但随着封停的交易所逐渐增多，优势却渐渐地往童素和 NULL 这边倾斜，原因很简单——毒品集团的比特币流动出了问题。

比特币的保存方式有两种：一种是存放在交易所，另一种就是放在自己的电子钱包里。

前者流通性强，可以实时交易，但必须承担安全风险；后者安全性高，但想与他人进行交易，就要先将比特币转到交易所，多了一道工序。

毒品集团本想做到狡兔三窟，在每个交易所里都存一些比特币，易于洗钱。绝大部分比特币却还是放在电子钱包里，安全稳定。

但眼下 80% 的大型比特币交易所被迫暂停营业，导致他们存放在这些交易所里的比特币都被冻结。偏偏比特币的价格又疯狂下跌，合作方亟须将比特币变现，以挽回损失。

毒品集团存放在一两家交易所内的比特币，根本无法填上这个缺口，导致他们不得不从电子钱包里转比特币到交易所，再进行交易。

多出来的这道工序，又给童素和 NULL 添了不少时间。

现在，他们只须盯紧剩下的三家比特币交易所，一旦有人从电子钱包里将大额比特币转出，立刻锁定对方，开始破解 IP。

NULL 却觉得，时间还是太少了，所以，他才尝试去破译买方的 IP。

只听他说："我也是第五次失败之后，才想到这个方法，目前只记录了 12 个真实 IP。我已经在剩下三个交易所植入了木马，只要这些账户登录，我就能收到提醒。"

这就是反向思维了。

毒品集团的黑客确实很厉害，上线、登录、转账、下线，一气呵成，两分钟都不用，又有十几层跳板做"堡垒"，把自己捂得严严实实，堪称无懈可击。每次还用的不是同一个账户，不给对手一丝查到的机会。

但他们的交易对象，个个都有这样的水准吗？

他们会不会提前上线，焦灼等待？会不会不那么小心，没更换账户，就再做交易？会不会反复确认密钥，耽误时间？

NULL 不能保证，但他不想因为自己的疏忽，让本来可以胜利的局面，转变成狼狈的失败。

任何一个你不曾注意的微小细节，都可能毁掉精妙布置的全盘计划。

这是他曾经受过的教训，他也为此付出了极其惨痛的代价。

童素被 NULL 说服，思索片刻，便问："那么，我们还需要封停其他的交易所吗？我感觉这个毒枭黑客既谨慎，又自负，预留三家已经是极限了，再逼停一家，他可能就不会跳坑了。"

"看情况吧！如果两天都没动静，或者又失败一次，我们就再逼停一家比特币交易所。"NULL 回答，"这种行为，并不是给他压力，而是给他的合作方压力，令他不得不做一些违背自身意愿的事情，谁让他不是毒品集团的一把手呢？"

"等等！有目标上线了！"

童素心中一紧："买方？"

"第七次交易的买方，在'极光'交易所登录。"

"很好！"童素柳眉一挑，语带战意，"这一次，我们一定要将他拿下！"

"老方法，你正面攻击，我侧面奇袭。"NULL 快速地说，"我算过，你破解毒枭一层跳板的平均时间是 10.12 秒。有我辅助后，提升为 6.73 秒，而他的跳板至少在 11 层以上。"

童素对数字极其敏感："第七次交易，全过程为 36.58 秒。由此可见，买方也是老手。"

"'极光'的电子钱包转账，一向以快捷著称，平均速度在 28～32 秒之间，应该就是他们选择在这个网站交易的原因。"童素补充道，"也就是说，我们的时间很可能就只有 64.58 秒。"

"考虑到对方的跳板很可能是十二三层，我们须要将破译每层跳板的平均时间进一步压缩，最好能压到 5 秒左右。"NULL 总结。

下一秒，两人就收到提示。

一个账户从自身的电子钱包内，下指令转 2000 个比特币到"极光"交易所！

"来了！"

异口同声的两人，同时按下指令，对这个狡猾的毒枭，进行第十八次追踪！

童素将精神集中到极限，对敌人展开猛烈的攻击！

这一刻，除了眼中的代码外，她看不见任何东西，也听不到任何声音，心里只有一个念头——快，再快一点！

29 秒，比特币成功到账。

童素与 NULL 已经破译对方五层跳板！

31 秒，比特币交易开始，全网开始根据账单核算，买卖双方是否是真实账户，而非虚拟账户。

33 秒，确认完毕。

童素与 NULL，成功破译对方第六层跳板！

34 秒，全网开始确认，卖方手上的 2000 个比特币，是否真实存在。

36 秒，确认完毕。

距离比特币交易完成，只差最后一步！

38 秒，买方获得卖方的比特币密钥。

童素与 NULL，即将完成对第七层跳板的破解！

41 秒，买方开始输入私钥，进行比特币的解锁。

由于私钥太长，该过程持续了整整 18 秒，买方才打下最后一个字符！

此时，已是第 56 秒，童素和 NULL 联手闯进第十一层跳板，开始白热化的厮杀！

买方停顿了几秒，似乎是在确认。

58 秒，第十一层跳板被破解！

60 秒，买方按下确认键。

61 秒，归属权转让。

也就在这一瞬，童素犹如神助，以自己都未曾想到的速度，攻破了守卫森严的"堡垒"，破解了第十二层跳板！

极度的惊喜之后，却是深深的绝望。

出现在她眼前的，不是真实 IP，而是第十三重跳板！

来不及思考，甚至来不及继续，眼前的"堡垒"就已消失，变成一片白茫茫。

对方，下线了。

童素怔怔地坐在电脑前，几乎没办法承受这样的失败，就听见 NULL 说："查到了！"

"什么？"

"对方下线前的 0.001 秒，暴露了自己真实的 IP。"

"怎么可能！"童素听见自己的声音，尖锐无比，"不到 0.3 秒的时间内，你怎么破解的第十三重跳板？"

"因为第十三重跳板,恰好在我们掌握的记录之中。"

一片冰凉的心脏,重新跳动了起来。

大喜之后是大悲,大悲之后又重新是大喜,这样的转变,令童素有些恍惚。

只见她深吸一口气,努力让自己变得平静下来,才用带了点颤抖的声音,问:"详细地址是?"

"广东省,滨海市,临海区,花都路。"

# 第十一章　暗中排查

滨海市位于广东省东部，靠近福建省，因为紧临南海而得名，是我国极其重要的港口城市，也是著名的旅游目的地。

由于经济发达，外来人口众多，导致专案组进行排查的时候，难度急剧增大。

偏偏临海区又靠近出海口，是整个滨海市最繁华、人流最密集的区域，花都路则长达 7 公里，建筑密度极高。

"我们进一步缩小了毒枭所在的地址范围，就在这一段——"

傅立鼎圈出花都路中的一小截，向众人展示："全长 1.5 公里，南边是临海区最大的回迁房'幸福花园南区'，北边分为两段，东段是住宅小区'星辉雅苑'，西段是酒店式公寓'嘉信公寓'。"

"不派民警以'核查外来人口'为名走访的话，排查难度太大了。"严明树看着大屏幕上的数据，有些为难地说道，"幸福花园南区总共 80 栋建筑，每栋 60 户。但这些房子，往往都被二房东隔出四五个，甚至多达十个单间，住着十几二十个外来打工者。"

这些人员的流动性有多大，在场的人心中都有数。

同理，星辉雅苑和嘉信公寓也有很多房子由二房东、三房东出租给外来人口，想要逐一排查，又不能惊动毒枭，任务非常艰巨。

这也是想抓一个顶尖黑客的困难之处。

查到毒枭的 IP 地址后，童素和 NULL 一边通知夏正华，一边收集资料，还发现敌人在滨海市的"天眼"之中，植入了一个木马。

一旦有人试图调阅滨海市的路面监控，木马就会自动反馈消息到毒枭那里。

根据 NULL 的判断，这个木马很可能还有另一种功能，会在关键时刻启动——让城市的"天眼"，变成毒枭的"天眼"。

至于花都路上的摄像头，也已经全部"倒戈"，成了毒枭侦查外界的重要工具。只要有个风吹草动，对方就会有所警觉。

这也让警方排查犯罪分子的两大绝招——户籍调查与监控调阅，都被废了大半。

鉴于敌人很可能分出一只"眼"专门盯着滨海市警方，夏正华与广东、福建两地的公安部门协商后，为麻痹敌人，决定广东警方按兵不动，只负责提供数据等重要信息，支援警力则从福建抽调，协助办案。

夏正华点了熟人——上次一起参与小鑫五金加工厂抓捕的福建武警边防部队大队长严明树，让他带了一支队伍过来会合。

严明树也知晓这个毒品集团有多么难缠，但如果不能由民警上门走访，排查可疑人物，这三个住宅区加起来上万人，怎么才能确定谁比较可疑？

众人下意识地望向童素，就见童素看了一眼电脑，不紧不慢地说："有个方法，或许可行。"

"什么方法？"

"外卖订餐。"

此言一出，所有人的眼睛都亮了。

对啊！他们怎么没想到！

童素扬起一抹得意的微笑，自信非常："我已经查到这一年来，这条街上所有的外卖团体订餐！排除掉那些有公开资料可以查询的公司、工作室、民间团体的订餐后，只有一家，最为可疑！嘉信公寓，A栋，306室！这间屋子里的人最近每餐都要订购18至25份食物，却从没有任何一个人走出来过！"

说罢，童素立刻将306室的日常外卖订单，以及整个嘉信公寓的建筑图、结构图、俯视图等，传给会议室中的每个人。

嘉信公寓的布局，是由一条走廊把房间分为南北两排。北边是1至10号共10间房，南边则是11至18号的8间房。而电梯和救生通道都设置在南边的正中间，恰好与每一层的05室和06室两两相对。

也就是说，306正对着电梯和楼梯！

傅立鼎目光一扫，立刻发现："这公寓视角很好，可以看到大半条街，尤其是小区的入口，能够监视所有进出的车辆与人群！"

这让大家更加确信，毒贩就在这间房里。

"先不要轻举妄动！"关键时刻，还是夏正华沉得住气，"敌方很可能持有军火，我们必须确定这一点，以减少伤亡。"

怎么确定？

先盯紧那间房，看看有没有破绽！

特警们分成三组，蹲守在最合适的观察点，通过望远镜等设备，24小时监视嘉信公寓，A栋，306室。

两天两夜，负责的警官眼睛都熬红了，终于看见有人小小地拉开了一道窗帘，打开窗户，站在窗边抽烟。

"放大镜头！"傅立鼎就差没吼出来了，"识别一下，那个人背后的黑点是什么？"

"看着像 M16！墙上好像还挂着 M67！"严明树在警校期间，就是射击冠军，是个狂热的枪迷，对世界各国的枪械、武器都非常熟悉。

这个消息，令众人心中一沉。

M16 是当今世界六大名枪之一，有效射程 600 米，每分钟子弹射速可达 750 至 900 发，枪身轻巧，既适合做狙击步枪，也适合远程火力支援。

M67 更是大名鼎鼎的防御型手榴弹，大洋国军方至今还在使用。

不要以为"防御型"就觉得无害，结果恰恰相反！

所谓进攻型手榴弹，是指步兵在冲锋过程中投掷的手榴弹，特点是杀伤半径小，安全范围大，投掷后己方无须隐蔽；所谓防御型手榴弹，是指步兵在防御战斗中投掷的手榴弹，特点是杀伤半径大，安全范围小，投掷后己方必须隐蔽。

这时，傅立鼎和严明树心意相通般地交换了一个眼神，然后一起走到夏正华面前。

严明树先开口："夏厅，我们必须将嘉信公寓的住户尽快疏散出去！尤其是二层楼的住户，必须一户一户悄悄分开疏散，不能引起敌方注意。万一有人不配合，就采取强制措施！"

傅立鼎立刻接上："与此同时，其余楼层以及隔壁单元楼的居民疏散也刻不容缓，否则一旦与毒贩发生交火，会殃及无辜！"

夏正华轻轻颔首，望向童素。

童素大概计算了一下时间，给出答案："40 分钟！这是我与 NULL 联手后，能压制对方示警木马的极限时间！"

次日，上午 10 点，七个男人走进嘉信公寓 A 栋。

他们的衣着非常古怪，明明外头热得快把人烤焦，他们却穿着厚厚的夹克。好在物业和保安早就接到了警方会有行动的通知，在领头的傅立鼎亮出警官证后，配合地把他们迎了进去。

与此同时，童素已经与 NULL 联手，在嘉信公寓的摄像头中，植入了一段新的木马。这段木马能暂时压制住敌方的警报装置，并将十天前的监控录像，与实时的录像进行替换。

也就是说，在这 40 分钟内，只要对方不心血来潮，重新检查种下的木马，监控画面就会一直播放十天前的录像。

特警们上了电梯,分别按下三、七和顶楼十层的按键,兵分三路。

这也是精心策划过的。

其中三楼住户的疏散是重中之重,否则毒贩要是就近控制住了还没撤离的居民作为人质,警方就要投鼠忌器了。

但童素反复强调,毒贩之中有一个极其高明的黑客——这种人往往在某些方面天赋异禀。

比如童素自己,五位数之内的运算,包括但不限于五位数乘除五位数,从来都是心算得出,连计算器都不用按!

万一对方有过目不忘,或者有信息、图像拆解方面的能力,调换监控的事情就有可能提早露馅。

所以童素一再强调,尽量在30分钟之内完成整栋公寓楼的居民撤离。为争取时间,警方无奈兵行险着,三路同时疏散。

这也是为什么他们选择早上10点动手的原因——这栋公寓的住户,很多都是白领,这时候大多上班去了,可以大大减少疏散的工作量。

"嘉信公寓A栋,一共10层,每层18套房,总共180户人家。"童素坐在指挥车里,做最后一步的确认工作,"刨除常年没人住的22户,其余158户都住了人。根据现场布控的特警报告,应该还剩37户有人在家。"

就在这时,NULL突然说:"我总觉得有哪里不对。"

"?"

"毒贩为什么要选择嘉信公寓呢?"NULL不解地问。

这个问题,已经盘桓在他心中很久了。

事实上,在通过望远镜确认毒贩的行踪之前,专案组的不少成员也一直心里嘀咕,琢磨童素是不是判断错了。

按照他们的想法,毒贩应该会藏身在幸福花园南区才对。因为那里是回迁房,管理不够严格,外来人口极多,100平方米的房间住一二十人都不会被关注,便于隐藏。

嘉信公寓则不同,是酒店式公寓,物业管理相对严格。

严明树想了一下,说出了自己的猜测:"可能是因为嘉信公寓没有阳台吧。"

没有阳台,意味着警方想要突进会更加困难。

电梯停在三楼,傅立鼎带着两个特警小张和小王踏出电梯门。

三人不约而同地从腰间拔出手枪，战斗，随时可能打响。

出发前，他们就已经将整栋大楼的地形图在心里描绘了千百遍。

整个三楼，目前只有三套房有人：一间是毒贩所在的306；一间是两位老人居住的307；另一间是走廊尽头的318，一个家庭主妇带着两个孩子。

按照计划，他们将先疏散老人。

一是根据资料，这两位老人性格温和，以前在单位评价很好，也没有老年痴呆之类的病史，应该是可以交流的对象；二是孩子实在太不可控了，要是先疏散两个小孩，对方哭泣尖叫起来，307的住户就可能成为活靶子。

傅立鼎示意小王摸到电梯右边的楼道口，隐蔽埋伏，随时准备支援；自己则与小张蹑手蹑脚地前往307，路过306的时候，心都要悬起来了。

在307门口站定，傅立鼎深吸一口气，按下门铃。

不消多时，门就开了。

出乎意料，开门的不是老人，而是一个高大英俊的青年。

傅立鼎脑子里，立刻闪过这个年轻人的资料。

颜寒，307两位老人的外孙，目前还在普林斯顿大学攻读数学系的博士学位。

这人不是今天中午回大洋国吗？怎么还没去机场？这么重要的监控信息为何没有传达给行动小组？

傅立鼎心中疑惑，而颜寒看见大热天还穿着一身夹克的傅立鼎与特警小张，也大吃一惊，满脸是不解的神情。

傅立鼎立刻亮出警官证，低声说："您好，我们是警察，一会儿在这里将进行武装拘捕行动，请您在保持安静的情况下，跟随我们立即离开。"

颜寒的表情立刻严肃起来。

只见他尽量用足够清晰、却不高昂的音调，朝房间内喊了一声"外公、外婆，有客人来拜访你们啦"，然后特意摊开双手，让傅立鼎能看清自己的动作。

等到二老出来，颜寒快步走过去，小声说："先不要声张，好像出事了，警察同志让我们赶快跟他们走！"

两位老人惊魂未定，本想再问一下情况，但还来不及说出口，就被外孙拉着往外走。

傅立鼎看着颜寒这一串行云流水的动作，心道不愧是高智商人才。随即，他用眼神示意小张和小王跟上来，护送三位居民撤离。

到了楼下以后，专门有民警会为他们解释发生的事情，并把疏散的居民全都聚集到附近的社区活动中心，暂时没收大家的手机，以免泄露情报。"

　　傅立鼎的耳麦与指挥车是互通的，他遇见颜寒的事，指挥部立刻收到了消息。

　　按照童素查到的信息，颜寒本该是今天中午 12 点的飞机，飞往洛杉矶。所以童素立刻调出与颜寒有关的一切资料，快速浏览一遍之后，说道："我查到了门诊记录——他的外公昨天被狗撞到了，尾骨出了点小问题。这位孝顺的外孙估计怕老人有什么事，就在今天早上改签了飞机票，大概是决定多陪老人几天。"

　　这个情况，让傅立鼎把心中的疑虑都放下了。

　　突然，NULL 提醒大家："抬头！"

　　这条街道原本很"干净"，流动的车辆和行走的人全都是警方专门安排的，两端其实已经被封锁。

　　但这一刻，天上竟然有无人机在盘旋！

　　很显然，这是有人发现警方封街，好奇地驱动了无人机，想要看看到底发生了什么。

　　或许，不是无人机发烧友，而是那些只要有热闹就会凑过来的媒体。

　　夏正华立刻下令："不能让无人机拍到画面，更不能上传网络。"

　　按理说，只要直接屏蔽整个区域的信号，就算无人机能拍到东西，也无法传送出去。但这种做法肯定会惊动毒贩，所以只能辛苦童素和 NULL，想办法入侵无人机的系统，令它停了下来。

　　这段小插曲，让大家的心情都更加紧张了。

　　好在接下来的疏散行动，没出太大的幺蛾子。包括那个家庭主妇以及她的两个孩子，因为特警做好了充分的准备，竟然也没哭没闹，安全撤离。

　　25 分钟后，所有居民就都已经安全到达社区活动中心！

　　"夏厅，疏散完毕！"

　　"好，大家进入战斗状态。一队封锁住三楼的电梯口与楼道口；二队进入四楼与五楼相应位置，设法破窗而入；狙击手全方位待命！"

　　说罢，夏正华顿了一顿，又道："一旦毒贩拒捕，可以开枪！"

　　这个指令，让所有特警战士都肾上腺素飙升，他们知道，一场恶战即将打响。

　　指挥车上，童素专注地盯着显示器中呈现的三楼楼道内的场景。在每个特警队员的头盔上，都装有摄像头，显示器可切换到不同头盔，展示不同视角。

　　随着傅立鼎带领的一队和严明树领衔的二队都顺利到达指定位置，夏正华正式下达命令:"一队开始行动!"

傅立鼎做了个手势,小张掏出万能钥匙,轻手轻脚地摸到306门边,把钥匙插进了锁孔。

就在这时,被确定为无人居住的308室,恰好位于包围306室的特警背后,处于视线死角的房门,悄悄地打开了一条缝……

## 第十二章　秘密行动

咕噜。

什么东西在地上滚动的声音，在安静到极点的楼道中响起，让本来就神经紧绷的特警们更是悬起了一颗心。

大家下意识地顺着声音望过去，就看见308室门口的走廊上，一颗M67缓缓地滚动过来。

"手榴弹！"

特警们训练有素，迅速闪避扑倒。

下一秒，汹涌的气浪化作巨浪，以排山倒海之势，席卷了整个走廊！

震耳欲聋的爆炸声与冲天的火光，令大楼都为之震荡！

夏正华立刻抓起通信器："一组反馈情况！"

傅立鼎躲在楼道夹角，眼前是不断飞扬的尘土、烟雾与碎石块，耳朵剧烈地疼痛，甚至有很长一段时间听不到声音。

但看见通信器亮起，他还是凭着特警的本能，在密集的枪声之中，汇报了一个致命情况："308室也有毒贩！目前有队员倒下，应该已经受伤，急需医务救援！"

"狙击手，准备射击！"

童素立刻根据当前的天气、风力、公寓的格局、视野范围等等，用电脑算出针对308室的最佳狙击角度，发给狙击手。

NULL也发现了问题："305与308的窗帘，之前都是拉开的，现在却被拉上了。"

306室是毒贩所在的位置，现在又证实了308室也有毒贩，那么拉上窗帘的305室，同样也很可疑！

"305是什么人在住？"

"几个合租的年轻人，都上班去了！"

NULL调出这几天的监控记录，笃定地说："305和308，之前白天从来没有拉窗帘的习惯！"

这个说法立刻被狙击组的人证实——他们整整盯了306室两天两夜，发现隔壁几间房住的确实是普通人，没见他们白天拉上过窗帘。今天早上，还目睹305室那几个住户离开。

也就是说，毒贩们是临时进入到305室和308室的，难道是得到了什么情报？

夏正华下意识地看了童素一眼，沉声问："我们历次开会，信息是否安全？"

"绝对安全！"

难道专案组内部，出了内鬼？

但现在，夏正华来不及排查这么多，只知道情况十分危险！

敌人手上有M16，正在持枪扫射，又有M67在手；还极具防备心，将窗帘给拉上，导致狙击手和准备破窗而入的二队都陷入左右为难的境地！

混乱中，傅立鼎深深吸了口气，强迫自己镇定下来，然后大声吼道："一队全体队员戴上防毒面具，往走廊扔催泪弹！"

六枚催泪弹同时扔出，顷刻间，烟雾就令整个走廊变得模糊，并顺着敞开的房门，乃至极小的缝隙，灌入房间，毒贩们想躲都躲不开！

霎时间，整个三楼，全都是咳嗽声！

"小王、小李，你们两个去把小张抬过来！其他人火力掩护！"

傅立鼎话音刚落，没想到从305室和306室内也传来密集的冲锋枪扫射声，子弹击破这两个房间的房门，穿过走廊，密密地打在对面的墙壁上。刚想前往救援的小李和小王，又被这阵密集的枪林弹雨压了回去。

"306和305也有敌人，一队需要火力支援！"傅立鼎几乎是嘶喊着发出了请求。

就在这时，305室内拿着AK-47对外猛烈扫射的毒贩被催泪弹熏得不行，冲到窗前，猛地拉开窗帘，打开窗户，想要呼吸新鲜空气！

"3号狙击点发现持杀伤性武器的敌人，已经锁定！"

夏正华断然下令："开枪！"

狙击手毫不犹豫地扣动扳机！

砰！

毒贩还没反应过来，就已脑袋开花，人往后仰面倒地，只抽搐了一下，就再也不动了。

"呼……"3号狙击手长长地出了一口气，"目标被击毙，但经观察，305房间估计还有至少三名毒贩，但目前狙击角度不佳。"

明明是个好消息，夏正华望着监视器上305室窗帘拉开一小半的窗户，却神情凝重。

他对万象集团十分了解，清楚对方的"黑桃组"成员都是雇佣兵，不可能犯如此低级的错误，被催泪瓦斯一刺激就去拉开窗帘。

经验丰富的雇佣兵都清楚，窗帘是最好的掩护。

由此可见，305室的这个毒贩并没有多少战斗经验，或许根本就不是"黑桃组"的成员。

想到这里，他拿起对讲机："全体成员注意，敌方的精锐极有可能主要聚集在306和308，务必提高警惕！"

随着催泪瓦斯的气味越来越浓烈，306室的枪声突然停了，咳嗽声则越来越厉害。傅立鼎抓住机会带着小王冲了出去，借助烟雾的掩护，弯着腰一路飞速往前，终于到了倒在305室与306室之间的特警小张身边，并迅速把身上嵌满弹片、性命垂危的小张拖到墙边。

砰！砰！砰！

枪声随即响起。

那是306室的毒贩听见了脚步声，下意识对门外进行扫射，好在傅立鼎和小王提前紧贴着墙壁躲避，没被打中。

下一刻，剧烈的破窗声响起！悬挂在305上方、等候已久的特警们猛地撞开窗户，突入房间！

与此同时，306室内枪声大作——这群训练有素的雇佣兵，早就将枪口分别对准了门口与窗台，一听见破窗声，四支对准窗口的M16齐齐射击！

乘着这个机会，傅立鼎让小王迅速把伤员拖到了安全区域，交给已等候在那儿的医护人员。

然后，对讲机中就传来汇报的声音："这里是二队，305破窗完毕，房间里除了一名被击毙的毒贩之外，还有三名毒贩，已被控制。他们身上没有携带武器！"

就在这时，通信器内也传来一个令人振奋的消息：

"1号狙击手锁定目标！"

原来，之前手榴弹爆炸造成的巨大冲击，把308室的窗户玻璃震得粉碎。虽然窗帘拉上了，但刚才突然起了一阵风，使得房间的窗帘被吹了起来。

而308室，偏偏又是一览无余的一室一厅小户型！

面对天赐良机，夏正华当机立断："开枪！"

308室内，端着枪警惕地盯着门口的毒贩压根就没有想到，一枚子弹以无与伦比的速度穿入了他的太阳穴。

霎时间，血花四溅。

蜘蛛人从天而降，跃入308，迅速控制住了局面！

但大家都知道，困难才刚刚开始。

305室和308室共有五名毒贩，只有两名会使用武器，其他几个毫无战斗力，一看就是宅男。

这也符合专案组当初的预判——这个团伙，一部分是穷凶极恶的匪徒，一部分是技术高明的黑客！

根据他们的外卖订餐，每次都是18至25份，再考虑到壮年男子，尤其是经受过特殊训练的雇佣兵的食量，可以推测他们的人数在15个以上。除去已经被击毙和抓捕的5个之外，看来306室中至少会有10个人，而且应该会有不少是雇佣兵！

这与夏正华方才的判断不谋而合！

也就是说，剩下几个最难啃的硬骨头，都在306室！

"夏厅，如果真有内鬼把情报透露出去，我们还采用原定的强攻计划吗？"

童素眉头紧锁，提出了问题。她知道，一旦敌人了解特警的进攻战术，肯定会采取有效的反制措施，说不定又会造成我方的伤亡。

夏正华紧紧盯着监视器，沉默了片刻，坚决地说道："如果有内鬼，这些毒贩早溜了，不会在这儿等着被我们围剿。再说，临时能找到更好的办法吗？"

抓捕开始前，指挥部已经进行充分论证，根据可能产生的不同情况，设计了多套行动方案。

只见他声线平稳，冷静下令："采用备选方案C！"

他有自信，用一次完美的胜利，赌专案组中没有叛徒！

"2号狙击手，开枪！"

砰！

嘉信公寓朝北都是大面积的落地窗，子弹打在厚厚的玻璃墙体上，开始出现裂纹。

砰！

又是一声枪响，另一枚子弹准确无误地打在刚才击中的那个点上，霎时间，整面玻璃幕墙就已经碎裂。

外面的风呼呼地灌了进去，将窗帘卷起，让客厅一览无余！

砰！

第三声枪响，打在了另一面窗户幕墙上！

砰！砰！砰！

又是三声连续的枪响，阻挡306室的另两面落地玻璃幕墙已经全部碎裂！

接下来，狙击手又三枪连发，子弹在客厅内乱溅，逼得几个躲在卧室、厨房、厕所的毒贩无法探头。

"蜘蛛人准备。"

夏正华的声音在第九声枪响的同时，传了出来。

砰！

第十声枪响传出时，夏正华大声下令："行动！"

当一个人连续几次听到三声枪响接踵而至时，就会养成惯性，等再听到两声枪响时，潜意识里会等待第三声枪响的到来。这种情形，像一个天天听着两只靴子落地声音的人，骤然有一天只听见一只靴子落地，就会非常难受地等待下一只靴子落地一样。

吊在外墙上的二队特警们已经等候多时！

听到命令的那一瞬，严明树就放开绳索，让整个身体以自由落体的姿态下降，速度快到无法想象！

眨眼之间，特警们就从506室窗口的位置下降到了306室窗口，严明树一马当先，犹如一只敏捷的猎豹，猛地突入！

与此同时，他手中的闪光弹，已经扔了出去！

强烈的白光，在二十余平方米的房间中亮起，巨大的声音在这个拢音效果极佳的地方开始回荡。

光芒闪烁的那一刻，注视着客厅，随时准备举枪射击的毒贩，根本无法思考，更没办法行动，眼睛难受得要命！

就在这短暂的时间内，特警们已经冲进了客厅。

严明树直接跪倒在卧室前，扣动了扳机，第二个冲进来的特警弯着腰冲过卧室后，立刻朝厨房点射。

其余的特警则在同伴的掩护下，不断腾挪闪避，朝各个可能隐藏毒贩的角落扫射。一直埋伏在306室门外墙边的一队特警，也在傅立鼎的指挥下乘机破门而入，对房间内的敌人内外夹击！

毒贩们的骂声，与枪声交织，成了他们留在这个世界的最后声音。

毒贩们的尸体被逐一抬出，几个侥幸没死的黑客被反锁双手，畏畏缩缩地在特警的押解下，走出门外。

刚刚经历了一场枪战的居民楼一片狼藉，而305室、306室、307室、308室这四套房子，相连的墙体都被毒贩们凿开了一个通道，显然是在警方进攻前才发现被包围，于是匆匆挖通墙壁，争取更大的防守空间。

夏正华这时已开始考虑善后，说道："闹成这样，居民估计也没办法回家，给他们安排周边的宾馆吧！"

童素的目光扫过那几位灰头土脸的黑客，下意识地拿起手机，对他们进行人脸智能识别，想要从这些宅男中找到那个极为强悍的对手——"Joker"。

结果却显示，这几个人的资料，她都有储存。

"奇怪。"

童素又仔细核对了一遍，发现这些人确实都已被她记录在案，原因很简单——他们全被各国政府抓到过。

两个被大洋国联邦调查局抓获，一个被大洋国国土安全部所抓，另外几个也在新加坡、文南等国家的监狱里待过好一阵子。

"难道'Joker'死了？"

这也不是不可能。

作为这个团伙的头目，应该待在306室进行指挥。

但在这次行动中，为了防止306室的雇佣兵造成更大的伤亡，特警进去就直接开枪扫射。密不透风的弹雨，让306室里面的十个人只活下来了六个，其中三个还是重伤，性命垂危，另外的人也都受了伤。

想到这里，童素心中竟有些微妙的遗憾。

虽然知道这种高智商的人走了邪路，造成的危害比普通人大得多，也知道对方死不足惜，不然对不起那些被毒品毁掉的家庭，对不起"7·17连环爆炸案"中无辜伤亡的百姓，也对不起因为这次行动重伤，很有可能会牺牲的特警小张，但不知为何，对方就这么死了，她还是有点说不出的苦涩感觉。

这种体会，大概只有同为顶尖黑客的 NULL 能了解。

碍于夏正华坐在旁边，童素不好直接表达自己的遗憾情绪，只能偷偷打字，对 NULL 说："我们的对手好像死了。"

"有点不真实。"NULL 的心情与童素有些像，"万象集团的'方块 K'就这么死了？"

"我也觉得，他给我们造成了那么多麻烦，怎么这么容易就死了呢？"

童素十指无意识地在键盘上快速翻飞，一个之前被忽略的信息让她大感意外："整个三层，18 套房，除了一开始卖掉的 5 套外，剩下 13 套，全被同一个人包了！颜戎，就是那个 307 室的业主。难道他是'Joker',是'方块 K'?不对,年龄不符合!等等,那个年轻人呢?"

颜寒,普林斯顿大学数学系,这个高大英俊的年轻人的信息在童素脑海里再一次闪现,普林斯顿大学,数学天才,难道???

童素和 NULL 几乎是异口同声地喊出了一个名字——Ra!

"稍等。"

看见 NULL 连天都不聊了,童素心中一紧。

认识以来,她见到的 NULL 从来都是气定神闲,举重若轻,再困难的事都能游刃有余地解决。就连前不久那场极其困难的 IP 追踪大战,NULL 尚且一心二用,同时破解买家和卖家的 IP。

这样的 NULL,现在居然需要集中精力去做一件事情,可见这事有多么重要!

"我查到了!我确定了!"NULL 的声音随之响起,"之前我们扫荡黑客组织的行为,引起了中外黑客的又一次交锋,活跃的黑客们都加入了战斗,以扫荡黑客组织的多少作为评判实力的标准。"

"其中就包括我们的几个老朋友,比如 Dante 和 Poison scorpion 等。"童素插嘴道。

"是的,对他们来说,这是实力的证明,也是又一次的狂欢。"NULL 的语气之中,竟然透出了难得的激动,"但是,一向很喜欢出风头的 Ra,却只是象征性地端掉了几个黑客组织,就收手不干。"

短短几句话,透露出来的内容,却让童素心惊肉跳:"因为那时候,他正忙着和我们'捉迷藏'!"

"对,快去抓住颜寒!他才是'Joker',也是顶尖黑客——Ra!"

# 第十三章　漏网之鱼

指挥车中传来命令时，左臂被弹片划伤的傅立鼎和身上被扎了好些玻璃碎片的严明树正在接受医生的紧急治疗。但他们两人只对视了一眼，就迅速都将输液管给拔了，直接跳下救护车，冲到警车上，硬是把警车飙出了赛车的速度！

吱嗞——

刺耳的刹车声，在距离嘉信公寓一公里外的宾馆响起。

傅立鼎和严明树来不及锁车，拔腿就往宾馆里跑，冲到前台，第一句话就是："这儿有几个出口？刚才有人出去吗？"

前台小姐对刚才警方护送许多百姓过来，要求提供房间的事记忆犹新。只见她仔细回想了一下，指着大门很确定地说："宾馆就这一个进出口，我一直站在这里，警察来了之后，只有人进去，没人出去。"

二人松了一口气，傅立鼎又问："你还记得，给一对老夫妇开的是几号房吗？"

"201，出电梯后右转，第一间就是。"前台小姐回答道，"考虑到老人家腿脚不方便，就把他们安排在了最方便的位置。"

很好！

傅立鼎和严明树心中振奋，正准备上楼将颜寒逮捕，傅立鼎突然想到一个细节："等等，201是什么房间？"

"就标间啊！"前台小姐有些疑惑，看见傅立鼎沉下脸，心中惴惴，紧张地问，"怎、怎么了？"

严明树也发现不对："他们一共三个人，你怎么开标间？"

前台小姐倒吸一口冷气："三个人？不是只有那对老夫妇吗？还有别人？"

"老夫妇没人陪着来吗？"严明树急切地追问。

"没，就他们两个！"前台小姐的回答非常确定。

二人面色大变，就见傅立鼎拿起通信器："夜神，立刻调出路面监控，以及周边门店的监控，追踪颜寒！"

童素和NULL已经在行动了，但这条路上并不是每家商铺都装了监控，加上颜寒明显是踩过点的，刻意避开了摄像头。

"整条街的监控，只有三个地方拍到了颜寒。"童素快速地说，"一个是警方把他们送到宾馆，他们下车的时候。当时的场面有点混乱，几个男的到了旁边的便利店，颜寒也在其中，拿了几瓶饮料，回队伍里分发。再然后，就是一旁的银行，斜着拍到了进出面包店的颜寒。"

傅立鼎和严明树那边，也立刻对相关人员进行了询问。

原来，警方把嘉信公寓的居民们送到宾馆时，好几个小孩又哭又闹，其他人的情绪也比较紧张焦虑。颜寒就提议去买点饮料发给大家，缓解一下情绪和燥热。队伍里几个男人觉得这主意不错，跟着他一起去了。

据几个同去买饮料的男人回忆，颜寒当时还拿着便利店的面包看了几眼生产日期，觉得不新鲜，就匆匆去一旁的面包店，说要给爷爷奶奶买几个面包，怕他们饿着。老人家牙齿不好，吃不了饼干。还说，如果宾馆已经开始登记，劳烦其他人帮忙照顾一下，他很快就回来。

"事实证明，颜寒没有回来。"童素面沉似水，屏幕切成数百个细小的格子，程序开始根据颜寒的面部与步态，进行对比，"路面监控也没有拍到他，他会不会潜入某个小巷子里了？"

顶尖黑客对监控的敏感度都很高，童素扫一眼建筑就能猜到摄像头大概装在哪里，多瞄两眼，型号数据都能分析出来，颜寒肯定也有这样的本事。

花都路本来就是对方熟悉的区域，想要躲过监控，实在太简单了。

唯一值得庆幸的就是，现在是夏天，想要用面罩、帽子来伪装，反倒容易引起关注。可以肯定，在"天眼"的人脸识别系统面前，颜寒跑不了多远。

想到这里，童素望向夏正华："夏厅，毒贩那边提审得怎么样？"

"还在提审中，但所有人都说，跑掉的只有颜寒一个，或者该叫岩罕。这个文南特色鲜明的名字，才是对方的本名。根据他们的交代，岩罕正是'方块K'。自从万象集团重启'龙腾计划'后，年轻的岩罕就被德隆派来中国大陆，专门负责毒品制造与销售！"

夏正华都把话说得这么明白了，童素还有什么不懂的？

岩罕在毒品组织内的地位，就相当于桃园三结义里的关羽、张飞，身份极其重要。只有拿下他，才能肃清这股势力在中国大陆地区的残余，夺回"荆州"。

更何况，他还是个顶尖黑客。

若是让这家伙跑了，再要抓他，可就难了。

"从宾馆到两侧路口，总距离为1.3公里。"童素调出蛛网式的交通图，百思不得其解，"他没往路口去，否则逃不过红绿灯旁边的摄像头。但这块地方也没有小巷子啊，都是很正常的路，难道是哪家店有后门？"

夏正华思路非常清晰："找出这段路上有多少店，其中多少家装了监控，有没有视频记录被篡改的痕迹，然后逐一排查剩下的店有无后门。"

"不用了。"NULL突然开口，"赫卡忒，你注意看监控里那辆黑色的、牌照为粤M83679的宝马X6。"

童素立刻放大相关监控，只听NLULL继续解释："我刚才对比了两小时内所有出入花都路的车，发现这辆车40分钟前进入花都路，然后就一直停着不动。直到刚才终于掉了个头，开了出去。"

如果说停下是因为前方的路被封了，为什么要等这么久？好不容易等到路通了，却又掉头离开？

傅立鼎立即让手下与交管部门核实，很快得出结论："这是一辆套牌车！那群黑客没说实话，岩罕还有同伙！"

飞速行驶的宝马X6上，一片死寂。

岩罕低着头，谁也看不到他隐藏在黑暗中的表情，只能听见他沮丧的语气："对不起，先生，我把事情搞砸了。"

"陈云升一死，我就让你回来！"德隆缓缓道，"你为什么不回来？"

他的声音十分低沉，话语也有些含混，却带着无法抗拒的亲切和威严。

岩罕沉默片刻，才道："福建那条生产线废掉了，我想在广东组建一条新的生产线。"

说罢，他顿了一顿，又咬了咬牙，十分艰难地说："先生，我知道我的做法非常鲁莽，但我不得不冒这个险。虽然我们与文南国政府的战争表面上看势均力敌，僵持不下，可他们有飞机，有坦克，还有世界各国的道义援助。我们能和他们打这么久，只是依仗群山和'圣湖'的天险，外加他们找不到我们的总部罢了。在装备上，我们一直处于劣势。政府几年前就从中国买了'红箭-8'的图纸，还拿到了生产许可，建造了自己的导弹生产工厂。可我们呢？所有武器都要去黑市上买，开出三五倍的价格，还会被黑吃黑，甚至没人愿意卖！要不是'公爵'伸出援手，愿意卖大批量重型武器给我们，这场仗早就打不下去了！'公爵'虽然是我的朋友，实质上却是个军火商人，不是慈善家。该付的钱，我们还是要付，甚至要加倍地付，以维持与'公爵'的友谊。要是中国这条好不容易开辟的渠道废了，我们从哪里再找一个这么大的市场，赚那么多的钱，填军火无底洞一样的窟窿？"

这一番话，岩罕说得情真意切，心里却不断打鼓。

因为岩罕一直摸不准，德隆究竟对自己这个养子是什么态度。

要说德隆对岩罕不好吧，那肯定不对，自打 16 年前，德隆出现在岩罕面前，岩罕的世界就彻底改变了。他从一个无父无母，由外公外婆抚养长大，备受欺凌的阴郁小个子，变成了毒枭之王的养子。德隆专门派了一个三十余人的团队——全都是各行各业的精英，学历最低的都是博士——教导他黑道家族应该学会的一切。

枪械学、生物学、化学、心理学、世界历史、哲学、社会学、经济学、各国语言……乃至艺术品的品鉴。

等到他要上大学了，德隆直接把世界上最顶尖的名校列了个清单，问他想去哪里。

因为有了德隆，任何名校都不再有门槛。

岩罕说想去普林斯顿，德隆不仅给他弄到了几位名流写的推荐信，还直接向普林斯顿大学捐了 5000 万美金，确保这件事能成。

亲生父亲也未必能做到这分上，德隆这个监护人却做到了。

正因为如此，身份似乎有些特殊的岩罕一进入万象集团权力核心层，就引起了德隆的三女婿——道达，前所未有的警惕。

由于德隆无子，又倚重道达，道达一向以德隆的继承人自居。他对年轻气盛、野心勃勃，又明显高智商、高情商的岩罕非常抵触，对岩罕一再打压、刁难。德隆却视而不见，充耳不闻，任由岩罕被道达一再欺侮。

大约三年前，文南国政府的鹰派人物代表——国防部长索帕，一再强烈建议总统派兵入驻升龙省，收回该省的真正控制权。而这是万象集团绝对无法容忍的，为了应对一触即发的战争，万象集团决定重启"龙腾计划"。

目标，中国。

众所周知，中国政府对毒品的打击力度，一向居于世界前列。例如大麻，很多地方根本就不将它列为毒品，但在中国，照禁不误。

而且，中国政府对毒贩的量刑特别重，走私、贩卖、运输、制造海洛因或者甲基苯丙胺五十克以上，就会被判处死刑！

严峻的法律、零容忍的态度，令中国成为一片绿色的净土，却也让全球的毒贩们垂涎欲滴。

14 亿人口的广袤市场，这是多大的诱惑！

万象集团早在 20 年前就曾开启过"龙腾计划",但执行这份计划的七个高管在中国缉毒警察不要命的追击下,全部伏法,另外两名留在中国大陆的高管完全是因为没参与进这件事,才侥幸捡回一条命。

20 年前的惨烈教训令贩毒集团内部人人自危,谁都不敢再沾中国市场,只能将"龙腾计划"束之高阁。但为了迎接即将到来的战争,支撑军火的巨额消耗,万象集团不得不再度冒险。

这一次,道达推举了岩罕作为"龙腾计划"的负责人!

而德隆想也不想,竟然就同意了!

从那一刻开始,岩罕就怨恨上了德隆:"你平常对我的好,都是假的,关键时候,只会将我推去危险的地方,庇护你的女婿!"

大概就是凭着这一口不服输的气,岩罕发誓要在中国大陆闹个天翻地覆,不仅将毒品运输、贮藏、贩卖的流程全部革新,就连洗钱方式也极为标新立异。至于毒品,更是完全抛弃了以罂粟为原料的传统毒品,专攻纯化学合成的新型毒品,竟然在中国大陆做出了一番"成绩"!

为了快速在中国推进"龙腾计划",岩罕铤而走险地让已经在中国发展成熟的名韵集团担负起毒品运输的任务。

岩罕没有想到,正是自己这个急功近利的举动,把他在中国大陆苦心经营的大好局面废了大半。

中国警方从一个小小的塑料瓶,拔出萝卜带出泥,扯出了名韵集团。

就算岩罕成功杀了陈云升灭口,名韵集团财务总监赵国平却无意中听过"邹应材"这个名字,又牵出了小鑫五金加工厂。

要知道,"邹应材"根本就不是陈云升的另一个身份,而是岩罕一个手下的化名。

这个名字被赵国平当作救命稻草一样地向警方做了交代,也算歪打正着了。

岩罕当然不知道自己的暴露是因为种种巧合,但他清楚,他杀陈云升,威胁中国政府,制造恐怖袭击……这一桩桩的事情一旦传回国,必定会被道达当作把柄,大肆攻击,组织内部也会对他意见很大。

毕竟,不是谁都有岩罕这样的胆子,公然与中国政府为敌。

从这一点来说,德隆亲自到中国大陆接他,恰恰表达了德隆对岩罕的看重,这让岩罕的感情十分复杂。

"你既然已经派我到这里来送死,为什么又要以身犯险,前来救我?"

正当他心绪万千之际,突然听见司机喊:"先生。"

这个小个子司机非常警觉："警察开始封路了。"

岩罕心中一紧。

中国政府的效率有多高,他非常清楚。

一旦整个公安系统全部运转起来,只要一个命令下达,所有周边的高速公路都会设卡拦截,无处不在的天网将会死死地盯住目标,绝不让对方逃出视线。

"拿电脑给我!"

越到关键时刻,岩罕就越冷静。像不久前,他看见特警上门,就知道行踪已经暴露,先装成居民下楼,再秘密通知同伙一样。

这一刻,他沉下心,调出滨海市的电子地图:"赫卡忒站在中国政府那边,肯定规划出了最好的路线。"

所谓最好的路线,就是最不容易出现在监控中、最难被围追堵截,还能以最快速度开到郊外,换车走人,却不被监控拍到的路线。

无疑,警方肯定会在这些路线上重点设卡拦截。

如此紧张的时刻,德隆却依旧平静,甚至还问:"赫卡忒?就是网络上与你齐名的那个女孩子?'铜棒'的女儿?"

岩罕怔了一秒,下意识地反问:"她是'铜棒'的女儿?"

"童家的人,数学天赋都好得吓人,只可惜……"德隆的叹息消散在风里,转而对岩罕说,"你能否令'天眼'暂时失效?"

"可以!"岩罕毫不犹豫,但他皱了皱眉,又补上一句,"只不过,警方那边有赫卡忒和 NULL 联手,我封不了'天眼'多久。"

"五条街的监控全部无效,停电也行,你能坚持多久?"

岩罕算了一下,采用最保守的估计:"七分钟。"

德隆轻轻颔首:"做好准备,我让你动手的时候,立刻把监控弄失灵。"

然后,他望向司机,镇定地发布命令:"不要去郊外,去'据点'。"

# 第十四章　舐犊情深

据点？

岩罕下意识地望向德隆，心中满是疑惑。

万象集团在滨海市还有据点？自己怎么不知道？

几乎是下意识地，他就觉得不舒服——莫非德隆根本信不过他，私下派人监视他的一举一动，才弄了这么个据点出来？

岩罕虽然尽力克制，没把这份情绪在脸上表露出来，但德隆很清楚岩罕的性格——傲慢、自私、多疑，遇到事情绝对不会先往好的地方想。所以，德隆深吸一口气，平静地说："这个据点，29年前就已经存在了。"

岩罕听见"29年前"这个与自己出生年相同的时间点，越发感到古怪。然后想到集团内部的某些传言，比如"先生对岩罕实在好得过分，干部遗孤那么多，也没见谁有这份待遇，难不成岩罕是先生的私生子"之类的调侃，脸色立刻变了。

"就是你想的那样。"德隆平静地说，"你是我的儿子，我唯一的儿子。"

岩罕不自觉地抓紧了手上的笔记本电脑，大脑一片空白。

他曾经无数次期盼过，德隆就是他的亲生父亲，因为德隆满足了一切岩罕关于父亲的幻想。

强大、睿智、威严却又亲切；热爱思考，善于雄辩；越是危险，就越是冷静。

更重要的是，如果不是一个身份尴尬的养子，而是德隆的亲生儿子，就能名正言顺地继承万象集团这个庞大的毒品王国，不需要受道达的制约。

但在这份希望竟然奇迹般地变成现实的这一刻，他却觉得像梦一般不真切。

岩罕心里有很多话想问，却哽在喉间，只化作一句："为什么？"

"我的父亲，你的祖父，是中国人。"

出人意料地，德隆以这句话做了开头。

"当时中国国内的局势很乱，日子很苦，几亩地养不了一家人，每天都有人活活饿死。他为了给家里减轻负担，14岁不到就告别父母兄弟，怀揣着暴富的梦想，漂洋过海去掘金，结果被蛇头当作猪猡卖到了文南国。他拼了命想要活下去，什么脏活累活都干过。但就像电影里那句话说的一样，'杀人放火金腰带，修桥铺路无尸骸'。他勤勤恳恳工作的时候，挨打挨骂，被克扣工钱，都是家常便饭，每天都不知道下一顿在哪里。等他铤而走险，当掮客贩卖鸦片，反而渐渐发了家。后来摊子大了，干脆买了一大片土地，专门种植罂粟，炮制鸦片。从猪猡到'南爷'，他花了整整30年。"

后面的故事，岩罕知道。

出人头地后，南爷娶了当地土司的女儿，强强联合，年过半百才得了一个儿子，就是德隆。

德隆18岁不到，父母就相继离世，身边全是豺狼虎豹，野心勃勃地想要吞掉南爷一手打造的毒品王国。

谁都不认为这个小年轻守得住这么大一份家业，但德隆不仅守住了，而且比父亲更有手腕，也更有野心，直接将整个升龙省都纳入了自己的势力范围，就连政府都没办法插手这个毒品王国的事务。

那些与他作对的人，早就不存在于人世，名字都已被遗忘。

德隆30岁那年，整个文南国的上流社会见到他都要尊称一声"德隆先生"，要不是万象集团与文南国政府的关系日渐紧张，他肯定能成为总统的座上宾。他在升龙省更是声誉卓著，甚至有很多百姓给他立生祠，祈祷他长生不老，继续为他们带来好生活。

唯一困扰他的，只有一件事——没儿子。

哪怕他有一个妻子、四个姨太太，还有无数逢场作戏的女人。但这么多女人，硬是没有一个能给他生下儿子。

虽说他的几个大小老婆生了很多女儿，但德隆的观念非常传统，认为女儿嫁出去就是外人，不应该插手娘家的事情。哪怕女儿一辈子不结婚，也不能继承他们父子两代辛辛苦苦打下的庞大家业。

没有儿子，就意味着没有继承人。

为此，他找到了整个东南亚最为神秘的一位算命先生。

"他说，我造孽太多，命中注定在地上不可能有儿子。"德隆侧过脸，迎上岩罕的目光，露出一丝胜利的笑，"但这难不倒我。既然地上没有，那就在空中生！"

算命先生的批语，终究还是给德隆造成了影响，他意识到，"无子"可能真是他的命。就算能逆天改命，也可一不可再。他这一生，很可能就只有一个儿子。

所以在孩子母亲的挑选上，他很是费了一番工夫，绝不马虎。

要长得好，身材好，头脑也足够聪明，身体健康，基因优秀，最好能在某些方面有出类拔萃的天赋。

最终，他选中了一个姓颜的"母亲"。

身高一米七二，容貌姣好，身材完美，气质出众，名校毕业，精通四国外语，职业又是空姐。待人温柔体贴，孝顺父母，友爱兄弟。没谈过恋爱，白纸一张，还是处女。

他与这个空姐在空中，在自己的私人飞机上疯狂做爱，没过多久，空姐就怀孕了。

整整十个月的怀孕过程中，空姐要么住在升龙省最高建筑——离地150米的塔楼上，要么就通过高楼的天台，前往德隆的私人飞机"奇迹号"，脚从来没沾过大地。

生产那天，德隆更是直接将顶级的医生团队弄到了"奇迹号"上，历经一天一夜的艰难，岩罕才呱呱坠地。

"你出生在一万米的高空中，本身就是一个奇迹。"

时隔近三十年，德隆仍旧记得自己抱起小小的岩罕时，无与伦比的激动。

他的血脉，从此有了传承。

短暂的喜悦过后，随之而来的，便是痛苦。

刚出生的岩罕体质极差，必须住在保温箱里，三天两头就要大病一场。

德隆忧心忡忡，唯恐好不容易得来的儿子出事，又去找了那个算命先生，对方叹了一声，给出了解决的办法。

"他说，我们父子相克，必须隔得远远地，你才能健康成长！"

谈起当年被迫将儿子送到异国的往事，德隆十分平静，令人难以想象他曾经多么煎熬："这些术士的批命，我都是宁可信其有，不可信其无。当然，之所以远远地把你送走，主要是因为当时我身边的势力太复杂了，几个大小老婆都是当地大族的女儿，手下更是心思各异，不乏想弄死我，上位执掌大权的。要是带你在身边，你未必能活下来。"

岩罕可以理解。

一个小婴儿，实在太脆弱了。哪怕德隆看得再紧，却总有疏忽的时候，不敢拿唯一的儿子去赌，实属正常。

"那后来呢？"岩罕追问，"你把12岁的我带回文南时，为什么不认我，反而说我是你手下的儿子？"

"为了磨炼你。"

面对岩罕的愤怒，德隆终于轻轻叹息了一声。

"如果当时，我与你相认，你就会被纸醉金迷包围。所有人都知道你是我唯一的继承人，不管他们内心怎么想，是不是希望你快点去死，但表面上，他们会拼命捧着你，讨你欢心，让你飘飘然，不知道自己在哪里。"

对此，德隆相当有经验，因为他年少时就是这样过来的。

被花团锦簇包围的孩子,根本无法深刻认识到人心究竟有多险恶。

而在父母相继离世的那几个月,德隆成长的速度,远远要快过之前的十几年。

更何况,他也不希望自己的儿子小小年纪,身边就危机四伏。对于岩罕的身份,能瞒一日是一日,最好等岩罕羽翼丰满,再对外公开。

岩罕心里已经认同了德隆的解释,并且认可了德隆的做法,但他却无法控制内心的憎恨:"可你还是扶植起了道达,让所有人都以为,他才是你的继承人!"

德隆瞥了岩罕一眼,淡淡道:"道达是我培养的一把刀,用来扫清集团内部的一些势力,也将是你的磨刀石。"

他的毒品王国,团队构成非常复杂,但总体上来说,可以分为三大派。

一派是他父亲的老兄弟,并且在那场权力之争时,识相地站在了他这边,所以他也不介意供着这些老家伙;

一派是包括他母亲、妻子所属的文南当地大族;

还有一派,就是这几十年来,跟着他出生入死,已经成长为集团中高层和骨干的兄弟们。

王国的权力总共就这么多,德隆拿了大头,其他人一看自己分得的利润,谁都觉得自己拿少了,不公平,经常明里暗里起冲突。

德隆亲眼见证了新型毒品的崛起与发展,认识到传统毒品不再具有曾经的统治力度。所以,他决定将前两派清除出集团核心。拿分红可以,事关整个万象集团的发展和规划,这些人就别指手画脚了。

但这种事情,他不能亲自去做,否则会落个刻薄寡恩的名声,不利于集团内部的稳定,也不利于未来的发展。

虽说毒品生意充斥着尔虞我诈、弱肉强食,但他们最喜欢的合作对象,又恰恰是那种重情重义、言出必行的人。

德隆需要一把刀,砍去集团中那些老朽却还在拼命汲取养分的枝叶,而他选中了道达。

等到道达把脏活累活都干得差不多时,岩罕也长成了,但德隆不会这么轻易就让岩罕接自己的班。

唯有战胜道达,踏着对方的尸骨,岩罕才能登上那张至高无上权力的王座。

这些道理,岩罕都明白,可茫然之后,他心中第一时间升起的,竟不是感激,而是难以言喻的憎恨!

真是可笑啊!

不知道德隆是自己的亲生父亲前，他对这个男人曾经无比尊敬、孺慕，但当他知道对方的身份后，反而觉得眼前的德隆陌生极了。

你以为你是谁？神明吗？那么多年不与我相认，任由其他人嘲笑我名不正言不顺，却也不闻不问，现在来中国一趟，告诉我过往，我就应该感激涕零？

做梦！

我的心中，对你只有憎恨！

哪怕你赶来救我，我也不会有丝毫感激。因为我很清楚，你所在意的，并不是"岩罕"这个人本身。你只是害怕你唯一的儿子死在中国，断绝了你的血脉传承！

就在这时，坐在副驾驶座上，金发碧眼的英俊男子提醒道："先生，目的地快到了。"

岩罕认得这个人——"黑桃K"，Demon。

这个以"魔鬼"为代号的男人，枪法如神，杀人从来不用第二枪。

这么多年来，万象集团的高层来来去去，"黑桃K"却永远只能是Demon。

这位世界顶级雇佣兵是德隆绝对的心腹，也是他最信任的保镖。哪怕是道达和岩罕，在Demon面前也不敢摆高姿态。与其说是畏惧德隆的权威，倒不如说是畏惧这个从骨子里散发寒意，对生命无比漠视的男人。

"岩罕。"

德隆轻轻喊了儿子一声，岩罕点了点头，压下内心汹涌的憎恨之火，启动自己临时编写的程序。

下一秒，周边区域的所有监控，全都陷入混乱状态，不断播放曾经的录像，却拍不到任何实时画面！

黑色的宝马X6，悄无声息地驶入一家汽车修理厂。

这家修理厂位于老城区，旁边都是平房，却显得非常冷清。

宝马沿途开过来，除了一家食杂店、一个摆摊修自行车的老大爷外，岩罕就没看到其他人，往来的车辆也十分稀少。

岩罕见状，心道这也算有利有弊了。

利当然是人少，监控一停，就只能靠目击者，他们换车也方便；弊是因为车少，不管怎么换车，都非常显眼。

更何况，他只是断了这几条路的监控，不能左右整个滨海市的天眼。赫卡忒完全可以在与这几条路相交的其他路上，全部设置数据对比。

若是有一辆车从这几条路上出来，却没看见从哪里进去，肯定会被列为重点怀疑对象。

他还在思考，小个子司机已经将车窗摇开，老板正热情地凑上来："您是洗车，还是换配……"

话音未落，人已倒下。

Demon轻轻吹了吹枪口，姿态之写意，令岩罕毛骨悚然之余，竟让他也感觉到难以言喻的刺激与亢奋。

"岩罕，你和Demon从右边下去，不要被这个老板看到。"德隆缓缓道，"Demon出手很快，他刚才没看见你们，应该会认为是司机出的手。你们悄悄去楼上，走廊尽头的那一间房有个阁楼，掀开东南角的暗格，可以通往天台，就连老板都不知道，那是我当初让人留下的暗门。从这个天台能翻到隔壁的天台，进入已经没人的厂房，再打开后门，走出去就是一片即将拆迁的老城区，已经没什么人居住，更没有监控。你们往里面走，会看见一辆白色的途观，上车后，至少过半个小时，再发动车子，想办法离开。如果不放心，你可以多等，但切记，不要等超过一个小时。滨海没那么大，我也拖不了那么久。"

岩罕的心狂跳起来："您，您是说——"

"Demon下手很有分寸，这个老板现在还有朦胧的意识，只要用力睁眼，还是能捕捉到一些画面。"德隆像是没看见岩罕的抗拒一样，继续说，"中国警方的效率很高，最近的派出所巡警应该已经开始往这边赶，只要他们问一下周边的人有没有见过这辆车，就能大概确定我们的路线。等他们将老板救醒，就能知道犯人只有两个，临时抢了一辆车走，还拿空了汽修厂屯着的一些汽油。"

不等岩罕拒绝，德隆又道："七年前，我被确诊为肝癌。虽然以最快的速度进行了换肝手术，但医生告诉我，就算手术成功，我最多也只能活八年。"

岩罕低下头，不说话。

德隆宽厚的大手抬起，本想摸一摸岩罕的头，但最后却只是落到他的肩膀上，眼中满是欣慰，叮嘱道："你要好好的。"

"Demon，带他走！"

Demon二话不说，突然一记闪电般的手刀，直接把岩罕劈晕。

德隆和小个子司机立刻打开车门，从左侧走了出来，越过汽修店老板的身体，当着他的面，钻入另一辆车子中。

而车门右侧，Demon猫着腰，无声无息地将岩罕拖了出来，扛着岩罕，以工厂的承重梁和等待修理的车子为掩护，很快就上了二楼。

等到岩罕苏醒时，两人已经在白色的途观里。

岩罕第一反应就是要下车，却发现车门紧锁，急切地说道："放我出去！"

"先生讲过，你醒来后，可能会有一系列不明智的举动。"Demon语调平静地回答，"所以我把你放在后座，以免与我争抢总控锁或方向盘。如果你还想捣乱，我不介意再次将你打晕，直到脱离危险。"

"我要去救我爸！"

"恕我直言，这毫无意义。"

Demon的神色非常冷漠："先生罹患肝癌，没剩多少时间了。而你年纪轻轻，前程远大，未来有无限可能。他为你而死，心甘情愿。倒是一向令先生骄傲的你，却在这种时候做出如此不明智的抉择，让我怀疑先生的眼光。"

这一点，岩罕当然清楚，但他必须去救德隆！

没了德隆，谁来证明岩罕的身份？难道回去说一声"我是德隆的私生子"，其他人就会点头？做梦！

"他是我爸！"岩罕的态度非常坚决，"我要去救他！"

"如果您再大声一点，把其他人引来，我会立刻将您打晕。"

终于意识到自己既无法说服，也无法战胜眼前的无情恶魔，岩罕就像被抽掉了精气神一样，颓然地贴着冰凉的车窗，心就像被撕裂了一样。

他明白德隆为什么要去当这个诱饵，因为中国警方已经布下天罗地网，他们没办法跑掉，必须有人去分散警方的注意力。

中国警方知道他是被一辆车接应走的，代表他们这边至少有两个人。所以，德隆必须让老板"看"到他们两个跑了，令警方深信不疑，立刻去追。否则，警方要是留一部分警力下来搜查四周，这条后路也不够安全。

让小个子司机和Demon去引开警方倒是可以，但他们父子俩未必能在这么复杂的情况下及时逃走。

所以，德隆宁愿牺牲自己，只为派Demon保护岩罕，确保唯一的儿子能够回到文南，继承庞大的毒品王国。

岩罕也明白了，为什么德隆明知"龙腾计划"的凶险，却还是要派他来到中国。

因为德隆等不起。

如果不快点让岩罕立下一个足够大的功绩，建立属于自己的团队，德隆死后，只是幼狮的岩罕很可能会被道达这匹豺狼给活活撕了。

所以德隆只能赌，赌自己的儿子很有本事，就算被派到中国也不会死，还能撕开一道口子，将"龙腾计划"完美地执行下去。

想到这里，岩罕死死咬牙，半晌才道："我们去香港！"

"先生的意思是希望您尽快返回文南国。"

"我不会就这样回去！"岩罕眼中闪过一抹凶光，棱角分明的五官上，只有果决与狠厉，'7·17专案组'的负责人夏正华是之州省安全部门的领导，以中国政府的习惯，这起案子会归之州省全权负责。也就是说，即便他们抓到了爸爸，也不会把他关进广东的某个监狱，而会送往之州省，这就是我们的机会！我将不惜一切代价，在爸爸被送往之州省之前，将他救出来！"

# 第十五章　瞒天过海

滨海市郊，盘山公路。

天上是穷追不舍的直升机，身后是极其刺耳的警笛长鸣，坐在高速行驶的越野车中，正被中国警方围追堵截的德隆，却在闭目养神。

小个子司机从内视镜看过去，就见德隆的表情极其沉静，令他联想到了庙宇中供奉的佛陀，悲悯地注视着众生。

这样形容一个手染无数血腥，犯下数不清罪孽的大毒枭，似乎有些古怪，但升龙省的每一个百姓，都发自内心地敬仰着德隆。

德隆上位之前，升龙省非常混乱，走到街上都可能被流弹击中。百姓朝不保夕，没有一天安宁日子。

德隆掌权之后，升龙省逐渐成为整个文南国最富庶的省份，从以前的吃不饱饭，到现在家家户户安居乐业，有不少家庭还买了轿车，生活比以前富足多了。

"在想什么？"

低沉而磁性的声音，在狭小的车中响起。

"在想少爷。"小个子司机脱口而出，"他一定很难过。"

德隆轻轻地笑了，平静地说："他只会难过一瞬，就会将悲伤压在心底，不断开拓，进取。就像我接过父亲的担子那样，将事业做得更大。"

这个世界是一个巨大的狩猎场，优胜劣汰，弱肉强食。

只有弱小的草食动物，为了自保才会聚集在一起。

岩罕像极了德隆，是凶猛的食肉动物，心里没有"逃避"二字，只会想着怎么进攻，捕杀猎物。

小个子司机跟了德隆很多年，虽然没用扑克牌花色来做代号，却是德隆最信任的心腹之一，闻言就似真似假地抱怨："您对少爷也太残酷了一些。"

"成年的猛兽，本就该踢出家门，独自去捕猎谋生。"德隆悠悠地说，"我将家业都交给了他，已经是过于仁慈了。"

"您可以多和他说两句话。"

德隆失笑道:"我怕他追问他母亲的事情,那我可就答不上来了。"

他对岩罕的母亲毫无感情。

那个女人只是他选中的孕育优秀儿子的人,哪怕她没有难产死掉,德隆也不会允许她活下来。因为他的儿子不需要一个女人对他施加太多的影响,更不需要一个母亲在旁边指手画脚。

两人就这样有一搭没一搭地闲聊,仿佛没有察觉到越来越快,几乎已经飙到一百二码的车速,以及前方盘山公路的护栏!

不仅如此,小个子司机还更加用力,重重踩下了油门!

呼啸的轿车,直直冲上了护栏!

剧烈无比的撞击,令德隆眼前所有东西都变成了重影,恍惚之间,他只觉得鼻腔、口腔之间,全都是温热而腥咸的液体。

朦胧之间,他看见一辆警车拼命往他们左边挤,驾驶这辆车的警察一个劲儿往右打方向盘,想利用警车的重量,把他们这辆车往山壁的方向顶,不让他们摔下去!

何必呢?

这么危险的举动,一个不留神,警车就可能自己先翻到山谷里去。

对他这样的大毒枭,何必拼上性命去救?

任由他们摔下山崖,再组织人手去搜寻尸体,不是更好?

德隆的意识仿佛沉到了深海里,眼前渐渐模糊了。但很奇怪,他却隔着车窗,看清了那个警察的脸。

剑眉星目,一派正气,应该和岩罕差不多大,眼角眉梢竟有几分熟悉,仿佛在哪里见过……

"如果可以,父亲和我也不想贩毒。"意识弥留的最后一瞬,德隆心中浮现无数尘封的画面,想起一张张面黄肌瘦的脸,"可谁让文南穷呢?"

土地养不活庄稼,河里捞不出鱼虾。

百姓面朝黄土背朝天,辛辛苦苦一整年,收获的粮食自己都不够吃,更不要说养活一大家子。

穷,就像是与生俱来的原罪,催生无数丑陋与不堪。

人人都说文南没救了,而文南国最穷最乱的升龙省,更是永恒的贫民窟、垃圾场,一辈子都翻不了身。

直到,贫瘠的土地上,盛开出华美的罪恶之花。

傅立鼎手上、身上，全都缠着厚厚的纱布，看上去就像木乃伊一般地躺在医院的病床上。

不过好在都只是皮外伤，没有太大的问题，包括行动也只是稍受影响而已。

严明树站在一旁，竖起大拇指："之前我仗着年纪比你大，还让你喊我严哥，现在看来，我该喊你傅爷才对。"

德隆所乘的越野车飙到一百三十来码，准备往拐弯口的护栏上撞，一看就是不想活的时候，负责追击他们的警察全都蒙了，这才明白夏正华之前耳提面命的"万象集团很像邪教，高级干部宁愿自杀都不愿被抓"究竟是什么意思。

关键时刻，傅立鼎直接把车速飙到最大，努力与越野车平行，顶着左侧护栏和右侧越野车的双重绞杀，硬是把越野车回推到了山壁那边，刚好在弯道护栏那里刹住。

等到两辆车同时停下，其他人看见警车和越野车都有一小半车身悬空在绝壁外时，来不及冒冷汗，纷纷冲下去把车里的人都拖了出来。

傅立鼎浑身上下都被嵌进了无数碎玻璃碴儿，一些地方已经被割得血肉模糊，没有一块好肉。

他是忍着钻心的痛，冒着随时可能被撞翻的危险，硬生生把越野车给逼停的。

面对同僚的称赞，傅立鼎毫无喜色，反倒有些沉郁："还没抓到岩罕吗？"

严明树叹了一声，随手拉了张椅子坐下，表情也不好看："发现越野车上没有岩罕后，童小姐又调出全城监控，才发现，就在你与那辆越野车生死时速的 20 分钟前，一辆白色途观已经离开了滨海。我们在高速公路附近找到了这辆车，技术队把车子翻了个底朝天，一根毛发都没摸出来。"

傅立鼎的神色更加沉重："极强的反侦查经验，是个老手。"

严明树很无奈："汽修厂的老板抢救过来了，根据他第二次录的口供，宝马 X6 的车窗刚降下来，他一低头，还没看清车里有什么，胸口就中了一枪，直接倒地。我们之前都以为是司机开的枪，由于情况紧急，不想让人看见脸，才会打偏。但根据老板清醒后的描述，以及技术部门的现场还原，我们有理由怀疑，开枪的人坐在副驾驶座上，枪法极准，刚好打在能让人失血过多，却不会致命的位置。就是为了等我们的人来，被奄奄一息的老板误导，去追那辆白色的越野车，而不是在四周搜寻。"

高智商罪犯或公安系统的人，都可能具有高超的反侦查天赋。但枪法这么准，指哪儿打哪儿，反应时间都不给人留的，只能去特种部队找了。

联想到陈云升之死，傅立鼎立刻意识到："世界顶级雇佣兵，很可能是'黑桃 K'或者'黑桃 Q'。"

"看来,万象集团把精兵强将都派到滨海了,不容易对付啊。"严明树眼中闪过一丝忧虑。

傅立鼎皱着眉沉默片刻,狠狠地吁出一口气。

追丢了岩罕,令他心中堵得慌。

哪怕成功抓到了德隆,那些黑客也指认了德隆的身份,确实是万象集团的"大王"。但傅立鼎总觉得,岩罕更加危险。

"我记得,这个岩罕生父不详。"

"是的,现在大家都猜他的父亲应该就是德隆,否则没办法解释,毒品集团最大的头目会为了救一个手下,亲自去当诱饵。"

傅立鼎点点头,认可严明树的判断。

"另外,负责抢救德隆的医生向专案组反馈,说德隆得过肝癌,虽然换过肝,却是七八年前的事情。也就是说,他的死期就快到了,才敢不拿命当回事。宁愿死,也不愿被我们抓到。"严明树想了一下,又说出了这一重要信息。

傅立鼎更觉头疼:"这样一来,岩罕岂不是要继承那个毒品王国?"

"这倒未必。"严明树判断,"最近几年,德隆深居简出,他名下的万象集团一应事务全是副总裁道达出面,那可是德隆一直都十分看重,当作继承人培养的女婿。我看啊,这两个人有得斗。"

"先别想那么远的事情。"夏正华的声音响起。

傅立鼎和严明树转过身,就见夏正华和童素快步走了进来,只听夏正华说:"现在,我们要考虑的是德隆的押运问题!"

越野车自杀的举动,虽被傅立鼎拼命制止,但驾驶位上的小个子司机还是因为受到剧烈撞击,身受重伤,失血过多而死。

德隆侥幸活了下来,却还是非常虚弱,不适合马上就进行审讯。

为此,夏正华决定尽快把德隆押回之州省。他担心胆大妄为的岩罕万一留在滨海没走,想要带人营救德隆的话,光是那个枪法如神的雇佣兵,就可能造成很大麻烦,比如我方人员的伤亡。

但怎么送,却有讲究。

"一般情况下,肯定是派几辆警车武装押运。"夏正华缓缓道,"滨海市到湖滨市也就十三四个小时,不算太久。"

童素补充道:"但我们担心,走公路,岩罕会有所动作。"

严明树奇道:"这种时候,岩罕应该赶回文南国,先把继承权夺到再说吧?"

"理论上是这样的，可他不是一般人，而是世界顶级黑客——Ra。"

童素一边说，一边打开电脑里的特殊文件夹，将资料调了出来。

"颜寒和Ra是岩罕的两张面孔，我搜索了所有相关记录，发现他每年都会去一到两次拉斯维加斯。他玩得很大，赢得多，输得更多，却不像其他赌徒那样，赌红了眼，沉迷翻盘。相反，无论是赢了数百万，还是输了几千万，他的表情始终镇定，就好像面前堆着的不是足以让人疯狂的钞票，而是一摞摞废纸。"

傅立鼎认真看着童素弄到的赌场监控视频，目光追随着气定神闲的岩罕许久，才说："如果你没告诉我这是监控，我会以为他们在拍电影。"

严明树啧啧称奇："这心理素质，太强了。"

"确实。"傅立鼎回忆初次见到岩罕的场景，情绪低落，"他见到我们的时候，半点异样都没展现。我一向直觉很强，都没发现不正常。"

未能第一时间发现岩罕的问题，令傅立鼎非常自责。

他始终认为，如果自己当时再敏锐一点，或许就不会让战友们受伤。他对不起同伴们，尤其是至今还躺在ICU（重症监护室），生死未卜的特警小张。

这也是为什么，看见越野车要往山谷里撞，傅立鼎不惜冒着生命危险，也要把它拦下的原因。

他不能让岩罕死，对方必须活着，老老实实地吐出他们在国内的全部生产线。中国警方将这些毒瘤一一捣毁干净，还人民一片绿色的无毒净土，才能对得起他们这些警察的牺牲和付出。

童素语气略带嘲讽："不光心理素质过硬，还足够狠毒。他的外公外婆对他没的说，结果呢？从头到尾就是他'合理身份'的挡箭牌，说丢就丢，不带半点犹豫。"

要不是岩罕提前预留了这么一手，警方早把他逮住了，还能让那些毒贩扔出手榴弹？

夏正华咳了一声，三人意识到跑题了，连忙纠正回来，就听童素说："Ra的光辉事迹，你们都来看看。"

傅立鼎和严明树一边浏览，一边咋舌。

如果说颜寒是天之骄子，"Ra"就像这个名字"太阳神·拉"一样，狂傲得没边了。

与Dante打赌，看两人谁能从大洋国太空总署弄出更多的资料，惊动了大洋国联邦调查局，却没被抓到，至今还逍遥法外。

然后，他更是挑衅一般，直接黑了大洋国联邦调查局的官网，明晃晃地写上"我知道你们在抓我，但你们一辈子都找不到我"。

改掉瑞士银行的系统登录口令，却不拿一分钱；侵入世界几大顶级基金的后台，调皮地将买空与卖空的对象交换……种种案例，数不胜数，狂妄之气仿佛能透过资料，扑面而来。

看完资料之后，傅立鼎忍不住问："你们这些顶尖黑客都这样吗？一个两个把大洋国国家航空航天局网站当自家后花园闲逛？"

"你不懂。"童素很自然地说，"黑客最喜欢有挑战的事情，它拥有世界最顶尖的信息安全系统，对我们的诱惑就像猫薄荷对猫一样，根本忍不住，特别想通过挑战它的防御来证明自己的实力。当然了，我17岁那年入侵它的原因，主要还是好奇，想知道阿姆斯特朗登月到底是真是假。"

夏正华在旁边咳了一声，童素立刻补充："事后我也意识到自己这种行为是不对的，但我只是进去看看，没有拷贝并泄露它的任何内部资料。而且，从那之后，我就没干过这种事，并有了创办信息安全公司的想法。"

要不是她"改邪归正"，现在肯定被中国政府作为"危险人物"重点盯梢，而不是像现在这样逍遥自在。不过，她也为年少时盲目的行为付出了代价，比如她基本上不能出国，毕竟，大洋国联邦调查局的逮捕名单上，至今还有"赫卡忒"的名字呢！

如果说童素变得沉稳了，那么Ra就是另一个极端，越发狂傲自负，所以童素想了想，又道："根据岩罕的性格，我和NULL都认为，他未必会第一时间就回到文南国，抢夺继承人的位置。因为他是一个自信心极其爆棚、骄傲到极点的人，偏偏又拥有与之匹配的头脑和实力。在岩罕眼里，道达未必是多难的挑战。相反，险些把他抓住，逼得他父亲不得不以身相代、身陷囹圄的我们，才令他备受羞辱，耿耿于怀。对他这么骄傲的人来说，如果不能把德隆从我们手中救出来，就相当于输给了我们，他一辈子都不会甘心。"

夏正华非常认可这个观点，并有了计划："我已决定，兵分三路。小严，你已顺利完成任务，可以带着你的人直接走公路回福州。从滨海市到湖滨市，刚好要往福州那个方向走一段路，足以误导外人，认为你们在押运德隆。这是第一路。我会让专案组的其他人购买高铁票，并让铁路部门额外预留两个位置，让岩罕查询购票信息后，怀疑我们是通过高铁进行押运。这是第二路。小傅，你带上几个精英，秘密把德隆押去广州机场，登上前往湖滨市的航班，小童会跟你们一起行动，并伪造小傅你身受重伤，还在住院的假象，保证岩罕查询医院监控的时候，认为你仍留在这里进行治疗。这是第三路，也是最重要的一路。"夏正华停顿了一瞬，语气郑重起来："有信心吗？"

严明树唰地站直，傅立鼎也支撑着努力站起来，一起铿锵有力地行了举手礼："保证完成任务！"

# 第十六章　暗度陈仓

晚上 8 点半，滨海国际机场。

数以万计的旅客拖着行李箱，背着旅行包，或来或往，让这座大型机场显得无比热闹。

但在熙熙攘攘之中，却又透着十足的冷漠。因为大部分人都在低头刷着手机，或忙着处理自己的事情，吝啬对其他人投以一个多余的眼神。

傅立鼎等人借机混迹于人群之中，毫不显眼。

六名特警以德隆为中心，不着痕迹地将他围了起来，此时无论袭击是从哪个方向过来，他们都能确保控制局面。

傅立鼎和童素走在后面，时不时耳语，姿态亲密，看似一对年轻情侣，交谈的内容却是："监控有被人动过的痕迹吗？"

"有，根据 NULL 传回来的消息，高铁、公路、机场与医院的监控同时被木马入侵。"童素冷冷道，"看来岩罕果然没有离开，妄想救出德隆！"

岩罕的手段越是高明，童素的心里就越是窝着一把火。

抓住德隆有什么用？一个将死之人罢了。跑了岩罕这种心机、手腕、能力样样不缺的顶级黑客，无疑是得不偿失。

黑客界一向把她和岩罕并称为"日月双神"，但这一次，她和 NULL 联手，还是让岩罕跑了，这令童素非常不服气，恨不得岩罕为救德隆，自投罗网，双方再战一场，看看鹿死谁手。

傅立鼎却没有这种高手之间的惺惺相惜，他只是再度核实："你确定，就算岩罕从监控中捕捉到了我们，也没办法赶上这趟飞机，对吗？"

"当然！"谈到专业问题，童素非常自信，"现在是滨海国际机场客流吞吐的高峰，人挤人，哪怕监控拍到，也就是闪一下，很快就要被其他人挤掉，我们又刻意避着监控走，更加难以捕捉。更何况，除了怕引起过度关注而没给他戴黑头罩外，我们已经给德隆用上了墨镜、鸭舌帽和口罩，最大限度地遮住了他的脸。就算岩罕手上有最先进的设备，想要通过这些零碎到很难拼凑起来的细节进行人脸比对，分析出谁是德隆也非常困难。"

傅立鼎想了想，又问："如果通过步态比对呢？我记得，你上次提到过这项技术。"

童素毫不犹豫地否决了这个可能："步态比对，归根到底其实对比的是人体骨骼。这项技术目前还不成熟，想要强行运用到实践中来，需要极其庞大的计算量，以及庞大的原始数据做支撑。"

"但上次大家分析'Joker'，也就是岩罕，能查到陈云升被押送到了山城监狱，可能是用了步态对比技术。"傅立鼎对此还是很不放心。

"当时岩罕虽然拿走的是整个湖滨市的监控录像，但押运犯人的车子颇为醒目，他只需要盯着几条主要道路即可，运算量并不庞大，又有充裕的时间能进行计算。但现在，他仓皇出逃，高端设备都没带走，要是锁定了机场，人又必须在这附近，否则就算查到了德隆的位置，人也没办法及时过来。所以，在没有大量顶尖设备，没庞大数据库支撑的情况下，想要通过步态比对——辨识机场内川流不息的人，半小时的监控就够他算两三个小时的。等他算出来，押运德隆的航班早就起飞了，那时，就算他插上翅膀，也不可能追上我们。"

说到这里，童素顿了一顿，因为她突然想到，他们对德隆的押运计划并非天衣无缝。

没错，趁着机场人流量最庞大的时候潜入，确实是足以拖垮运算设备的好棋。

但如果万象集团内有世界级的记忆大师，而且这个人刚好擅长"照相记忆"，能将所有的信息都转化为图像的话，或许能够通过人脑的运算，强行找到被人海淹没的德隆。

只不过，童素想了想，就将这个念头抛出脑海。

光是"照相记忆"应该还不足以完成这么大的工程，因为照片也是要一张张翻的，需要耗费极长的时间。

除非对方拥有进阶的"录像记忆"，即对方本人就相当于一台人形摄像机，双眼每分每秒都在录像，并且可以随时调用出来，才能在这么短的时间内找到他们。

如果她没记错的话，连续三年的世界记忆大师赛，冠军都仅仅是"照相记忆"，可见"录像记忆"天赋的拥有者或许还没诞生，又或许没经过专业训练，荒废了才华。哪里就有这么巧，万象集团内就有这种人才，又刚好被他们撞上？

就在童素胡思乱想的时候，几个人已经到达了换登机牌的柜台。

为了不被岩罕有机会查到行踪，专案组提前与民航部门做了沟通，他们的登机信息都做了特殊的技术处理，而且赶在普通旅客之前最早办完手续，并提早登机，尽可能地避免不必要的麻烦。

就在他们顺利换好登机牌，往安检口走去的时候，机场内一家咖啡厅的角落处，有人合上电脑，目光中闪着寒芒："第215号柜台，去之州省的只有两个半小时后飞往湖滨市的 ZA1234 航班。"

短短一句话，由他读来，却有一种刀锋般的冷冽。

ZA1234 航班的飞机型号为空中客车 A320，为单通道客机，总共有 158 个座位，其中商务舱有 8 个座位，经济舱则可容纳 150 名乘客，编号分别为 11～35 排，左边字母为 ABC，右边字母是 JKL。

德隆被安置在倒数第二排的 34K，傅立鼎坐 34J，即德隆的左手边，其余六名特警分部在 33C、33J、33K、34C、35J、35K 这六个位置，刚好将德隆围起来。德隆若想突围，除非他从右边直接把飞机玻璃撞破，否则就要越过特警的重重人墙。

至于童素，则坐在 35C，卫星电话始终与地面保持联络。

按理说，他们这种专门坐过道，不去坐窗口的行为会很引人注目。

但 ZA1234 要到晚上 11 点多才起飞，到达湖滨市的时候都快凌晨两点了，除非万不得已，一般人都不会选这种时候的航班。现在又不是国庆、中秋之类的假日，导致 ZA1234 的乘客十分稀少，只有寥寥三十余位，而且大部分都分布在客舱前方。

这显然是在专案组协调后，航空公司有意进行的安排——将乘客往前放，尽量不让他们注意到最后三排的便衣特警。

傅立鼎的目光犹如鹰隼一般，盯着每个进来的乘客，发现绝大部分乘客都在安顿好行李后，要不开始看手机，要不准备小眯一会儿，看上去十分正常。

就在快到晚上 11 点的时候，一行五人鱼贯而入。

"咦？"童素反应最快，"这五个人是临时买票上来的！"

特警们心中一紧，傅立鼎立刻问："能确定吗？"

"这艘飞机上除我们之外，总共有 33 位乘客，已经到了 30 位，怎么可能多加 5 位？"童素一边说，一边联络地面。

不等她打通电话，为首的那个中年男子倒是拿起手机，咆哮起来："你这蠢货，究竟有没有脑子？湖滨市天福路路口的那座烂尾楼都拖了多少年，前任开发商直接卷包袱溜到国外，至今都找不到人。这么大一个烂摊子，你也敢接？别和我提什么前两年房地产遇冷，这两年开始回暖，一定能赚大钱之类的狗屁话。你要让老子出钱可以，让老子赚七成也可以，但万一亏了怎么办？别说了，等老子亲自看了项目再说。要是项目没有油水，让老子白跑一趟，看我不把你揍个脸上开花，否则老子不姓郑！"

中年人的咆哮震得整个客舱差点没抖三抖，安静做自己事情的旅客们纷纷对此人投以异样的眼光，小声嘀咕："什么素质！"

与此同时，童素也查出来了："这个人叫郑方，初中文化，包工头起家，现在是广州的一个房地产开发商。他有个股东姓许，前天刚在湖滨市拿下了这个烂尾楼项目，钱款还没交付，就是天福路路口那个。"

傅立鼎对天福路路口那个建了一半就搁了四五年的烂尾楼印象很深，听见童素这么说，就已经信了一大半，更何况童素又补充道："我顺手查了一下这两人的账户，郑方确实有能力接下这栋楼，那个姓许的没有，很可能是想借他的钱空手套白狼。就在今天下午6点多，对方给他打了个电话，通话时长12分钟。然后，对方又给他打了几次电话，均被他给挂断。算上他公司与机场的路程，以及堵车的时间，我可以肯定，他应该是结束第一通电话之后，立刻喊人赶到机场。来后发现最近一班前往湖滨市的航班就是ZA1234，就急急忙忙地买了票，决定以最快的速度赶往湖滨市。"

特警们都松了一口气。

临时赶飞机的事情再正常不过，不必因为押运一个犯人就草木皆兵。

傅立鼎的心放下了大半，但刑警的本能还是促使他盯着郑方等人，见他们在第17、18排的右边次第落座，打游戏的打游戏，睡觉的睡觉后，虽然觉得这群人没什么嫌疑了，却依旧时不时地瞧上一眼。

十分钟后，飞机舱门关闭。

准备启航。

23点20分，ZA1234平稳升空。

23点40分，起飞十分顺利，成功从人工手动模式转为自动托管模式，按照预设好的航线，平稳爬升。

23点50分，广州区调中心突然接到消息。

"广州，我是ZA1234，高度6000英尺，前方遭遇前机尾流，重度颠簸，请求偏航10海里，航向030。"

"ZA1234，同意偏航申请，偏航10海里，航向030，10海里后归航。"

"ZA1234明白。"

为便于指挥和及时进行联络，夏正华早就赶到了广州民航管理局区调中心。听到这个意外的变故，他特意关切地看了看一直陪着他的区调中心副主任："前机尾流，我们这儿可以检测出来吗?"

副主任摇了摇头,有些为难:"一般来说,除了雷暴天气可以监测到外,其他一些高空中的特殊情况——比如飞机进云、晴空颠簸或是 ZA1234 现在碰到的前机尾流,地面部门是很难掌握到的。一旦飞机遇到这些问题,只能凭借机长的经验去做。"

夏正华点点头,觉得应该没有问题。

傅立鼎和童素手上都有卫星电话,就算在高空中也可与地面一直保持联络,如果发生什么事,他们肯定会汇报。

更何况,专案组虽然没有给德隆戴上镣铐,却给他装了"北斗"定位系统,哪怕在几千米的高空上,"北斗"也能一分钟传回一次信号,给予准确定位。

为谨慎起见,他还是拨了个电话:"童小姐,广州区调收到消息,说 ZA1234 遇上比较大的气流,你们那边有感觉吗?"

童素回复:"是的,刚才飞机确实有一种突然往下坠的感觉,应该是遇上气流了吧。"

夏正华这才放下心,挂断卫星电话。

0 点 05 分。

一直保持沉默,安静得就像一尊雕像的德隆突然问:"他们都叫你傅队,你姓傅?"

对于德隆突如其来的开口,所有人都非常诧异。

按照规定,傅立鼎不应该与犯人交谈。他们之间若有谈话,只可能会发生在审讯室,所以傅立鼎装聋作哑,当作没听见。

德隆却继续问:"你知道一个叫林元的人吗?他和你长得很像。"

傅立鼎嘴巴闭得很紧,摆出了拒绝交谈的姿态,心里却在嘀咕。

林元?这人是谁?没听过。

德隆也不需要他的回答,自言自语:"我一向不记得组织内的中级干部,因为他们都是消耗品,每次出事,最先被抛弃掉的就是他们。除非爬到'花色'的级别,否则,根本入不了我的眼。林元却是例外。我从来没有亲眼见过他,只是见过照片而已,就连得知他的名字都是在很久以后。但我却对他刻骨铭心,一直记得那张脸,直到今天。"德隆望向傅立鼎,声音低沉而含混,就像来自地狱的诱惑,明明不想听,却拼命钻入耳朵:"你知道为什么吗?"

不等缄默的傅立鼎回答,德隆便给出了答案:"因为他就是 20 年前,摧毁万象集团'龙腾计划'的卧底警察。"

说到这里,德隆轻轻地笑了:"当年,万象集团在中国大陆的分部接连受创,'黑桃

7'死于非命，'方块5'饮弹自尽。集团上下都认为分部要么是出了叛徒，有人被策反，要么就是有条子混进来了，否则警方没办法拿到那么多机密情报。但无论怎样试探，'梅花J'始终没办法找出那个混迹于组织内部的奸细，又不好冒着伤筋动骨的风险将中层一网打尽。无奈之下，他向我请示，究竟应该怎样做，才能及时抓出这个人，为组织止损。"

德隆虽然在自说自话，但这段20年前惊心动魄的往事在空寂的后半截客舱回响，成功吸引了全部特警，以及童素的注意力。

包括傅立鼎在内，所有人都竖着耳朵，想听德隆将这段故事讲完。

只见德隆轻笑道："我对他说，很简单，让这些中层干部全都去吸毒。"

霎时间，傅立鼎的脸色就变了。

他的胸腔积压着一团浓浓的怒气，几乎要迸发出来，化作一句"你是不是人"的怒吼，却听德隆轻描淡写地说："万象集团内部的成员不可以吸毒，哪怕是最底层的成员都不行，这是我上位时就定下的戒律，谁敢违背，不管他是谁，都只有死路一条。但在组织生死存亡关头，也不得不破例。用这个法子来试探他们，原因很简单。如果是叛徒，被毒品控制后，会像一条狗，只要给他们毒品，他们什么都能说，什么都会做；如果是条子，他们是天底下最清楚毒品危害，也清楚一旦碰了毒品会面临什么的人，一定会想方设法逃避吸毒。这个法子百试百灵，在日本，在新加坡，在德国……无往而不利。"

德隆顿了一顿，脸上竟露出一丝尊敬："林元却打破了这个惯例。他身为缉毒警察，比任何人都清楚毒品的可怕，知道这是怎样的一条不归路。但他没有逃避，在'梅花J'向所有人提供了毒品之后，他是第二个主动注射海洛因的。不是出头鸟，也没有拖到最后。我记得，那一年，他只有25岁。正因为如此，'梅花J'将他排除出有嫌疑的人选，直到死前，'梅花J'才发现，这个被自己深深信赖、倚为臂膀的左右手，竟是警方的卧底。'梅花J'临死前，强撑着拨通了'黑桃Q'的电话，将林元的资料传给他。'黑桃Q'在电话那头听见'梅花J'诅咒林元：'你的人生已经毁掉了，染上毒品的你，很快就会下来陪我！'"

德隆的语调非常平静，一点都不阴森，但最后这句话，硬是让所有人不寒而栗，眼前仿佛浮现了一个毒枭临死前狠厉而绝望的眼神，以及那无比恶毒的诅咒。

"你很快就会下来陪我！"

眼见傅立鼎双手握拳，越来越用力，德隆不紧不慢，无比从容地问："你长得与林元非常像，应该是他的亲人吧？我想知道，林元现在怎么样了？有没有如'梅花J'的愿，两人在地下重逢？"

听到德隆说的这句话，血性十足的特警们全都红了眼眶，恨不得将这个可恶的毒枭大卸八块。

童素却非常心细，敏锐地察觉出几分不对。

德隆在故意激怒大家，尤其是傅立鼎，为什么？

她下意识地站起来，目光向前搜寻，但时间太晚，机舱已经关灯了，前面黑压压的一片，根本看不清。

这时，她就听见傅立鼎咬牙切齿地说："放心，就算你下去陪'梅花J'，林元都不会下去！"

"是吗？那可真是太遗憾了。"德隆轻轻一笑，"他的毒瘾——戒了吗？"

就在傅立鼎险些气愤到失控的时候，卫星电话突然开始振动。

童素和傅立鼎同时将手上的卫星电话接起，就听见夏正华告诉他们一个极坏的消息："飞机已经偏离了航线足足15分钟，区调联系机长，机长却说连续遭遇严重的前机尾流，只能不断绕避。但根据NULL刚刚制作出来的路线图进行测算，如果飞机继续这样飞下去，目标不是湖滨市，而是会绕向云南，甚至飞出国境线！"

# 第十七章　云上交锋

　　这个消息犹如晴天霹雳，震得傅立鼎和童素大脑一片空白。

　　但很快，傅立鼎就反应过来，一把提起德隆的领子，咬牙切齿："你知道同伙混上来了，故意激怒我，借此分散我的注意力，对不对？"

　　德隆笑而不语。

　　看见傅立鼎双目充血，两位坐在另一边的特警连忙拉住他，小声道："傅队，冷静，任务第一。"

　　"对啊，傅队，千万不要中对方的激将法，你别太激动。"

　　傅立鼎颓然地松开手，不说话。

　　他确实不认识"林元"，但听见"20年前""25岁"两个关键的节点，再把"林元"这个名字拆开，重组，一个熟悉的名字便跃入脑海。

　　傅临渊。

　　他的小叔叔，傅临渊。

　　临渊——林元。

　　如果是傅临渊，确实有可能用"林元"的化名。

　　更不要说，德隆一直在重复，林元与自己长得很像。

　　傅立鼎始终记得，自己一心要报考警校时，父亲曾大发雷霆，最后却像失去了所有的力气，挥了挥手："算了，你自己选的路，你去吧！"

　　傅立鼎理解父亲，因为自己的小叔叔、父亲的亲弟弟，当年就是报考了警校，结果一连几年没了音信，最后等到的是小叔叔因公殉职的消息。

　　直到前段时间因为注塑案碰到夏正华，才从他口中知道了小叔叔是为了抓捕毒贩卧底毒窝而牺牲的。夏正华告诉他，当年为了保护傅临渊的亲人，所以不能透露太多，但傅临渊的英雄事迹应该让他的亲人知道。

　　夏正华没有给他讲具体的细节，但即使夏正华不讲，他也能猜到一个卧底被毒贩发现后会有怎样惨烈的下场。现在听德隆一字一句地讲着林元的故事，傅立鼎的心里跟刀绞一般，他紧紧地握着自己的双手，指甲都要掐到肉里去了，但唯有这样才能按捺住自己心里的怒火。

他知道这是德隆的阳谋，目的就是想让他因为愤怒而导致思考力与判断力下降。

童素瞧出了傅立鼎的不对劲，三步并作两步走过去，强行按住对方，顺便对坐在34C的那位特警说："你们两个换一下位置。"

然后，就把傅立鼎半拉半拽，拖到洗手间旁的过道上，确定德隆听不见他们说话，才小声道："首先，你必须保持冷静，因为你是队长。其次，我告诉你，现在的情况很糟糕。空中客车分为自动驾驶与手动驾驶两种模式，一般在飞机起飞20分钟后，就会从手动驾驶转为自动驾驶。机长与副机长之中，只需要有一个人看着就行，等遇到特殊情况再一起操作。但现在，飞机偏离航道，塔台和区调却都没接到汇报。这只有两种可能：第一，万象集团有人带了信号干扰与GPS（全球定位系统）诱骗装置过来，模拟机长的声音释放信号，骗过了区调，然后通过GPS诱骗这种方式，让飞机的系统认为它在飞往正确的航向，其实是走了完全错误的路线；第二，万象集团的人直接把这架飞机劫持了。"

童素话音刚落，傅立鼎已经努力让自己镇定下来："根据岩罕的行事作风，他可能会二者兼顾。"

即，如果能用GPS诱骗达成目的，那就只用这种手段，省得麻烦。

倘若这一招被发现，那就立刻武装劫机。

童素小声道："我担心，最坏的情况已经出现——你是否注意到，本来时不时就会来关心乘客情况的空姐已经很久没露面了？"

"被你这么一说，好像真是这样！"傅立鼎眉头紧锁，语气中充满忧虑。

这不同于地面，而是一万米的高空。万一出事，就算你手段通天，也只能一起陪葬。

傅立鼎的目光下意识地投向第17、18排——如果说这架飞机上有谁最可疑，那也就只有最后进来的郑方等人了。因为其他人都是提前买好票，很早就坐上飞机了，只有郑方一行人是临时买票，最后进来的。

问题是，郑方以及和他一起来的四个人竟然都不在座位上！

傅立鼎顿时惊出一身冷汗，知道要出大麻烦了！

可这讲不通啊！

通过这个航班押运德隆的消息，从头到尾就只有夏正华、傅立鼎、童素和NULL知道，就连其他几个特警也是拿到登机牌后，才清楚自己究竟要坐哪一趟航班。万象集团为什么卡得这么准，就知道他们一定是坐ZA1234？

既然一时弄不明白，傅立鼎索性不去想，只见他回到第34排，毫不犹豫地从腰间掏出寒光凛冽的手铐，"咔嚓""咔嚓"就给德隆扣了个结实，又取出随身携带的尼龙绳，再将德隆牢牢地绑在座位上。

做完这一切后，他才开始点人："小陈、小宋，你们看着德隆；小李、小熊，你们听童小姐的，想办法排查干扰器。小王、小张，跟我去机长室。"

众人领命，分头行动。

傅立鼎端着枪，慢慢从第35排走到第11排，看见乘客们似乎都不知道发生了什么，默默地熟睡着，就轻轻拉开帘子，潜入商务舱。

然后，他突然停了下来。

本该空无一人的商务舱里，岩罕悠闲地斜靠在椅子背上，手里拿着一个逼真的面具，正面带微笑地看着他。

原来，岩罕是戴着超仿真人皮面具混上飞机的。这种高科技订制面具，可以精准地将一个目标人物照片中的皮肤纹理，乃至双眼血丝、虹膜等，都在面具上完美复刻，并且可以通过人脸识别系统的验证。

只见岩罕神色从容地说道："傅队长，我们谈谈？"

傅立鼎不着痕迹地把帘子放下，看见一旁被捆起来、塞住嘴巴、满面惊慌的空姐们，冷冷道："谈什么？"

"谈什么都可以。"岩罕随手把面具往边上座位一扔，微笑着说，"打发闲暇的一个半小时——在飞离国境线之前。"

"你做梦！"

岩罕轻轻摇头，看上去有些无奈："我的态度如此友好，你却这么恶劣。但没关系，我还是爱好和平，哪怕你拿枪指着我，我也不介意，只要你不怕因为自己的愚蠢，让全飞机，甚至成千上万的人为你陪葬。"

傅立鼎瞳孔骤缩，还没来得及说什么，就听见童素冰冷的声音响起："他有这个能力。"

下一刻，帘子又被拉开，童素大步流星地进来："我刚才看了一下'北斗'的定位，又算了一下距离，这架飞机马上就会经过一个城市。如果他们铁了心不要命，只要让飞机撞击高楼，或者令飞机在市中心坠落，就会立刻上演中国版的'9·11'。"

岩罕缓缓微微一笑，站直身体，向前走了一步，礼貌地伸出手："初次见面，赫卡忒，你的容貌与智慧正如那位冥府女神一样迷人。"

"谢谢。"童素双手抱胸，态度很差，"我从小在中国长大，玩不来西方那套礼节。"

岩罕遗憾地耸了耸肩，收回右手。

就见童素点出关键环节："郑方也是你们的人？该不会是陈云升之外，万象集团潜伏在中国的高层'黑桃Q'吧？"

"这么详尽的信息你都掌握了？"岩罕故作惊讶，随后又语带赞赏地道，"看来20年前，那位叫林元的卧底，还真是能人。"

童素的目光落到前方的大门上，讽刺地说："这么看来，郑方就在机长室？机长和副机长已经被他控制了？"

"当然！"岩罕露出迷人的微笑，坦然承认，"他已经关闭了自动驾驶模式，改成手动驾驶，机长和副机长也由我的人看守起来了！"

傅立鼎意识到了问题的严重性。

整架飞机上，懂得如何驾驶飞机的人，除了机长和副机长外，就只有万象集团的人了。

一旦正副机长遭遇不测，就算特警们把犯罪分子全部控制住也没用，因为大家根本就没学过如何开飞机，更别说强行令飞机安全降落。

再说了，要是没能立刻控制住郑方，万一郑方真如童素所说，拼个鱼死网破，直接驾驶飞机去撞高楼，或者让飞机在城市里坠落呢？

傅立鼎不相信岩罕有这么疯狂："你冒这么大风险，不就是为了救你父亲？难道你现在要让全飞机的人都陪你们去死吗？"

岩罕摊了摊手："我当然不希望走到最坏的那一步，但我不得不承认，你们这些中国的缉毒警察骨头很硬，除非拿整架飞机的人要挟，让你们有所顾忌，不然很难让你们听话。拿枪对着你们，你们敢冒着脑袋开花的风险飞扑上来；拿刀架在你们脖子上，你们会冒着喉管被割断的危险拼命反击。为求万无一失，我只能出此下策了。"

岩罕的举止堪称风度翩翩，说话也彬彬有礼，但做出来的事情，只有用"疯狂"和"无耻"才能形容。

他的态度很明确——他只想救出父亲，但若对方死磕，不肯同意，那他也不介意大家一起去死。

置之死地而后生，这就是岩罕的策略。

若不是将整架飞机上的人命绑在一起，他凭什么要挟中国政府，又如何与中国政府对抗？只怕飞机还没飞多远，就被中国空军强行拦截下来了，哪来现在的镇定从容？

看着礼貌微笑的岩罕，饶是傅立鼎心志如铁，也有一刹那的毛骨悚然。

如果说不久前嘉信公寓的秘密行动让傅立鼎见识到了岩罕的非凡冷静，那这次，他就见识了岩罕的极度疯狂。

身为毒枭头目，猝不及防看见特警上门的时候，竟能一丝破绽都不漏，从容地在数百特警眼皮子底下跑了；明明已经被中国政府布下天罗地网通缉，还敢偷偷潜入飞机，并且拿几十条人命威胁，只为救命不久矣的父亲。

两种极端的特质，在岩罕的身上得到了完美的结合。

不可以放这个人走！

几乎是一瞬间，傅立鼎就做出了这个不须质疑的判断。

一旦让岩罕回到文南，无异于纵虎归山，一定会造成无穷后患！

如果飞机上只有傅立鼎一个人，他会毫不犹豫地选择与岩罕同归于尽。偏偏飞机上还有30名无辜乘客，以及十几个机组成员。

这些人的性命，才应该被放在首位。

正当傅立鼎陷入沉思时，童素却很果断，只见她直接拨通了手中的卫星电话，调成免提："我们没权限，你和专案组负责人谈吧！"

然后，她就对电话那头的夏正华说："夏厅，岩罕等人劫持了ZA1234，目前正在往中国西南边境飞行。如果不让他们达成这个目的的话，这些家伙就会用ZA1234在国内经过的某座城市制造恐怖袭击！"

"告诉他，油量不够飞出国境线。"没想到听闻这个令人震惊的消息，夏正华的回答却异常冷静。

童素心里暗暗惊喜，看见岩罕脸上的表情顿时变得僵硬，只觉狠狠出了一口恶气，还特意再把这件事重复一遍："我没听错吧？按理说，这架飞机的油应该是够飞出国境线的啊！"

"出于谨慎的考虑，我向航空公司提议，稍微把油放掉了一点。"夏正华缓缓道，"之前机长和副机长都已经得到指令，飞机必须中途迫降一次，加满油后才能再度起飞。"

夏正华之所以这么做，主要是因为从广东到之州有一千多公里，距离远比从广东到广西、云南两地都要长。

这令他不得不考虑到，万一岩罕就真有那么巧，专门盯准了飞机，而且还成功劫持了飞机该怎么办。

总不能让空军出动，把民航打下来吧？

夏正华考虑来考虑去，都没什么特别好的解决办法，最后想到了"放油"这一招。

故意不加满飞机的油，预先就协调好中转的机场，到时候ZA1234要临时降落，补一下油。等到中转的机场时，距离之州省就比较近，想飞到广西、云南，甚至飞出国境线，那就很远了。

但这也是一场豪赌。

万一岩罕不想往广西、云南那边飞，而是直接掉头，在广东的时候就往南飞，跑到印度尼西亚或者菲律宾等地方，夏正华还真没什么办法。

可夏正华就是赌岩罕会往西南飞，因为万象集团曾经的中国区老巢就在那里。何况这次万象集团重启"龙腾计划"，毒品中也有罂粟类药品，这就代表西南边境的毒品走私又死灰复燃，卷土重来。

一个人再怎么聪明，遇到危险时也会本能地往自己的老窝跑，这就是夏正华详细思虑之后做出的判断。

岩罕没有片刻迟疑，立刻示意身边的一名亲信前往驾驶室。

没过多久，手下就快步走了回来，脸色很不好："郑先生说，飞机的油量确实很悬，如果按正常消耗，肯定没办法出国。他已经关闭掉了一部分辅助用的仪器，最大限度地节省燃油，让我们尽量能靠近国境线边缘。"

岩罕沉默片刻，突然低低地笑了起来，笑声越来越大，最后竟笑出了眼泪："好，好，不愧是专案组组长，果然老辣，我服。这样，我们各退一步——我答应不通过这架飞机去制造恐怖袭击，但你们也要将父亲交还给我，并拆除他身上的卫星定位装置。"

交还德隆？

傅立鼎下意识地想要拒绝，却听见夏正华平静的声音从卫星电话另一端传来："好。"

"夏厅。"傅立鼎惊呼。

"人质在他手里，飞机又被他们控制住了，我们别无选择。"夏正华一锤定音，"答应他的条件。"

# 第十八章　受制于人

听见夏正华的命令，傅立鼎尽量想让自己心如止水，毫不犹豫地服从这道指令，却无法克制油然而生的愤怒与无力。

内心的怒火与残存的理智交织，令他的表情非常怪异，既像哭，又像笑。

但最后，他还是压下胸腔的那一团郁气，竭力用平静的语气说："好，跟我来。"

岩罕做了个"请"的手势，傅立鼎利落转身，大步流星地向客舱尾部走去。童素紧随其后，岩罕与一个手下不紧不慢地跟在后头。

这时已经凌晨了，客舱里的乘客们都昏昏欲睡，有些甚至打起了呼噜。

几人越过前排的乘客，傅立鼎都快走完三分之二的通道了，岩罕却在客舱中部站定，不再往前走："我就在这里，等你们过来。"

童素下意识地停了下来，看了看傅立鼎，又看了看岩罕，思忖片刻，就退到座位与座位之间仅仅可供落脚的小道上，距离岩罕就隔着一排座椅。

她突然看见放在座位上的薄毛毯，若有所思。

只见她拿起毛毯，佯装觉得冷，将之披上，却仗着昏暗的灯光与宽大毛毯的掩饰，偷偷将衣袖上一个装饰性的扣子扯了下来，悄悄塞进了座位的缝隙里。

做这一举动时，童素心如擂鼓，唯恐岩罕发现。幸好，岩罕的注意力全集中在了傅立鼎、德隆那边，没察觉到童素的小动作。

傅立鼎走到客舱末尾，特警们已经围了上来，七嘴八舌地说："傅队，我们排查了客舱一遍，目前没找到干扰器。但我们没得到您的授权，暂时没检查乘客的行李。"

"不用了。"傅立鼎的脸色很阴郁，"'黑桃Q'劫持了飞机，岩罕威胁我们，不放德隆就要重演'9·11'，我已经得到了夏厅的指示，必须放人。"

特警们一听，脸色都变了，根本无法接受这一现实。

德隆遥遥望着岩罕，微不可察地叹了一声。

傅立鼎死死地盯着德隆，心中万般不乐意，却不得不押着这个该千刀万剐的大毒枭，往客舱中间走去。

他们的动作惊醒了一些乘客，有人转过头来一个劲儿探脑袋，还有人交头接耳：

"这是干吗？拍电影吗？""有点像，但没看见摄像机啊！"

走到距离岩罕两个座位时，傅立鼎停下脚步，冷冷道："人还给你，承诺记得兑现。"

岩罕的目光落到德隆佩戴的手环上："定位系统怎么还在？"

对岩罕来说，想要带着德隆逃亡，威胁最大的莫过于"北斗"定位系统。

虽然飞机也有定位系统，但在快要到达目的地的时候，他们可以关掉组合导航系统中的定位功能。单凭几何与仪表推算，大概确定位置，完成降落。这样一来，警方的搜寻范围就会无限扩大，为他们争取到足够的时间。

可要是德隆戴着"北斗"定位系统，一分钟一次实时刷新坐标，别说逃离中国，只怕老巢的位置都要被曝光。

傅立鼎也清楚这一点，所以他面无表情地回答："为防止武装押运人员与犯罪分子勾结，我们手上没有钥匙，无法解开这个手环，更不知道该怎么关了它。"

"是吗？"岩罕面带微笑，目光却泛着冷意，"看来必须得让你们见识一下我的手段了。"

然后他从胸前的口袋里拿出了一个看上去如药瓶模样的东西，大拇指轻轻一推，一股刺鼻的气味就传了出来。

"小心炸弹哟！顺便说一下，像这样的炸弹我们有很多个！"

然后，岩罕轻轻一抛，把"药瓶"往机舱中部掷去。

童素站的位置离"药瓶"最近，电光石火间，她几乎是本能地将背上的毛毯抽出，用自己都无法想象到的速度，将"药瓶"裹了起来，然后往旁边的空位上一丢。匆忙之中，脸还重重地撞到了椅背上。

砰！

震耳欲聋的爆炸声回荡在寂静的客舱里。

乘客们全都被惊动了，面无人色，纷纷高喊："出什么事了？"

"空姐呢？"

"怎么回事？"

"火，你们看！着火了！"

此起彼伏的尖叫声中，只见童素丢出去的那条毛毯已经整个被火焰舔舐，甚至连童素胸口的衣服都被波及，冒出了火星。

特警们反应极快，立刻取来机上配备的手持式灭火器，将火势扑灭，并急急道："童小姐！你没事吧！"

童素在傅立鼎的搀扶下站了起来,右边肩膀与胸膛明显有被烧伤的痕迹,衣服也被烧焦了一大块,白玉般无瑕的脸上更是被划了一道伤疤,沁出鲜血。可她却只是摇了摇头,说:"没关系,都是皮外伤。"

傅立鼎看见满地的狼藉,仍心有余悸,忍不住望向岩罕,怒斥:"你这个疯子,居然在飞机上引爆炸弹!你知不知道,哪怕飞机上出现砂砾般细小的漏洞,都可能会导致整架飞机被气压撕成两半!"

"我当然知道。"岩罕彬彬有礼地回答,"但现在已经到了城市上空,不是吗?"

傅立鼎的脸色沉了下来。

液体炸弹!

伦敦民航班机炸弹阴谋事件在他的脑海中闪过。"9·11"后,固体爆炸物成了民航安检的重点,恐怖分子就把目光转向了液体爆炸物。这种液体炸药配方简单,主要原料是丙酮和过氧化氢,通过伪装把这些材料分开带上飞机,再在飞机上把几种原料混合在一起,就可以制成威力强大的炸弹。

岩罕就是个疯子,彻头彻尾的疯子!

刚才的这个炸弹,应该只是个警告,威力还不算大,但如果加大炸弹里的液体剂量,后果是不堪设想的。就算飞机没被炸出一个大洞,但客舱内到处是易燃物品,仅爆炸引发的大火和产生的浓烟就足够要人性命了!

傅立鼎狠狠地咬牙,知道自己没办法和疯子玩,就拉起德隆的手臂,在他的手环上点了几下,用食指输入特定的密码。

"北斗"定位系统脱落后,傅立鼎刚要把它戴到自己手上,就听见岩罕说:"等等。"

只见岩罕手中又拿出一个"药瓶",轻轻晃了晃:"傅队长,刚才只是'开胃菜',现在有没有兴趣再试试这个加强版的?"

这一刻,傅立鼎的神经高度紧张——岩罕这个疯子,又要干什么?

"由于你想留下定位系统,这让我很生气。"岩罕慢悠悠地说,"考虑到一旦飞机降落,你们手上的武器会给我们造成极大的麻烦。所以,请你们交出所有的枪械、警棍、手铐,以及一切通信、定位工具,然后,将其他人——"

他侧过身,指了指背后吓得瑟瑟发抖的乘客们,气定神闲地说:"全都绑起来,让他们坐在这条通道上!你们则全部给我待在客舱尾部。"

特警小宋立刻对傅立鼎说:"傅队,别听他的,一旦把枪给他,要是他出尔反尔,拿枪把我们全杀了怎么办?"

毒贩会遵守诺言？别天真了！

其他特警没说，但脸上也写满了抗拒。

岩罕没有回答，只是将手中的"药瓶"往上空一抛，然后再很随意地伸手接住。

那一瞬，所有人的心都悬到了嗓子眼。

这一无声的威胁，比什么语言都有用。

傅立鼎的腮帮子紧紧地绷着，眼中泛着红血丝，双手青筋暴起，身体僵硬得像一块石头。

漫长的沉默后，他从腰间将枪取出，蹲了下来，轻轻放到地上，接着又依次摆放好警棍、手铐，缓缓站起，用脚将这些东西都踢了过去。

然后，他极为无奈和痛苦地望向其他战友，语气艰涩："他手上的炸弹是国际上最新型的液体炸弹，威力强大，很容易把飞机炸出一个洞来，而且引发的燃烧效果特别好，只要碰上易燃物品，用不了多久就能烧得一干二净。一旦这个疯子真的引爆炸弹，我们和这架飞机上的乘客都将无法幸免于难……"

刚才很短时间内毛毯就被烧成了只有巴掌大的碎片，特警们都是见识了的，此刻只能你看看我，我看看你，眼中都是不甘与不愿。

但最后，他们还是服从命令，按照傅立鼎的动作，一一将枪械手铐全都交了出去。岩罕的手下则迅速过来搜身，确保没有武器和通信设施被私藏。

"好了，下一步，就请各位英勇的特警，将这些聒噪的乘客捆起来。"

等手下把枪械收拾好，一切尽在掌控之中后，岩罕张开双臂："父亲，欢迎归来！"

出人意料地，德隆并没有与儿子热情相拥，反倒望向童素，神色温和又不乏关切："童小姐的伤口虽然不严重，但也需要处理，否则会留疤。你放一个空姐出来，让她拿医药箱为童小姐做紧急处理。"

童素惊讶地抬头，捕捉到德隆眼底的一丝复杂。

这令她心中非常疑惑。

德隆为什么会对她另眼相看，第一句话竟是为她治疗？因为刚才她阻止了那场爆炸，拯救了所有人的性命吗？

童素百思不得其解，岩罕却心领神会，礼貌道："童小姐，请跟我来。"

岩罕回答得太快太自然，就连一丝迟疑都没有。别说童素，就连傅立鼎都有些不解，目光在这三人之间流连。

他倒不会怀疑童素与万象集团有什么关系，而是在想，德隆该不会看中了童素高超的黑客技术，想将她弄到万象集团去吧？

童素也有这样的想法，刚要拒绝德隆的好意，却听见傅立鼎说："你的伤口确实需要处理，万一感染就不好了，我陪你一起去。"

"可——"童素想说，你和林元长那么像，又是此次德隆被捕的关键之一，现在枪都在毒贩手里，万一把你崩了怎么办？德隆就像有读心术一样，温言安抚："傅队长救过我，这份情我记在心里，绝不会忘。所以这次，我不会对他动手。"

岩罕在旁边懒洋洋地加了一句："我爸一向说到做到。"

童素怕人质听见这句误导性极强的话，心里对傅立鼎，乃至对中国政府有什么想法，立刻反驳："一个死掉的毒枭，当然没有一个活着的毒枭有价值。警察拯救人民，法律审判罪行，这才是天经地义的事情。"

德隆饶有兴趣地问："童小姐相信法律？"

童素并没有正面回答这个问题，而是反问："你不相信法律？"

德隆沉吟了几秒，才做了一个"请"的动作："这个问题，我们可以慢慢谈，童小姐，请先处理伤口吧！"

30位乘客就像粽子一样，被结实的尼龙绳捆了起来，连成一排，挨个坐在通道上，恰好堵在毒贩与特警之间。

目睹了炸弹爆炸、警方被缴械，本来还抱有一丝希望的乘客，情绪开始崩溃，无力、恐惧、绝望……却没有人敢挣扎，几个受到严重惊吓的女生甚至只敢小声啜泣，怕自己的一个举动会引来毒贩的注意，成为第一只被宰的羔羊。

坐在客舱最后的特警们垂头丧气，表情都不好看。

商务舱中，空姐战战兢兢地为童素消毒、上药，包扎完毕，然后把她引到德隆身旁的空椅边。此时的德隆和岩罕，已经开始喝起了红茶，悠闲得就像在自己家里。

见童素毫不畏惧地坐下，直面自己的目光，德隆竟露出一丝欣慰的笑。

在让手下为童素也倒上红茶后，才道："童小姐没有正面回答刚才那个问题，我能够理解。因为童小姐和我们一样，是'有足够能力逃脱法律制裁'的人。"

童素挑了挑眉，刚要反驳，就听见德隆不紧不慢地说："有时候，我们必须承认，世界就是这样不公平。普通百姓要是失手杀死一个人，就算不被判死刑，以命抵命，等待他的也是漫长的牢狱生涯。但凶手若是换作有钱人，就可以花高昂的律师费去打官司，减轻乃至逃脱法律的制裁。换作童小姐这样的顶尖黑客，政府几乎不会判你死刑，甚至不会让你去服刑，因为你的价值不应该限于高墙之内。"

童素的表情变得十分冷硬："你想说，人生下来就分成三六九等？没钱、没本事就是原罪？"

面对童素尖锐的态度，德隆心平气和地回答："五年前，我花了三亿美金，买通大洋国政府的几位议员，以及一些相关官员，只为保释一个被大洋国联邦调查局关押了近十年的重刑犯。把他保释出来后，我就将他带到了文南国。从今往后，只要他不踏上大洋国的国土，不被大洋国联邦调查局逮住，就能享受自由。"

童素缄默不语。

她已经意识到，德隆是一个雄辩的高手。如果自己顺着这个话题，与德隆继续辩论下去，结果只会被绕进去。

因为她无法否认社会黑暗面的存在，所以她没办法理直气壮地回答这个问题。只要她说稍微冠冕堂皇一点的话，德隆能立刻抛出无数案例，告诉她，就算法律是公正严明的，裁定法律的人却脱不开人性。

毕竟，"法律"与"司法"之间，从来就有一个无法解决的难题：人们渴望法律是绝对公平、公正、客观的，不被任何外因所影响，却又幻想法律能彰显"正义"与"道德"，而不拘泥于冰冷的法律条文。

德隆瞧出了童素的为难，体贴地没有继续追问。岩罕却没有这么温情脉脉，只见他靠着椅背，姿态悠闲，问题十分尖锐："我也想请教童小姐——如果五个人被困在山洞里，知道自己短期内无法获救，唯有吃掉其中一个人，才能撑到救援到来。W先生提议，他们用掷骰子的方法来决定这个人选，无论抽中谁，此人都不得有异议，大家都同意了。结果恰好是W先生被抽中，被其余四人所分食。童小姐认为，剩下四个人回归文明社会后，该不该被判刑呢？"

童素冷冷道："《洞穴奇案》？"

岩罕提出的这个问题，就是大洋国著名的法理学家富勒于1949年虚构出来，又在1998年由法学家萨伯加以补充的经典案例，说它是人类史上目前最伟大的"法律虚构案"也不为过。

这本书童素读过，也曾深陷于这个法律悖论，同类相食，牺牲少数人来维护大多数人的利益，合情理吗？

"既然童小姐也看过这本书，那就更好办了！"岩罕笑吟吟地问，"14位大法官的判决，你支持哪一位呢？"

童素板着脸回答："哪个大法官的判决都不支持，欧美的司法体系与东亚地区不同，所以这种在欧美几乎无解的案例，在我国国内却大致能界定。首先，我认为，故意杀人罪已经成立；第二，考虑到他们面临绝境，为了活下来才做出这种事，而且那个死去的人其实默认了这种行为，从某种角度来说，他也能被认定为是'自愿死亡'。所以在道德的层面上，法官有部分可能会酌情轻判。"

话一说完，她就猛地醒悟过来——自己掉入陷阱里了！

一旦套用这个理论，她的立场就很难站住脚，因为文南国的升龙省一度十分贫困，当地百姓如果不参与罂粟种植或贩毒的话，至少一大半人得忍饥挨饿。

如果按照东亚的法律体系逻辑来套，这群毒贩也是为了活下来才去贩毒，而那些吸毒的人基本上也都是自愿吸毒，不是被毒贩拿枪架在脖子上强迫吸的。这样一来，岂不是陷入法律与道德两难？

果然，岩罕下一句话就是："既然如此，我们贩毒，又为什么要被判处死刑呢？"

听到这儿，一直站在商务舱口的傅立鼎再也忍不住，出声反驳："你们还有脸说？从你们手中流出去的毒品，让多少家庭破碎，毁掉了多少人的一生？"

与激动的傅立鼎不同，童素的心却沉了下去。

这种情况下，不顺着他们的话题说下去才是最好的方法，因为一旦反驳，就会被带入他们的思维，节奏完全被他们掌控。

她有心阻止傅立鼎，却已经来不及了，只听岩罕正色道："傅队长，这个帽子，你是不是扣得有点大了？"

"难道不是吗？"

岩罕冷冷一笑："你说我们贩毒害人，难道我们不比那些制造假药、毒奶粉、假疫苗的人有良心？毕竟用这些问题产品的受害者根本就不知情，却必须承担惨痛的后果。你们很清楚，很多吃了毒奶粉的孩子一生都被毁了。而那些吸毒的人，大部分在开始吸之前就已经知道吸毒会有什么后果。他们自己选择吸毒，这能怪我们吗？"

童素刚要回答，经济舱里却传来一声尖叫："妈，你怎么了？"

傅立鼎和童素下意识地冲了出去，就见一名头发花白的老妇人口吐白沫，直挺挺地倒在旁边的中年女子身上。而那位中年女子虽然被捆绑着双手，表情却又惊又急，对母亲的担忧压过了对死亡的恐惧，恳求道："我妈高血压，突然晕过去了，很可能是中风，求求你们，有没有医生，救救我妈！"

童素心中一沉。

她在上飞机之前就已经将所有乘客的资料记在心里，所以她非常肯定，这架飞机上没有医生。

傅立鼎急急地问："空姐能急救吗？"

那位刚给童素包扎过的空姐吓得站都站不住了，声音小得和蚊子似的："我只知道须要解开病人的衣领，保持呼吸通畅；让病人平卧，最好保持水平位置！如果病人呕吐，立刻要让病人侧卧，防止因为呕吐物导致窒息！"

特警们立刻按照空姐的指示，拿了两床毯子叠起来，给老妇人盖上，但这治标不治本！家庭急救可以这样做，然后等救护车，但在飞机上，又不能迫降，究竟该怎么办！

心急如焚的童素冲回商务舱，第一句话就是："把电脑给我，我要卫星上网查急救资料。"

岩罕凝视着童素，眼中闪烁着异样的光芒："童小姐，你入侵过不少顶级银行的系统，也攻破了不少独裁政府的内部网络，虽然你不做任何破坏和泄密，只是为了显示你的黑客技术，但那些政客之间的肮脏交易、国家层面的博弈算计，你肯定也有所了解。能否告诉我，你是怎么看待这个社会、这个国家，乃至这个世界？"

这句话就像一盆冰水当头浇下，把童素泼了个透心凉。

她突然意识到，对德隆、岩罕这种毒贩来说，人命轻到不值一提。别说是一个人死在他们面前，就算是亲手杀人，他们也能面不改色。

尤其是在这样的场合。

但她也发现，无论德隆还是岩罕，对她的态度都有些特殊。

他们试图想要了解她，说服她，争取她，才会与她展开关于法律、情理等部分的辩论，否则以德隆的地位、以岩罕的骄傲，其实不必说文南穷，百姓活不下去等"示弱"的话语，完全可以绕开这个话题，单单讨论正义与罪恶就行了。

尤其是在探讨的时候，这两人对她和傅立鼎的态度，区别非常明显。

面对激动的傅立鼎，岩罕轻飘飘地甩出了几个问题，就把对方问得哑口无言。但岩罕压根不在意傅立鼎的看法，他所说的每一句话、每一个字，都是为了动摇童素的内心，傅立鼎只能算个附赠品。

为什么？

这是童素第二次这样质问自己："我有什么特殊的地方，值得这两个大毒枭另眼相看？因为我是顶尖黑客吗？还是因为，我亲手抓了他们？"

直觉告诉童素，应该不止是这些原因。

最关键、最核心的部分，一定是某件她所不知道，至少没意识到的事情。

想明白这一点后，童素冷静了下来。

她知道，这就是她的筹码。

无论德隆与岩罕为何对她青睐有加，但他们想争取她的意思从没变过，更没有掩饰。对这两人而言，她还有利用价值。

所以，童素立刻抛出了交换方案："我可以正面回答这个问题，但作为条件，你们必须救她。"

岩竿闻言，便看向自己的父亲，德隆轻轻颔首，给了一个"好"字。

童素敏锐地捕捉到这个细节，心中更加疑惑——按理岩竿会对自己更感兴趣，毕竟两人都是黑客，但为何德隆会有这样的表现？

她将怀疑压在心底，只想尽快了结对话，可以想办法救倒在外面的老妇人。于是直接问岩竿："你喜欢'Joker'？"

很显然，这个"Joker"，指的是动漫史上那位大名鼎鼎，怎么都绕不过去的《蝙蝠侠：黑暗骑士》中的经典反派——小丑。

岩竿坦然承认："很早以前开始，我就发现，某些可笑的体制无异于恶棍的温床。善良的人或许因为一个微小的错误就毁掉一生，恶棍却能凭着犯罪攫取巨大财富，成为备受尊敬的绅士。"

"窃钩者诛，窃国者诸侯。"德隆平静道。

岩竿点了点头："对，没错，中国文化真是博大精深，九个字就能简明扼要地道尽事情的精髓。"

童素没理会这对父子的一唱一和，冷静地说："可我喜欢蝙蝠侠。"

"事实上，我一直认为，17岁那年，我最大的收获并不是破解了那些其他顶级黑客无法进入的最高安全级别的系统，而是在无意中逛外网的时候，看到了一部动画——《蝙蝠侠：红头罩之下》。"

红头罩质问蝙蝠侠，小丑制造了那么多杀戮与罪恶，为什么不杀掉这个恶棍？阿卡姆精神病院根本就关不住小丑，对方只会一次次越狱，制造更大的罪恶。难道越过不杀原则和道德底线，就有那么难吗？

蝙蝠侠告诉红头罩，杀了小丑，开了这个先例，就再也无法回头。因为他会习惯以杀戮去解决问题，最终蜕变成自己都不认识的怪物。

在这个世界上，作恶不难，难的是坚守自己善的底线，世界上穷地方不止文南国一个，但绝大多数人在勤勤恳恳打工，靠双手致富，而不是选择去贩毒。

17岁的她曾愤世嫉俗，赞赏那些攻破五角大楼并将政客们的往来邮件公布到了网上的黑客的做法，认为那是在揭露邪恶，代表着正义。但她看完那部动画之后，就像被凉水当头浇下，突然醒悟过来。

如果她今天能为所谓的正义，利用自己强大的黑客技术，肆无忌惮地入侵其他人的系统，公布他人的隐私，那么明天，她也一定能为了自己的利益，犯下更不可饶恕的罪行。

"小丑与蝙蝠侠的立场永远相悖，我们亦然。太阳神所在的地方，绝不会是黑夜；冥夜女神的身影，始终不曾出现在白天。"

# 第十九章　争分夺秒

童素的这番话,说得一点都不客气,将德隆与岩罕的观点逐一抨击了个遍,半点面子都不给。

她就是这样的人,虽然生死掌握在别人手里,却并不会为了生存就虚与委蛇。与其卑躬屈膝,让人不齿,倒不如挺直脊梁,堂堂正正。

没想到的是,听完她的慷慨陈词,德隆只是笑了笑,对岩罕说:"把电脑给她吧!"

岩罕耸了耸肩:"用不着这么麻烦!"

只见他让手下将医药箱拿过来,然后走到中风的老妇人面前,单膝跪下,拿起一支崭新的注射针头,开始为病人的十指放血!

伴随着十个指头沁出血迹,老妇人真的逐渐清醒了过来。

"这只是暂时急救,运气好成功了,后面还得去医院。"

岩罕收拾好药箱,迎上童素惊讶的眼神,似笑非笑:"你应该把我的资料查得一清二楚吧?难道没发现我几年前去非洲做了三个月的志愿者?这一手就是从一个中国援非医生那里学到的,我还是第一次用,没想到竟然真有效。"

童素和傅立鼎面面相觑,心里都只有一个念头:"你说你去非洲贩毒,我们相信,你说你是去做义工?开什么国际玩笑!"

"很奇怪吗?"岩罕一副"为什么我不可以去做义工"的口吻,非常自然地说,"我们也会做慈善啊!我爸光给学校、图书馆、研究院捐的钱就有十几亿美金,文南国近千所小学以他的名字命名。我从非洲回来后,也匿名给红十字会捐了1000万美金。"

他还没说,一家在全世界都能排名前十的药物研发公司,万象集团是大股东之一,每年投资数亿美金。

虽然万象集团的投资目的不纯,有"借鉴"这家公司的专利、渠道与技术,用来研究更高纯度毒品的想法,但每年真金白银往里面砸,也给该公司研制全新的特效药提供了不菲的帮助。

这令童素和傅立鼎更加沉默。

如果一个人无恶不作,害死了很多人,但他又行善积德,救活了很多人,这个人的是非功过，究竟该如何评判呢？

反复思考着这件事，心里五味杂陈的童素面无表情地把目光投向了窗外。

突然，童素的耳朵开始剧烈疼痛，整个人都陷入到一种头胀、耳鸣、胸闷，难受到快要窒息的状态中！

与此同时，此起彼伏的尖叫与哭泣，在客舱内响起！

童素立刻将指头塞进耳朵里，嘴巴拼命地做咀嚼动作，以缓解强烈的不适。

过了好一会儿，症状稍微减轻，她才逐渐恢复思考的能力，意识到——这是飞机在急速下降！

不，这已经不能算"下降"了，完全就是在俯冲！

他们到降落地点了吗？

还是说，油表见底，不得不迫降了？

童素心中闪过无数个念头，本能地往窗外望去，却只能见到一片漆黑。

这时，飞机又猛烈地振动了一下！

但这一次，没人哭了，因为所有人的心都悬到了嗓子眼！

就见飞机在短短几分钟之内，从万米高空直接冲到离地面只有十几米的地方，然后歪歪扭扭地挣扎着滑行了一段，接着就是巨大的撞击声和尖锐的机身与地面的摩擦声。

不知道驾驶舱内是怎么操控的，这么大一架飞机，竟然就这么强行落地了！

整个飞机内，鸦雀无声。

不知过了多久，直到整个机身完全停了下来，才有轻轻的啜泣声响起。

刚才那一瞬，就好像从天堂掉到了地狱，又从地狱回到了人间。

就在这时，驾驶舱的门突然拉开，郑方惊魂未定地从里面出来，激动地说道："搞定！好在飞机上的燃油彻底耗尽，要不肯定得爆炸起火了！"

岩罕命令机组人员打开舱门，立刻就有五名端着冲锋枪的汉子鱼贯而入，背上是厚厚的弹夹，看见德隆，当即恭敬欠身：

"先生，我们奉头儿之命前来迎候，他在前面的一个制高点等着接应您。"

傅立鼎心中一动。

万象集团的"大王"是德隆，"小王"空缺，那这个"头儿"是谁？"梅花K"道达，还是"黑桃K"？

"爸爸，"岩罕突然问，"要杀掉他们吗？"

显而易见，这个"他们"，是指飞机上除万象集团成员外的所有人。

岩罕提起杀人的时候，轻描淡写，就好像决定的不是人的性命，仅仅是一件无关紧要的小事罢了。

不知为何，他说这句话的时候，特意看向童素。

童素冷冷地睨着他，脸上瞧不见半点害怕。

没能把童素吓得跪地求饶，让岩罕备感不爽，但他还是补了一句："我们可以杀掉其他人，把赫卡忒带走。回到文南后，老师看见她一定会非常高兴。"

童素心中一动。

"老师"？

岩罕口中的"老师"是谁？与她有什么关系？为什么岩罕会说，对方见到她一定会非常高兴？

一个名字在心头盘旋，童素却拼命摇头。

不会的，肯定不会的，这不可能！

"岩罕。"

不同于之前的温和，这一次，德隆的语气含混而低沉，这是他作为毒枭之王时惯用的姿态："你答应过，只要为我拆除'北斗'定位系统，就不杀他们。"

"不，我并没有。"岩罕狡猾地说，"我只许诺，一旦他们做到这一点，我就不操纵飞机去撞高楼。但我没有保证，等到飞机平稳降落后，不会把他们全都变成冰冷的尸体。"

傅立鼎刚要骂岩罕无耻，德隆的语调已经变得颇为不悦："但你模糊了概念，让他们认为你给了他们一个逃生的机会。"

岩罕对德隆的论点不以为然，但他不敢当众挑衅德隆的权威，立刻认错："父亲，对不起，我不该玩这种文字游戏。"

德隆第一次没有接受岩罕的道歉，不疾不徐地说："我们这样的人，可以心狠手辣、翻脸无情，甚至六亲不认。但有一点必须做到，那就是言出必行。你可以借助这样的手段玩弄一次、两次乃至三次小聪明，可最后你会发现，没有谁再愿意做你的朋友，当你陷入困境时，更没有人会拉你一把。"

岩罕心道：我要是陷入困境，其他人别说拉一把，只怕恨不得生啃了我的骨头，分掉我的血肉。现在的人都这么功利，谁还讲究老一套的规矩？

但在表面上，他仍旧低下头，按照万象集团的老规矩，恭恭敬敬地亲吻父亲的手背，这代表高管对首领的无条件服从："都听您的。"

然后，就见他掏出"药瓶"，往商务舱一甩，商务舱很快就被熊熊烈火所覆盖。

就像傅立鼎之前说的那样，这种炸弹的燃烧力实在太过惊人。那些放在商务舱里的电脑、手机等，统统被付之一炬。

万象集团的人开着三辆吉普车走了。

特警们急急忙忙地给乘客和机组人员松绑，引导大家尽快撤离机舱。商务舱的大火已经逐步蔓延到经济舱来了，光是毒烟就能让人窒息啊！

童素却有些魂不守舍，好一会儿才回过神来，快步跑到了自己塞了袖扣的位置上。

她当时鬼使神差，将装有微型芯片、自带定位系统和通话功能的袖扣拆下来，本只是出于有备无患的打算，谁料那群毒贩竟然真搜走了所有人的通信和定位设备。

对方此举就是为了争取时间，让特警们无法及时与指挥部取得联系，更没办法那么快确定他们究竟跑到哪儿了！

童素打开定位，同时拨打夏正华的内部号码，这时她发现自己的手微微有些颤抖。但一听到话筒里传来声音，她立刻就恢复了镇定："夏厅，我刚把位置发给您，我们是在云南省通洋县的一个山区，万象集团派了三辆吉普车过来，已经把德隆、岩罕等人接走了！"

她本以为夏厅会说"你的消息很重要，我立刻与云南警方联系"，没想到夏正华的回答却是："知道了，当地公安、消防、医护等救援人员早已完成集结，马上就会赶往你发来的位置。具体善后工作由当地政府负责，你和小傅等会儿坐我派来的车，与特警小队一起赶来与我会合，地址随后发你。"

下一刻，"智能纽扣"上就收到了一个位置。

童素看着夏正华的定位，再看一下自己所在的经纬度，不由得倒抽一口冷气——两者的距离，竟然不到三十公里！

夏正华难道会未卜先知，提前赶到这儿等着？

童素和傅立鼎赶到临时指挥部，除了夏正华，还见到了一个意想不到的人物。

"严队？"

严明树不是带领福建的特警们走公路回福州了吗？怎么会出现在这里？

夏正华合上手中陈旧的本子，语调平静："我让小严来的。"

傅立鼎奇怪："夏厅，您怎么知道他们会往通洋县逃的？"

算算时间，夏正华应该是在确认飞机被劫持后，就立刻乘直升机飞过来了啊！

"临渊给的线索。"

听见这个名字，傅立鼎陷入了沉默。

夏正华望着傅立鼎，轻叹一声，将手中的本子递了过去："临渊的笔记，你看看吧！"

由于经历岁月太过漫长，笔记本的纸张早已经泛黄，脆弱得仿佛一碰就要碎了，上面的字迹也有些模糊，却依旧能用"铁画银钩"来形容。

前几页的记录还算工整，但越到后面就越潦草，比如有一页，反复写了"山、船、路、人"等几个字，却又在每个字上面大大地打了一个叉。

再比如另一页，一连串的地名，傅立鼎基本上都没听说过，上面也做了不同的标记。

"那段时间，临渊的精神时好时坏，好的时候就拼命回忆在万象集团收集到的一切线索。因为他坚信，'黑桃Q'和'方块Q'还在国内，既然如此，一定有什么他疏忽的地方，才让这两人能继续隐藏。"夏正华缓缓道，"他认为，云南的边境线上，应该有几条秘密走私毒品的通道被万象集团所掌握，我们并没有揪出所有的老鼠窝，所以他就将认为可疑的地点全都写了进去。"

现在想来，傅临渊当时的判断也有偏差，其实"黑桃Q"和"方块Q"一直都在珠三角，与西南一带的毒品走私无关。而这二人，尤其是"黑桃Q"这个雇佣兵的任务，主要还是保护德隆的独子岩罕。

但事情就是这么巧，傅临渊歪打正着的线索，为今天的围捕提供了重要帮助。

当年傅临渊不肯放过一丝线索，把所有认为用得到的信息全都记录下来，并在自己弥留之际将笔记本托付给了队长夏正华。

二十年来，夏正华一直没有忘记战友的嘱托，当发现万象集团在国内死灰复燃后，就开始调查对方的走私线路，而且重点排查了傅临渊提供的几个地点。三天前，刚好锁定云南通洋县大青村。

大青村地处国境线边缘，被大山包围，贫困、混乱，吸毒者屡见不鲜，许多人能为了几十块钱打起来，给个一两千块就能杀人。

由于大青村位于深山之中，距离最近的小镇也要翻过好几座山，山路还十分崎岖坎坷，网络上又没有任何明确的路径，不清楚当地地形的人，一不留神就可能走错路，直接出了国境线。

这导致大青村成为了走私客的天堂，就连整个通洋县的治安达标率都受到影响，始终比周边县市差一两个档次。

夏正华办事雷厉风行，一明确目标，就立即派精兵强将潜入大青村调查，很快就掌握了村里制毒贩毒的确凿证据，而且应该就与万象集团有关。

但大青村距国境线太近，毒贩一旦被惊动，跑出国境的话，再要抓捕就难了。所以夏正华决定来一次声东击西，趁着万象集团的心思全在救援德隆上时，打大青村一个措手不及。

为此，他让严明树带人明修栈道，暗度陈仓。看似回福建了，其实秘密乘坐军用直升机来到了通洋县。

严明树悄悄把大青村包围，刚要收网进村抓人，就接到夏正华的消息——ZA1234被万象集团劫持，一直在往西南飞，很可能会在这一带迫降。为此要求严明树先按兵不动，等待命令。

NULL和专家组进一步根据飞机的路线图，预测了目标方向——前往云南西陲的概率最大。于是，夏正华终于下了决心，亲自赶来通洋县——即便判断错了，至少也能现场指挥端掉万象集团的一个制毒贩毒窝点。

幸好，他赌赢了。

就在这时，通信器中先后传来埋伏特警的汇报声：

"这里是2队，有四辆摩托突然进入大青村！"

"这里是4队，大青村以南5公里处，发现两辆吉普，外观与情报描述相似！"

"这里是3队，大青村北面乡道上，出现一辆可疑吉普，是指挥部通报的同款吉普！"

这一系列消息，让童素愣住了。

她当时把这三辆吉普的特征都通报给了夏正华，在这个偏僻的穷地方，一般很难见到这么昂贵的吉普车。所以，此时出现的这三辆吉普，应该就是万象集团的那三辆！

问题是，这三辆吉普，为什么没有一辆开进大青村？

德隆和岩罕，会在哪一路？又或者，这三路都是故布疑阵？

## 第二十章　硝烟弥漫

通洋县的南端三面环山，山脚下曾经有一家中型造纸厂，专门生产傣族特色的宣纸，卖往全国。工厂就地取材，就地生产，生意一度非常兴隆。

那时前往通洋县南郊的道路上经常车来车往，工厂老板还特意出钱修了条路，方便车辆进出。

但据说由于传统造纸效率低下，使得该品牌风光了没几年，之后就在市场竞争中节节败退，宣布倒闭，这里也就荒废了。

德隆等人赶到的时候，发现此处荒草萋萋，灰尘丛生，布满蛛网。大家不得不捂住口鼻，艰难地在灰尘中穿行。

岩罕有些不确定："爸，这里真有地道吗？"

要不然这三面环山的地方就和口袋似的，一旦出口被中国警察封锁，他们根本无路可跑。不像在大青村，一有情况就可以往山里躲。实在不行，想办法翻过三座大山，就离开中国国境了。

德隆缓缓道："这家工厂实际上是一个蛇头开的，用造纸掩护，只为借助那条几十年前修建的地道，来往走私，甚至贩卖人口。后来关闭工厂，是因为中国警方缉毒力度越来越大，在通洋县扫荡了好几次。蛇头怕自己的不法生意暴露，跑去了东南亚，结果不小心撞破我们的一次交易。为了保命，他才供出这个秘密。"

地道原本是抗战时期中国远征军挖的，后来随着战争结束，逐渐被人遗忘。德隆曾派自己的心腹来勘察过，地道很宽敞，足够一辆吉普车在里面通行，应该是蛇头为了运输方便修整过。但德隆很清楚中国政府对毒品的零容忍态度，对"进军中国市场"这件事较为谨慎，也就一直犹豫是否该把这条通道利用起来。

所以哪怕后来岩罕潜入中国执行"龙腾计划"，德隆也只是说通洋县天高皇帝远，适合建毒品加工厂，并没有提地道的事。因为他太清楚岩罕的性格，只要他说了，岩罕一定会立刻用上，那就没底牌了。

"找到地道了，但入口有一扇电动铁门，需要发电才能打开！"这时，搜索工厂后方的郑方传来消息。这废旧的工厂早被断了电，幸好德隆当时派来的人偷偷在后院藏了一台柴油发电机，以备不时之需。

"大概需要多久！"

"至少五分钟！"郑方回答。

平时，岩罕根本不会在意区区五分钟，但现在却度秒如年。

他们这一行，总共有十二个人。

Demon提前一步来到通洋县，召集五个驻守在这里的雇佣兵来接应他们；然后就是岩罕、德隆以及郑方和他三个手下。

德隆命令部下兵分三路，其中一人开吉普一路往北，寻找机会通过公路逃离；另外四人骑摩托去大青村销毁账本；还有三个则留在几个主要的路口，观察情况，随时汇报；自己则带着岩罕、郑方和Demon来到通洋县最南面的造纸厂。

他相信，这样故布疑阵，能混淆中国警方的视线和判断。

就在这时，岩罕突然收到手下的信息，脸色一沉："情况不对，通洋县的公路好像都被封了，中国警方的重点兵力开始迅速往南部集结。"

"中国政府的行动力一向惊人，这一点我们是有过教训的。"从德隆脸上根本看不出有任何慌张，"好在，他们不知道我们有地道这张底牌。"

"我们需要时间。"

德隆看着Demon，眼中充满信任："交给你了。"

三路疑兵，确实令夏正华颇为踌躇。

常规动作他已经及时做了，调动当地公安封锁道路，先确保把这帮罪大恶极的毒贩不能从东西北三个方向出通洋县。

现在，最大的问题是该主攻哪一路。

分兵追击肯定不是好主意，他这次来得匆忙，加上严明树带过来的特警，人数还不到五十个。况且万象集团的黑桃部队是由精锐雇佣兵组成，又在当地经营良久，更为熟悉道路。如果不能集中警力，就算追对了方向，也未必能抓到人。

一开始，特警2队在大青村遭到的激烈抵抗，差点让大家认为德隆和岩罕就在那儿；但很快，前去搜查造纸厂的特警4队也遭受到了伏击。

"你们认为，他们会往哪边跑？"

童素、傅立鼎、严明树三人面面相觑，一时不知该怎么回答夏厅的问题。好在听见NULL的声音传来："我认为，他们往造纸厂那边跑了。"

"为什么？"童素脱口而出，"大青村离国境线更近，只要翻过几座山就到了，也更易于躲藏啊！"

NULL干脆利落地说："因为德隆患有肝癌，虽然进行了换肝手术，但我刚才查了一下，像他这样的人，不能累着。要是他们往大青村跑，靠两条腿翻山越岭，那些雇佣兵撑得住，德隆一个五六十岁的人，就算能坚持下来，身体状况也容易恶化。不到万不得已，他们不会这么做。相反，那儿既然曾经是个工厂，指不定就会有地图上没有标记的小路，可以直通国境。不然，去造纸厂就是一条死路。即便目的是引开我方警力，也没必要去一条自己必死的绝路啊。"

童素此时也醒悟过来，赞同道："雇佣兵虽然赚的是刀口上舔血的钱，但如果明知道那儿没有路，是万万不会傻到去送命的。造纸厂三面环山，结局只能是被警方围着打，除非那里还留有一线生机。"

包括夏正华在内，大家都被说服了。

"小傅、小严，你们各点上一队人，跟我走！童小姐——"

不等他说出让自己留下的话，童素就急急道："我也要去！"

"好吧！"夏正华对通信器下令，"特警4队，不要冒进，主力支援马上就来！"


特警4队的交战地，让人触目惊心。

距废弃的造纸厂还有不短的一段距离，但队员们却只能借助车辆做掩体，小心翼翼地蹲在背后，如临大敌，头都不敢伸。

队长正在给一名受伤的特警包扎肩膀，刚裹上的纱布，很快就被渗出的鲜血染红。

不远处，还有一具被军帽盖住脸庞的尸体。

无疑，对面火力很猛。夏正华示意大家从左侧车门下车，借助车体掩护，一点点挪过去与4队会合，才问："怎么回事？"

刚才的情况，让特警们心有余悸。

当时他们发现一辆可疑吉普车孤零零地停在路边，本打算下车查看，谁料一下车，身旁的同伴就倒了一个。

要不是他们反应快，立刻往车后躲，绝对不止一死一伤。

夏正华含着泪蹲下来，轻轻掀开帽子，发现死去的特警眼睛还睁着，脑门正中是一个血洞。

童素下意识地别过脸，不想看这悲伤的一幕。

"对方用的是什么枪？"严明树问。

一名特警把刚从吉普车前车盖上抠出的一枚子弹递了过来，严明树才看一眼就很肯定地说道："7.92mm口径，这么远的距离，是狙击枪！"

根据4队队长的复盘，严明树仔细测算，做出了一个判断："看来子弹是从同一个位置打出的。"

可话音刚落，他自己又摇了摇头，有些不信："从这里到工厂，直线距离目测有1400多米。算上倾斜角度，这个狙击手是在1500米外就直接锁定了目标？还连开两枪？光是子弹飞过来都要一两秒，更不要说现在是有风天气，风向、风力都会对狙击造成影响，他居然还能打这么准？"

中枪特警苦笑道："严队，我仔细回忆，觉得对方打我那一枪本来是瞄准胸口的。但我当时正好踩到水坑侧滑了一下，没想到竟然捡回一条命。"

外行人士或许不明白这个狙击手的枪法有多准，但在严明树这种内行眼里，对方简直就是死神的化身了。

夏正华和傅立鼎交换一个眼神，两人都明白，这个神一般的狙击手，若不是"黑桃Q"郑方，就是万象集团的"黑桃K"。

童素的目光落到车胎上："这——"

"被对方打爆了。"队长不断叹气，只觉得一步错，步步错，完全被对方占据了先机，"如果我们一口气冲过去，是能靠近工厂外围的。但他们特意留了辆吉普车停在这里，引导我们下车探查，结果这一下车，就再也上不去了，趁着我们躲避的工夫，对方把我们的前车胎全打爆了。"

三辆破车这么一堵，夏正华的增援车队也无法通行了。若是去挪车，就相当于暴露在对方狙击手的枪口前，与送死有什么区别？

这短短一千多米，竟成了一条难以逾越之路！

突然，通信器里又传来NULL的声音："我分析了一下通洋县目前的天气，应该很快就会下大到暴雨，概率在百分之七十以上。"

童素灵机一动："既然风对狙击手有影响，雨对狙击手也会有影响吧？"

"当然，雨水会模糊视线，而且会折射视角。"严明树回答，"但有弊就有利，狙击手可以借助雷雨来掩护枪声，我们也难以做出迅疾反应。"

"我知道，不过再怎么强的狙击手，一旦下雨，总要有个适应的过程吧？"童素想到一个主意，"夏厅，我们带了炸弹吗？"

傅立鼎坐在驾驶座上，默默地倒车，严明树坐在副驾驶座上，哥俩相对而望，只觉得这辈子都没做过这么疯狂的事情。

特警们先后开了五辆车来，两辆车胎被打爆，拦在路上。但随夏正华新来的三辆车是好的，在童素的建议下，其中一辆护送受伤的特警回镇上医院救治，顺便将牺牲战士的遗体带回，另外两辆则往后倒退一定距离。

因为要避开炸弹的冲击波。

没错，炸弹。

童素提出了一个极其胆大的设想——既然前面车辆堵路，没办法搬开，那我们就用炸弹炸开！在一片火光之中，外加大雨磅礴，是最好的掩护。直接开车往前冲，反正最多1500米，油门踩到底就到了，然后立刻下车，不管这辆车会不会起火、爆炸了。

夏正华明白不能再拖时间等待大部队到来，所以这么疯狂的想法，他居然同意了。他命令一辆车冲进去，一辆车等在原地，互为掩护和支援。

"滴答。"

雨水打在车窗上，渐渐扩大。

转瞬之间，便是噼里啪啦。

下一刻，剧烈的爆炸声响起，傅立鼎下意识地闭上眼睛，仍能感觉那炫目的光亮。

强横的冲击波震得整个车身都在颤动，稍微平息一点后，傅立鼎猛地睁开眼，看见前方火势熊熊，深吸一口气，狠狠地一踩油门！

刹那间，警车就像一道前进的闪电，穿越了火光，携着一往无前的气势，向造纸厂冲了过去！

"啪""啪"。

警车的右反光镜和前方引擎盖先后被击中，但都没有造成致命影响。看来火光和大雨，加上傅立鼎不断蛇形走位，确实迷惑了对方的狙击手。

等车冲到厂门口，还没停稳，傅立鼎、严明树与三名特警立刻跳下车，第一件事就是直接往二楼窗口扫射，将对方狙击手逼得一时无法开火。

然后，他们借助掩体，一边开枪，一边进入了废弃已久的工厂。

工厂只有两层，敌人肯定优先占据了制高点，所以几名特警一进去，刚分散，就纷纷直接拉开闪光弹，往二楼的不同方向投去！

傅立鼎和严明树左右开弓，借助闪光弹的掩护，飞快地爬上了二楼的一半楼梯，躲在转角背后。

但他们都不敢再前进一步。

这会儿工夫，对面的顶尖雇佣兵肯定已经缓过神来了。无论是谁先妄动，都会暴露自己，给对方射击的机会。两位袍泽已经用鲜血乃至性命，证明了这会是什么后果。

整整五分钟，工厂内一片死寂，就像根本没有活人存在一样。

傅立鼎从来没想过，五分钟会是这样漫长。

外面的雷雨声越来越大，傅立鼎却发现自己额头一直在冒冷汗——这是他有生以来遇到的最强狙击手，自己能从对方的手上活下来吗？

就在这时，傅立鼎突然听见一种"嗡嗡嗡"的声音，像某种机器在运作。

由于被大雨和雷声掩盖，距离又比较远，他之前没听见，直到靠得近了，雨稍微小了些，才传入他的耳中。

这是什么声音？毒贩们在干什么？

好在童素马上就能回答这个问题，她将通过通信器传来的这段声音单独提取出来，进行清晰化处理，然后匹配对比，得出一个奇怪的结论："这是一种型号古旧的柴油发电机的声音！"

NULL反应很快："我听说抗战时期，滇南地区仗打得很凶，两边部队都修建了不少防空洞和地道。发电是不是为了照明？或是打开某些机关？"

夏正华的神情严肃起来："或许这就是他们开了一辆吉普车进去的原因——想通过这一带的地下设施，逃出国境。"

傅立鼎从耳麦里听到了他们的对话，心中一凛。

"轰隆！"

雷声在耳边炸响。

下一秒，就是人体倒地的声音！

傅立鼎定睛一看，发现是潜伏在一楼的特警小宋。不知是冒了头，还是被抓住什么破绽，总之，对方狙击手借助那一秒的雷声，开了致命的一枪。

不能让"黑桃K"他们这么控制局势，自己必须上二楼！

傅立鼎咬了咬牙，心中闪过一个念头，静静地等待令人心悸的雷声。

"轰隆！"

雷声再次响起的那一刻，傅立鼎飞快地冲过转角，爬上楼梯，脚步故意踩得很重，却在要冒头的那一刹那，身体猛地往下压，形成了一道诡异的曲线，右手却将闪光弹和催泪弹一并往左边扔去，然后才重重摔倒在地。

做完这一切后，他突然发现头皮有点热辣辣地痛，顺手一摸，才发现手上全是血。

一颗合金弹头居然从他头上擦过，要是他不往下趴，就该直接命中太阳穴！

侥幸捡回一条命的傅立鼎，惊到心脏一度停止了跳动。

若非亲眼所见，他根本想象不出来，世界上竟有人的枪法神到这种地步。

下一刻，他发现严明树借着闪光弹和催泪弹的掩护，也冲了上来。

只可惜，烟雾渐渐退去后，却没看到人影。

那个柴油发电机的声音，也已经停止。

他们不再需要发电了！

傅立鼎一边通知夏正华等人快过来，一边示意大家搜寻二楼，一边则在心里琢磨，这个狙击手此刻会躲在哪里？

还有，德隆与岩罕在哪里？那台发电机呢，又在哪里？

暴雨渐渐变小，门外传来车辆停下的声音，是夏正华率队赶来了。

车？

对了，那么大一辆吉普车，究竟藏在哪里？

傅立鼎突然灵感一闪，从部下那儿要来一个有支架的可升降军用望远镜，快步走到工厂背面的窗口，自己不敢露头，只是通过望远镜，小心翼翼地观察。就见一堆废弃机器乱七八糟地靠着山壁，堆在那里，乍一眼看上去很像是废弃机器的坟地。

突然，他在机器堆中发现了一个洞，看上去像是一道门！

望远镜带有数据传输功能，窝在车子里的童素把图形放大，激动地说："这是一个山洞的门，估计吉普车已经在洞里了！"

傅立鼎挪了挪望远镜，看见布满灰尘的窗台上有一个清晰的掌印，立刻在脑海中将刚才的画面还原——狙击手开了一枪后，迅速用手支撑，从二楼翻到工厂后面，成功避开了闪光弹与催泪弹。

想到这里，他飞快地冲回一楼，示意大家过来，分析了形势：此时想要抵达山洞的大门，只能翻窗子穿越100多米的空地，问题是一支精准的狙击枪肯定在那儿等着呢。

目标近在咫尺，但特警们却难越雷池一步。

这绝对不行！

紧急之中，夏正华比了个手势，特警狙击手见状，轻轻点头。

只见左边窗户的特警将头盔摘下，挂在冲锋枪的枪管上，再把枪身慢慢举起，装作有一名特警要试探性地翻窗一样。

同时，右边窗户的特警狙击手已偷偷在一个缺口后面架好了枪。

"砰——叮——"

"砰——砰——砰——"

两组声音，一前一后响起。

第一道是子弹出鞘，击中防弹头盔的声音。

第二道是右边狙击手循声找到目标,快速三连射。

乘敌方狙击手一时无法抬头,说时迟,那时快,严明树立刻拉开闪光弹,往窗外扔去,其他人借助强光的掩护,猛地翻过窗户。

傅立鼎边跑边端着冲锋枪对准洞口就是一阵扫射,仿佛要将因两名战友受伤、牺牲而爆发的怒火全都宣泄出来。

但这时,发电机的声音再次响起。他还清晰地听到,汽车发动的轰鸣声,以及大门沉重挪动的嘎吱声!

不能让他们跑了!

傅立鼎被怒火冲昏了头脑,不顾躲避,直起身就要往前冲,严明树一个飞身鱼跃,将傅立鼎扑倒,然后是一声响亮的"叮",子弹直接擦着严明树的肩膀飞过!

接着,一枚火箭弹对准厂房发射出来!

特警们见状,立刻纷纷卧倒。

火箭弹轰然击中墙壁,砖石碎片四处飞散!

混乱中,一位金发碧眼的英俊男子扔掉火箭筒,收起狙击枪翻身上车,大门在他身后徐徐关上。

特警们绝望地看着这一幕,明明一百米都不到的距离,却犹如天堑般遥不可及。

就这样让他们跑掉吗?

夏正华来不及拍打掉身上厚厚的灰烬,从身旁的特警手里抢过狙击枪,猛地跃起,压根没有看镜头瞄准,只是凭着手感,直接扣动了扳机。

"砰——"

"哗啦——"

子弹准确无误地穿过即将关闭的大门那一道狭窄的缝隙,打碎了吉普车的玻璃,穿到车厢里。

也就在那一瞬间,德隆将岩罕扑倒了。

"哐——"

大门重重合上。

吉普车发动,飞快地向前开去,血腥味却在车厢内弥漫开来。

岩罕扶起父亲,却发现自己满手的血,他惊恐地望向德隆,就见德隆的脖颈处一直在喷血,怎么也捂不住。

"医药箱,Demon,医药箱在哪里?"

副驾驶座上的 Demon 从内视镜中扫了一眼,头都没回,命令郑方:"别停,继续开！"

然后，他才用冷淡到近乎漠然的口吻，回答道："这么大的失血量，先生应该是被打中了大动脉。我们现在没有足够的医疗设备，没办法救回先生的性命。"

刹那间，岩罕的大脑一片空白。

他不信！

好不容易救出了父亲，回文南还需要得到父亲的支持，怎么会是这种结果？

就在这时，德隆吃力地抬起手臂，想要触碰岩罕。

岩罕慌忙握住父亲的手，急急道："爸，你撑住，我们马上就出国境线了。我立刻给你找最好的医生，我们——"

"你不要……急……躁……改掉……自……负……的……毛……病……"德隆的声音非常轻，对此时的他来说，每说一个字都无异于酷刑，"天……底……下……还……有……很……多……很多人，都，都比……你……聪……明。"

岩罕拼命点头，眼中已经有了泪光："我知道了，我听你的，什么都听你的，一定会做到！"

听见儿子的承诺，德隆发自内心地笑了，然后，他的手就无力地滑了下去，倒在岩罕怀里。

岩罕颤抖着伸出食指去探德隆的鼻息，发现父亲再也没有了气息，绝望而又凄厉的哭喊，在空旷幽深的防空洞里回响。

犹如魔鬼的诅咒与哀鸣。

# 第二十一章 全新线索

9月初的湖滨市,刚刚被一场7级台风侵袭,但这也带来了清凉的空气,整个城市不再那么酷热。

童素的身影终于出现在素数科技。但她的心思,还没从"7·17专案"中收回来。

"太平洋银行到现在都没提续约的事情,难道他们想合约到期后再次公开招标,而不是直接和我们续约?"

杜明礼左右踱步,翻来覆去地念叨,奈何童素全神贯注地盯着屏幕,半点回应都没有,这让杜明礼很郁闷:"夜神,你有没有在听?"

"嗯嗯。"童素敷衍道。

"夜神!你认真一点!"杜明礼提高声音,"太平洋银行和福禄寿保险是我们最重要的合作伙伴,公司每年有40%的营收来自这两家企业。我们与太平洋银行的合约还有一个月就要到期,如果太平洋方面决定要再次招标,我们得早做准备啊!"

童素这才把目光从屏幕上移开,随手从桌上抓了一把糖,一边撕开包装,一边往椅子靠背上一摊,满不在乎地说:"不合作就不合作呗!我们又不愁业务,只是走专精路线,不想接太多单子,浪费人力而已。"

话虽这么说,但太平洋银行是难得的大客户,杜明礼还是据理力争:"太平洋银行是国内顶尖的股份制商业银行,在东亚地区也极有影响力,更是A、H双股上市公司。我们公司当年打败数十家竞争对手拿到这一单,才奠定了业内龙头的地位。上次合约到期,太平洋银行也是无条件续约——"

"那又怎么样?此一时,彼一时。"童素打断了杜明礼的话,"你又不是不知道,太平洋银行一直不放心将信息与数据安全交给别的公司负责,只是当时他们的技术没达到那种层次,不得已才公开招标。但在私底下,他们从没放弃过网络安全与银行系统的自主研发和维护。"

太平洋银行董事长谢蔚林是一个极有远见的人,早在几年前,就已经意识到伴随着互联网的高速发展,网络信息安全对银行的重要性会越来越高。所以,太平洋银行一方面以每年三千万的高价招标,只为选出国内最顶尖的网络信息安全公司,为太平洋银行打造宛如铜墙铁壁的防火墙。

但另一方面，谢蔚林在一些事情上又非常固执。比如，他坚持太平洋银行系统的更新、升级与维护，主要还是交由太平洋银行自己组建的网络安全部负责，该部门的主管就是谢蔚林从斯坦福留学归来的外甥贾云豪。

为了提高网络安全部的综合实力，太平洋银行这几年重金从国内外挖来数百位顶尖的计算机人才，对设备的更新升级也毫不手软，粗略算算，砸下去的钱接近三十亿元人民币。

正因为如此，童素一点都不惊讶于太平洋银行不想续约。

人家找你只为过渡，如今羽毛丰满，可以不要你了，干吗还要每年支付三千万的费用，还让你掌握他们的部分核心数据信息？

杜明礼虽然清楚这么个道理，却还是有点担心："如果不能与太平洋银行续约，外界会不会谣传我们公司不行了？毕竟上次湖滨市智慧交通系统被攻击的事，虽不是我们防火墙的问题，但在不懂行的外人看来，我们确实被'Joker'钻了空子。"

童素想了想，觉得也对："那就再去接个大单子吧！堵住这些人的嘴。"

杜明礼苦笑道："夜神，太平洋银行市值超过一千亿美金，要在国内找和它同等规模，又对网络信息安全那么重视，愿意与我们合作的企业，可不是一件容易的事情啊！"

童素还没来得及回答，手机就响了。

夏正华打来的。

童素立刻坐直身子，迫不及待地接听电话："夏厅，又有需要我的地方了吗？"

夏正华语调中满是关切："童小姐，你的病情好点了吗？"

从云南回到湖滨市后，童素就因为这段时间高强度的负荷、长时间的精神紧绷以及不充足的睡眠，直接发烧到39.5摄氏度，在医院躺了三天。出院之后，又被迫在家里休息了四天，只能天天对着德芙说话，闲得都快长毛了。

所以，一听夏正华发问，童素立刻道："好了！早就好了！我现在精神抖擞，不能再健康了！"

夏正华莞尔："那就好，你能来一趟吗？专案组这边需要你的技术援助！我们发现了新的线索！"

童素就等着这句话："好，我马上到！"

然后，她将背包一拎，扔了句"我有要紧事先走了"，就跑得不见踪影。

杜明礼仰天长叹，只能接受公司的灵魂人物忙于缉毒，无心商务的事实。

新的线索来自郑方。

鉴于郑方的真实身份是万象集团的"黑桃 Q",他所创办的那家房地产公司,以及平时接触到的人物,全部被专案组视为嫌疑对象——审查。

这一查,就查出问题来了。

郑方这家房地产公司的股东基本上都不是什么正经人。

简单地说,涉黑。

这些人名下的产业,夜总会、皮包公司、当铺算是最正经的了,什么高利贷公司、卖淫窝点、催债公司、地下赌场,甚至还有黑市拳场,不一而足。

这也不奇怪。

陈云升虽然是万象集团在中国大陆乃至东亚的钱袋子,但也不意味着所有毒资都要走名韵集团。通过这种本来就处于灰色地带,甚至违法的产业来洗钱,不是更加安全隐蔽?反正大家的钱来路都不干净,谁也不会去多事。

专案组以雷霆之势,将这些黑恶势力全都抓了进来,逐一审问。结果没想到,竟从一个黑社会老大嘴里问出了一件案子。

"他说,郑方杀过人。"

听见傅立鼎这么说,童素有些不解:"郑方不是雇佣兵吗?对于他这种人来说,杀人就像杀鸡似的,又有什么奇怪?"

"雇佣兵杀人确实不奇怪,但你知道他杀的是谁吗?"傅立鼎也不卖关子了,直接告诉童素,"张子恒的父母。"

童素吃了一惊:"什么?"

傅立鼎叹道:"我们第一次听到这个消息的时候,也很吃惊,怎么都想不到世界上竟然有这么巧的事情。张家籍贯是之州省,郑方却在广东,这是怎么连起来的?但仔细问下去,发现这是真的,口供在这里,你自己看吧!"

说着,就递过来一沓材料。

童素心中满是疑惑,将口供一目十行地看了下去。

原来,张子恒的叔叔由于犯了过失,导致集团出现重大损失,一向包庇他的兄长为了给董事会一个交代,不得不将他"贬"到广东开拓分公司。这一来,山高皇帝远,没人管他了,一向不务正业的张子恒的叔叔更加花天酒地,与当地的一帮黑社会泡在一起。这群人中,就有不少与郑方来往密切的。

张子恒的叔叔这人酒品不好,每次喝多了,什么话都往外说,比如抱怨哥哥因为他的一点点小错就故意借题发挥,打压、架空自己,发誓一定"要给对方一点颜色看看"

等。有一次，这家伙醉后无意中吐露，自己近来认识了一位"贵人"，本事通天，又视他为兄弟，答应帮他出气，让他不再受哥哥的压制。

酒桌上的吹牛，谁也不会当真，但很快，张氏集团董事长夫妇在加拿大因煤气中毒而死，其弟接管产业的消息传回国。这位黑社会老大就有些坐立不安了，觉得事情未免太巧，立刻派人去查张子恒的叔叔前段日子的行踪。

郑方有很强的反侦察能力没错，但张子恒的叔叔没有啊！黑社会大佬很快就发现，张子恒的叔叔隔三岔五就去各大名寺拜佛，他派人混在香客里，偷听到张子恒的叔叔一个劲地求神佛保佑，说自己只是鬼迷心窍，听郑方有"门路"可以让他哥哥再也构不成障碍时，鬼使神差地点了头，他也不知道郑方真会杀人啊！

这家伙的话，黑社会老大是一句也不信——如果你真心有愧，就该好好对待侄子才对，为什么一分钱也不给张子恒，直接将他赶出家门？明明就是恨不得他们死，又不敢承担杀人的责任！

但这位黑社会老大也不是多事的人，知道这件事后，不仅没对任何人说，自己也装作若无其事的样子。只是从此疏远了张子恒的叔叔，与郑方也是尽量不牵扯，除了之前已经有的合作不敢退出外，后来再没有一起做项目。直到进了专案组的审讯室，为了有立功表现，才第一次说出这段往事。

"这可真是……"童素有些唏嘘，也颇感疑惑，"万象集团的高层，会与一个普通的商人称兄道弟，还帮对方杀人？我怎么觉得他别有用心呢？"

傅立鼎点头："张家是做ATM机（自动柜员机）的，几十年前，这玩意儿基本上都是外资垄断。后来国产品牌慢慢发展起来，市场占有率渐渐变高，张家就一度是国内ATM厂家的龙头。张氏兄弟中，哥哥精明厉害，嫂子也十分能干，夫妻白手起家，创下这么大一份家业；弟弟却与其兄性格截然相反，无能、庸碌、沉迷酒色，心肠还十分狠毒。你们想想，如果万象集团觊觎张家的产业，当然是逼弟弟就范更容易。"

童素意味深长地说："ATM机啊！"

这一瞬，她已经想到了七八种利用ATM机洗钱的方式，例如在机器中植入一个小程序，不断吐钞但不会记录在案；又比如利用程序，储户通过ATM机存款时，暗中将真钞识别成假钞，直接吞掉；等等。

可是不对啊——利用ATM机盗刷等，其实非常容易被发现，万象集团想通过控制ATM机的方式来大规模洗钱，应该没多少机会。

我国最大一笔ATM机的盗刷案件，是由一个工程师做下的。该工程师本来就是银行总部的工作人员，平日里主要负责测试银行核心系统的漏洞。某天他发现，该系统有个漏洞是，在跨行 ATM 机取款后，取款成功但不会计入账户。

按理说，发现漏洞后，他需要将它提交，真正的实施测试需由其他部门来做，而且不能在生产环境下做。可他鬼迷心窍，利用这个漏洞去为自己谋利，时间长达两年，涉案金额超过七百万，最后被缉拿并判刑。

想到这里，童素挑了挑眉："光对 ATM 机动手还不够，想要靠这种办法弄走银行的钱，必须内部有人才行。"

这个判断，专案组也很认同，就听童素又问："张家只做 ATM 机吗？"

"当然不止，与银行业务相关的不少机器，他们公司都有在做。但前几年因为张子恒把他叔叔家杀了，这种《王子复仇记》似的桥段，外界传得沸沸扬扬。大家都在八卦豪门恩怨，张氏集团的股票连续跌停了很多天。最后，张氏集团因为经营不善而退市，破产，生产线也被同行买去了。"

他俩还在讨论张氏集团的兴衰，耳边突然响起一个机械的声音："你们难道就不奇怪，警察都认定是一场意外事故，张子恒为什么会知道他父母死亡的真相？"

是 NULL。

这位游离于真实和虚幻之间的顶尖黑客，永远能第一时间找到最核心的问题。

而他的话，也让傅立鼎和童素的表情都严肃起来。

NULL 说得没错，张氏集团董事长夫妇当年前往加拿大，探望在那里读书的儿子，住处的煤气管道却出现泄漏，导致张氏夫妇中毒而死，这个案子也闹得挺大。毕竟张氏夫妇是中国知名企业家，死状又很惨。加拿大警方介入，查了很久，最后得出的结论是"意外"。

张子恒当时只是一个不认真读书、天天就知道吃喝玩乐的富二代。父母一死就六神无主，还以为自己能继承张氏集团。结果被叔叔以"你还未满十八岁，我暂时充当你的监护人"为由夺走了公司，赶出家门，他也不是没办法吗？

至于张子恒后来为什么会成为雇佣兵，又是怎么知道他父母是被叔叔买凶所杀……这些跌宕起伏的故事，童素本来一点都不关心，现在却不得不重视了。

幸好，张子恒虽然杀了陈云升，但还在法院审理阶段，仍然被关在山城监狱，这就让专案组有了继续提审张子恒的机会。

"为什么会成为雇佣兵？"

张子恒苦笑道："说起来也不光彩，我爸妈死后，叔叔接管了我的监护权，扣下了我的护照，又不给我钱，导致我只能滞留大洋国，无法回到中国。后来，我身无分文，流落街头，只能随便找了个公园睡了一晚上，第二天醒来时发现自己在一个实验室里，被人当作'肉猪'给卖了。

"那个实验室在进行人体和药物实验，我也不清楚涉及什么方面。只知道身边的人越来越少，自己的状态也越来越不对，有时候连路都不会走了。不是那种脚麻了，走不动的感觉，而是觉得自己一会儿轻飘飘，一会儿又很沉——"

他还没说完，就见童素微微蹙眉："这种情况，很可能是骨骼重量和密度发生了改变，才会暂时不适应。"

NULL 也道："他的听力也经过特殊改造，否则不会听见特定频段的声波。"

傅立鼎则是深深感慨："张子恒是扛过来了，那没扛过来的人呢？会不会直接死了？做这样的实验，要死多少人？这种非法实验室，真实灭绝人性啊！"

他们几个在审讯室外讨论得激烈，审讯室内，张子恒还在继续回答专案组的问题。

从富二代到流浪汉，再从流浪汉到试验体，最后从试验体到雇佣兵，短短几年内，张子恒经历了无比跌宕起伏的人生。他想了想，觉得雇佣兵也挺好，一人吃饱全家不饿，也就没了回国的想法。反正回来也没意思，世界上最爱他的两个人已经去了，家散了，留一个屋子又有什么用呢？

直到后来，他认识了贺秋芳，又有了贺萌萌这个女儿，才重新踏上中国大陆的土地。

因为他突然想起母亲有个祖传的玉质弥勒佛，据说请高僧开过光，非常灵验。母亲早就说过，这个弥勒佛将来要传给孙女，能保佑孙女一辈子平平安安。那东西很值钱，他料想叔叔婶婶不会随便卖了，决定偷偷拿出来，送给贺萌萌。

在张子恒心里，这不是偷——玉佛本来就是他的，这叫物归原主。

谁知他刚潜入别墅，还没来得及动保险箱，他叔叔就突然回来了，一边打电话一边进书房，砰的一声关上门，就开始咆哮。

不知道对面那人说了什么，他叔叔的情绪崩溃了，吼着"这种日子过着有什么意思，比傀儡还不如，说的每句话，做的每件事，都要按'他'的意思来。要不是当年鬼迷心窍，让'他'解决我哥的时候被录了音，我也不至于被人抓住了把柄，要挟那么多年"。

听见这句话，张子恒气到简直血液都要沸腾了，直接冲出去，一把拎住叔叔的衣领，质问他为何做出这么没人性的事。他叔叔当时吓坏了，拼命呼救。这时的张子恒早就丧失了理智，在叔叔身上割了上百刀，看着他因失血过多而死。

审讯室内，张子恒还在追忆过往。

审讯室外，童素和 NULL 已经全力开动。

"张子恒犯下杀人案那天——5 月 11 日，下午两点三十二分！查他叔叔的通话记录！临死前的最后一通电话是打给谁的！"

很快，答案就出来了。

周志超。

蓝石投资现任 CEO，曾是太平洋银行的高管。

夏正华立刻联系北京警方，要求他们协助逮捕周志超。

结果，传来的却是一个令人震惊的消息——就在两个小时前，周志超在家中引火自焚，死状十分凄惨。

# 第二十二章　顺藤摸瓜

死者，周志超，52岁，现任蓝石投资CEO。

海归财经博士，一回国就直接加入太平洋银行，任职十八年，做到总行的高管。五年前他离开太平洋银行，加盟蓝石投资，成为蓝石投资华南地区的负责人。

三年前，多年担任蓝石投资CEO的李人杰辞去职位，接受中东哈扎维王子的聘请，去大洋国为王子打理一个两百亿美金的基金，周志超就接任了李人杰的位置，掌管整个蓝石投资。

鉴于郑方参与了对张氏集团董事长夫妇的谋杀案，而张氏集团又曾经是太平洋银行最大的ATM机等银行设备的供货商，专案组判断，如果张子恒的叔叔被卷进了利用ATM机盗刷太平洋银行现金的案子，那么在银行里应外合的人，很可能就是周志超。

只不过，张子恒的叔叔一死，张氏集团不行了，周志超也不敢继续，所以才离开太平洋银行，去了蓝石投资。这就是后来素数科技接管太平洋银行的信息安全维护工作后，没发现任何问题的原因——因为周志超已经将这个漏洞补上了。

但周志超到了蓝石投资后，并没有消停。

蓝石投资的钱本来是分散存放，与国内各大银行都有往来。但在周志超上任的三年中，蓝石投资旗下的资金基本都转存到了太平洋银行。

由于他曾在太平洋银行任职，所以并没多少人觉得奇怪。

"太平洋银行每年花三千万遴选国内最好的信息安全团队，打造最坚固的防火墙，安全性最佳"，这是他给外界的理由。

在确定太平洋银行很可能是万象集团一个重要的洗钱中转站之后，夏正华带领专案组的部分成员，包括童素，一起来到了深圳太平洋银行的总部。

太平洋银行的董事长谢蔚林本来在新加坡参加世界各大银行行长齐聚的一次重要经济论坛，听见专案组到来，第一时间飞回深圳，亲自陪同夏正华查案。而他只有一个请求，希望专案组能网开一面，无论查到什么，尽量不要对外界公开，以免动摇太平洋银行的公信力。

谢蔚林回来后，立即将自己的权限开放给了专案组，全力配合调查太平洋银行与蓝石投资的全部账目往来。对他来说，查清其中的猫腻，也是至关重要的。

　　专案组紧张对账的时候，童素走马观花，浏览太平洋银行的一些数据，突然自言自语："奇怪。"

　　很轻的两个字，却将众人的目光吸引了过来，尤其是谢蔚林，颇有些坐立不安。

　　这位千亿级公司的老总虽人到中年，却保养得非常好，举止儒雅，风度翩翩。但他的眉宇之间，还是有一抹隐藏得很深的焦虑。

　　夏正华知道童素不会无的放矢，便问："有发现？"

　　"不清楚。"童素将一系列数据拉上去，又拉下来，反反复复看了好几遍，才说，"这部分，我觉得有些奇怪。"

　　夏正华立刻通知财务专家们重点核查，但给出来的反馈却是没有问题，这部分的账非常平，没有假账，更没有坏账、死账。

　　而且，这些账目与蓝石投资毫无关系，只是太平洋银行广州分行一个月外汇的进出记录。

　　专家们虽然非常信赖童素的黑客技术，但也委婉建议，在财务问题上请童素不要添乱，增加他们的工作量。

　　童素眉头紧锁，总觉得哪里不对。可她只是对数字敏感，对财务确实不精通，不清楚究竟是哪里出了差错。

　　谢蔚林犹豫了一下，才问："童小姐认为是什么问题？"

　　"就是觉得有点不对。"童素也说不上来，只能反复强调，"我就是觉得这部分的账有问题。"

　　这时，耳机中突然传来 NULL 的提醒："汇率。"

　　童素立刻调出相关日期的汇率显示，眼睛一亮，马上让谢蔚林和夏正华过来："你们看，1月7日这天，人民币对美元的汇率是 6.2∶1，但到了1月30日，人民币对美元的汇率已经到了 6.9∶1。在这种每天一睁开眼，汇率就往上升，人民币不断贬值的时候。太平洋银行广州分行，居然每天外汇进出的金额数量都和前一天差不多？怎么可能？"

　　谢蔚林和夏正华比她更懂金融，立刻就意识到不对劲。

　　按理说，如果汇率短期内变化这么大，一定会有一个波动曲线才对，账目绝不可能这么平。尤其一线城市，对汇率更加敏感，变化也应该更明显。比如在深圳汇聚了很多海外代购，汇率的变化极度影响他们的生意，一旦汇率发生巨大变化，他们就会囤积或抛售外币。

这些人的能量加起来不可小觑，至少会让曲线有个小小的起伏。

"这些账目，被人改过！"

童素和NULL的判断，给了专案组一个全新的思路。

顺着这条线索，专家们把太平洋银行重要分行的账目粗略地盘点了一下，发现京津冀和长三角还好，一月的外汇买卖曲线至少有波动；两广、福建等却成了重灾区，不仅广州分行、深圳分行、福州分行的外汇买卖曲线平得毫无起伏，就连规模稍微小一点的厦门、柳州等分行，情况也不大妙，财务数据明显都被篡改过。

这个噩耗，让谢蔚林的脸色变得异常难看，他心情沉重地深深叹了口气，摇着头说："我从来没有想到，我一手创办的太平洋银行竟会出这样严重的疏漏！唉……"

冰冻三尺，非一日之寒。太平洋银行会成为万象集团洗钱的中转站之一，并且被渗透得如此千疮百孔，一方面是敌人有意算计，另一方面也是太平洋银行内部的管理上出了问题。

不过在场的每一个人心里都明白，对一家大银行来说，这样的恶性事件，已经不是"疏漏"二字能描述的了，必定有在太平洋银行身居高位并深受谢蔚林信任的人从中捣鬼，才能瞒天过海得如此顺利。

夏正华沉吟片刻，皱着眉道："万象集团行事一向非常小心谨慎，如果我们打草惊蛇，他们就会用最快的速度消灭证据，不让我们继续查下去，周志超的死就是前车之鉴。"

他这样说也是有原因的——周志超死得太"及时"了。

专案组这边刚借助郑方这条线，将目标锁定在蓝石投资的周志超，周志超就在自己的书房里引火自焚。

大火扑灭的时候，书房也烧成了一片废墟，什么有用的信息都没留下。

至于网上的记录，那就更不用说，干净得像一张白纸。

很显然，岩罕也想到了，郑方的身份一旦暴露，中国警方肯定会去查郑方过往二十多年的经历。他是宁可错杀，不可放过，务必将一切线索掐灭在初始阶段。

岩罕的黑客实力可不是摆设，他彻底销毁掉的内容，哪怕童素和NULL出手，也只能查到有东西被删除，却没办法恢复。

夏正华与万象集团当了这么多年的对手，心里很清楚，周志超死得越蹊跷，证据毁灭得越干净，就越证明太平洋银行的这位"内鬼"对万象集团来说至关重要——重要到万象集团时时刻刻在关注蓝石投资，一旦发现情况不对，立刻弃车保帅——宁愿让周志超死，也绝不让他有机会供出万象集团在太平洋银行的内鬼究竟是谁。

169

这样反向推理，目标范围已经很小了——值得万象集团这样保的高管，放眼太平洋银行也没有几位。

为此，夏正华轻轻拍了拍谢蔚林的肩膀，尽量让这个几乎处于崩溃状态的大银行家放松下来，然后才问：“谢董事长可知，贵行的高管们，有哪几位的家人一直在国外？”

他的问题是有针对性的，因为傅立鼎之前已经查到，周志超远在加拿大的家属已经失踪三天了。

借助 NULL 的帮助，特警们把周家别墅附近的监控全调了出来，并追溯到一个月以前。

大家对着视频分析了整整一天，终于将嫌犯锁定为周家附近一对看似和和睦睦的白人夫妻。他们是在一周前才突然搬来的，明显就是练家子，枪不离手，警觉性也很高，时刻有意躲避摄像头，让人无法看清他们的正脸。

周家人失踪的当天，这对夫妻也消失了，最后被监控拍到的画面是他们开着一辆黑色的越野车，离开了这座城市，看上去像是要出门旅游。看那辆车的大小，坐七个人绰绰有余，恰好能把周志超的老婆、儿子、儿媳、孙子和孙女塞下。

专案组的刑侦专家们认为，这两人应该是万象集团临时派来监视周家人的雇佣兵，一旦情势不对，就立刻绑架周志超一家，拿他们当人质，胁迫周志超，这就能解释周志超为什么自杀得如此"爽快"了。

家属在别人手里，不得不听命，仅此而已。

岩罕是一个疑心病很重，而且行事不择手段的人。为防止那些被万象集团以各种手段拉下水的"内线"反咬集团一口，派雇佣兵监视对方的家属，一有不对就绑架、威胁乃至撕票——这种事，岩罕绝对干得出来。

再说了，岩罕本就干过绑架贺家母女威胁张子恒的事，现在故技重演，再次通过绑架亲人胁迫周志超自杀，又有什么奇怪？

谢蔚林在弄明白夏正华为什么突然这么问之后，斟酌了一下，苦笑道：“您该问，究竟有几位的家人不在国外，这我还能算得出来。”

太平洋银行的高管，基本都把孩子送到国外去读书了，不少还是老婆专门辞职一起去陪读的。万象集团如果要找绑架对象，一找一个准。

好在谢蔚林自己的独生子已经从英国读完大学回国工作，要不现在他肯定也沉不住气了。

这时，一直沉默仿佛在思索什么的童素，突然来了一句：“这账目，究竟是报的时候就改了，还是录入之后再改的？”

"当然是录入之后。"谢蔚林非常笃定,"太平洋银行不仅全程联网,每个柜台上也有摄像头,监控每一笔钱的进出。钱库更是每天都要结算清楚,工作人员才准下班。不仅如此,每周、每月、每季度以及年底,我们都要对账目进行盘点,就是为了防止出问题。如果上报的时候有问题,就算支行乃至分行那一关过了,到了总行,账目对不上,当场就能查出来。所以,分行的行长就算被万象集团收买也没用,他们顶多有批贷款的权限,但想要动外汇的收入和支出,绝对不可能。"

当涉及钱,人性从来经不起考验,更别说太平洋银行每天进出的金额都是天文数字,一旦出了人祸,后果不堪设想。

为此,太平洋银行从创办伊始就设立了一套非常完善的稽查和复核机制。到了互联网时代,更是斥重金完善系统和防火墙,不光是为了防止外部的黑客攻击,也为防止内部人员利用权力,中饱私囊。

现在看来,太平洋银行分行一级出问题的可能性不大,因为分行能做到的事情非常有限,也根本没权限去其他分行的单据上搞手脚。想要做到大批量地改动外汇账目,只有银行总部的高管才有可能。

童素想了想,问道:"谢董事长刚才说,每到年底,太平洋银行就要大盘点?那像我们刚才发现的账目问题,年终盘库的时候能被查出来吗?"

这个问题让谢蔚林又恢复了自信,他轻轻颔首:"我们的年终大盘点盘得非常仔细,只要是假账,基本上都能查出来。"

年终的大盘点,一向是太平洋银行抓得最紧的,最容易查出问题。

但换句话说,如果这一关过了,一般来说也就结了。除非碰到大事,否则谁也不会去翻往年陈账。

越往后拖,被发现的可能就越小。

"无论内鬼是谁,既然他们改的是 1 月的外汇,就要担心年终的盘库。这些账就算做得再怎么平,终归是假账,在这么多专业人士检查的情况下,被发现的概率很大。"童素缓缓道,"现在已经是 9 月底,留给他们的时间不会太久。"

谢蔚林点头:"一般来说,我们 11 月末就会开始准备年终大盘点了。"

童素心里有底了。

她的脑子一向转得快,早就想到,此时如果明着去查,必定会打草惊蛇,不知道对方会有哪些后手。指不定等他们查到谁是内鬼,万象集团又抢先令内鬼"自杀",掐断线索,就像之前几次那样憋屈。

既然如此,不如暗中来。

"距离年终盘库也就两个月了,那个内鬼肯定很急。"童素扬起嘴角,露出了自信的笑容,"如果这时候,我们给他一个'天赐良机'呢?"

谢蔚林不解:"童小姐的意思是……"

童素将自己的想法和盘托出:"我利用黑客手段,攻击太平洋银行的安全系统。贵行暗中与我唱一出双簧,假装系统被攻陷。那个内鬼一定不会放过这个'千载难逢'毁灭犯罪证据机会,届时,我们只要守株待兔,就能将对方揪出来!"

谢蔚林和夏正华思忖片刻,都觉得童素这个建议可行。

但凡假账,就没有不怕被人查的,因为要查,肯定能查出问题。偏偏太平洋银行的年终盘库一向盘得非常仔细,这份假账就算瞒天过海了近一年,到了年底也混不过去。一旦东窗事发,内鬼肯定无处隐藏。

如果这时候,一个让自己彻底安全的机会摆在面前,对方会不心动?

只要太平洋银行的系统被黑客攻陷,那个内鬼就可以借助这个机会,将有问题的账都删除干净,然后往"黑客攻击"上一推,事情就了了。

谢蔚林认为童素这个思路很好,可以试试,就说:"那我现在就叫云豪过来,与童小姐配合。"

"等等。"NULL突然出声,"我来。"

童素有些不解,就听见NULL说:"我的公司业务恰好有'合法进攻'这块,谢董事长可以对外宣布,说聘请我们来对贵行进行合法进攻,以检验贵行防火墙的安全性。童小姐则守在贵行的网络安全部,静观其变。"

谢蔚林怔了一下,才道:"云豪是我的外甥,NULL先生难道还信不过他吗?"

NULL知道太平洋银行网络安全部的部长贾云豪是谢蔚林的亲外甥,贾云豪的母亲,即谢蔚林的姐姐也是太平洋银行的创始人之一,现在虽然已经退休不管事了,但手上还捏着太平洋银行7%的股权,地位举足轻重。

这也是谢蔚林为什么放心把网络安全部交给贾云豪的原因,既专业对口,能力出众,又是自家人,总比外人可信几分。

而且行业里都知道,这个贾云豪曾瞧不起童素,给过她难堪。等童素用实力让贾云豪当众丢人后,贾云豪更是一直没给过童素好脸色。

这次素数科技与太平洋银行还没有续约,主要原因是太平洋银行自身的防火墙系统已经非常完善,网络安全部也武装到牙齿,谢蔚林认为不需要再请外援,但贾云豪也"功不可没"。

正因为如此,NULL虽没见过贾云豪,但对此人没有任何好感,闻言就淡淡地将谢蔚林的话给顶了回去："那倒没有，只是童小姐应付危机的本领更令人信服。"

言下之意，就是说贾云豪能力不够。

谢蔚林没办法辩驳。

他对外甥有多少本事，心里还是清楚的，厉害是很厉害，但要与童素、NULL 这种顶级黑客比，始终有一定的差距。

而且在太平洋银行高管都有嫌疑的情况下，单独给贾云豪完全透底，说这是一次"引内鬼出洞"的诱饵行动，确实也不好。

想明白这两点之后，谢蔚林很快就点了头："行，同意 NULL 先生的说法，那我立刻喊云豪过来。"

说罢，他让助理通知贾云豪来董事长办公室一趟。

没多久，敲门声响起。

不等谢蔚林说"进来"，门把手已经被轻轻拧开，一个戴着金丝眼镜，文质彬彬的英俊男人很自然地走了进来，笑着说："舅舅，你找我？"

话一说完，他才看见坐在一旁的夏正华和童素，不由得挑了挑眉，笑意也收敛了："童小姐？"

"云豪。"谢蔚林略带责备地喊了贾云豪一声，但看得出来，他对这个外甥非常亲近，"童小姐今天来，是受我的邀请，帮我们检测系统是否有漏洞。"

霎时间，贾云豪脸上堆满了不悦的神情："我们早就请世界顶级的信息安全团队测过，对方赞不绝口，说我们的系统完美无缺，可以打一百分，没必要再测一次吧！"

他摆明了不欢迎，童素也客气不到哪里去："测试团队来的时候，你们全副武装，严阵以待，又提前商量好了让对方用什么手法攻击，测出来的结果有参考价值吗？如果你真对太平洋银行的安全系统这么自信，敢试试我朋友公司的'合法攻击'吗？"

贾云豪是一个非常骄傲、争强好胜的人，一见童素挑衅，毫不犹豫地满口答应："无论什么攻击，我都全数奉陪！"

# 第二十三章　意料之外

所谓的"合法攻击",就是作为白帽的 NULL 带领整个"π"团队,用黑帽的方式,不择手段地对太平洋银行发起网络进攻。

不提前预知时间,不通知攻击方式,不会手下留情……"π"团队会像那些真正对太平洋银行垂涎欲滴的黑客团体一样,用最疯狂、最狡猾也最凶猛的攻势,展开攻击!

传统的信息安全测评,就像战术演练。再怎么精彩,也只是演习。双方都知道这不是真刀真枪的战斗,不会死人,总少了那么一分味道。

区区演习赛,是没办法测出一个人的真实水准的,只有将他扔到真实的战场,才能展现这个人的本事!

就让整个太平洋银行的网络安全部以为,他们遭受到了一个神秘黑客组织倾尽全力的攻击,不得不用最大的力度来防御!只有这样,他们面对危机时的真实水准才会被逼出来!

"云豪,我让童素小姐配合你,万一我们的系统真被攻破,你们就需要做好最后的防范——就是防止'π'团队不讲信用,趁火打劫;或者有别的黑客团体混进来,想坐收渔翁之利!"

这就是谢蔚林、夏正华和童素商量好的说辞,不让贾云豪知道太多。

"1、2、3,开干!"随着 NULL 的一声指令,让整个黑客界崇拜的"π"团队,开始对太平洋银行展开猛烈的进攻!

霎时间,整个网络安全部就动了起来!

"大型 DDOS 攻击!"

"立刻开放 10% 的带宽应对!"

童素跟着贾云豪到太平洋银行网络安全部的时候,看见网络安全部的技术员们不慌不忙,一边喝咖啡,一边轻松应对。

她并没有做出评价,贾云豪见到这一幕,却带了点自得地开口:"我说,你还真是不死心啊!自己不行,就让朋友上?但现在的网络安全部,早就不是你四年前看到的那个刚组建的简陋班子了。如今我们的网络安全能与阿里巴巴、万全天盛媲美,想找人攻破我们的系统,证明我们的安全系统还有漏洞,需要加强防护,达到让我们继续和你们公司合作的目的,这条路可走不通。"

"你对'不行'两个字,怕是有什么错误的定义吧?"童素反驳起他来,从不含糊,"还有,万全天盛的安全部门,也已经在和我们公司洽谈合作事宜了,我们还真不缺太平洋银行这一单。"

贾云豪立刻拉下脸:"你这人真不讨喜。"

童素冷笑道:"我又不需要你喜欢。"

贾云豪像被噎到了一样,好半天才扔下一句:"我先去办公室处理点事情。"

然后,他就匆匆地离开了,看那架势,竟有几分像落荒而逃。

童素见此情景,倒是愣了一下。

这时,耳机中已经传来 NULL 的声音:"你说他针对你,我看不像。"

但后半句"我倒觉得,他喜欢你",都到嘴边了,却被 NULL 生生咽了下去。

不知为何,他对童素接触的所有男性,都会本能地生出一丝醋意。难道,对一个女孩关心,就会这样吗?从未真正谈过恋爱的 NULL,不明白自己的情绪,为什么会被连着耳麦的这个女孩莫名地牵引。

"是吗?我就觉得他今天怪怪的。"童素满腹狐疑,总觉得哪里不对。

NULL 没接话。

童素以为 NULL 忙着攻击太平洋银行的防火墙,没工夫继续听她说话,也就没再问。

她一边往贾云豪的办公室走去,一边环顾四周,就见技术员们的脸色已经凝重了起来。显然,"π"团队的攻势汹汹,已经不是他们轻易就能应付的,需要使出浑身解数才行。

整个太平洋银行网络安全部,只有贾云豪了解这不过是一次用于测试的"合法进攻",其他人都不知道真实情况,所以根本不可能给"π"团队放水,这是一场真实的惨烈厮杀。那边 NULL 已经坐上了指挥台,这边贾云豪作为主帅,也要站出来才行。

等等!

童素突然反应过来,今天的贾云豪为什么让她觉得奇怪了!

以她对贾云豪的了解,此人虽然自大又自负,但对舅舅谢蔚林一向十分尊敬,从没有当着外人驳过谢蔚林的面子。偏偏刚才,谢蔚林一提要请其他公司来检查系统漏洞,贾云豪就直接反驳了。

虽然贾云豪立刻找补回来,但童素回想起他当时的一言一行,可以肯定,那番拒绝的话，绝对是贾云豪本能的反应！

他不希望有人碰太平洋银行的安全系统，为什么？

童素脑子转得很快，想起刚才自己和贾云豪的一番对话，之前不觉得有什么问题，现在越想越觉得，对方只是找个理由和自己分开！

贾云豪是谁？

太平洋银行网络安全部的主管，风光无限的青年归国才俊，谢蔚林的外甥。

随便一个身份亮出去，都会闪瞎人的眼睛。他怎么这么容易就"落荒而逃"？无疑，这是找机会支开她的手段！

想到这里，童素脸上一冷，三步并作两步走到贾云豪的办公室门口，就发现里头空无一人。

贾云豪不在这里？他会去哪儿？跑了？

不对！

童素想到一个地方，也来不及对 NULL 交代一句，直接飞奔到网络安全部的总控室，打开虚掩的房门，往里面看了一眼。

也没人？

童素满心狐疑，慢慢地走了进去，才走没两步，背后就有一股大力，生生扼住了她的脖颈！

被死死扼住的那一瞬，童素只觉呼吸困难，眼前发黑。

我会死吗？

一片空白，无法思考的大脑中，只有这么一个念头。

但本能告诉她，不可以放弃挣扎，所以她用尽力气，将手中一直捏着的手机重重地往外扔去！

"啪！"

手机摔碎的声音，在寂静的房间响起。

扼住童素的那只手突然松开，将她掼到地上。

童素缓了好一会儿，眼睛才能重新看见东西，便瞧见贾云豪狰狞的面孔浮现在眼前，整个人都在不断喘着粗气。

她想要支撑着站起来，才发现右手刺痛，估计是骨头被摔伤了。

明明是钻心地疼，但她却笑了，声音虽然因为刚才被扼住，导致有些嘶哑，语气却非常镇定："我一直与专案组保持连麦，手机一摔，他们听不到声音，就知道我肯定出事了。而我身上带有 GPS 定位装置，夏厅马上就能找到我。"

她话音未落，走廊上已传来脚步声，随即就是开门的声音。

贾云豪情急之下一把将童素扯起，用左手掐着她的脖子，一个劲地往后退。看到服务器架子上放着一把用来开机箱的螺丝刀，右手顺手拿了过来，把尖头一面对准了童素的太阳穴。这时，就见两个正好路过的银行保安闻声进来查探。

保安见状大惊失色，刚想向上级汇报，却发现夏正华和谢蔚林已经带着专案组的几名特警，冲了过来。

面对眼前的这副场景，谢蔚林哪还有什么不明白的，气得浑身发抖："云豪，你怎么这么糊涂！"

"我没办法！"贾云豪双目通红，"颜寒手上有我的把柄！我不按他的要求销毁证据，我会死无葬身之地！"

无疑，他跑到总控室，就是想借这次"黑客攻击"的机会，把自己帮助万象集团洗钱的痕迹抹去，只是被童素撞破。情急之下，就想杀人灭口。

提到颜寒这个名字，谢蔚林还不清楚，夏正华却已经明白："你在大洋国读书的时候碰到了岩窀，被他拉下了水？"

谢蔚林也听懂了一些，立刻质问："你究竟做了什么？！"

"我——"贾云豪咬了咬牙，知道今天不能善了，索性心一横，吐出了多年来的梦魇，"我在大洋国的时候，因为酒驾，车开得太快，撞死了一个人。"

谢蔚林闻言，顿时倒抽一口冷气。

"这么大的事情，你居然瞒着……"

"不瞒又能怎么样！"贾云豪脸色冰冷，唯有一双眼睛，闪烁着彻头彻尾的疯狂，"不管是妈，还是舅舅你，全都是一副德行。一旦知道我犯了这么大的错事，一定会拖着我上法庭，让我接受法律的严惩！"

谢蔚林提高了声音："难道你不该吗？那可是一条命！"

"一条贱命而已！"贾云豪的情绪非常激动，"不就是一个流浪汉？社会的蛀虫、废物，活着也没有价值！凭什么要我拿一生去抵！"

这一刻，他仿佛回到了七年前，那个改变他命运的雨夜。

发现自己撞死人的那一刻，贾云豪的酒就醒了。

他选修了大洋国的法律，所以他很清楚，酒驾在大洋国本来就是重罪，撞死人就更严重了，是按故意杀人的标准处理，至少是二级谋杀罪，刑期十五年都是轻的，终身监禁也不是不可能。

贾云豪的第一反应就是打电话给父母，向他们求助，但他很快就意识到，不行。

他的父母、舅舅都是非常正直的人，遇到这种事，会请律师打官司，会花巨额金钱为他减轻刑期。但他们绝不会帮他掩盖这桩罪行，只会尽量不让他被判终身监禁，然后让他乖乖去坐牢，好好改造，重新做人。

就在他六神无主的时候，一旁的女伴突然提议，说可以去找颜寒。

北美的华人留学圈其实很小，大家都是熟悉的，但阶层分明。学霸和学霸玩，富二代和富二代玩，像贾云豪这种既是学霸又是富二代的人，还是与后者的接触多一些，可颜寒是一个他们怎么都看不透的例外。

像他们这些富二代，玩车，喝酒，泡女人，都是常事，唯独不怎么敢沾毒和赌，不沾毒是怕回国被父母打死，不沾赌是因为赌博这种东西，多少钱都不够输。就算富二代去拉斯维加斯，顶多也就凑凑热闹，小打小闹一把。

但传言，颜寒在拉斯维加斯有专门的贵宾座，赌桌的金额动辄上亿美金，不管是输是赢，没见他变过脸色。

这样的家底令富二代望而生畏，不敢靠近。

贾云豪知道颜寒与自己不是一路人，从来都是敬而远之，直到那天，撞死人后，又听见女伴的提议，他慢慢回过味，深深地看了女伴一眼，一颗心沉了下去。

他本就是极其聪明的人物，立刻明白，自己被人做了局。

所以，他的第一反应就是去探流浪汉的鼻息，发现对方没有呼吸后，还不死心，又硬生生地坐了半个小时，确定对方的身体真的冷掉之后，才明白，颜寒是来真的。

故意让女伴接近他，拼命给他灌酒，撺掇他酒驾，再让这个流浪汉恰到好处地冲出来，直接往他的车上撞，就此丧命。

喝酒是真的，死人也是真的，贾云豪不想坐牢，也是真的。

想明白这点后，贾云豪浑身冰凉。

他知道，自己玩不过颜寒，那是一个敢拿人命当棋子的人。

他现在只有两种选择，也就是颜寒给他安排好的两条路。

第一，跪下来，乖乖听命，一切自然有颜寒帮忙收尾；

第二，废掉自己的利用价值，滚去坐牢。只要他在牢里待个十几二十年，无论颜寒想要用他做什么，都不可能等这么久吧？

贾云豪不想坐牢，他是名校高才生，家境富裕，有大好的前途和未来，不愿为一个流浪汉偿命。

所以他明知自己被人坑了，还是不得不往里头跳。

等到后面，他慢慢清楚颜寒究竟是谁，背后又站着什么势力之后，这才脊背发凉，庆幸自己的选择没错——以颜寒狂傲偏激、不容许任何人违逆的性格，即使坐牢拒绝招揽，估计也会被直接弄死在大洋国的监牢里。

"我也不想的，我回国之后，就不想的！"想到自己多年来受制于人的痛苦和不甘，贾云豪嘶吼着说，"但我没有选择！他手上拿了我的把柄，太多的把柄！"

让贾云豪醉驾杀人，又帮他抹除痕迹，只是第一步。

想要一个人堕入深渊，被恶魔掌控，岩罕有太多的方法。贾云豪以为回国能摆脱岩罕，实际上只是掉到了更深的泥沼里。

"难怪这几年来，你一直针对我。"童素恍然大悟，"我以为你是个直男癌，见不得女人比你强，但其实你只是故意找碴儿，做出与我不和的样子，绞尽脑汁，想要把我们公司赶出去，不插手太平洋银行的信息安全。唯有如此，你才好在太平洋银行中的系统中动手脚，为他们洗钱做遮盖和掩护。"

其他人也反应过来了，岩罕控制贾云豪的手段，不正与郑方控制张子恒的叔叔的手段如出一辙吗？

张子恒的叔叔一时鬼迷心窍，委托郑方，杀了自己的哥哥和嫂子，从此成为郑方的傀儡，不得不对郑方言听计从；贾云豪也是酒醉杀了人，为了隐瞒真相，逃脱牢狱之灾，就变成了岩罕手上的一条狗。

再联想一下周志超，众人顿时不寒而栗。

万象集团操纵他人的方式，竟是通过各种手段让这些人手上沾染人命，实在太丧心病狂了。

童素也想通了。

太平洋银行早就被万象集团选中，成为他们洗钱的中转站之一，以前是通过周志超这个内鬼高管，加上张氏集团的 ATM 机，双管齐下配合。

等到张子恒把叔叔杀了，张氏集团因为这件事，股价大跌，最终被他人收购。加上那几年，谢蔚林已经有了让太平洋银行无纸化办公，并且改进银行核心系统，专注做好信息安全的想法。利用 ATM 机加内鬼动手的路渐渐走不通了，所以周志超就从太平洋银行辞职，去了蓝石投资。

但万象集团并没有放弃对太平洋银行的渗透，他们有了新目标，那就是贾云豪。

岩罕故意做局害贾云豪，无非就是看中贾云豪是谢蔚林的外甥，又是斯坦福计算机专业的高才生，一旦加入太平洋银行必定平步青云，而且最可能在新组建的网络安全部担任要职，是一个更合适的操纵对象。

所以，从贾云豪成为网络安全部主管的那一刻开始，太平洋银行就已经被恶魔入侵，成为洗钱的基地。

舅舅对他的深深信任，变成他伤害太平洋银行的刀刃。

贾云豪本就处在激动、狂乱之中，听见童素刺到他最伤心的话题，左手下意识地用力，童素顿时露出痛苦的表情。

"是你，都是因为你多管闲事！"

贾云豪疯狂地大喊："要不是你，我早就顺利摆脱岩罕了，不至于稍微改几个数据，转几笔钱都要小心翼翼！结果，岩罕被我的进度弄烦了，说我速度太慢，办事不力，把我抓到靶场，子弹就从我耳边擦过去！我跪在地上苦苦求饶，才换到了活命的机会，代价是帮他把太平洋银行的钱弄一千亿出去！好不容易没让你们续约，准备放手来做，结果你又跑回来，还带了警察过来！"

谢蔚林这才知道，全靠素数科技这四年来一直留心太平洋银行的信息安全，贾云豪畏惧她的存在，才不敢做得太过分。如果童素不在，贾云豪早就要放手大干，让太平洋银行蒙受更大的损失了。

这时大家明白，岩罕控制了贾云豪，不只是让贾云豪洗钱，转走太平洋银行的资产才是最终目的。所谓的"办事不力"，只是随便找个理由。贾云豪其实心里也知道，但他只能把责任推卸给童素，心里才好受些。

他情绪癫狂，手也不自觉地加大了力道。童素的脖子被卡得难受到快呼吸不过来了，双手拼命抓着贾云豪的胳膊，试图让对方松手。

等到贾云豪稍微放松一点钳制她的力道，她就立刻刺激对方，希望能让贾云豪分神，从而制造逃离的机会。

就听她一边咳，一边说："听你这语气，敢情1月开始你动广州、深圳等分行的外汇，还只是小打小闹？你这个人还有没有一点廉耻之心？"

"闭嘴！"

"你是怎么瞒天过海的？修改数据库的表格，把假账换成真账？还是直接设定程序，所有上报的钱都乘以系数，让账目缩水，一部分钱变成'不存在'？真没想到，太平洋银行推行无纸化办公，反倒便宜了你乱来。"

童素猜得很准，贾云豪协助万象集团，转移太平洋银行现金储备的方式，恰恰就是她说的这两种。

一开始，贾云豪只敢在后台偷偷改一两张数据表。

他研究过太平洋银行广州、深圳等分行每天的外汇收支，分析了历年的大数据后，算出平均值的区间和曲线，做了一批假的数据表。等这几家分行的外汇账目报上来，入库的那一刻，贾云豪就直接把假数据表覆盖掉了真的数据表。

例如，根据大数据的计算，太平洋银行的广州分行基本上每天要支出一百万美金的外汇，但这个数字不绝对。人民币升值的时候，承兑外币的人多一些，变成一百一十万美金。人民币贬值的时候，可能就是九十万美金。但贾云豪做的假数据表，每天支出的外汇都在一百到一百一十万美金之间。

由于他只动了十几家银行的外汇，与整个太平洋银行的巨大日收支相比并不算惹眼，曲线走势也像模像样，就没人注意。

"万象集团对ATM机动手的事情，你应该也知道吧？这几年信息化了，ATM机上的手脚才不好做了，前几年靠着这种手段，万象集团也积少成多，弄了不少钱吧？你明明知道，却一句话都不说，甚至帮着打掩护，对得起你舅舅吗？"

"闭嘴闭嘴闭嘴！"

童素生来反骨，脑子又转得比谁都快，贾云豪越是让她住口，她就越要刺激对方。

她很清楚，岩罕的胃口怕是不止于此。哪怕她现在受制于人，表现得也像自己掌控了全场："你刚才说，岩罕让你转一千亿出去。以对方的胃口，这一千亿的单位应当是美金，你从哪儿弄这么多钱给他们？莫非在我们素数科技不续约撤离期间，没人制约你后，你竟动了太平洋银行的储蓄？"

# 第二十四章　无法回头

贾云豪脸色铁青，却没有反驳。

因为童素说得没错，素数科技一离开，贾云豪在岩罕的死亡威胁下，沦陷得更深。

岩罕承诺，只要贾云豪从太平洋银行中转移一千亿美金给万象集团，岩罕不仅放贾云豪一条生路，还会付贾云豪一亿美金的佣金，并为贾云豪安排假身份，逃离中国，保证谁也抓不到他。

贾云豪心动了。

在岩罕的"指点"下，贾云豪的胆子越来越大，从修改数据表，到直接植入程序。

这个程序很简单，太平洋银行所有分行、支行每天的收入，在录入数据库的那一刻，都会触发这个程序，自动减少百分之一。

例如，太平洋银行广州分行今天吸纳的储蓄是一个亿，上报到总行系统内的时候，就神不知鬼不觉地变成了九千九百万，那少入库的一百万，则悄无声息地转到了万象集团在海外的账户中。

按理说，银行每天的数据都要做多重备份，打印报表，储存留档，贾云豪就算动了数据也很容易被发现才对。但谢蔚林是个很愿意接受新事物的银行家，认识到网络是大趋势，早几年就开始在太平洋银行推行无纸化办公，所有的数据都记录在云端，不需要依赖纸质文件，这就方便了贾云豪动手脚。

谁让他是网络安全部的主管，整个太平洋银行的信息安全都由他负责呢？就连数据的物理备份，也是经他之手，直接把错误的账目覆盖了进去。这才是1月账目就出了问题，但到现在都没被发现的原因。

谢蔚林一看贾云豪的样子，就知道自己创办的银行就连居民储蓄都被偷偷挖了墙脚，顿时气得眼前发黑，但现在，他还不能痛斥这个外甥，因为贾云豪拿童素当人质，随时有可能失控。他只能想办法安抚贾云豪的情绪，高声说道："云豪，不要伤害童小姐！舅舅向你保证，现在回头还来得及！"

为了稳住贾云豪，不让他对童素下杀手，谢蔚林接着高喊："你虽然参与了洗钱，但只要现在能够回头，把你知道的情况都坦白，一定可以将功赎罪。再说，舅舅作为苦主之一，也会向法庭要求，不追究你的责任，尽量让你能够减刑。"

由于过于激动，谢蔚林的声音都变得嘶哑了。

贾云豪钳制的左手，不自觉地松了一些；右手的螺丝刀，也离童素的太阳穴稍远了点。

他一错再错，无非是因为知道了岩罕的身份，发现自己是在为贩毒组织做事，走上了一条回不了头的不归路。

以中国政府对毒贩的严厉打击，不管是制造、运输、贩卖，还是参与毒资洗钱的，只要达到一定的量，基本上都逃不过一个死字。

贾云豪不想死，只能越陷越深。

但现在，谢蔚林做了保证，却让贾云豪有些松动。

贾云豪知道，舅舅谢蔚林交游广阔，认识很多人。如果自己当污点证人，又有舅舅帮忙奔走，或许罪不至死。

正当他分神的工夫，突然觉得手臂上一麻，随后脚上剧痛，掐住童素的手臂不自觉地松开了。

原来，童素抓住机会悄悄从袖洞里拿出一支常备的迷你防狼麻醉针，扎在了贾云豪的小臂上。同时又狠狠地踩了他一脚，并乘他稍稍松开手臂的刹那，人猛地往下蹲，挣开了贾云豪的钳制，迅速跑到了夏正华身边。

特警抓住这个机会，飞扑上前，一把打掉贾云豪手上的螺丝刀，将他拧住，按倒！

谢蔚林看见外甥狼狈的样子，长长地叹了一口气。

但就在这时，刺耳的警报响起！

NULL急切的声音，自夏正华的通信器中传来："太平洋银行的系统中留有一个未知程序，刚才已被激活。现在整个系统都已陷入混乱，钱款正被大批量地转出去！"

"云豪！"谢蔚林第一时间就望向贾云豪，"你做了什么！"

贾云豪的脸上闪过震惊、茫然，最后化作复杂。

他艰难地摇了摇头，终于在伪装了多年之后，第一次说出真心话："这个程序是颜寒让我植入的，他说，这是他设计的自毁程序。如果我发现情况不对，自己有暴露的风险，就可以启动整个程序，摧毁整个太平洋银行的系统。"

"但我没有启动。"

贾云豪求助般地望着舅舅，眼中只有茫然和无助："舅舅，我没有。我只想用我的方式把证据清除，根本不会伤害到银行系统！"

他知道，一旦启动这个程序，太平洋银行的多年基业就会化为乌有。所以，哪怕他每天都提心吊胆，唯恐东窗事发，也绝不敢这样做。

就算刚才，早就得到岩罕提醒的贾云豪在看见夏正华的那一刻，就知道专案组查到了太平洋银行，再查下去，纸是包不住火的，自己干的坏事一定会被发现。但当他来到总控室后，犹豫再三，还是没狠下心启动这个自毁程序。

他只是尝试着想删除这一年来，太平洋银行所有的交易记录，掩盖自己不仅帮万象集团洗钱，甚至还在岩罕的威胁下，把太平洋银行的资产直接转移给万象集团的事实。但才开始操作，就听见脚步声从门外传来。毕竟做贼心虚，导致他极度紧张，反应过激，力求用尽力气在第一时间制住来人，险些把童素掐死。

"现在不是追究责任的时候！岩罕根本就不是想摧毁太平洋银行的系统，销毁证据，而是想将这个庞大的金融帝国据为己有。"生死边缘又打了一个滚的童素，比任何人都要清醒，她忍着手臂的剧痛，当机立断，"尽快阻断被感染机器的网络，我和NULL现在就开始寻找病毒的漏洞！"

NULL与她配合得十分默契，立刻说："我已经在排查所有机器，很快就能出结果！"

"不用这么麻烦！"谢蔚林神色冷峻，反应果断，"我马上下达指令，让银行所有分行、支行，全部中断网络！"

他虽然不懂计算机，但也明白，黑客想要把太平洋银行的钱转走，必须通过网络。如果银行断网了，黑客再怎么厉害，一时半会儿也没办法凭空把钱变走。

这个决定，必定会让太平洋银行庞大的体系陷入混乱，还会蒙受巨大的信誉损失，所以童素没提，NULL没提，可谢蔚林自己提出来了。

两害相较取其轻，与其让贩毒集团得逞，倒不如壮士断腕，再徐徐图之。

看见谢蔚林如此果断，童素心中佩服，只听NULL已开始分派任务："我们先把漏洞给堵上，然后我带团队去检索高级病毒，你带领他们编写针对普通病毒的批量杀毒软件！"

"好！"

作为顶级黑客，根本不必多说，童素和NULL同时在最短的时间内想到了解决方案。

岩罕借助贾云豪之手往太平洋银行系统里植入的程序，归根到底就是一段病毒。只要先物理断网，阻隔它迅速蔓延，然后再找到病毒攻击的源头，即系统的某个漏洞，将这个漏洞封堵上之后，再对病毒进行查杀即可。

当然了，岩罕投下的病毒，不可能只是查杀就能消灭这么简单。

NULL方才在检索中已经发现，这次的病毒具有多重功能，既可以快速感染，也能攻击渗透。

如果他们一台台电脑检查过去，当然能快速把病毒解决，但太平洋银行有多少台电脑，其中又有多少台被感染？真要让他们挨个去检查，把全国跑遍，非得累死不可。再说，太平洋银行也无法承受长时间断网产生的恶劣后果啊。

所以，NULL很快就给出了分工——他们先用最快的速度，编写一个补丁，堵上病毒利用的漏洞，再关门打狗。

然后，童素带人找到病毒的共性，做一个简单的杀毒程序，通过外部4G（第四代移动通信技术）网络分发给太平洋银行的所有分行、支行，让他们立刻下载、查杀、消灭掉那些简单的病毒。对太平洋银行的分行、支行来说，这一步基本上也够了。

NULL这边则对该病毒的高级功能逐一排查、检索，尤其是总行的核心服务器，必须一台一台地检查过去。毕竟，岩罕想要夺走整个太平洋银行的现金，最关注的一定是中枢，总行中被投放的病毒，绝对是最高级、最复杂、最难搞的。

考虑到童素的手伤，NULL就把最复杂的任务都担到了肩膀上。

童素也清楚，这是NULL照顾她，心中暖暖的，却不忘叮嘱谢蔚林："谢董，您通知分行的时候，千万不要发邮件，很可能会被拦截。"

"谢谢童小姐关心。"谢蔚林摇了摇手机，"我已经在微信群里艾特了所有分行行长，让他们看到之后全部回'1'，我方便统计。至于那些没回我的，我马上让助理一个个打电话过去通知，告诉他们十万火急，立刻去做。"

抢救太平洋银行的一切措施，就在这电光石火间开始有条不紊地进行！

与此同时，文南国，升龙省。

"真是成事不足，败事有余。"

岩罕无趣地扔下手机，语气平淡："好事不敢做，坏事不做绝，要不是无其他人可用，我也不至于挑中这么个废物。"

他对面坐着的中年男人右手指间夹着一支笔，飞快转动，左手靠在椅背上，随意地摆弄着茶几上的烟灰缸。

"话又说回来，如果老师肯帮我，我也不至于被贾云豪这个废物摆一道。"岩罕望向面前的人，微微眯起眼，语气平淡，却令人毛骨悚然。

中年男人转笔的动作顿了一顿，声音有些低沉："贾云豪也是顶尖的计算机高手，接手那个程序的时候，当然会进行检查。如果病毒不做成'删除外汇交易记录才能启动'的特定触发机制，瞒过贾云豪，让他以为开关控制在他自己手里的话，他根本就不会把这个程序往里头放。"

岩罕轻蔑地笑了。

这就是他瞧不起贾云豪的地方。

明明都已经做下损害太平洋银行利益的事情，居然还自欺欺人，保留所谓的底线，不想做到最后一步？这和一边给人捅刀子，一边说"对不起"有什么区别？

岩罕尊敬始终如一的好人，欣赏纯粹到底的坏人，唯独最看不上贾云豪这种遮遮掩掩、左右逢源的两面派。

只不过，他没想到，阻止他计划的，又是"赫卡忒"。

"我当然知道，情况紧急到那种程度，很可能是他东窗事发，这么短的时间内，未必能把整个太平洋银行掏空。但没想到事情会这么巧，'夜神'又掺和了进来。如果她不在现场，等太平洋银行反应过来，我们至少能转走太平洋银行三分之一的现金储备。"岩罕不紧不慢地说。

中年男人终于抬起头，望向岩罕，目光中带了一丝警告。

岩罕丝毫不被这道目光影响，气定神闲地说："都说事不过三，我却一而再，再而三地放过她，无非就是看在老师的面子上。只可惜，老师从不领情，始终恪守当日誓言，拒绝帮我。而她拼命破坏我的计划，令我、令整个集团都损失惨重！要是父亲还活着，面对这样的硬骨头，他会采取最大的尊重——让'黑桃K'送对方一颗子弹。"

岩罕说笑一般地陈述着恐怖的事实，顺便将手机放到桌上，推向中年男人："老师不妨也看看，'赫卡忒'被挟持时对付贾云豪的身手，真是利落极了。如果不是我让贾云豪在太平洋银行总行的监控系统中植入了一个程序，可以用来监视他的一举一动，而那个NULL又忙着维护太平洋银行的系统，暂时没空管监控系统，我们还真看不到这么精彩的一幕。"

看见中年男人的表情都变了，岩罕轻轻地笑道："老师，你说'赫卡忒'随身携带麻醉针，究竟是为了防谁呢？"

他的眼睛明明在笑，却让人不寒而栗。

中年男人知道，眼前的豺狼在提醒自己，他还欠德隆一个人情没有还清。

长久的沉默后，中年男人终于开口："你希望我帮你做什么？"

"我不会为难老师。"岩罕慢悠悠地说,"我只是希望能在父亲的七七到来之前,将他的仇人一一送下去陪他,免得父亲在黄泉路上,走得太过寂寞。"

说罢,他漫不经心地拿起手机,点开一个程序,往启动键按下去。

太平洋银行总部总控室里,贾云豪的瞳孔突然放大,缓缓瘫倒在地上,全身不断痉挛,喉咙里发出痛苦的嘶吼声。

## 第二十五章　坦露心扉

贾云豪死了，死于神经性毒素。

专案组将贾云豪的随身物品翻来覆去地检查，才发现他的衬衫领口第一个扣子中被植入了一个微型的智能注射装置，该装置中有一根比绣花针还要细，大概只有 5 毫米那么长的针管，里面存有 10 毫克被称为 VX 的神秘毒素。

这种神经性毒素化学性质稳定，在干燥并隔绝氧气（或充氮）条件下长期储存也不易变质失效，而且毒性极大，只要皮肤吸收 6 毫克的 VX，如果不及时解毒，就可以在 30 至 60 分钟内致人死亡。一次性往体内注入 10 毫克，不需要几分钟，就能让一个成年男人直接去见阎王。

等刑警搜完贾云豪的家，发现贾云豪最喜欢穿的十几件衣服里，全被如法炮制，里面都植入了智能注射装置。

专案组顺藤摸瓜，找到贾云豪一直洗衣服的深圳本地一家高级干洗店，追查过去后却发现店里有个员工刚刚辞职。这人什么都没带，直接就到口岸，排队出关去了香港，再从香港买了一张机票，已经搭上了去欧洲的飞机。

很显然，在这一次的对弈中，专案组又慢了一步。

唯一值得庆幸的，是太平洋银行的执行力很强，童素和 NULL 的效率也很高，这一次终于没让岩罕得逞，银行的钱没有被转走分文。

不过，在仔细核对之后，银行发现了许多地方的账目对不上，也弄清楚了很长一段时间以来，贾云豪到底做了多少坏事。

前几年还好，贾云豪不敢太张狂，但自从素数科技撤回人手，不再负责太平洋银行的信息安全后，贾云豪便肆无忌惮，在短短 1 个多月的时间内，竟然使用各种手段，转了八十亿美金出去，万象集团从太平洋银行搞到的钱，抵得上之前很多年贩毒的总和了。

这些损失，自然由太平洋银行内部去商讨该怎么办。

而此时，童素和 NULL 展开了前所未有的争吵。

漆黑的房间里，突然有了一束光，那是房门打开从走廊投映进来的光线。

但很快，这束光就随着大门的关闭，再度被掩盖。

童素面无表情地将背包一甩，扔到沙发上，不知道是不是因为准头没掌握好，背包"啪嗒"一声摔到墙上，再慢慢滑落，跌到地上，里头的东西稀里哗啦全散了出来，沙发上、地毯上，哪里都是，童素却视若无睹。

她快步走到桌前，想要喝水，但几次都没摸到杯子，好不容易摸到了，手却抖个不停，一杯水倒有大半全都溅了出来。

就在这时，她脚边被什么毛茸茸的东西拂过。

是德芙。

童素再也绷不住，温热的泪水大滴大滴地滑下。

似乎察觉到了她的悲伤，德芙跳上桌子，踱到童素身边，尾巴轻轻蹭着她死死按在桌子上已经青筋毕露的手。

"谢谢。"童素低下头，凝视着一直陪伴着自己的老猫，声音有些哽咽，"我早该知道，从一开始就只有你。"

除了你之外，别人都不会陪着我，更不可信。

德芙莹绿的眸子望向童素，就像很多年前，它还是刚出生的小奶猫时，那样清澈、温柔而无辜。

童素抱着德芙，在黑暗之中静静地坐了许久。

然后，她突然拿起手机，将NULL的联系方式删除。

做完这件事后，童素又打开电脑，找到自己与NULL的通信软件、邮箱、聊天工具，能拉黑的拉黑，不能拉黑的就屏蔽。

等她删到最后一个联络工具，准备切断她与NULL的所有联系时，屏幕突然不能动了。

那一瞬，童素的表情突然变得非常冷漠："你这样做有意思吗？"

屏幕还是停在那里。

"够了！"童素的情绪就这样失控了，她的声音听上去极其尖锐，"你现在可以阻止我删掉它，但你能一辈子阻止我找机会删掉它吗？就算你能，我也再不想听见你的声音，再不想与你说话，更不想与你有任何交流！"

说到这里，她突然冷笑："对了，我还忘记了，你的声音也是经过变声器伪装的。你在我面前，从来没有一样东西是真实呈现的，一样都没有！"

莫名的愤怒与委屈涌上心头，童素狠狠将桌上的东西往地上一扫，任由它们跌落、损坏，满地狼藉，全然无视平常自己对它们宝贝得不得了。

漫长的沉寂之后，蓝牙音箱里，突然传出一个沙哑而沧桑的声音："对不起。我用变声器是因为我的声音不好听。本来就很平庸的嗓音，又因为过度抽烟被毁得一干二净。我自己听了都觉得不舒服，何况是你。"

童素没有说话。

"对不起，其实我不是想指责你。"NULL也很懊悔，"我只是觉得，你做事有点偏激，喜欢拿自己的生命去冒险。"

说到这里，他顿了一顿，才说："这样很危险。"

童素冷冷地笑了，笑得很凄凉。

他们从来没吵过架，一直都配合得十分默契，直到从太平洋银行离开，NULL突然说："你都知道贾云豪有问题，为什么不等保安来再去？你知不知道，你差点就死了？"

他的声音第一次这么高昂，语气激烈。

霎时间，刚从生死边缘走一趟、情绪本来就不稳定的童素，突然爆发了："你凭什么管我？"

然后，从深圳飞回湖滨市的一路上，童素就冷着脸，一句话都不说，直到现在，突然要删NULL的联系方式，俨然一副老死不相往来的架势。

NULL顿觉头疼。

他从来没有发现，童素的性格这么偏激，一句错话都不能说。他甚至不知道自己触到了童素的哪根神经，让她发这么大的脾气。

童素也知道NULL委屈，但她控制不住自己的状态，大声说："你懂什么？"

"我确实不懂，但我可以试着理解——"

"不要站着说话不腰疼了！"童素的声音非常尖锐，"你没受过我的苦，怎么知道我为什么会这样？你有家人吗？他们会伤害你吗？"

NULL闭上了眼睛。

他竭力不想去回忆自己的继父，那个粗鲁没有文化，每天只会喋喋不休抱怨社会不公，以酒精自我麻痹，一旦不如意就对妻儿拳脚相加，带给了他无尽阴影的男人。但他又必须承认，如果没有这个男人，光凭母亲一人根本养不活他，更不要说供他读大学。

就算是一个大男人，在他家乡那种穷地方，想要供一个孩子读书，也是非常不容易的。哪怕对方每次给钱的时候都骂骂咧咧，脾气不好的时候直接扇他几个巴掌，让NULL对"交钱给学校"这件事充满畏惧；但现在回想起来，哪怕对方会打他，会骂他，可要给的钱，一分都没有少过。

只可惜，这个人早在十年前就因为过度酗酒，突发脑出血，离开了人世。

"我妈对我很好，但我继父，我不知该怎么说。"NULL 沉默半晌，才缓缓道，"他打起人来的狰狞样子，我一辈子都忘不掉；但要不是他，我也读不了大学。"

他长长地叹了一口气，心情非常复杂。

但也就因为这一句话，他蓦地想到，从来没听童素提过父母。

就好像，这两个人根本不存在一样。

童素的满腔怒气，就突然烟消云散了。

她好像一拳打在了棉花上，又或者才发现自己做了多么残忍的事情，撕开 NULL 的伤疤，让他回忆起被家暴的不堪过往。

但这一刻，她感觉到，自己的心灵与 NULL 前所未有地接近。

所以，童素打断了他的话，问了一个十分奇怪、似乎与他们目前说的话完全没关系的问题："你曾经控制过我的电脑，我也给你看过我的手机，那你是否奇怪过，为什么我的手机里，每个联系人都按时间、地点、姓氏做了排序，但没有一个的时间早于十年前？

"答案很简单——因为这份编号，来自每个联系人与我初次相遇的时间和地点。"

面对童素的回答，NULL 不自觉地坐直了身子。

他确实入侵过童素的手机，也发现了对方对联系人独特的排序方式，但他只以为是黑客的怪癖。

直到刚才，听童素这么一说，NULL 忽然觉得十分吃惊。

童素今年才二十七岁，但手机里的全部联系人，最早一个与她初次相识都不超过十年，那她之前十七年的岁月里，难道没有熟悉的人吗？

她的父亲呢？母亲呢？爷爷奶奶、外公外婆都在哪里？

不待 NULL 发问，沉浸在过去中的童素已经给出了回答："我的父亲出生于四川一个贫困的县城，家里兄弟姐妹众多，他是最聪明的那个，读书时成绩很好，后来考到上海名校的数学系。我的外祖父和外祖母都是中国美院的教授，他们的独生女在这样的家庭环境中长大，从小耳濡目染，痴迷于西方文艺复兴的历史，对那段时期的艺术作品有着极其浓厚的兴趣，一直想去佛罗伦萨朝圣。她性格温柔，却又带着叛逆，为了能有更多接触国外文化的机会，拒绝留在父母身边，而是去了上海的名校，研究西方的历史、艺术与哲学，从而在大学校园中，与我父亲相遇。他们的初次见面说浪漫也浪漫，说务实也务实——来自县城、出身贫寒的少年，对知识有着强烈的渴求，又迷上了新事物计算机，迫切地想学好英语，每天在英语角苦练。刚好，出身书香世家的少女，心中也有一个畅游欧洲的梦，需要找人练习口语。他们就这样认识了，每天都在一起结伴对话英文。"

这是一切的开始。

英俊的少年与美丽的少女由此相识、相知、相爱，本打算一起考到国外去读博士。但大四那年，少女的父母相继病倒，她不得不放弃梦想，回到父母身边照顾他们。少年追了过来，两人一同留在西子湖畔，当年就结了婚。

婚后，男方在研究院当高级工程师，业余就是倒腾电脑，编写程序；女方专心绘画，闲暇的时候也会翻译国外的一些艺术著作评论等。

然后，他们有了爱的结晶，

"我之所以叫童素，正是因为，我的父亲认为，素数在自然数中，具有极其鲜明的特质，又无穷无尽；我的母亲则认为，素色在绘画中象征洁白的本色，代表着至真至纯，是一切的开始。而且，我母亲又姓苏，'苏'和'素'读音相近。这个'素'字，是他们能想到的，最好也最合适的名字。"

NULL 听到这里，心中有些羡慕，忍不住放柔了声音："在充满爱的家庭长大，真好啊！"

不像他的家，充斥着暴力、酒精和脏话。

小小的他，只能看着母亲挨打，却无力保护她。

童素不自觉地笑了，眼中却有了泪光："我也觉得，真好啊！"

那曾是一段多么幸福的时光！

每个晚上，温柔美丽的母亲都会为她朗读英文名著，从希腊神话到荷马史诗，从《神曲》到《堂·吉诃德》，伴随着母亲柔和动听的声音，小小的童素安然入眠。

每个傍晚，父亲编写代码，在黑与白之间纵横时，都会将她抱在膝盖上，告诉她，二进制的世界有多么奇妙。

但这一切的幸福，都在她十岁那年戛然而止。

"我的母亲被诊断出了癌症。"童素的声音非常平静，让人无法想象，她曾经有多么痛苦和绝望，"乳腺癌折磨了她整整两年，摧毁了她的美丽，却没带走她的温柔。临终的时候，她还拉着我和父亲的手，让我们好好地生活，不要难过。但她不知道，她的离去，也将我父亲的魂魄带走了。"

失魂落魄的父亲，满心沉浸在失去爱妻的痛苦之中，忽略了年幼的女儿。

直到看见女儿的成绩严重偏科，他才慢慢振作起来，抱着童素，答应会好好照顾她，可是……

"他不见了。"

# 第二十六章　悲伤过往

童素的声音，第一次有了颤抖，以及一丝凄凉。

NULL 不知该说什么好。

他甚至不敢问，这个"不见了"究竟是什么意思，是按字面意思理解，人失踪了，还是"逝去"的委婉说法？

但很快，童素就给出了答案。

"不用多想，他就是不见了。"童素的声音有些哽咽，脑海中浮现起了当年的画面，"我清晰地记得，那天，他给了邻居奶奶三千块钱，说自己有事要出一趟远门，让我天天去邻居奶奶家吃饭，这是伙食费，然后就匆匆忙忙地走了。从那之后，他就再也没回来。"

哪怕时隔多年，但只要闭上眼睛，童素就好像回到了十二岁那年。

她缩在房间里，假装自己已经睡着了。母亲的几个朋友为她掖好被子，轻轻把门关上，然后压低了声音，在客厅里讨论，却不知道她轻轻下了床，拧开了门把手，透过虚掩的门，偷听到了她们的对话。

"……真可怜……留下这么个孩子……"

"听说夫妻感情很好，太太过世后，老童还大病一场，整天魂不守舍。"

"你们说，老童该不会是没想开，追随妻子而去了吧？"

每一句话，都像一把锋利的刀子，在童素心口划了一刀又一刀，让她铭心刻骨，终生难忘。

哪怕十五年后，回想起当时的场景，童素也能清晰地复述每一句话，甚至将她们的语气模仿得惟妙惟肖。

三分同情，三分怜悯，三分不赞同，还有一分隐隐的羡慕。

羡慕童家夫妇的深情，却不赞同老童的"殉情"。

NULL 不知该如何安慰童素，纠结半响，才讷讷地说："怎么会呢？你的父亲不可能是这么不负责任的人，如果他离开了，你怎么办？"

"对啊，我也想问！"童素的泪水不停地往下淌，语气却带着笑，但那故作轻松的笑声,比哭还要凄凉,听得 NULL 的心都揪了起来,"我也想问,他为什么就能抛下我,一去不返,至今都没有音信?但如果他是被绑架了,凭他的本事,怎么可能不传一些信息回来?"

那时的她,只有十二岁啊!

NULL 不知该说什么好。

童素擦了擦眼泪,努力平复了一下心情,才继续说:"接下来的事情就很老套了,我母亲过世,父亲失踪,外公外婆也已不在人世。在公安机关认定我父亲失踪后,按照程序,通知了我父亲那边的亲戚,还有我母亲这边的远亲,希望有人能抚养我。这些人为了我的抚养权,差点打了起来。"

NULL 知道接下来的故事不会太好,便道:"那你家肯定挺有钱的。不像我,如果母亲不在了,肯定没人愿意养我,因为没有任何收入,却多了一张吃饭的嘴。"

"没错,就像你猜的那样,我家还算有点钱。外公外婆收藏了一些古玩、字画,家里还有三套房产。虽然十五年前,房价没今天这么高,但市中心的房子还是很引人垂涎的。"童素轻声道,"更不要说我的母亲,因为英年早逝,在书画界地位又上了一层楼,她的许多作品也能拍出不菲的价格。"

童素从小就是个极其聪明而敏感的孩子,她敏锐地发现这些亲戚都不怀好意。

哪怕他们一个个拍胸脯保证一定会对她好,带她去吃,带她去玩,给她买很多新衣服、新玩具,但她能从这些人的眼底读到贪婪。

她打心眼里不愿与这些父母在世时都不怎么联系的亲戚打交道,更不愿被他们抚养,可她只是个十二岁的孩子,无力抗拒。

最后,她的大伯一家凭借大家长的身份,争取到了她的抚养权,一家人住进了她以往的家,把她赶到最小的房间——母亲用来放画的小阁楼居住。

曾经布满回忆的家,被一点点抹去,全都是外人的痕迹。

父亲用来编写程序、制造无数神话的电脑,成了堂哥玩游戏的工具;母亲的书房和画室,被改成了堂姐的卧房。家里那些珍贵的藏书,在她故意的大吵大闹,惊动邻居的情况下,才被堆进她的房间,而不是被当成废纸卖掉。

至于父母和外公外婆的画作、珍藏,她都没能保住。

所谓的亲戚,就像蝗虫,将她家里的东西搜刮一空,那些值钱的艺术品,全被他们卖了个干净。一跃从穷人变成有钱人了,开豪车,穿品牌,却对她极为刻薄。

他们把她当成眼中钉、肉中刺,因为她还活着,就提醒着大伯一家,眼前的生活都不属于他们这些入侵者,他们只是代为保管财产罢了。

大伯母甚至还扔掉了从小陪她长大的老猫，理由仅仅是觉得麻烦，不想养，会乱跑，会抓人，会掉毛。哪怕童素哭着说她会把猫照顾好，会打扫，把猫关在小房间里不出来，也没能保住这位看着她出生与成长，已经垂垂老矣的家庭成员。

早就没了生活能力，几乎走不动的老猫，一旦失去了家，就只剩死路一条。

但她只能眼睁睁地看着。

看着自己最后的家人被赶走，不知道在哪个黑暗的角落死去，自己却毫无办法。那种无力感，至今仍是她的梦魇。

恨意像蔓藤一样，在童素心里生长，她开始报复。

"我偷偷在电脑里植入了一段程序，堂哥只要打开网页，就会弹出一个广告链接。表面上看像是小黄网的广告，其实是赌博网页的链接，而且没办法关掉。只要他一点进去，就会自动跳转到'幸运转盘'。而且，我还专门为他修改了这个网站的后台程序，单独为他调了概率。只要他在这个网站赌博，但凡一次性押的资金没到一万，就会一直赢。哪怕每次押五万，也有三分之一的概率获胜。我还在网站旁边贴心地放上了高利贷的地址，只要一张身份证，借贷金额就高达五十万。我就不相信，他能忍得住这样的诱惑。"

事实证明，她的堂哥确实也没忍住。

最开始，他只敢五块十块地玩，不敢押大。但在发现自己无与伦比的"幸运"之后，他就忍不住了。

一夜暴富的感觉实在太好，好到让他飘飘然，迷失了方向，不停地加注。

输了，就想要翻回本；赢了，则想要赢更多。

等她的堂哥从输红了眼的状态回过神来之时，才发现，自己已经欠下了数百万的巨款，而这笔钱，他们家肯定是拿不出来的。

"拿不出来？"NULL 有些疑惑，"可你说过，你的外公外婆留下了一些古董，母亲也是小有名气的画家，他们既然把这些都卖了，总不至于几百万都拿不出来吧？难道短短一年都不到，他们就把这些钱都败光了？"

童素讽刺地笑了："他们懂什么艺术？又见过多少世面？听见一幅字画能卖三四千，已经忙不迭出手，就怕错过这个村便没了那个店。明明是不赀之损，还以为自己碰上了个大傻子，捡了大便宜。"

她母亲留下来的画作，现在的起拍价已经是三十万一幅，哪怕在十五年前，卖个七八万，甚至十来万，也是没问题的。结果被大伯一家当成了萝卜白菜，三千一幅，全都打包卖了。

至于她外公外婆留下来的古董，大伯一家倒是知道这些值钱，却不知道究竟值多少钱，又不敢明着卖，就只能私下找人，结果被黑吃黑。价值上千万的古董，也就卖了一百来万，对那家人来说已经乐疯了，一辈子都没见过这么多钱。

一百来万，说多也多，说少也少。买辆豪车，花天酒地，一会儿就花光了。不是自己辛苦挣的钱，花起来总是不心疼的。

所以，等她堂哥被高利贷追债的时候，这家人才发现，暴富而来的现金不剩多少，想要还数百万的赌债，除非把童素家的三套房子，以及她父亲名下的一些股票、基金等全部卖掉，才有可能堵上这个缺口。

问题是，这些财产他们没有权利支配，否则他们早就把这些钱据为己有了。而童素没有成年，就算被哄骗着签字，文件也没有法律效应。

如果她不在就好了。

为了还债，快要家破人亡的童素大伯一家，心中滋生了罪恶的念头。

NULL 急切地问："他们想要害你？"

提及这段最为凶险的过往，童素却出乎意料地平静："他们联系了一个老乡，打算把我卖到四川的乡村，准备就绪后，就说国庆带我出去玩。你明白的，十几年前，监控还没这么发达，逢年过节，景点人山人海，丢孩子的事情并不少见。"

NULL 气得脸色发青："他们也配叫人？"

占据了人家的家产，不对人家的女儿好就算了，居然还想要卖掉童素？而且是卖到山村里去？

NULL 就是从大山深处走出来的，童素要是真被卖了，会遇到什么，难道还用多说？

她的大伯一家简直禽兽不如！

"这不是很正常的吗？"童素轻描淡写地说，"在这个利益至上的社会里，人家吞了你家一大笔钱，还能指望他们吐出来？只可惜，他们想做坏事，却不敢做绝，没胆子杀人。要是他们一不做，二不休，直接把我推到河里淹死，说不定就成功了呢！"

NULL 震惊得说不出话来。

过了好半天，他才干巴巴地吐出一句："你——你——"

"嗯，我设计让我堂哥迷上赌博的时候，就知道我有可能会死。"童素淡淡道，"输红了眼的赌徒，什么做不出来？但我就算一味忍让，情况也不可能更好，只会让他们变本加厉；这样做了，死掉的概率顶多一半，为什么不赌一把呢？"

只怕大伯一家进监狱的时候都不知道，为什么他们自认为"天衣无缝"的计划会失败；为什么童素会在被拐卖中途，偷偷跑掉，去向警察求助；为什么她身上又多了累累伤痕，有新有旧，最陈旧的可以追溯到半年之前，坐实了他们一直虐待她的证据。

"那些伤痕，都是我自己掐、自己打、自己拿针扎出来的，足足弄了大半年。"童素用漠然的语气，陈述着悲哀的过往，"我也不想伤害自己，因为这只会让我自己难受，没人会心疼我，但我只能这么做。因为他们虽然私底下会骂我，会苛待我，却绝不会打我，不会在我身体上留下任何伤痕。他们的表面功夫也做得很好，外人眼里，他们对我一直都很尽心尽责。我不希望有任何意外让他们脱罪，所以，我必须做出他们私下里一直在虐待我的样子，证明他们确实是会拐卖侄女的人渣。"

NULL 的大脑一片空白，几乎不会思考了。

他从没想过，童素性格里还有这么狠绝、近乎疯狂的一面。宁愿用一种自我伤害、近乎玉石俱焚的方式，也要毁灭敌人。

谁能相信，一个十二三岁的女孩，竟能谋划这一切呢？

人们只会认为，童素大伯一家实在太过分了，表面上对侄女好，实际上就是为了侵占侄女的财产。因为儿子欠了赌债还不上，打上了童素家产的主意，丧心病狂想将侄女卖掉，以谋夺家产。

"警察姐姐安慰我的时候，我就一直哭，一直哭，做出很害怕的样子。我说我不要别人照顾我，我自己能照顾好我自己，其他人都会把我卖掉。"童素轻叹了一声，有些感慨，"这个世界上，还是好心人多。"

公检机关认真研究了这个案子后，认为她的情况确实很特殊，因为她与现存的所有亲戚，基本上都没怎么往来过，彼此毫无感情可言，而且家境也确实都不如意。如果将她交给那些亲戚，很有可能重蹈覆辙。而且童素的状态，俨然是心理阴影过大，倘若强行将她托付给任何人抚养，或许会对她造成不可逆转的创伤。

于是，警方就联络了当地的民政部门，由妇联、街道等部门商讨之后，终于拿出了一套还算不错的解决方案，即童素将家里剩下的两套房子出租，一套的房租付给邻居老奶奶，对方收了钱，就要负责童素的一日三餐，生活起居，相当于一个可信的长辈加半个保姆；另一套的房租让童素自己保管，学费和生活费就从这份房租里支出。

至于租客，由美院的几位教授，也就是她外公外婆的好友、弟子们负责介绍，只租给本校的老师或学生，房租也由这几位长辈负责收取，互相监督。

除此之外，社区民警每周都会来走访，社区工作人员也经常打电话慰问，看看她有没有被虐待，又或者金钱、生活方面有没有什么困难。她父母的一些同事、领导也会偶尔过来探望，确保她能安然无恙地长大。

毕竟，邻居家再好心，风评再好，到底与童素没有血缘关系。虽说这些人拿了钱，被雇用照顾童素，理应好好对待她，但拿钱不办事的人，世界上还少吗？她大伯一家拿了她家那么多钱，又是她这么近的血亲，不照样不干人事吗？

这些人对童素都非常好，确实很尽心，但童素没有大获全胜的喜悦，反而对人世有着无穷无尽的厌倦。

她拖着疲惫的身躯回到家的那一天，天空下着倾盆大雨。

社区的工作人员将她安顿好，又再三叮咛之后，才冒雨离去。童素坐在窗前，木然地听着雨声，心中一片漠然。

母亲故去，父亲失踪，老猫被丢弃，放眼世间，她已经没有任何亲人了。

不是血缘上的亲戚，而是真正可以依靠、相依为命的亲人。

她为何还要活着？难道是为了继续孤独地留在人世间，承受更大的痛苦吗？

正当她的思想走入极端，不想活下去的时候，却听见了一声细微的"喵"。

极轻极轻的一声，却像雷霆劈到了童素的心上。

她突然跑下楼，冲进雨里，冒着瓢泼大雨，拼命地寻找。终于在一个角落里，发现了一只瑟瑟发抖的黑色小奶猫，以及小奶猫身边一只母猫、三只小猫的尸体。

小奶猫拼命舔着母亲和兄弟姐妹，发出微弱的叫声，想要让它们看一看自己。却不知道，她的母亲和兄弟姐妹们都因为天气太冷，又缺少食物，没有熬过这个深秋，留下它孤苦伶仃地活在世间。

如果没有人将它领走，再过一天，它也要因为饥寒交迫而死。

看着这只小奶猫，童素仿佛看见了自己。

那一瞬，泪水和雨水交织，模糊了她的双眼。

她小心翼翼地将小奶猫抱起，脱下外套，给它遮挡，宁愿自己被淋得湿透，也要护着小奶猫不被雨水打湿。

"从那一刻开始，它就成了我的家人，唯一的家人。"

# 第二十七章　解开心结

NULL 几次想要安慰她，却都卡在喉咙里。

他本就不是能言善辩的人，在这种情况下，更不知该说什么好。

就在他不知所措的时候，童素已经擦干眼泪，深呼吸了一下，笑了笑，才说："接下来的故事，也没什么稀奇。我一个人愤世嫉俗地活到了十七岁，成天在网上掀起腥风血雨，'赫卡式'之名也就是那时候传开的。直到一次偶然，看见了蝙蝠侠的故事，我突然意识到，自己不能这样下去，就决定去考个大学，过一下'正常人'的人生。后来在大学里，我遇到了很多可爱的人，他们天天围着我打转，对我非常崇拜。我就渐渐好了起来，在他们的撺掇下开了公司，一路晃荡，就到了今天。"

NULL 犹豫半天，才说了一句："你可真了不起。"

童素以为他在安慰自己，随口道："哪有？也就那样，混日子。"

"我说的是真心话。"NULL 的声音十分低沉、沙哑，却没有之前的压抑，反倒像明白了什么似的，缓缓道，"过往的我，一直沉浸在自卑中，觉得谁都对不起我，犯了许多无可挽回的错误，走了很多弯路。但现在想想，每件事都存在光明与黑暗的两面，可我只能看到黑暗，也只能走向黑暗。不像你，身在黑暗，却心怀光明。"

听见 NULL 的说法，童素顿住了。

她没有告诉 NULL，自己不像他想的那么阳光。

年少时的记忆终究给她带来了挥之不去的阴影，令她本能地与任何人保持距离。哪怕和杜明礼认识了十年，又一起开了公司，对方都不知道她家的具体住址。

那段遭遇，令她无法再全心全意地去相信任何人。

而 NULL，是她以为，自己能够真心相交和托付一辈子的第一个人。

虽然他们彼此没有太多的交流，也没有认识多久，但她能从每一个细节感觉到，对方和她一样，都对技术有着近乎狂热的渴求，对冒险有着无与伦比的渴望，对规则有着与众不同的坚持，对世界也有着异乎寻常的孤独感。

可就在对话开始前，她一度觉得这个志同道合、心灵相通的朋友，其实并不像自己想的那样。他呈现在她面前的，全都是假象；而她展露给他的，却是全部的真实。

那种交付信任却被背叛的痛苦，令她差点失去了理智。

但现在，童素发现，自己离 NULL 又近了一些。

她曾一度很好奇，NULL 到底长什么样子，现实中是怎样的人，真名叫什么。可当 NULL 平静地说完过往，也给出了无数关键的信息，只要她轻轻一查，就能看见 NULL 的长相和履历时，童素却没有这样的想法。

电脑对面的那个人，触及她的仅仅是灵魂，相貌又有什么关系呢？

"哪怕我知道，你给了我去查的机会，但我也清楚，你还没有从那段过去中走出来。所以，我选择尊重你。"

"你不主动走到我面前来，我就绝对不会去看。"

怀着这样的想法，童素笑了笑，说："和你说完之后，感觉好多了，谢谢你。"

"该说谢谢的是我。"NULL 异常认真地回答，"是你教会了我，什么才是真正的勇气、坚持和光明。"

坎坷的遭遇，并不是堕落的理由，相反，它是鞭策我们不断前进的动力。

他说得这么严肃，童素却不知为何忽然笑得很开心，一边笑一边摆手："你突然这样，我怪不好意思的，其实我真不是个好人。不但记仇，而且会报仇，还不分时机，老是搞砸事情，让杜明礼收拾烂摊子。"

NULL 知道她的情绪实际上还没有稳定，只是想找人说话，就很配合地问："比如呢？"

"比如几年前，我们公司为了竞争太平洋银行的单子，我就去了一趟。贾云豪见我是女性，嘴上虽然不说，态度却处处都是不看好。然后我就指出了他精心设计的系统有三大漏洞，还有一百多个小漏洞就不一一赘述了，如果他需要，我可以列个清单给他。当时他那个脸色，你是没看见。杜明礼都对我哀号，说完了完了，这一单一定要丢了。好在谢董是个明白人，直接就签了两年的合同。"

NULL 想想那个场景，不自觉露出一丝微笑："也不怪他，这一行的女生本就少见，大家或多或少都有点偏见，等你展露实力了，他们就会跪下唱《征服》。"

童素哼了一声，才道："有偏见是正常的，我就看不惯他对女生的态度，自己是个钻石王老五，天天被女人追着捧着，就以为全天下的女人都要围着他转？为了金龟婿，愿意上演宫心计的女人确实很多，但自立自强的女人也不少。他就算不撞到我这块铁板，也会在其他地方丢人！"

说到这里，她叹了一声，有些意兴阑珊："算了，现在人都死了，说这些也没意义。我只是觉得有点悲凉，他以前多么意气风发，结果……"

童素摇了摇头，没再说什么。

NULL 也不知该如何开解她，想了一会儿，就问："你打游戏吗？"

这一打游戏，就打了个天昏地暗，直接打到了第二天中午。

童素是熬惯了夜的人，照样精神奕奕，正想再新开一局，刺耳的手机铃声打破了这份寂静。

是夏正华打来的电话。

神神秘秘的，没说什么事，只让童素过去。等童素到了约定的远郊一座大山的山脚，就见傅立鼎站在那里，也是一脸茫然。

过了好一会儿，夏正华才出现，示意两人跟着他上山。

山路崎岖，七拐八拐，走了快有两个小时。到了一个半山腰，转过一个弯，豁然开朗，前面是一条修剪整齐的林荫道，两旁静静地矗立着上百个整洁的墓碑。

就像一排又一排沉默的卫士。

童素注意到，墓碑左右立着两个小小的雕像，有些墓碑上的雕像相同，有些迥异，不由得在心里想，这些雕像代表着什么呢？

"那是小队的代号。"

童素惊讶地看着前方的夏正华，才发现自己方才竟不知不觉把疑惑问了出来。

夏正华没有回头，只是带着两人走到一个墓碑前，又看了一眼周边的几十个墓碑，目光中透着怀念："海东青，就是我们小队的代号。"

童素这才发现，夏正华面前的墓碑上，两只雄健的海东青目光炯炯，振翅欲飞。

墓碑上只有四个字：临渊之墓。

傅立鼎扑通一声，在墓前跪了下来，低着头，掩盖自己通红的双眼，以及不自觉淌下的泪水。

不是傅临渊，也不是林元。

只是临渊。

"不能刻真名，因为怕被毒贩组织找到，顺藤摸瓜，暴露身份，连累家人；也不能刻化名，因为毒贩对这个名字更是刻骨铭心。有些仇恨，就算人死了，也不会停息。"

夏正华的语气非常平静，却让童素鼻子一酸，差点流泪。

她别过脸，不想看这令人心碎的一幕，但望着不远处藏在绿荫之间那一排又一排的洁白墓碑，心里堵得慌。

这个墓园里的每一座墓碑，都代表着一位因缉毒而牺牲的无名英雄。

在二十年前与万象集团斗争最激烈的时候,云南边陲是重灾区,中国政府特意从相隔2500多公里外的之州省,调动一支特警部队前往缉毒,为的是这些队员与当地人没有盘根错节的关系,不会受到各种复杂因素的影响。

这些壮烈牺牲的特警,最后都落叶归根,被埋在这个偏僻隐蔽的墓地。甚至对烈士的家人,也只是告知亲人已经牺牲,不会说是因为缉毒,也没告知安葬的地方。目的只有一个,就是更好地保护烈士们的亲属。

傅立鼎默默地跪在坟前,没有说话。

夏正华轻叹一声,示意童素跟自己离开,不去打扰他。

夏正华带着童素,抚过每个雕刻着海东青的墓碑。

"这是雷子,每次缉毒都冲在第一,为了掩护我们撤退,守在最后。我们找到他的时候,发现他身上有二十几个弹孔,眼睛还没有闭上……

"这是阿栋,身手不行,脑子却非常灵光。只可惜,那次为了找到毒贩的交易地点,他误判情报,中了敌人的埋伏。为了让大家撤离,他抱着炸弹,与毒贩同归于尽。这座墓里,只葬了他的军服,还有几件常用的物品。"

几十座墓碑,几十个名字,几十个曾经鲜活的人。

明明时间已经过去了那么久,久到意气风发的青年鬓角染上了白霜,但回想从前,他们的音容笑貌就立刻浮现在眼前。

童素默默地听着,时不时抬起手,擦掉眼角的泪水。

她想要安慰夏正华,却发现语言是那么苍白,苍白到她根本说不出一句话。

最后,她只是用哽咽的声音问:"我以后可以经常来看他们吗?"

"不必了。"夏正华轻声道,"他们在这里很安静,很幸福,你要是经常来,只会让他们提心吊胆。"

缉毒警察没有一个怕死的,却非常害怕因为自己的特殊身份,连累到无辜的人。

本该很悲伤的事情,被他这么一说,反而添了些宁静与祥和。

童素的心绪也慢慢平复下来,突然看见远处一排较小的墓碑,忍不住问:"那也是缉毒警察的陵墓吗?为什么小了一半?"

夏正华语带怀念:"那也是我们战友的陵墓,但不是警察,而是警犬。"

二十年前,科技还没有这么发达,毒贩们携带毒品的方式又千奇百怪,靠人力很难检查出来,必须依赖警犬。

优秀的警犬,可以令毒贩闻风丧胆,恨之入骨。因为他们就算把毒品藏在船舱中,隔着厚厚的甲板,警犬也能第一时间闻出来。

更不要说边境地区，毒贩和山民喜欢埋雷，想要探路，当年也只能依靠警犬。

所以，警犬的牺牲率，比警察还要高得多。

他们这样的缉毒警察，与警犬同吃同住，自己舍不得花钱买荤腥吃，却一定不忘给警犬们买烧鸡、烧鸭加餐。但就像身边的人来了又去一样，亲手照顾长大的警犬，也没几条能最终留下。

听见夏正华将往事娓娓道来，童素突然明白，为什么"7·17连环爆炸案"的时候，夏正华一句话就能调来那么多退役警犬。

因为他始终都没有忘记这些警犬战友，哪怕它们已然故去。他自掏腰包，资助湖滨市的几个退役警犬基地，希望这些战友能安享晚年。

"这次回去后，你就不要再加入专案组了吧！"夏正华突然说。

童素愣住了。

"缉毒是一项艰苦又很危险的工作。"夏正华凝望着战友们的墓碑，平静地说，"牵扯得太深了，对你不好。"

童素犹豫了一下，还是争辩道："可我已经牵扯这么深，还在德隆、岩罕面前都挂了号，现在退出也不合适啊！"

她本来不想这样讲，毕竟一开始是夏正华请她参与到"7·17专案组"中来的，这么一说，夏正华可能以为童素在责怪他。所以童素斟酌了一下，又小声补上一句："您别担心！我其实真的很高兴，因为我一直都很想成为英雄！"

夏正华只能叹息。

他何尝不知道童素牵扯得太深？但他之前以为，童素只要留在国内，专案组负责一下她个人安危，应当没事。可看见岩罕是怎么杀贾云豪的，夏正华突然意识到，童素的处境并不安全。

不仅童素，夏正华自己、傅立鼎等人肯定也上了万象集团的黑名单。但童素是女性，大家对她总会照顾一些，也会更担心她的安危。

童素其实心里也清楚，她那点防身的小手段，纯粹是为大伯一家准备的，应付没有格斗经验的普通人还行，但碰上万象集团那些身经百战的雇佣兵，估计在人家手里坚持不了一个回合。

她大伯一家四口，刑期最长的大伯因为贩卖、虐待妇女儿童，非法侵占他人巨额财产等罪名，被判了十一年。按理说，四年前，大伯就该出狱了，更不要说刑期更短的堂哥、婶婶和堂姐。

童素虽然已经搬了家，却没改身份证和户口，有心想要找她，不是一件难事。所以她一直挺担心大伯等人出狱后，心有不甘，想要报复，就随身携带了麻醉剂和电击棒，用来自保。却没想到大伯和堂哥还没品尝到这套她精心准备的自救设备，反倒先用在了贾云豪身上。

夏正华没再说什么，因为他看到傅立鼎走过来了，这位优秀的刑警眼眶通红，眼睛却比从前更加坚定、明亮。

不必多说，夏正华已经懂了。

身边这两个年轻人，不会因为危险就放弃对万象集团的追查。他们希望将这个罪恶的组织连根拔起，不让万象集团继续危害百姓。

就像当年满怀雄心壮志的自己一样。

祭拜完傅临渊，已经到了晚上。

夏正华的司机一直等在墓园门口，这时突然接到他父亲的电话，说他母亲快不行了，想见儿子最后一面。

听见这个消息，年过半百的司机顿时急了，匆匆把车开到市区后，就立刻将车钥匙交给傅立鼎，自己则赶紧打车去火车站，坐最近的一班高铁赶回老家。

司机一走，本来坐在后排的傅立鼎只能上来兼职司机，夏正华坐在傅立鼎正后方，童素则坐在副驾驶座上，正好有时间给NULL发信息。

没聊几句，了解童素行程的NULL传来一条信息：“你们绕路吧！前方的那个路口刚发生了一起车祸，一辆小轿车闯红灯，与两辆车发生剐蹭，现在路堵住了，过不去。”

傅立鼎知道后，有些头疼：“绕路啊！不是不行，但要绕就只能绕到平安大道，距离长不说，我怕这个时间点还会堵。”

平安大道是进出湖滨市的交通枢纽之一，每天车流量极大。尤其到了晚上，那些白天被禁止走这条路的大货车络绎不绝，导致路况非常复杂。

童素耸了耸肩：“那也总比一直被堵着好。”

傅立鼎想想，觉得也是，就把车开向了平安大道。

童素也没把这件事放在心上，继续和NULL聊天：“才半天时间，我怎么感觉你变冷淡了？”

手机那头的NULL沉默了。

其实不是冷淡，是他突然有点没办法原谅自己。

童素被贾云豪挟持的事情，是NULL第一个发现的，他当时一听音箱中传来的声音，就知道那边出事了。等童素把手机一摔，两边断了联系，NULL意识到情况不对，马上锁定童素的 GPS 定位，并通知夏正华，众人才及时赶到。

但这不能减轻 NULL 的无力感。

他调出了医院的监控和童素的病例记录，知道童素被贾云豪扼住，虽然声带没受伤，但雪白的脖颈上印着狰狞的手印青，几天了都没能消掉。

如果贾云豪力气再大一点，再疯狂一点，或者童素没能自救……光是想一想这种可能，NULL 就无法控制自己的慌乱。

可他什么也做不到。

哪怕通知了再多的人，哪怕实时将现场尽收眼底，哪怕想了再多救援的措施，他还是很痛恨自己，为什么不在童素身边。

如果他跟着童素，就算打不过贾云豪，也会拼命上前，不至于让她受这么多苦。

大概是看他太久没反应，童素直接拨通了语音，小声问："你没事吧？"

"我没事。"NULL 回答，"我就是——没什么。"

他纠结再三，还是把关心的话咽了下去。

既然他不能在现实中出现，说再多又有什么用呢？只会给她期待，又令她失望而已。

下次遇到这种情况，他能出现在现场，出现在童素身边吗？

童素感觉 NULL 心中藏了事，追问道："你确定真没什么想和我说的？"

NULL 犹豫了一下，天平的两端不断挣扎，最后还是决定表明心迹："童素，其实，我……"

话还没说完，手机话筒中就传来惊天动地的撞击声！

"砰——"

# 第二十八章 致命谋杀

时间拉回两秒之前。

正在开车的傅立鼎突然发现情况不对，明明前方绿灯在倒计时，马上就要变为红灯，左后方的大卡车却没有减速，直直地冲了过来！

从后视镜看到这一幕的傅立鼎提高了警觉，第一时间就猛打方向盘，也不顾什么红绿灯，当即就要往右边的道路上拐！

但这时，大卡车也突然加快了速度！

"砰！"

剧烈的撞击声在夜晚的平安大道响起！

无与伦比的冲击力令大卡车的车头凹陷下去，童素等人所乘坐的轿车更惨，直接侧翻，左边完全被撞瘪，右侧紧贴着地面，整辆车都竖了起来。

"该死！"

手肘传来钻心的疼提醒傅立鼎，他的左手已经由于直面撞击而骨折，右手则因为车身的侧翻，被卡在了挂档处，一旦想强行拉出来，这只手就别想要了。

鲜血从额角缓缓流下，模糊了傅立鼎的眼睛，但大脑比任何一刻都要清醒。

他立刻对童素说："你和NULL的通话没挂断吧？立刻告诉NULL，通知最近的公安、消防和医院，用最快的速度赶来！"

坐在副驾驶座上的童素无疑是受伤最轻的那个，除了车辆的剧烈震动和侧翻令她头部被撞击，整个人有些眩晕外，状况比另外两人都好很多。

确定了自己与NULL的通话状态还在保持，童素立刻复述了一遍傅立鼎的要求。

她尝试活动自己的双手，发现它们没被限制后，做的第一件事就是将耳机拔了，通话开公放，然后去观察傅立鼎和夏正华的情况，心中就是一沉。

傅立鼎满脸是血，后座的夏正华更是成了血人，幸好夏正华也系了安全带，被牢牢地固定在了位置上，否则车子右翻，坐在后方又没系安全带的人，很有可能由于头部向下倒插的姿势，导致颈椎直接折断！

童素的洞察力极其敏锐，看见夏正华失去意识，昏迷在座位上，受伤很重，就知道自救只能靠自己和傅立鼎，又发现傅立鼎被卡在位置上不能动弹，连忙问："我能做什么？"

"你得先出去！"傅立鼎的思路清晰，"车子被撞得这么厉害，漏油的可能性很大。挡风玻璃已经裂了大半，只是没碎。你找一下副驾驶座前的工具箱，看看能不能翻到锤子。如果有，就把缺口砸大，然后爬出去！"

"那你们呢？"

"我整个人现在都动不了，需要专业人员来救援，你别管我！"傅立鼎毫不犹豫地说，"等你出去后，先把左侧的两个车窗全部砸掉，这样既能减少救援时间，也能给车辆通风。然后就去盯着油箱，一旦发现油箱有起火的痕迹，就立刻往外跑，跑得越远越好！"

童素也是果决的人，听完应了一个"好"字，就立马解开了自己的安全带，弓着身子去摸工具箱。

而此时，手机里也响起了 NULL 急促的声音："我已经通知了最近的公安、消防和三甲医院，报告了夏厅遭遇车祸的情况，让他们立刻赶来救援，并为他们规划好了最快的路线。仁德医院离这里只有 3.5 公里，只要坚持一下，救护车很快就能到。另外，我正在入侵几大常用的导航 app，让所有本来与救护车路线相同的车辆都以为这附近的路在修，绕道而行。"

这是为了防止往来车辆络绎不绝拖慢救援的时间。

傅立鼎随着失血增多，已经有些晕眩，却强撑着说："'空神'，你查一下那辆大货车的信息，我感觉它是故意撞过来的，希望他没同伙在旁边等着补刀。"

NULL 强迫自己冷静下来："明白，我这就入侵监控系统，替你们注意周边的可疑人员，一发现就告诉你们。"

话虽如此，但他心里其实很明白，就算他从监控里看到了鬼鬼祟祟的人，那又能怎么样？如果对方真要对夏正华等人造成二次伤害，夏正华昏迷，傅立鼎骨折，童素虽然没受什么伤，但到底是弱女子，怎么对抗？偏偏隔着网络，他什么都做不到，什么都做不了。

想到这里，NULL 不自觉地握紧了双手，骨节分明，青筋毕露。

电话那端的 NULL 心急如焚，痛苦不已，电话这端，童素已经从工具箱中翻出了一个小锤子。

但此时，氧气不足的弊端已经开始初步显露。

惨烈的车祸让空调直接停摆，偏偏这辆车的挡风玻璃质量极好，承受这么剧烈的撞击都只是出现裂纹，没有彻底碎掉。

由于傅立鼎被卡在车上，想要按下车锁、摇下车窗也成了无法完成的动作，而且整辆车变成了一个狭小而密闭的空间，氧气渐渐被二氧化碳所取代，导致人晕眩的速度加快，四肢更加无力！

如果这辆车是往左翻的，或许还好，偏偏是右侧翻，童素处在副驾驶座上，右手贴着副驾驶座旁的玻璃窗，被身体的重量压着，导致她不仅施展的空间极小，也很难发力。她努力尝试用锤子去敲挡风玻璃，但挣扎着试了好几次，挡风玻璃纹丝不动！

看见这个情况，傅立鼎抬高声音："你尽量往我这边挪一下身子，给右手腾出可以发力的空间。要快，车内的氧气支持不了多久，不及时通风，大家都得死！"

"可——"童素急急道，"我刚才计算了一下整辆车的着力点，现在刚好维持在一个平衡的状态，如果我破坏了这个平衡，这辆车很可能再次往左或往右侧翻，我怕夏厅承受不住这样的冲击啊！"

其实，还有个更大的担忧童素没有说出口，要是油箱再一次受到猛烈撞击，会不会引发爆炸？

"我说了，你别管！"傅立鼎厉声道，"这种时候，活下来一个算一个，尤其是你！我已经闻到汽油的味道了！"

此时，傅立鼎远比童素冷静。

他一遍又一遍地回想着刚才大卡车冲过来的场景，已经意识到，这绝不是一次简单的车祸，而是针对他们三个的暗杀。

所以，傅立鼎立刻算了一笔账。

他们三个人中，傅立鼎自认是最没有价值的那一个，冲锋陷阵的角色谁都能担当，少了他傅立鼎还有别人。如果要牺牲，肯定是他来牺牲，保全夏正华和童素。

但现在，夏正华生死未卜，童素却只是受了轻伤，傅立鼎当然不惜一切，也要让童素活着出去。

"夜神"要是不在了，谁来对抗岩罕这位"太阳神"？光靠 NULL 吗？估计悬！

这时，NULL 也说："根据我的计算，消防车会第一个来，但也还要五分钟左右。一旦车辆开始漏油，爆炸的可能性极大，越留在车内就越危险。尤其现在，你们一面玻璃都没打破，车内的氧气很快就会消耗光，再拖下去，生还的概率更渺茫。与其等待救援，倒不如赌一把，进行自救！"

童素咬了咬牙，不再多说，用左手死死抓住汽车排挡，尽量往上挪，然后蜷起身子，用一个很不自然的动作，艰难地移到前方，找到挡风玻璃龟裂的核心点，重重砸去！

一下，没有反应！两下，也没有反应！三下，还是没有反应！四下，仍然没有反应！！！

"哗啦！"

敲到第五下，挡风玻璃终于碎裂了！这玻璃破碎的声音宛若天籁！

但还没来得及高兴，一直摇摇晃晃的汽车终于被打破平衡，往右哗啦一声，再度翻倒，四轮和底盘直接朝天！

被安全带固定在驾驶座上的傅立鼎闷哼一声，显然已伤上加伤，却忍着不喊痛，不给童素增加负担。

童素努力将身体压低，放平，积蓄力量，然后先探出头和肩膀，再猛地一用力，终于成功地从车里钻了出来！

狼狈地滚出车辆，她身上和手上多处擦伤。但她却顾不了那么多，快速从地上爬起，捡起一旁滚落的锤子，忍着即将夺眶而出的泪水，开始拼命地砸车辆两侧的玻璃。

每一锤，都好像砸在自己的心头。

童素从来不信上天，更不信神明，但这一刻，她拼命祈祷，心中只有一个念头，不要起火，千万不要起火！

但这世界上的事情，往往是怕什么就来什么！

油箱外部，由于刚才车辆的再度翻转、撞击，导致部分线路短路，一小簇火花突然蹿起！

霎时间，童素手脚冰凉。

傅立鼎一直在注意她的表情，看见她往油箱那里看了一眼，脸色就煞白，立刻反应过来，狂喊："走！快走！"

"我——"

童素大脑一片空白，还没来得及做出抉择，就听见不远处传来消防车专用的鸣笛声。

消防队员们彻底扑灭火苗，阻止汽车爆炸的那一刻，童素才像从地狱回到了人间，双腿一软，直接瘫坐在了地上。

不知为何，她的感觉都有点钝了，就好像眼前发生的一幕幕，只是自己正在看的一场电影。声音离她很远，距离也是。

她看着消防队员救火，拆车门，小心翼翼地将夏正华和傅立鼎弄出来；看着公安拉起了警戒线；看着医务人员赶到，将两人放上担架，又请她一起上车，就模模糊糊地跟着上了救护车，脑子还有些浑浑噩噩。

到了医院，等夏正华被推进手术室，傅立鼎被送去拍X线片后，童素才慢慢从这种状态中脱离，有了点活气。

她扶着墙，一路在医院摸索，转来转去，才转到了医院一侧的小卖部，本想买几瓶碳酸饮料，但想了想又放了回去，换成盒装纯牛奶，又拿了几条饼干。偏偏要付钱时，才发现自己身上既没带钱，又没有手机，只能尴尬地放下东西。

漫无目的地转了一阵后，童素才缓过来一些，下意识地想去找傅立鼎。没想到经过骨科的时候，恰好看见傅立鼎从里面出来。

傅立鼎见她面无血色，眼神有些茫然，不像平常那样神采飞扬，就伸出被包得像个粽子般的右手，在她面前晃了晃："怎么了？魂丢了？"

童素的心慢慢落了地，摇了摇头："我就是……有点打飘——"

傅立鼎奇了："你看特警抓犯人不害怕，碰上飞机被劫持也不害怕，亲眼见到死人都没留下阴影，遇到一场车祸，反倒吓成这个样子？"

童素抿了抿唇，半晌才道："大概是，没办法接受。"

没法接受抛下同伴，一个人逃生。

哪怕知道，这种时候，跑出去一个算一个，才算最正确的选择。

她虽然没把话说完，傅立鼎却听明白了，顿时不知该说什么好。

他当了这么多年警察，当然知道，很多灾难的幸存者在死里逃生后，会产生极其严重的心理问题，甚至出现应激障碍。他们会非常痛苦、愤怒、无力、自责，要么对社会产生强烈的憎恨，要么滋生出极强的绝望，质疑为什么活下来的是自己，后悔没有能把生的机会让给其他人。

包括灾难的救援人员也是，明明竭尽全力救人，但眼睁睁看着生命逝去，也会产生强烈的负罪感，甚至自我厌弃。他们会认为，如果自己再努力一点，或许对方就能获救。

童素刚才兼具了"逃生者"与"救援者"的双重身份，心理上产生巨大问题，一点都不奇怪。

所以，傅立鼎故意夸张地抬了抬右手，指着自己打了石膏不能动弹的左手："我还以为这条胳膊废了，至少是粉碎性骨折。结果拍完片子出来，只是闭合性骨折，神经血管都没伤到，开刀做手术都不用，打一段时间的石膏就能长好。"

童素知道他在安慰自己，勉强挤出一丝笑，却还是显而易见的勉强："那很好！就不知道夏厅怎么样了。"

　　傅立鼎也很担心夏正华的安危，对他而言，夏正华就像是他的老师一样，令他既尊敬，又向往："放心，夏厅可是从枪林弹雨中走出来的英雄，这点小风浪没办法打垮他，肯定不会有事。"

　　这番话，与其说在劝慰童素，倒不如说是自我安慰。

　　童素还是有些心神不宁，就问："你现在能走动吗？我们要不要一起去手术室门口等？"

　　"行啊！"傅立鼎点头，又想到一件事，"你的手机呢？扔在车上？"

　　童素下意识地摸了一下口袋，才想起来，当时因为自己着力不便，没办法把手机揣口袋里，后来车辆翻转，手机不知跌到哪个角落，压根没带出来，否则刚才她也不会买不了东西。她这才点了点头："嗯，应该在公安那里。"

　　"那我的手机算是一个奇迹了，一直放口袋里，居然没掉出来，也没撞坏。"傅立鼎一边说，一边要拿手机出来，"你要不要用我的手机给 NULL 报个平安？他之前全程和我们通话，虽然知道我们获救，但不知道具体的治疗情况，不如你给他打个电话说一下，也让他放心？"

　　童素愣了一下，才说："不用，他肯定已经入侵了医院的医疗系统和监控系统，估计比你还早看到你的病例。"

　　傅立鼎失笑道："他从监控里看到，和你主动打电话，这是两个概念。算了，你既然没那份心，我也不多说什么。"

　　他是个极其敏锐的人，哪怕之前在生死关头，也能听出来 NULL 失了方寸，声音远不如平常冷静，说话都有点颠倒，与从前大相径庭。再想一下这两位黑客平常一个比一个不爱与人打交道，彼此却很聊得来，心里顿时有数了。

　　但看童素这样子，怕是还没反应过来？

　　又或者，她没这意思，完全是 NULL 单相思？

　　傅立鼎不爱多管人家的闲事，尤其是感情问题，于是立刻转移话题："我可以断定，那辆大货车就是冲着我们来的，是谁派来也不用多说，无非就是万象集团。问题是，我怎么都想不通，他们是怎么算得这么精准，对我们发动袭击的？"

　　他这一路上翻来覆去地琢磨，也没搞明白究竟是怎么泄露的行踪。

　　没和专案组其他人同行，他们两个是临时接到通知去墓园祭奠，从山上下来的时间也是随机的，就连今天开的车，也恰好不是夏厅平时常用的专车。

　　退一万步讲，即便敌人追踪到他们在这辆车上，但车窗是经过特殊处理的，从外面无法看见里面的情况，万象集团又是怎么知道夏正华坐左侧后方？

傅立鼎回想大卡车的路线，非常肯定，对方的目的明确，就是铆足了劲往驾驶座后方这个位置撞，这才导致夏正华受伤最重。

难道只是认为领导都喜欢坐这个位置，误打误撞？

童素想了想，没直接回答，而是反问："卡车司机还活着吗？"

"死了，死因是失血过多。"傅立鼎说，"我刚才和局里的人联系过，他们检查后发现，那个卡车司机是个癌症晚期患者，本来就活不了几天。技术科检查了他的手机，发现最近一段时间有一个神秘电话频繁联系他，三天前他的账上还多了一百万元人民币。不过这三天以来，那个电话只和他联系了两次，第一次是钱到账的时候，第二次就是刚才。他接了对方长达一个小时的电话，接到电话后，他就出门了，又刚好在死前挂断，显然是电话那头的人一直在指挥他对我们进行袭击。"

听他疲倦而又有些失望的声音，童素也能猜到："技术部门去追踪那个号码，却一无所获？"

"嗯，那个电话是从国外打来的，又做了伪装。"傅立鼎叹道，"至于那一百万人民币，则是直接从香港的银行转进来的，NULL调出转账时的监控记录，汇款的人遮得严严实实，又刻意躲着摄像头走，很快就消失在监控里，下落不明。那张卡也只用过这么一次，至于登记的身份，是一个混混。"

童素听完，表情十分凝重。

傅立鼎觉得她的反应很奇怪："怎么了？"

童素犹豫了一下，才说，"因为知道岩窄是个黑客高手，这一路上，我和NULL一边通话，一边都有意识地在进行反追踪。所以我确定，湖滨市的智慧交通系统没被入侵，天网系统也没被入侵，我们的车载定位系统就更没事。偏偏对方早有预谋，先买好了凶手，又能这么精准地定位我们，进而遥控指挥，要不是你反应快，让车身偏离了一些，我们全都要死。这种情况，我觉得只有一种可能——对方入侵了大洋国的军事间谍卫星。"

傅立鼎惊呆了："什么？"

"我想来想去，也只想到这个。大洋国的军事卫星分布和覆盖最广，而且清晰度极高，只要放大到一定比例，可以实时看见世界的每个角落，包括每个人的脸，甚至能复原他们在说什么。如果万象集团渗透进了大洋国的军事卫星系统，对我们进行追踪，那我们只要有一个地方露了痕迹，就再也没办法逃过他们的眼睛。"

傅立鼎还是无法相信："问题是，卡车司机这通电话打了一小时，证明万象集团至少控制了卫星一小时,才能做到这么精准地定位我们。大洋国军方不至于这么无能,军事卫星被人入侵了这么久都没发现吧?"

"所以,我不确定这个猜测对不对,但我想不到别的理由。"童素有点纠结,"放到十年前,这个操作是可行的,因为那时候卫星的网络攻击门槛比较低。但各国早就意识到了这个问题,对卫星的网络防御能力进行重重升级,尤其是军事卫星,更是它们防御的重点。现如今,就算是顶尖黑客,想要攻破卫星的防御都十分困难,更不要说悄无声息地控制,让卫星为自己所用了。"

"你也不行?"

"我应该可以攻破卫星的防御,但很快就得撤离,防止被大洋国军方和情报机构追踪,没办法无声无息地入侵并控制卫星至少一个小时。"

说到这里,童素深吸一口气。

她的黑客技术已经走到这一步,太明白再往上提升有多难,正因为如此,对方若有控制大洋国军事卫星的能力,才会让她心惊肉跳。

Ra 的能力与她旗鼓相当,应当没有这种本事,否则之前几次攻防战就不至于输了,难道万象集团还有更强的黑客?

不知为何,童素突然想起几个月前,岩罕为了救德隆去劫机,他们离开时,岩罕提到了一句"老师"。

童素当时没特别把这个"老师"当一回事,因为岩罕掌握的技能太杂,谁知道所谓的老师究竟是教他什么的。哪怕她曾有一瞬的怀疑,这个"老师"是教会岩罕黑客技术的人,却很快被她压了下去,不愿再想。

但现在,一个可怕的猜测,再度浮上心头。

不会的,一定不会的!

如果是那个人……如果那个人还活着,他为什么不联系自己,反倒要跑去万象集团,为一群毒贩效力?

就在童素心乱如麻之际,走廊的灯突然闪了几闪,然后彻底黑掉!

霎时间,整个医院陷入一片黑暗!

# 第二十九章 连环毒计

黑暗降临的那一刻，童素先是一怔，然后反应比谁都快："是岩罕！"

万象集团果然还有后手！

傅立鼎不解："为什么？"

医院停电虽然很罕见，但也不能这么确定就是岩罕吧？

童素非常笃定："你不知道吗？稍微上一点规模的医院，其实都会有三套电力系统，第一套是正常的市电供应，也是医院平常用的电。作为三甲医院，仁德医院的电力系统肯定是三回路供电，这样是为了保证，哪怕其中某条线路发生故障停电，另外两条线路也能立刻投入使用。三条线路同时故障的情况少到可以忽略不计，这就排除了是线路故障的可能。更何况，医院的电力系统与周边其他区域的电走的不是一条线，而是独立拉的线路。就算周边的小区、写字楼全都停电了，医院也能保证灯火通明。这就代表着，哪怕附近电力检修，或者变压器出了问题，也不会影响到医院的市电供应。"

童素这么了解，是因为她中标过多个大医院的网络安全维护项目，很清楚除了市电供给外，为了保证医院这类以救治生命为最高目标的场所不停电，哪怕在市电的安全性上，医院已经做到极致，为了万无一失，医院还是在"假设突发状况，导致市电无法供给"的基础上，另外做了两套备用的电力方案。

首先，医院会准备一套UPS，一般是二十组UPS组成一个大的模块，作为备用电力。万一市电真的断开，这个备用电力只需要零点几秒就会续上，几乎让人感觉不到停过电。

"据我了解，现在的大型医院，备用电力用的都是进口的汤姆森机器，品质非常高，出故障和被损坏的可能性很小。但现在，电都停了快两分钟还没有续上，那就说明这些机器被人动过手脚，从自动切换改成了手动切换。"

汤姆森机器是传统的液压推杆，想把自动切换改成手动切换，需要提前进行物理性修改，不是单纯依靠网络就能完成的。

傅立鼎面色一肃："另一套备用方案呢？"

"那就是柴油发电机。"童素回答，"一般来说，医院都会有一个地下油库，储存 5

至 8 吨的柴油。40 天不用的话，就要抽出来，换上新的，以备不时之需。"

傅立鼎已经明白了事情的严峻程度。

童素说得很清楚，大型医院对电力的供给极其重视，设想过各种可能，并且准备了好几套备用方案，足以应对任何突发状况。

在这种情况下，仁德医院还会突然停电，这绝不是巧合，而是人为造成的！

"你的意思是，万象集团已经提前派人潜入，早就把备用电也给断了？"傅立鼎已经信了大半，却还是有点想不通，"但他们怎么能确定夏厅万一出事，送的一定是这家医院？"

"你记不记得，我们之前遇上一起车祸，导致不得不绕上平安大道？"童素已经把整条线都串起来了，"岩罕只要大概摸清我们在哪里，然后入侵一些车辆的车载系统，对其进行诱骗和误导，以此制造几起小规模的交通事故，堵住我们前方的路，逼着我们走上他设计好的路线即可。"

平安大道明明有十几公里长，为什么大卡车选在中间那段制造车祸？

很简单，因为岩罕不确定一起车祸就能把他们全都弄死，但他清楚，万一没死，肯定会被送往最近的医院进行治疗。如果在平安大道的两端制造车祸，未必会来仁德医院，只有在中间出事，伤者才一定会来这家医院！

傅立鼎本能地觉得，现在的情况有些不对劲："按你的意思，他们就算能让医院停电，也维持不了多久。"

"我不知道仁德医院的 UPS 备用电放在哪里，是不是已经被人为损坏，但无论如何，柴油发电机肯定是完好的。"童素回答道，"如果我没猜错的话，仁德医院的负责人在发现医院停电，备用电力也没续上的情况下，应该已经派人往柴油发电机的机房赶了。"

"启动柴油发电机要多久？"

"很快，算上路程，应该不会超过十五分钟——其中至少有十分钟是在路上消耗的。"

傅立鼎深吸一口气："十五分钟的黑暗，对一场正在进行的手术来说，也足够误事了。"

童素摇了摇头，纠正傅立鼎的错误观点："你不知道，医院的手术室与重要器械，比如维生类的仪器，全都有自己的储备电。哪怕现在，医院的所有走廊和病房全黑了，手术室也一切如常，灯都未必会闪一下。这样的设置，就是为了确保手术在特殊情况下依然能顺利进行！"

傅立鼎听了，非但没有高兴，心情反而更加沉重。

按童素的判断，万象集团筹划这么久，顶多让医院停电十五分钟，而且还不会影响到手术室。

那他们攻击电力系统做什么？做无用功？

傅立鼎清楚，岩罕绝不会无的放矢，只是他们现在还没摸清对方让医院停电十五分钟的目的。

无论如何，对方既然花了这么大力气，让仁德医院停电，就证明黑灯瞎火，对万象集团来说是有利的。

越是如此，傅立鼎就越是担心。

敌人在暗，我方在明，究竟会怎么样？

傅立鼎强迫自己冷静下来，做出判断："我们去手术室！"

无论万象集团为什么制造断电，归根结底，就是想要杀他们三个。现在，傅立鼎和童素虽然或轻或重地受了伤，却没有影响行动。唯有夏正华正在被紧急抢救，生死未卜。一旦医院因万象集团的某些手段陷入更大混乱，夏正华出事的概率最大！

所以，他立刻问童素："手术室在哪里，你知道吗？"

傅立鼎一进医院就被送去照X线片，然后又到骨科包扎，不清楚夏正华进了哪个手术室。

但童素是跟着夏正华的担架走到了手术室门口，直至手术室门关上，门楣上显示正在手术的灯亮起才离开的，当然有印象。

骨科在仁德医院A栋五楼，手术室在B栋三楼，两栋楼之间的二楼有个天桥。

电梯不能用，只能走安全通道。

童素稍微一回忆，整个医院的布局就浮现在眼前，脑子就像计算机一样，迅速规划出最近的路径："跟我来！"

傅立鼎发现，童素就像从小在这家医院长大的一样，连照明都不需要，直接带他跑到安全通道，下楼，再换楼梯，走天桥，不由得咋舌："你经常来？"

"怎么可能？我家离这里二十多公里呢！"

言下之意，她也是第一次来。

傅立鼎更诧异了："那你对路怎么这么熟？"

"我每到一个地方都会先看布局图，然后在脑子里复原整个建筑的模型，规划好几条逃生的路线，防止出什么意外。比如突然失火了，至少知道该往哪里跑。"童素轻描淡写地回答。

这是少年时险些被拐卖留下的后遗症。

虽然那次拐卖早就在她意料之中，但她其实也很害怕，怕自己真搞砸了，被卖到大山里怎么办。所以，她神经质地收集一切可以收集的信息，光是逃跑的路线和方案就规划了十七八种。

打那之后，她每到一个陌生的地方，必定要先看布局和路线图，全部摸清楚之后，才会觉得心里有底，才敢进去。哪怕刚才有些魂不守舍，但铭刻到骨子里的本能还是让她把医院的布局弄得清清楚楚。

傅立鼎不知童素的过往，听她这么说，心里就浮现出一个莫名其妙的念头——没经过专业训练，就有这么敏锐的反侦查能力，比他这个刑警还敏锐，有点吓人了吧？这要是误入歧途，天生一个高智商反社会的危险分子啊！

这个想法一闪而逝，两人已快速跑过天桥，又从二楼跑到三楼，冲到了手术室门口，恰好看见手术室的门打开，刚跨出脚的医生和他的助手们愣了一下："外面停电了？"

傅立鼎见状，立刻快步迎上去："医生，手术成功了吗？"

医生摆了摆手："还没有。"

"那你们干吗出来?!"傅立鼎满是焦虑，语气变得不太客气。

"有手术器械出了故障，我们去换个好的。"医生没被傅立鼎的情绪影响，不疾不徐地回答。

"这种关键时候器械出故障，你们怎么搞的！"傅立鼎真急了，声调拉得老高。

"你们别急，我们一定会尽最大努力，挽救病人的生命。"医生不再理会傅立鼎，边说边带着两个助手匆匆走了，手术室的大门也再度合上。

傅立鼎本想拉住医生再多问几句，却又怕耽误了换手术器械的进度，只能急得在手术室门口反复转圈，就听见童素说："傅队，立刻联系市局，让 NULL 发一份手术室重要器械的清单给我，要附图的。"

"好。"

NULL 的动作很快，不到 30 秒就把清单发到了傅立鼎的手机上。

傅立鼎一边拿手机给童素，一边问："你懂医？"

"不懂。"童素平静道，"但我只要看医生待会儿拿来的器械是什么，比对一下，就知道是哪个器械出了问题。"

她才不相信手术室的器械出故障是偶然，肯定是岩罕搞的鬼。

既然岩罕能做到，那么她肯定也能，只要反向推断一下，就知道问题出在哪里了。

这个时候，傅立鼎只能选择相信童素，所以他干脆站在楼梯口，一方面是怕万象集团派人来，一方面是要第一时间看到医生。

没过多久，他就快步走过来，对童素说："我看到他们推着一个挺大的仪器，上面还有个托盘，放了几支药剂。这是照片，太黑了，开闪光灯拍的，不是很清晰，将就着看。"

童素拿着照片，和刚才 NULL 发给她的清单对比一下，马上找到同类："原来是激光刀出了问题。"

"什么问题？"傅立鼎紧张地问。

童素看到三个医生已经推着仪器到了手术室门口，没时间再回答傅立鼎，而是立刻站起，目光有意识地扫向药剂的标签，发现是巴比妥类药物，立刻明白，应该是由于仪器故障，导致手术延迟，预先准备的麻药剂量不够，只能再去拿。

关于麻药的事情，只是在童素心中一闪而过，她更关注仪器究竟出了什么问题，就很有技巧地问："医生，我看见器械清单显示，手术室里应该有最新的激光刀，为什么还要在手术中途去拿这个已经被淘汰的激光刀？"

她这一句话，透露两个意思：第一，她有过硬的关系，能弄到手术室的器械清单；第二，她对医疗器械有所了解，不能随便被忽悠过去。

傅立鼎配合地拿出了警察证件："请如实告知我们，究竟发生了什么。"

医生也猜到正在被抢救的病人身份肯定不一般，否则院长不会那么重视这次手术，把能调的专家全都紧急派过来协助。所以他犹豫了一下，还是如实告知："新型激光刀出了点故障，暂时不能用。"

童素追问："究竟是什么问题？是激光刀突然断电了，还是导光系统出问题，又或者是波长变更？"

"是波长。"

医生想到刚才惊险的一幕，也十分后怕——谁能想到，手术进行的过程中，激光刀在医生没主动操作的情况下，功率突然加强，波长也随之变更，直接失控，差点把血管整根切断。

幸好主刀的专家在手术台操作了几十年，经验丰富，当机立断，直接把激光刀给关了，才没酿成重大医疗事故。

专家一边进行补救，一边指挥他们出来拿旧的激光刀，以及更多的麻药。

看见傅立鼎的脸色极其难看，医生连忙说："这个旧的激光刀也没有被淘汰，我们医院打算在这一层楼再扩建一个手术室，将它投入使用，进行一些强度没那么高、时间没那么长的手术。由于新手术室还在筹备中，这台旧激光刀就被暂时搁置，我们才能这么快地把它推过来。"

解释清楚后，医生见两人没阻拦的意思，就用验证卡刷开手术室的门，带着助手和设备匆匆走了进去。

童素听完医生的回答，心里暗道岩罕好狠！

这个手术室里的医疗器械，全是仁德医院从国外进口的、最顶尖的器械，其中就包括今年才从大洋国租赁的最新型激光刀。

所谓激光刀，实际上应该叫"激光器"，是由电源、智能控制台、导光系统、关节臂和激光刀等部件组成的大型医疗仪器，光是激光刀的刀身就有两米长，刀刃却不足0.1毫米。

用这样的"刀"来切开骨头，就像切皮肤一样轻松、简单。

而且，激光对生物组织还有热凝固效应，用激光刀来进行手术，能够大幅度地减少出血，让以前很多被视为禁区的手术，现在也有了成功的可能。

这样的高端仪器，价格自然极其昂贵，哪怕仁德医院是国内赫赫有名的三甲医院，也没那么多预算一次性买下来。只能选择金融租赁的方式，将部分资产抵押，又付了巨额租金，才从大洋国进口了一台最新型的激光刀。

既然东西是租的，那么器械的真正持有方就要担心，万一你把器械带走，直接转手卖了怎么办？

这种情况下，商家一般都会采用 GPS 定位的方式，等你把器械放到手术室之后，商家就设定好这个物理位置。从此以后，器械就只能放在这间屋子里，一旦离开这个房间的范围，哪怕只离开一米，智能控制系统也会直接切断电路供应，让激光无法凝聚。这样一来，激光刀就暂时没用了。

"既然有 GPS 定位，那就代表着可以联网，岩罕就是通过网络入侵了激光刀的智能控制系统，更改了激光波长。幸好他在对激光刀动手脚的时候，手术还没正式开始，否则一刀下去，伤及重要血管或者内脏，神仙也救不了。"

听完童素的解释，傅立鼎脊背发凉。

谁能想到，抢救生命的激光刀，也能变成屠刀？

他心有余悸地问："换了上一代的激光刀就没事？"

"是的。"童素回答，"早几年的激光刀虽然也配备了导光系统和智能中枢，但远远没有最新型的激光刀那么智能，对医生来说，会消耗更多的精力和体力。不过它们不联网，所以岩罕动不了。"

傅立鼎懂了。

这就像汽车一样，全自动驾驶的车辆被黑客一入侵，掌控权就落到人家手里，驾驶者再怎么生气也束手无策；但你要换个全程手动，导航都没有的老爷车，黑客再厉害也没办法入侵，压根就没那先天条件！

傅立鼎终于松了口气。

他的心刚放下，整条走廊的灯忽然亮了。

显而易见，柴油发电机已经启动，让医院恢复了照明。

就在这时，傅立鼎的手机响了起来，他刚接通电话，还没来得及开口，就听见 NULL 说："把电话给童素。"

傅立鼎立刻把手机递给身旁的顶尖黑客。

NULL 顾不上客套，直接问："出事的是什么器械？"

"激光刀。"

NULL 的声音上扬了几分："你确定？"

童素眉头一皱，突然有种不好的预感："怎么了？"

"我刚查过手术室中所有医疗器械的生产厂家，你知道生产激光刀的'Yggdrasil'公司，老板是谁吗？"

不待童素猜测，NULL 已给出答案："是 Dante。"

童素面色大变。

世界一流黑客 Dante 和她算有些交情，两人在网上遇到了，也会聊上几句。

由于 Dante 不是张扬的性格，也不想暴露真实的身份，童素出于礼貌和尊重，并没主动去查，只知道 Dante 是德国人，事业顺利，家庭幸福。却没想到，Dante 所谓的"小生意"，竟然做得这么大！

但童素转念一想，又觉得不奇怪。

医疗器械的革新非常依赖新技术，尤其是智能化系统，作为顶尖黑客，Dante 在这方面先天就有优势。

只不过……"你确定真是 Dante？"

"确定，我刚才入侵他们公司的防火墙，惊动了他，我们对战了几回合。他的风格很明显，非常好辨认。"NULL 干脆利落地说，"他告诉我，在我入侵之前，他们公司的防火墙并没有出任何问题。"

"但这边激光刀出事，也是实打实的。"童素不会怀疑 NULL 的判断，但她也同样不会质疑医生的回答，所以，她的一颗心沉了下去，"那么，就只剩下一个可能——激光刀上被人贴了干扰贴！"

干扰贴是一种像胶布一样薄的贴纸，只要直接贴一张在机器上，就可以远程操纵这台机器，让它什么时候停就什么时候停，增加激光强度也不在话下。也唯有如此，才能绕过Dante精心设置的防火墙，在不惊动这位顶尖黑客的情况下，直接操控这台激光刀。

如此一来，所有证据直接指向一个惊人的事实！

"手术室中，有医护人员被收买了！"

这令童素心急如焚。

"NULL，你能通过公安局，立刻联系到仁德医院的负责人吗？"

"这就是陈局长的手机，他开的外放。"NULL回答，"夏厅出事被送往仁德医院的时候，陈局长已经联系了仁德医院的周院长。对方不光调派最厉害的专家组成团队，第一时间抢救夏厅，他自己也立刻出门，从家里往医院赶。三分钟前，他的车已经进了地下车库，应该马上就到了。"

马上？马上是多久？

童素和傅立鼎都快急疯了，岩罕的内线就在手术室中，只要对方稍微动一动手脚，夏正华就可能没命！

这时候，每一秒钟都是那么煎熬。

正当傅立鼎急得就差没砸门时，不远处有人小跑过来，见到他们，第一句话就是："是傅队和童小姐吗？"

"是的！"童素直接问，"您是周院长？"

周院长点了点头，傅立鼎马上说："周院长，我们怀疑手术室里有医护人员被毒贩收买，要加害夏厅！希望你能带我们进去！"

"这不可能吧？"周院长觉得自己耳朵出问题了，"为了抢救夏厅，我们临时成立的小组，就连我都是看了排班表后才点的人，毒贩怎么知道谁能加入这个小组，恰到好处地收买对方呢？"

童素想也不想，便道："因为对方知道，夏厅一旦出事，贵院肯定会挑最好的医生和护士对夏厅进行抢救。现在是凌晨两点，满足'能力出众'和'刚好在值班'两个条件的人并不多，交叉比对一下，就能找准目标。"

周院长还是觉得匪夷所思，但傅立鼎已经把手机拿到他面前，屏幕上显示正在通话，电话那头则是公安局的陈局长。

只听见陈局长沉声道："周院长，请你通融一下，让傅队和童小姐进手术室探查。这群毒贩极其狠辣，手上已经有许多条人命。他们被夏厅连锅端，对夏厅恨之入骨，什么事情都做得出来。"

周院长犹豫了一下，但既然湖滨市公安局长都给傅立鼎和童素做担保，而且周院长也怕夏正华真在手术台上出什么事，便点了点头："那我给二位开门，但你们一定要在一门套上手术服、换掉衣服和鞋子才能进去！"

周院长可不希望发生手术病人被细菌感染的医疗事故。

傅立鼎和童素自然是满口答应，在周院长的带领下进了门，飞速换好衣服鞋子，做好全套消毒后，傅立鼎就急不可耐地往手术台旁闯。

主刀专家正在全神贯注地为夏正华抢救，飞快地下达指令"二助，调好激光手术刀的功率；麻醉师，准备病人再次进行静脉全麻"等，但在这么紧张的手术中，傅立鼎等人进入的动静，还是吸引了几个护士和助手抬头看过来。

按照傅立鼎和童素商定的计划，进去后，傅立鼎一马当先，站在最前面，吸引所有人的视线，掩护童素偷偷绕到手术室的另一端。

傅立鼎鹰隼般锐利的目光一扫，便发现一个女医生不大对劲。

只见这个女医生低着头，用手中的棉球不自然地擦着夏正华的静脉，然后拿起了一支针管，准备注射，整个过程都不敢接触傅立鼎的目光，身体也很明显，是非常紧绷、十分紧张的状态。

傅立鼎的身体本能快过大脑，直接喝道："你，停下！"

众人见他喧哗，怒目而视，那个女医生却做了一个谁都没想到的动作——快速将手中的针管戳进夏正华的静脉，大拇指就要按压，将药剂打入夏正华体内！

就在所有人目瞪口呆没有反应过来的时候，童素早就偷偷绕过了众人，来到女医生侧面，见状二话不说，一个箭步冲上去，把这个女医生直接撞开！

女医生被撞了个踉跄，手中的针管也顺着力道，拔了出来，被她牢牢握在手上！

她的身体刚稳住，还没来得及反抗，傅立鼎就已经直接扑了过来，将她按倒！

女医生的双手胡乱挥舞，冰冷的针尖就在傅立鼎的胳膊旁边打晃，随时有可能扎进去。

傅立鼎毕竟经过专业训练，临危不乱，看准机会左手猛地一挥，把这管针剂打到了一边。

白色的针管中，无色透明的液体静静地流淌。

"高纯度毒品！"

专案组的技术专家给出了分析报告："这一针打下去，就算是壮年男子，也会因为注射了过量的毒品，神经中枢被破坏，直接毙命。"

傅立鼎脸色铁青:"太狠毒了!"

不光杀人,还要选择这么有针对性的方式!

夏正华当了大半辈子的缉毒警察,要是最后死在过量注射毒品这件事上,铁定死不瞑目。

童素眉头紧锁:"犯人交代了吗?"

"全都交代了,她是资深的麻醉师,在仁德医院工作了十年,一向兢兢业业,口碑很好。偏偏有个不成器的弟弟,染上了赌博的恶习,欠了五百万还不上,本来要被剁掉一只手,家里唯一的房子也要被抵押,全家人都要被赶出去喝西北风。这时候有人告诉她,只要把收到的快递袋里的这支药剂打到一个病人体内,对方就帮她还清弟弟的赌债。她说要考虑几天,还没答应,结果第二天就收到了药剂的快递,账上也多了一百万元人民币,说是预付的定金。"

毫无疑问,这名麻醉师被万象集团吓到了。

普通小老百姓碰到这种软硬兼施,根本没办法抵抗。

麻醉师也知道对方肯定要让她害人。但不帮忙,对方一只手指头就能捏死她,弟弟也要被追债的人弄死。她只能抱着侥幸心理,告诉对方,每台手术之前,器械和药剂都会被严格检查,她根本带不了陌生的针剂进去,试图通过这种方式做最后的挣扎。

结果,对方告诉她,没事,他们会创造机会,只要她配合即可。

这就是岩罕为什么要制造断电,又让护士在激光刀上贴干扰贴的原因。

对岩罕来说,如果能通过操纵激光刀杀了夏正华,当然最好,就算不成功也没关系。因为主刀医生一发现激光刀出问题,必定会让人去拿旧的激光刀来。

这样一来,原本计算好的麻醉时间不够用,需要二次输入麻药,就给麻醉师创造了机会,让她能以麻药不够,也要出去拿的理由暂时离开手术室,把装有毒品的针管换进来。

"联系她的人呢?"

"也是国外的电话。"

"那个寄毒品针剂的快递是从哪里发出的?"

"广西边境的一个县城,没有监控的地方,很乱,不知道谁投递的。"

也就是说,线索又全断了。

"还有,夏厅的司机刚才也打电话给我们,说他回到家之后,发现母亲并没有生病,他的父亲也说根本没打过那通电话。但我们查询到他的通话记录,显示当时他父亲的手机确实给他的号码拨过电话,还通话一分半钟,他接完就紧急订机票回家了。所以,我们准备等他回来后，再仔细询问一下整件事的经过。"

"不用审了，对岩罕来说，想做到这点太简单。"童素冷冷道，"把他父亲的声音记录一下，进行合成，或者直接拿相似的音源合成。再远程控制他父亲的手机，把电话拨过去，放完这段录音，让司机以为自己的母亲生病，急匆匆地要赶回家就行。反正岩罕的目的就是把司机调开，不需要太麻烦。"

说到这里，童素愣了一下。

岩罕为什么要把司机调开？一辆车上坐三个人还是四个人，有区别吗？以岩罕的心狠手辣，难道还在乎多杀一个人？

不对，还是小有区别的。

如果司机在，他们四个人的位置应该是，司机在驾驶座，夏正华按惯例在司机后面，傅立鼎和童素一个坐副驾驶位，一个与夏正华一起坐后面。

大卡车的主要撞击方位是车辆的左后方，也就是说，若是按那样的座位，受伤最重的无疑是夏正华，然后是后座的另一人和司机，副驾驶上的会受伤最轻。

但司机一走，就自然而然地变成了傅立鼎开车，童素即便之前在后排，此时也有机会坐到空出的副驾驶座上。这样一来，童素受重创的机会就降低了。

岩罕这是照顾她？

这个想法有点可笑，而且她本来就坐在前排副驾驶座。但童素想不到其他合理的解释，只觉得浑身冷飕飕的。

如果这个判断没错，那到底是为什么？

她不明白，从飞机上见面的那一次开始，德隆和岩罕就处处表现出对她的另眼相看，就连被暗杀，她居然还享有"优先豁免权"？

童素真的有些心烦意乱。

# 第三十章 关键筹码

一周后，省安全厅会议室，"7·17专案组"正在开会。

突然，童素笔记本电脑的右下角弹出一条提示：收到一份新邮件。

发件人：Ra。

看见这个名字，童素不自觉地坐直了身子，神色有些冷凝。

她的邮箱设有多层防护，陌生人的邮件都会直接被拦截，但这封邮件能够悄无声息地潜入进来，无疑令她内心颇感震动。

童素立即启动追踪程序，想要追查对方的IP。

不出意外，一无所获。

由此可见，这份邮件极可能真是岩罕所发。

这个无所顾忌的狂徒，在策划了一场残酷又恶毒的连环谋杀后，又将战书直接下到了她面前。

童素冷笑一声，心想：我会怕你不成？

她正要点开邮件，看看岩罕葫芦里到底卖的是什么药，突然想起了德隆和岩罕父子对她若有若无的那一丝特殊，顿时停住了。

就在这时，会议也刚好进行到尾声。

陈局长在叮嘱专案组成员们务必小心，提防岩罕的疯狂报复后，又单独对童素说："童小姐，岩罕这个人心狠手辣，不会因为一次失败就放弃谋杀。为保证你的安全，我们想派驻两个身手好的女警住进你家，贴身保护你。"

按理说，童素本该答应，但她惦记着那封不知道写了什么的邮件，还是委婉地拒绝："不需要这么麻烦了，我会加倍小心的。"

陈局长心想她独来独往惯了，会认为保护是一种监管，心中产生抵触情绪，也就不再多提，只是再三叮嘱："如果发现有危险，一定要第一时间与专案组联系，我们会立刻派人过来！"

童素点头应下。

她驾着哈雷摩托，用最快的速度回了家，从背包里捞出笔记本，迅疾打开邮箱，点开 Ra 发给她的邮件。

然后——然后，便是长久的静默。

德芙跳到童素的腿上，蜷起身子，轻轻地蹭着僵硬的童素，不知蹭了多久，童素冰凉的手才覆到它的身上，温热的泪水不断滑落。

那封邮件极其简单，简单到只有一张照片、一个时间和一个地点。

时间是今天晚上七点，地点就在她家小区门口。

而照片里，只是一个人的侧身。

弓着背的中年男子坐在藤椅上，手中转着绚丽的六阶魔方，他的衣服很干净，很整洁，脸上却始终挂着一丝愁绪。

童素目不转睛地盯着这张照片，仿佛要将这个人的面庞刻到骨子里去。

良久，轻轻的呢喃响起，那是阔别十五年的称呼。

"爸爸。"

伴随着这声呼唤，僵硬到宛如一尊石像的童素仿佛重新活过来了，只见她飞速写了一个识别程序，然后将照片录入，借助互联网无穷的数据开始分析这张照片上的一切物品——大到整个房间的桌椅窗棂，小到房间里的挂画摆设。

她迫切地想要知道，父亲究竟身在何处。

程序很快就得出结果——东南亚的建筑风格，桌椅都是红木所制，价值高昂，其他一应摆设也都十分名贵，左边墙壁上的那幅油画，则是乔托名作《哀悼基督》等比缩放的逼真仿作。

童素的心沉了下去。

意大利画家乔托是文艺复兴的开创者之一，被誉为"欧洲绘画之父"。他既是中世纪的最后一位画家，也是新时代的第一位画家。《哀悼基督》就是乔托的代表作之一，是他为意大利帕多瓦的阿雷纳礼拜堂创作的一幅宗教题材壁画。

但没多少人知道，童素的母亲就是因为看了乔托的画作，深受震撼，才走上了学习油画的道路。

母亲一生都想要去意大利，亲眼观摩这一传世巨作的真迹，可惜却未能如愿。

墙上挂有这么一幅意义特殊的画，证明父亲即便是个囚犯，至少也备受尊重，否则不会在细节上都这么周到，唯一的挂画是母亲的最爱。

当然，更有可能的是，这间屋子本就属于父亲，而他并非任何人的阶下囚。

想到这里，童素脸色发白。

无论哪种情况，都代表着岩罕已经掌握了父亲童子邦的行踪。而岩罕的意思也很清楚，童素不按他说的做，父亲就会有危险。

怎么办？

去？还是不去？

要救父亲，就必须听岩罕的话。但七点钟在小区门口，指不定就有一个"精神有问题"的流浪汉冲上来，拿刀把她捅死；又或者是一辆"失控的汽车"横冲过来，将她活活撞死。

又或者……

童素的指尖微微颤抖，心中涌起千般滋味，最后却只是拿起手机，对 NULL 发了一条短信："我想见你。"

发出之后，她抿了抿唇，又写了一条："现在。"

却迟迟没收到回复。

童素枯坐在电脑前，从日头高照坐到太阳落山，依旧没等到 NULL 的回答。

看见距离七点还有十五分钟，她终于拿起手机，给杜明礼拨了个电话："我想出去旅游一趟，权当散心。等会儿我把家里地址发到你的微信上，门禁中的指纹识别系统我先关闭，你只需要输入密码就能开门，密码是我的生日1031。你每天来我家两趟，替我照顾一下德芙，或者把它抱回家一段时间，好好对待它。"

她以前也会心血来潮，抛下工作，去雪山或是草原旅行，不过之前都是把德芙抱到公司让他照顾。这次杜明礼没觉得哪里不对，满口答应："放心，对付德芙我很有经验了！"

童素低低地嗯了一声，挂断电话，随手收拾了几件衣服，把它们和电脑一起放入背包，又蹲了下来，凝视德芙的眼睛，轻声说："德芙，你是我的家人，爸爸也是。我要去救他，暂时不能关心你了，你知道杜明礼是个好人，会好好待你的。"

说到这里，童素伸手去摸了摸德芙，神色平静，语气却有些酸涩："如果我还能活着回来……"

后半句没说出口的话，化作叹息，消散在风里。

晚上七点整，小区门口。

童素穿着黑色风衣，背着登山包，正准备按照岩罕发来的最新指示，骑上哈雷离开。

就在这时，她的手机震动了一下，是 NULL 发来的短信："刚下飞机，信息回晚了。"

童素立刻问："你在哪里？"

"不能说。"

"不在湖滨市？"

"暂时不在。"

看见童素久久没回，电话那头的 NULL 直接拨了电话过来，第一句话就是："我在埃及。"

童素顿时有些后悔自己的刨根问底。

NULL 的行踪比她更飘忽不定，就连夏正华都经常不清楚对方究竟在哪里，可见 NULL 的保密级别比童素还高。

这样的 NULL，不出国则已，一出国一定是执行机密任务，多一个人知道，他就多一份危险。

发现她不同寻常的沉默，NULL 轻声道："没关系的，这次我是主动申请出来办事的，因为想顺便看一看希腊和埃及。"

童素何等敏锐，NULL 只透了三分，她却能猜到七分，一时间心中百味杂陈，半晌才轻轻地说："何必呢？"

"我想亲眼见一见这两个人类古文明的发源地。"NULL 站在尼罗河畔，宽大的风衣和兜帽将他的面容遮挡得严严实实，唯有他的声音，在风中飘荡，"我想知道，埃及与希腊的文明，究竟有什么魅力。"

以往的他，对历史、文学都毫无兴趣，痴迷在计算机与数学的世界里，无法自拔。可当他认识童素之后，他总忍不住会去想，童素为什么要用希腊神话中的女神"赫卡忒"为代号呢？

他对希腊神话一知半解，也无法洞悉童素的内心。

但他想要去了解，所以，他先去了希腊，又到了埃及。

"如果要问直接原因，大概是我给自己取代号的那天，夜色昏沉，没有星星，也没有月亮吧？在古希腊，人们认为月亮从天空消失，就是前往冥府了。"

NULL 怔了一下，才发现自己刚才已经将那个问题问了出来，就听童素又说："赫卡忒有个神职又叫冥月女神，代表着月亮的黑暗面，也代表世界的阴暗面。当时我就觉得，黑客活在世界的阴影中，黑暗是我们的保护色。在光明下出现的黑客，都将失去意义，与赫卡忒很像。加上在希腊神话中，赫卡忒就是个很随性的女神，会去帮助英雄，也会保护作为反派的女巫，做事全凭喜好，而非世俗意义的好坏，我觉得和我的性子很像，就用了这个名字。"

可她没说，在希腊神话中，赫卡忒还有另一重身份——道路女神。

相传，赫卡忒是掌管三岔路口（即"选择"）的女神，三条路分别代表着天空、大地与海洋，又对应着天界、人间和地狱。

对当时的童素来说，她的心态也恰恰如此。

痛苦、迷茫，徘徊在三岔路口，迟迟找不到方向。

她渴望能有神明出现，指点迷津，为她选择一条路。但最后，她还是自己做出了选择，走向了唯一通往光明的道路。

"或许，还有一个原因。"童素轻声道，"我当时，非常想念母亲。"

东方神话中是没有"复活"这个概念的，人死如灯灭，要么信佛，轮回转世，积攒福报；要么信道，霞举飞升，兵解成仙。但西方文明体系里，对"复活"有着极度的迷恋。无论是希腊神话，又或者埃及的传说，与"复活"有关的元素数不胜数。

她那时多么天真啊！希望自己真的成为冥月女神，拥有强大的魔力、精湛的巫术，可以轻易令死者苏生。

童素的悲伤与无助，哪怕透过冰冷的电话，跨越大半个世界，依旧进入了NULL的心里。

几乎是下意识地，他脱口而出："我们见面吧！"

话一出口，NULL便有些懊恼，可听见童素没回，他的语气慢慢变得坚定："等我回国，我们就见面吧！"

童素愣了一下，但很快，她的眼睛里就有了泪光。

只见她轻轻地笑了起来，带了点欢快地说："好啊！"

然后，就挂断了电话。

与此同时，文南国。

砰的一声，大门被猛地撞开。

岩罕倚在沙发上，也不站起来，只是侧过脸，微笑着问："老师，你是来陪我看电影的吗？"

"你入侵素素的邮箱，把我的照片发给了她！"中年男人第一次失去了风度，气得浑身发抖，"你爸爸答应过我，不会打扰她的生活！"

岩罕做了一个"请"的动作，让对方将目光投向大屏幕，伊丽莎白·泰勒饰演的埃及艳后极尽妍态，谱写着一个古老帝国最后的辉煌。

"我不是来和你看电影的！我是质问你的！"童子邦一字一句，话语无比森冷，"你为什么要把她骗来文南？你要对她做什么？"

"老师，你这句话可就令我伤心了。"岩罕似笑非笑，"我请赫卡忒来文南国，才是保护她。如果她还留在中国大陆，继续帮专案组干活，坏我的好事，迟早有一天，我会忍不住，动手杀了她。"

"你已经动手了！"

岩罕轻轻地笑了。

他没有再理会童子邦，目光回到屏幕上，认真地欣赏正在播放的这部近六十年前的古老电影《埃及艳后》。

埃及。

这个拥有辉煌文明的国度，却在日渐衰落后，先后被亚述、波斯等国家入侵，又迎来了马其顿的征服者——伟大的希腊君主亚历山大大帝。他彻底占据了整个埃及，将之设为马其顿帝国的一个行省，交给心腹托勒密将军治理。

亚历山大一世死后，埃及总督托勒密自立为王，建立埃及史上最后一个王朝，即托勒密王朝。

托勒密王朝的统治者们虽然定都地中海畔的亚历山大城，给予希腊人种种特权，但从没有试图令希腊文明取代埃及文明。相反，他们保留并尊重了埃及的种种文化传统，比如自称为法老、为埃及诸神修建神庙、维护埃及的传统仪式等。这种做法获得了埃及上上下下的认可，也让希腊文化和埃及文化真正开始交融。

三百年后，埃及末代女法老克利奥帕特拉七世，这个周旋在恺撒与安东尼之间，为埃及争取了22年和平，差点让罗马变成埃及一个行省的绝代艳后被毒蛇咬死，同时结束了自己与埃及的生命。

拥有三千年悠久历史的古埃及，从此并入罗马帝国的版图，再也没有了昔日的无上辉煌。

"有意思，埃及艳后早就与不朽的神国一起，消散在两千年前的历史长河里，但伴随她究竟是美是丑的争议，直到今天都没有停止。"岩罕似笑非笑，"但我觉得，这并非问题的关键。"

克利奥帕特拉七世究竟是绝世美人，还是相貌平平，这都无关紧要。

世上美人千千万万，唾手可得，但神权与王权双重光环加身的女法老屈指可数。拥有了她，就相当于拥有了至高无上的王座，甚至加冕为神的资格。

童子邦怔住了。

"希腊与埃及文明的交融，带来二者神话的共通，从某种意义上来说，埃及的伊西斯女神与希腊的赫卡忒女神有着许多共同点。"岩罕漫不经心地拆开一副扑克牌，娴熟地洗牌、切牌，"而在埃及神话中，伊西斯是唯一真正伤害过拉的神明。她代表的又是'王座'，象征着说一不二的王权。"

童子邦是个极其聪明，也很有文艺修养的人，一听就懂了岩罕的言下之意，身体不由得颤抖了起来："你——"

"现代社会，光靠血脉可忽悠不住人，想要染指王冠，必须拥有极强的力量！在我看来，谁控制了互联网，谁就是真正的无冕之王。"

话音落下的那一刻，岩罕啪的一声，将洗好的牌组一放，然后，利落地翻开最上面的一张。

大王。

# 第三十一章　文南之行

童素驾驶着自己的哈雷摩托，一路从之州省湖滨市向西南，最后开到了广西。

就在她快到广西境内的时候，童素又收到一封邮件，要求在规定的时间，到达约定的地点等候。

这一离开很可能有去无回，童素预先写了一封长信，设定七天后发送给 NULL。又给杜明礼发了个邮件，告知如果联系不上她，就说明自己已被万象集团带走，请立刻报告给"7·17专案组"，发送时间设定在十二小时后。

接着她把笔记本电脑、手机等，全都留在宾馆，并订了七天的房间。只将几件衣服塞进背包，临走的时候想了想，还是把魔方也扔了进去。

德芙不在她身边，她就只有这个魔方陪着了。

然后她便趁着夜色，来到岩罕定好的地点，佯装要打车的样子，任由车流在旁边穿梭，等着岩罕的人接她走。

这是童素深思熟虑后，才决定采取的策略。

她本可以悄无声息地离开，但这样一来，在公安那边，她就会变成可疑人物，因为这一系列举动非常像内鬼主动出逃。

童素不相信岩罕的承诺。

死在童素面前的贾云豪，给她上了铭记终生的一课——无论是谁，只要替岩罕办事，最终的下场都不会好到哪里去，只有一条死路。

童素很清楚，想要带父亲离开万象集团，求岩罕是痴心妄想，为对方效力也没用。哪怕岩罕答应得再好都完全不可信，指望对方会心软，放他们一马，简直是个笑话。

只有捣毁万象集团，杀了岩罕，才能一了百了。否则，就算成功带着父亲离开，都会遭到岩罕不死不休的追杀。

正因如此，她才不能失去专案组的信任。后面，肯定需要专案组的配合与支援。

但童素也不能直接把这件事告诉专案组，首先，一旦专案组知道她父亲"铜棒"被万象集团掌握在手里，甚至与这个毒品集团有牵扯，很大概率会让童素回避；其次，专案组要是知道内情，肯定不会让她以身犯险，前往文南。

但是，文南她是不能不去，否则父亲怎么办？

就在心烦意乱之际，一辆黑色越野车在她面前停了下来，副驾驶座上的人摇下了半个车窗。

是郑方。

童素深吸一口气，调整好状态，这才扯了扯嘴角，冷笑着打开车门："真没想到，你们对我这么看重。"

"黑桃Q"都能当跑腿，亲自来接她，这排场不可谓不隆重。

郑方没和她说话，负责开车的黝黑司机也没开口。

童素知道两人应是得了吩咐，避免她套话，所以也就不再多说，直接坐到后排。

稍微扫一眼前方的陈设，就知道他们为什么不搜身了——因为这辆车上大大方方地放着一个信号屏蔽仪，什么信号都传不出去。

当然，导航也无效。

这也从侧面证明，对方十分熟悉接下来的路程，只怕是闭着眼睛都能开。

既来之，则安之。

童素往后一靠，尽量把身体放舒适，开始闭目养神。

虽然精神备受煎熬，时刻担忧着父亲的状况，但越是这种时候，她就越不能垮，一旦露出半分软弱，就容易被岩罕抓住破绽。

贾云豪就是最好的例子。

怀着这样的心情，童素竟睡了几天来的第一个好觉。

等她被粗暴推醒的时候，发现天刚蒙蒙亮，越野车已经开到一座大山之中。四处看去，全都是连绵起伏的山脉，越野车边则停着两辆摩托，还有个人早就等在那里，接过了郑方手里的车钥匙，说了一句："郑先生，这辆车我尽快脱手？"

郑方点了点头，示意对方离开，然后从口袋里拿出一个眼罩，递给童素，只说了五个字："戴好，上摩托。"

童素知道，接下来这段路才是关键。

凡是大路通达的国境线，都有武警岗哨守卫，进出的人都要核验身份，要想开车混过去根本不可能。能选择的方式，一定是走小道，然后偷越国境线。

而这一段行程，他们明显不想让童素知道。

童素配合地戴好眼罩，坐在郑方的后头，就听见突突突的声音响起。郑方在前，另一辆摩托在后，一前一后地启程了。

这是为了监督，看她会不会中途偷偷摘眼罩？

童素觉得，他们未免也太谨慎了，根本没有必要。这里山脉绵延，在她眼里每一座山都长得差不多，就算不戴眼罩，七拐八拐，也记不住路，不需要提防得这么森严。

但很快，童素就想起一件事。

他们押运德隆回湖滨市时，自认为做得天衣无缝，按理说，岩罕没道理知道德隆究竟在哪架飞机上，偏偏岩罕就是带着郑方等人混上了那架飞机，准得就像得到了内线情报。童素思来想去，也只能猜测岩罕具有"图像记忆"的能力，通过大脑的高强度运算，分辨机场的监控，判断谁是德隆。

如果今天被带走的是岩罕，确实要将他的眼睛蒙住，因为在旁人看来一模一样的山川，落在眼睛等同于录像机的岩罕眼里，差别大到可怕。

只不过，"图像记忆"这种能力，一百万个人里面也未必有一个，万象集团为什么认为她也可能有？她虽然记忆力超强，但仅针对数字，而不是图像啊！

带着疑惑，童素在颠簸的摩托上，一坐就是小半天。

快到下午两点的时候，摩托才停了下来，郑方让童素扯下眼罩，下车，然后从包里拿出两个面包和一瓶水给她："快吃，吃完了我们还要走路翻山！"

翻山越岭，极其消耗体力，童素也不矫情，啃完两个面包，喝了半瓶水，就听见郑方命令道："再把眼罩戴回去！"

童素眉头一皱："戴着眼罩怎么翻山？"

郑方从背包里翻出早就准备好的牵引绳："跟着我们走就行了！"

童素心里有些不大乐意，却也没拒绝，戴上眼罩后，任凭将牵引绳的一端套在自己的右手。

眼前一片黑暗，一只手被绳子牵着，耳边传来昆虫爬过、枝叶摩挲的声音，童素心里有些紧张。但她强行压下自己的负面情绪，在郑方的牵引下，跌跌撞撞向前走去。

在这样的环境里，时间与空间成了最模糊的东西。

童素根本辨不清方位，也不知道过了多久，她的手上、脸上都有轻微的红痕，那是在山林中，由于无法看路，被一些垂下来的树枝刮到后留下的伤痕。而她的四肢早就酸软得没有力气，随时可能瘫倒在地。

就在童素快坚持不住的时候，她突然听见了哭号声。

谁？

这荒郊野岭，为什么有人哭？而且哭声震天，连绵不绝。

童素满心不解，想不出缘由。

过了好一会儿，郑方突然停下，语带兴奋："终于离开了中国，我们安全了！"

这句话拉回了童素快要涣散的神志。

她这才意识到，原来翻过这座山，就已经出了国境线，从中国到了文南国。

不知为何，童素心中突然生出莫大的恐惧。

明明是为了父亲，奋不顾身前来，做好了最坏的打算，但在踏上文南国土地的这一刻，童素第一次生出一种想要逃避、不愿面对的恐慌。

那个从来不愿意细想的念头，再度浮上脑海。

如果她的父亲不是囚犯，而是毒贩，她该怎么办？

但这时，已经容不得她拒绝。

童素努力让自己平静，然后摘下眼罩，解开牵引绳，揉了揉眼睛后，发现前面有两辆吉普车和两辆皮卡等着，应该是万象集团派来接他们的。

鬼使神差地，她突然回过头，往传来哭声的地方望去，就看见不远处的山脚下，很多人都衣衫褴褛，眼神惊恐，却还是努力往山路上走。

这些人是谁？

没来得及多想，她已经被郑方大力推搡着，上了吉普车。

被赶上车前，童素最后一个念头是——为什么这些车上，全都驾着机关枪？

"嗒嗒嗒嗒嗒嗒——"

密集的枪声，不断敲打着童素的耳膜。

童素的脸色十分苍白，这几天，她吐了无数次，就连自己的胆汁都吐了出来，更吃不下任何东西。

她现在终于明白，为什么万象集团的汽车上都驾着机关枪。

因为文南国在打仗。

升龙省早在一年前就已经公然反叛，这个原本是文南国最富庶的地方，现在沦为了人间地狱。

因为粮食不够。

虽然万象集团储备了不少大米，也不断从邻国安寨购粮，但升龙省的百姓想要吃饱穿暖，就只能加入万象集团的军队，不从？那就派雇佣兵来抓你，强制征兵。

正因为如此，才会有许多人拖家带口地逃难。为逃避战争，也为不愿上前线充当炮灰。

有人往南逃，试图穿过战争区，到达南边的文南首都武克里市；也有人往北跑，希望翻越国境线，前往中国，这就是童素之前看见的那些衣不蔽体的难民。

但还有很多人，留在这片土地上等待未知的命运。

沿途尸横遍野，满地白骨，这不再是书里的描写，而是出现在童素面前，血淋淋的现实。

这些惨状，让童素脸色发白，等她竟然看见人吃人的残酷场景时，终于忍不住吐了出来。不过，很快她的内心就麻木了。

因为看得太多，反而失去了真实感。

她的大脑一片空白，许久才问郑方："杀人是什么感觉？"

"我不知道其他人怎么想的，但对我来说，这只是一份工作。"平时沉默寡言的郑方，像是被问到了痛点，话竟出奇地多，"先生花高价雇用我，我这条命就卖给了他。至于那些该不该、为什么，我从来不去想，因为想多了只会让人烦恼。就像我不去思考为什么有人一生下来就很有钱，我却必须拿命去换钱，否则就会饿死一样。卖毒品和卖军火有区别吗？贩毒是不是比贩卖人口更恶劣？杀人会下地狱吗？真心忏悔是否又能上天堂？这些哲学问题，只有先生这种大人物才会去琢磨，从来不是我该关心的事。"

童素想了想，没有反驳。

站在自己的角度去指责他人，从来都是可笑的。何况郑方这种刀山火海里杀出来的雇佣兵，早就有了一套自身的逻辑和观念，光凭一两句话就能打动对方的情节只会出现在小说、电影里，所以，她只是怔怔地望着窗外。

哪怕那些场景再恐怖、再血腥、再不堪，她的眼睛都一眨不眨。

因为她必须将这些战争带来的痛苦印在心里，永远不能忘！

由于处在战区，原本一天多的路，硬是开了将近三天。

这一路上，童素见过平房，见过吊脚楼，也见过原始丛林的风景。但等到第三天的时候，她就明显感觉到环境不一样了。

吊脚楼不再是木结构的了，而是由砖墙搭建。路面也开始变得平坦，明显是花大价钱修过，甚至还有柏油公路。等吉普车开进一个处处都是二三层高的楼房，还有十几栋三四十米高建筑的地方，童素挑了挑眉，问："我们快到了吗？"

"是的，我们快到了。"

所谓的快，又开了大概两个小时。

童素突然听到了水声。

是湄公河。

这条从唐古拉山发源的世界第七大河流，滋养了大半个东南亚，在文南境内还分出了一条极大的支流，叫作卧龙河。所以这条河流途经的所有省份，都有一个"龙"字，升龙省就在卧龙河最上游，省内有一个极大的湖泊，当地人都称之为"圣湖"。

"圣湖"的神奇之处就在于，干季的时候，"圣湖"的湖水通过卧龙河注入湄公河；雨季的时候，湄公河水位暴涨，倒灌入卧龙河，反过来令"圣湖"的面积扩大四倍，水深直接翻六七倍，甚至更多。

　　这就造成"圣湖"附近独有的"水上村庄"奇观。

　　所谓的"水上村庄"，就是当地的建筑都是用至少二三十米长的竹子撑起，建成吊脚楼。干季的时候，人们就当在平原生活；汛期一到，河水倒灌，淹没下面的竹竿，当地人就等于直接生活在湖泊上，所以家家户户都要备好小船，以便出行。

　　眼下正是汛期，村庄刚好"浮"在水上，还有人干脆直接拿船当家，也算是一种奇观。

　　这时，吉普车真的停了。

　　童素有些吃惊，难道万象集团的总部，就在这"水上村庄"不成？

　　想到这里，童素顿时讽刺地笑了——几百公里外，就是战火遍地，家家哀号；而作为罪恶的发源地，宁静得像个世外桃源。

　　"我们的总部可不在这儿。"

　　轻轻的笑声，自车外响起。

　　司机已经将车窗摇开，就见岩罕穿着简洁的白衬衫与牛仔裤，打扮得像个初出茅庐的大学生，站在童素的窗边，微微一笑。

　　正如童素了解岩罕，知晓岩罕把她弄来了，就不打算让她回去一样；岩罕也了解童素，知道她绝不会认命地留在文南，而会借着这个机会了解万象集团，洞悉这个庞然大物的弱点，思索打败他的办法。

　　越是这样，岩罕才越觉得有挑战。

　　只见他像懂得读心术一样，哪怕童素没问出来，他也适时地继续为童素答疑解惑："我之所以带人过来，只因从现在开始，接下来的路对你而言十分危险，不带多点人手护送，根本过不去。"

　　面对这个拿父亲威胁逼迫自己过来，并曾制造车祸差点杀死自己的仇人，童素表现得非常镇定。她若无其事地打开车门，目光环顾四周，心里有了底："想要到你们的总部，就必须穿过'圣湖'。偏偏这里远离城市，近乎闭塞，'圣湖'又是天然的险阻。就算熟手都容易在湖中迷失方向，陌生人一旦上了船，根本别想跑出去，俨然是天然的犯罪场所，对吧？"

　　"答对了！"岩罕含笑道，"这里的水上村庄，每个住客都大有来头，不是逃犯、偷渡客，就是掮客、蛇头，手上没沾几条人命都没办法在这里立足。还有许多的组织也会选在'圣湖'上交易，因为黑吃黑实在太方便了，直接将人一杀，扔到湖里，神仙也找不到尸体。"

童素心如明镜："再大的来头，又岂会被你们万象集团放在眼里？这里已经是升龙省的中心，离你们的老巢很近，难道你们能容忍这些不稳定因素的存在？他们能安稳地在这里长驻，肯定要向你们上贡保护费，或者替你们办事。你之所以这么说，只是为了恐吓我，这个地方很危险，让我死了出逃的心。"

岩罕轻轻拍了拍掌，表示童素说得没错。

但童素也清楚，岩罕的提醒并非没有道理。

水上村庄既然住的都是穷凶极恶之徒，那就不会把人命当回事，历年来黑吃黑的情况肯定不少。

在这种地方落单，确实是一桩很危险的事情，万象集团的名号有可能是保命符，更有可能是催命符。一旦对方打劫了你，然后知道你与万象集团有关，很有可能一不做二不休，直接把你杀了，省得你活下来后，从万象集团搬救兵来报复。

岩罕见童素的神情，就知道她其实听进去了，心道这就是和聪明人打交道的好处，既不会偏听偏信，也不会一味抵触，而会用清晰的逻辑、冷静的头脑，做出最准确的判断。

只可惜，这样的人实在太少。与他打交道的，大多是智商不高，却自以为是的蠢货。

例如，道达。

算算时间，那家伙也该到了。

岩罕心里刚转着这个念头，就听见一个熟悉的声音从不远处传来："岩罕，你这么兴师动众，就是为了接这个女人？"

伴随着这声不阴不阳的质问，一个中年男子缓缓走了过来。

一瞧见对方细长的眼睛与特征鲜明的鹰钩鼻子，童素立刻明白——这个人就是万象集团的"梅花K"、德隆的三女婿道达！

道达在童素面前站定，手中把玩着古董核桃，上上下下地打量着童素，就像看一具尸体："这个女人就是赫卡忒？"

"当然。"岩罕轻描淡写地说，"她是我的客人。"

道达的脸色立刻阴沉了下去："这个一起参与害死先生的凶手，你却把她尊为上宾！"

此言一出，岩罕还没翻脸，童素却吃了一惊。

德隆死了？

她回想起废弃工厂发生的一幕幕，定格在夏正华最后的一枪上，联想到岩罕不计代价要暗杀专案组负责人夏正华的举动，立刻猜到当时发生了什么。

岩罕捕捉到童素一闪而逝的震惊与随之而来的了然，不由得耸了耸肩。

道达这家伙，还是这么愚蠢和自以为是。

岩罕虽然对历史不是特别感兴趣，但他深谙政治手腕，自然清楚，无论是怎样的斗争，能捂在内部的，就绝对不要摆在台前。

把事情控制在一定范围内，尚能盖上一层薄薄的遮羞布，让大家有自欺欺人的余地，也有和谈、化解，留一丝退路的可能；但是摊到外人面前的斗争，那就只能你死我活，不死不休。

但这样也好。

道达越是急着打压岩罕，对岩罕来说就越有机可乘。

想到这里，岩罕随口回道："赫卡忒不仅是我，也是老师的重要客人。"

道达顿时变得脸色铁青，却不好说什么。

万象集团四大头目，便是"黑桃 K" Demon、"红桃 K"童子邦、"梅花 K"道达和"方块 K"岩罕。

其中，Demon 虽然控制着"黑桃"的精锐雇佣兵小队，本身却没有任何夺位的意思。何况万象集团早年是文南国土著抱团发展起来的，对外人很排斥。光凭 Demon 金发碧眼的容貌，就算当了"大王"也坐不稳江山。

而"红桃 K"童子邦又不一样，他不仅是德隆的亲信，与集团内部那些高智商成员，什么黑客啊，博士啊，教授啊，关系都非常好。而且，童子邦虽然是岩罕的老师，但根据道达的消息，他们并不和睦，最近经常发生纷争。

这两人都是道达极力争取的目标，只要四枭中他能掌握三枭，再争取到长老们替他说几句好话，位置就稳了。

正因为如此，岩罕一把童子邦抬出来，道达立刻变了一张脸，皮笑肉不笑地说："既然是贵客，刚好，'夜色'来了新货色，我做东，请贵客务必赏光。"

岩罕婉拒："我还要带她去见老师——"

"我这个人最爱热闹。"童素突然插话，"'夜色'听起来就是个好地方，我想去看一看，长长见识，如何？"

她是故意的。

道达向她透露了德隆故去的消息，让她知道，道达与岩罕的权力之争已经进入到了白热化的阶段。

万象集团的"大王"只能有一个，胜者加冕为王，败者死无全尸。

越是这种时候，双方就越要小心，不光自己，身边的人也随时可能死于非命。如果她现在表现得和岩罕一条心，哪怕只是沉默地顺从岩罕，都有可能被道达下手除去，以防岩罕拿她去拉拢所谓的"老师"。

童素并不希望成为岩罕利用的目标，又或者按照岩罕的节奏去走，她必须做出一定程度的表态。

比如，她其实是被胁迫来的，并不情愿。

又比如，她对那个"老师"，态度并不重视。但那个老师对她很重视，至于原因，暂且不明，但这种不对等的感情，本身就是一种筹码。

将矛盾展露到道达面前后，对方就会觉得她有利用价值，暂时不会对她下手不说，也会想办法争取她，哪怕仅仅是利用。

虽说这么做无异于火中取栗，但童素一刻都没犹豫，直接下定了决心——就算在逆境中，她也绝不会放弃，需要寻找每一个机会。

即便没有机会，也要创造出来。

岩罕见童素的态度这么坚决，脸上竟露出一丝担忧："'夜色'可不是什么好地方，你真的要去？一旦去了，你或许会看见许多让你不开心的人或者事情。"

童素当然知道他已经看穿了自己，但她本就是大大方方的阳谋，所以丝毫不曾畏惧："当然。"

岩罕看上去很无奈："那好吧！我们转道去'夜色'。"

道达将他二人的神情收入眼底，若有所思。

在岩罕的邀请下，童素乘上了万象集团的小船。

长久行走在草原的人，会因为草原过于辽阔，景色又太过于单调，从而模糊时间，迷失方向，现在童素也有这样的感觉。

因为"圣湖"实在太大了，湖面有一万多平方公里，现在又泛着茫茫雾气，根本分不清东南西北。

童素坐在船上，不知这艘船开了多久，才发现船竟然直接开进了山壁底部的暗道，通过一段暗河之后，来到一个小码头。

早有车辆在此等候。

童素坐上车，留心四周，越看越心惊——万象集团老巢的出入通道居然如此隐蔽，只能从水路进入。干季时的山体溶洞，到了雨季，就是天然的秘道。错综复杂不说，还一片漆黑，只有最熟悉这里，闭着眼睛都不会走错的老手，才能准确地穿过黑漆漆的通道，走出一长段迷宫般的路。

等车子开出去的时候，童素又发现，万象集团还在山腰修建了很多房子，但这些房子都类似中国陕北的窑洞，隐藏在茂密的丛林中。虽然有公路供车子出入，可要从高处俯瞰，这就像一个建立在隐秘山岭的地下王国。

童素稍加思考，便能猜到，每间房子里肯定都有地窖。

这就意味着，如果山腰的房子受到导弹打击，房子里的人随时可以躲到山中，这让阵地战的难度瞬间翻了好几倍。

童素正在琢磨用什么方法才能攻打下这座罪恶的"堡垒"，就发现车子已经停了下来，抬头一看，满眼的金碧辉煌，空气中香风四溢。

一走进去，便是震耳欲聋的音乐，灯红酒绿之间全是扭动的人群。

舞台之上，几个身材高挑的扭动着的东欧女郎只穿着比基尼，道达径直走到前排的中间空位坐下，示意其他人也落座，这才指了指舞台："岩罕，新到的好货，不试试？"

童素下意识地皱了皱眉。

她很讨厌这群人把女人不当人的态度，但她又很清楚，沦落到这里的女人，如果不能成为万象集团的干部或家属，就只能是玩物。

岩罕笑了笑，说："姐夫，你这是给我下套呢！我爸七七还没过，葬礼都没举行，要知道我这时候就玩女人，能被再气得活过来。"

意识到自己驳了道达的面子，岩罕立刻补救："但姐夫的好意，我也不能不领，这样吧，我敬姐夫，今天咱们不醉不归！"

然后，他招来侍者："上酒！"

童素发现，其他人虽然不敢往这里看，但个个都竖着耳朵听，不由得暗道，这场交锋，明显是道达吃亏。

道达是女婿，岩罕是儿子，在东南亚文化里，前者本来就没有后者名正言顺；道达年长，岩罕年轻，对比自己小一轮多的小舅子咄咄逼人，又落了下乘。

更别说道达对岩罕是直呼其名，岩罕却一口一个姐夫，一个生疏，一个亲昵，高下立判。

哪怕大家都知道岩罕是装的，心里也会不自觉地偏向他几分，原因很简单——你道达连装都不愿意装，会比岩罕更好？

正当她揣摩两人的关系有什么文章可以做的时候，突然听见啪的一声，转头一看，竟是一名女招待不小心把托盘打翻了，十个酒杯稀里哗啦碎了一地！

道达将脸一拉，刚要发作，童素却霍地站了起来，不可置信地看着那个吓得已经跪在地上不断求饶的女招待："怎么是你？"

# 第三十二章　针锋相对

这个吓得抖如筛糠，卑微地跪在地上，连句话都不敢说的女招待，竟是童素的堂姐——童霞！

极度的震惊过后，童素立刻反应过来，扭头怒视岩罕，眼神冷得像刀子："你故意的？"

她可不相信世界上有这么巧的事情，自己跟着岩罕到了万象集团总部的销金窟，其中一个为他们上酒的女招待就是她堂姐。

面对童素的怒火，岩罕大大方方地承认："对啊，我特意吩咐，把她从升龙省一家不入流的按摩店带到'夜色'来，以这种方式出现在你面前。"

他的神色有些疑惑，语气竟带着一丝近乎天真的残忍："她对你并不好，现在她跪着，你坐着，你应该开心才对，为何这么生气？"

岩罕没说错，童素对童霞本就没有什么正面感情。

童霞是童素大伯的女儿，比童素大四岁。

当年，大伯一家以"监护人"的身份，蛮横地入侵童素家时，童霞便毫不客气地夺了童素的一切，将童素赶到阁楼去居住。

童素曾试图拿回属于自己的东西，但每次只要一开口，童霞就会扯她的头发，抓她，挠她，拿笔戳她，拿筷子打她。

等看到童霞打童素打得狠了，大伯母才会出来，让童霞别打——并不是出于好心，而是怕留下明显的伤痕，落人话柄。

大伯母有一种更阴毒的处罚"不听话侄女"的方式，那就是不让童素吃饭。对外还要装模作样地感慨，说她被父母养得太娇气，挑食，这也不吃那也不吃。

这段屈辱的经历，令童素对大伯一家充满恨意，后来终于找到机会，设计将他们送进了监狱。

童霞虽然年纪还小，却也直接策划和参与了拐卖童素的犯罪行为。鉴于童霞当时还差几天才满十六岁，因此只被送入少管所，惩戒十八个月。但由于她的至亲全都被关在监狱里，所以一年半后，从少管所出来的童霞，不仅居无定所，而且身无分文。

童霞思来想去，也只能去找童素，向对方要钱，觉得不满十四岁的童素好欺负。但童素就只在第一次给了她两万块，等童霞把这些钱花完了，再次找上门无理纠缠时，童素立刻报警，请警方把童霞带走。

打那之后，童霞一天比一天堕落，直到许多年后的某天，无意间看到新闻报道中媒体对童素大加溢美之词，称赞童素是"新时代互联网创业的领军者""网络信息安全的代言人"，童霞心里才涌起一股难言的苦涩，却也记住了堂妹长大后的音容。

但她做梦也没有想到，阔别十三年，再度相见，竟会是在这样的场合。

童霞恨不得将头埋到地下，不让童素看到那么狼狈的自己，却听岩罕饶有兴趣地指出："如果我没记错的话，你一直在监控她，坐视她在夜总会里中陪酒坐台，最后被所谓的男朋友用发财梦诱骗，偷渡出国，也无动于衷。"

听见岩罕说的话，童霞猛地抬头，不可置信地看着童素。

童素却没否认岩罕话语的真实性。

她之所以能一眼认出童霞，就在于她一直监控了童霞的手机，时间长达七年半。

只见童素点点头，缓缓说道："她从少管所出来，第一次找上我的时候，我就明白，如果不处理好这件事，以后会没完没了。大伯一家被抓后，他们留下的东西全被我扔了，这些零零碎碎的东西折现也能有个一两万，所以我给了童霞两万，权当把这些东西还给他们，顺便对童霞开展监控。因为我知道，她的父母、兄长一旦出狱，第一个联系的肯定是她。只要掌握了她的行踪，就掌握了她一家的动向。"

十三年前的两万块，虽然不多，却也不是个小数目。

那时候，很多人个一月的工资才一两千，在湖滨市，只要五六百就能租到一个不错的单间，两块钱肯定能吃一顿丰盛的早餐。如果自己买菜做饭，一天的花销都未必会超过十块钱。

"我计算过，这两万块中，她可以拿出五千当择校费，重读一年初三，剩下的一万五，供她一年租房、生活肯定够用。读完初三，她可以去参加中考，就算考不到好的高中，也能去考个中专、职高，学一技之长。"童素平静地说，"如果她考上高中，再来找我要学费，我肯定会借给她，但她没有。她拿到钱后的第一件事，就是给自己买了个最新款的手机和几套新衣服，去宾馆订了间房居住，然后去网吧开了个VIP间，聊天打游戏。她却不知道，在她拿到新手机的那一刻，我就入侵了这台手机，将她的一举一动看得清清楚楚。"

说到这里，童素露出一丝讥讽："大概是我给钱太爽快了，让她觉得只要钱不够，再问我要就行。所以，一个多月后，已经身无分文的她又来找我，因为没能达到目的，就对我破口大骂,拼命撒泼。后来,她发现我无论如何都不会再给钱,而且只要她来一次,就打一次110之后,才不敢再来。"

"你没和我说!"一直低眉顺目的童霞,突然蹿了起来,眼看就要冲过来,却立刻被岩罕的手下死死按住。

只见童霞拼命挣扎,表情非常扭曲,到了狰狞的地步,声嘶力竭地高喊:"你给钱的时候,这些让我读书、学本事之类的话,一句话都没有说!你连家门都不让我进,只是站在门口,冷冰冰地数了两万现金给我,就让我滚!如果你说了,我也不会是今天的样子!"

童素眉目冷淡,语气不带任何感情:"我从不替别人规划人生。"

堕落也好,上进也罢,都是每个人自己的选择。

就算童霞把那两万块都花完了,只要她幡然醒悟,仍然有很多条路可以选——比如进工厂,去做保洁,或者学手艺开个店铺谋生。她也可以一边打工,一边读书,上夜校,上函授,上成人专科。日子虽然不容易,可依旧是积极的生活方式。

但童霞吃不了这样的苦,她宁愿出卖尊严,选择最轻松也来钱最快的方式,利用女人最原始的资本,去当陪酒公主、坐台小姐。

既然这是童霞自己选择的路,童素为什么要干涉?

童素冷漠的姿态、无情的话语,深深地刺伤了童霞。

只见童霞放弃了挣扎,颓然地跪倒在地上,失声痛哭。

她一直觉得自己命苦。从小到大,父母重男轻女,她经常只能用哥哥剩下的东西。所以看见童素这个备受父母宠爱的小公主,才会那么嫉妒,想要抢走对方的一切。

等进了少管所,她诅咒童素的无情,不愿谅解他们小小的过失;等出来后,又怨恨童素不肯多给她钱,埋怨生活的不公。

后来母亲、兄长陆续出狱,几年的监狱生活,不仅没让哥哥把赌瘾戒掉,反而使赌瘾越来越大。

兄长像个吸血鬼一样,拼命索取她的钱财,母亲只会用眼泪逼迫,让她给钱。童霞愈发对人生感到失望,所以当她的一个客人与她"谈恋爱",说要带着她去东南亚做很赚钱的"赌石"生意时,她不假思索地就跟着一起跑了。

因为她太渴望有个人将她拉出泥沼了。

可她没想到,自己只是从一个火坑跳到了另一个火坑,她的"男朋友"根本不是什么豪商,她一上偷渡船,对方就消失得无影无踪,她面对的只有凶狠的蛇头。

这么多年来,童霞怪父母,怨哥哥,骂童素,痛恨所有遇见过却没帮助她的人,仇视整个社会乃至世界。但今天，童素的话却让她意识到，她最该憎恶的，应该是自己。

那个贪图安逸，从来不肯真正站起来的自己。

无边的悔恨淹没了童霞，让她哭得喘不过气来。

但她的眼泪，没有打动在场的任何一个人。

因为这里是文南国升龙省，是万象集团的老巢，是一个将丛林法则演绎得淋漓尽致的地方。

在这里，弱者就连选择死亡的权利都没有，唯有强者能享受特殊待遇，被人尊重和景仰。

所以，岩罕压根没有理会趴在地上的童霞，只是望着童素，耸了耸肩，表情有点无辜："抱歉，是我会错意，把你看轻了，以为这样做会让你觉得解气。不过，我必须澄清一桩事实，把他们一家带来文南国这件事与我无关。而是五年前，老师用一个人情的代价求了我爸，我爸吩咐人去办的！"

童素怔住了。

哪怕无数线索串联之后，真相只隔着一层薄薄的窗户纸，她也一直不敢去捅破，因为她不愿去想，不敢承认岩罕口中的"老师"就是自己的父亲。

但在这一刻，她不能再逃避。

童素想起五年前，童霞去了东南亚后没多久，她的母亲和兄弟就收到三万块钱，以及一段拼命鼓动他们也去淘金的汇款留言。

母子俩犹豫半晌，迟迟拿不定主意。等到童素的大伯出狱后，三人合计一番，见童霞才去小半年，就已经陆陆续续汇了二十来万，觉得来钱确实挺容易，于是也上了蛇头的那条走私船。

童素以前只觉得，这家人已经被钱逼红了眼，就像扑火的飞蛾，明知道有问题，还要踏上不归路。但现在想想，天底下哪有那么凑巧的事情？童霞突然就与一个有钱的男人谈起了恋爱，然后前前后后一家人都去了东南亚？

除非，这本是别人做的局，故意要坑他们全家。

谁有这样的动机？谁又有这样的能力？

童素鼻子一酸，险些落下泪来。

她知道，天底下只有一个人会时时刻刻担心着她的安危，害怕大伯一家怀恨在心，出狱后对她打击报复。所以不惜一切，也要将这四人弄到文南国，放在眼皮子底下。

为此，父亲不惜与恶魔做交易。

越是如此，童素就越恐惧。

她知道岩罕是故意的，他就是一头纯粹的肉食动物，学不来讨好，只知道掠夺。

岩罕今天把童霞弄到童素面前，很大一个目的就是为了撕开童素的心理防线。一是让她明白，"铜棒"为她这个独生女做了多大的牺牲；二就是警告，如果她不听话，随时有可能落得像童霞一样的下场，甚至更糟。

童素明知道这是对方的计谋，还是会不由自主地想，父亲会不会是因为她才加入万象集团？为了替她解决安全隐患，不得不向德隆低头？

想到这里，童素终于忍不住："我要见他。"

不等岩罕答应，道达已经开口："两位刚来'夜色'，何必急着走呢？"

伴随着他这句话，原本跟在道达身边的人已经排成一堵"人墙"，牢牢地堵在出门的必经之路上。

岩罕的护卫们见状，脸色微变，郑方的右手已经放进了胸口，握住了藏在衣服里的枪。

道达面色微沉，森然道："郑方，我是谁？"

郑方镇定回答："万象集团的'梅花K'、尊敬的'老板'——道达。"

"既然你知道我是'梅花K'，作为'黑桃Q'的你，想要干什么？"道达厉声喝道，"为了'方块K'，向我拔枪？"

郑方闭口不答。

就在这时，岩罕突然笑了："姐夫，您误会了，郑哥是看见我犯了烟瘾，给我拿打火机呢！"

说罢，他就从口袋里取出一个盒子，抽了一支雪茄，主动走向道达，递给对方，微笑着说："姐夫，你也来一根？"

道达深深地看了岩罕一眼，突然大力拍了拍岩罕的肩膀："好，很好！"

然后，就见道达以哥俩好的姿态，不容拒绝地揽着岩罕："外场的新货色提不起老弟你的兴趣，没关系，走，我们去内场看更好的东西！"

"哦？"岩罕似乎颇为心动，配合地收起了雪茄，跟着道达往前走，压根就没看自己越过的领班、女招待等人，随口问，"车、马，还是枪？"

"哈哈，当然都有！"边说边笑着往外走。

但就在出门的那一刻，道达突然回头望了一眼，此时脸上的笑容已变成寒冰，眼神更是凌厉至极！

他们一动，护卫当然全都跟上，就见郑方伸手做了个"请"的手势："童小姐，跟着我们一起来吧！"

童素知道自己不能拒绝，压下心中的憋屈，快步跟上。

快进电梯的时候，她忍不住回头看了一眼，就见童霞狼狈地瘫在地上，其他女招待都缩在墙根瑟瑟发抖，领班的脸色却比所有人都差，如丧考妣，面色惨白。

为什么？

直觉告诉童素，她不经意间捕捉到的这一幕非常重要。

但原因呢？

如果说女孩子们被吓到了，情有可原，而且她们的恐惧也在正常范围内，可领班为什么会到面无人色这种地步？就好像收到绝症通知书，知道自己活不长了一样。

等等，活不长？

童素突然想到，岩罕刚才说了，因为这次童素要来，岩罕才将童霞从文南国一个普通的按摩店接出来，弄进"夜色"。

"夜色"位于万象集团的总部，不仅是集团干部的销金窟，也是他们接待贵客的地方。这种场所，就算只是个服务人员，应该也要经过严格审核，确保"安全"才行。

岩罕就这么随便弄个人进来，这地方要是他管的还好，如果"夜色"不是岩罕负责，而是道达的势力范围……

童素又扭过头，看了一眼领班，发现对方的轮廓明显就是文南当地人。然后她快速扫了一遍道达和岩罕各自的手下，发现跟着道达的基本带有很明显的东南亚人特征，大多是黝黑的皮肤、偏矮的个子、有点塌的鼻梁；至于岩罕的人则比较杂，有东南亚人，有华裔，还有黑人和白人，除了郑方之外，剩下几个唯一的共同点是都很年轻，看相貌绝对不会超过三十五岁。

岩罕十八岁就去了大洋国读大学，一待就是这么多年，现在身上还挂着个博士在读。他能够聚拢到的，自然是与他有共同经历的人。

至于道达，拥趸应该主要是文南土著。

童素想起了专案组对道达的分析报告。

道达出生于升龙省的地头蛇家族，该家族与德隆发妻的家族一直保持良好的关系，从而在升龙省一次又一次的大洗牌中屹立不倒。伴随着万象集团的扩大，他们这些站对了队伍的人自然而然地步步高升，也形成了一个极为可怕的利益联盟。

这股力量是如此庞大，让人无法忽视，以至于德隆将五个女儿都嫁给了这些与他一起打天下的老臣子孙。

童素忍不住想，德隆迟迟没有对外界公开岩罕的身份，是否就是顾虑这个利益集团的存在呢？

要知道，在东亚源远流长的文化里，如果一个利益集团的领袖没有定下明确的继承人，属下一会觉得没有主心骨，二会怕可以选择的人太多，自己下错注，导致满盘皆输。这种摇摆和担忧对任何一个集团来说都是致命的，因为它将促使一些本来能变好的事情，滑向不可预知的后果。

例如汉武帝，登基多年都没有儿子，他的亲舅舅、当时的大汉丞相田蚡竟然和淮南王暗中勾结，准备等汉武帝一驾崩，便抢先立淮南王当新皇。生动的历史故事，就能折射出"德隆无子"这件事对万象集团有多致命。

这种情况下，德隆居然都没有把岩罕推到台前，不光是没给他黑暗中的"小王"之位，也包括表面上"橡胶大王"继承人的身份。莫非道达身后这个"升龙省土著集团"的影响力真有这么大？

童素相信自己的判断不会错。

她能感觉到，道达出门那一刻，眼神流露出的是杀意！

如果"夜色"不是道达的势力范围，岩罕只是弄了个人进来，并让对方上酒，道达何至于要大动干戈，把气氛搞得如此剑拔弩张？

"夜色"无疑一直是道达的基本盘之一，却骤然发现死对头能在自己的地盘上随意安插人手，他不跳起来才怪。

童素思考了几秒，决定试探一下，以验证自己的猜测。

她故意抬头看了看四周的装潢，突然开口："真没想到，从那么小的一个门进来，竟别有洞天。"

岩罕笑了笑，没说话，道达却很有主人翁意识，轻描淡写地来了一句："有些客人比较挑剔。"

有些交易，需要他们去人家的地盘；但也有些交易，别人必须遵守他们的规则，来他们的地盘。对于这些黑暗世界有头有脸的人物，自然要让他们宾至如归，这才是万象集团总部为什么有"夜色"这个销金窟的主要原因。

在这里，你可以找到一切奢华的享受，包括但不限于跳舞、欣赏歌剧、赌马、赛车，以及一些罪恶的、无法出现在光明下的交易和表演。

面对道达低调的炫耀，童素却不给面子："是吗？在我看来，客人们至少没有挑剔这个建筑风格是全盘照抄拉斯维加斯的恺撒皇宫吧。"

这一句话成功地令道达的脚步微微一顿。

偏偏这时候，岩罕含笑道："赫卡忒，你有所不知，'夜色'就是在道达姐夫的督办之下建成的。当时父亲把任务同时发布给三位姐夫，但最后还是道达姐夫脱颖而出，用这份设计方案获得了父亲的青睐。"

　　这本是道达平生比较引以为傲的一件事，不仅是因为又一次在竞争者中脱颖而出，而且是因为从那之后，德隆就开始将万象集团的其他产业，例如橡胶集团、赌场、妓院等交给道达经营。发现他能力出众后，德隆又逐步向他开放万象集团的核心，即毒品业务。

　　从某种角度来说，"夜色"的成功是道达走向万象集团权力宝座的第一步。

　　但不知为何，今天听童素和岩罕这么一问一答，道达就觉得两人是故意嘲讽自己，就像刚才岩罕狠狠地落了道达的脸面一样！

　　几年前，道达之所以将岩罕赶去中国，一方面是想借助中国对毒品的高压，弄死岩罕；另一方面就在于，他不能让岩罕留在文南国发展势力。因为文南国，尤其是升龙省，是道达的基本盘，任何人都不能从他碗里抢饭！

　　由于最近几年，德隆渐渐不管事，道达认为自己已经掌控了万象集团的本部。谁料今天发生的事情，给了道达重重一个耳光！

　　"夜色"酒吧区域的领班是道达七拐八拐的亲戚，居然会因为岩罕的指示，就这样把一个陌生的、没有经过任何审查的女人弄进"夜色"，还叫她过来给他们上酒。道达从头到尾，竟没收到任何消息，就像聋子、瞎子一样！

　　道达想想刚才发生的事情，就觉得后怕。

　　如果这个被安插进来的女招待，不是童霞这种手无寸铁的软弱女子，而是一个身经百战的雇佣兵呢？在他们毫无防备的情况下，只隔了区区几米，哪怕只是随便开几枪，都可以把他们直接打死！

　　道达记得，岩罕上次回来的时候，连岩罕挑了哪个女人陪酒这样的小事，他也是立刻就知道得清清楚楚。但这一次，"夜色"的领班居然连报告都不打一份，就直接替岩罕办事，这和投靠了岩罕有什么区别！

　　而这一切的起因，都在于岩罕是先生的亲生儿子！

　　想到这里，道达狠狠咬牙，几乎无法克制面部肌肉的扭曲。

　　他花了那么多年时间，讨好大夫人，讨好先生的女儿，战战兢兢，伏低做小，曾在很长一段时间内被岳母、妻子呼来喝去，毫无男人的尊严；他认真执行先生吩咐的每件事，为万象集团鞍前马后，呕心沥血；他无数次身陷险境，最凶险的那一次，子弹直接从他的心脏旁边擦过，令他在ICU挣扎了三天三夜！

　　这一切是为了什么？还不是为了得到万象集团"大王"之位！

　　原本以为，凭他的功劳与苦劳，继承万象集团自然是顺理成章。可谁也没想到，他借着岩罕这次在中国大败，甚至害得德隆先生死亡的事情，在干部会议上对岩罕发难，想将这个敌人彻底打垮时，Demon 却站出来说，岩罕是德隆先生的亲生儿子！

霎时间，原本支持他的人，态度立刻就变得微妙了起来。

亲子鉴定证书的出示，"黑桃 K""红桃 K""黑桃 Q"等高级干部的做证，导致这场道达本来十拿九稳的会议，最后却不了了之。

从某种角度来说，这已经代表胜利的天平向岩罕倾斜。

随之而来的风向变动，让道达更加恼火。

如果岩罕不是先生的亲生儿子，就凭岩罕在中国大陆做的那些事，别说竞争"小王"之位，就连高级干部的身份都保不住。更不要说他还害得先生为了救他，死于中国，这本该是死罪！

偏偏岩罕是先生的儿子，唯一的儿子！

千年来父死子继的传统根植在每个人心中，就连那些原本支持道达，十分顽固的高级干部以及退隐的长老，面对这样的情况，也没办法理直气壮地说出"万象集团不该由先生的儿子继承"这句话。

因为这些老人自己都觉得，辛辛苦苦打下的家业就该传给亲生儿子。如果没有儿子，哪怕是传给侄子、养子，也比传给身为外人的女婿好。

可笑的地方在于，道达被"传统"坑了个结结实实，却也因为"传统"，才有喘息之机——因为岩罕虽然是先生的儿子，却没正式上族谱。

按照文南国的规矩，没上族谱，没祭过祖，就不算这个家族的人。

这段时间，双方一边筹备先生的葬礼，一边就在为这些事撕扯。

只不过，道达很清楚，那些原本支持他的人，最后还是会退让的。因为文南国的文化与中国传统文化一脉相承，对子嗣、传承看得无比重要。这些高级干部都受过德隆的恩惠，纵是看在这点微弱的香火情上，都不至于不承认岩罕的身份，让德隆断子绝孙。

道达的全部优势，在"岩罕是德隆先生的独子"这一前提下，全都不值一提。

今天的事情，又给道达重重提了个醒——即便自己的手下，也有人开始认为岩罕才是"嫡传"，而自己就算上位了，也始终是名不正，言不顺。

道达不甘心。

这么多年来，他为了继承万象集团，付出了多少努力？一个毛头小子，只因为是先生的儿子，凭一点血脉，就能胜过他？

不可能！

就在道达心中的猛兽疯狂咆哮时，他听见岩罕问："往左走是赛车道，往右走是赌马场,姐夫,我们先去哪里?"

"你想去哪儿?"

"我吗?"岩罕想了想,感觉都没兴趣,"还是算了,不管是赌车,还是赌马,只要看见我们下注,其他选手压根不敢赢,没意思。"

道达眼皮一跳。

他有一次心情不好,又刚好赶上赌马赛输了,就拿马场负责人出气,认为负责人给他推荐了次一等的马,才害得自己赌输,丢了面子。

道达一贯善于隐忍,不会轻易表露怒火,他迁怒的方式就是把这名负责人以"挑选优质种马"的名义发配到非洲一个战乱频频,反政府武装成天与当地政府对轰的危险区域。负责人没多久就误中流弹,一命呜呼。

能在"夜色"混到一个场馆负责身份的人,基本上都是万象集团高管的亲戚。一般情况下,高管当然不会因为区区一两个亲戚就与道达对上。但人死了,情况又不一样。

都说打狗也要看主人,我特意安排到马场的亲戚,你就因为心情不好,说赶到非洲就赶到非洲,人还死了,我的脸往哪儿搁?

道达之所以敢这么做,也是狂了,认为"继承人"的位置已经没有了竞争对手,所以不在乎得罪几个高管。谁料德隆适时地把岩罕推出来,好几个与道达结仇的高级干部,立刻倒向了岩罕。

而岩罕这句"不敢赢",明显又是故意戳道达的痛点。

道达不怒反笑,望向岩罕:"正巧,我也觉得,光看别人比赛有什么意思,不如我们来玩一把?"

## 第三十三章　疯狂赛车

面对道达的宣战，岩罕一扫之前的漫不经心，变得斗志昂扬："好啊！我们比什么？赛车还是赛马？"

道达此时显得特别彬彬有礼："你年纪轻，你来选。"

岩罕也不推拒："行，那我就选F1（世界一级方程式锦标赛）赛车！"

然后，他扭头望向童素："赫卡忒，你玩赛车吗？要一起来吗？"

童素面无表情地回答："一窍不通。"

岩罕遗憾地摊了摊手，与道达并肩向赛车场走去，童素只能跟着他们一同来到赛车场，就听见岩罕不大乐意："我们一定要在这个室内赛道比赛？我想去山路上的赛道，那里更刺激。"

不同的F1赛道，自然有不同的特点和难关，一般来说，分为两类。

第一类的代表是大洋国的印第安纳波利斯赛道，万象集团的赛车场也可归到此类赛道中。

这种赛道往往十分宽敞，可以容纳多辆车并排行驶，这就让超车变得相对容易。就算不小心滑出去，也不容易撞到周边的阻挡，安全性比较高。

至于岩罕提到的山路，那就是第二类的赛道了。

那种赛道或许是山路，也有可能是街道，共同点是赛道十分狭窄，许多路段只能容纳一辆车行驶。只要前面有车，后面就很难超过去。弯道和障碍极多，难度非常高，速度不快，无法取胜；速度过快，就有可能撞到了周边的山体，甚至直接翻下山，极其危险。其中典型就是大名鼎鼎的德国纽博格林赛道。

正因为如此，听见岩罕想跑狭窄的山道，道达脸色一僵，心道那种赛道就算正常比赛都事故频频，翻几辆车死几个人再正常不过。你小子莫不是想借这个机会，在山路上把我干掉吧？

但对于岩罕的提议，他又不能直接拒绝，因为那样会显得他像个懦夫，会被所有人，包括他自己的手下看不起。

好在道达反应很快，立马找了个理由："前两天还在下雨，现在山路还很滑，万一出事怎么办？先生就你一根独苗，你要是有个三长两短，我怎么向九泉之下的先生交代？"

岩罕被这个理由说服了，但没能让比赛更加惊险刺激，他似乎有些不甘心，又问："比赛过程中，可以用 DRS 和 KERS 吗？"

DRS 和 KERS，是 FIA（国际汽车联合会）为了让 F1 赛车更加刺激，从而开发出的两套"神器"级别的系统。

DRS（Drag Reduction System），中文名为"可调式尾翼系统"，原理是通过把尾翼上方的副翼调平，以降低尾部的下压力，进而减少赛车在高速情况下的下压力，让气流畅通地流过赛车尾部，从而使得速度更快。

实际上，就是一种"暴走神器"。

一旦使用 DRS，整辆车就能大幅加速，快到像要飞起来。

至于 KERS（Kinetic Energy Recovery Systems），中文名为"动能回收系统"，原理是通过技术手段将车身制动能量存储起来，并在赛车加速过程中将其作为辅助动力释放利用！

简单地说，该系统类似一节小电池，可以由车手自己来决定是否使用，在用的时候，车速会加快。就像我们在电脑上下载软件时，开通的"一分钟加速通道"一样。这一系统能让车子在一定时间内速度快不少。一旦系统内储存的能量用完，加速时间完毕，车子就恢复到平时的速度。

但到了下一圈，它又会被自动充满。

所以，KERS 相当于一张极为重要的牌，必须挑好时机，一旦用得好，超车就不在话下。

道达把玩着手中的核桃，若有所思："你想按 F1 比赛的规矩来？"

岩罕舔了舔嘴唇，眼中闪烁着火光："这才有意思，不是吗？"

"确实很有意思。"道达慢条斯理地说，"但正式比赛至少都要跑五六十圈，耗时会不会太久？我年纪大了，体力跟不上，比不得年轻人精力旺盛。"

岩罕非常果断："那就将圈数缩短到四分之一，十五圈！"

道达摆了摆手，拒绝道："十五圈太少，没意思，这样吧！三十圈，你觉得呢？"

"好！"

两人一言为定，立刻让赛车场负责人开几辆最新、最好的 F1 赛车出来，供他们挑选。

就在等待的工夫，郑方附耳过去，小声说："BOSS，道达主动要求加圈，怕是有什么想法。"

他们这些刀头舔血的人,对赛车这种能让人血脉偾张的竞技比赛有种狂热的喜爱,所以很清楚,F1比赛是极其消磨人专注力、意志力,也很考验身体强度尤其是心脏强度的危险游戏。

前面几圈,还能凭身体硬顶;等跑到后面,就要看每个人的耐力和意志力了。毕竟,在保持平均车速300码,与人不断竞争的情况下,还要高速而准确地越过每一个弯道,这对注意力高度集中的大脑、备受压迫的心脏来说,都是不小的考验。

按照规定,F1赛道单圈长度一般在3.5公里至7公里之间,万象集团的这个室内赛道完全是按照国际比赛标准建设,赛道蜿蜒曲折,长度刚好是3.5公里,三十圈就是105公里,怎么看都是岩罕这个年轻人占便宜,道达会那么好心?

"没事。"岩罕气定神闲地说,"他本来就名不正,言不顺,要是众目睽睽之下对我动手,倒霉的是他。"

郑方眉头紧锁,觉得岩罕心太大了。

万一比赛的时候,岩罕真有个三长两短的,那不是便宜了道达,让他可以顺理成章地上位了吗?

所以,郑方出于谨慎的考虑,还是说:"BOSS,要不,我们——"

他刚要做"抹脖子"的动作,就见岩罕抬手阻止:"道达是我姐夫,我三姐呢,又是我爸大夫人的女儿。放到古代,那就是长房嫡女,身份不一般。虽然大夫人已经过世,我爸也不在了,但我三姐还活着,冲着她,这面子也必须得给。就算道达对我不仁,我也不能对他不义。"

童素站在一旁,听见岩罕这番话,不由得冷笑:"你给的不是你三姐面子,而是要稳定道达那一系其他人的心。让这些人觉得,就算你上位,哪怕过去有恩怨,你也不会对他们怎么样吧?"

岩罕笑而不语。

郑方听童素这么一说,也懂了。

你想从别人手上拿东西,至少得让人家觉得,他们把东西给你了,自己还能有条活路。要是连这条活路都不肯给,人家肯定要拼死反抗。

所以,面对道达的挑衅,岩罕私底下做什么无所谓,但表面上,他要遵从"长幼有序"的规矩,对道达尊敬有加。

哪怕所有人都知道他只是做做样子,但一个愿意做样子的人,总比一个连装模作样都不肯的人更值得信赖。

赛车场的负责人动作很快，没等几分钟，十余辆 F1 赛车就被陆续开进了场地。

这些赛车都是严格按照 FIA 规定的 F1 赛车标准所设计，车身细而长，车身高度很低，宽大、完全暴露在外的开式车轮十分显眼。

童素看见赛车前方的车标，随口问："格拉汉姆赛车？怎么没听过这个牌子？"

"因为这是专门找德国公司定制的顶尖赛车。"岩罕回答，"格拉汉姆·希尔，世界上唯一征服了四大赛道的男人，我的偶像之一。事实上，我特意资助了一支 F1 赛车队，就以他的名字命名。"

郑方死死地盯着这些赛车，以及每一个接触赛车的工作人员，目光锐利至极。

岩罕见状，不由得笑了："郑哥，放松点，不会有事的。"

他一边说，一边走上前，从十几辆 F1 专业赛车中挑了颜色最鲜亮的大红色，直接往车盖上一拍，说了一句"就要这辆"，便去换赛车服了。

与他的随性相比，道达则非常谨慎，认真比较过每一辆赛车的性能、优劣之后，才挑了一辆蓝色赛车。

负责人又喊来最专业的团队，开始调试系统，换车胎，给车子做比赛前的保养。

等岩罕换了赛车服出来，刚要戴上头盔，突然像想到了什么似的，向郑方比了个手势，扬声道："老郑，赫卡忒不懂赛车，你记得给她解说。"

道达见岩罕时时刻刻都惦记着童素，心生狐疑："岩罕，你对这位小姐有些与众不同啊！"

岩罕就像没察觉到道达的试探一样，随口道："我专程请赫卡忒来参加父亲的葬礼，怎么能怠慢贵客！"

此言一出，在场所有人都对童素投以异样的目光，就像见到了恐龙般，脸上写满了不可置信。

童素神色淡定，仿佛被围观不是她，镇定自若地问郑方："赛道这么大，一眼根本看不过来。"

郑方嗤笑道："当然有专门的电子屏！"

他一边说着，一边指了指赛场正上方，就见巨大的电子屏已经将整个赛场投映！

童素思考了几秒，才问："你知道为什么岩罕让你给我解说比赛吗？"

郑方没好气地回答："不知道。"

"重点不在'给我解说'，"童素又看了一眼电子屏，"而在于，'解说'。"

看见郑方还不懂，她耸了耸肩："那我只能直说了，我觉得你的老板是想让更多的人关注这场比赛吧。"

郑方眼睛一亮。

他明白童素的意思了——如果能将这场赛事在整个"夜色"甚至整个万象集团体系内转播，很快就能一传十，十传百，传得所有人都看到。

看见郑方没动，童素挑了挑眉："怎么？你对岩罕没信心？"

"怎么可能！我这就下命令，所有闭路电视都得转播这场赛事！"

看见郑方匆匆离去，童素叹了口气。

她也不想提醒郑方，但岩罕最后那句话，对他们这种聪明人而言，已经是很明显的提示和威胁了。

"父亲的葬礼"啊！

如果她配合，就是参加德隆的葬礼；如果她不配合，过几日参加的，怕就是她父亲的葬礼了！

童素之前一直没想明白，为什么只是接自己来文南，需要劳动万象集团两位"花牌"出马。但现在看来，她也只是"道具"之一罢了。

就好比现在，道达和岩罕去比赛了，"黑桃K"和"红桃K"也不在，作为"黑桃Q"的郑方就是最大的干部，他的命令谁也拦不了。

童素才胡思乱想一会儿，郑方就已经回来了，看见对方满面春风的模样，童素毫不怀疑，此时整个集团的势力范围，已经开始了实况转播。

而这时，比赛也即将开始！

伴随着一声枪响，红色赛车犹如离弦之箭，直接冲了出去！

岩罕和道达的手下明显都是懂行的，童素坐在郑方等人旁边，听见他们窃窃私语："BOSS起手就开KERS？不怕浪费能量？"

"这时候当然要用KERS，你看老板，动作一慢就失了先手，从此步步落后。"

童素注意到，万象集团成员对德隆、岩罕、道达的称呼分别是"先生""BOSS"和"老板"，哪怕岩罕和道达泾渭分明，手下互不相让，但该有的尊称还是一样都不少，可见万象集团规矩严苛。

如果单从称呼上推断，无疑只有德隆在此地德高望重，备受尊敬，岩罕和道达的声望都差了那么点意思，属下对他们只有敬畏，至于爱戴有多少，要打个问号。

童素的大脑就像高速运转的计算机，记下一切她认为能用到的细节，却不露分毫，有一搭没一搭地与郑方聊天："为什么岩罕要先抢占外车道？"

"你不会查吗？"

"我没带手机。"童素回答,"在没确定我的'安全程度'之前,我想,你们也不会让我碰任何电子产品。"

郑方嫌弃地冷哼了一下,才带了些不情愿地说:"外内外方便拐弯,这是 F1 比赛的基本常识。"

童素秒懂。

如果直线时一直走内车道,拐弯的时候,赛车势必要大幅度降速。这样一来,对出弯的加速十分不利。

但如果过直线一直走外车道,最后一段才拐到内车道,会导致临界点难以判断,一个不小心就可能因速度过快而冲出弯道,如果周围有墙壁、栏杆,甚至会直接撞上去。

唯有在直线路段的时候,选择走"外内外"的 S 形,才能在既保证安全的同时,又拥有极高的出弯加速区间。

红色赛车占据了这个先手后,可谓步步领先。

蓝色赛车跟在红色赛车后面,试图超车。

但岩罕对 KERS 的运用可谓炉火纯青,每当道达在直线赛道上快要逼近岩罕,即将能用 DRS 来超车时,岩罕就会立刻启动 KERS,将距离拉大。等道达用 KERS 追上来时,下一个拐弯路口又到了。

红色赛车就像车尾长了眼睛一样,牢牢地占住了蓝色赛车所属的赛车线,蓝色赛车刚开始变道,就发现红色赛车也开始变了,永远卡在它前面。无论它是真变道,还是伪动作,对方都能恰到好处地卡在节拍点上。

蓝色赛车足足跟了红色赛车几十个弯道,赛道都已经跑完了第三圈,却始终没有找到超车的机会。

"BOSS 太狡诈了!"童素听见不远处,道达的手下在抱怨,"F1 比赛里,就算选手会这样卡别人的车,也不会卡这么多圈,否则会被其他车手占便宜。现在 BOSS 吃定了就他和老板两个人比赛,才敢这么干!"

"就是,这算什么竞技精神!简直无赖!"

这边,岩罕的手下听见了,便反击道:"能一直别车,也是本事!"

"我们 BOSS 能在这么高的速度之下,始终留心老板的反应,完美地卡住老板的每一次超速,就是厉害!"

他们这一反驳,对方顿时开骂了:"高速?你们 BOSS 这速度,就比兔子快一点!他故意放慢速度在别老板的车!"

"胡扯!BOSS 就是过弯道的时候速度慢了一点,直线的时候快得像闪电!"

双方你瞪着我，我瞪着你，谁都不肯让，就差没撸袖子干架了。

郑方点了一支烟，深深地吸了一口，用轻到几不可闻的声音带了点赞叹地说："BOSS，成长得真快啊！"

童素有点不解："他们在说什么？"

郑方这才反应过来，之前来接童素的时候，岩罕有要求，让所有人都说中文。

他们一直说中文，道达带来的人，下意识地也用中文和他们交流，所以童素一直都听得懂。但现在，这群人急了，不自觉就开始用当地土话吵架，童素当然如听天书。

郑方挑火药味不重的话，简单地翻译了几句，童素"哦"了一声，又问："万象集团的人都会说中文吗？"

"大部分会。"郑方解释道，"这里华人多，来投资的中国商人也多，中文本来就是主流语言之一。加上先生的父亲是中国人，先生也有一半中国血统，又很喜欢看《孙子兵法》《资治通鉴》《史记》等书籍，所以在万象集团内部，中文和当地方言一样，都是通用语言。许多土著为了讨好先生，想要获得先生的青睐，也都必须学会中文。"

童素想了一下，才说："我还以为你们平常都是说英文呢！"

郑方有点不耐烦："英文也说，否则怎么与那些鬼佬交流？但自家兄弟说话，不说熟悉的语言，难道还讲英文？你能不能别吵了，安静看比赛？"

童素不说话了。

她之所以向郑方打探万象集团成员最常用的语言是什么，其实是想通过这种方式，判断支撑万象集团的内核究竟偏东方还是偏西方。

从某种意义上来说，"语言"就代表着认同度，这一点，在大洋国的各族裔身上最为鲜明。用西班牙语交流的墨西哥裔和用中文交流的华裔，哪怕同在大洋国的领土，又同样是帮派，行事风格也截然不同。

而现在，她已经知道，万象集团的核心文化仍旧偏向东方。

并且，她也从这些人的争吵中，拼凑出一个事实——岩罕口口声声说要"按正规F1比赛"来，但他很巧妙地打了一个擦边球。

正规F1方程式赛车中，由于赛车多，赛道必然拥堵，会有几辆车同时挤在一个赛道上的状况出现。从策略上来说，有的赛车手就会故意放慢速度，用自己的赛车去堵住路线，逼得后方的赛车不得不放慢速度，无法通行。

但这么做，一般都是为了放队友过去，外加扰乱别人的节奏。

所以，前面的赛车手一般在别了几圈后就会让开，毕竟做多了容易出现事故，也容易与其他选手结仇。

岩罕却是全程封堵道达，而道达又偏偏不能说岩罕是错的，只能干冒火。

童素死死地盯着红色赛车，明白了为什么岩罕刚才在琳琅满目、颜色不一的跑车中，特意挑中了这辆喷成大红色的赛车。

因为艳丽的颜色能刺激人的视觉感官，眼前长期有个大红色的东西晃来晃去，很容易让人觉得不舒服。

岩罕在干扰道达的情绪。

他在用这种手段，逼道达冒进，希望对手犯规！

两辆赛车你追我赶，绕到第五圈时，道达终于被刺激疯了。

明明两辆车还有3秒以上的距离，蓝色赛车却"轰隆"加速，在直线赛道上飞驰，第一次超过了红色赛车！

岩罕一时像是惊呆了，导致红色赛车忘了内道再拐去外道，过下一个弯道的时候就特别不自在，加速慢了一大截，被蓝色赛车甩出老远。

看台之上，一片死寂。

不仅如此，原本热火朝天的"夜色"酒吧、赌场里，也是鸦雀无声。

这一刻，整个"夜色"，仿佛都被人按下了暂停键，沉默得诡异。

过了许久，才不知谁结结巴巴地开口："老……老板……犯……犯规了。"

与此同时，郑方也险些跳了起来："这是犯规！"

"犯规？"童素立刻问，"哪一点犯规了？"

"他违规使用了DRS系统！"

童素又追问了几句，才知道，在正规的F1方程式比赛中，对DRS系统的使用有着严格的限制：

首先，车手只能在FIA规定的赛道区域（一般为直道）内触发DRS，并在到达规定点之前将其关闭；

其次，只有当前车与后车在时间上的差距为1秒之内时，后车才能启用，而前车不得利用DRS来防守。

但刚才，两车时间上的差距至少有3秒，道达却使用了DRS系统，并在到了规定点之后没有关闭，还继续用它开了一段路。

这种事情的性质，就和打电竞比赛的时候使用外挂，与别人赌博的时候出老千，打拳击比赛的时候，明明已经被人击倒，裁判开始读秒时，却趁着对手不注意偷袭一样可恶！

使用这种手段，哪怕取得了所谓的胜利，但在所有人眼里，你都是输家！

"夜色"经常有赛车比赛，几乎每个人都喜欢押注赌胜负，所以对规则了然于胸。

童素一直在留意这些人的表情，看见岩罕的手下露出不屑，道达的手下表情尴尬，将头埋下，立刻印证了自己的判断。

万象集团很重"规矩"。

这或许是每一个成功大型帮派共同的秘诀之一，尤其在偏东方的组织里，这一点体现得更加鲜明。

万象集团这样的犯罪王国，里面什么人都有，但大部分都是亡命之徒。对他们来说，世俗意义上的法律、秩序、道德等都没用，他们信奉另一套法则。在古代，绿林好汉管它叫"江湖道义"；在现代，大家管它叫"规矩"。

规矩之所以是规矩，就在于每个人都得遵守，一旦违反规矩，就要受到严厉处罚。

这套机制，必定完整地执行了几十年，才会如此深入人心，也绝不会有一个漏网之鱼。因为，若是有人犯错却没受到处罚，规矩很快就不成规矩了。

想到这里，童素叹了口气。

这就是岩罕为什么要逼道达在一时冲动之下犯规的原因。

在这些毒贩的眼里，杀个把人或许还没有"坏了规矩"严重。

尤其是道达连续触犯两条比赛规则，岩罕明明追不上了，却没有打开DRS，选择同样用犯规的方式追赶，就衬托得道达的形象更加糟糕。

道达显然也意识到自己犯错了，所以他放慢车速，将蓝色赛车开到了维修站，让工作人员给他紧急换轮胎、加油，自己好趁这个时间冷静一下，想一想补救的办法。

岩罕是个疯子。

这是观看比赛的所有人共同的观点。

一般来说，赛车跑了五六圈，轮胎就该换了。只有职业选手，才能将轮胎压缩到八圈一换，但岩罕做到了！

整整二十七圈跑下来，他居然只换了三次轮胎！

而道达，换了四次！

也正因为如此，道达虽然凭着犯规，曾超越过岩罕，但岩罕靠着这种不要命的架势，不仅将优势追了回来，而且足足超了道达一圈多！

可他没有丝毫轻敌的意思，仍旧风驰电掣，一路狂飙。

就在道达的手下垂头丧气，岩罕的手下欢欣鼓舞时，郑方突然掐灭烟蒂，猛地站了起来，死死地盯着屏幕："不对！"

童素也跟着站了起来："怎么了？"

"BOSS 的车速不对，刚才那个弯道，他没把速度降下来！"郑方的语气有点颤，"快点把镜头切向 BOSS 的车子！"

转播室内的几个工作人员吓得直打哆嗦，连忙切换镜头。

霎时间，大屏幕上，就只有岩罕与大红色 F1 赛车的身影。

郑方留心岩罕的动作，来来回回看了几遍，立刻做出判断："刹车，是刹车出了问题！BOSS 在拼命踩刹车，但速度根本没变！"

岩罕的手下全都跳了起来："刹车？那怎么办？"

"怎么可能？郑哥不是认真测试过吗？BOSS 也检查了啊！都没发现问题！"

赛车场的负责人腿都软了："郑……郑哥，我没动手脚啊！"

郑方此刻哪有时间管这些人？只见他立刻走特殊通道，飞也似的冲到维修站里，命令维修站的所有人都不许出去；再看赛场中央，眼眶里满是血丝——红色赛车在拐弯后，已经开进了一个大直线赛道，车速越来越快！

再这样下去，失控的赛车会直接撞到赛车场的墙壁上！

虽然为了安全起见，赛道两旁都是用来减速的草坪，但那也要车手踩刹车配合，才能成功将车子停下来！现在刹车坏了，草坪顶什么用！这么快的速度，墙壁又如此坚硬，冲击之下，很可能会直接车毁人亡！

所有人的心都悬了起来，目不转睛地盯着红色赛车，有些人在默默祈祷，有些人却在幸灾乐祸。

但这一刻，一直盯着显示屏的童素发现，岩罕竟然闭上了眼睛。

320 码高速飞驰的赛车，刹车失灵，又是一个大直线，加速度惊人……面对这种必死的局面，岩罕竟然闭上了眼睛。

为什么？

电光石火之间，童素突然想起郑方一路让她蒙眼罩，想起了更早之前的飞机劫案，终于明白过来！

照相记忆！

岩罕拥有照相记忆！

他正在回忆之前通过"照相记忆"录下，关于整个赛道的每一寸土地，试图寻找一线生机！

在那里！

只见岩罕猛打方向盘，强行让车头稍微偏移，就见赛车一路狂飙，冲断了防护用的栏杆，掠过了缓冲的草坪，飞速冲进了一片色彩斑斓的区域！

那是维修站附近的特制防滑带！

这种由新材料铺设而成的防滑带具备很强的防滑属性，能够有效增强路面摩擦力，整个赛车道上，也只有维修站左右铺了这么一段！

接连撞断的几根栏杆，减了第一重的速度；

专门布置的草坪，减缓了第二重速度！

特制的防滑带，放慢了第三重速度！

即便如此，红色赛车的势头还是太猛了，眼看就要冲进维修站！

而维修站中，不仅有许多工作人员和零件，还有专用的加油箱！

一旦因为剧烈冲撞，引发连锁爆炸，后果不堪设想！

岩罕顾不了那么多，冲进防滑带的第一时间，就拼命往左边打方向盘，只听见砰的一声，车头撞上了维修站旁边的防护栏杆，直接将它撞断，却也终于停了下来。

工作人员和安全人员正要冲上去，却被郑方带人拦住！

只见郑方第一个抢先打开车门，要去搀扶岩罕。坐在驾驶座上的岩罕却摆了摆手，自己从容地走了出来，然后取掉头盔，无视郑方请他去看一下医生的要求，从口袋里拿出了一个物件，半个身子又进了驾驶座，不知低头在鼓捣什么。

由于镜头还在实况转播，很多人都不解地互相询问："BOSS究竟在干吗？"

而这时，蓝色赛车也开了过来，在维修站旁停下。

只见道达赶紧下车，卸掉笨重的头盔，急急地赶到刚下车的岩罕身边，关切地问道："岩罕，你没事吧？"

岩罕转过身，冰冷的目光落到道达身上，很快就转为神秘莫测的微笑："多谢姐夫关心，我没事。"

道达如释重负："太好了，没事就——"

"我还没说完。"岩罕一字一句，缓缓道，"我非但没事，还觉得很刺激，前所未有地刺激。所以，姐夫，我们再比一场吧！"

"只是这一场就不用这么麻烦，要姐夫派人趁着换轮胎和加油的工夫，偷偷放掉我的刹车油了。"

岩罕一边说着，一边扬起双手。

道达这才发现，他左手是一些七零八落的电线，右手是一把锋利的小刀。

然后，他就听见岩罕带着笑意的声音，在耳膜炸响："我已经把我的刹车线，直接割断了。"

　　道达倒抽一口冷气，望向岩罕，就发现对方明明脸上笑得很灿烂，眼睛却像正准备狩猎的野兽，冰冷、无情，泛着属于掠食者的凶光："这一次，索性把所有赛车的刹车线都割断，通通不要刹车！我们各选一辆，再比一场！"

# 第三十四章　小鸡游戏

岩罕身上流露出来的逼人杀意，竟令道达生出几分退缩之心。

这一刻，道达突然想起了岩罕过往的光辉事迹。

比如，进行极限运动的时候，不用任何安全工具，就凭借一双手，成功攀登了位于北美洲被称为全世界最危险的酋长岩；再比如，主动接受"黑桃组"那些雇佣兵的苛刻生存训练，只带一把军刀、一个水壶，就去穿越原始的热带雨林；等等。

这小子就是个疯子，从来不把性命当一回事。道达心想，自己何必与一个疯子比谁更能玩命呢？

道达打定主意，不理会岩罕的挑衅。

他端起姐夫的身份，摆出一副宽容的姿态，和颜悦色地开始说教："岩罕，我能理解你在死亡边缘走了一趟，惊魂未定的心情。但我希望你分得清是非好歹，不要给人随便扣罪名。"

"怎么？"岩罕冷冷地说，"姐夫，你既然敢做，却不敢当吗？"

道达见岩罕这么不给台阶下，微微眯起眼睛，声音也低沉了下来，语声严厉，充满警告："岩罕！"

岩罕脸上挂着笑，眼中却只有杀气，就那样笔直地站在原地，一步都不肯退。

道达见状，便知岩罕不愿给这个台阶了。

他并不想与岩罕发生激烈的冲突，尤其是在德隆七七还没过，棺椁都没下葬的现在。否则别人一定会对他指指点点，岳父还没入土为安，就欺负人家唯一的儿子。

出于这种考虑，道达强忍怒气，正打算拂袖而去，站在一旁的童素突然扭头问郑方："忘了问你，镜头掐掉了没？这段可不能直播，放出去要被人家笑话。"

她的声音不大，但这么近的距离，道达听得一清二楚。

霎时间，不好的预感就涌上了道达的心头，只见他鹰隼般锐利的目光往赛车场负责人的身上一扫，对方就已经双腿发软，头皮发麻，却还是强撑着说："刚……刚才已经把镜头掐了。"

负责人其实根本不想开直播，但道达和岩罕刚开始比赛，郑方就找上门，要求万象集团的所有闭路电视都接通这场比赛的直播。

郑方是万象集团的高级干部，负责人只是一个依附万象集团而活的小头目，根本无法拒绝郑方的"小小要求"。

他也没办法再请示道达，因为这位万象集团多年的二当家已经发动赛车，奔驰在赛道上了。而道达带来的那些人中，并没有官级能压过郑方的。无奈之下，他只能一边按郑方的命令行事，一边在心里拼命祈祷这场比赛别闹出什么麻烦，可偏偏事与愿违。

看见岩罕赛车出问题的那一刻，负责人就知道，无论如何都不能再播下去，就让手下立即把信号给掐了。

即便如此，整个万象集团的看客，也将方才那惊险的一幕尽收眼底，知道岩罕的赛车被人做了手脚，差点害死岩罕。

想到道达知晓此事后会有的反应，负责人心中充满着恐惧和绝望。

马场的前任负责人，只是不小心让道达丢了面子，道达就干脆利落地将对方发配到非洲，没了性命。自己却将万象集团两大继承人的争斗，甚至是谋杀暴露在大庭广众之下，道达又会怎么对待自己？

岩罕见赛车场负责人脸色发白，却没多说什么，只是挑了挑眉，有些惊讶地问："怎么？你们还开直播了？"

"兄弟们觉得不够热闹，又不好拿您二位来开赌局，就只能和大家一起分享这次精彩的比赛，享受一下热烈的气氛。"郑方给了一个十分敷衍的回答，其他人则用一种"你在睁眼说瞎话"的眼神，默默地看着他。

岩罕闻言，就笑了笑，将手中的杂物扔给郑方，很随意地说："拿我开赌局也没什么，只要押我赢就行。"

"好！下次一定押你赢！"

短短两句话，却让陷入深深绝望的赛车场负责人重新"活"了过来。

岩罕既然说了"拿我开赌局也没什么"，其实就是表态，不介意自己的比赛被直播。那么，道达一时间也不能公开拎着这点小事计较吧？哪怕道达非要拿负责人出气，也得过个一年半载，找个别的理由，这至少争取到了缓刑的机会。

当涉及生死，哪怕赛车场的负责人是道达的远亲，此刻也只有一个念头——如果岩罕能赢过道达就好了。

哪怕岩罕上位之后，要将"夜色"的人都换成岩罕自己的心腹，不用他们这些道达安排的老人，他也认了。

丢工作，总比丢了命好吧？

再说了，道达的性格，外人不了解，他们这些人还不清楚吗？伺候道达可是个苦差事，指不定哪一句话说错了，灾难就会落到身上来。不像岩罕，等闲小事根本不放在心上，挥挥手就过去了。

在岩罕和郑方这么一唱一和之间，道达狠狠地盯了脸色阴晴不定的赛车场负责人一眼，然后转头面对岩罕，冷哼道："你故意的？"

刻意在比赛开始后才进行实况转播，又在比赛过程中蓄意激怒他，逼他犯规，事后还要装大方送人情，笼络人心。

"怎么会呢？"岩罕不紧不慢地，把刚才道达的一席话原封不动地还了回去，"姐夫，我希望你能分得清是非好歹，不要随便给人扣罪名。"

岩罕当然可以撇清关系。

在场的所有人都能做证，他本来只是想接童素去见"红桃K"，来"夜色"是道达提的，自己根本不情愿，却还是给了姐夫面子。

而在来"夜色"的一路上，岩罕所说的每一句话，大家都听得清清楚楚，他从没私下叮嘱过郑方，一旦他们开始比赛，就让郑方打开镜头，实况转播。

从头到尾，这都是郑方的"自作主张"。

再说了，如果岩罕的刹车没出问题，这就是一场普通的比赛而已。

转播比赛，让大家一起高兴一下，不过是一桩小事，赛车场、赛马场经常这样干，高级干部亲自下场玩，其他人热火朝天地下注也不是一次两次了，道达想用这个理由找郑方的碴儿，所有人都会笑他。

但偏偏就是这么一桩小事，弄得道达下不了台。

无论道达怎么辩解，他为了赢过岩罕，几次犯规的行为，都已经被几千双眼睛目睹。更不要说刚才岩罕所驾驶的赛车刹车出问题，岩罕差点没命的凶险一幕，让所有人都心有余悸，心中也已经认定了这是一场谋杀。

谁那么憎恨岩罕，迫不及待地想置对方于死地？第一嫌疑人，毋庸置疑，定是道达。

人都有一种思维定式，即某个人如果人品好，那他就不会做坏事；反之，如果一个人人品差，那么他做下什么坏事都不奇怪。

道达为了区区一场比赛就触犯规则，不择手段也要赢过岩罕，坏形象已经深入人心。谁都不怀疑，他干得出暗杀最大竞争对手的事情。

"夜色"又是道达的基本盘，这里的每个负责人都与道达有着千丝万缕的联系，不是他自己的某个远房亲戚，就是他心腹的家属，说这场谋杀与道达无关，谁信？

在这种情况下，道达想要辩解，几乎不可能。

现在的他，唯一能做的只有应战——答应岩罕的要求，剪掉赛车的刹车线，两人重新比一次。

用这种不要命的比赛来证明自己的勇气，洗刷刚才几度犯规的耻辱。

万象集团的风气就是这样，哪怕你无恶不作，手上有无数条人命，但只要你足够猛，是个爷们，大家就会敬重你，佩服你。

道达的神色阴晴不定，显然是在挣扎。

他也是玩赛车的高手，当然清楚，如果剪掉刹车线，重新比赛，无非就是比谁命更大罢了。在没有刹车的情况下，就算你勉强开过了直线，连续两三个弯道，也要车毁人亡。

岩罕敢这样提议，会不会有什么后招？但如果他没有后招，只是纯粹地发疯呢？

正当道达十分纠结，百般权衡之际，童素气定神闲地说："Ra，你的提议太过了。"

"哦？"

"剪掉刹车线后，再比一次赛车，这种车毁人亡概率高达90%的游戏，除非万不得已，没人会愿意陪你玩。"童素缓缓道，"不如听听我的意见？"

岩罕做了一个"请"的动作，彬彬有礼地说："赫卡忒，请说。"

童素手指赛车场的右端，很认真地说："如果我没记错，那条赛道有1.9公里长，是全场最长的直线赛道。不如你们各自驾一辆车，从赛道的两端出发，玩一场Chicken Game，如何？"

岩罕眼睛一亮："有意思。"

Chicken Game是国际政治博弈论中一个十分经典的博弈模型，中文翻译叫"懦夫游戏""斗鸡游戏"或"小鸡游戏"。

该模型给出了一个情景参考，即两名车手向对方驱车而行，如果双方都不肯退让，两车就将相撞，车毁人亡。最先让开的一方会被耻笑为"胆小鬼"（chicken），另一方则胜出。

如果两人拒绝停下，任由两车相撞，最终谁都无法得益，甚至会赔得一无所有；如果两个人都停下了车，大家都丢了面子；保存了实力，半斤对八两。

最坏的结果无过于自己退了，丢了面子；对方没退，不光赢了，还获得了巨大的利益。反之，最好的结果则是自己没退，对方退了。

但Chicken Game终究只是一个模型，一个比喻，用来形容国家之间的博弈。没人会真拿两辆车去相撞，直到童素提出了这个建议。

童素考虑得非常周到："我看过了，你们可以选择中间那个车道，保持一定速度，一百以下都行，不用开三百码那么快。谁想退了，不用停下，只需要将方向盘一打，让车身偏离中间车道即可，当然这就算输了。"

如此设计，输赢双方活下去的概率都很大。而不像岩罕刚才的提议那样，简直是与死神较量。

道达深深地看了一眼童素，已经明白她的不好惹。

鉴于万象集团严明的上下等级制度，岩罕与道达意见不同，谁都不肯相让的时候，能够劝架的人只有与他们同级的"黑桃K"和"红桃K"，其他人连说话的资格都没有，这就是刚才，郑方作为"黑桃Q"，却缄口不言，等到岩罕问他，他才说话的原因。

这也就代表着，今天岩罕和道达对峙的局面，其实只有童素这个身份特殊的外人能劝。

偏偏童素内心想的，是唯恐天下不乱。

她要是说一句算了，差不多得了，道达就能顺着这句话下台阶。但她没有，非但没有，还提供了一种"可行方案"，逼着道达非要在"到底玩绝命赛车还是Chicken Game"之间二选一。

就在这时，突然有个人小跑了过来，附耳对道达说了什么。

童素站得近，耳朵又尖，也只勉强听清了零零碎碎的几个英文单词，例如"公爵大人""交易"等。

公爵？

童素暗暗记下这件事，就见道达听了这个消息，表情已经变得很勉强，示意对方退下后，才扬起头，对岩罕说："你要和我拼命是吧？行！我们把手刹也给拆了！让车子只能加速，不能用任何方式减速！怎么样？"

岩罕咧嘴一笑，眼中闪着疯狂的光："正合我意！"

道达被他这么刺激，也发了狠，命令负责人："再去把直播打开！这一场比赛！我要让所有人都见证，究竟谁才是真正的懦夫！"

工作人员的效率很高。

不出十分钟，所有赛车的刹车已经全部被拆除。不仅如此，他们还在那条即将比赛的直线赛道两旁铺上了厚厚的隔离层，一旦赛车冲上隔离层，就会被层层减速，最终停下。

道达选了一辆黑色的赛车，工作人员把这辆车停到赛道一端。道达深吸几口气，稳定了情绪后，就钻了进去，手伸出车窗，比了一个代表准备好的"OK"手势。

岩罕则选了一辆白色的赛车，停在直线赛道的另一端，但他似乎一直在检查整辆车子，又似乎在鼓捣着什么，迟迟没完成准备。

看他这个样子，手下们不由得躁动起来："怎么回事？难道这辆赛车又出了问题？"

"要不要去问问BOSS？"

众人你看看我，我看看你，最后齐刷刷地望向郑方，就见郑方面色严肃，不知在想些什么。

一旁的童素倒是非常镇定，只见她轻轻笑了笑，居然赞了一句："好胆量。"

她话音刚落，岩罕也已伸出左手，完成了充满自信的"OK"动作。

倒计时，随之响起。

5，4，3，2，1！

随着位于两车中间点的身着比基尼的小姐手上的令旗往下挥动，两辆赛车犹如离弦之箭，同时冲了出去！

"八十码，九十码，一百码！"郑方看着屏幕一角的数据跳动，面上露出一丝担忧，"太快了！"

很显然，两人都不想露怯，所以一开始就猛踩油门，不约而同地将速度飙到了一百码！

这也就代表着，1.9公里的距离对他们而言，只在分秒之间！

观众的心怦怦地跳了起来，而此时，道达的心比他们跳得更快，更猛！

愤怒、紧张，还有潜藏于心底的恐惧，刺激了道达的腺上腺素分泌。

只见他咬紧牙关，继续重重地踩下油门！

仪表盘上，马力再次加大！

一百二十码！

一百三十码！

一百五十码！

道达本以为，这样的速度能吓到岩罕。谁知远处的白色赛车毫不示弱，速度同样飙得飞快，与黑色赛车不相上下！

眼看着两辆车距离越来越近，白色赛车的轮廓越来越清晰，道达心中只有一个念头——对方会停下吗？会吗？

而这时，他突然发现，从白色赛车的车窗中，伸出什么东西。

岩罕在做什么？

道达下意识地想减缓速度，却发现刹车位置空空荡荡！

这一瞬间，一种莫大的恐惧，揪住了道达的心脏。

他终于无比真切地意识到，这辆车无法停下来。

此时，白色赛车也离他越来越近，近到道达终于看清了岩罕手上的东西——竟是一整个方向盘！

这个疯子，居然拆掉了赛车的方向盘！

他根本就没打算退让，甚至放弃了打方向闪避的机会！他就是要开车来撞，要与自己同归于尽！

无与伦比的恐惧充斥着道达的脑海，他的瞳孔张得极大，还没来得及思考，就见岩罕挑衅一笑，将方向盘扔出窗外！

霎时间，此起彼伏的惊叫声，在观众席，在"夜色"，也在万象集团总部的每个角落响起。

"天啊，BOSS，BOSS 他……"

"这是要玩命啊！"

酒吧内震耳欲聋的 DJ 舞曲早已停止，原本纵情跳舞、喝酒的男男女女们都聚到了巨大的电子屏幕前，压根不敢眨眼。

就连狼狈缩在角落的童霞，也忍不住抬起头，看着镜头里即将相撞的两辆赛车，只觉得呼吸困难，下意识地攥紧了自己的衣服。

观众们的心，因为岩罕的举动，高高悬起。

但这一刻，没有任何人比道达的心理压力更重。

脚刹的线已经剪断了，手刹也拆掉了，唯一后悔的机会，就只有打方向。但岩罕把方向盘也扔掉了，还是在两车即将相撞的时候！

赛车上的方向盘坚固无比，岩罕绝不可能在这么短的时间内把方向盘拆下来，唯一的解释就是，岩罕在比赛开始前已经悄悄做了手脚。

这疯子，根本不打算留后路！

不！

岩罕会不会本来就是想在这场比赛中，杀了他这个最大的竞争对手？这小子一定还有其他准备，肯定是一种能让对手死自己却活下来的万全准备，不然怎么敢这么拼命！

电光石火之间，道达突然自以为弄明白了岩罕的想法——所有人刚才都看见岩罕险些"被谋杀"，而道达也确实在怒火攻心之下，吩咐手下"在那小子的车上动点手脚，给他一个教训"。所以，岩罕就算通过这场比赛报复回来，只要他事后能拿出道达确实意图杀他的证据，任何人都不会说一个"不"字。

以血还血，以牙还牙，本来就是万象集团的处事方式。

"我不能死在这里！"

道达心中，只有这一个念头！

他要活下来！

哪怕被人嘲笑是胆小鬼，他也要活下来，只有活着，他才能去争，去抢，去获取他想要的一切！

身体的本能，比思维更快！

就在道达心底发出"活下来"呐喊的这一瞬间，他已经拼命往右边打方向盘，用最大的力气，将车身偏转，冲进了隔离带。

黑色赛车避让的那一刻，离白色赛车，不过两米的距离。

两辆车，闪电般擦肩而过。

胜负已分，尘埃落定。

只见黑色赛车经过重重障碍的减速，已经停了下来，道达怔怔坐在车上，静静地待了好一会儿，仍旧惊魂未定，全身上下都是冷汗。

而此时，获得胜利的白色赛车，依然以一百八十码的速度在赛道上飞速直行！

没有了方向盘，岩罕已经没有控制赛车的办法了，也无法让车子偏离跑道，去边上的减速隔离区域。

就一眨眼工夫，白色赛车已快狂奔完整个直线赛道。

"BOSS！"

郑方狠狠地用拳头砸了砸旁边的墙壁，眼睛都红了，却不敢抬头看屏幕！

没有刹车，岩罕怎么让失控的赛车停下来？

要知道，直线赛道的尽头就是墙体，直接撞上去，除非是神仙，否则谁也别想活！

"冷静一点。"童素淡淡道，"你们的BOSS，可不是那种为了争一时之气，就去送死的人！"

"你当然能冷静！"郑方咆哮道，"难道你以为，BOSS死了你就能离开！错了！我告诉你，一旦道达掌权，大家都没好日子过！"

童素倚着墙壁，神色木然："这一点，我早就想到了。"

郑方狠狠捏紧了拳头，还要说什么，却听见手下小弟们齐声惊呼："BOSS的车！怎么了？"

没等郑方抬头看向大屏幕，童素已冷冷说："没大事，车胎终于坚持不住了而已。"

"车胎？"

"你们没发现？"童素随口道，"Ra在上车之前就把车胎全扎了，顺便拆松了方向盘。现在方向盘扔了，车胎的气也漏得差不多了。虽然会有翻车的危险，但总比直接撞上墙体好一百倍。"

郑方这时才回想起来，白色赛车从一开始，车身就有些歪歪扭扭，只是他们都没弄明白其中的奥妙。

而现在，车胎终于坚持不住，左前轮成功爆胎。

就见车子往左边一塌，斜着进入了防滑隔离区，车速终于渐渐慢了下来。随后白色赛车又缓缓往前滑了一段路，堪堪在墙体前方停下。

看见这惊心动魄的一幕，所有人才如梦初醒，渐渐找回呼吸。

岩罕从车上下来的时候，不管是赛车场，还是"夜色"的酒吧、餐厅，以及万象集团总部的各闭路电视前，都是一片欢呼，人们像迎接远征归来的英雄一样，高呼"BOSS"，脸上都是钦佩！

道达为表现风度，等在那里，与岩罕握了个手，表达自己佩服岩罕的勇气之后，就灰溜溜地离开了。

众人簇拥着岩罕，正要离开赛车场，就见童素等在大门口，双手抱胸，神情冷漠："Ra，我有个问题要问你。"

岩罕示意众人停下，自己则快步走上前，眼角的余光顺便一扫，看见周围没有监控器，才微笑着问："什么问题？"

童素直截了当地问："刹车油究竟是谁放的？"

"这个问题，你不是应该猜到答案了吗？"岩罕含笑道。

"虽然猜到了答案，但我还是想确定一下，究竟是哪种情况。"童素淡淡道，"虽然量控制得这么恰到好处，就像排练过一千次一样，但你的手下把刹车油给放了，还是他的手下把刹车油给放了，这可是截然不同的概念。"

这么直接的问题，已经相当于刺探情报了。

毫无疑问，刹车油一定是岩罕授意放的，而且用量控制得极为精准。如果多放一点，或者少放一点，岩罕都很难刚好在维修站强制停车，捡回一条命。

岩罕虽然疯到拿自己的命去赌，但也不会打无准备的仗。

童素只想知道，动手的人究竟是谁。

岩罕也没有遮掩，笑了笑，回答道："他被气疯了。"

聪明人之间，不用多说第二句废话。

岩罕的意思已经很明显了——道达下了命令，想要在这场比赛中弄死岩罕，不过道达的心腹中有岩罕的人，反而偷偷配合了岩罕的计划，将了道达一军。

　　"行，我明白了。"童素耸耸肩。

　　"我还忘了感谢你，如果不是你，光凭郑哥，肯定没办法与我配合得这么默契。"岩罕伸出手，"希望我们能在这短暂的几天中，合作愉快。"

　　童素苦笑一声："与你合作的机会，能少一次就少一次，对我而言才叫好。"

　　她心里很清楚，岩罕就是需要她这个"外人"的介入，将事情闹大，将矛盾激化。

　　岩罕不想与道达和解，哪怕只是表面上的，因为道达不会服他，只会给他的掌权之路增添障碍。

　　对岩罕来说，最好的办法就是彻底解决道达这个人，以及对方背后的势力。所以，他需要将事态扩大，才好进行不留情面的清洗。

　　同样，岩罕也很明白，童素三番几次的"帮助"，并不是为了帮他，而是为了帮她自己。因为岩罕和道达闹得越凶，争得越狠，万象集团内部的分歧越大，就越可能出大的疏漏，让她能够找机会离开。

　　如果万象集团是铁板一块，童素才真是插翅难飞。

　　方才的那一次赛车竞赛，就是两人心照不宣的默契配合。

　　"岩罕这家伙，只怕从来没把道达当成真正的竞争对手吧？"童素心想，"那个'公爵'又是什么人，为什么一听见此人的消息，道达就下定决心，要与岩罕比这一场？另外，我离开中国，也有六天多了，不知专案组那边，现在怎么样了？"

# 第三十五章　救援行动

之州省，安全厅，第一会议室。

陈局长左右踱步，心急如焚："童素的手机和电脑拿回来已经四天多了，还是没办法打开吗？"

技术人员连连摇头："不行，童小姐对电脑的加密非常复杂，程序又十分精巧。一旦尝试破解，哪怕只错一次，电脑里的全部资料都会被粉碎，再也无法复原。"

这么高的试错成本，让他们根本不敢轻举妄动。

作为信息安全方面的大行家，童素对自身的信息安全当然看得非常重，平常走路刻意躲着摄像头都是小事，在网上留的身份证、信息基本上就没真的。

这些"良好习惯"，给专案组的侦查工作带来了极大困难。

傅立鼎至今仍不明白，童素究竟为什么会给杜明礼打电话说要出去旅游，然后就一去不复返，地点还是广西边境。

从那个地方出发，只要再开小半天的车就能出国境线去文南。

"边境沿线的监控录像调出来了吗？"

"调出来了，专案组认真查看了好多遍，都没从中发现童小姐的下落。"

对于这个结果，傅立鼎不觉得奇怪。毕竟西南边境有那么多山，总有几条只有土著才知道的小路，否则万象集团那些人是怎么偷渡进来的？

但专案组还是迫切地想知道，童素到底发生了什么？为什么在后来给杜明礼的邮件中表示，万一联系不到她，就证明是被万象集团带走了？

既然知道有危险，那童素为什么要去？到底是被胁迫？又或者自己潜逃？还是说，真去旅游，结果在广西被人绑架，才会落下手机和电脑？

目前收集到的信息实在太少，少到令专案组一筹莫展。

陈局长皱了皱眉，又问："NULL呢？联系不到他？"

"是的。"傅立鼎语气凝重，"除了第一次湖滨市'7·17连环爆炸案'时是NULL主动找我们之外，其他时间，全都是NULL和童小姐之间在联系，我们并没有NULL的联系方式。我这两天专门去圆周率公司询问NULL下落，可他们的CEO方小勇也联系不上 NULL，不清楚他在做什么，更不清楚他在哪儿。"

也就是说，除了童素以外，其他人都没办法主动联系到 NULL，只能被动地等对方来联系自己。

众人只能叹气。

这叫什么事啊，两个顶尖黑客，一个神秘失踪，一个联系不上。难道要向上级打报告，申请支援，派最厉害的团队来破译童素的电脑？

就在这时，会议室的门突然被推开。

傅立鼎看见来人，不由得浑身一震，立刻站起来快步上前："夏厅，您怎么来了？医生说了，您至少要住院观察三个月——"

坐在轮椅上，盖着一条厚毛毯的夏正华挥了挥手，对专案组的成员说："你们先出去！老陈和小傅留下。"

众人鱼贯而出，等最后一人离开后，给夏正华推轮椅、身穿军装、军帽盖住半边脸的男子立刻将门反锁。

夏正华等房间里只剩他们四个人了，才说："这是应龙上校。"

话音刚落，应龙立刻给陈局长和傅立鼎行了个军礼，两人也马上回礼。

他们还记得，"7·17 特大恐怖袭击案"发生的时候，国安局的这位应上校就一直在湖滨市公安局交通管理指挥中心现场，是个深藏不露的人物。

夏正华的状态显然不是很好，那场车祸让他肋骨断了四根，差点戳进肺，左脚也骨折了，更不提其他零零碎碎的伤口，光是说一两句话，就不断地在咳："我长话短说，小傅，我决定让你跟着应龙去文南国。"

说罢，他又开始拼命咳嗽，撕心裂肺，却拒绝三人为他拍背。

应龙再次行了个军礼，这才开口，第一句话就是："万象集团的存在，已经威胁到了国家安全与'一带一路'倡议。"

陈局长和傅立鼎被这句话震住了，听应龙的详细解释，才明白这究竟是怎么一回事。

文南国与中国多年来都是友好邻邦，尤其是最近二三十年，中国经济飞速发展后，大量中国商人到文南国投资办厂，拉动当地就业，令文南人对中国人印象很好。在民众的强烈呼吁下，七年前，文南国与中国结成全面战略合作伙伴关系。

"一带一路"倡议提出时，文南国也是东南亚第一个响应的国家。

在文南国政府的要求下，中国派技术人员去帮文南国修一条贯穿东南到西北的高铁。

这条高铁，按照规划，应当是像欧亚铁路一样成为各国之间的纽带。而正中间的枢纽，便是文南国。如果让高铁从升龙省穿过，就能直达文南的邻国安寨，再一路往西，穿越多个国家，最终将直达印度，连接南亚各国。

不等应龙解释，傅立鼎抢着说道："由于万象集团盘踞在升龙省，他们不会允许我们的高铁穿过。更不要说，他们已经和文南国政府兵戎相见，一旦他们推翻了现有政府，对我国的'一带一路'倡议势必会产生巨大的影响。"

"正是。"应龙回答，"文南也考虑过，这条高铁是否要绕过升龙省。但对文南国来说，这涉及巨大的额外成本支出；而对我国来说，一旦高铁绕过升龙省，就会影响整个'一带一路'的发展前景。"

文南以及周边几个国家，之所以交通不便，一是多山，二就在于湄公河除了雨季外，其他时间河水水位都不够高，航运十分困难。

如果能修通这条高铁，从此以后，东南亚各国的交通就不再需要翻山越岭，等待雨季，从此能够四通八达，互通有无，贸易将变得更加繁荣。

而修建这条高铁最困难的部分，就在于升龙省的"圣湖"。

"圣湖"平常只有两三千平方公里，平均水深也就一米多。但只要一到雨季，湄公河水倒灌，"圣湖"的面积瞬间就会扩大到一万平方公里，水深足足有十几米。如果不进行长时间的实地考察、测量，高铁的修建就无从谈起。

但"圣湖"，恰恰又是整个东南亚的"心脏"！

心脏要是不通，其他器官再好也没用。

如果贯穿东南亚的高铁不经过"圣湖"，就像京广线不路过北京，京沪线不到达上海一样，失去了一半的意义。

可在场的四个人都知道，万象集团不会允许。

升龙省一向是万象集团的大本营，文南国政府派去的总督都是万象集团的傀儡，升龙省所有的桥、路、基础设施，都是万象集团出钱所建，俨然一个独立王国，文南国政府根本插不上手。

万象集团之所以在升龙省有这么大的影响力，主要就在于其地理位置的封闭性。当地老百姓没有选择，只有跟着万象集团才能过好日子。

如果这条高铁修好了，交通往来方便了，万象集团就会逐步失去对当地的控制。更不用说，修建这条高铁，很可能要路过他们的罂粟田乃至老巢，他们岂会让这些隐秘的地方暴露在众人眼皮子底下？

夏正华见陈局长和傅立鼎消化得差不多了，才抛出最重磅的情报："根据文南国提供给我们的消息，最近三个月，万象集团又从外界秘密运了近百车的军备，文南国的战事只会愈演愈烈。再这样拖下去，就算文南国政府最终勉强把万象集团击溃，国家也会千疮百孔，遭受巨大损失。所以，文南国政府向我国政府寻求帮助，希望能得到我国的支援。"

夏正华一边说，一边咳嗽，显得非常吃力。

应龙见状，连忙又把话接了过去："我国的原则是不干涉他国内政，但既然是文南国政府正式的要求，相关领导考虑过后，希望以低的影响、最小的限度，帮助文南国剿灭万象集团。"

"另外，万象集团一直对中国虎视眈眈，不停地渗透、突破，希望将中国变成他们的贩毒乐园。二十年前，我们将他们赶出了中国，二十年后，他们又想卷土重来。出于国家安全层面的考虑，万象集团也是我们必须铲除的对象！"夏正华努力积蓄精神，把这一段话斩钉截铁地说了出来。

应龙点点头，进一步阐述了为什么需要征调傅立鼎："国家决定派出一支特种部队，赶赴文南，配合文南国当地政府，协助打击万象集团。而眼下正好有一个充分的理由——童素小姐是国家安全部门备案的 A 级重要成员，她被万象集团这一恐怖组织绑架，我国必须派出尖刀小队，进行救援。但我们没有见过童小姐，为避免她因对我们不够信任而不配合行动，在夏厅的建议下，经国家有关部门批准，特征调傅立鼎和严明树作为小组成员，一同前往文南。"

傅立鼎顿觉责任重大。

之前多年警察的经验告诉他，童素肯定是被迫离开的，否则她不会留下电脑和手机，证明自己处境危险，身不由己。现在高层与他的判断一致，让他全身充满了斗志，真想立刻就出发去营救童素。

"现在，请把童小姐的手机与电脑交给我。"应龙又道，"我需要将这两件东西带给 NULL 先生。"

傅立鼎非常惊讶："NULL 也和我们一起去？"

应龙犹豫了一下，就听夏正华喊："小陈。"

陈局长立刻明白，接下来的话，连他都没资格听，故他识趣地离开，不忘反锁好门。

此时，应龙才说："NULL 先生是国家安全部门 S 级别的人员，连我都没有权限查看他的档案。在这里，我只能给你透露一些情报，因为我们接下来的行动，也与 NULL 先生正在追查的事情有关。几年前，我国在反腐行动中，查获了一个巨大的犯罪集团。该集团以高官做保护伞，肆无忌惮地操纵上市公司的股价，侵吞国有资产，进行金融犯罪，涉及金额高达数千亿美元。当时，NULL先生就是相关部门的特聘专家，负责在互联网上追查他们的一举一动，并找到了最关键的证据，将该集团一网打尽。"

不知为何，傅立鼎突然联想起了几年前，万全天盛更换董事长的那次风波。

虽然应龙没有一个字提到万全天盛，但傅立鼎敏锐地认为，应龙说的洗钱案，应该与万全天盛那件事有些关系。

不，应该说，万全天盛只是这个犯罪集团插手的一环。

但他一个字都没多问，只是静静地听应龙继续说道："抓获该集团主要人物时，我们发现，该集团已经转移了一千五百亿美金到国外。正当国安局准备把钱追回来时，却发现这笔钱突然消失了。"

听到这里，傅立鼎忍不住问："消失？"

"没错，彻底消失，就像不存在一样。"应龙回答，"我们提审了该集团的核心成员，他们也不清楚是怎么一回事，只能确定，这一千五百亿美金真实存在，却不知为何，在他们转移到国外后，竟然消失得无影无踪。"

傅立鼎意识到了事情的严重性。

这可是一千五百亿美金，不是一千五百块。这么大一笔钱不翼而飞，居然没有半点风声传出？

"NULL先生一直在追查这件事，却迟迟没有找到线索。直到几天前，太平洋银行网络安全部主管贾云豪之死，让NULL先生又有了新的追踪方向。"

应龙顿了一顿，又道："我不能告诉你，NULL先生究竟在做什么，也不知道NULL先生的具体行踪。只能告诉你，万象集团很可能与几年前这笔巨额财产的失踪有着说不清的关系。所以，在此次执行任务的时候，对其他犯罪分子，能够击毙，就直接击毙；但对万象集团的四张'K'，如果可能，最好以活捉为主。"

傅立鼎脸色一变："其他三人活捉，我都没有意见，但他们的'黑桃K'，就是那个神枪手，将他活捉？那得死多少人？"

"具体情况，等到了文南，与NULL先生会面后再说。"应龙平静道，"走吧！你什么都不用带，直升机已经在等我们了。"

与此同时，文南国，升龙省，万象集团。

童素本以为，万象集团的总部已经够隐蔽了，但当看见他们真正的权力枢纽所在时，还是有些吃惊。

出现在她面前的，俨然是一座按照小型军事要塞修建的"堡垒"。

这座"堡垒"两面以天然的山体为依凭，另外两面则修建了将近十米高的城墙，墙体非常结实，约有四米厚，墙上遍布电网，哪怕是一只蚊子不小心碰到，也会立刻被电死。

这座"堡垒"大门开启的方式十分特殊——它是通过指纹、虹膜加声音三重识别的，而且进行识别的人是郑方。

看见这一幕，童素的眼神闪烁了一下。

直觉告诉她，有权开启这扇大门的人，寥寥无几。

等他们通过验证，驶入"堡垒"后，童素留心观察，就发现"堡垒"内部不像外界那样繁华喧闹，反倒有种返璞归真的质朴。三三两两的小楼次第陈列，放眼望去，有二十余座。与其说是万象集团的总部，倒不如说像一个再普通不过的村落。

但这份宁静，并不代表着无害。

童素注意到，大门之后，便是一个安检口，有一队荷枪实弹的青年男子守在那里，两边摆着几十架冲锋枪，随时可将强闯的人打成筛子。

童素还发现，自从进入"堡垒"之后，司机开车特别小心。明明是双车道，但他压根不敢往中间靠，只敢贴着道路边开车。那副谨慎驾驶的模样，就像道路中间埋了地雷一般。

不等她继续观察，这辆车已经七拐八拐，开到了一栋三层小楼前。岩罕示意童素下车，然后那辆车就发动引擎，直接倒车走了。

童素却没空管他们。

她望着站在门口的中年男子，迎上他熟悉却又有些陌生的面容时，明明早就做好了心理准备，可还是木木地站在原地，心中复杂难言。

二楼，书房，童素低着头，坐在红木沙发椅上，一言不发。

坐在她对面的中年男人紧张地搓着手，时不时摆弄着衣领，拉着衣角，然后又去搓手，几次偷偷看她，想要开口，却又把话咽了回去。

不知过了多久，童素才打破这份死寂。

她的声音有些缥缈，整个人思绪都空茫茫的，只是凭着本能，问出了那个纠缠于心中整整十五年的问题："你……为什么离开？"

"对不起，素素，我——"童子邦沉默半晌，才有些难以启齿地说，"我被人骗去了大洋国，一下飞机，就被大洋国联邦调查局关进了监狱。"

童素猛地抬头，就看见童子邦自嘲地说："由于我不愿为大洋国政府效力，所以就无法获得自由。"

满心的怨恨与委屈，就因为这一句话，像遇到了阳光的初雪，慢慢化开了。

童素轻咬下唇，才小心翼翼地问："那你，为什么去大洋国？"

童子邦苦笑了一下，带了点无奈，语气却很温柔："因为你。"

"我？"

"十五年前，我们国家不像今天这么强大，教育这块赶不上发达国家。我想把你送到大洋国去读初中、高中、大学，一路读最好的学校，才不浪费你的天赋和才华。但我又怕不熟悉那些学校，道听途说，把你送到金玉其外，败絮其中的地方。"

童子邦见童素越来越难过，连忙说："也是我不小心，太急切，朋友说什么都信。他说能联系到最好的学校，让我去参观，为取信于我，还报出了自己的真实身份。我以为没问题，就去了大洋国，谁知道等待我的，就是大洋国联邦调查局的手铐和法庭的审判。"

说罢，童子邦不无自嘲地加了一句："由于我曾入侵过大洋国多个政府机构和银行等的系统，被认为严重威胁到了他们国家的安全，结果判了二十五年的监禁。"

他也是后来才知道，原来这是大洋国对付异国黑客的惯用手段，把人骗到大洋国来，一下飞机就逮捕。

中招的不仅是童子邦，还有许多来自世界各地的黑客，光是乌克兰的黑客狱友，童子邦就见过好几个。

但最后，那些人都接受了被大洋国联邦调查局收编，唯有童子邦还在坚持。

他确实很想获得自由，也很思念唯一的女儿，可他不能点这个头。因为他不知道，一旦自己答应为大洋国政府效力，对方会让他做什么。

童子邦不希望，有朝一日，自己出色的黑客能力，反倒会成为威胁祖国的利器。所以，他宁愿留在监狱，承受着漫长的孤独，以及对女儿无尽的思念。

童素一时语塞，悲从中来。

这漫长的十五年，她一直想着、怨着、恨着父亲，却没有想到，他被关在暗无天日的监狱里，整整十年。

童素狠狠地低下头，不知该怎样面对不复记忆中高大、如今已有些苍老的父亲，半响才艰难地问："那你为什么又会出现在万象集团？"

童子邦愣了一下，神色有些惆怅："因为德隆保释了我。"

听见童子邦的回答，童素突然想起岩窄劫机的那一次，德隆告诉童素，五年前，他花了三亿美金，买通大洋国政府的几位议员，以及一些相关官员，只为保释一个被大洋国联邦调查局关押了近十年的重刑犯。

之后，德隆就将这人带到了文南。从今往后，只要这人不踏上大洋国的国土，不被大洋国联邦调查局逮住，就能享受自由。

当时，童素还以为，德隆只是抨击这套制度——只要有钱，什么都可以从中斡旋的制度，从没想过，那个被德隆随口提起的人，就是她的亲生父亲。

这一刻，童素的心情非常复杂。

她一直认为，德隆是一个充满智慧、具有卓越才华的领导者。这种人要是走了正道还好，一旦他作恶，必将对社会造成极大的危害。

童素对德隆的敌意，只因对方是毒枭。

可他也救了自己的父亲，带他离开了那个地狱，哪怕代价是来到另一个地狱。

一时间，童素什么话都说不出来。

过了好半天，她才问："德隆为什么会保释你？"

她不相信被大洋国联邦调查局抓到监狱里的黑客只有父亲一个，为什么德隆独独选中了父亲？难道因为他们都是亚裔？

童子邦长叹一声，凝视着童素的眼睛，郑重地说："接下来我要说的话，你可能不相信，但我必须告诉你，这一切都是真的。德隆是我嫡亲的堂兄，也是你的堂伯父。"

# 第三十六章　前尘旧事

童素简直不敢相信自己的耳朵。

万象集团的首领，控制小半个世界毒品制造和运输的德隆，居然是自己的堂伯父？

哪怕是最荒诞的梦境，也不会有这么匪夷所思的故事，但偏偏，这是谁都无法辩驳的现实。

"德隆的父亲叫童天南，我的父亲、你的爷爷叫童天北，他们是嫡亲的两兄弟。"童子邦告诉女儿，"那时还是旧社会，百姓穷困潦倒，家里多一口人就多一张嘴，地里出产的粮食却只有那么点儿。丰年尚且饥一顿饱一顿，一到灾年就是陈尸遍地，饿殍千里。童天南为减轻家里的负担，十二三岁就跟着几个族中长辈去东南亚闯荡，最后到了文南国。他离开中国大陆的时候，你爷爷还没出生。"

童素仍觉得如在梦中："但德隆的年纪并不算大，也就比您年长三岁。爷爷结婚的时候已经快三十了，如果他是伯公的儿子，岁数上是不是有些对不上？"

童子邦叹道："那是因为童天南花了二十多年才在文南站稳脚跟，成了当年威风赫赫的'南爷'。然后才正式结婚，娶了当地大族的女儿，近四十岁方有德隆这个儿子。为笼络升龙省的土著，巩固势力，他都没让独生子跟他姓，而是遵循文南国的风俗，儿子只有名，没有姓，就是德隆。"

"这真是太荒谬了。"童素按着太阳穴，只觉得头疼得厉害，"爸，你知道我现在是什么感觉吗？就像有人告诉你'本·拉登是你的近亲'一样，你会觉得这肯定是个玩笑，但最后发现这竟然是真的！"

到了这一刻，童素终于明白，先是德隆，后是岩窄，为什么会对她"另眼相看"了。

童子邦苦笑道："谁说不是呢？"

五年前，狱警突然带他去会客室，说他的堂兄来见他时，童子邦也觉得匪夷所思。因为在童子邦的印象中，他的堂兄们都在中国四川的县城、乡村，绝不可能出现在大洋国，更不可能来到这个戒备森严的重刑监狱。

听出父亲话语中的苦涩，童素的理智终于回笼，只见她抿了抿唇，表情冷了下来：

"爸，你实话告诉我，德隆是不是拿我来威胁你了？"

童素一直不相信父亲会是一个助纣为虐，为贩毒集团效力的人，听见童子邦宁愿被关在监狱里十年，都不接受大洋国政府招揽之后，便明白，德隆能把童子邦弄来万象集团，很可能用了一些不光彩的手段。

看见女儿身体紧绷，脸色不好，童子邦沉默半晌，才道："不，德隆没有逼我，是我自己答应和他来文南国的。"

"为什么！"

童素的情绪突然激动起来，只见她猛地站了起来，指着童子邦，声音尖厉："你为什么要同意！你知不知道，他们是毒贩！杀人如麻的毒贩！"

"素素，你冷静一点！"童子邦立刻上前，试图将童素按住，看见她下意识地退了几步，不想与他接触，顿时怔住了。

过了好一会儿，童子邦重重地跌回沙发上，情绪低沉："素素，你不明白。"

童素发现自己刚才的举动伤害到了父亲，语气不由得缓和了下来，小心翼翼地说："对不起，我——"

"不怪你，是我没说清楚。"童子邦原本不想让女儿看到这么狼狈的一面，但为了避免女儿与他的误会加深，还是叹了一声，缓缓道，"我从头开始讲吧！"

童子邦第一次见德隆，是在重刑监狱的会客室。

这次见面，从头到尾，德隆就说了三句话。

"很高兴见到你，我亲爱的堂弟，我是德隆，你的堂兄。

"十分遗憾，几天之前，我才知道你遭受了长达十年的不公。

"如果你愿意，我可以将你保释出来。"

甩完这三句话，对方笑了笑，就结束了这次探监。

对于这个莫名其妙出现、号称是自己堂兄的人，童子邦只有一个想法——对方看上去温文儒雅，举止也风度翩翩，但脑子好像有点问题？居然当着狱警的面，大言不惭，说要将童子邦保释出来？

童子邦好歹蹲了十年的监狱，对大洋国的法律体系也算略有了解，知道保释这种事，只存在于没经过司法认定，尚未正式确认有罪的嫌疑犯身上。

因为许多案件，从逮捕嫌疑犯到移交检方，再到反复诉讼，往往要经过漫长的时间。而如果最终确定嫌疑人无罪，那在这一过程中，对嫌疑犯的羁押就站不住脚。

人家没罪，你凭什么把人家关起来？

所以，保释制度就应运而生。

但这一套，对已经入狱的人没用。童子邦压根不满足保释条件，这个叫德隆的人，只怕是在吹牛吧？

再说了，那些远在中国乡村的堂兄、堂弟，向来与童子邦关系极差，很多年都不曾往来，就算偶有联络，也是涎着脸问他借钱——当然，这些"借"出去的钱从来不曾还过。

此处是大洋彼岸的大洋国，又怎么会莫名其妙冒出一个所谓的堂哥？

如果二人真是亲戚，总得说清楚长辈是谁，才好相认吧？为何德隆在会客室等了那么久，见到童子邦后，扔下三句话就走？

童子邦只觉得德隆出现得莫名其妙，行事更让人摸不着头脑，很快就决定不去想这个"怪人"，心里也没真把德隆说的话当一回事。

但他很快就明白，德隆之所以在整个探监过程中只说了三句话，是因为德隆根本就不是来认亲戚、叙旧、谈条件的，仅仅是过来通知童子邦一声，让他做好心理准备，迎接久违的自由。

"我至今还记得那一天，清晰得一闭眼那一幕就会浮现在眼前。"童子邦不胜唏嘘，"那天一大早，狱警就打开囚室的门，粗声粗气地说：'幸运的黄皮猪，你自由了。'"

"我很茫然，不知道究竟发生了什么，像梦游一样，被狱警推搡着换了套自己的干净衣服，又听了一大通'就算被保释，你也必须住在指定的区域，每隔 24 小时到警察局来报到'之类的话语，还恍惚得像在梦中。"童子邦此时长长地叹了一声，过了好一会儿，才说，"后来我才知道，德隆钻了法律的空子。"

按照大洋国的司法体系，所有的案件都要经历"逮捕嫌疑人—收集证据—移交检方—检方考虑是否提起公诉—由法院裁定嫌疑人是否有罪"这个程序，而且全过程必须公开、透明，尤其是公诉环节，陪审团必须到场。

但童子邦被逮捕后，直接就被定罪，入狱，压根没经历公诉这个最重要的环节。

这也情有可原，因为童子邦是顶尖黑客"铜棒"，在与其他黑客的"技术比拼"时，入侵过一些大洋国的敏感系统，虽然他黑进去后什么也没做，但这种严重危害到大洋国国家安全和涉及国家机密的事情，确实也不好公开。

只不过，大洋国是一个很讲究"人权"的国家，就算你明知道某人是个杀人犯，你找不到证据都不能定他的罪。就算证据确凿，还要经过公诉阶段，如果此人请的律师厉害，找到漏洞，就算警方气得七窍生烟，也只能眼睁睁地看着人渣逃脱法律的制裁，著名的"辛普森杀妻案"就是典型。

德隆就是利用了这一点，买通了一些议员和高官，让他们复查童子邦的案件。结果发现这案子没按照流程走，直接就将嫌疑人定了罪，这怎么行？这是严重违反大洋国精神，违反大洋国法律，违背"人权"的行为，当然要重审！

如果不重审，被媒体嗅到风声，政府就要焦头烂额了。

然后，德隆又聘请了知名律师，再花重金，多管齐下，终于将童子邦给保释了出来。

"从被保释出来的那一刻起，我就明白，德隆的能量非比寻常。"

童素听得入了神，追问："然后呢？"

"然后……"童子邦的神色有些复杂，"德隆告诉我，他这一生，荣华富贵，权力地位，什么都有了，只缺个儿子。为了生儿子，他找了东南亚最好的算命大师，对方说他'命中注定在地上不可能有儿子'，他就找了个空姐当情人，在空中做爱，空中生产，好不容易得了个儿子，起名为岩罕，意思是'贵重的珍宝'。岩罕也很争气，正在普林斯顿大学的数学系攻读，并对黑客技术非常感兴趣，希望能系统地学习相关技术。为了给岩罕找到一个最优秀的老师，德隆遍寻黑客，然后惊讶地发现，被关在大洋国重刑监狱的我，居然是他的堂弟。能力加上血缘，让德隆认为我最适合当岩罕的老师。但德隆也告诉我，岩罕是他独子的事情，加上我，也只有四个人知道，包括岩罕本人都不知情，希望我不要说漏嘴。这份来自堂兄加救命恩人的深深信任，让我背上了很沉重的心理负担，怕自己第一次当老师，教不好岩罕，辜负德隆的期望。但德隆没有这方面的顾虑，他非常笃定地告诉我，说我一定会喜欢岩罕的，一定。"

说到这里，童子邦露出一丝自嘲："德隆说对了，我曾经真的非常喜欢岩罕，他是我见过的第二个如此聪明的年轻人，而第一个——"

童子邦望向女儿，眼中只有温柔："就是你。"

童素有些狼狈地低下头，不敢去面对父亲慈爱的目光，眼眶却有些发热。

她明白，一切的事情都是因她而起，如果不是为了给她提供更好的教育平台，童子邦也不会头脑发热，明明知道去大洋国有一定的危险，却还是被所谓的黑客朋友诱骗，到了大洋国，然后在监狱中度过了十载春秋。

人的一生，能有几个十年？

从四十岁到五十岁，童子邦的人生，就此蹉跎。

童素用力握紧了拳头，喉咙像被梗着什么，明明有千言万语，却一句话都说不出来，最后只是低声问道："所以说，一开始，你并不知道德隆和岩罕贩毒，才会对岩罕倾囊相授，收他做你的徒弟？"

童子邦站了起来，走近童素，轻轻按着她的肩膀，让她坐下，这才回答道："是的，但我当时心里其实有疑惑——岩罕并不知道他自己是德隆的儿子，不清楚只要他的正当要求，德隆会无条件同意，那么，岩罕对德隆提出想学黑客技术的要求，就必须找个足够合适、让德隆无法拒绝的理由，这个理由究竟是什么呢？"

他顿了一顿，才道："但很快，我就知道了岩罕为什么想学黑客技术，因为我发现，他们的钱来路不正。"

童素忙问："你是怎么发现的？"

童子邦再度苦笑："与其说发现，倒不如说，他们根本没有隐瞒我的意思。"

童子邦与德隆约定，每周一、四、日这三天去岩罕的公寓，对岩罕倾囊相授。但他本就是极其聪明、观察力也非常敏锐的人，才教岩罕没几天就发现，岩罕身边的安保措施异乎寻常地严密，十二个人三班倒，二十四小时保护岩罕。个个都是练家子，身上至少背三把枪，两套弹夹，还有林林总总的刀具。

这种保护力度，绝不是普通富二代该有的，大洋国总统的规格也不过如此了。

童子邦察觉到这点后，就觉得不大对。后来他又发现，那些护卫还经常提着装了保险的手提箱、行李箱等进进出出，对这些箱子也看守得非常严密。但无论哪个箱子，都不会在这间公寓停留超过四十八小时。

童子邦本不知道这些箱子里是什么，直到有一天，岩罕接到一个电话后，当着童子邦的面，打开了两个行李箱。

"那种箱子大概有一个家用烤箱那么大，长约为五十厘米，宽和高都有四十多厘米。"童子邦比画了一下，然后问童素，"你知道里面装的是什么吗？"

童素张口就是："美金？"

"只对了一个字。"童子邦缓缓道，"是黄金。"

整整两箱，全是黄金。

一根根金条，整齐地码好，炫目的金光刺痛了童子邦的眼睛。

童素倒抽一口冷气。

她迅速地换算了一下黄金的密度、体积和重量比，再想了一下烤箱的体积，不由得喃喃："1吨？"

"1.2吨。"童子邦给出确切数字，"当时的金价比差不多是1克黄金300元人民币，人民币和美元的比例差不多是6.5∶1。"

也就是说，那两箱黄金，就价值7.2亿元人民币，折合1亿1000万美金。

这意味着什么？

就算是财富榜上的亿万富翁们，你要他们一口气拿出 1 亿美金的现金都很困难，更不要说黄金了。因为他们的财富多半体现在手中持有的公司股票，以及自己购置的不动产上，但这些东西是有泡沫的，随时都可能会大幅度缩水。

只有黄金白银这种贵重金属，价值才恒久稳定。

"那时候我就知道，德隆的身份绝不只是明面上的橡胶大王那么简单，他一定沾了违法的生意。只有这样，他的钱才会来得这么快，也唯有做这种生意的人，才有可能连美钞交易都不接受，只认黄金。而我也明白了岩罕为什么要学黑客技术，一方面是他有足够的天赋，对黑客技术很感兴趣；另一方面就在于黄金这种实物的交易，终究有一定的风险，容易被警方追溯痕迹。但如果通过比特币进行线上交易，远比黄金、美元的交易更加安全、隐蔽。更何况，黑客如果利用自己的能力去实现野心，谋求利益，能够造成的危害，远远比一群恐怖分子拿着冲锋枪在闹市区扫射可怕得多。"

说罢，童子邦下意识地想去摸口袋拿烟，却突然想起，以往的自己根本不会抽烟，更是滴酒不沾。

为了不给女儿留下太差的印象，他生生忍住了想要借烟草缓解压力的冲动，平静地说："发现这一事实后，我辗转了好几个晚上，最后直接去找德隆，问他到底在做什么生意。他也很爽快，告诉我，他是东南亚最大贩毒集团的头目。"

童子邦虽然说得轻描淡写，但童素能想象当时的惊心动魄，一颗心高高地悬了起来。

哪怕此刻亲眼见到父亲，知道他平安无事，可当他提及这些过往的时候，童素仍为他担忧，声音也有些颤抖："然后呢？"

"然后，德隆问我要不要去文南国亲眼看看。"

这个提议，正中童子邦的下怀。

每当童子邦想起自己入狱之后，才十二岁的女儿被堂兄一家虐待了大半年，然后又孤零零地长大，愧疚之情就要将他吞没。他恨不得插上翅膀，离开大洋国，去中国见女儿，弥补错过的十年光阴。

而文南国，离中国是那么近。

但童子邦也很清楚，他当时正处于有条件保释阶段，生活范围只能局限于警方规定的区域，每过 24 小时就要去警察局报到，还有林林总总一大堆限制。如果他跟德隆去了文南，在大洋国警方那里就会被界定为"畏罪潜逃"，再被大洋国警方抓获的话，就会被直接投入监狱，难有再见天日的那一天。

而且，就算童子邦去了文南国，也要通过电脑，远程教导岩罕提升黑客技术，直到岩罕出师为止。

不仅如此，文南国的升龙省还是万象集团这个邪恶组织的大本营，一旦进去，或许就再也出不来了。

哪怕知道有这么多的坏处，但只要一想到离开大洋国，自己就有机会回去看女儿，童子邦还是心怀侥幸地点了头。

他以为，凭他的黑客技术，来到文南国后，总能设法脱身，回到中国，却没想到，事与愿违。

但这一切，他都不能告诉童素，以免加重她的心理负担。

所以，童子邦只是轻描淡写地说："见我同意承担离开大洋国的代价，德隆就设法让我偷渡到了文南国的升龙省。结果在这里我发现家家户户安居乐业，百姓生活富裕，脸上都洋溢着幸福的笑容。然而在升龙隔壁的几个省份，以及邻国安寨，你只会有一个感觉，那就是穷，深入骨髓地穷。"

说到这里，童子邦凝视着童素，轻声道："素素，你从来没穷过，就算你大伯他们占据咱们家，负责照顾你的那段时间，也不敢真正短你的吃穿。你根本就不懂得贫穷是怎样的滋味，但爸爸懂。因为穷，你爷爷一直在矿场做苦工，快到三十才成家，因为他终于攒够了钱，出得起彩礼。而你奶奶当年才十五岁，与其说是嫁给了他，还不如说是被家人卖给了他。但这样的日子也没过多久，由于长期待在那种矿井里，他染上了尘肺病。我七岁那年，他的肺已经变得乌黑、硬邦邦，根本喘不上气，没多久就去了。你奶奶不肯再嫁，决定独自拉扯我长大。没想到为了供我读书，日夜劳作，华发早生，小病舍不得去治，拖成大病，病逝的时候才刚满三十；全家那么多亲戚，都觉得我是拖油瓶，没有一个肯养我。最后是好心的班主任替我交了学费，让我继续读书。整个初中和高中，我每天的伙食都只有一个硬邦邦的馒头和一点咸菜，就这样熬了六年。"

童子邦望向童素，眼中只有悲哀："爸爸太懂贫穷是怎样的滋味，也明白想要从这种泥潭中挣脱出来有多难，所以爸爸没办法去指责德隆为什么贩毒，因为爸爸知道，很多时候，从道德制高点去指责别人，都是站着说话不腰疼。"

童子邦能改变命运，是因为中国恢复了高考，给了寒门学子一条出路。但文南国没有这样的道路可以选择，想要活得好，只能踩着累累白骨，一步步往上走。

童素无言以对。

哪怕她再憎恨毒贩，却不得不承认，如果没有德隆，升龙省的百姓不会过得这么好，可她还是不能接受这样罪恶的发家方式。所以，她只能期盼地看着父亲，小心翼翼地问:"您不是主动加入万象集团的,对吧?"

她多希望等到一个"对"字啊!只要证明父亲是被逼迫的,就代表父亲没有认同德隆那套理念,没有助纣为虐。

但这一刻,童素听见了童子邦的叹息。

霎时间,她的泪水如珠子一般滚落。

她想起了湖滨市远郊的那个墓园,一排排冰冷的墓碑,代表着上百个为缉毒而死的无名英雄;

她想起了那本傅临渊弥留之时还不断书写涂抹,沾满血和泪,被夏正华悉心保存了二十年的陈旧笔记本;

她想起了湖滨市的连环爆炸、滨海的枪战、边境的追击,洞穿特警脑门的子弹和特警渐渐失去温度的身体。

对升龙省的百姓,万象集团或许就是他们的神,但对其他人来说,万象集团就是不折不扣的恶魔。

"对不起,素素。"童子邦告诉她,"五年前,我就是万象集团的'红桃K'了。"

说完,他在心里轻轻地叹了一声,想去拍童素,却又中途收回手,柔声道:"你先冷静一下,好好休息,我离开一会儿。"

他一边说着,一边推开门,迈着沉重的步伐,从二楼缓缓挪到一楼,却看见岩罕倚在大门口。

那一刻,童子邦的脸色突然变得很难看。

岩罕却笑了:"老师,对待唯一的学生,不必摆这么一副坏脸色吧?"

童子邦的口气很差:"你来干什么?"

"我送赫卡忒到这里之后,一直没走,本来想着假如老师与赫卡忒发生争执,还能劝架,谁料老师对赫卡忒这么绝情,说出的话九成真,最重要的一成却不说实话。"

对于自己窃听童子邦和童素父女对话的事情,岩罕可是半点遮掩的意思都没有,他明明在笑,说出的话却如一把把刀子,狠狠插在童子邦心上:"老师为什么不告诉赫卡忒,您为了试探万象集团在中国大陆的势力到了哪一步,也为了赫卡忒的安全着想,就请求父亲带您的兄长一家来到文南国。发现父亲轻而易举地就做到了这一点后,明白他若是想要制造'意外',取赫卡忒的性命易如反掌,您才与他做下约定,以您加入万象集团,并在体内植入定位芯片为代价,让父亲不动赫卡忒,不将她带到您心中这罪恶的文南国来?"

说到此处,岩罕突然凑了过来,靠近童子邦,语气轻快,却是冰冷至极的警告:

"老师，您该不会天真到这种程度，以为让赫卡忒误解您改变了初心，成为犯罪集团的一员，就能让她对您不管不顾，直接一个人逃跑吧？且不说她并非这样的人，就算她想跑，这茫茫'圣湖'，她又能跑到哪里去呢？除非，她愿意做个安静的睡美人，长眠在湖底。老师应该不会希望这种事情发生，对吧？"

# 第三十七章　惊天计划

　　岩罕对童子邦说的这些话，已经是赤裸裸的、不加掩饰的威胁。

　　童子邦气得浑身发抖，却硬是逼着自己冷静下来，分析当前情况：

　　此时的岩罕内忧外患俱在，一方面要提防道达争夺继承人之位，想办法处理掉这个姐夫；一方面要了解文南国军队的动向，争取在战场上获得胜利，从而夺取政权。而且这二者相辅相成，互相影响，如果岩罕处理不好道达的事情，把道达逼急了，直接投靠文南国政府，对整个万象集团而言，都是一件极其糟糕的事情。

　　这种情况下，岩罕顶多也就威胁童子邦两句，不敢真对童子邦做什么，一是因为岩罕还有用得着他们父女的时候；二就是因为，整个万象集团都知道，"红桃K"是德隆的堂弟，是唯一承认的父系一脉血亲，还是岩罕的老师。

　　无论出于血缘伦理还是师生关系，乃至童子邦的高级干部身份，岩罕都不好随便对童子邦动手。

　　虽说这套传统理念对岩罕没用，但只要对万象集团的大部分人有用就行。

　　想明白这一点之后，童子邦掏出烟盒，抽出一支烟，也不点燃，就那样夹在手上不停地转，以缓解心中的那一份焦躁。

　　即便如此，童子邦表面上还是很平静，甚至有些漫不经心："与其浪费时间在这里威胁我，倒不如想想，你该怎么应付万象集团目前最大的危机。"

　　岩罕收敛了笑意，表情有些可怕。

　　"万象集团的危机？"

　　童素的声音从楼梯上响起，童子邦和岩罕立刻扭过头，就看见童素站在楼梯上，神色莫测："我能听听吗？"

　　童子邦脸色一沉，岩罕却突然笑了："也没什么大事，不过是几年前中国'一带一路'倡议落实文南国，达成的合约之一就是中国要帮文南修一条由西向东贯穿整个国家的高铁。"

　　童素的思维何等机敏，岩罕不过这么一提，她联想一下升龙省的重要地理位置，立刻明白了关键："文南国不会放弃高铁的修建，万象集团却不能让高铁从自家经过，双方根本没得谈，所以才会打起来？"

然后，她马上通过这个信息，反过来推导之前发生的某些事情："我之前一直没问，你把我骗到文南国来，究竟是想让我做什么。入侵文南国政府的核心系统获取情报？在暗网上做交易，动手脚？还是攻陷文南国的大型基础设施？"

换作旁人，想到自己可能会被卷入一场战争，估计早就吓得腿都软了。但童素说这些话的时候，整个人竟是非同一般地冷静。

岩罕没有掩饰自己的赞叹，拍了拍手，为童素鼓掌："不愧是赫卡式！实不相瞒，这些事情都是我曾对父亲建议，可以让老师去做的。但父亲对老师有一种别样的纵容，迄今为止，老师只为父亲、为万象集团做了两件事：一是教导我的黑客技术，二就是为万象集团的暗网搭建安防系统。"

童素皱了皱眉。

她没有怀疑岩罕说假话，因为这些事情太容易被求证了。

但她也明白，如果事情真像岩罕所说，童子邦在万象集团五年，只做了这么两件事的话，德隆确实对童子邦十分优待。

以童子邦惊世骇俗的黑客技术，只让他做个安防系统，完全是大材小用。如果童子邦真想做一番大事，与岩罕以及万象集团的黑客团队配合，入侵大洋国央行的系统都不在话下，何况是做其他事情呢？

岩罕这一番话，点出了两件事：

第一，德隆对童子邦足够好；

第二，童子邦身在曹营心在汉，并不乐意为万象集团做事。

这就戳破了童子邦刚才对童素说的"自己是主动加入万象集团"的谎言。

当然，童素也没信。

虽然一开始，她确实被童子邦骗到了，认为父亲被德隆打动，走上歧途，但很快她就反应过来，父亲是想通过这种方式赶她走。所以她立刻追了下来，刚好听见所谓"万象集团的危机"，也明白了矛盾的焦点在哪里。

就见她一步步地走过转角，却还是站在楼梯上，睨着岩罕，冷冷道："难怪你的黑客名叫 Ra，原来你想成为法老王式的、集政权与神权一体的独裁者。"

岩罕兴致勃勃地反问："不行吗？"

童素一看他的表情就知道，他并不是在征求别人的认同，而是已经下了决心，甚至有了足够的准备。在等待大战来临之前的闲暇时光，他随便找个乐子打发时间。

譬如，与她辩论。

因为这个男人想要征服她，不是身体，而是思想。

童素没有直接用"封建帝制是在开文明倒车"这种大家都会说的话来辩驳，而是缓缓从楼梯上走了下来，站到岩罕面前，平静地问："原因呢？"

"想当皇帝，需要原因吗？"岩罕故作惊讶，"你随便去大街上走一圈，拉住几个人问他们想不想当皇帝，谁会说不呢？"

童素面无表情地说："一般人的'想'叫作白日梦。你不同，你是真的在进行一场战争，为实现自己的野心。"

做梦不犯法，也没人会管，更不需要承担什么后果；发动政变却不同，要么爬到万人之上，要么就尸骨无存。

岩罕还是挂着玩味的笑，轻飘飘地说："我只是有一定的条件而已，换作其他人有这样的资本，又面临我的处境，也会做出这样的选择。"

"不可能！"童素断然否定。

她知道网络上有很多人对战争的态度非常轻慢，喜欢在键盘上指点江山。但这不怪他们，和平年代长大的人，有几个真正知晓战争的残酷、生命的脆弱？

没有亲历过生死的人，可以满不在乎地说"我不怕死"，真正经历过一切的人，往往会更加爱惜生命。

岩罕见过生死，但他无所畏惧。

要是换个人面临岩罕的处境，怕是早就变卖财产，跑到大洋国或者欧洲去了。

万象集团家大业大，留下的钱花一辈子都花不完，足以过得既舒服又体面。何苦要像岩罕这样，一定要留在文南，继续这场席卷整个国家的战争，让自己无路可退呢？

童素问得很诚恳，岩罕也就不再摆那套虚伪的面孔。

这一刻，他似乎陷入了某些回忆，过了好一会儿，才一字一句地慢慢说道："我爸有钱，很有钱，非常有钱。他所拥有的财富加起来，可以买下半个上东区。毕竟那些自诩'老钱'家族出身的白人权贵、华尔街叱咤风云的大佬，以及欧洲所谓的蓝血贵族，也没几个能一次性抽调上百亿美金的现金。可那又如何？"

岩罕的脸上，浮现一丝嘲讽："就算我爸拥有千亿美金的财富，但对方看见我爸的时候，仍旧是流于表面的礼貌与客气。我爸永远没办法打入那个圈子，他们一边收着我爸的钱，一边没有真正把他当回事。赫卡忒，你知道这是为什么吗？"

童素看得很透："当你拥有的金钱到了一定的数额，却只有这些钱的时候，所谓的钱和废纸相比，也没有任何区别。"

这是普通人永远触不到，但在上流社会成为铁则的玩法——能用钱解决的事情，从来就不叫事。

"况且，你们还是毒贩，而贩毒是不受法律保护的。"

就像《教父》中，柯里昂教父说的那样，他们可以开赌场、妓院，因为这些是合法生意，白道的那些警察、议员拿了他们的钱，会充当他们的保护伞，但毒品不行。

只要黑帮沾了毒品生意，那么就算警察收了再多的钱，出事的时候，他们也不会认账，而是像凶狠的豺狼一样，要将黑帮赶尽杀绝，以湮灭自己犯罪的证据。

几十年过去了，这句话仍能被奉为圭臬。

岩罕淡淡道："我们用这种方式快速攫取了巨额的财富，自然要承担相应的代价。但人心不会满足，有了钱之后，想要谋求社会地位，获得政治话语权，就成了理所当然。早在三十年前，我爸就频繁来往于文南和大洋国之间，拼命打点那些议员。尤其是后来，直接化学合成就能生产，再也不需要罂粟做原料的新型冰毒问世后，我爸更是有了将整个万象集团从文南搬到大洋国的想法。但他很快就发现，大洋国虽然包容世界各国的移民，可外乡人真正想要在那个国家扎根，实在太难。万象集团在大洋国没有任何资源，一旦全部迁移过去，只能与当地黑帮抢地盘，就算侥幸没在火并中没落，又能如何？黑帮永远只是白道的一条狗，政府不想管这些事的时候，还能过得风生水起；倘若某天政府想要整顿灰色地带的秩序，那些强大的黑帮第一个就要被抛出来祭旗。它们死了不会有半点影响，因为很快就会出现新的黑帮取代他们，愿意给白道当狗的人永远不嫌少。"

岩罕的话语虽然刻薄，但童子邦和童素都没有反驳，因为这本来就是不争的事实。

作为华裔，想在大洋国扎根，只是当个普通人，那没问题。若要以大型黑帮、社团的身份跻身上流社会，却比登天还难。

岩罕之前也不懂德隆的良苦用心，可最近这段时间，他频繁翻阅父亲留下来的一切东西，包括喜欢读的书、批阅过的文件，又拉着郑方等人问了有关德隆的过去，才渐渐明白德隆曾做了多少努力。

"我爸发现此路不通后，决定换个方法。他开始在升龙省建立大量的孤儿院、学校，让绝大部分的孩子都能受到教育，那些无父无母的孤儿更是被视作集团成员的预备役。那些孩子中，只要是刻苦读书，又具有一定天赋的，我爸就会请名师重点培养他们，最后将他们送到国外的名牌大学去读书。"

想到这里，岩罕心中难得浮起了一丝惆怅。

这就是为什么德隆派人对他精心教导，又将他送去大洋国读大学时，集团上下都没人怀疑的原因。

毕竟二十多年来，万象集团对境内有天赋的孩子都是这种处理方式，岩罕虽不是土生土长的升龙人，但德隆给他安排的身份是"梅花J与中国情人的私生子"，得到一点优待也是正常的。

童素听懂了岩罕的弦外之音："我猜，这些人主要是学法律、政治或者金融。"

因为这三个专业，将来最容易走上从政之路，尤其是第一个。

看一下历代大洋国高官就知道，许多总统、国务卿都是律师出身，议员之中，曾是律师的更是不胜枚举。

岩罕轻轻点头，随即冷笑道："我爸本来想的是，哪怕只要能出一个有政治天赋的人，万象集团都将不遗余力地把他推上去。等真正操作起来，才发现这条路也走不通。那些中产阶级出身，最后却跻身上流社会的律师，无不是替某个大家族、大人物长期服务，才积累了足够的政治资本。而那些大家族出身的政治精英们，本身就是从小认识、知根知底的，不会轻易接纳一个外人。"

童素立刻懂了："我明白了，你们想推自己人上去，但那些大人物都很敏锐，发现此人背后有一股不明势力后，会选择敬而远之。而一个没有足够多'朋友'的人，在政坛上绝对走不远。如果你们表明身份，对方仍旧不会去沾你们。除非万象集团愿意投靠哪个家族，替对方办事，以此在政坛破冰。但这样一来，很有可能整个万象集团都会成为对方的盘中餐，被步步蚕食。"

童子邦比女儿更懂万象集团的处境："集团对大洋国的开拓并不顺利，而这边大本营也不好过。这些年来，文南国迎来了大量中国商人，加上文南政府与中国政府互利互惠的合作，文南国的经济开始渐渐好转。集团维系升龙省大本营的最大优势——能让当地百姓过得富裕，也开始渐渐消失。"

十年前，文南国大部分地方，老百姓一年的收入连一千块人民币都没有。升龙省的百姓的平均年收入却有三万到五万。升龙省的百姓当然对万象集团感恩戴德，誓死效忠。

五年前，由于很多中国商人来文南投资办厂，虽然他们开出的工资只有一个月五百至八百元人民币，却也让无数文南人趋之若鹜，打破了头都想进厂工作。如果一家有三个人当工人，年收入也有两三万，甚至更多，升龙省的优势越来越小。

等到近几年，文南国的人均工资进一步提高，万全天盛等中国互联网企业在文南开辟了旅游线路。许多文南百姓靠着游客，每个月也有几千甚至上万的收入，升龙省的百姓心态就开始变了。

如果从前，他们认为万象集团是神，给他们带来了好日子；但现在，已经有很多升龙省的老百姓认为，万象集团的存在，阻碍了他们发家致富。

尤其在中国帮助下修通高铁的其他省份，游客更多，经济水平也进一步提升了。升龙省却不能享受到这样的福利，令一部分百姓极为不满。

岩罕的眼神像淬了毒："百姓这种东西，就是愚蠢无知的代名词。十几年前，他们能给我爸供长生牌位。但现在，如果举办个民主选举，只怕会有相当一部分人想要把万象集团弄垮，免得我们拦着他们过更好的日子，但凭什么？我爸为了万象集团，为了升龙省呕心沥血，最后劳累过度，得了肝癌，就算换了肝，也只能续八年不到的命。他知道吸毒的祸害，所以规定万象集团的管理层不能吸毒，升龙省不能私藏毒品，只为了不让当地人染上毒瘾。因为万象集团开办孤儿院，收容所有孤儿的善举，整个升龙省，没有一个冻死、饿死的孩子！他这一辈子，或许对不起其他人，却从没有对不起这个地方的人，可某些人是怎么回报他的！"

明明愤怒得胸膛在不停地起伏，岩罕却低声地笑了起来："赫卡忒，你告诉我，这些愚昧、无知、忘恩负义的家伙，配当人吗？"

童素没有说话。

仍旧在笑的岩罕表情十分扭曲，就连最可怕的恶鬼，也不会有那样狰狞的面孔、那么凶狠的眼神："我来告诉你，他们不配当人！他们只需要活在我的统治下，听从我的指令，乖乖效命即可！"

等他发泄完了情绪，童素才不紧不慢地说："我觉得，你大可不必找那么多理由，我没那么好骗。"

岩罕眸光一闪："你说什么？"

"我相信，你刚才说的话都是真的，德隆先生为了万象集团，确实做了这么多事。但我也明白，就算你们有足够多的钱，大洋国上流社会依然不愿接纳你们的根源，是因为你们既想在大洋国扎根，又想继续贩毒，这破坏了大洋国的主流价值观。"

童素一字一句，话语都像刀锋一样凛冽："既然你们不想放弃制造罪恶，就别怪人家不与你们同流合污。如果一个毒贩就因为产业做得大，便能光明正大地当议员甚至总统，这个社会才真是无药可救。"

不等岩罕反驳她，童素又道："你想当皇帝，只因这是你的野心，与其他人的嘲讽、无视、忘恩负义都没有任何关系。刚才那些话，都只是你挑动他人情绪，煽动那些本来不想开战的人，给他们一个开战的借口罢了。对你本人而言，你只是单纯地想成为不折不扣的独裁者，集神权和皇权于一身的皇帝，仅此而已。"

岩罕脸色一变，却没说话。

童素继续乘胜追击,一点一点地剖析对方的内心:"德隆先生喜欢大洋国,因为他认为大洋国是个好地方,哪怕犯下无可饶恕的罪行,也有为自己做辩护的权利。只要钱给得够,未必不能活命。他是个稳当的人,喜欢给自己留后路,但你不一样。大洋国虽然好,却让你待得很不愉快,因为你需要适应当地的规则,而你非常讨厌去迎合别人,你是个狂妄自负到无可救药的家伙,你希望制定规则,成为独裁者。"

说到这里,童素居然笑了:"你这么想当国王,还有个原因——你或许见过中东的那些王族,也见过东南亚一些国家的王室成员。他们或许很有钱,又或许除了一个'王室'的身份之外,什么都没有,但你却没办法与他们平起平坐,必须向他们行礼甚至下跪,遵守他们的规矩,尊称他们为'殿下'。这让你很不愉快,因为你觉得,他们都是一群远不如你的废物,却只凭身份就能凌驾于你之上,这对你来说,无疑是一种耻辱。"

这种感觉,童素其实很能体会。

她年少中二的时候,也觉得天底下的人都是蠢货,唯有自己是清醒的聪明人。哪怕到了现在,她也不乐意与外人过多地打交道,因为交流的结果往往是别人觉得她不通人情世故,她却觉得对方蠢笨如猪。

岩罕被童素戳到伤疤,冷哼了一声,不屑地说:"你说得不错,我见过很多王室成员,包括某些富得流油,以一国之力供整个王室奢侈享乐的国家的王储。但在我眼里,那就是一个不可一世、脑袋空空的蠢货!"

偏偏就是这么一个蠢货,给予了他深深的羞辱。

虽然岩罕通过自己的黑客技术,弄到了那个王储的一些私人机密,匿名发给王储的叔叔,导致该国王室发生了一场政治大地震。王储不仅被废,而且很快就"暴病而亡",至死都不知道是岩罕在报复他。

但那份刻骨铭心的耻辱,岩罕这一生都不会忘记。

明明是一个什么都不如他的家伙,只因有了王室的头衔,就敢这样轻慢于他。可偏偏就是这个王室头衔,岩罕一辈子都没办法得到。

哪怕他再优秀、再出色,掌握再多的财富也没用。

他可以用钱买来爵位,却买不来王位;他的聪明才智、黑客技术可以攻破世间任何一个坚固的信息安全系统,却没办法攻破这千百年来,由血缘带来的阶级与身份。

就像那句老话——这个世界上,每个平民都想甩脱,却永远无法迈过的一关,就是"身为平民"这件事本身。

换作古代,枭雄或许能趁着乱世,一统天下,自立为王。但在当今这个越来越趋于和平、自由与民主的世界,"再造王室"却成了妄想。

疯狂的野心，自此在岩罕心底滋长。

他想建立一个国家，拥有一个国家，夺取一个国家，成为全世界都承认的，集神权与皇权于一身的法老王。而万象集团与政府的这场战争，正好让他有机会去实现这个野心！

"皇权扎根于世俗，所以你不能离开文南，因为这是万象集团的大本营，也是你最有可能抢到的地盘。"童素不紧不慢地说，"神权依赖于未知，所以，你找到我爸，想要学习最顶尖的黑客技术。因为你知道，在古代，神权的化身是宗教，是信仰；但在这个信息时代，宗教的力量早就不复昔日强大，技术的影响力却在逐渐增强。一个顶尖黑客能像神明一样，改变一个国家，甚至整个世界。"

所以，岩罕需要她。

他不缺钱，不缺武器，更不缺听他使唤的人，但他唯独缺少一个睥睨当世，无所不能，又倾尽全力辅助他的黑客团队，将他打造成神。

童子邦的脸色很难看。

他已经明白了，岩罕很多天以前那句"希腊神话中的赫卡忒，就像埃及神话中的伊西斯，而我需要伊西斯"究竟是什么意思。

伊西斯是冥神奥西里斯的妻子，而在埃及的传统中，法老王在世的时候是拉神的化身，成为木乃伊之后，就是奥西里斯神。

"畜生！"童子邦死死地咬着牙齿，恨不得给岩罕一拳。

童素可是岩罕的堂妹！向上追溯，两人是同一个曾祖父！

但他还是硬生生地忍住了，因为童素尚且不知道岩罕的龌龊心思，童子邦也不想拿这种事污了女儿的耳朵。

岩罕瞧出了童子邦强忍的怒火，却像什么都没看到一样。

这场雄辩，他虽然输了，可他现在的心情却非常好，甚至带了几分愉悦。只见他望向童子邦，彬彬有礼地说："三天以后就是我爸的葬礼，礼服我会派人送过来，请老师与赫卡忒务必出席。"

"等等！"童子邦突然喊住岩罕，脸色极不好看，"为什么素素也要去！"

他没问出来的后半句话是——以什么身份去？

岩罕没有正面回答这个问题，只是微笑着反问："老师为何如此紧张？难道您……知道些什么？"

不等童子邦做出回应，童素已上前一步，利落地应了下来："放心，届时我一定会准时出席！"

岩罕见她答应，轻轻一笑，转身离开。

等他一走，童素的手臂就被童子邦捏住，力气之大，令她觉得有些痛。她一回头，就看见童子邦焦急的神情："素素，你不能答应他，葬——"

"爸。"童素打断了童子邦脱口欲出的话，平静地道，"窃听器被我找出来后毁了，我想，你那里应该也有小型信号屏蔽仪。双管齐下，岩罕监听不到我们。"

童子邦有不好的预感："你想问我什么？"

"谁是您的合作人？"

# 第三十八章　尔虞我诈

听见童素这句话，童子邦脸色大变，立刻将她拉上楼，然后从怀里取出一个打火机模样的东西，拆解拼装了几下，就启动了这个自制的信号屏蔽仪。

做完这一切后，他像卸下什么包袱一样，怔怔地在原地站了一会儿，然后才望向女儿："你怎么知道的？"

童素缓缓道："您一门心思想要赶我走，但万象集团的总部在群山与'圣湖'之间，别说普通人，就算是万象集团的成员，出入都不方便。我刚才过来的时候，发现这个'堡垒'的守备非常森严，先不说我能不能跑出去，就算出去了，还偷到了船，我也不认识'圣湖'的路啊。'圣湖'上的水上村庄多半住的是逃犯、偷渡客、蛇头等，我才来一天就知道了，您在这里住了五年，不可能不清楚，不至于让我去冒险。唯一的可能，便是您有个合作人，对方在万象集团也拥有不低的地位，有把握将我送出去，对吗？"

童子邦苦笑道："你既然猜出来了，岩罕肯定也猜到了，都怪我没留心，明明事先已经检查了整个屋子，却没发现窃听器的存在。"

童素摇了摇头："不怪您，因为窃听器被放在了我身上。"

她刚见到父亲的时候，情绪太过激动，无暇顾及这些细节。等童子邦离开，童素一人独处时，突然觉得不对，岩罕可不是什么正人君子，而是一个控制欲极强的人，不可能放任她和父亲独处。所以她立刻脱下外套，仔细检查，就发现衣服后背的领子上被贴上了一个极小的窃听器。

童子邦本想安排女儿离开，但看见刚才童素与岩罕对峙的样子，便知她极有主见，心志果决。虽然还是担心她留在万象集团祸福难料，却不打算再瞒童素，便道："我的合作人是德隆的三女儿、道达的妻子玛雅。"

这个名字让童素有点惊讶："她？"

童子邦点头："正是。"

童素思忖片刻，才道："您为什么会信她？就不怕她表面上与您商量合作，实际上是听从丈夫道达的话，把我骗去一个隐秘的地方关起来，用来威胁您吗？"

"不会。"童子邦很肯定地说,"因为我的手上有她一个致命的秘密——她那只有三岁的小儿子,并不是道达的亲生子。"

童素挑了挑眉:"是吗?"

童子邦一看她的反应,就知道她虽然信了这件事,却没信玛雅本人,也不信这个"安全逃离"的方式,便道:"当然,这件事还不足以令她听话,毕竟她那十六岁的大儿子颇为优秀,如果道达能继承万象集团,她的长子就会是下一任继承人。但我奉送给了她另一个消息——道达有三个秘密情妇,分别给他生了一个儿子,最大的那个刚满五岁,最小的那个还不到半岁。"

五岁。

这个年纪,可真有点微妙。

德隆是七年前诊断出的肝癌,换肝之后,不能过度劳累,就将集团事务渐渐移交给女婿道达。

道达与玛雅结婚十余年都没闹出什么绯闻,才代掌万象集团两年,就敢不拿自己的妻子当回事了。

换作童素是玛雅,听见这种消息,也会想:如果万象集团落到道达手里,真会传回我儿子手上吗?万一便宜了情妇生的私生子呢?

更不要说,玛雅本身也给道达戴了一顶结结实实的绿帽子,道达要是想对德隆的血脉斩草除根,将万象集团彻底变成自家产业,就连发作的理由就是现成的,还能顺带株连,只要说玛雅生的几个孩子都不是道达的亲生子就行了。

童素转念一想,立刻就发现其中不对劲的地方:"但玛雅也不会支持岩罕,对吗?"

"当然。"童子邦回答,"德隆的正妻生玛雅的时候,难产,大出血,虽然侥幸保住一条命,但再也无法生育。正因为如此,她非常憎恨玛雅,认为这个女儿断绝了自己生下男孩的希望,经常虐待她。德隆发现后,就将玛雅带在身边教导,因此玛雅是唯一一个长在德隆身边的孩子。这份特殊的经历导致玛雅的性格从小就偏执又好强,她十分努力上进,希望得到所有人的承认,成为万象集团的继承人,但——"

童子邦叹了一声,才说:"文南国重男轻女的风气极重,哪怕女子同样参与繁重的耕作,地位却非常低下,还是近几年来,中国商人在这边开了很多服装厂,大量招收女工,工钱不低,才让女性地位提高了一些。万象集团那些高级干部不认可女性来统领这个庞大的犯罪集团,哪怕玛雅再优秀也没用。玛雅认识到这一点后,就接受了她母亲的安排,在众多合适的结婚对象中挑选了道达做丈夫。婚后,她一边利用自己的资源,拼命推道达上位;一边威胁、恐吓、针对德隆的情妇们,不准她们生下儿子。鉴于当时岩罕已经七八岁了，身体健康，又十分聪明，德隆认为自己已经有了足够合适的继承人，又觉得此生不会再有第二个儿子，就睁一只眼闭一只眼，不去管玛雅的疯狂行为。后来，为了帮道达扫清障碍，玛雅甚至还暗中下毒手，杀了几个可能威胁到道达地位的亲戚。好在这几个人可能也正好是德隆想除掉的，所以并没对她进行阻止和惩罚。"

童素听完之后，总结道："也就是说，玛雅一生的执念就在万象集团的继承权身上，她最大的梦想就是儿子继承万象集团，自己垂帘听政，为此她可以不择手段。所以，她绝不会接受岩罕上位的可能，在这一点上，她与丈夫的利益仍旧一致。"

说罢，童素顿了一顿，才盯着童子邦："爸，这么隐秘，算是家丑的事情，你为什么知道得这么清楚？"

童子邦有些惆怅，半晌才道："这是德隆与我喝茶时，随口提起的。我虽然没办法理解他对玛雅的复杂感情，可我知道，他其实是个很寂寞的人，看上去身边热热闹闹，被万人簇拥，但真心对待他，而不是图谋他产业的人，却没几个。"

德隆对童子邦一直都很好，因为德隆认为，童子邦就是另一个自己。

两人都是独生子，又同样聪明绝顶，遭遇也非常相似。

童子邦年幼丧父，年少丧母，德隆同样是年纪轻轻，父母就都离他而去。

由于失去了父母的庇护，童子邦家仅有的几亩薄田被伯伯们占据，自己则因为没有补充足够的营养，身材瘦小，被堂兄弟欺凌。若不是班主任好心，童子邦根本没有继续读书的机会，也无法改变命运。

而德隆失去父母后，身边为数不多的亲戚，即他的舅舅和表兄弟们，对万象集团虎视眈眈，几次对德隆下杀手。德隆不得已联姻当地大族，明知岳父、小舅子等人也是图谋万象集团，却只能用驱虎吞狼的办法争取时间，换得几年平安，等待自己羽翼丰满。

亲戚皆为虎豹豺狼，拼命想要拉他们下泥潭，将他们吞噬，却被他们拼尽全力挣扎出来。

不仅如此，他们的生命中都有最重要的人和无可撼动的信仰。

童子邦为了女儿，愿意付出一切，又宁愿坐牢十年，都不肯为大洋国效力，去对付自己的祖国；德隆为了儿子，同样倾尽所有，包括性命，也为万象集团、为升龙省殚精竭虑，耗尽心血。

童素没想到提起德隆，父亲竟会如此伤感，她犹豫了一下，才道："听你的描述，玛雅应该是一个性格非常强势，也非常功利精明的人。她不可能平白无故同意送我离开，爸，你答应了她什么？"

这一次，童子邦沉默了许久，最后终于扛不住童素那充满压迫感的目光，小声说："道达有糖尿病，每隔一周就需要注射一次胰岛素。我答应玛雅，一旦道达上位，等他进行胰岛素注射时，我就黑掉那台机器，加大胰岛素的用量。这样一来，道达会因为过量注射胰岛素而死亡。"

童素面色大变："你要为我杀人？"

童子邦疲惫地往沙发上一倒，不敢去看女儿失望的神情，带了点厌倦和自嘲："监狱十年，文南五年，素素，爸早就变得面目全非了。"

童素心中一痛，走到童子邦身边，躬下身子，平视童子邦的眼睛，放缓了声音："爸，你是为了我，我都知道。现在我们一起来想办法，看看怎么能逃离这个魔窟。玛雅的方法，是什么？"

"德隆的葬礼很盛大，会有很多宾客出席，万象集团会好好招待这些贵宾，让他们带几个美女回去是常有的事情。"童子邦回答道，"玛雅答应我，让你混在这些美女之间，她的朋友会带你出去。"

童素沉吟片刻，才问："玛雅能把我带出'堡垒'？"

她这一路上已经凭着过人的记忆力，将大概路线记下，在脑海中构成地图。如果她的判断没错，万象集团的老巢其实是一大一小两个内切圆。

外面的大圆尚且有"夜色"这种纸醉金迷之地，但"堡垒"这个"小圆"，就只有核心人员才能待着了。

玛雅所谓的"混出去"，也必须建立在童素离开了"堡垒"的基础上。

童子邦点了点头，却没多解释，只道："每一个从万象集团总部离开的外人，都会被万象集团的人送到几十里外的一个小型停车场。而玛雅朋友的那架私人飞机系统可以远程控制，我会设定，只有用你的生物信息，才能令这架飞机起飞，并锁死降落点，即香港机场。同时，我会发匿名邮件给你所在的那个专案组，让他们在特定的时间赶往香港机场，准备接你。"

童子邦计划得非常周详，基本上杜绝了玛雅私下运走童素，将她关起来当人质的可能。

难言的酸涩，涌上童素的心头。

短短几句话，童素已经听出两个意思：第一，童子邦有办法离开"堡垒"；第二，童子邦只想送她离开，自己却不走。

她眼睛一酸，险些流下泪来："爸爸，万象集团对你做了什么，你才不能离开文南国？"

事情都到了这个地步，童子邦也没什么不能说的，他指着自己的胳膊，告诉女儿："我答应加入万象集团的那一天起，他们的医疗组就给我植入了一个特殊的芯片。这个芯片每天都会记录我的身体状况，并用GPS来确定我的位置。一旦我离开这栋楼，一级警报就会响起；要是离开'堡垒'，二级警报就响；如果离开万象集团的总部，不知道会发生什么事。"

说到这里，童子邦伸出手，颤抖了好几次，最终还是落到女儿柔软的头发上，忧心忡忡地说："三天之后是德隆的葬礼，这三天是最后的宁静时光，无论岩罕还是道达，都不会在葬礼之前开战，这是对德隆的尊重。等葬礼一结束，甚至只要等到德隆的棺椁下墓，他们立刻就会展开厮杀，你留在这里，实在太危险了。另外，德隆在黑暗世界好歹也是有头有脸的人物，他的葬礼，很多黑暗世界的大佬也会出席。以岩罕的性格，一定会让你在这些大佬面前露脸。这样一来，一旦你想回到光明下，某些大佬就会对你展开不死不休的追杀，因为你看见了他们的脸，知道了他们隐藏在黑暗中的另一重身份。再有就是，你若是现在不走，岩罕肯定要威逼你协助于他，到时候你就是犯罪组织乃至反叛军的一员。这种涉及国家安全的重罪非同小可，就算你不是文南人，文南国政府都不会放过你。"

童子邦说了这么多，就是希望童素能够听他的话，在玛雅的帮助下离开文南。

只可惜，童素却继续追问："道达和岩罕之间，注定你死我活，只能留一个？"

童子邦愣了一下，不明白女儿的意图，只是点了点头："没错。"

"也就是说，这场继承人之争，必须有一个派系倒下，那么万象集团必将元气大伤。就算不死一半的人，至少也要死三分之一。"

童子邦察觉出了不对："素素，你想做什么？"

童素的眼睛比星辰还要璀璨明亮，脸上写满了自信："德隆的死，本就是对万象集团的巨大打击；继承人之争，会让万象集团的高层少掉三分之一；高铁的修建计划，让文南国政府和万象集团兵戎相见。同时，万象集团与升龙省百姓的蜜月期也已经过去，双方都有怨言。"

天时、地利、人和，这三样东西，万象集团目前只能勉强占上一项"地利"，与之前的鼎盛相比，正处于相对虚弱的时刻。

想到这里，童素轻轻地笑了："爸，你知道吗？大伯一家住进来的时候，我其实很害怕。他们长得太高，又凶，对我很坏。我以为自己足够听话，降低存在感，他们就不会欺负我。但事实刚好相反，我退让得越多，就失去得越多。而我主动反抗之后，反而拿回了一切，给予他们应有的惩罚。"

从那时起，她就知道，逃避解决不了任何问题，只会让情况变得更加糟糕。

她已经错过了爸爸整整十五年，好不容易再次见到爸爸，绝不会扔下他独自跑掉！

既然爸爸体内被植入了芯片，通过GPS定位，让他根本离不开万象集团的控制范围。那就索性趁着这个邪恶组织内忧外患、异常虚弱的天赐良机，将这个充满血腥与罪恶的犯罪王国一网打尽！

德隆的棺椁，停在万象集团总部旁的一座寺庙里。

为了表达对父亲的哀思，也为了父亲能够走好，岩罕请了八十一位僧人，分成三班，日夜不停地为德隆念经祷告整整七七四十九天。

而今天，便是第四十九天，也是德隆出殡的日子。

童素早在两天前就已经拿到整个葬礼的流程——送葬队伍需要先把德隆的棺椁从总部南边的佛寺送到万象集团用来举办重要仪式的大礼堂，在那里，数百宾客将一一向德隆的遗体告别。等到告别仪式结束，会封盖好棺椁，再由送葬队伍送往德隆早就备好的墓穴所在，将棺椁下葬。

至于送葬队伍的顺序，也很有讲究。

岩罕捧着德隆的遗像，走在队伍最前，被德隆亲口承认是自己堂弟，并写入族谱的童子邦紧随其后，另一旁则是童素。因为只有他们三个，才算是德隆的血亲，也就是所谓的"自家人"。

按理说，童素不应该被算在此列，因为她没上文南国这边从童天南这一辈开始重新立的族谱。但岩罕指明了要她参与送葬，而且一定要在这个位置。看见他态度这么坚决，道达也不想为这件小事就和岩罕争起来，显得没度量，就听之任之。

道达都不说话了，其他人更不会多说什么，只觉得岩罕用这样的方式来昭告童素堂妹的身份，肯定是别有深意。但既然岩罕没明说，他们也不多嘴，事情就这么定了。

童子邦与童素之后，是万象集团的其余十位高层，即"黑桃""红桃""方块""梅花"从J到K。

童素这才知道，原来万象集团的"方块J"，居然就是德隆的三女儿玛雅。

他们之后，便是德隆的棺椁，八位身强力壮的抬棺人沉默地扛着重重的棺材，缓缓向前。

跟在棺椁后面的，则是万象集团其他人员，即"黑桃""红桃""方块""梅花"从A到10。

再然后，才是德隆的其他几个女儿，由于她们都嫁出去了，所以位置还要排在管理层之后，甚至不可位列棺椁之前。

至于她们的丈夫和孩子，甚至连加入队伍的资格都没有，只能静静地在大厅等着。同理，德隆的三位姨太太也不能参加送葬队伍，同样必须在大厅恭候。

万象集团的阶级之分明，可见一斑。

此时，已是深秋。

文南国虽地处热带，即使冬季的平均气温也高达20摄氏度，但万象集团的总部被崇山峻岭和滔滔"圣湖"包裹，只要天气稍有不好，山岭中呼啸而来的狂风就会携着"圣湖"中的水汽，肆无忌惮地入侵每一寸土地，侵袭着每个人的躯体。

凄风凛冽，深入骨髓。

童素才刚出门，就不自觉地打了个寒战，觉得今天特别冷。然后她就看见，郑方已经带人等在下面。

是迎接，也是监视。

作为岩竿的心腹，郑方得到的命令就是今天之内，童子邦和童素不得离开他的视线。一旦发现他们有离开的意思，立刻打晕绑起来，交由至少五个手下一同看管，绝对不能让他们接触到任何电子产品。

看见父女俩坐好了，郑方也坐上驾驶位，发动了这辆经过特殊改装，玻璃足以防御子弹袭击的黑色房车。

汽车来到"堡垒"的大门前，又是郑方亲自去进行识别，大门才缓缓打开。

万象集团的总部虽然人数不多，大概只有五千人左右，可房屋隔得特别开，距离颇远，约莫开了四十分钟，才到达一座庄严的寺庙。

八十一位僧人今日齐聚一堂，无一休息，一同念着经文，声音整齐划一，如黄钟大吕，震撼且洗涤每个人的心灵。

刚下车的童素却没受梵音的影响，她的目光犹如利剑一般，准确无误地落到不远处金发碧眼的男子身上。

这个男子身材高大，大概有一米九，站得如同标枪一般笔直。他英俊至极的脸上没有任何表情，幽深的眸子里也没有任何情绪。不经意扫来的一眼，根本就不像在看活人，仿佛周围的一切在他眼里都是没有生命的死物。

"黑桃K。"

不需要向任何人询问，只是一眼，童素就已经确定了这个男人的身份。

枪法如神，每一枪都带走一条性命的顶尖狙击手——黑桃K！

他的名字叫 Demon，而他本人，也正是 Demon（恶魔）！

童素的声音极轻，轻到连站在她身边的童子邦都没听清，Demon 却像感觉到什么似的，目光直接投向童素！

霎时间，眉心突然传来的剧痛，令童素踉跄后退了两步！

# 第三十九章　各怀鬼胎

针扎般的刺痛感，来得突然，去得迅速。

童素下意识地拽着父亲的胳膊，重新站稳，刚抬起头，便迎上童子邦焦急的眼神："素素，你怎么了？哪里不舒服？"

"我没事。"童素深吸了一口气，才镇定下来。

直觉告诉她，刚才那一刻，Demon牢牢地锁定了她，如果他手里有枪，或许会直接将她一击毙命。

但这只是直觉，没有任何证据，童素不想让父亲担心，便道："我刚才只是被震住了，这个Demon看人的眼神实在令人不寒而栗！在他眼里，人和飞禽走兽只怕没有任何区别，都只是随手能被他夺去性命的猎物罢了。"

童子邦将信将疑。

他见过Demon不少次，对Demon的印象是此人既强大，又异常神秘、低调，几乎不与其他人打交道。但童子邦怎么也没有想到，女儿仅仅是看了Demon一眼，竟会有这么大的反应，实在有些不同寻常。

只不过，对于童素的后半句话，童子邦也十分认同——在万象集团，Demon一直是公认的六亲不认。除了德隆，任何人在Demon那里都没有半点情面可讲，包括道达和岩罕都不例外。

所以，童子邦慎重地提醒女儿："你千万不要去接近Demon，更不要妄想利用他来削弱万象集团。他是个十成十的危险人物，如果不是与德隆有约定，他根本就不会来文南。"

童素敏锐地抓到了重点："也就是说，他的父母并不是文南人？甚至不是东南亚人？父母双方，一个都不是？"

童子邦莫名其妙，不知道女儿为什么会这么问："你看他的长相，简直就是按照日耳曼人的模板刻出来的，再标准不过，你怎么觉得他的父母中会有东南亚人？"

童素的心沉了下去。

她记得很清楚，专案组曾根据掌握到的情报，对万象集团的一众高层做过侧写，关于 Demon 的描述寥寥无几，其中有一条就是——应为白人和东南亚人的混血儿。

童素对这条侧写非常不解，特意请教了夏正华。

夏正华告诉她，像 Demon 这样指哪儿打哪儿，弹不虚发，想杀谁就杀谁的顶尖狙击手，只要他想，全世界的权贵、名流、富豪都会对他投出橄榄枝，将他奉为座上宾。就算招揽不成功，也绝对不敢得罪他。

这就代表着，凭 Demon 神乎其技的枪法，他轻而易举地就能拥有世人梦寐以求的一切——金钱、地位、权利、美女，等等。

在这种情况下，Demon 实在没必要加入万象集团。因为德隆能给 Demon 的东西，那些大洋国金融街的大佬、英国世袭的大贵族、俄罗斯的寡头、中东的王室成员等上流社会人士，同样也能给 Demon。

不仅如此，他们还能给 Demon 一样德隆无法给予的东西，那就是"安全"。

追随德隆，成为毒贩的一员，那是犯罪，会受到法律的制裁；而跟着其他大人物，未必就有这样的风险。

正因为如此，虽然与 Demon 有过短暂交手的傅立鼎大致描述出了 Demon 的长相，让大家知道 Demon 是个金发碧眼、相貌英俊，看上去还挺年轻的白人，但专案组的侧写师还是认为，Demon 应该是白人与东南亚人的混血儿。

夏正华告诉童素，侧写师这么判断，其实有足够的根据。

文南、安寨，还有周边的几个国家都很穷。所以，文南国孕育出了万象集团这罪恶的毒品王国，而隔壁的安寨国则另辟蹊径，色情产业十分发达，这股歪风邪气自然而然地传到了文南国。

对那些出身清贫，只能靠身体换钱的女性来说，最大的梦想就是能有一个金主带她们离开这个穷苦的国家，去国外过好日子。而那些随手甩出美元，拥有欧美护照的白人男性游客就成为她们的最佳选择。

安寨国甚至专门有一条产业链，就叫"出租妻子"——将年轻美貌的当地女子出租给外国游客，充当临时的妻子。照顾游客在安寨游玩时的生活起居，满足游客的一切需求。干这行的不光有未婚女性，甚至有很多已婚妇女，她们的家人，包括丈夫、孩子也都知道她们在做什么，但只要能拿回足够多的钱，那就好说。

只不过，这些女性无论怎么讨游客欢心，却很少有人能实现梦想，被带到欧美去的。她们的结局就是被山盟海誓的男人抛弃，只能继续寻找下一个金主。而这个过程中，经常会有一些小小的"赠礼"——混血的孩子。

这种孩子，基本上得不到好的教育，也没有什么好的未来。长得漂亮的女孩，基本上都会走母亲的老路，甚至男孩也不例外。毕竟，安寨国的人妖产业，并不比泰国逊色多少。

专案组的侧写师认为，Demon这种神乎其技的狙击手，之所以留在万象集团，对德隆忠心耿耿，很可能就是因为Demon出生于这样的家庭，却被德隆发掘出资质，大力培养，才有了Demon的今天。

除了再造之恩外，根本没其他的理由能解释，一个神级的狙击手，放着其他名流的橄榄枝不接，跑来文南国这种穷乡僻壤当毒贩。哪怕万象集团是亚洲最大的贩毒集团，Demon是四位顶级干部之一，对Demon来说，这笔买卖也不划算。

但童子邦的一句话，却将童素曾经深信不疑的判断全部推翻。

意识到问题的严重性，童素立马问："Demon和德隆究竟有什么约定？"

童子邦沉吟片刻，示意童素附耳过来，才小声说："德隆手中有一件Demon要的东西。为了得到那件东西，Demon和德隆立下君子之约，Demon为德隆效力十年，德隆就将东西给他。"

童素思考了一会儿，仿佛自言自语："这件东西的存在，岩罕之前知道吗？"

话一出口，她立刻纠正："不管岩罕知不知道，这都不重要。他若不知道，肯定会拼命去找。等他拿到这件东西后，会给Demon吗？不会！因为他很清楚，这是钳制Demon的底牌。"

早在飞机劫案的时候，童素就已经发现德隆与岩罕父子的不同。

德隆说话算话，答应放了他们，就真放了他们，岩罕却不一样。

岩罕不遵守承诺，只追寻利益，对他来说，哪怕是对天发的狠毒誓言，必要的时候都可以当作不存在，翻脸不认人。

童子邦也想过这个问题。

这五年来，他从来没放弃过逃离万象集团的心思，也打过利用Demon的主意。要不然，德隆与Demon做下约定，这么隐蔽的事情，童子邦从何而知？所以，他小声对女儿说："德隆是个非常谨慎的人，对现代科技也不热衷，我从他那里没查到任何线索。但在岩罕的电脑里，我却发现了一点蛛丝马迹。"

他本来不打算对女儿说这些，但他实在怕童素冒失行事，才道："他对塔罗牌很感兴趣，曾有一段时间，大概有两三个月，他在普林斯顿大学借阅的书籍全是有关塔罗牌的。我当时觉得非常奇怪，因为在我的印象中，这是年轻女孩子才喜欢的东西。而且，在这个过程中，岩罕去了两趟瑞士银行的总部，开了一个最高等级的保险箱。"

这并不能证明德隆就将Demon需要的东西给了岩罕，但那个保险箱明显有些不同寻常。

如果只是保管一样东西，岩罕为什么要去两趟瑞士银行？他是不是先后往里面放了不止一件东西？

只可惜，黑客手段也有限制，童子邦再怎么厉害，也无法操控物理隔绝的保险箱，弄清楚里头究竟放了什么。

童素觉得这也是一条思路："如果我没记错的话，塔罗牌总共有22张大牌，56张小牌。后者逐渐演变成人们熟知的扑克牌，而万象集团的高级干部们，全部都是用扑克牌的花色做代号，这其中或许有某种联系。"

说完这句话，她突然灵光一闪，似乎捕捉到了什么，却又抓不住那根线头。

就在这时，一名女子款款向他们走来。

童子邦小声提醒："她就是玛雅。"

童素了然地点了点头，打量这位血缘上的堂姐。

玛雅是最典型的东南亚美女，眼窝深邃，嘴巴颇大，身材娇小，皮肤微黑。单看并不出色的五官组合在一起，却有别样的妩媚风情。她的眼眶微红，显然刚刚哭过，却还是表现得礼貌。只见她向童素伸出手，用字正腔圆的中文说："初次见面，我是玛雅。"

童素也伸出手，淡淡道："喊我赫卡忒吧！"

面对童素的冷淡，玛雅并不介意，轻轻捏了捏童素的手，趁机塞了一个纸团到童素的手里。

这让童素颇感诧异。虽然她已经从父亲那儿知道了他们的秘密计划，但玛雅竟然在与她从未接触过的情况下，就敢于通过她来传递消息，还是让她对这个女人刮目相看。

然后，玛雅立刻松开手，语气有些落寞："抱歉，我——"她欲言又止，最后无奈地笑了笑，转身离开。就好像她这次来，真的只是与第一次见面的堂妹打招呼，想对童素表达善意，但一想到童素是无辜被卷进来的人，就不知该说什么好，犹豫半天，只能尴尬又失落地离开一样。

童素不动声色地将纸团塞到衣袖里，用手指将之摊开，然后趁着其他人不注意，迅速低头看了一眼，发现几厘米左右的长方形纸条上，只有四个中文字：

计划有变。

肃穆的送葬队伍，伴随着庄严的梵音，缓缓从古朴的寺庙，来到了宏伟的礼堂。

踏入这座礼堂的那一刻，童素十分惊讶，因为礼堂竟然被布置成和西方的教堂一模一样，充满着西化的气息，和佛教沾不上半点关系。

文南国自古以来就崇尚佛教，家家户户都要供释迦牟尼佛的佛像，百姓每周都会去佛寺参拜，死后更是要做盛大的水陆道场，譬如德隆停灵的四十九天，万象集团就请了八十一位高僧为他念经祈福。

　　在文南国的人看来，这都是必要的步骤，缺一不可。

　　可岩罕这是在做什么？他父亲的遗体告别仪式，居然放在教堂举行？万象集团的那些文南老人们难道不会跳起来指着岩罕的鼻子大骂？

　　童素满心不解，下意识地望向父亲。

　　童子邦一直在关注女儿，见她面露疑惑之色，小幅度地指了指礼堂，不由轻叹一声，比了一个"嘉靖皇帝"的口型。

　　童素对历史不算特别熟悉，回忆了好一会儿，才想起来，嘉靖皇帝就是那个本是藩王之子，但因为当皇帝的堂兄死了，又没有儿子，所以被群臣拥立上位的明朝皇帝。

　　嘉靖皇帝上位第一件事，就是追封自己的父母为皇帝、皇太后，群臣当然不肯：立你当皇帝是因为先帝后继无人，实在没办法，但你的父母何德何能？追封父亲为皇帝，这是开国之君才能做的事情，你凭什么？

　　双方就你来我往地拉锯了三年，最后还是以嘉靖皇帝的胜利告终。

　　童素之所以记得这一段故事，是因为她曾经看过一个讨论帖，说嘉靖皇帝是明朝最聪明的皇帝，光从这件事就能看出来——他一个藩王之子，猝然被拥立成皇帝，看似威风八面，实则在京城毫无根基，两眼一抹黑，根本就不知道底下的朝臣谁能信，谁又不能信。

　　一般人碰到这种情况，十有八九会成为被权臣摆布的傀儡，但十四岁的嘉靖只用了这一招，就迅速地看清了整个朝堂的格局。

　　"追封父母"，说是大事，也不算，因为动摇不了国本；说是小事，那也不可能，涉及名分的事情，从来就没小事。

　　这件事不大不小，不轻不重，却是恰到好处，能让上位者明白：谁站在自己这边，谁愿意为了不伤及利益的事情妥协，谁是墙头草，谁又是坚定的反对派。

　　认清楚这一点后，上位者就能对症下药，逐个击破。就如嘉靖皇帝，利用这件事，又花了三年时间，终于整顿了朝廷上下，大权独揽，说一不二，群臣俯首。

　　岩罕未必读过《明史》，但他现在用的手段，却与嘉靖皇帝不谋而合。

　　德隆的葬礼，大规矩上，肯定是坚持传统。但在遗体告别仪式上，岩罕却玩了个小花招，将地点选在布置成教堂样式的大礼堂。

　　对于高级干部们的质疑，岩罕给出的理由是，万象集团目前最好的合作伙伴"公爵"阁下是一名极端狂热的宗教信徒。他拒绝吃一切不符合教义的食物，拒绝穿不符合教义的衣服，每天虔诚地做礼拜，每年的瞻礼和斋戒日都一丝不苟地执行。他甚至会像那些苦修士一样，让神父鞭打自己，用肉体的痛苦来提醒自己不要沉迷于世俗的享乐，而要追求精神上的超脱与升华。

面对异教徒，"公爵"的容忍程度仅限于点头之交。如果对方敢在他面前提到其他宗教，哪怕只是不经意地提及，被扔出去都算命大。一般情况下，"公爵"会直接开枪把这名亵渎宗教的异端分子给击毙。当然，在"公爵"的字典里，这叫"净化"。

此次德隆的葬礼，"公爵"亲自来到文南吊唁，给足了万象集团面子。正因为如此，岩罕才提出，万象集团必须将遗体告别仪式放在教堂，按照"公爵"所信仰宗教的流程来执行。原因很简单，如果按照文南国的传统，在寺庙进行遗体告别，只怕"公爵"立刻就要走人，从此拒绝与万象集团往来——"公爵"顶多只能忍住不把寺庙拆了，但自己绝不会踏入佛寺半步。谁要强迫他进佛寺，谁就会被他当作仇人。

更改仪式流程不仅是对"公爵"的尊重，更因为"公爵"的到来，干系到万象集团后续的一系列军火交易。

这个理由十分冠冕堂皇，让人找不出反驳的理由。但明眼人都清楚，岩罕如此坚持，不光是为了拉拢"公爵"，更多的是为了自身的利益——许多人在不知道岩罕是德隆的儿子时，对岩罕是一种态度；现在知道了，又是另一种态度。一些本来倾向支持道达的人，知道岩罕的身份后，立场就发生了改变，转而向岩罕表达了臣服。

但作为岩罕本人，他并不能仔细分辨这些人心里究竟是怎么想的，是表面投诚，还是真心服从？而他又不能把万象集团内部的文南土著全杀了，那样无异于自寻死路，所以他就要了这么一个小手段，来检测所有人的立场与忠诚度，逼他们站队。

平心而论，这是很聪明的做法，但不知道为什么，童素望着德隆的遗像，心中却有些悲凉。

如果处在岩罕位置上的人是她……

童素换位思考了一下，不禁摇了摇头。

倘若她是岩罕，绝不会利用父亲的葬礼满足私心，哪怕只是一段小插曲，哪怕父亲并不会介意，哪怕不这样做，她会面对更艰难的处境，甚至危及自己的生命——但她，依然不会这样做。

岩罕此人，确实是天纵之资，极度聪明，却太功利、太凉薄了。

礼堂内部。

第一排左侧的长椅上，两名戴着面具的男子特别引人注目。

戴着金色面具的男子高大魁梧，坐着都给人一种极强的压迫感，他虽然满头银发，却并不苍老，真实年龄绝不会超过四十岁。哪怕是在如此肃穆的地方，他碧绿色的眼眸也令人备感压力。

童素一看便知，此人定是"公爵"。

道达与岩罕赛车时，童素便听见了"公爵"这个名号，所以她与童子邦相见后，也问起了关于"公爵"的事情。

童子邦告诉她，"公爵"是黑暗世界中一个很大的军火商，其他人想买都买不到的各种武器，"公爵"那儿应有尽有。

尤其是前几年，东欧、中欧等地动荡时，"公爵"更是出手了许多大型武器，这让黑暗世界的人议论纷纷，猜测"公爵"本身就是斯拉夫人。因为"公爵"的体型、口音、喜好，以及人际交往中的种种表现，也带有浓重的民族特征。

万象集团与政府军的战争，光靠常规的枪支弹药还不够，最好是能买到火箭炮、云爆弹乃至坦克等大规模杀伤性武器。这些东西，哪怕万象集团再有钱，也很难大批量搞到，直到岩罕搭上了"公爵"这条线。

岩罕在德隆私生子的身份没暴露之前，就能与道达竞争"小王"之位，关键就在于岩罕与"公爵"私交极好，能从"公爵"那里源源不断地弄来各种武器和弹药。

这也是道达就算要害岩罕，都只能迂回办事，把岩罕打发去中国，希望借缉毒警察之手将岩罕弄死的原因之一。"公爵"是岩罕的朋友，只认岩罕。但只要岩罕不在了，那么万象集团后续的武器购买，就得依赖道达，这对道达在万象集团巩固自己的地位大有裨益。

话虽如此，对于"公爵"的真实身份，童素还是默默地在心里打了个问号。

虽然传言说"公爵"是斯拉夫人，并有种种佐证，但童素可没忘记，她跟着专案组去广州抓岩罕时，岩罕和手下带的武器、炸弹都是美军制式，而不是俄罗斯生产。由此可见，要么万象集团购买武器的渠道不止一条，要么"公爵"神通广大到这种地步，就连美军制式武器都能弄来。

如果是前者，只能证明万象集团狡兔三窟，如果是后者……

想到这里，童素忍不住用眼角的余光打量坐在"公爵"身边，戴着银色面具，身材消瘦的棕发男子，对方的气质看似非常平和。如果他直接走上台，开始向上帝祷告，童素都不会觉得违和。但不知道为什么，那个人只是坐在那里，就让童素毛骨悚然。

他是谁？

能来参加遗体告别仪式，在这间礼堂有一席之地的宾客，都是黑暗世界声名显赫的大佬。究竟是什么人，能和"公爵"平起平坐？

就在童素心中胡乱猜测的时候，一名牧师走上台去，刚要翻开手上的《圣经》，道达突然喊："等等！"

这一刻，无论是面对棺椁、笔直站着的万象集团干部们，还是端坐在长椅上的宾客们，都将目光投向道达。

只见道达眉头紧锁，看着牧师，冷冷地说："岩罕，我仔细想想，还是觉得这样不行。"

不待岩罕回答，道达又阴阳怪气地说："先生信了一辈子的佛，每个住所里都单独修建一处小佛堂，每个月都要抄一卷佛经，供在佛前。他的葬礼，你请牧师来祷告、忏悔？岩罕，我知道你接受的是西式教育，对西方很有感情，也有许多来自欧美的朋友。但这里是文南，我觉得，你有必要尊重一下文南国的习俗，让先生入土为安。"

言下之意，便是岩罕为了讨好"公爵"，连父亲的葬礼都要拿来做文章了。

道达这番话，恰好戳中了一些老人的隐忧。

万象集团的干部们当然知道，目前正在进行的这场战争需要足够多的武器弹药，有求于"公爵"。但这也令他们十分担心，如果不能迅速在战场上获得胜利，打成长期拉锯战，那他们岂不为"公爵"做了嫁衣？

到那时，"公爵"只要控制对万象集团的武器输入，就能掌握万象集团的命脉，万象集团几十年辛辛苦苦攒下的家业，全都会进入"公爵"的口袋。

正因为如此，岩罕提出遗体告别仪式按西方宗教仪式，在教堂举行，牧师祷告，最后宾客们纷纷献花的时候，许多人就表示反对。但架不住战事紧迫，他们确实需要拉拢"公爵"。尤其是现在，"公爵"和万象集团签订了一个前所未有的大单，只要万象集团能一次性付清巨款，"公爵"就会立即输送大批重型武器，其中包括三十辆坦克、十架战略轰炸机、一千枚 BLU－82 型云爆弹、五千枚达姆弹（一种非常残忍，已经在世界上被禁用的子弹，被子弹打中的人会血流不止，剧烈感染，铅中毒。只要被打中四肢，想要活命就只能截肢），以及整整五大卡车的冲锋枪，还有后续配套的子弹，等等。

这些武器能左右他们在战场上的胜负，对万象集团的重要性不言而喻。

众所周知，"公爵"是个狂热信徒，信奉的是欧洲中世纪一种以苦修方式闻名的冷门宗教分支。高级干部们当然不希望因为信仰的事就将"公爵"推开，也不希望得罪万象集团未来的掌门人，所以索性睁一只眼闭一只眼，希望这件事能含糊过去。

可现在，道达在葬礼上，公然将虚伪的和平撕开，瞬间让局势变得无比复杂、险恶！

这一刻，所有人都盯着岩罕，等待着他的回答！

# 第四十章　寸步不让

道达的突然发难，令整个礼堂的气氛变得十分凝重。

仪式使用的是文南语，道达的这番话也是用文南语说的，听懂的人自然忍不住去看岩罕的反应。

而那些来自世界各地，说着不同语言，此番全靠同声传译才能跟上葬礼进度的宾客们，先是摆弄着自己的传译机，以为这玩意儿失灵了。发现仪器依旧灵敏后，下意识地扭过头，望向坐在角落的翻译，便发现在场的数十个翻译全都惊慌失措，好些人已经扯下了耳机。他们一会儿看向岩罕，一会儿看向道达，在没得到两位老大的明确指示前，都不敢再继续同声传译了。

看见翻译们战战兢兢的样子，宾客们也知事情有变，有人皱眉，也有人提起一颗心，怕发生什么事情，波及自身。

童素由于有父亲在旁，早已知道发生了什么。此时她注意到，"公爵"表现得非常镇定，碧色的眼眸中没有任何情绪，而他身边的棕发男子，唇角竟微微上扬，挂着一丝若有若无的笑意。

他们为什么是这样的反应？是见惯了大场面，处变不惊；还是与岩罕早有什么密谋，从而胜券在握，认为道达根本翻不起任何风浪？

这时，岩罕突然点了童子邦的名："老师，您也是这样想的吗？"

当礼堂里的所有人都朝自己这边看过来时，童素立刻意识到他们是在看身旁的父亲，心里顿时"咯噔"一下，暗叫不好。

虽然猜到岩罕这是祸水东引，用这种方式强迫童子邦站队。但事关德隆的葬礼，岩罕第一个征求童子邦的意见，本就再正常不过，谁让在场的所有人中，只有他们两个是德隆父系一方的亲属呢？

童子邦不仅是岩罕的堂叔，还是他的老师，无论是长幼有序，还是尊师重道的理念，在文南都深入人心。遇到这么大的事情，不管是做侄子的征求叔叔的意见，还是弟子求老师指点迷津，都是天经地义、理所当然。

想到这里，童素紧张地望着父亲。

她不知岩罕刚才究竟用文南话问了什么，父亲也还来不及翻译。所以她无法思考对策，更不知道父亲会怎么回应。

童子邦叹了一声，表情有些无奈："这个问题，我记得我们在会议上已经讨论过，不是吗？"

这一刻，童子邦的心情非常复杂。

他始终没忘记德隆是个十恶不赦，手中沾染无数血腥，应该被枪毙的大毒枭；可他也无法否认，是德隆将他从监狱里带出来，并一直对他挺好，从来没逼他做不愿做的事情，甚至没真正拿童素来威胁过他。

道德和情感在天平的两端不断摇摆，无时无刻不在撕扯着童子邦的内心，令他一方面恨不得道达和岩罕快点打起来，最好能同归于尽，覆灭这个罪恶的毒品王国；但另一方面，他又希望德隆的葬礼能顺利进行，让德隆入土为安。

正因为如此，他虽然只说了一句看似含糊的话，却已经表达了他的倾向。

岩罕满意地点了点头，语气变得激昂："没错，关于葬礼的全部流程，我们在会议上已经讨论得非常详细。"说到这里，岩罕冷冷一笑，犹如刀锋般的目光落在玛雅身上，带着警告的意味，慢条斯理地问："三姐，你怎么看？"

玛雅心中冷哼，就知道岩罕不会放过她。

岩罕公然对她这么问，无疑是将她架在火上烤。

众所周知，德隆生前最疼爱的女儿就是她，不仅愿意容忍她的一些任性行为，还力排众议，打破了"万象集团高级干部不可以由女人担任"的传统，给了她一个表现自己的机会。

但在外界看来，道达同样对她很好。十八年的模范夫妻，相敬如宾，时不时在公共场合表现一下关系亲密，被当作家庭和谐的典范，很多女人视她为人生赢家，认为她既有一个宠爱她的父亲，又有一个疼爱她的丈夫。

至于道达的私生子、玛雅的出轨，都做得很隐蔽，外人根本不知道，还当这对夫妻真是同心协力，一起为万象集团而努力呢！

之前为了正面形象，秀了多少恩爱，现在就反噬得多厉害。

丈夫和弟弟发生了冲突，又事关她父亲的葬礼，她该怎么办？

站在丈夫那边，就相当于辜负了父亲的另眼相待，会被人说成忘恩负义；站在弟弟那边，又会被千夫所指，出嫁的女人，居然不帮丈夫，反倒偏帮娘家。

但好在玛雅早有准备，只见她凄然一笑，快速地看了一眼坐在长椅上的几个孩子，脸上全是痛苦、挣扎和无奈，最后黯然低头，只化作一句哽咽："对不起，我……"

她似乎再也说不下去了，只能一个劲用手背抹脸。

冷眼旁观的童素，对玛雅的评价又上了一个台阶。

童素虽然听不懂他们之间文南语的对话，但明白玛雅的潜台词，并不需要通过话语。因为这个女人看似什么都没有说，肢体语言却已经表达得淋漓尽致。

童素初见玛雅的时候，就对玛雅红肿的眼眶有点惊讶，因为童子邦告诉过她文南国这边的传统，越是大户人家，越不能在葬礼上撕心裂肺地哭号。正确的礼仪是将悲伤压在心里，流泪也只能默默地流，而且很快就要擦掉，免得让外人看笑话。

所以，按理说，哪怕玛雅对父亲的离去再怎么悲伤，也不能让眼睛肿成这样，至少要上妆遮盖才对。

但现在，通过玛雅这一番表演，大家都已经接收到了她想表达的意思，自以为懂了整件事的前因后果——道达要在葬礼上对岩罕发难，玛雅知道后，想要阻止。但无论她怎么哀求，哭泣，试图用多年夫妻情分打动丈夫都没有用，甚至反过来被道达拿几个孩子要挟，只能默默地隐忍，一句多余的话都不能说。

这才是一个传统文南女性该有的姿态——面对两难，根本无法在父亲、弟弟和丈夫之间做出选择，可为了孩子，什么都可以牺牲。

童素虽然学不来这样迂回曲折、宛转的表演，却也不得不承认，玛雅实在生错了地方。

要是玛雅不生在重男轻女的文南，而是生在中国或者欧美，就算不继承家业，也能去开拓打拼事业。凭借玛雅的本事，在职场一定大有可为，至少去当演员的话，演技绝对能秒杀一大堆所谓的明星。不至于像现在这样，必须成为父亲、弟弟、丈夫乃至儿子的附属品，在夹缝中生存。

童素唏嘘不已，道达却怒火中烧，暗骂"贱人"！

枉费他这么多年来，对这个女人低声下气，蓄意讨好，就想争取她的支持。结果到头来，她还是卖了他，倒向了岩罕！

等我成为万象集团的"大王"，第一件事就是清掉你们家所有的人！

眼看岩罕轻飘飘的两问，就重新将道德的制高点抢了回来，道达也不再掩饰："没错，我们确实达成了共识，但这种共识是基于'为了万象集团的光明未来'。可现在，我严重怀疑，你能否给我们带来一个美好的明天！"

不等岩罕反驳，道达已经非常激动地列举岩罕的罪状：

"你说我们从制造毒品到物流运输，以及洗钱的方式都太落伍了，要用你的渠道来改革。好，我们改了，结果呢？先说物流运输，我们输出毒品的国家中，其他国家根本无须用注塑生产的方式隐藏毒品，他们的安检根本就不严格，哪怕用过去的办法，也能混过去。而检查得最严的中国，机场遍布电子鼻，就算注塑藏毒也带不过去，必须在中国大陆里面建厂，走铁路或公路运输。但就是这条被你说成万无一失的线路，却被中国警察发现，从而一路追查，导致老陈的暴露。可怜老陈在中国潜伏二十多年，最后却死在了中国的监狱里！"

道达提起陈云升，让万象集团的不少人也跟着感慨。

陈云升也算万象集团的老人了，与大家都很熟悉，虽然他大半时间留在中国大陆，但同是高级干部的身份，以及偶尔的会面，都让众人有一种"这是自己人"的亲近感。陈云升的客死异乡，让他们心里都不好受。

这还是因为他们不知道，陈云升其实是岩罕派人暗杀的，而在场知道这件事的两个人，岩罕不会主动说，听不懂文南话的童素当然也不会在这时候把真相揭露出来，这才没有让万象集团的高级干部们彻底心凉。

道达看见大家的情绪被调动，知道有戏，又道："还有，最近比特币的价格跌成什么鬼样子，大家应该知道吧？我们辛辛苦苦赚来的钱，瞬间就缩水了一大半，比特币的价格还在跌，我们还在继续亏！如果现在，我们手中的不是比特币，而是真金白银，难道白花花的钞票还会凭空飞走吗？"

如果说陈云升的死，只是让大家唏嘘，那么比特币价格大跌，所有人的利益都受到损害，就能激起每个人的情绪了。

不少人心里在想，对啊，如果还是用黄金、美元交易，而不是什么见鬼的、都不知道究竟是啥玩意的比特币，那么他们的财产还要再翻几番，不至于像现在这样，亏得心在滴血。

岩罕嘴角噙着一抹不屑的冷笑，对人性失望至极。

正是现在这些觉得比特币交易损害了他们利益，让他们损失惨重的人，在大半年前，却为比特币的节节高涨欢呼雀跃，兴奋不已。

别说比特币现在跌得这么厉害，就算跌穿两千美金一枚，从收益上来说，万象集团还是赚的。因为当年比特币刚出的时候，岩罕就意识到了这种货币的潜力，让万象集团大批量购进，自己也买了不少。

光凭比特币的低买高卖，万象集团就至少收获了百亿美金，高级干部的分红都在千万以上，当时所有人都在夸岩罕聪明，居然能想到这条路。

再说了，以前黄金、美元的交易，很容易被黑吃黑，运气不好，去交易的人还会被对方打成筛子。自从用比特币交易之后，安全性大幅提升，比从前少死了不少人，这都是看得到的改变。

但对其他人来说，这笔账却不是这么算的。

钱到了我口袋里，涨，那是我有眼光，运气好；跌，那就是推荐这玩意儿的人不好，故意害我。

至于死几个人，那就更无所谓了，反正许多高级干部不负责现场毒品交易这块，再怎么死人都轮不到他们。少死点人，对他们来说，当然一点感觉都没有；但少分红，却是看得见摸得着的肉痛。

人性的卑劣，可见一斑。

道达感觉情绪酝酿够了，就指着岩罕，声嘶力竭地高喊："岩罕，你凭什么在先生的棺椁前装孝子？你摸着自己的良心，告诉大家，当时先生一直让你回大洋国，不要停留在中国，甚至给你买好了机票。是谁输红了眼，认为自己的地址绝对不会暴露，非要留在中国，结果差点被中国警方一锅端？要不是先生去救你，你早就被中国警方抓住，处以死刑了！可先生为了救你，却不幸身亡！你说，你还有什么脸站在这里，主持先生的葬礼？"

这，才是道达的致命一击。

没错，你确实是先生的儿子，他的骨肉至亲；而我只是他的女婿，一个世人眼中的外人。但这么多年来，我打理万象集团，兢兢业业，付出多少，谁都看得到；而你，一个因为自身的冒失害死父亲的儿子，还配称为儿子吗？

更不要说，这个"儿子"为了讨好"公爵"，还更改了葬礼仪式。

先生明明是个无比虔诚的佛教徒，光是捐到佛寺里的钱就有几十亿。但死后除了高僧诵经、水陆道场之外，最后一程居然还要牧师来告解、忏悔？

许多人一想到这里，就忍不住爆粗口，为德隆鸣不平。

我们信的是佛祖释迦牟尼，可不是西方的上帝！

这样一来，很多人看岩罕的眼神就不对了。

今天你能为了"公爵"，连先生的葬礼流程都改，来日难道不会为了其他人，把整个万象集团的祖业根基都抛下？

人心是很微妙的东西，就像在场的人，无论再怎么彬彬有礼，衣冠体面，也没办法掩盖这些人基本上都是犯罪分子的事实。

也就是说，他们可能是世界上最爱追逐利益，为了钱可以不要命的人了。

但就是这么一帮为了利益可以随时翻脸不认人，将同伴置于死地的亡命之徒，心中却有一套自己的道德标准，即所谓的"义"。

虽然这种"义"只是小义，不外乎是兄弟义气，或者一些最简单的道理，而且在巨大的利益面前，"义"几乎是一纸空谈，但在某些场合，它却能发挥巨大的作用。就好比现在，大家对岩罕过度逐利的性格，开始产生了质疑。

这或许是天底下最大的讽刺。

一群为了利益不在乎性命，手染无数血腥的人，却希望自己的首领能足够讲义气，不要那么在乎利益。

这其中的微妙分寸，岩罕不懂，但德隆懂。

这就是为什么德隆答应的事情绝不反悔，说出的话绝不收回，哪怕会对万象集团产生危害，也不违背这一原则的缘故。

当所有人都知道德隆说话算话的时候，他就彻底立起来了。

这么一来，哪怕德隆身处绝境，也有人愿意拉他一把。因为大家都知道，德隆知恩图报，一诺千金。帮他可以得到回报，帮其他人则未必。

此时的岩罕，被道达这样指责，心里也涌起一股火气。

道达可以骂他，但绝不能质疑他对父亲的敬重。如果父亲在天有灵，也会希望万象集团能变得更好，不会介意葬仪的改动。所以，岩罕盯着道达，冷冰冰地说："我是否是个孝子，并不是姐夫这个外人能评判的。父亲临死前，将万象集团托付给了我，他希望万象集团能变得更好，走出如今的困境，这是他最大的心愿。"

"这只是你的一面之词！"道达寸步不让，"先生临终的时候，谁在他身边？你、Demon 和郑方！你当谁不知道，郑方是先生派去照顾你的人，从小就保护你的安全，看着你长大，他不偏帮你，可能吗？"

他虽然刻意略开 Demon 不谈，但还是被岩罕抓住这一点："哦？你的意思是，Demon 也会说谎吗？"

道达对 Demon 有点敬畏，毕竟对方是一位指哪儿打哪儿的神级狙击手，哪怕道达抢到万象集团，结这么一个仇家，也要时时刻刻担心自己的小命。但他转念一想，此次葬礼，所有人都没带武器，包括 Demon 也不例外。

哪怕是世界上最强的狙击手，也只有狙击枪在手里时才能像神一样主宰他人的生死，没有狙击枪在手，便是一个身手稍微好些的凡夫俗子。只要今天能把 Demon 格杀在当场，又有何惧？

想到这里，道达把心一横，冷冷道："Demon 更不可信，因为他是白人。非我族类，其心必异，谁知道他是不是和'公爵'串通，一起来谋夺万象集团的？如果他真的出了全力，先生何至于死在中国？"

这番不讲道理的话，居然得到了很多人的认同。

人就是这样，喜欢以肤色、地域、人种、语言来划分另一个人，决定是与对方抱团还是排斥对方。而在万象集团这么一个以东南亚人为核心的犯罪王国，就算同是黄种人的日本人、韩国人都无法彻底地融入，何况白人？

作为德隆的头号心腹、最大保镖，德隆平安无事，那是 Demon 应该做的，德隆一旦出了事，就肯定是 Demon 不够尽心！

面对众人质疑的目光，Demon 气定神闲地站在原地，他的目光依旧没有任何感情，哪怕是愤怒。

这份无动于衷，令道达心里打鼓，但这时候，已经容不得他退缩，只听他高喊："我断然不能让万象集团落入你们几个的手里，否则不过三五年，家业就要被你们败光，拱手送给其他人！"

这句话仿若某种号令，只见许多坐在角落里一直没有进行同声传译的"翻译"，以及站在边缘的保镖们，突然从座位底下、一旁的灯台等地方摸出了枪，对准身边的人！

不仅如此，就连万象集团的高层中，也有人左右手各一把手枪，顶在同伴的脑门上。

霎时间，郑方勃然大怒："道达，你居然在这儿藏了这么多把枪！"

童子邦也没想到，道达居然要在德隆的葬礼上动手，他以为对方至少会等葬礼结束才撕破脸皮，不由冷汗直冒。

冷冰冰的枪口顶着他的后脑勺，让他根本动都不能动，只能用眼角的余光扫视一旁的女儿，怕她被吓住。

然后他就发现，童素表现得异常冷静，完全不像生死掌握在别人手里的模样。她的目光落在岩罕身上，像在思考什么。

与此同时，道达也像变戏法一样，把随身携带的打火机拨开后，便生成为一把小巧却威力巨大的手枪，直指岩罕。

岩罕却半点也不慌张，甚至轻轻地、慢慢地笑了起来。

明明胜券在握，但不知为何，看见岩罕的这个笑容，道达的手竟然开始发抖。为了压下这股莫名的心慌，他忍不住怒吼："你笑什么？"

"我本来想做个好人，放你一马。毕竟我们也算是一家人，就算不看在三姐的分上，也要照顾一下我的几个外甥、外甥女，不让他们小小年纪就没了父亲。"岩罕微微一笑，语气非常轻柔，却带着说不尽的杀意，"姐夫，这可是你逼我的！"

下一刻，此起彼伏的枪声，响彻礼堂！

# 第四十一章　心狠手辣

庄严的礼堂，转眼间就变成了修罗场。

墙壁、长椅、灯台上，全是飞溅的鲜血，为礼堂绘制了一幅血色的壁画。而那些倒下去的人至死都不明白，为何身边的同伴会突然将枪口调转，指向他们。

道达目眦欲裂，怎么也没想到，自己的手下之中，竟然有这么多人被岩罕收买！

不光是道达，万象集团其他的高级干部们，此刻也是冷汗涔涔。

能被道达委以重任的，自然是他心腹中的心腹，可这些被道达付予信任，将最重要任务交托的亲信，竟有一大半是岩罕的人！那谁又能保证，这些高级干部的手下中，没有岩罕的间谍？

光是想到这里，许多曾经私底下表达过对岩罕不满，甚至暗中与道达接触，密谋对付岩罕的高级干部们，已是坐立不安。他们站在血泊之中，周围是一地的尸首，眼前则是岩罕面带微笑的脸孔，明明在笑，却比魔鬼还要吓人！

道达的脸色已经是青白交错，他的牙齿咬得咯咯作响，身体下意识地颤抖，却把手中的枪握得更紧！

而此时，岩罕却还是挂着若有若无的微笑："姐夫，看在我们是一家人的分上，我再给你一个机会。"

说罢，他喊了一声："郑方。"

郑方立刻上前，从怀里取出一支针剂，恭恭敬敬地交给岩罕。

岩罕拿起针剂，轻轻摇了摇，看着针管中晶莹剔透的液体，望向道达，轻描淡写地说："这是一支高纯度的毒品，注射入人体，必定成瘾，并有30%的概率对神经中枢造成不可逆转的伤害。"

然后，他将针剂递给郑方，郑方心领神会，立刻上前几步，将针剂放到道达身旁的台子上，比了一个"请"的动作。

道达紧紧握着手枪，扫视周围，数十支黑洞洞的枪口正对着他。

虽然道达距离岩罕只有不到十米，只要开枪，很容易就击中岩罕。但道达非常清楚，只要他一有动作，这些曾经的心腹就会毫不犹豫地将他打成筛子。

可笑他还自以为能借助礼堂翻修改成教堂的机会藏入武器，并借机翻盘。现在想来，就连他的远房亲戚、"夜色"酒吧区区一个部门负责人，都会在岩罕"王储"的身份公开后，转而对岩罕示好，他又凭什么确认自己心腹的忠诚呢？只凭自己控制了对方的父母、老婆、孩子吗？那如果玛雅以及几个孩子落到岩罕手里，他会为他们妥协吗？

不会。

无比清晰的答案，闪入道达脑海。

这一刻，道达比谁都清楚，岩罕表面上说给自己一个机会，实际上是在故意羞辱这个曾经的竞争对手。

万象集团的高层不能沾毒，这是德隆定下的铁律。一旦道达给自己注入那支毒品，就代表他被逐出万象集团。而这种高纯度的毒品，只要一碰，这辈子就再也无法摆脱，毒瘾发作起来，为了一丁点的毒品，人会像一条狗一样摇尾乞怜，什么都做！

更不要说，如果神经中枢被破坏，他就会成为一个彻头彻尾的疯子，从此再也没有理智，浑浑噩噩地生活，并被所有人，包括自己的骨肉至亲嫌弃！

岩罕给出的选择，看似是宽恕，实际上是让道达活在地狱之中。

这个家伙，好狠的心肠啊！

道达眼中浮现出一抹浓浓的怨毒之色，他握着手枪的手不断颤抖，稍微松开，却又很快地握紧，如此往复。

很显然，他的内心正在剧烈地挣扎。

不知过了多久，道达似乎做出了选择，只见他缓缓地向一旁放着针剂的台子走去，短短几步路，他的脚步却沉重到像灌了铅。

只见道达轻轻将手枪放下，不着痕迹地拨到左手边，右手摸向了针剂。

就在所有人都放松了戒备，以为道达决定给自己注入毒品的那一刻，道达却以迅雷不及掩耳之势，重新抓起手枪，猛地转身，对准岩罕的方向，狠狠地扣下了扳机！

预料之中的枪声，并没有响起。

道达睁大眼睛，无比惊骇地看着自己的右手——从大拇指中刺入的细小针头，令这只手已经失去了知觉，麻痹感迅速向全身蔓延，令他直接倒在地上。

"很吃惊吗？"岩罕已经走了过来，单膝蹲下，微笑着说，"这把德国定制的手枪，打火机模样，填装三枚子弹。如果拨动特制的指针，改变形状，甚至能扔出去当小型手榴弹用，一把造价就要一千万美金，确实很值。为了仿制这把枪，并往扳机处加入一根藏有VX毒素的毒针，可费了我不少工夫。"

剧烈的毒素已经蔓延至道达全身，他快要死了，可他的眼睛还是睁得很大，充斥着不甘心和不理解。

他明明那么谨慎,这把手枪从未离身,怎么会被人换掉……

岩罕低下头,声音很小,其他人都听不见,却恰好能钻进道达的耳朵:"有人的时候,姐夫当然不会让这把枪离身,就算去情妇那里过夜,这把枪都必须被放在你一抬眼就能看到的地方。但没人的时候,姐夫却会疏忽,不是吗?"

道达是个很谨慎的人,他的每个住所里都有一个密室,里面放着枪支弹药,密室中还有一条秘道,随时能够逃亡。

但他不知道,这个习惯,却反过来被岩罕利用了!

那么多密室,道达不可能每个密室都设置不同的密码,否则他自己都记不过来。所以他用的是同一套只有自己清楚,非常复杂、经过重重加密的密码。但对于岩罕这样的顶级黑客来说,只要密室的周围存在电子设备,甚至只是通电,就能把密码破解!

"姐夫,你在密室里下达暗杀我的指令时,是否知道,我已经在你所有的密室里都安装了监控器。甚至有好几次,我就在隔着一面墙的秘道里,静静地'欣赏'着你的一举一动呢?"

道达当然不知道,否则他昨天在密室里午睡的时候,也不会把枪放在一旁,被岩罕派人偷偷换了。

道达更不清楚,岩罕若是想杀他,早就有无数机会。但杀道达简单,此人死后引发的一系列连锁反应,才是岩罕重点顾虑的。

正因为如此,当得知道达要在葬礼上动手的时候,岩罕非但没有阻止,反而派人暗中打掩护,让道达的人趁着装修礼堂的机会,将枪支藏在礼堂的各处。顺便借着这个机会,自己也放了一批武器进来,就是为了今天。

岩罕一面面带微笑地说完这令人惊骇的故事,一边轻轻地合上道达至死仍不瞑目的眼睛。

然后,他缓缓站了起来,抚平黑西装上的皱褶,把目光落到了道达的几个孩子身上。

玛雅立刻意识到了什么,拦在岩罕面前,虽然害怕得发抖,却还是带着哀求:"不,岩罕,看在他们是你外甥的分上——"

"我给过他们机会。"岩罕露出一丝怜悯,语气中带着叹息,"我已经给过姐夫好几次机会,哪怕他刚才对我动手。但只要姐夫肯注入毒品,表示臣服,我就放过他的后裔。可谁让姐夫如此狠毒,连子嗣的性命都不顾。这几个孩子目睹了他们的亲生父亲死在我的手上,羽翼丰满之后,一定会向我复仇。"

玛雅拼命摇头，脸上写满了恳求："不，不会的，我会告诉他们，不要复仇，我——"

她还没说完，岩罕就耸了耸肩，似乎有些无奈："三姐，我知道，你一直把几个孩子教育得很好，他们都很优秀，很出色，是你的骄傲，也是道达的骄傲，就连父亲活着的时候，也非常喜欢他们。"

玛雅听见岩罕这么说，心里却更加绝望。

她知道岩罕不是那种容易心软的人，果然，岩罕话锋一转，似是惋惜："我记得，父亲很喜欢看的一本书里，有一句话叫作'九世犹可以复仇乎？虽百世可也'，意思就是说，大丈夫应顶天立地，充满血性，对于血海深仇，别说过了九代子孙，就算过了百代子孙，也要报回来。"

玛雅脸色煞白，满脸都是泪水。

岩罕已经将意思表达得很清楚了。

杀父之仇，不共戴天。

虽然道达不是岩罕亲手所杀，但道达之死全赖岩罕布局，这份刻骨铭心的仇恨，自然会被道达的子孙牢牢地记在心里。如果他们不为父亲复仇，那就是十足的窝囊废，谁都瞧不起他们。可如果他们为父亲复仇，那就是岩罕的敌人，岩罕提前把潜在的敌人扼杀，又有什么不对？

即便如此，玛雅还想做最后的挣扎，她恳求道："不会的，岩罕，相信我，你是他们的舅舅……"

"舅舅？"岩罕似笑非笑。

只见他凑过去，靠近玛雅，小声说："爷爷的岳父和大舅子是怎么死的，三姐，你的外公和舅舅又是怎么死的，你不知道吗？"

然后，便见他抬高声音，问："人带过来了吗？"

"回 BOSS，人已带到。"

伴随着这声回禀，礼堂前方的一扇小门被打开，十余个西装革履的汉子，押着七八个花容失色的美女，以及三个孩子，走了进来。

玛雅望着这些人，眼中有些茫然："这是——"

岩罕意味深长地说："这些都是道达的情妇，那三个小的，则是道达的骨肉。"

霎时间，玛雅的脸色变得比刚才还白，整个人摇摇欲坠，快要支撑不住。

之前一直冷眼旁观，表情都没变半分的童素，此刻终于皱起了眉头——她虽然听不懂文南语，但眼前的一幕幕究竟代表着什么，她大概能够猜到。所以，她已经明白，接下来会发生什么事。

不得不说，无论岩罕还是玛雅，都令她作呕。

如果童素没记错的话，道达这些情妇、私生子的存在，玛雅早就清楚。一方面是童子邦告诉过她，另一方面则是，她不可能对丈夫的行踪不了解。但她都到这种时候了，居然还能装得像半点都不知情的样子。

这可是她的亲生子面临生命威胁，随时都可能被杀的时候啊！

作为一般的母亲，这种时候早就方寸大乱了，哪里还顾得上演戏？但玛雅就能装得像真的一样，这个女人真是可怕！

童素心肠如铁，思考问题全凭理性，这种场合甚至还能看破玛雅的伪装，童子邦却是个心善的人，顾不了那么多："岩罕，得饶人处且饶人吧！德隆在天有灵，也不会希望自己的外孙、外孙女落到如此下场，更不会愿意看见你对幼儿动手。"

说到这里，童子邦上前一步，劝道："我们可以把道达和玛雅的几个孩子全都送到国外，派人跟着他们，不让他们接触到军火、毒品，更别让他们回文南。当个富家翁，平平安安生活即可。还有那三个孩子，最大的也就四五岁，最小的那个还不会走路，都不是特别记事的年纪。你可以把他们送到全世界随便哪个孤儿院，或者让别人把他们领养了，也算是一份功德。"

这是童子邦发自肺腑的话语。

他虽然不乐意与岩罕这种豺狼打交道，但如果能救下孩子的时候，他却不出面，最终导致孩子死亡，他过不去内心这道坎。

玛雅知道这是自己一直的示好发挥了作用，童子邦在帮她说话，眼中也闪烁出希望的光，急忙道："对，岩罕，你可以把他们送去大洋国，送去欧洲，送到随便哪个地方。就算不让我和他们联系也可以，只要孩子能平平安安的就好！"

岩罕挑了挑眉，突然用英语问："老师和三姐都希望我放过道达的余孽，赫卡忒，你说呢？"

童素同样用流利的英文，冰冷地回击："你已经做了决定，何必多此一举？我只提醒你一句——过犹不及。"

岩罕闻言，低低地笑了起来。

童素真是自己的知音啊，因为从一开始，他就没打算放过道达这一脉所有的人——除了玛雅。

在这场惨烈的争夺战中，输者的子嗣乃至情妇，都不能留下性命，因为他们先天就有足够的立场为道达复仇。哪怕他们自己不想，也有无数野心家会打着他们的旗号，煽风点火，挑起事非。

所以，斩草除根乃古往今来的残酷斗争中，胜利者一贯的做法，也是用鲜血总结出来的教训。

这些道理，童素当然明白。

她不像童子邦，一看见妇女儿童，心就软了。她骨子里似乎流淌着童家的另一种血脉，那是德隆、岩罕乃至玛雅一脉相承的冷酷，或者说，极度理智。

胜者拥有一切，败者家毁人亡。

这种在外人看来无比残忍的事情，对童素而言，却是再正常不过的道理。所以，她在跟随专案组追查岩罕的时候，从没表现出害怕、软弱和退缩，哪怕在飞机上，被枪口顶着也一样。

特警们敬佩她的勇气，却不知道，她只是愿意为自己所做的每一个决定承担应有的代价，哪怕是她的性命。

但童素也清楚，能像她这样几乎将理智和感情分开的人屈指可数，绝大部分人的思考都会受到感情的影响，拥有一定的感情倾向，无法做到绝对理智。岩罕大庭广众之下处决道达一家，为的是杀鸡儆猴，这样固然能令所有人感到敬畏、恐惧，却更有可能起到一定的反效果。

如果道达的孩子已经二三十岁了，全都杀了，在场恐怕没有几个人会怜悯，毕竟都是见惯了生死的人，觉得杀人和杀鸡差不多。但要杀几个孩子，这就触犯到了很多人的底线，包括童素自己。

所以，她明明知道自己的三言两语起不到多少作用，却还是多说了一句"过犹不及"，希望能点醒岩罕，让他回心转意，放孩子们一条生路。

这般复杂的心态，就连童子邦都没有捕捉到，却落入了"公爵"和棕发男子的眼里，只见两人与站在童素身旁的 Demon 视线有一瞬的交会，又很快挪开。

此时，玛雅也明白了岩罕的用意。

这个看似柔弱的女人，突然说了一句："好，我懂，我都明白了！"

然后，就见她踩着高跟鞋，大步流星地走到那些女人面前，然后向岩罕的手下伸手，冷冷地说："枪给我！"

黑西装男当然不敢将枪给她，万一她反手就瞄准岩罕怎么办？

偏偏岩罕气定神闲，淡淡道："给她。"

黑西装男没办法，把枪递了过去。玛雅面无表情，"砰砰砰砰砰砰"，连开六枪。然后又伸手要了弹夹，换好后再度举起手枪。

整个礼堂里，只回响着连续的枪声。

又五声枪响过后，道达的情妇与孩子，包括那个不足半岁的男婴，已经全部毙命。

这一幕，令童子邦震惊到说不出话。

他做梦也没想到，玛雅竟然会这么做，她为什么要这么做？

如果童素能听到并懂岩罕对玛雅说的那一句"爷爷的岳父和大舅子是怎么死的，三姐，你的外公和舅舅又是怎么死的，你不知道吗？"，就能明白，这是岩罕在逼玛雅做出抉择。

纵观万象集团的发家史，姻亲是始终绕不开的一笔。无论是童天南的岳父，还是德隆的岳父，他们愿意嫁女儿的理由，一是因为童天南和德隆财雄势大，又是人中龙凤；二就是图谋这对父子的庞大产业，不仅要借助姻亲关系分一杯羹，更是欺童家人少，两代都是独苗，妄想取而代之。

正因为集团内部局势不稳，发现有人不希望看见自己后继有人，德隆才在生了岩罕这个儿子后，偷偷将其放到中国，由外公外婆抚养；后来又假冒是部下的孩子，送去大洋国培养。

但这场姻亲间的残酷厮杀，最终还是德隆取得了胜利。

杀死了自己的外公，杀死了自己的舅舅们，杀死了自己的岳父，杀死了自己的大舅子、小舅子……

这一路走来，德隆满手都是血腥。

而他的结发妻子，在父亲与丈夫之间，毫不犹豫地选择了丈夫。

德隆的发妻支持丈夫，与亲人为敌，是因为她的父亲从小对这个外国美女奴隶生的女儿不闻不问，异母的兄弟姐妹对这个出身低微的妹妹百般欺凌，她十五岁就被当作家庭联姻的工具嫁给德隆，随时有可能被丈夫杀死，却在丈夫那里得到了人生中仅有的温情与爱情。

岩罕特意这么讲，无疑是在敲打玛雅。说这句话之前，先把道达的情妇和私生子都拖出来，摆在玛雅面前，正是告诉玛雅，父亲对你的爱是真的，你丈夫对你的爱是假的，你要明白自己的立场，选择对你好的那一方。

玛雅听懂了，所以她选择向岩罕投诚，由她来做这个杀害道达情妇和孩子的恶人。

而她这么做，只是为了保住自己几个孩子的性命。

看见玛雅扔了手枪，行尸走肉般地回来，岩罕挥了挥手，对玛雅说："好吧，让几个孩子来见他们父亲最后一面。"

"最后一面"几个字，被他说得意味深长。

他话音刚落，就有雇佣兵押着玛雅的两儿一女，走到礼堂正前方。

这三个孩子中，最大的十六岁，最小的才三岁。

看见父亲倒在地上，身体逐渐变得冰冷，两个大一点的孩子眼眶已经红了，最小的那个还不懂事，也不知道害怕，仍在东张西望，脸上甚至挂着天真的笑容。这个孩子看见了岩罕，对这个长相陌生的叔叔很好奇，居然想凑上去。

他还没迈着小短腿走几步，就被哥哥姐姐拖住，只见道达的长子比鲁发出尖锐的声音，十分激动："不可以去！"

"哦？"岩罕似笑非笑，"三姐，外甥对我，好像有点敌意？"

玛雅脸色一白，不待她辩解，这位一向顺风顺水，被旁人追捧的少年就已经抬起头，眼眶通红，声音嘶哑："我绝不会忘记自己的杀父仇人是谁，也不会忘记，你逼着我妈妈杀人！"

"比鲁！"

玛雅吓得声音都在发抖，还没来得及冲上去，已经被两个壮汉制住。

只见岩罕微微一笑，轻描淡写地说："原来是头小狼崽，这可不行，狼崽子长大了，是会咬人的！"

伴随着他话音落下，"砰"的一声，枪声已经响起。

比鲁应声倒地，弥留之际，他下意识地伸出右手，想要碰触父亲已经冰冷的身体。

"哥哥——"

"砰——"

十二岁的女孩，同样倒下。

"不——"玛雅不知哪来的力气，居然冲破两个壮汉的钳制，扑到最小的那个孩子身上。

岩罕似乎觉得这一幕非常可笑，语气甚至十分轻快："三姐，难道你想用自己的身体，帮道达的儿子挡子弹吗？听我一句，你现在让开，还是万象集团的公主，我仍旧会给你最尊贵的待遇，毕竟，你是父亲最爱的女儿，不是吗？"

玛雅高喊："你不能杀他，他不是道达的儿子！"

"哦？"岩罕顿觉好笑，"你以为随便编个谎话，我就会信？再说了，他就算不是道达的儿子，也顶着这个名分，将来长大了……"

"你不能杀他！"玛雅声嘶力竭地喊道，"他的亲生父亲不是道达，而是国防部长索帕！"

与此同时，一架由中华人民共和国之州省湖滨市起飞的飞机，在文南国的军事机场秘密降落。

飞机上除机组人员外，一共二十三人。其中，二十人来自特种部队，由应龙带队，余下三人分别是傅立鼎、严明树，以及一直坐在机舱尾部，一个身穿黑色宽大夹克，戴着兜帽和黑色口罩，根本看不清长相的男子。

傅立鼎总是控制不住自己的目光，往对方那里看去。他记得，这架飞机本来要直达文南，中途却突然转了方向，去新加坡停了一个小时，就是为了接此人上飞机。

这个人究竟是谁？

没等他琢磨出来，飞机已经平稳降落，文南国负责迎接他们的人已经等在那里。

为首的男子有着文南国少见的高大身材，手腕很宽，指关节粗大，被军服包裹的肌肉非常流畅。

傅立鼎见状，自言自语了一句"练家子"，就听见一旁的严明树也小声嘀咕，"全身的力量都集中在腰部，爆发力惊人，格斗行家"。

两人说完，心有灵犀地对视了一眼，又不约而同地笑了。

应龙作为队长，礼貌地与此人握手。

对方虽然看上去非常严肃，不苟言笑，但见到他们，态度却非常不错，甚至还解释了一句："总统正在参加东盟首脑会议，三天后会与东盟各国元首一起，乘坐中国帮助东盟各国修建、刚刚落成的高铁，穿过五个国家，返回文南。这三天内，由我负责接待各位。"

应龙来之前做过功课，知道总统不在，由此人出面接待，算是超高规格了。

要知道，文南国马上就要面临总统换届选举，眼前这名男子则是下任总统所有候选人中，呼声最高的一位，也是如今文南国的实权人物之一、文南国的国防部长——索帕！

# 第四十二章　釜底抽薪

七辆墨绿色的军用越野车，停在空旷的机场。

傅立鼎和严明树都是识货的人，一眼就看出这些越野车正是"枭龙"——一款百分之百由中国自主研发，拥有完全知识产权的国产第三代高机动越野车。

"枭龙"可以适应各种复杂的路面，能爬45度的陡坡，能上550毫米高的台阶，跨越700毫米的壕沟，坦克能去的地方它都能去。性能公认已经超越了同级的"悍马"，可与世界上最好的越野汽车，即奔驰公司的"乌尼莫克"媲美。

身在异国他乡，看见对方政府高官乘坐的都是来自中国的"枭龙"越野车，这令来自中国的特警们有种难以言喻的自豪感。

应龙比其他人更清楚，文南国百分之八十以上的军备都是向中国购买的，"枭龙"越野车不过是其中的一种。另外还有各式军用物资，包括但不限于武器、弹药、医疗器械、燃料补给等。

此外文南国的信号基站、公路、桥梁等，多半也是中国工程队所建。

正因为如此，文南上至官员，下至百姓，普遍对中国人很友好。这次中国派精英小队来执行对童素的救援行动，文南国方面非常欢迎。因为如果想要救援童素，中国精英们就必须找到并深入万象集团的总部，而对一直苦于找不到万象集团老巢的文南国来说，这或许是能尽快赢得内战的一个最佳机会。

"枭龙"越野车载着他们穿过偏僻的郊区，进入文南国的首都武克里市。

武克里虽说是首都，却也没多少栋高楼，周围是低矮的平房，电线拉得密密麻麻，小广告贴得乱七八糟，还有许多响着刺耳"突突突"声音的摩托车。这些摩托车都被改装过，后面拖着一个双轮的、带篷子的车架子，看模样有点像民国时期的黄包车，大一点的车架子能容纳四五个人坐一起，小一点的只能两个人挤一挤。

文南国百姓显然对这种改装摩托车特别偏爱，不仅把它当作载客的交通工具，也有人直接把改装摩托车停放在路边，车架子上则摆好煤气、锅碗、原料和调料，再把几张凳子往地上一放，就成了一个流动摊点。等到收摊的时候，只要把凳子、煤气等往车架子里一堆，开着摩托车就这么"突突突"地回了家，方便得很。

路上的人个个晒得黝黑，个子偏小，穿着花花绿绿的衣服，让大家有一种回到了二十世纪八九十年代中国乡村的感觉。

沿途，众人看见一辆中巴在一个三层楼的建筑门口停下，然后就是一群大爷大妈陆续从车上下来，为首的男人戴着顶红帽子，扯着一面三角形的五星红旗，对着扩音器的话筒，用中文反复地喊："闪亮旅行社的游客请跟着我来，往这边走，我们先去酒店办理住宿，大家记得使用游乐宝支付房费，可以打九折——"

瞧见这一幕，傅立鼎颇为感慨。

他知道中国人喜欢到处旅游，几年前去日本出公差的时候，刚好赶上国庆节，银座人山人海，全都是中国旅游团，好多店家的广告牌都是中日双语，还打横幅说"国庆快乐"，让他恍惚自己到底身在何处，怎么日本人也过十一国庆节了。

打那之后他就觉得节假日出行真是件蠢事，哪怕去国外也一样。只是没想到在文南这个正在爆发内战的国家，也有中国游客来玩，而且还不少。

索帕的秘书颂猜从后视镜里看见他的表情，大概是出于交好的想法，便道："文南的繁荣是你们中国人带起来的，要不是中国人投资建厂，解决就业，发展旅游，文南国只会更穷。所以，文南国很多人都会说几句中文，都觉得中国游客是财神爷。"

严明树好奇地插嘴问道："那你们怎么看中国人呢？"

"中国人都是我们的好朋友！"颂猜回答，"中国从来没有打砸抢掠过我们，也没有干涉过我们国家的内政，碰到我们受灾、遇难，救援队和物资又总是第一个到的。而且很多中国人来文南投资办厂，拉动了当地的经济增长。你们可能觉得一个月八百、一千人民币的工资太低了，在中国境内根本找不到这种廉价劳动力。但对很多文南国的人来说，这已经是一笔不敢想的巨款了。"

文南国多山，多江，适合种植水稻和橡胶树。但由于国家小，科技水平差，水稻产量不高，橡胶提取的方式也很原始，卖也卖不了多少钱，发展其他支柱产业更是想都不要想。所以很长一段时间内，文南国的支柱都是色情产业，一个城市最繁荣也最豪华的地方，必定是酒吧夜店一条街——升龙省例外，那是毒品的王国。

不能出卖资源，就只能出卖身体，否则就活不下去。

也是最近这些年，陆陆续续来了很多中国商人，看重文南国的廉价劳动力，将厂子转移，又有中国商人看中了此地山清水秀，开拓旅游市场，才给了许多文南国年轻人另一种选择，让他们可以凭借自己的双手劳动，更有尊严地活着。

光凭这一点，文南国的人就会对中国充满好感。

尤其是青年一代，对中国都非常憧憬，很多人的梦想就是攒够钱去中国旅游，看看这个强大的邻居究竟是什么样子。

文南国的精英人士，以前争先恐后地学英语，现在则以会中文为荣。像来接机的索帕和颂猜，就都会中文。

车上的中国人顿时都涌现出一股强烈的民族自豪感。但这时，坐在车后座，被傅立鼎、严明树，以及三位特警围在正中心，牢牢保护的神秘男子突然开口提问："文南国经常停电？"

他的声音非常古怪，不像正常的人声，好似被机器处理过。

这样的风格，傅立鼎只在一个人身上见过，那就是黑客大神 NULL。

虽然应龙之前对傅立鼎说 NULL 在文南国等他们，而这名神秘男子却是在新加坡上的飞机，与应龙的说法不太能对得上，但直觉告诉傅立鼎，此人应该就是 NULL，尤其是刚刚说话后，傅立鼎更是对自己的判断深信不疑。

傅立鼎想不通的是，如果此人是 NULL，他们之前好歹也并肩作战过那么多次，为什么 NULL 却像陌生人一样，压根不搭理他呢？

不，准确地说，NULL 是谁都不理。

刚才那个问题，竟是 NULL 与他们会合后，开口说的第一句话！

应龙禁止所有人打听和这名神秘男子有关的任何信息，并交代，如果对方有什么吩咐，必须不惜一切地执行。若是他们此次的救援行动遇到危险，第一要务就是将神秘男子送到安全地带，哪怕为此付出生命！

正因为如此，傅立鼎才压下心中所有的疑问，迅速地扫了一眼车上坐着的其他人。

索帕与应龙因为有事情商谈，便上了他们前面的一辆车，单独交流。傅立鼎等人所在的这辆车上一共八名乘客，除了他们六个中国人外，司机和坐在副驾驶座上的秘书颂猜，才是文南国本地人。

NULL 的问题，显然只有这两个人能回答。

但傅立鼎也清楚，NULL 的风格比童素还要简单、明了，就像现在，这么没头没尾的一句，其他人只会觉得莫名其妙。

以前童素和 NULL 这两位顶级黑客交流的时候，通常是他们先说一堆大家都听不懂的话，然后由童素负责向专案组的成员讲解。现在童素不在，也只有傅立鼎能担任这个工作，所以，他立刻出声询问："您为什么突然这么问？"

对方将帽檐拉低，脸被遮挡得更严密，只见他低头望着手中的笔记本电脑，根据临时制作的图，低声道："这辆车一路开过来，路过了文南的三个区，一共经过七十三条人口稠密的街道，其中三十一条街道上的所有建筑都处于停电状态。"

在 NULL 说话的时候，傅立鼎注意到，NULL 的手上始终戴着一副薄如蝉翼，一看就是特制的手套，既不会影响到敲击键盘，也不会留下指纹。

不露脸，改变声音，戴面具防止唾液被收集，戴手套以免指纹被获取。

傅立鼎默默地将 NULL 的重要性再往上提了一个等级。

颂猜听见 NULL 这么说，脸上飞快地掠过一丝难堪，犹豫了一下，想到中国精英小队本来就是来协助他们的，才道："我们有个电厂被万象集团攻击了。"

傅立鼎心中一紧，就听见颂猜急急忙忙地解释："不是你们想的那种恐怖袭击，而是电厂的中枢控制系统瘫痪了，需要时间抢修。"

听见颂猜的回答，傅立鼎才松了一口气。

他刚刚还以为，万象集团的武装分子已经潜入武克里市，妄图占据电厂。现在知道只是发动黑客攻击，制造混乱，下意识地就觉得程度较轻，事态还在可控的范围之内。

这也不奇怪。

对大部分人来说，"智能中枢系统被人控制"的危害性，远远不如"大型建筑被炸弹摧毁"来得更直观、暴力、凶残。后者能令人倍加恐惧，因为它直接将事物一瞬间的破碎展现在人们面前，前者却是一个慢慢渗透的过程。

很多人甚至会想，不就是系统出问题了吗？杀个毒，重启一下就好，实在不行，重装系统就行了嘛！

这一车人，不，应该说，这整整七辆车，除了 NULL 之外的所有人，都是这样想的。

唯有 NULL，隐藏在兜帽之下的眉目十分冷峻，凝视着车窗外没有亮灯的街道，以及路上熙熙攘攘的人群，陷入深思。

文南国某地，会议室，晚上 8 点。

在索帕的示意下，颂猜向远道而来的中国特警们分享了他们所掌握的万象集团最新情报。

"这些年来，伴随着我们国家实力的日益增强，政府内部关于'剿灭万象集团，收回升龙省'的呼声越来越高。万象集团听到风声后，不但加强了对升龙省的控制，还开始不断扩充他们的人力与军备。光是去年一年，就至少有七百多辆装满物资的卡车，从安寨国进入升龙省。而今年开战之后，这个数字更是翻了五六倍。"

"我想知道，货车上装了什么？是枪支、弹药、炸药，还是医疗器械，又或者是药物、粮食？"

应龙的这个问题，才是重点所在。

七百多车粮食和七百多车枪支弹药,那可是截然不同的概念。

颂猜还没开口,索帕已经沉声回答:"不瞒各位,我们国家不管是基础设施还是网络,都远远没有达到'优秀'的标准。贵国能够通过无处不在的'天眼',迅速确定犯罪分子的下落,掌握他们的行踪。至于偷渡走私,在贵国严格的安检下,更是无处藏身。但我国的路面监控尚未普及,加上升龙省靠近安寨国,万象集团的老巢又藏在深山之中,交通隐秘,难以掌握。我们依靠人力才能勉强掌握到万象集团一部分的物资进出,至于具体到底有些什么东西,实在无法确定。"

他的这番话很诚恳,给出的理由也足够令人信服。但不管是应龙、傅立鼎还是严明树,都是办惯了案子的人,闻言立刻心领神会,明白索帕的情报应该不是正当渠道获得的,很可能是线人提供的。

这也不奇怪。

文南国政府和万象集团走到这一步,不在对方势力范围内安插几个间谍,收买几个线人,那才不正常。

但从情报的精准度来看,索帕的内线远远没有触及万象集团的核心,应该只是外围人员。

索帕也知道自己的解释瞒不过眼前的中国精英们,但很多事情就是这样,只要不明着说出来,大家就能装作不知道。所以,他立刻调转话锋,直指问题关键:"此番之所以急切邀请诸位前来,主要是因为一件事——我们怀疑,万象集团的实际控制人德隆在前段时日已经过世。"

他不清楚中国方面对万象集团的情报掌握多少,便详尽解释:"德隆膝下无子,他一旦死去,无论有没有定下继承人,万象集团内部都必定面临一场重大的分裂。对我们来说,这是一举剿灭万象集团,结束这场战争最好时机。"

应龙从夏正华那里知道,德隆等人逃跑时,夏正华曾瞄准对方乘坐的车辆打了一枪。只不过,夏正华只确定自己打中了车辆,不清楚有没有打到人。

但根据事后万象集团疯狂刺杀夏正华的举止,专案组判断,夏正华那一枪必定起到了极大的作用,德隆与岩罕父子很有可能被打死了一个,剩下的那个才会用这么极端的方式来复仇。

再联系刚才索帕的话,应龙对"德隆已死"这件事,已经信了七成。

出于谨慎的考虑,他询问道:"贵国能否确定德隆的死亡?"

索帕正要回答,手机突然响了。

只见他微微皱眉,拿出手机,准备把电话挂掉。

光是看他的神色，在场的人就毫不怀疑，除非这通电话是总统打来的，否则在这个时候打扰到索帕，事后一定会被他骂得狗血淋头。

但索帕才看手机一眼，脸色就微微地变了，短暂犹豫了一瞬后，他站了起来，略带歉意地了躬一下身："抱歉，我失陪一下。"

说罢就拿着手机，匆匆出去了。

颂猜没想到索帕竟会中途离场，为避免气氛尴尬，也怕应龙等人有什么意见，他连忙解释了一句："大概是总统阁下打来的，或者又收到什么重要情报。"

然后，他马上说起正事："各位有所不知，我们文南国对葬礼看得很重，就算是再贫穷的家庭，一旦有亲人过世，就算倾家荡产，也要凑钱请僧人念经。大家认为，只有这样，亲人才能安然往生。越是大户人家，就越要请高僧，做盛大的水陆道场。大概约两个月前开始，我国及周边几个国家的知名高僧，全被万象集团以各种手段'请'到了升龙省，现在都没回来。经初步统计，被'请'去的高僧足足有八十一人之多。显而易见，他们至少要去做七七四十九天的道场。在古代，这是国王过世时才有的规格。自从我们的第一任总统武克里先生留下遗言，说他自己的葬仪从简后，整个文南国内就没有人会摆这么大的场面，因为没人认为自己的功绩能胜过武克里先生。现如今，放眼文南国上下，也只有一直试图分裂国土，想要自立为王的万象集团敢这么嚣张。"

应龙反问："据我们了解到的情况，岩罕是德隆的独子，如果死的人是岩罕，德隆会不会给儿子做这么大的水陆道场？"

颂猜先是惊了一下，然后肃然起敬，没想到中国政府竟然掌握了他们都不了解的重要情报。为此他更加不敢怠慢，忙道："不会，因为岩罕还没有成家。在我们国家，没成家的人根本就不算一个完整而正常的人，就连死都不配进祖坟。如果死的人是岩罕，万象集团不会搞这么大的排场，这反而会折了他来世的福报。"

应龙点了点头，知道这样一来，德隆的死基本上就确定了。

德隆一死，岩罕和道达必定斗得不可开交，万象集团对内对外的守备都会松懈，不管是潜入救援人质还是顺水推舟对高管们实施"斩首"，都是一个千载难逢的良机。

就在这时，索帕推开门，回到会议室。

他似乎有些心神不宁，却再次向众人致歉："中途离场，实在对不住。"

应龙立刻道："部长不必放在心上，您公务繁忙，能抽空与我们商谈，已经令我们不胜荣幸。"

索帕坐回位置上，似乎已经缓了过来，颂猜快步靠近，汇报了一下刚才的对话。索帕听完后，点了点头，便道："既然大家都已经确定德隆的死，那么，我们现在就来商讨如何执行'救援计划'。"

当然，对中国的精英小队们来说，这是救援。但对文南国军队来说，一旦探明万象集团总部的所在，就将展开雷霆打击。

"问题的关键，就在于万象集团的总部究竟在哪儿——"

"等等。"

一直沉默不语的 NULL，突然发声，打断了索帕的长篇大论。

应龙对 NULL 非常尊敬，一看 NULL 似乎有异议，立刻对索帕说："抱歉，我想先听听 N 先生的意见。"

索帕一开始压根没把 NULL 这个所谓的"特别顾问"放在眼里。

他一眼就看出来中国的精英小队中，二十三人里面只有 NULL 不是经过千锤百炼的军人。而索帕是军人出身，对同行极有好感，对所谓的专家顾问，虽然谈不上不屑，但总归不够重视。尤其是 NULL 之前一直不说话，毫无存在感，就更不会引起索帕的关注。

现在看到应龙的态度，索帕便意识到自己的判断错了，这个神秘的"N 先生"，才是这支队伍的核心。

NULL 低声道："我刚才查了一下，武克里市一共有两个大型水厂、三个大型电厂。但最大的水厂和电厂从昨天开始，都因为黑客的攻击，系统陷入瘫痪，导致这两个工厂无法正常运作。"

索帕脸色微变。

这种一旦传出去，必定会造成百姓恐慌的消息，政府瞒得严严实实，这家伙是从哪里知道的？

虽然心中震惊，但索帕却没有否认，一是因为这本就是事实，二则因为，对此他也有一套自己的见解。

只见索帕点了点头，回答道："不错，我们能够确定，这是来自万象集团的黑客攻击。但经过参谋部的分析，我们认为，这恰恰证明了万象集团此时的虚弱。"

说到这里，他缓缓站了起来，在房中左右踱步。这是他思考的习惯，也代表他的注意力十分集中："我与万象集团打了很多年的交道，已经是老对手了，很清楚他们的行事作风。他们就像草原上的猎豹，越是受伤，就越要展现自己凶猛的一面，用来震慑敌人，让对方不敢靠近，以度过这段虚弱期。"

这是大型猛兽的生存法则。

草原上的猎杀者都有最为敏锐的嗅觉，独来独往的狮子、猎豹固然是食物链顶级的存在，但只要它们一受伤，那些闻着血腥味过来的豺狼、鬣狗们就会涌上来，想要将昔日的王者分食。

正因为如此，猎豹才必须在受伤的时候，竭力展现出自己强大不可战胜的一面，逼退这些虎视眈眈的敌人。

万象集团也是如此。

盯着万象集团这份庞大家业的人犹如过江之鲫，他们寻找着每一个机会，希望能撕开万象集团的防御，哪怕只是撕出一个缝隙，都会有无数人蜂拥而上，想要将万象集团瓜分殆尽。为了应对这种情况，万象集团越是虚弱的时候，行事就越是凶猛，平常有可能放过的敌人，这时候如果撞枪口上，一定死得很惨，被用来杀鸡儆猴。

但文南国政府却不是轻易就能猎杀的对象，如果说万象集团是猎豹，那么文南国政府就是雄狮。

猎豹的速度无与伦比，狮子的力量令人畏惧。

这两种顶级猎食者，哪怕在全盛时期也能斗个旗鼓相当，若是哪一方虚弱，另一方几乎就是必胜之局。为了不在这种时候发生剧烈冲突，导致这场争斗一败涂地，万象集团必须想方设法拖住文南国政府，让它暂时不对万象集团展开全面进攻。

对水厂和电厂动手，不过是万象集团对文南国政府的威胁罢了。

"作为政府，我们必须要顾虑到国民的安危，万象集团也抓住了我们的软肋。他们今天可以让我们最大的水厂、电厂系统瘫痪，让首都百姓的生活一团糟，明天就能攻击移动基站，让百姓们的手机收不到信号，没办法上网。真把他们逼急了，他们甚至能派人到首都制造恐怖袭击。而这一切，都不是我们想看到的。"

断网的威胁，竟然比停水停电还可怕。

这听上去简直匪夷所思，却无比真实。

现在的大部分人都是如此，可以容忍短期内的没水没电，生活不便，却不能接受自己长达几天不能用手机上网。

网络对百姓来说，已经成了不可或缺的一部分。

索帕的言辞很打动人，但严明树却悄悄对傅立鼎说："我听说，文南国再过两个月就要举行总统大选。本来按照战时的规矩，应该是大选取消，现任总统直接连任，以应对日益激烈的战争。但现任的文南国总统偏向鸽派，军方却是十足的鹰派，还有其他派系的人搅浑水，大选估计会正常举行。现在又闹这么一出，我觉得现任总统下台，无法连任的概率很大。"

傅立鼎也有同感。

此时的万象集团也很虚弱，需要集中精力在内部事务的处理上，所以在外部，他们不能让文南国政府给他们施加更多的压力，必须不断制造事端，让文南国政府也无暇顾及战事。

所以，万象集团才会对武克里市的水厂和电厂动手，目的是让老百姓的生活不便，对政府产生不满，引发混乱，从而分散政府的注意力，减轻在军事上对升龙省的进攻压力。

这也正合了索帕的意。

老百姓对万象集团越恨，就越希望政府军尽快将万象集团击败，恢复和平。作为军事总指挥，只要能在近期赢得战争，自己的威望必定水涨船高，总统大选就更有把握了。

放眼整个文南国，似乎没有比索帕更想让万象集团覆灭的人了。

既然如此，万象集团最不可能收买的人就是索帕。所以，这才是总统不在文南国，就让索帕临时掌控权力的原因。

在政治层面，总统和索帕是竞争对手；但在万象集团这件事上，只有索帕，才能让总统放心，而政府内部的其他人，都未必可信。

这或许就是文南国政局的复杂之处了。

傅立鼎还在琢磨这些事，就听见NULL说："我要纠正三点。"

"第一，你们低估了水厂、电厂系统被黑客攻击瘫痪的影响。我刚才看了一下，你们大型电厂的信息安全防范十分严格，系统是大洋国一家世界顶尖级的信息安全公司负责做的，本身就是一个极其封闭的内部网络，根本不对外公开。哪怕是岩罕，在没有预先就知道漏洞的情况下，想要渗透这种等级的网络，也必须用水磨工夫，至少花费大半年的时间。这个过程的第一步，就是从相关工作人员的家用电脑、手机、移动硬盘等设施开始，只要有任意一台设备从外界被带去了电厂，岩罕就能通过该设备潜入内网，进行渗透。"

索帕立刻意识到了事情的严重性。

整个文南国，比水厂、电厂还安全的系统，就只有军队的内部网络。其他诸如政府的网络等，都没有达到这种安全规格。

如果按照这位N先生的说法，岂非除了军队以外，文南国其他的系统对岩罕来说都是透明的？那和对万象集团公然开放有什么区别？就算是军队也未必能放心，因为岩罕能控制水厂、电厂工作人员的设备，也能控制军人的设备！

这简直比间谍还难排查！

NULL却没理会索帕凝重的脸色，直截了当地说："第二，岩罕既然已经控制了这些地方，那么该处的结构图，他一定了然于胸。一旦他想要摧毁这些重要设施，自然而然地能用最少的炸弹，达到最想要的效果。"

应龙刚想对NULL说出自己的看法，认为万象集团不会摧毁水厂、电厂，因为岩罕得考虑到，如果万象集团赢得了战争，他们自己还需要通过这些大型基础设施来保证武克里市的正常运转。

但不等他开口，NULL已经加重了语气："岩罕是个疯子，他的思考方式和正常人不一样。武克里市是文南国政府定下的首都，岩罕未必认同。难道你们以为，一旦他夺取了政权，还会延续将武克里市当作政治中心的传统吗？"

应龙心里咯噔一下，他居然没想到这一点！

没错，万象集团在武克里市根基薄弱，就算打赢内战，对武克里市的控制力也绝不如升龙省，岩罕一旦胜利，确实有可能"迁都"。

升龙省本来就是万象集团的大本营，在那里，万象集团不仅有群众根基，还有自己的水电站，改作政治中心也未尝不可。

中国历史上不就有这样的事情吗？李唐的根基在长安，所以武则天篡唐为周后，长期滞留在东都洛阳。等唐玄宗一夺回江山，他又将政治中心迁回了长安。

这一来一去，正因为长安是李唐皇室的基本盘，洛阳却是武则天苦心经营多年的自留地！任何一个执政者都不会放任自己长久地待在反对方势力强大的地盘上，哪怕对方已经是自己的手下败将！

这么说来，通过摧毁武克里市的水厂和电厂，让文南国的首都陷入混乱，令百姓民怨沸腾，这种事情，岩罕绝对干得出来！

"第三，"NULL停顿了一下，才缓缓道，"就目前的局势来看，主动权还在文南国政府这边，而岩罕是一个控制欲极强，喜欢将主动权牢牢握在手里的人，他绝不会容许这种情况持续太久。我想，他很快就会有所动作。"

NULL虽没明说，但应龙不是傻瓜，马上就懂了。

万象集团不是铁板一块，文南国政府就是吗？为了即将到来的总统大选，文南国的几个党派已经争得面红脖子粗。那些总统候选人，都对升龙省的局势无比关注，难道真是为了彻底收回主权？还不是想在这上面做文章，加重自己的竞选分量？

这些总统候选人中，既然有索帕这种坚决打击万象集团的主战派，那就肯定有向万象集团妥协谈和的主和派。

为了当上总统，这些人难道就不会和岩罕合作？

应龙刚想到这里，房间里的灯突然全部灭了！

特警们下意识地冲到 NULL 身边，将 NULL 重重保护起来，并拔出了手中的枪，警戒地看着四周。

颂猜被这个突如其来的变故吓得脚都有些软，却还是强撑着把门打开一条缝，看了看走廊，又看了看外头，才小声说："停电了。"

很快，政府部门的雇员就在会议室点起了蜡烛。不难发现，索帕的脸色变得非常难看。

众人都以为索帕是脸上挂不住——这可是政府部门大楼，居然会突然停电，而且刚好还是在与中国军人一起进行战前分析的时候，实在太打脸了。

可他们不知道，此刻的索帕，心中一直回响着刚才那通令他至今还心悸不已的电话，耳边似乎还萦绕着岩罕恶魔般的低语：

"第一天，全城断电；第二天，全城停水；第三天，全城断网，就连 3G（第三代移动网络技术）网络都上不去。这样的日子，会持续整整七天。如果这个时候，你，索帕部长，能够解决这场危机，那你就会变成所有人心目中的英雄，当之无愧的下任总统。你不愿意也没关系，七天之后，一定会有一个人站出来，成为万众瞩目的英雄。那个人将获得一切，名望、权力、地位、荣耀，应有尽有。其他人在他的光芒下，只会暗淡如同尘埃，落得一无所有。"

# 第四十三章 骚乱开始

突如其来的全城停电，让文南国的首都武克里市陷入混乱之中。

虽然在此之前，武克里市已经有一所大型电厂因为黑客攻击，导致中枢系统瘫痪，整个工厂陷入停摆状态。但其余两个大型电厂每日生产的电量仍够供百姓生活，只是必须让每个区域轮流停电几个小时，尚在百姓的接受范围内。政府对外给出的理由是电路维修，文南国的百姓也就信了。

但现在，整座城市陷入黑暗，迟迟无法恢复光明，百姓们顿时急了。

不到半个小时，市政热线就已经被愤怒的百姓们打爆，负责接电话的工作人员们忙得不可开交，这边电话挂了，立刻接听另一个新的抱怨，连水都顾不上喝一口，也只能保证不到百分之一的投诉电话被接通。

一开始，百姓还能忍着怒气，想听解释，但市政热线的工作人员们其实也不知道发生了什么，更不知道究竟什么时候才能来电。干巴巴的"请少安毋躁，很快就会来电"之类的敷衍话语很快就不管用了。到后来，每个电话一接通，基本上都是特意打过来骂他们，以宣泄怒火的。

短短十分钟，就有三个负责接电话的女性工作人员被骂得跑去厕所哭。

与此同时，市政热线的网页也被突如其来涌入的庞大流量弄得接近半瘫痪，页面都刷不出来，线上客服和市政热线的邮箱都被海量的消息淹没。哪怕只是将这些投诉看完，并不回复，都需要至少七个工作日。

距离市政府近的百姓们，更是不满足于电话和线上发泄，很多人纷纷走出家门，在大街上聚集，怒气冲冲地"杀"到了市政府门口的大街上，开始大声喧哗，让负责人出来，给他们一个解释。

临时从家里赶去市政府的领导们面对这种情况也非常焦急，他们压根没收到断电的通知，突然来这么一出，心中紧张，不知道究竟出了什么事，只能拼命请示上级：这件事我们到底该怎么处理？该怎么给愤怒的百姓一个足够安抚他们的"解释"？电力到底什么时候能恢复？

相关的请示被一层层上报，最后报到了正在参加东盟首脑会议的文南国总统那里，总统立刻打电话给索帕,询问详细情况。

索帕告诉总统,武克里市剩下的两家大型电厂被万象集团的黑客攻击,短期内无法恢复正常生产。而中国的特邀专家判断,万象集团早已获取了这三家电厂智能系统的控制权,只是不知道他们为什么选在今天发动。

更关键的地方在于,电厂是一个封闭的地方,想要控制电厂,就必须控制员工的移动设备。

所以,在这三家电厂工作的所有员工,乃至有机会前往电厂,哪怕只是待了十分钟的人,全都有可能被万象集团利用,替对方办事,哪怕这个过程,他们自己都未必知情。

汇报完这一情况后,索帕斩钉截铁地说:"总统阁下,我认为,现在的当务之急并不是恢复供电,而是请中国来的网络安全专家对我国政府和军方相关人员的移动设备进行逐一排查,一旦发现某人的设备有问题,无论是什么身份,先将人和设备统统隔离起来,防止更糟糕的事情发生。"

总统深以为然。

万象集团强大的黑客技术令他十分震惊,甚至有点不寒而栗。

对方能无声无息地控制电厂工作人员的移动设备,那政府官员,甚至军方将领的移动设备呢?是不是也已经为万象集团所掌握?

这才是总统和索帕最担心的地方。

断水断电一两天不可怕,毕竟,政府大楼、医院等核心基础设施内,基本上都装有大型柴油发电机,可以顶十天半个月。军方就更不用说,军事基地附近就设有专用的电厂。只要这些部门还在正常运转,武克里市就算发生动乱,也不至于失去最后的秩序,尚且在政府可控的范围之内。

但如果军事系统被万象集团的黑客入侵成功,对武克里市,甚至对整个文南国来说,便是真正的灭顶之灾了。

所以总统立刻交代索帕:"务必请中国的专家们多留几天,先解决目前的危机!这样也有利于我们配合他们,展开对人质的救援。"

得到总统的授权后,索帕当即以国防部长的名义,召集军方的高级将领!

他要将这些将领聚集起来,然后派兵秘密封锁军事专用区!这样一来,军方的人一个都跑不掉,可以逐一清查谁的设备被万象集团控制,谁又有通敌的嫌疑!

等他完全将军方将领控制在手里后,再去彻查政府的官员和工作人员。

索帕之所以这样做,一是因为军队是重中之重,千万不能出事,只要军队还在手里，他们就不怕城市发生骚乱，更不怕万象集团的挑衅；二是，军方相对来说比较封闭，就算有了动静，也不至于打草惊蛇。

如果一开始就直接对政府部门上上下下大动干戈，只怕这边刚有动静，那边万象集团立刻就收到消息，让事情朝更糟糕的情况演变！

应龙站在窗前，看着外头黑漆漆的一片，不由眉头紧锁。

大楼的停电只持续了大概十五分钟，就因为柴油发动机的启用恢复了正常供电，但应龙却预感到了即将来临的狂风暴雨。

"我们应该离开。"漫长的沉默后，应龙突然开口，"我们的首要目标是对童素小姐进行营救，但不应卷进他们内部盘根错节的政局中去。"

他比在场的任何一个人都要了解文南国政坛是多么复杂，各派系之间尔虞我诈，不少高官收了万象集团的巨额好处，拼命为其说好话，甚至通风报信。不仅如此，某些党派背后还有几个国家的身影若隐若现，始终在煽风点火。

这也是文南国以一国之力，却迟迟奈何不了一个万象集团的原因。

应龙只要稍微带入一下索帕的身份和立场，就十分担心对方会借助这个机会展开政治清洗，以排除异己。

所以，他快步走到 NULL 身边，诚恳地说："虽然我们很愿意帮助文南国政府彻底歼灭万象集团，也为受到这个邪恶组织残害的同胞讨回公道。但我们不能卷入文南国政府的内斗之中，这与我们的初衷相悖，情况或许会变得十分复杂而危险。希望您能听从我的建议，立刻回国。"

"不行。"NULL 的态度非常坚决。

应龙顿时有些急了，他使了个眼色，示意所有人都退到另一个房间。

看见其他人都离开了，应龙这才压低声音，急急地说："您的身上肩负着国家信息安全的重担，而您的名字 NULL 已经上了大洋国联邦调查局、英国军情处等机构的绝密名单。您开在湖滨市的那家名为 'π' 的诱饵公司才创办半年不到，办公场地周围就已经混进了二十余批探察情况的人。在国内，那些被境外势力收买，为他们干活的人，自然逃不过我们的眼睛。但这里是文南国，我们势单力孤。一旦您在这里的消息泄露，各方势力一定会蜂拥而至，我们就算拼了命也未必能保证您的绝对安全。"

说到这里，应龙只觉自己肩头上的担子沉甸甸的。

其他人不清楚，但应龙却知道，眼前这名沉默的黑衣男子在安全部门的档案中，保密等级被归类到"A＋"级别。此人凭借超高的黑客技术，粉碎了许多境外势力对中国的阴谋，一直牢牢地捍卫着国家的信息安全。

但在两三年前，这名男子突然离开了国家安全部门，有人说他想要单飞，可私底下却也有一种传言说，他已经不在中国，而是去国外执行一项更为秘密的任务，追查一个隐藏在黑暗中极其神秘的组织。

应龙不知道传言的真假，也不去打听。

他只知道，约莫大半年前，NULL 突然又出现在国家安全部门，也不知道与最高负责人谈了什么。负责人很快就下令，让国家安全部门收编的一位黑客方小勇带着相关团队，跟随 NULL 去湖滨市创办一家信息安全公司；并令应龙负责与之州省安全厅沟通，国家安全部门直接派人在这家公司附近布控，一旦发现可疑人物，必须查得一清二楚，如果发现对方被境外敌对势力收买，当即逮捕。

一切准备就绪后，NULL 就找了一个合适的时机，让自己出现在世人面前，即 7 月 17 日，湖滨市智慧交通系统被袭案。

在应龙看来，"7·17 案"虽然是 NULL 扬名黑客界的开始，但那只是一个巧合。NULL 想要引蛇出洞，需要一个契机，刚好挑中了这个机会罢了。就算没有那次的恐怖袭击，NULL 也会用别的方式惊动黑客界，打响名号。

可应龙万万没想到，NULL 竟会一直分心出来帮助"7·17 专案组"，此刻更是以身涉险，来到文南！

面对应龙不理解的目光，NULL 拉了拉兜帽的边沿，将面容遮挡得更严，谁都无法窥探到他此刻的神情。

就像即将喷发的火山，平静之下潜藏着汹涌的怒火，很快会把一切吞没。

知道童素去了文南的第一时间，他就立刻向国家安全部门高层担保，童素绝不会叛国，必定是被人绑架了。

NULL 恨不得立刻飞去文南国，将童素救出来。但他知道这不现实。所以，他一边向国家安全部门请求，希望能派人营救童素；一边去了新加坡，因为他发现，万象集团转移太平洋银行的资产时，其中一个重要的中转站就在新加坡。

他希望能从这条线索着手，查到一些东西，而他也有所收获。

正当他打算继续追踪的时候，昨天晚上，却突然收到童素的邮件——那是童素离开家之前给他写的一封信，却将时间设置到七天后才发送。

昨天，恰好是童素离开的第七天。

童素在那封信里告诉 NULL，她必须去文南，哪怕这一去生死未卜，也非去不可。

因为她的父亲在那里。

而她的父亲，竟是NULL一直奉为偶像的传奇黑客——"铜棒"！

这个消息，令NULL十分震惊。

但他很快就被童素信中的绝望所感染——童素很明确地告诉了NULL，她这次去文南，就没打算活着回来。

如果"铜棒"是被万象集团绑架的，她拼了性命也要将"铜棒"救出来；如果"铜棒"加入了万象集团，成为毒贩，她更要去做个了结。

这令NULL心急如焚。

不管是哪种结果，童素已经到了万象集团的地盘，一旦有什么动作，只怕就是死无全尸的结果。

但越是这种时候，NULL就越冷静。

他明白，岩罕既然用"铜棒"来威胁童素，逼她去文南国，就证明岩罕一定有用得着这对父女的地方。随着文南国战事愈发激烈，NULL很快就猜到，凭岩罕的本领，或许还不足以带领黑客团队攻破文南国的军事系统，对方必须用到童素和铜棒，三位顶尖黑客联手，方能达成目标！

正因为如此，NULL才答应索帕，愿意帮忙筛查文南国所有政府和军方工作人员的移动设备。

但这些话，NULL并没有对应龙明说，只是淡淡道："童素的本领，你我都知道。除非她答应协助岩罕，否则岩罕绝不会让她碰任何电子设备。"

应龙会意："您的意思是，童小姐会假装妥协，加入万象集团，实际上利用这个机会传递消息出来？"

这也不是不可能，但应龙还是有点犹豫："您能确保童小姐对国家的忠诚吗？"

"当然可以。"NULL斩钉截铁地说，"这一点根本就不需要质疑。"

他和童素之间，本来就有一种超乎寻常的默契。

所以童素离开之前，才会单独给他发一封邮件，因为童素知道，只有他才会在既清楚"铜棒"和童素的父女关系，又在知道"铜棒"身处万象集团后，还会无条件地信任她。

也只有他，才会在她深入虎穴后，一定会想方设法去营救。

应龙欲言又止，没等他再说什么，敲门声已经响起。开门后发现，是索帕的助理颂猜："应先生，N先生，部长有请。"

正当武克里市陷入黑暗与焦躁之际，升龙省的万象集团总部，却一扫前段时间的不安，气氛终于稳定了下来。

道达的死，固然令很多人心惊胆战，兔死狐悲，而对道达心腹们的大清洗，更是充满了血腥。

万象集团的作风一向都是斩草除根。只要杀了一个人，就必须将他所有亲近的人全部杀死，一个都不能放过。

礼堂死的数十人，不过是一个前奏。随之而来的，则是几十个家庭的末日。

但讽刺的是，恰恰因为他这一脉被岩罕残忍地诛杀干净，反而让所有人都不再浮躁。因为他们再也不用在两位继承人之间摇摆，只需要拼命讨好岩罕，想着如何加深自己在他心中的好印象即可。

万象集团总部"堡垒"。

童素一打开门，就看见郑方站在门口，身后则是畏畏缩缩的童霞，不由眉头紧锁："岩罕这是什么意思？"

郑方淡淡道："听说您的房间里缺个打扫卫生的女佣，BOSS特意让我将她送来。以免她继续留在夜场，丢了您的脸。"

童素怒极反笑："让我的堂姐当女佣，就不丢人了？"

她话音刚落，郑方还没说什么，童霞先"扑通"一声跪下，声音之响，让童素都觉得膝盖很疼。

"求求你，让我留下来吧！外面，外面——"只见童霞脸色苍白，瞳孔放大，显然是想到了什么极其可怕的事情，话都说不出来了。

童素马上反应过来："你们在她面前杀人了？"

郑方显然不觉得这有什么不对，平静道："例行公事罢了。"

道达有几个心腹的儿女，之前正在"夜色"酒吧寻欢作乐，恰好撞上带队负责清扫"夜色"的郑方，后者就直接在酒吧处决了这些人。

童素沉默了。

她真心不想看见童霞，但清楚这个堂姐自从踏入"堡垒"的那一刻起，就只有两个结局，要么被自己收留，要么就直接下地狱。

如果说万象集团的总部外围，除了杀人不眨眼的毒枭和雇佣兵外，还有很多无辜的人，比如毒贩们的家属，又或者被卖到这里来的妓女、劳工等，那"堡垒"内部就全都是这个组织最核心的成员，除了高级干部，就是德隆、岩罕等人的心腹，很多雇佣兵都没资格进来。就连打扫卫生的清洁人员，至少都要家里三代为万象集团效力，才能入选。

童霞一个外人，进入"堡垒"，要是不被接纳，就只有死路一条。

到底是自己的堂姐，童素也没冷血到眼睁睁地看着对方去死。只好点了点头，答应收留童霞，顺便又想到自己的另一个堂姐，便问："玛雅呢？岩罕打算怎么对付她？"

"玛雅小姐因为丧子之痛，精神不大稳定。"郑方回答，"BOSS已经联系了大洋国加州最好的疗养院，不日就将玛雅小姐送去治疗。"

童素闻言，不由得冷笑："把亲姐姐送去精神病院，他还真是'仁慈'。"

加州的某几家顶尖疗养院，童素虽然没见过，但在逛暗网的时候，也曾了解到：那是一个风景优美，设施豪华，工作人员温柔可亲，看似是人间天堂，实际上却与地狱无异的地方。

在那里，只要你的亲人付得起足够的钱，你就能享受帝王般的待遇，想要什么都能弄到，除了自由。但同样，若是有人一直给你付医疗费，哪怕你没病，疗养院也会继续让你住下来，为你"贴心医治"，直到你死去，或者从你身上再也榨不到一分钱的那一天。

岩罕把玛雅送到那里，就是要关玛雅一辈子了。

把亲姐姐送去这么可怕的地方，外人还要赞他一声有情有义。毕竟，并不是所有人都舍得为一个精神上出了问题，而且憎恨着自己的疯子姐姐每年支出上百万美元的医疗费用，将她送去这种顶级疗养院的。

对于童素的嘲讽，郑方一言不发。

在郑方看来，玛雅能留下一条性命，已经比其他那些死掉的人幸运很多了。所以，他没理会童素的不悦，把童霞扔下后，转身就走。

童素看了童霞一眼，指了一间离自己最远的客房："你就住那里，别进我和我爸的房间。"

童霞唯唯诺诺地应了。

看见这位堂姐缩着肩，弓着腰，小心谨慎地离开，再想想自己的另一个堂姐，童素从怀里取出白天玛雅给她的那张纸条，又再看了一遍。

"计划有变"。

爸爸只看了一眼，就已经了然，连纸条都没拿，只说葬礼结束后，他有点事要办，让童素先回去，一直还没来得及解释这件事。

到现在，童子邦仍然没回来。

究竟是什么计划，又有怎样的变故？爸爸又在做什么呢？

这些疑问压在童素心里，令她忍不住思索，自己是不是该找机会见玛雅一面。

凌晨两点，夜深人静。

这一天实在太过惊险刺激，跌宕起伏，童素虽然在白天的葬礼上表现得异常冷静，看见满地血泊仍旧面不改色，但到了晚上，她却辗转反侧，怎么都睡不着，只要闭上眼睛，脑海中就会浮现出礼堂里那一幕幕残酷的画面。

枪声响起时不自觉的战栗和心跳加速，她本以为是出于恐惧，现在回想起来，才发现，竟是源于刺激。

"我是不是有哪里不正常？"童素扪心自问，"一般人碰到这种事，只怕腿都能吓软，恨不得这是一场噩梦，再也不要想起来，为什么我却一直在回想？葬礼上发生的所有事情，包括一些白天我没注意到，却被潜意识捕捉的微小细节，现在记起来，竟然清晰得就像在面前放电影一样，纤毫毕现？"

生死一线的危机，竟让她感觉到前所未有的刺激，那一瞬大脑的高速运转，腺上腺素的不断分泌，令她无法入眠。

这种感觉，似乎以前也有过。

童素突然想起了自己初次入侵大洋国太空总署系统时，那种紧张和兴奋交织的感觉，她以为自己已经忘了。此刻却发现，她从没有一刻淡忘过那种随时可能粉身碎骨、万劫不复的快感，就像吸毒一样，会让人上瘾。

"原来是这样。"

犹如醍醐灌顶一般，童素突然明白，她一直以来都不够正常。

这份"不正常"不是基于才能，而是基于性格。

天生的高智商，加上后天的遭遇坎坷，令她的精神和认知都出现了一定的扭曲。从设计大伯一家入狱后，这种倾向就越来越明显。

平凡的生活，无法给她带来任何的快乐，她看似融入了人群，有了正常的工作，甚至有了一帮合作伙伴，实际上却一直用一种旁观者的角度，冷漠地对待所有人。

只有游走于生死边缘，身边遍布危险与荆棘，才能令她真正攫取到快感。

也只有势均力敌的对手，好比 NULL 和岩罕，才能真正让她另眼相看，将对方当成一个真正的"人"！

这都是高功能反社会人格的典型特征！

哪怕她自己都没有发现，但潜意识里，她已经注意到了这一点。

蝙蝠侠的故事只是一个契机，令她找到了合适的、足以说服自己的借口，从而停止了入侵各国核心机构，以猎取快感的危险举动。努力让自己变得"合群"一些，看上去像个正常人。

她给自己设了一个笼子，将心中蠢蠢欲动的野兽关了起来。

久而久之，她甚至也以为自己只是个性格稍微骄傲、自负、张扬一点的普通人了。

这样的她，真的适合再回到平静的生活吗？

就在童素陷入危险思考的时候，突然听见了轻微的门把手转动的声音。

她下意识地将手摸到枕头底下，握紧了自己藏在那儿的水果刀——这是她十二岁时养成的习惯，枕头下必须垫着利器才能睡着，否则就会觉得不安。

但很快，她就听见了熟悉的声音："素素，是爸爸。"

不等童素反应，童子邦又道："别说话，立刻穿好衣服，跟着爸爸走。"

然后童子邦就背过身，不看房间里的童素，只是警惕地守在门口，注意着走廊的动静。

由于童子邦体内植入了生物芯片，又被关在"堡垒"内部，所以不管德隆还是岩罕都不怕他跑远，因此童子邦居住的别墅里，监视力度并不大，只有四个雇佣兵两班倒。而且这四个雇佣兵主要是负责出行方面，童子邦在屋外转悠不要紧，一旦要离开"堡垒"，则必须和这些雇佣兵说，他们再向上级汇报，得到许可之后，才会"保护"童子邦前往目的地。

童子邦想不惊动岩罕，却又离开住处，最大的困难反而是体内的生物芯片。但他这几年也没放弃对芯片的琢磨，做出了一个可以短暂蒙骗GPS信号的小仪器，能让信号以为他一直在房间没动。

只可惜，这个仪器顶多维持一个小时。也就是说，60分钟之内，童子邦一定得回来，才能不被发现。

而且童子邦还不能把这个仪器放在自己的房间里，因为他知道，岩罕肯定隔三岔五就会派人来搜查他的住处，防止他脱离掌控。所以刚刚，童子邦就是出门去拿这个被自己藏好的仪器，为今晚的秘密行动做准备。

正因为知道时间紧迫，童素一句话都没多问，用最快的速度换好衣服，跟在父亲身后。童子邦带着她，蹑手蹑脚地来到书房，将房门反锁，才按照顺序，转动书架两边几个看上去像装饰的花纹。

一扇暗门缓缓开启。

童素在父亲的指引下直接进去，童子邦随后跟了进来，小心翼翼地将暗门关闭后，打开手电筒。

暗门之后，大概是一个七八平方米的房间，乱七八糟地堆满了杂物，就像一个工具间。

童素刚要提问,童子邦"嘘"了一声,在工作间的角落倒腾,又搬开了几块铁板,露出下面的暗道。

然后童子邦递了一个手电筒给童素,示意她先下去。

伴着手电筒微弱的光线,两人顺着这条暗道走了大概五分钟,便走到一个陈旧的,还需要人力去扳动才能开启的升降梯面前。

童子邦似乎对这条路已经很熟悉了,只见他娴熟地扳动升降梯,拉着童素上去,升降梯缓缓下落后,他又带着童素七拐八拐,穿过好几个明显是人工开凿出来的古朴隧道,童素隐隐听见了水流声。

她一开始还以为自己产生了幻听,但伴随着水流声越来越清晰,童素就意识到,这条隧道通向地下暗河!

童素的心,突然怦怦跳了起来。

既然如此,那是否说明,从这个隧道里,其实可以离开万象集团!

然后,童素就见到前方有一个人影。

定睛一看,童素才发现等着他们的人,竟然是已经被岩罕派人看管起来,马上就要送往大洋国西岸一所高级疗养院的玛雅!

# 第四十四章 逃生希望

短暂的惊讶后，童素就恢复了镇定。

她早知道这个堂姐绝对不是省油的灯，哪怕在绝境，也不会将命运交到别人手里。

岩罕之所以要把玛雅送去精神病院，估计也是怕玛雅怀恨在心，像一条蛇一样地潜伏在暗处，找机会给自己重重一击。为了防止这种情况发生，他要把对方关起来，甚至折腾成真的疯子，让她再也翻不起风浪。

想到这里，童素直接开口："'计划有变'的意思就是'今晚老地方见面'？"

童素已经猜到，刚刚他们所走的这条秘道，十有八九就是玛雅为了取信于童子邦，告诉他的。

童子邦摇了摇头："不，我今天带你来见她，只是因为明天，岩罕就要派人把她送到大洋国去了。"

他也不清楚玛雅究竟能不能从层层关押中跑出来，但他必须试一试，因为这有可能是女儿逃生的最后机会，童子邦不想错过。

玛雅轻声道："我之所以传给你们'计划有变'，就在于我前天晚上突然收到消息，道达要在葬礼上发难。我没能劝住他，就知道事情不妙，只能提前做好准备，至于道达为什么会做出这一决定……"

她顿了一顿，才说："因为今天晚上，岩罕要与'公爵''神父'共进晚餐，洽谈后续的军火交易。道达知道，只要这一单最终谈妥，他就彻底没有继承万象集团的希望，所以才临时更改了计划。"

童素挑眉："临时更改？他藏了那么多把枪，可不像是匆忙准备的样子。"

对于童素的质疑，玛雅十分从容："那些枪应当是上个月把礼堂翻修成教堂时，他就派人藏的。但藏了枪并不意味着就要动手，道达一直在权衡利弊，直到前天，才彻底下定决心。"

童子邦不解："岩罕与'公爵'的这一单有这么重要？"

他为了逃出万象集团，做了很多功课，包括军事方面。也正因为如此，他对万象集团想通过战争夺取政权这件事，一直不看好。

文南国是中国的全面战略合作伙伴，中国以实惠的价格，向文南国出售了不少军事物资，甚至包括反坦克导弹"红箭"系列。

根据童子邦了解到的信息，文南国甚至拿到了中国授予的"红箭-8"生产许可，可以自己建设工厂，生产导弹。

至于文南国的战斗机、坦克等，虽然大部分也都是从中国买来的，但人家军队好歹装备了这些武器，万象集团就算匆匆去购买，哪怕"公爵"卖给你坦克乃至战略轰炸机又能怎样？

文南国政府有自己的兵工厂，你万象集团有吗？你能买到多少飞机坦克，又能买到多少配套的弹药，比如战斗机携带的空空导弹？就算能够买到，你有足够多的飞行员吗？哪怕这些你全能搞定，钱呢？万象集团烧得起吗？

岩罕到底是哪来的底气，对打赢这场战争如此有信心，这令童子邦百思不得其解。

玛雅苦笑道："因为'公爵'答应提供给万象集团一千枚BLU-82，并且首批五十枚已经交付，这就是岩罕最大的依仗所在。"

童素不知道BLU-82的威力有多强，还没什么感觉，童子邦已经霍地变了脸色："什么？BLU-82？"

"是的！"玛雅神色复杂至极，"每枚重达一万五千磅，前段时间用重卡运来，在岩罕的建议下，它们被爸爸派人放在了万象集团总部各大承重结构点所在的位置。至于核心的控制枢纽究竟在哪儿，我也不知道。"

说到这里，玛雅自嘲地笑了："葬礼仪式前，道达一直就想获得两大权力——武器库的开启权，还有BLU-82的引爆权。在他看来，掌握了这两个权力，'大王'之位就唾手可得了。但他不知道，再怎么争，这些东西也不会属于他。"

童子邦呆立原地，好半天都没有反应。

童素一看就知道情况不对，马上问："BLU-82到底有多强？"

玛雅叹道："BLU-82是云爆弹的一种，海湾战争的时候，美军对伊拉克的防空洞投了一枚三吨重的云爆弹，两秒内洞内的温度就达到了五千摄氏度，高温高压在洞内扩散，一切都被吞噬。事后统计，有九百余名士兵全部没了影子，因为他们都被蒸发掉了。"

她的话语很平静，内容却让童素不寒而栗。

九百多个大活人在两秒之内，衣服、血肉、骨骼、毛发……什么都没有留下，因为他们瞬间就被蒸发了。

童子邦也已经缓过来，不住叹气，但还是对童素解释："云爆弹是一种燃料空气弹，这种炸弹一旦爆炸，瞬间就会让周围的温度升到一两千摄氏度，如果在密闭的空间里，甚至会达到五六千摄氏度。同时，它还会迅速将周围空间的氧气吃掉，产生大量的二氧化碳和一氧化碳，爆炸现场的氧气含量仅为正常含量的三分之一，而一氧化碳浓度却大大超过允许值，造成局部严重缺氧、空气剧毒。"

玛雅点了点头，补充说道："更恐怖的是，它的售价低廉，一枚只要两万七千美金，黑市上买虽然贵一些，我们万象集团也负担得起。但主要是有价无市，要不是搭上了'公爵'这条线，我们就算开出十万美金一枚的价格，也不一定买得到。云爆弹的用途还很广泛，既可用歼击机、直升机、火箭炮、大口径身管火炮、近程导弹等投射，又可以用中远程弹道导弹、巡航导弹、远程作战飞机投射。岩罕之所以向'公爵'订了十架战斗机，以及火箭炮，就是为了投射云爆弹做准备。"

童子邦继续向童素科普："据我所知，云爆弹的气态云雾比重比空气大，能向低洼处流动，一旦你躲入掩体，反而是死路一条，特别适合用于文南国这种地形复杂的战斗环境。再加上云爆弹爆炸时消耗大量的氧气，即使是性能良好的坦克，也会因空气脱氧而导致发动机熄火，而坦克本身不会被损坏。"

"你知道这意味着什么吗？如果文南国派他们引以为豪的坦克部队出战，万象集团只要扔几颗云爆弹到周边，就能不费吹灰之力地让这些坦克熄火，把它们完整地缴获过来。"

童素大概了解了云爆弹的威力，不由暗暗心惊，她突然想到一件事，望向玛雅："你刚才说，德隆将云爆弹放在万象集团的总部，还是承重结构点所在的位置？你们差不多把周边几座连着的山都挖得只剩空壳，要是双方交战，政府军派轰炸机过来轰一轮，万一放在这里的云爆弹直接被引爆……"

玛雅的声音都有些颤抖："没错，这就是岩罕的最后打算。"

万象集团的总部其实是依托于当年的防空洞修建的，随着这些年的扩张，秘道之多，几乎把几座山都挖空了。如果云爆弹真的炸了，很可能会造成山体的崩塌。而周边的山体，其实是"圣湖"的天然掩护。

如今正是雨季，由于被群山围住，特殊的地形令湄公河水倒灌入湖，"圣湖"的水位已经涨到了十几甚至二十米深。如果这时候，包围"圣湖"的群山崩塌，哪怕只是炸出了几个口子，山体下陷了几十米，但只要有一边低于了湖面……

那么，一万平方千米的湖水倾泻而出，究竟会是一种什么样的场面？

周边地区，瞬间就要化作泽国。

难怪玛雅说，只要岩罕得到这一千枚云爆弹就有底气。因为这样一来，文南国政府就算知道了万象集团总部的所在，也不敢直接派军机过来先轰炸几轮，文南的空军就相当于被绑住了手脚！

假如不玩空战，单纯玩陆战，万象集团对文南国政府，未必没有一拼之力！

看见童素的神色一直在变换，玛雅趁热打铁："我原本计划，借助明天宾客陆陆续续回去的机会，顺带将你救走。但知晓道达今天动手后，就明白情况不妙。好在我还留了最后一手，你们跟我来。"

她带着二人走进了旁边一个小房间，里头藏着一个长约两点五米，宽有一米多，像个大型胶囊，却充满金属质感的仪器。

玛雅沉默了一会儿，才压下复杂的心绪，轻声说："这是我在'Yggdrasil'公司定制的单人潜水救生艇，艇内装有生态循环系统，并会提供足够的氧气，人在里面能待上四十八小时。而它也有智能系统和 GPS 定位系统，可以预设一定的路线，并发出 SOS 信号，向周围求救。"

Yggdrasil？世界树？

童素觉得这个名字很耳熟，想了想就记起来了——这不是 Dante 开的公司吗？之前仁德医院进口的最新型医疗器械，也是这家公司生产的。

玛雅没发现童素那一瞬的走神："而我们现在所处的这条秘道，通向一条暗河。旱季的时候，这里只是普通的山路和山洞；只有到了雨季，'圣湖'水位暴涨，淹没山体，这条暗河才会形成。只要藏在这个救生舱里，顺着暗河，穿过山洞，就能与湄公河汇流。"

说到这里，玛雅的语气充满怀念与惆怅："父亲告诉了我的逃生通道的秘密，他对我说，玛雅，要是有朝一日万象集团遭遇不测，你就从秘道逃跑吧！我一直期盼自己用不上它，但现在——"

这一刻，童素能理解她心绪的复杂。

秘道的存在，对"堡垒"来说，无疑是双刃剑。它可以是最后的逃生之门，也有可能是断送希望的毁灭之路。

如果玛雅将秘道的存在告诉其他人，引外人从秘道进入"堡垒"，"堡垒"无坚不摧的防御，也就是个笑话。但德隆还是告诉了玛雅，可见对这个女儿有多宠爱。

但很快，童素眼皮就跳了一下："不对，既然这条秘道的存在，德隆知道，那他为什么还让爸爸住那栋楼？"

"不，这条秘道，他不知道。"玛雅轻轻地笑了，带着说不尽的讽刺，"他告诉我的秘道，是我房间下面的那条；而这条秘道，是我母亲告诉我的。"

多么可笑啊！

明明是夫妻，却同床异梦，互相算计防备。被当作最后退路的"堡垒"，丈夫偷偷修秘道留后路，妻子则在工匠中混进了自己的人，另有准备。

作为他们的女儿，她悲哀之余，又暗自庆幸。

正因为这对夫妻的貌合神离，才有了她今日的底气。

所以，当发现童子邦有可能为她所用后，她就暗示童子邦挑选这栋楼作为居所。而童子邦也很快地就领会到了她的意思，并发现了这条秘道，相信了她合作的诚意。

想到这里，玛雅幽幽地叹了一声，望着童素，眼中只有无奈："赫卡忒，我把命交给你了。"

一听这话，童素还没反应过来，童子邦却非常激动："你是说，你将这个机会让给素素？"

玛雅点了点头，幽幽道："但你必须发誓，逃生之后，一定要去大洋国救我，带我离开所谓的疗养院。"

童子邦刚要点头，突然发现不对。

童素面无表情地站在原地，冷漠得要命："我凭什么相信你？"

"素素！"

"爸，你不要高兴得太早，这个女人可是个不折不扣的冷血动物。"童素上前一步，睨着玛雅，淡淡道，"她刚才口口声声地说，让我去救她，却只字不提她的孩子。那可是你的小儿子，又只有三岁，落到岩罕手里，你不担心吗？"

玛雅脸色一僵，辩解道："岩罕想要争取索帕，不会对孩子……"

"你撒谎！"童素毫不犹豫地打断了玛雅的话，"在这种涉及一个国家政权的争夺之中，区区一个孩子，怎么可能左右一个人的决定？就算岩罕一根根地把你小儿子的指头切下来，送到索帕那儿。在这种立场问题面前，索帕动摇的可能性有多大？"

童子邦突然想到一件事："我记得，索帕本来有四个儿子，两个孙子，这几年陆陆续续死的死，残的残，导致索帕年过半百，竟后继无人。玛雅，这是不是你干的？"

玛雅咬了咬唇，不说话。

但这种态度，本身就是一种默认。

她从来就没有爱过索帕，甚至非常厌恶对方，因为她太清楚索帕的心思了。像索帕这种出身低微，靠自己努力奋斗到今天的人，只要他想，大家闺秀、小家碧玉，全都唾手可得。就算索帕想娶总统的女儿，也不是不可能。

放眼整个文南国，索帕唯一得不到，或者说不能沾的女人，就只有德隆的女儿。

越是这样，就越想征服。

正因为如此，他们两人从相遇到相处，双方都是蓄意接近，心照不宣。索帕想通过她来弄到万象集团的核心情报，并满足自身的征服欲；玛雅则想给自己留一条后路、一道保命符，即便万象集团输了，她也有底牌傍身，不至于凄凉死去。

玛雅早就看透了索帕的本性，根本对那个男人不存指望，明白如果他们之间若没有一个人质在，那个男人绝对不会保她。所以，她一定要生下这个孩子，不仅仅是因为男人看重血脉，更重要的是，只要这个孩子存在，她就永远掌握着索帕的把柄。

文南国的国防部长、未来总统的有力竞争者，居然和反对政府、意图独立的万象集团有瓜葛，甚至与万象集团的高层、德隆的女儿玛雅有个私生子，传出去该是多么大的丑闻啊！索帕多年经营的声望，必然立刻毁于一旦。别说政治前途了，只怕马上就会成为过街老鼠，人人喊打！

至于她为什么要对索帕的子孙下手，当然是因为她要为幼子的未来谋算，不能让别人挡了道。

玛雅沉默不语，童素却没放过她，冷冷道："还有，你说你劝不住道达，这话我可不信。你们虽是多年夫妻，但你只把他当作争权夺利的工具，他也只把你当作上位的踏脚石，夫妻情谊怕是不剩几分。不同的是，他是男人，而男人，往往会轻视女人，认为她们成不了大事。但你不同，你对他定是了如指掌。就算你无法阻止道达对岩罕下手，但想办法让他改期，不在葬礼上动手，还是能办到的。可你什么都没做，任由道达和岩罕毁了德隆的葬礼，这证明你内心深处，对德隆仍旧有恨。"

童素冷漠的话语、轻蔑的态度，深深刺伤了玛雅。

玛雅抬起头，直视童素，声音变得高亢而激动："我确实恨他，我为什么不可以恨他！从小到大，我比谁都要优秀！我不喜欢枪械，可我强迫自己去喜欢，因为我不想让他失望。结果呢？就因为我是女人，他就剥夺了我继承万象集团的资格，甚至连一个机会都不肯给我！既然他从来就没有考虑过让我当继承人，为什么又要把我当男孩子一样培养，给我希望！为什么不让我和大姐、二姐、四妹她们那样，认命做一个普通的文南女人，相夫教子，了却此生！"

童子邦突然说不出话了。

在这点上，他也觉得德隆做得过分了。

这么多年来，德隆的种种行为，任何人看了都会觉得，他对玛雅和道达有很大的期待。结果最终发现，他们都是岩罕的踏脚石。

给一个人希望，又残忍地剥夺。这，无疑是一种酷刑。

但童素却有不同的意见:"我想,他应该是考虑过,让你继承万象集团的。"

短短一句话,却让玛雅僵住,童子邦也有点惊讶,不明白童素为什么会这样说。

"德隆三十多岁才有岩罕这个儿子,一开始还没养在身边,对儿子的资质和心性,他并不能确定。如果岩罕是个草包,或者性格不合适,德隆也不会将万象集团交给他。你比岩罕大八岁,岩罕还是个孩子的时候,你就已经长大了。你这么冷酷、狠毒,又八面玲珑,确实适合执掌万象集团。"

说到这里,童素眼中竟有一丝怜悯:"但他为什么否决了这个想法?因为这里是文南,而你是个女人。"

文南国从来就没有女子掌权的先例,更没有男女平等的土壤。

传统的力量实在太大,大到一两个人根本就无法改变,就算德隆愿意让玛雅当继承人,万象集团的管理层们也不会服一个女人的管。

那些干部哪个不是贩毒几十年,杀人不眨眼的亡命之徒?哪个内心没有自己的小算盘?德隆在的时候,他们还算老实,等德隆不在了,谁能压得住他们?

哪怕是岩罕和道达,想要对付这帮老人都要费尽心力,更不要说玛雅了。到时候,那些高层连借口都不用找,只要抨击玛雅的性别,就能拉起一大帮人来推翻她!

虽然玛雅肯定能收服一批心腹与对方抗衡,但这样一来,万象集团必定会四分五裂。且不提外界对万象集团是如何虎视眈眈,光是这样内斗,童天南和德隆父子两代人辛辛苦苦打下来的江山,也要不了几年就能折腾光。

温热的泪水,淌过玛雅的面颊。

这些道理,其实她心里都懂,可她没办法控制自己不怨恨。

就在玛雅心绪激荡,不像之前那样警惕的这一瞬,童素突然一个箭步冲上去,直接扬起右手,狠狠地敲向玛雅的脖颈,直接将她打晕!

童子邦还没反应过来发生了什么,就见童素扶着昏过去的玛雅,对他说:"爸,帮我一下,把玛雅塞到这个救生艇里去。"

"等等!"童子邦急了,"素素,这是你唯一能逃生的机——"

"我还是那句话,我信不过她。"童素平静地说,"被父亲宠爱多年,却为了利益和怨恨,可以破坏父亲的葬礼;结婚是为了更好地上位,背叛婚姻是为了多一个靠山,生下私生子,只是为了拿孩子当'人质'。这样一个一切只为自己考虑的女人,说出来的话可信度有多少?如果这真是德隆夫妇留给她的唯一逃生机会,以她的冷血自私,岂会将这个名额留给我?"

"可……"

童素话锋一转:"另外,您确定,玛雅以为的安全就是真的安全吗?道达何尝不是以为带进礼堂的人全是他的心腹,结果呢?"

童子邦被童素说得有些动摇,却还是不甘心:"如果她说的是真的呢?"

"那她就要感谢她唯一一次的真话了,因为这救了她一命,证明好人有好报。"童素一边把玛雅往救生艇里塞,一边坚定地表达自己的态度,"爸,你别一直想送我走,你不走,我也不会走的。"

再说了,她为什么要走?

没看见万象集团覆灭,她绝对不走!

童子邦拗不过女儿,只能帮着把玛雅塞进救生艇,再把救生艇挪到不远处的暗河边,确定救生舱门彻底封闭后,把它往暗河里重重一推。

一接触到水,救生艇就按照既定路线,潜入水底,开始航行。

童子邦还有点遗憾,童素却很利落,转身就走。

父女俩没走几步,突然听见某种沉闷的声响自身后响起,然后是刺目的火光,照亮了漆黑的通道。

童素猛地转身,就看见熊熊火焰自暗河中燃起,令原本幽深的暗河成为一片火海!

装着玛雅,通向自由的救生艇,竟然在水中爆炸了!

# 第四十五章　步步紧逼

目睹救生艇爆炸的那一瞬间,童子邦大脑一片空白,足足过了一分钟才回过神来,身上已被冷汗打湿,心中只余后怕。

如果刚才,童素听了他的话,躺进救生艇里……

光是想一想这种可能,童子邦都觉得呼吸困难,他几乎是下意识地侧过身,想要确认童素没事,却在触及童素的眼神时怔住了。

童素正面无表情地看着暗河,脸上没有劫后余生的喜悦,也没有亲眼见到堂姐死在面前的恐惧,只有令人毛骨悚然的平静。

那种感觉,该怎么说呢?就像眼前发生的一切都只是隔着屏幕的戏剧,戏中人唱念做打,演尽了悲欢离合,戏外观众却丝毫没被感染,只是以局外人的姿态,冷眼旁观。

"素素?"童子邦自己都没察觉,他小心翼翼地放轻了声音,"你还好吗?"

童素没感觉到父亲不同寻常的谨慎,还沉浸在自己的思绪中:"救生艇为什么会一遇到水就爆炸?究竟是救生艇内部装了炸药,还是救生艇的外部涂了某些特定的化学物质,一旦碰触到水就会产生化学反应,从而释放强烈的高温,导致爆炸呢?"

童子邦的脸色顿时变了。

他之前虽然发现了某些端倪,但一直在自我安慰,认为童素只是年轻气盛,不知道天高地厚,才敢深入虎穴。但现在他不得不承认,童素的性格真的有缺陷!

正常人在这种情况下,绝不会是这种反应!

童子邦心中既焦急又愧疚。

他对心理学颇有研究,大概猜到,童素之所以变成这样,很大程度上是因为性格成型的时候,缺乏长辈在身边做出正确的引导。

如果当年他没去大洋国,没被大洋国联邦调查局抓住,没有拒绝大洋国政府的要求……一切或许就能变得不同。

童子邦恨不得立刻找个机会,好好与童素谈谈这个问题,如果童素同意,他就带她去见心理医生。

但多年的牢狱生涯,以及被迫留在万象集团与毒贩们为伍的经历,磨炼了童子邦的耐性。哪怕心中已焦虑万分，表面上，童子邦还是非常冷静地说："应该是第二种情况，玛雅这么多疑的人，使用救生艇前一定会仔细检查，将每个部件的功能都了解清楚，一旦多出什么东西，她很快就能发现。"

童素也觉得这种猜测的可能性大一些，不由蹙眉："玛雅得到救生艇后，应该会试运行几次，看看这东西能不能起到她希望的效果。决定要用救生艇之前，以她的性格，估计还会再下水测试一次。也就是说近两天内，这个救生艇很可能下过水，并且没有任何情况发生。若是如此，只怕救生艇被动手脚也就是24小时之内的事情。"

童子邦脸色铁青："看样子，我们的行动已经在岩罕掌握之中。"

"是或不是，回去看看就知道了。"童素对此倒不是很意外，她一直在想另一件事。

今天傍晚，郑方带童霞来敲门的时候，无意中提过，他不久前在"夜色"酒吧，在童霞面前杀人了。

由此可见，葬礼刚刚结束，道达的死讯还没传开，一些道达派系的纨绔子弟尚在寻欢作乐时，岩罕就已经控制住了局势，派心腹兵分几路，对道达的手下及相关人员进行惨无人道的血洗屠杀。

那么问题来了。

岩罕对道达的嫡系赶尽杀绝，那玛雅的人呢？他岂会放过？

玛雅之所以能活命，在于她是德隆的女儿，是这个犯罪王国的公主。她的手下可没有这层身份当护身符，应当死得差不多了才对。

既然如此，玛雅是怎么从岩罕的层层监控中跑出来的？难道她还有隐藏的心腹，岩罕不知道？

童子邦也颇感疑惑，只能说："大概是岩罕有意放她出来的，想要试一试我们。"

以他对万象集团的了解，在如今的局面下，能够放走玛雅的只有两人。

岩罕和Demon。

但在这两人中，其实只有岩罕有嫌疑，因为Demon一向独来独往，很少与德隆以外的人打交道，而且他性格也很冷漠古怪，金钱、美女这种世俗上的东西根本无法打动他。Demon这块硬骨头，连岩罕都没能啃下，更别说玛雅。

何况假如Demon要帮玛雅，根本不用这么麻烦，葬礼上的时候直接从旁边抢一把枪，把岩罕杀了即可。

凭Demon百发百中的枪法，那么近的距离，难道还会落空？

童素思来想去，觉得应该就是童子邦猜测的那样，玛雅是岩罕故意放出来的。应该不会有其他可能了，自己确实有点钻牛角尖，太多疑了。

由于时间不多，童素来不及探索隧道周边，就不得不和童子邦一起，原路返回。

两人都没有发现，在隧道斜上方，一个极为隐蔽的位置，有个伪装得和石头一模一样的小球，就像一直潜藏在暗处的眼睛，将这儿发生的一切尽收眼底，连带着声音一起，传输到了一处临时改建的小教堂。

几十个白人保镖就守在这座临时教堂外面，而教堂内部，只有刚与岩罕洽谈完毕，准备按时做个礼拜就走的"公爵"，以及他的好友——棕色头发的"神父"。

只见"神父"合上了轻薄小巧的笔记本电脑，将挂在耳边的微型麦克风挪到嘴边，淡淡道："你推荐的人，果然不同凡响。"

通信另一头的人不无遗憾地说："早在九年前，我就觉得她应该很适合加入我们。只可惜，没等我找到骗她出国的机会，她就主动向中国政府自曝身份。从那之后，她很少离开中国，为数不多的几次出境都带有半公干的色彩，有中国安全部门的人贴身保护。为了不引起这些专业人士的警惕，我们只能一再推后对她的考验。"

他们两人的对话非常流畅，语声抑扬顿挫，十分优美。但所说的语言，却不是世界上任何一种主流语言，也不是某个地区的方言。

如果有专门研究历史和语言的专家在，定会大吃一惊，因为他们竟然在使用一种被考古学界公认最晚在公元1100年左右就已经失传，目前只能从石碑、遗迹等千年古迹上看到的文字——古弗萨克文！

而古弗萨克文，其实是另一种更古老、更神秘的语言的变种，那便是大名鼎鼎的"卢恩文"。

在北欧神话中，世界树Yggdrasil的三条主根，有一条延伸到"巨人之国"约顿海姆，而这条根之下便有蕴含一切智慧的神秘泉水滚滚涌现，负责看守智慧之泉的就是巨人之祖伊米尔。

众神之王奥丁想要把智慧带进诸神的世界里，希望能尝一口这泉水，伊米尔表示获取智慧需要用眼睛作为代价。奥丁挖出了自己的右眼，喝下智慧泉水，然后将自己倒吊在世界树上九天九夜，思考宇宙的奥秘，最终悟出了卢恩文。

正因为这个故事，导致吊刑在北欧，即斯堪的纳维亚半岛，以及部分靠近北欧的西欧地区，例如不列颠群岛等地，都属于非常重的刑罚。而这些地方的人还认为，卢恩文是一种拥有神秘力量的文字，僧侣们将其视为与神明交流的工具，巫师们则将之用于巫术的沟通中。

但这种被世界公认早就失传，只在《哈利·波特》《指环王》等魔幻著作中被提及的古老语言，世上竟有人能将它说得宛如母语一般流利！

"没有机会又如何？我们可以制造。如果不是我们精心策划，德隆根本不会知道'铜棒'被关押在大洋国重刑监狱；没有我们的暗中协助，他也带不走'铜棒'。不然，就算我们苦等五年，也不会有这次绝妙的机会。"

说到这里，"神父"望向虔诚礼拜的"公爵"，微微一笑："若不是为了测试新成员，我们何必来到文南？难道就为了这区区几十亿的军火订单？"

他说这句话的时候，态度堪称轻描淡写，就好像半小时前"公爵"与岩罕签订的，涉及坦克、战斗机、云爆弹等多种大型武器，总价为五十亿美金的订单，根本不值一提。

不过话又说回来，对军火交易来讲，五十亿美金确实不算大单子。

大炮一响，黄金万两，这可不是夸张。

以"公爵"卖给岩罕的十架战斗机为例，每架造价将近一亿美金。这还只是纯造价，不算上生产线的价格（一条生产线大概要一百亿美金），黑市上的售价至少翻番。

况且，对武器来说，买到手并不是烧钱的结束，只是个开始。

这些战斗机，每架一小时的飞行费用就超过 5 万美元，还不包括高昂的日常维修费用。每次往天上那么一盘旋，钱就像流水一样花出去。

至于那些十分先进，适合军事作战的仪器，比如只有 18 克的纳米无人直升机，也就一个成年人的拇指大小，售价却将近 20 万美元。它可以为小规模战术部队提供态势感知，非常适合复杂的地形，包括阵地战和巷战。

这种无人机，岩罕一口气定了一千个，听上去很多，真到用起来就会发现，只怕还远远不够。

这些还都不是耗钱最多的项目，最烧钱的当数弹药，譬如反坦克导弹，随便一枚打出去就是几万美金，一个远火旅弹药齐射几轮，一亿美金就没了。要是多打几天，你把钱堆积成山，点火烧了，都没在战场上花得快。

"公爵""神父"，以及通信另一头的人，显然都见惯了大场面，区区五十亿美金的订单，确实没被他们放在眼里。所以那人轻轻笑了笑，说："作为推荐人，我不好过多地插手新成员的考核工作，只得麻烦你们几位了。"

"没关系。""神父"微笑着说，"我们的考核，已经开始了。"

童素并不知道，"公爵"和"神父"竟是为她而来。

她在童子邦的带领下，重新穿过秘道，回到那个隐秘的杂物间。童子邦用各种工具盖好秘道口，才打开暗门。

然后，他的语气冷得像结了冰："岩罕。"

原来，童子邦推开暗门的那一刻，就看见岩罕坐在正对着书架，刚好能将整个工作间入口一览无余的地方，面带微笑地看着走出来的他。

霎时间，童子邦的心飞快地跳动了起来。

他几乎以为秘道的存在暴露了，但仔细一想，如果岩罕知道房间里有一条秘道直通地下，绝对不是这反应。

而现在，他要做的就是想办法不让岩罕派人详细搜查工作间，否则秘道入口一定会被发现。

关键时候，童子邦表现得非常冷静，只见他用目光环视四周，发现在场的八个人都是岩罕的心腹。

然后，童子邦的视线落到跪在岩罕脚边，被人五花大绑，堵住嘴巴的女子，有些疑惑："她是——"

"童霞。"随后走出秘道的童素给了回答。

岩罕双手交叠，姿态优雅："四十八分钟前，这个女人跑到一楼监控室，对守在那里的保安说，你们在书房密谋逃跑。保安不敢直接破门而入，便通知了我。我一听见这个消息，就让人把她捆了起来。"

四十八分钟前？

童子邦看了一下时间，还有九分钟，屏蔽仪器才彻底失灵。

那岂不是说，童霞一直在盯着童素的房间，大半夜了都不休息，一看见童子邦敲门，带童素离开，立刻就去告密？

童子邦的眉头凝成一个"川"字。

童霞肯定不知道书房里有秘道，她甚至不知道童子邦也是万象集团的高层。

她只是嫉恨童素，认为大家都姓童，凭什么你高高在上，我却要受尽欺凌。所以她一直关注童素的动静，看见童素父女俩三更半夜，鬼鬼祟祟地去书房，立刻就去告密，也不管会有什么结果。

大概在童霞的心中，再坏也就是被打几顿，不会更差了。说不定主事者认为她告密有功，还会对她另眼相看呢！

这种心态就是典型的"我不好，也绝不让你们好"，与她的父母一脉相承，瞬间勾起了童子邦很多不算愉快的回忆。

但很快，童子邦就摇了摇头，心里只剩叹息。

童霞的小心机、小算盘，应付一下普通人还可以，在岩罕面前玩这招就是找死。她根本不知道，在万象集团，站错了队的忠诚虽然会让你死，但至少是有尊严地死。而背叛者的下场只有一个，那就是生不如死！

这一条在万象集团是永远通用的铁律。

就好比今天葬礼上那些背叛了道达，将枪口对准同伴的人。如果他们一开始就是岩罕的人，被岩罕派去道达方潜伏，那没关系；可如果他们是道达的人，被岩罕所收买，那就惨了。

哪怕他们出卖道达，或许也是迫不得已。但既然做了这种事，他们只有拼命为岩罕办事，用血泪甚至性命证明自己的忠诚，才能保证自己的安全。即便如此，他们也很难有升迁的机会，并得不到同伴们的信任——因为他们已经有过背叛的先例。

这还是对万象集团有用的人，至于童霞……唉。

童子邦心情复杂，童素则居高临下地看着童霞，目光之冰冷，简直像要透过她的表皮，看见她的五脏六腑，令童霞下意识地往后缩。

过了好一会儿，童素才望向岩罕，冷冷地说："谢谢你，给我上了一课，算我欠你一个人情。说吧，你想要我干什么？"

童素一向没把童霞放在眼里，在她的认知中，这个堂姐又蠢又坏，翻不起风浪。但现在，她突然明白，蠢货虽然成事不足，但想要坏事，却绰绰有余。

岩罕就是等童素这句话，闻言便含笑道："我再附送你一个情报，你这个看似弱不经风的堂姐，刚刚才害死了三个至亲的亲人，现在就能心安理得，摆出一副若无其事、胆小可怜的样子，出现在你的面前。"

"哦？"

经过郑方的叙述，童素和童子邦才知道，原来童霞来到文南国后，由于没有谋生的本事，只能捡起老本行——坐台。

她在各大夜场厮混之际，无意中与道达一个手下的儿子搭上。对方虽然没包养她，但每个月总有那么一两次会找她过夜。

按理说，这种关系并不算近，不在斩草除根的范围内。如果她不撞上来，郑方也不至于刻意去找她。

但事情就是那么巧，由于童霞在"夜色"中见到了童素，负责人非常机灵，见势不妙，立刻将童霞开除。童霞没办法，只能想方设法从老情人们身上榨油水，今天刚好在"夜色"陪这个纨绔子弟。

郑方带人冲进去时，对着男方就是一枪，刚要顺手把陪客的童霞也杀了，突然发现这个女人有点眼熟，回想了一下，知道对方血缘上也算岩罕的堂姐时，便打电话向岩罕请示。

岩罕命人把童霞一家全绑了过来，给了童霞两个选择：

如果她求岩罕饶过父母和哥哥的命，岩罕就只杀她，不杀其他三人，本来他们就与这件事情无关，只是无妄之灾；但如果她不开口求情，那么他就先杀童霞的哥哥，再杀她的父亲，最后杀她的母亲。

童霞闭着眼睛，默默流泪，三声枪响过去，一句话都没说。

"你想通过这个故事，证明什么呢？人在死亡的威胁下，为了活命，什么都愿意牺牲？"童素随手拉了一张椅子，让童子邦坐下，自己则隔着一张电脑桌，坐到了岩罕对面，慢条斯理地说，"你不用这么蜿蜒曲折，大费周章。我呢，说了答应你一件事，就一定会做到。省得你把枪顶在我脑门，逼着我爸为你工作，这样大家都不好看。"

她明白岩罕的暗示——没错，她不怕死，但她难道不怕童子邦死？

童霞为了活命，能眼睁睁地看着世界上最亲的三个人被岩罕逐一杀死，童素能做到吗？

很明显，童素不能。

父亲是她唯一的软肋，正如她也是父亲最大的弱点一样。只要岩罕拿他们一个人的命威胁另一个人，他们就不得不帮岩罕做事。

既然局面迟早会落到那种地步，还不如主动出击。

岩罕挑了挑眉："所谓的'一件事'，也包括黑掉文南国的军事卫星？"

"有何不可？"童素毫不示弱。

见她面无惧色，岩罕突然双手撑着桌子，站了起来，身子微微前倾，离童素很近："也包括在这个过程中，不故意制造'意外'。"

童素意味深长地说："这就是第二件事了。"

潜台词就是，我答应帮你做一件事，但我没答应在这个过程中，我不动手脚。

岩罕尚没什么反应，郑方的脸已经沉了——这个童素，实在是胆大包天！父女俩的性命都捏在他们手中，居然还敢明目张胆地讨价还价！

这样的倔骨头，就该放到刑讯室走一趟，一天的审讯下来，足以打弯任何一个人的脊梁。尤其是女性，面对连番的酷刑与折辱，没几个能撑下来。

郑方本以为岩罕会勃然大怒，谁料岩罕哈哈大笑："行！成交！"

童素脸上却没有丝毫喜色，她知道，岩罕不会这么简单地放过她。

果然，岩罕下一句就是："为了庆祝赫卡忒答应加入我们万象集团，我这就送你一份大礼。"

童素刚想说,"我只是答应为你做一件事,并没有说加入万象集团",岩罕已经从怀中掏出一把枪,拍到桌上,面带微笑,语气里却满是威胁:"背叛者已经送到你面前,按照万象集团的传统,你应该将她处决,用她的鲜血来挽回你失去的威信,以及被她损伤的尊严!"

童素知道,这是投名状。

如果她手上沾了人命,想再回中国,就不那么容易了。

童素没去接枪,只是用冷漠的语气,问:"如果我不答应呢?"

岩罕使了个眼色,郑方立刻将佩刀放上来,就见岩罕指着刀,平静地说:"那就砍下自己的一只右手,表示承认自己的无能。"

童素直视岩罕,眼神锐利:"若我两条都不选呢?"

"当然还有第三条路。"岩罕慢悠悠地取出一支针管,推到童素面前,"万象集团的人都不准吸毒,这是父亲定下的规矩。虽然父亲已经不在了,但我决定继续遵守这一制度。换而言之,只要你选择注射它,你就不是万象集团的一员!"

这支针管,赫然是白天葬礼时,岩罕对道达出示的那支!

# 第四十六章　纸条之密

童素没说话。

岩罕知道她性格倔强，不见棺材不落泪，就挥了挥手，只见他的手下立刻从怀里拿出一管针剂，牢牢地制住童霞，就往她的静脉扎去！

"等等！"

童素立刻制止，却晚了。

高纯度的毒品，已经通过血液，输入童霞的体内。

几乎是顷刻之间，童霞就开始在地上打滚，因为毒品已经开始对她的神经中枢进行摧毁，这份痛苦，让她根本无法承受。

很快，这个可怜的女人就瘫倒在地，再也动不了了。

一条年轻的生命，就在童素眼前逝去。

面对这么残忍的情景，岩罕非但没有丝毫怜悯之情，反而轻轻地笑了："赫卡忒，你想好了，真要拒绝我吗？你知道的，我舍不得杀你，但如果你不听话，我也只能对你略施小惩了——"

"够了！"童子邦喝道，"我们答应你，为你效力！"

岩罕走后，童素和童子邦的心情都很不好。

他们的情绪之所以低落，起因是眼睁睁地看见玛雅和童霞死在自己面前，主要原因是岩罕的威逼利诱，以及他们不得不屈服于现实的无奈。但最重要的，还是一种对自身弱小、无能为力的愤慨。

就如两位高明的棋手正在对弈，其中一人的一举一动、一言一行，全都被对方预判得一清二楚，每一步都是恰到好处地往人家设好的陷阱里钻。如同被蜘蛛网困住，无力挣脱的小虫，这样的感觉当然不好受。

唯一值得庆幸的就是，那个杂物间实在太小了，小得只要站在门口，就能一览无余。

岩罕估计也是太自负，并没有想到暗门后的工作间内，还有一条秘道，以为只是一个暗室——这种设计格局在大户人家里很常见，一般都是放贵重物品，或者灾难时候临时用来躲避的地方。

而童子邦大大方方，没关暗室门，任由他们看的举动，也令岩罕没有多加怀疑，那条秘道的存在竟然被蒙混过去了。

但父女俩都知道，这次不过是幸运女神的眷顾，下次他们的运气未必有这么好。

"我得想个办法。"童素心想，"不能被岩罕牵着鼻子走。"

但她能怎么办呢？

处在别人的地盘上，被全天候地监视，手头上没有可以利用的资源。迄今为止，岩罕连电脑都不让她碰，脱离了网络这一最有利的武器，她又能如何自救？

如果换她是玛雅的身份，手上有一批效忠自己的人，或许还有机会……

等等，玛雅？

童素手中的魔方转得呼啦呼啦地响，引起了童子邦诧异的目光，但她自己却毫无察觉，大脑飞速地运转，本能地感觉自己似乎捕捉到了什么。

不知过了多久，童素才一字一句地说："葬礼上，岩罕要杀道达，必须逼迫对方先拿出枪，抢占道义的制高点。这是因为，道达既是他姐夫，又是万象集团的高级干部，贸然动手，会令他人兔死狐悲，不利于他未来的统治。"

童子邦点了点头，不明白女儿为什么旧事重提："没错。"

"同样，如果玛雅不选择逃跑，而是接受岩罕的安排，被软禁在所谓的疗养院，至少这几年内，岩罕不至于将玛雅弄死，因为玛雅是他同父异母的姐姐。他需要通过对玛雅的赦免，来展现自己的宽容，以收买人心。"童素一边说，一边整理纷乱的思绪。

其实她自己也不知道为什么要说这些，童子邦就更不明白，可他还是回答："是的，对女人的歧视，某种时候，其实也会变成另一种层面上对女人的保护。"

好比玛雅。

如果她是岩罕的哥哥，绝对难逃一死，可她是岩罕的姐姐。在那些男人的想法中，她本来就是个弱女子，注定不会有继承权，翻不起多大的风浪。宽恕她的罪行，让她活下去，并不会有所威胁，反而能展示统治者的仁慈。

童素眼睛一亮，终于抓到了重点："但岩罕公布身份也就是一两个月的事，在此之前，玛雅可不知道岩罕是她的弟弟啊！"

童子邦愣住了。

他从见到德隆的第一天起，就知道岩罕是德隆的儿子，所以没觉得哪里有问题。但现在想想，童素说得没错，他知情不假，可万象集团的其他人不了解啊！

在外人眼里，岩罕一直是"被德隆看好，寄予厚望的晚辈"，与德隆并无血缘关系。

而岩罕的这两种身份，对玛雅而言，性质与后果完全不一样！

岩罕若是外人，他一旦除掉道达上位，玛雅必死无疑；可他若是玛雅的弟弟，就不能这么轻易地把姐姐杀了。

这就像中国古代皇室，若是外人篡位，皇室成员一个都别想活下来，管你是公主还是驸马。但要是驸马本人谋反，公主说不定还能侥幸捡回一条性命。

也就是说，玛雅事先应该不会想到，"万一岩罕获得胜利，会留她一条命"这一可能。因为对之前不知道岩罕真实身份的她来说，如果道达失败，她就只有死路一条。

为应对这种极有可能到来的局面，玛雅早几年就在未雨绸缪，先是与文南国的国防部长索帕暗通款曲，甚至想方设法生了一个孩子出来当保命符。为了丈夫能顺利上位，她曾暗中无情地除掉了好几个可能会威胁到道达的亲戚！甚至还积极地与童子邦达成合作，一旦道达掌权，就通过黑客手段用过量注射胰岛素的方式弄死自己的丈夫，扶儿子接班，然后自己就可以垂帘听政！

这样一个心狠手辣的女人，难道在穷途末路的时候，会没有一股狠劲，宁愿死，也要岩罕一起陪葬？

她应该会留下一些线索，不利于岩罕。但如果最终是道达和她掌权，那么这些线索自然就会失去效用。

"爸，玛雅给的那张'计划有变'呢？"童素福至心灵，突然问，"给我看看。"

童子邦从上衣口袋中拿出来，自己先翻来覆去地看了几遍，然后递给童素："好像没什么不同寻常的地方。"

童素接过这张几厘米长的纸条，走到窗前，透过阳光看了几眼，除了原本的字迹外，没察觉到任何异常。

她思考片刻，才对童子邦说："爸，打火机。"

童子邦下意识地从裤子口袋里掏出打火机扔给她，就见童素点着打火机，将火舌放到纸条下方，烤了一会儿。

一无所获。

童素想了想，快步走到一楼的厨房，童子邦连忙追上。

楼下的保镖听见动静立刻走出来，见他们只是到厨房，而不是想出门，便没有跟过去。

童子邦用身体挡着童素的动作，还故意提高一点音量，说给那些竖着耳朵听厨房动静的保镖听："你想吃点什么？这儿食材很多，但我不怎么会做，顶多泡个面什么的。如果想吃得丰盛一点，都是直接点餐，会有人送过来。"

"不用了,那场葬礼后的几个月,我想我都没胃口吃肉。"童素配合着回答,"我就弄个面包,喝点冰水。"

短短一句话的工夫,童素已经拿过装盐的瓶子,将盐均匀地撒在纸条上,看见纸条还没反应;又将纸条塞到冰块机里,将机器的温度调到最低。

这一次,纸条的下方,终于出现三行模糊的字迹。

"可擦笔。"

童素在心里默默地念了一句。

这种特殊油墨制作而成的笔,遇到高温,字迹就会散去;遇到低温,字迹又会慢慢显现,只是没有之前清晰。

对玛雅来说,这确实是非常容易搞到,而且也不会引人怀疑的工具。

谁会关注一支看似普通的笔呢?

父女俩回到房间后,认真研究玛雅留下来的信息。

纸条上一共三行,五个信息。

第一行是一个中文"书",第二行写了两个字母"S"和"N",第三行则是两个数字:504402 和 070559。

正如童素对数字异常敏感一样,童子邦在这方面也具有超强天赋,乍一眼看这两个数字,就觉得似曾相识。很快,童子邦便悟了出来:"这是地理坐标!北纬 50 度 44 分,东经 7 度 05 分,地点是德国波恩市!"

童素奇道:"玛雅知道我们是笼中之鸟,根本离不开这儿,怎么会给一个波恩的坐标?"

"所以,肯定不是实指!"童子邦反应很快,"书……对了,万象集团的总部,有个非常大的图书馆!德隆修建这个图书馆,是希望组织内的高级干部们多去看书。但总部的人多半是雇佣兵,那些负责研制毒品的高智商人才则分散在世界各地的研究室。所以,这个图书馆很少有人去,我每次到那儿借书时,基本上都碰不到几个人。"

童素觉得父亲的分析有道理:"显然,玛雅也知道您经常去图书馆,而她估计也经常去,所以极有可能将信息留在那里。"

话虽如此,童子邦却觉得有些为难:"那个图书馆奇大无比,总共分成七个区域,里面至少收藏着几十万本书,我们该怎么找?"

"七个区域……"童素思忖片刻,才说,"我们去第六区。"

"为什么?"

"提到七，我的第一反应就是一周有七天，而周一到周日中，有两天的英文首字母是'S'，分别是周六（Saturday）和周日（Sunday）。"童素胸有成竹地说，"至于我为什么不选第七区，很简单，因为八大行星中，也有一个星球的首字母是'S'，那就是土星（Saturn），而土星距离太阳排第六。两个信息综合，可见这个东西在第六区。"

童子邦将信将疑："那'N'呢？两个字母里，你只用了一个'S'，'N'代表着什么？海王星（Neptune）？而且你凭什么认定，这些字母代表的意思就是星期和星系？"

话虽如此，童子邦却也在想，如果八大行星与太阳的顺序排列，海王星刚好排第八，而图书馆七个区域，唯独没有第八个，难道这个"N"就是为了进一步强化概念，令他们联想到八大行星，从而排除第七区这一答案，锁定东西在第六区？

童子邦被自己的逻辑说服了，但仍觉疑惑："我不明白，如果真是这样，玛雅直接在纸条上写东西在哪里不就行了吗？为什么要这样拐弯抹角？"

总共就半个巴掌都不到的纸条，用正常的笔写了"计划有变"，再在反面用可擦笔写了这三行提示，已经将空间挤得密密麻麻。毕竟，这上面的字还不能写得太小，否则可擦笔一加热，就糊成一团，什么也看不清了。

童素突然笑了："我想，是因为纸条的大小不够她写那么多字；又或许，她本身就是一个自负的女人，就算给予我们一定的提示，也需要我们拥有足够的智慧，才能解开这一复杂的谜题。"

童子邦还是觉得奇怪："那她为什么不换一张大一点的纸条？"

"这就代表，纸条的大小肯定也有用处。"童素淡淡道，"爸，您可别忘了，玛雅给我们这张纸条，只是防患于未然。如果她找我们谈判的时候，没有突然死去，我们压根就不会再重新研究这张纸条。这点估计也在这个女人的意料之中，她很清楚只有在她出现意外的情况下，我们才会重新分析她的一言一行。她活着，我们只会琢磨她的真实目的，不会在乎这小小一张纸条，更不会去找她费尽心机藏着的底牌。"

说到这里，童素竟觉得有些兴奋。

那是一种棋逢对手的刺激感。

玛雅虽然不懂黑客技术，但这个女人对他人心理的把握，显然也到了登峰造极的程度。或许她仅犯的两个错误就是太过自负，没想到岩罕会找到她藏得很好的救生艇，并往上面装爆炸物；更没想到童素明明有逃生的机会，竟然不肯走，反而将玛雅打晕塞进去。

两次误判，葬送了玛雅的性命，可这不意味着，玛雅就彻底输了。

高明的棋手就是这样，布局早在几十步甚至上百步之前。就算人死了，棋局还在，还能起到意想不到的作用。

出于这样的想法，童素问："爸，你平常去图书馆，一般都在第几区？"

"我？随便转转。"童子邦回答，"我看书是为了打发时间，让自己平静下来，并不局限种类，有时候会整座图书馆转过去。不过我对第六区还有点印象，里面哲学、宗教、历史类的书籍比较多。"

他回忆了一下，才说："如果我没记错，六区有二十四个非常大的书架，是按照每排四个，共分为六排进行设置的。每个书架上都有几千本书，我们难道要一本本翻吗？"

童素暂时也没想到好方法，只得说："走一步看一步吧！"

在两个雇佣兵的看守与护送之下，童素和童子邦来到万象集团唯一的图书馆。

正如童子邦所说，这栋图书馆恢宏气派，占地面积极为广阔，却只有一层。毕竟，建立在深山中，不能修建太高的楼，以免暴露了行踪。

进入图书馆后，童素下意识地抬头看了一眼监控器，确定整个图书馆都在监视之下，几乎没有死角后，她不由得更加谨慎了。

父女俩装作无聊想找书打发时间的样子，东瞧瞧，西看看，时不时停下来，手上还拿了一两本书，就这样游荡到了第六区。

童素发现，童子邦说得一点都不夸张。

第六区有二十四个大型书架，每个书架八排十二列，还分正反两面，存放的书籍数以万计。如果想要一本本找，且不说有多累，这样的举动也势必会引来岩罕的怀疑。

必须缩小范围。

信息——玛雅那张纸条上，一定还遗留下来了别的信息。

如果说第一行和第二行字迹都已经给予了他们足够的线索，那么第三行呢？德国波恩的经纬度，究竟代表着什么？

而且文字，为什么是三行？

尤其是第三行，数字又要写得足够大，又要清晰，所以显得十分拥挤，就连坐标符号都不画一个，写成50°44′02″N这种格式不是更省事、更清晰吗？也省得让人猜来猜去，否则换个对地理坐标不熟悉的人，需要多久才能想到这是坐标系？

坐标系？

童子邦怔住了。

他抬起头，再度打量四周，就发现整个第六区呈长方形，如果按照"天圆地方"的格局，连同穹顶的天花板，恰好是半个椭圆。

两个坐标代表着平面地理,即把整个地球看成一个平面,从而确定经纬;而三行信息,是不是代表着地理坐标系?即将地球的三维球面看作一个球形整体,从而确定表面位置的判断方式。

如果是这种测量方式,平面的经纬数值当然不能套用,所以玛雅才没用经纬度标出来?

童子邦思来想去,觉得这个猜测最符合,便对童素低语。

童素也觉得可能性非常大,两人按照地理坐标系对象限的划分,稍微换算了一下,德国波恩市隶属于地理坐标系中的第一象限。再按直角坐标系的划分方式,第一象限在右上角,故两人走到第六区的东南方向,开始搜寻。

这时候,范围虽然已经被缩到一定程度,但还是有数千本书存在。

"不对。"童素心想,"肯定还漏了什么信息。"

她的目光落在巨大的书架上,想了很久,突然意识到一件事——这个图书馆所有的书架,全都是八排十二列。

八能联想到什么?八大行星?

那十二呢?

如果按照这个规律,应该是……十二星座?

童素心里飞快过了一遍十二星座的英文首字母,没有"N",但天蝎座和射手座的英文首字母都是"S"。

想到这里,童素立刻问童子邦:"爸,你知道玛雅的生日是哪天吗?"

这种小事情,童子邦哪里会记得?

他想了好半天,才勉强记起来:"应该是10月下旬或者11月初?我记得去年还是前年,她刚好36岁生日,德隆让我查一下某些地下拍卖会的商品,拍了一条法国王后戴过的钻石项链给她。"

"天蝎座啊!那就是黄道第八宫。"童素下了定论,立刻走到书柜的第八列面前,笃定地说,"就在这里了。"

童子邦有些犹豫:"虽然这列只有几百本书了,但我们如果一一翻过去,岩窑要是看了监控视频,肯定也会觉得奇怪……"

"不用那么麻烦。"童素干脆利落地伸出手,从数以百计的图书中,准确无误地抽出其中一本。

童子邦定睛一看:"*The Birth of Tragedy*?《悲剧的诞生》?"

话一出口,他立刻反应过来,没错,就应该是这本!

"S"代表坐标，而"N"代表这本书的作者——德国，不，应该说世界著名的哲学家——弗里德里希·威廉·尼采！

而对尼采人生中影响极大，可以说决定了他一生命运的地方，正是其所就读大学的所在地——德国波恩！

童素翻开扉页，就发现这本精装的哲学著作上，别着一枚小小的书签，长不到6厘米，宽只有一指，恰与玛雅递给她的那张纸条，大小一模一样！

而这张看似简单的书签，一摸上去，却像浮雕一般凹凸不平。虽然肉眼无法分辨，但只要回去，将花纹用特殊仪器放大一百倍、一千倍，乃至一万倍，恰恰是那错综复杂、犹如迷宫的地下通道整张地图的模样！

巨大的兴奋，席卷了童子邦的内心。

但同时，他的心底，却隐隐浮现出一个疑问——这样玄奥的谜题，真的是玛雅所布置的吗？这个女人的能力若是真有这么出色，还会死得那么凄惨吗？

## 第四十七章　致命抉择

　　童子邦与童素获得万象集团总部地下秘道地图的同时，武克里市的全城大停电，已经持续了整整三十七个小时。

　　现在已经是停电的第三天，上午九点。

　　人们本以为很快就会恢复供电，谁知到了昨天中午，雪上加霜，武克里市又全面停水了。老百姓别说做不了饭，连开水都没办法烧。

　　这令武克里市的秩序更加混乱。

　　市政府对外给出的解释是，由于停电，导致水泵无法使用，不能抽取地下水。武克里市附近的河流又因为工业的原因污染严重，必须重重过滤才能饮用，但现在没电，过滤设备也无法启动。两条路都被堵死了，只得停水。

　　但事实上，文南国的高官政要们都知道，停水的真正原因是武克里市的两家大型水厂也遭到了万象集团的黑客攻击，同样陷入瘫痪。

　　虽然政府一遍遍地对老百姓解释，困难只是暂时的，工作人员已经在飞速抢修，很快就能解决问题，但这么久的停水停电，还是让百姓们无比愤怒、焦躁和惊慌。

　　武克里市为数不多的几家拥有柴油发电机的大型超市，仍在坚持营业，但收银台前早已排起长队。

　　人们急不可耐地抢购蜡烛、手电、应急灯等必需设备，饼干、面包等适合充饥的食物，以及饮用水。

　　这几年来，由于中国游客的增加，带动了当地的移动支付。很多文南国的老百姓，尤其是武克里市的居民们早就习惯了用支付软件来付钱，身上没多少现金零钱。但现在全城停电这么久，大部分人的手机都已经没电了，无法打开支付软件，只能匆匆去银行取钱。

　　谁料武克里市绝大多数的银行都因为停电，根本没有开门，ATM机也因为没有通电，无法使用。

　　就在这时，不知道谁说了一句："总行可以取钱！"

　　这个消息很快就一传十，十传百，文南银行的总行门口立刻排成长龙。数百个穿着制服、手持警棍的保安守在那儿维持秩序，并拿着大喇叭吆喝："登记，登记，都来这边登记。写上自己的姓名、住址、工作单位、银行卡号，有护照的把护照号也写上。登记好了来这边，排队取钱！另外，一张卡每天最多只能取一万普顿（文南国货币单位，约合人民币二百五十元），不能重复排队！"

"凭什么！"人群之中传来不满的声音，"一万普顿也太少了吧！就够买一箱泡面！"

"就是，我们自己的钱，我想取多少就得给我多少！"

"米粮店都关门了，超市的面粉、蔬菜也都被抢光了，我们在这里排这么久的队，结果取到的钱不够买一家人一天的口粮，这算什么道理？"

愤怒的百姓们不断鼓噪、推搡，但只要触及银行拉的那条黄线，保安的警棍就会毫不留情地招呼上来。

眼看汇聚的人越来越多，保安队长满头大汗地找到副行长，请示："外面已经聚集了近万名百姓，我们虽然调了所有分行的保安过来维持秩序，却是杯水车薪。现在还能用警棍吓住他们，待会儿人会越来越多，一旦失控，我怕他们就会直接冲进来抢钱！"

说到这里，保安队长顿了顿，小心翼翼地说："现在全城停电，百姓没办法烧水、做饭，只能去买东西吃。不让老百姓取到足够的钱，只怕要出事啊！"

文南国十分贫穷，很多地方一个家庭的年收入都没有四万普顿（即一千人民币），这些年经济虽然发展了一些，加上武克里市是首都，当地居民日子还不错，一家人辛苦一年，收入也只在六十万到八十万普顿（即一万五到两万人民币）之间。

这样看起来，一万普顿似乎不少，怎么也能应付几天吧？事实上却不然。

文南国的国民收入确实很低，物价却并不便宜。

一瓶普通的水，中国超市就卖一块五或者两块钱，武克里市的超市却卖两百多普顿（人民币五块多）；去当地的平价餐厅点份最便宜的小份炒粉，也要将近一千普顿（约二十五块人民币），分量却少得可怜，还不够塞牙缝。

想要在餐厅吃饱，人均消费换算成人民币，至少两百往上，还不一定吃得好。

很多来文南旅游的中国游客都因为这儿的物价心里不舒服，觉得自己被坑了——你们这又穷又破的地方，东西却比中国境内还贵，是不是专宰我们外国游客？

其实文南国的消费之所以高，是因为文南国交通太不发达，运输成本极高。偏偏百姓的收入又少，消费能力极低。一包售价为一千普顿、吃几口就没了的饼干，有可能摆在超市三个月都卖不出去，因为当地人很少会去买这种"奢侈品"，这些钱足够一家五口花一周了。

卖得少，商家自然货就进得少；货进得少，采购价格自然就高，形成恶性循环。

要是停电几个小时，还没什么关系，老百姓可以拿家里的剩饭剩菜应付一顿，或者干脆不吃。但现在停电已经快四十小时了，停水也停了大半天，人总不能长时间不吃东西，不喝水吧？

这种情况下，超市的饼干、面包、矿泉水再贵，老百姓也只能硬着头皮买。

偏偏大家身上既没有足够的现金，超市也没有足够的囤货，没钱买不了，有钱也抢不到！

再这样下去，非出大乱子不可！

想到这些问题，副行长就觉得头大："我有什么办法？我们总行本来是不办存取款业务的，就连柜台都没有。财政部长却向行长下达指令，让我们总行务必满足老百姓取钱的需求，以维护社会秩序稳定，我们能不听吗？"

无奈之下，文南银行总行临时打开金库，从金库中取出现金，并设立柜台，让老百姓能取到钱。

只不过，敞开了让市民取钱肯定不行，总行根本没有那么多现金。刚开门就已经来了上万人，再过一两个小时，几十万人排队都有可能！满足了前面的储户，后面的怎么办？所以总行才会定下每人每天取一万普顿的限额，就是希望排队的老百姓都能取到钱。

但这份苦心，大家并不买账，他们只认为自己连钱都取不了，心里非常不满，喧哗声一浪高过一浪，几乎要把总行所在九层高楼震得摇摇晃晃。

"银行连取钱都不让，这是存心不让我们活！"

"怕什么，他们就几百个人，我们冲进去！"

类似的话语此起彼伏，很多人都已经红了眼，甚至开始对银行保安动手，拼了命想要往里面冲。

眼看这群人就要闯进总行大楼，忽然，密集的枪声在不远处响起！

许多人被突如其来的枪声吓得不轻，他们不知道发生了什么，也来不及思考，本能地想要找个掩体躲避，结果你推我，我推你。那些没听见枪声的人，突然被人群推来推去，根本不明白出了什么事，只是本能地也跟着人群，拼命推搡。

在这个过程中，不断有人摔倒，想要爬起来，却被人流推挤，根本没办法直起腰，更别说站起来了。还有不少倒在地上的人，竟直接被其他人从身上踩过去！亲友想要去拉，很可能是自己也摔倒，陷入同样的绝境。

尖叫声、哭泣声、呼喊声，乱成一团。

这么慌乱的时刻，每个人都吓得四散奔逃，想要跑出去，每个人脑中都只顾着自已,根本顾不及脚下到底踩了什么!

眼看骚乱和踩踏的规模还要扩大,不远处的武装车队上,刚刚下令鸣枪警告的颂猜对一旁的军官低声耳语,军官点了点头,一声令下,所有士兵再度朝天开枪。但这一次不止是鸣枪三声,而是整整打了一分多钟!

然后,军官拿起大喇叭,高喊:"肃静!所有人不准喧哗,不准踩踏,有序排队,不许堵住道路!若有违抗,直接按'破坏国家安全罪'处理,当场击毙!"

听见他的指挥,百姓们终于冷静了下来,人群如摩西分海一般,慢慢为军方的车辆空出了可以通行的位置。

只有七八个市民趴在道路中心,抱着亲人温热尚存,却已被踩踏得面目全非的尸体,嚎号大哭,泪流满面。

还有十几名重伤员,趴在地上发出虚弱的呻吟,根本没办法起来,却仍被亲朋好友连拉带拖,弄到了道路的一边。

此时,几十辆武装车缓缓开过来,荷枪实弹的军人手中端着冲锋枪,对准两边的百姓,丝毫不放松警戒。

傅立鼎坐在车里,双手紧紧握拳。

前天晚上,他们在部队的护送下,前往军事基地,NULL 协助军方排查所有人的移动设备,忙了整整一天。

今天一大早,他们被索帕派人送回武克里市,政府官员、银行总行行长、移动设备公司的董事长等人已经被索帕以"开紧急会议,商讨停电后续事宜"的理由召集到了一起,只要军队一到,将政府大楼封锁,就立刻展开排查。

傅立鼎知道武克里市前天停电,昨天停水,预料到市内的情况一定很混乱,但没想到竟会目睹一场大规模踩踏事件!

看见这出在自己面前上演的惨剧,傅立鼎忍不住想起了祖国。

在傅立鼎的印象中,中国基础设施最受考验的那一次,便是2008年春节前夕的特大雪灾。

漫天的大雪导致路面受阻,铁路一度陷入大瘫痪,近百万人滞留在广州火车站长达十一天。

一百万急于归家的游子被困在广州火车站这个方寸之地,焦躁、愤怒、痛苦、无助、恐惧……所有的负面情绪都无限放大,人群互相传染,绝望到像是世界末日。大规模踩踏事件,随时有可能发生,酿成人间惨剧。

广州数万军警手拉手，围成人墙，成为坚固的屏障，阻止人群失控、乱跑、推搡。

他们必须毫不放松，将自己变成最牢固的人形锁链，因为只要一松手，理智就会在这片土地上被摧毁殆尽，秩序轰然崩塌，不知道有多少无辜的人会死去。

整整十一天，这些军人不分昼夜地守在那儿，而他们的坚守，换来了百姓们陆续踏上归途。

一场可能演变成惊天惨剧的巨大危机，就这样被中国军警用沉默而坚定的姿态，用十一个不曾合眼的日夜，无声地化解。

打那之后，高铁陆续取代了原本的绿皮火车，网上订票取代了窗口拿票，人们的交通出行变得越来越方便。类似的历史，再也不会重演。

可惜，这里是文南国，不是中国。

"很多人受伤了，需要立即治疗。"傅立鼎喃喃，"应该会有人拨打急救电话吧？"

他虽这样说，心里却明白，大规模的停电，恐慌情绪的蔓延，让整个武克里市的路面交通变得糟糕无比，就连军车也必须一路鸣枪，才能让百姓让出一条道。

这种情况下，救护车开都开不过来，更别说及时对伤员进行抢救了。

严明树将牙齿咬得咯咯作响，忍不住小声问一旁的NULL："N先生，我们真的不能先去处理电厂和水厂的问题吗？好歹让百姓的生活恢复正常吧！"

NULL还没回答，应龙已冷冷道："死了这条心吧！"

昨天整整一天，NULL检查出了文南国军方内部人员随身携带的移动设备中，有三千多台设备被植入了木马。基本上是一个人的设备沦陷了，整个部门都保不住。

这个数字彻底震住了文南国军方的高层，他们做梦也没有想到，许多绝密文件，甚至包括军事调动的布置，在万象集团那边其实已经是透明的。

在这种恐惧感的迫使下，军方一致决定，立刻派部队封锁政府相关部门，务必把有问题的设备全查出来，否则他们觉都睡不着。

其他部门倒也罢了，银行、医院和移动基站绝对不能有闪失！尤其是移动基站，要是文南国连网都断了，电话也打不通，整个城市的通信能力就陷入停摆。到时候，就算军方想要维护秩序，也没有那么容易！

其他人不知道万象集团今天会攻击移动基站，让武克里市直接断网，索帕却是清楚的。岩罕对他的威胁里，明明白白说了这一点——武克里市发生如此重大的事故，在索帕的指挥下，事态非但没有尽快平息，反而逐步升级，一天比一天严重，这对索帕的政治生涯无疑是一个致命的打击。

但索帕并不想就此妥协，因为他很清楚，如果他这次答应了岩罕，从今往后，一生都会是岩罕的傀儡！

岩罕如此有恃无恐，无非是认为文南国政府没有顶尖黑客，应付不了万象集团的黑客攻击。可岩罕千算万算怎么都算不到，文南国政府早已向中国政府求援，中国的专家N先生就在武克里市！

这让索帕有了翻盘的机会！

索帕知道，现在武克里市的骚乱，还能出动军队镇压。但要是连网络都没了，通信也受限，那就真来不及了！

所以他第一时间控制军队，确保军权掌握在自己手里，其他人翻不起风浪，然后就必须优先保证网络通信的畅通！

在如此迫切的需求面前，恢复供水供电，只能暂时排到后面！

情况紧急，索帕没时间一一仔细甄别，到底谁是被万象集团利用的，谁又是真正投靠万象集团的。只能把所有设备有问题的人，全部关到一个仓库里，外面则由荷枪实弹的士兵看守。

这些军人只收到一个指令——在没接到新的通知前，务必把仓库看得严严实实，一只苍蝇都不准飞出来，谁出来就打死谁。

索帕这种强势到独裁的做法，折射出文南国军方这些年陆续在政坛抬头，以及对政治话语权的强烈渴求。索帕就是这个势力的代言人之一，不过之前由于军方自己的山头很多，心不够齐，才没能更上一层楼。

现在索帕借助"军方很多人移动设备被万象集团控制"这个大好机会，刚好可以对军方进行一次大清洗，尽可能地收拢手中的权力。这么一来，索帕一旦在总统大选中上台，那就是军、政势力一把抓，大位将更为巩固！

看着这一片混乱，傅立鼎不解地问："我一直觉得奇怪，你说万象集团再怎么有钱，文南国再怎么穷，后者始终是一个国家。为什么万象集团能培养出岩罕这种顶尖黑客，甚至有一支黑客军队，文南国政府却被这两轮黑客打击弄得束手无策，没人能站出来力挽狂澜？"

"文南国当然也有顶尖人才，各行各业都有。"应龙回答，"只是绝大部分的人才，他们发现不了，也留不住。"

这一句话，让整辆车里的人全都沉默了。

是啊，文南国太穷了，穷到很多孩子根本没有接受教育的机会就要为生计忙碌。就算有天才存在，也会被生活磨得平庸。而那些能够读书的孩子，家里多半都有点钱，父母最大的梦想就是送他们出国深造，最好能在外国定居，再也别回来了。

"还有一个原因。"NULL 突然道，"文南国政府并不重视信息化，这是一个彻头彻尾的战略失误。我以为，20 世纪 90 年代的海湾战争，已经把所有国家都打醒了。"

如果说二战时期，全世界的作战方式还是大同小异，无非就是机械化战争那一套——比数量，比战术，比士气，但半个世纪后的海湾战争便告诉了世人，在拥有质量优势的部队面前，单纯的数量对比已失去了意义，从今往后将是信息化作战的时代。

以信息技术为核心的高技术群的发展将引起军事变革，同时军事变革又牵引着科学技术往纵深发展，从而进一步推动新的军事变革迈向更高的层次。

这种情况下，信息化的重要性不言而喻，信息安全更应该被提升到国家的战略层面！

但文南国对顶尖黑客的看重程度，居然不如万象集团这个犯罪组织，给出的待遇更是远远不如，导致根本就没有什么信息安全方面的顶尖人才服务于文南国政府。不得不说，这是一个极大的战略失误。

而这个失误带来的后果已经显现，面对万象集团雷霆般的黑客攻击，文南国政府居然没有丝毫还手之力！

唯一值得庆幸的就是，文南国的军事卫星和军事指挥系统都是高价从先进国家购买的，技术水平比文南国自己负责维护的水厂、电厂等高不知多少个等级，万象集团一时半会儿突破不进去。否则这场仗根本不用打，文南国政府直接得举白旗投降了。

就在车上所有人都唏嘘不已的时候，NULL 突然低头，看向膝上的笔记本电脑："来了。"

应龙心中一紧："什么来了？"

"文南国军事指挥系统的反馈。"NULL 平静道，"我今早为它写了个小程序，一旦有黑客对它进行攻击，我就会立刻收到提醒。"

大家顿时紧张起来，傅立鼎更是直接问："您一个人，应付得来吗？"

他话音刚落，就听见 NULL 低声道："可能应付不过来，文南国的军事卫星也被攻击了！"

竟是同一时刻，双线攻击！

NULL 的精神紧绷了起来。

自从童素孤身前去文南国的消息被他知晓后，他的心就像开了一个大口子，空荡荡的，仿佛魂魄和情绪都跟着童素离去了大半。整个人陷入一种机械的，不知道自己在做什么，犹如行尸走肉的状态。

但这一刻，他却感觉到了久违的紧张。

NULL 很清楚，童素肯定会答应协助岩罕，因为只有这样，她才能传递消息出来，与他们里应外合，借机覆灭万象集团。

逃跑只是下下策，唯有彻底摧毁万象集团，她未来的人生才不会受到威胁。

这就是童素的做事风格，要么不做，要么做绝。

可岩罕也不是傻子，一定会防着童素。一旦被他抓到童素真这么做的证据，童素的下场绝不会好。

岩罕也是顶级黑客，在他眼皮子底下做文章，不可谓不难。

所以，NULL 必须与童素完美配合，那边童素一传递信息，这边 NULL 最好立刻就能发现，然后双方联手将这份"证据"给毁灭。多留一秒钟，对童素来说，危险就要成倍地往上翻。

想到这里，NULL 强迫自己冷静。

军事指挥系统、军事卫星双线受到攻击，童素应该在其中一线，她会在哪里呢？

文南国的大部分军用物资都是向中国买的，唯有军事卫星和军事指挥系统是从大洋国高价采购的，原因是文南国政府上下一致认为，在这方面还是大洋国走在了世界前列。而万象集团早就有入侵大洋国军事间谍卫星的前科，否则他们怎么可能定位到夏正华的行踪，从而精准地制造车祸？

但那个入侵大洋国军事间谍卫星的人是谁？岩罕？还是"铜棒"？

NULL 不能确定。

不过，很快，他就开始反向推理。

对岩罕来说，控制军事指挥系统和掌控军事卫星，究竟哪个更重要？

军事卫星虽然是国防装备竞赛中的重要一环，但文南国仅有一颗军事卫星，而且型号比较落后，只具备拍摄、定位、通信等基本功能。主要原因当然是卫星实在太贵，采购和维护的成本太高。

这就导致文南国虽然买了卫星，也发射上了天，平时用着还能凑合，可一旦打起仗来，就很难应付战时的通信需要了。因为现代战争的情报、指挥、通信等信息流量很大，没有足够数量的小型军事通信卫星配套，就会导致基层部队联络不上，无法精准到小队乃至个人。

正因为如此，对武器装备甚至作战理念都相对落后的文南国军队来说，反而是整套军事指挥系统重要性更高。因为他们早就习惯了这种半机械化半信息化作战方式，上到高级将领，下到普通士兵，观念和习惯都没有改过来，强行把他们拉进更新更好的高度信息化作战，反而不习惯。

卫星没了，文南国政府军顶多变成半个聋子、瞎子，还能保持一定的战斗力。但要是军事指挥系统被万象集团控制了，就像中枢神经被其他人操控一样，要做什么动作，对方说了算，明明是你的身体，你却没有自主权。

由此可见，岩罕一定会参与对军事指挥系统的攻击，因为这才是重头戏！

如果参与这次行动的黑客们由"铜棒"、童素和岩罕带头，那么最理想的分队方式应该是："铜棒"带人去控制军事卫星，岩罕和童素共同去黑文南国的军事指挥系统。

做出这一判断后，NULL立刻开始编写程序，以截取攻击方的数据流。

但在这个过程中，一向对自己十分自信的NULL，竟忍不住开始患得患失了。

他心里总有一个声音在问，万一判断错误呢？又或者，童素根本没参与这次的进攻呢？

岩罕诡计多端，他知道童素身在曹营心在汉，难道真不会做好防范？

你根本就看不到对面的人是谁，你怎么确定自己得到的信息是真的？

得先确定童素是否参与了攻击！

但不管用什么方法来确定，归根到底，都要对方先传递消息过来，NULL这边才能做出判断。

童素在岩罕的眼皮子底下，想要找到一个机会传消息都很困难，如果为了确定身份，直接浪费一个宝贵的机会，会不会代价有些大？

NULL破天荒地有些举棋不定，手中的操作却不含糊。他在文南国的军事指挥系统和军事卫星系统中，都发现了对方植入的木马，然后从中截取到大量的数据流，准备破解。

他先重点分析了针对军事指挥系统的攻击数据，没发现异常；随后，他在军事卫星系统传回的一些支离破碎的信息中，敏感地发现了几个"不和谐音符"——那是几个加在该位置上不会对程序产生影响，但不加也没关系的数字。

ASCII代码？

几乎是下意识地，NULL心中便有了答案。

在计算机的世界里，一切字符最后都要转化为二进制，但每个字母和符号应该怎么转换呢？对此，国际组织多年前就已经定下了标准，那就是ASCII代码。

NULL将这些多出来的字符全都打出来，就算身边的人看过来，也只能见到屏幕上密密麻麻的"01110011011101010110111101110000001100001……"，外行人根本搞不明白。

但问题是，难道自己判断错了，童素独立在攻击军事卫星，所以有机会发送情报？

或者，童素因为与岩罕在一起，根本没办法做手脚，就由"铜棒"来传递消息了。毕竟，"铜棒"是童素的父亲，应该也是可信的吧！

NULL 有些琢磨不定，眉头开始紧锁。

这时，武装车缓缓停下——因为前面那辆车停了。

NULL 压根没管，全神贯注地在数万行代码里寻找可能有用的信息。

索帕的秘书颂猜从前一辆车上下来，敲了敲这辆车的车窗。应龙将车窗摇下，只听颂猜小心翼翼地说："部长来电，我方的技术人员紧急通知，说军事指挥系统和军事卫星系统同时被攻击，对方来势汹汹，他们怕应付不过来。希望车队能一分为二，一半去执行原本的任务，排查政府大楼里所有人的移动设备；另一半则护送 N 先生掉头，回到军方基地，协助我方的技术人员进行防守。"

就在他话音落下的那一瞬间，NULL 已经将他收到的消息记录完毕。

那行长到可怕的数字转换成字母，又用拼音拼成中文后，只有五个字：

索帕有问题。

# 第四十八章　千钧一发

索帕有问题？

这个突如其来的消息，令 NULL 十分震惊。

文南国的国防部长、最坚定的鹰派人物、主战派的代言人——这样的索帕，居然私底下与万象集团有什么见不得光的勾当？

这究竟是真是假？

NULL 不能确定。

用拼音而不用英文，确实像某种对身份的暗示，从这个角度看，这消息像是童素或"铜棒"传递出来的。

但岩罕也是在中国长大，未必不记得拼音的用法。光是这点并不能确定这条消息不是由岩罕冒充童素发出。

如果是后者，岩罕是怎么知道他们来到了文南？他在军方高层之中也收买了线人？他故意放出这个消息，又为了什么？

线索太少，干扰项太多，NULL 不由得眉头紧锁。

而这时，应龙还在问："N 先生，我们要回军方基地吗？"

"不行。"

几乎是下意识地，NULL 就做了决定。

军方基地已经成了索帕的一言堂，一旦他们进入那里，就彻底在索帕的掌握之中，只能任由对方宰割。

不管这条消息是真是假，出于安全的考虑，他不想赌这个万一。

NULL 随便找了个理由应付颂猜："我不在的话，怕对政府官员移动设备的排查会有漏洞。而且我根本不用回军方基地，在这儿就能做两个系统的防御。"

颂猜为难地说："可这是索帕部长要求的！"

见没能说服对方，NULL 只能又编了个说法："其实，我与万象集团有过几次交锋，很清楚他们的实力。万象集团只有岩罕一个顶尖黑客，他的实力和精力并不足以应付双线作战。同时突破军事指挥系统和军事卫星的防线，我怀疑，他们在声东击西。"

应龙听见这话，有些奇怪。

童素十七岁就入侵了大洋国国家航空航天局网站的系统，那地方的坚固程度并不亚于军事指挥系统，可见童素实力出众。

而那次针对夏正华的暗杀，根据国安局的分析，明显是万象集团入侵了大洋国的军事间谍卫星，才能精准定位到夏正华的行踪。这个入侵卫星的黑客，如果不是岩罕，就证明万象集团还有更强的高手。

即便那个入侵军事卫星、本领高强的黑客就是岩罕，童素加岩罕两人，双线作战也够了，NULL为什么这样说？

虽心中满腹狐疑，但表面上，应龙非常配合NULL，故意说给颂猜听："您的实力比岩罕高出一截，岩罕之前在中国兴风作浪，就是被您捕捉到了IP，查到了他的藏身之地。在技术问题上，我绝对相信您的判断。您认为，万象集团真正的目标是什么？"

NULL思考片刻，很肯定地回答："移动基站。"

然后又补充了一句："在去政府大楼的路上，我就会编写程序，帮助防御万象集团黑客对移动基站的攻击。"

颂猜没想到他们两个一唱一和，就已经给这件事定了调，不由得目瞪口呆。但又不好得罪二人，连忙跑到路边去给索帕打电话。

文南国军事基地，指挥中心。

索帕听完颂猜的汇报后，淡淡地说了一句："既然N先生坚持要去政府大楼排查，又说移动基站会受到攻击，那就拜托他化解这场危机。你们一定要贴身保护好N先生，务必寸步不离！"

在"寸步不离"四个字上，索帕加重了语调。

等挂断电话，他又犹豫着在手机上按了一串号码，踌躇片刻，却没有拨出去。

很多人只能看到眼前的危机，但索帕很清楚，就算这几天的麻烦能顺利解决，那又如何？其他党派的人只会抓住这个机会，对自己大肆攻讦，希望将他这个劲敌拉下马。而百姓分辨是非的能力不强，很容易被媒体带节奏，认为索帕是个无能之辈，才会导致局面恶化。

如果这时候，他和玛雅有私生子的消息再被披露，名声就会更臭不可闻。这么一连串的操作下来，他这个高高在上的国防部长，很可能变成人人喊打的过街老鼠，要么流亡海外，要么沦为阶下囚，甚至莫名暴毙。

这就是岩罕的毒辣之处。

假如索帕不听岩罕的"意见",光明的前途瞬间就会变得暗淡无光;可如果听了岩罕的意见,从今往后就只能被岩罕操纵。

倘若万象集团甘心偏安一隅,这笔生意倒不是不能做,双方没有利益冲突,各取所需。但索帕观岩罕心性,知道此人所图甚大,一旦万象集团夺取了文南国的政权,他这个前任国防部长就算曾对岩罕言听计从,到那时候,也只有被舍弃的分。

这两条路,绝对都不能走,也走不通。

想到这里,索帕眼中出现一抹狠色:"岩罕,你怕是想不到,你想要逼我就范而发动的攻击,却会成为我清洗政敌、执掌大权的天赐良机!"

只要他趁着这个机会,将政敌杀的杀,关的关,把政权牢牢地掌握在手上,就算武克里市再断水断电几天又怎样?谁敢跳出来说这是他的不对,他就让谁死!

整个文南国,应该只有一个声音,不是岩罕,而是他索帕!

经过一天一夜的大清洗,他在军方的政敌都已经俯首称臣,而政府方面,颂猜已经得到他的授意,带兵过去控制局面。

现如今,距离他掌控文南国,就只剩一个阻碍。

索帕的目光落到前方屏幕中的高铁运行图上,无声无息地笑了,笑得不带任何暖意,只有阴冷。

车队继续前行。

应龙摇上车窗,好在这辆越野车上的司机也是自己人,因为中国精英小队需要团队行动,刚巧车上差一个位置挤不下,就索性由中国特警开车,还专门配备了一个电子导航和中文纸质地图。

这让应龙可以无所顾忌地问NULL:"N先生,您是不是发现了什么?"

"索帕可能有问题。"

车上的人一刹间都怔住了,脸上露出难以置信的表情。

"假如索帕与万象集团勾结,他图什么?"片刻之后,傅立鼎不解地问。

严明树不大了解文南国的情况,直接想到最坏的可能:"应队长,索帕国防部长的位置,该不是靠万象集团支持才坐上来的吧?"

"不会。"应龙很肯定地说,"万象集团在文南国的势力还没大到那种程度。"

严明树敲了敲自己的脑袋,说:"那么,最可能的情况,就是万象集团掌握了索帕什么把柄,对他进行威胁。"

傅立鼎也这么认为:"发生这么大的事情,对索帕的政治前途,乃至对整个文南国,都是一次极其沉重的打击。"

　　说罢，他顿了顿，又道："我记得今天，东盟各国的元首会坐高铁，直接穿越东南亚的五个国家，其中一站就是文南吧？如果在元首们到来之时，这场骚乱仍在继续，被各国领导看见此地还是一片混乱，文南国政府的执政能力肯定被大大质疑。"

　　傅立鼎只是随口一说，却发现应龙和NULL都转头看了过来，不由得一惊："我说错了什么？"

　　"不，你没说错。"NULL语气低沉，"我们都想错了，岩罕目前最大的心腹之患，并不是文南国政府，而是这条贯通东南亚的高铁！我担心，岩罕会借着这个机会对高铁图谋不轨。"

　　文南国的人均收入低，物价高，百姓生活困窘。但这条高铁的到来，却能令文南的交通和物流变得更加方便。

　　来的游客多了，文南老百姓的收入自然就提高了；物流方便了，文南国的物价当然就降低了。这种利国利民的好事，文南国政府当然举双手支持，万象集团则不然。

　　就算高铁不经过万象集团控制的区域，对这个犯罪王国来说，高铁的存在也会动摇它对升龙省的统治。原因很简单，老百姓穷得活不下去才会助纣为虐，如果有正经生意能养家糊口，有多少人愿意铤而走险？

　　更何况，在这条高铁的规划中，升龙省还是核心枢纽之一。

　　如果说万象集团和文南国政府之前只是处于剑拔弩张，但谁也不敢先动手的状态，那么这条高铁的到来，则将矛盾彻底激化，双方终于爆发了武装冲突！

　　应龙心中一紧，立刻拿出卫星电话："我马上接通国家安全部门，让他们联系这件事情的协调方，问一下东盟各国元首有没有出发！"

　　"不用了。"NULL回答，"我入侵了高铁站外的监控，发现今天早上八点整，各国元首已经坐上了高铁，正在朝文南国的方向驶来。按照高铁时刻表，他们会在十点零五分的时候经过武克里市的站点。"

　　严明树顿时紧张了起来："两小时零五分？这么快？"

　　应龙凝重地点了点头："东盟元首会议并不是在高铁的起始国召开，而是在文南国东部的滇国，真要算上距离，也就是我们中国一个半省的面积。以中国高铁的速度来说，两个小时差不多。"

　　傅立鼎看了一眼手表："现在是早上九点十分，高铁还有五十五分钟就到武克里站了！"

　　"万象集团怎么图谋不轨？该不会是想攻击高铁吧！比如在隧道里埋炸药，对铁轨动手等。"严明树被自己的猜测吓到了，"各国元首可都在上面啊！他们这样做，是要被列入国际恐怖组织名单的！"

"不，他们可以不直接攻击高铁。"NULL已经想明白了整件事情的逻辑。

他对中国的高铁技术非常了解，知道中国高铁在做变轨技术的时候，做了极其详尽的电子比对系统，可以精准到克。而且高铁还装有高精度的识别系统，能提前识别前方的动静，还没进隧道的时候，整个隧道地形的变化就已经尽在掌握。

这种情况下，别说隧道里多了炸药，就算只是多了一粒小石子，都能被系统精准地反馈。假如轨道上出现了带磁金属，高铁更是会提前做出防护。

而且，高铁的设计者们本身也考虑到了严重的自然灾害，例如雪灾、狂风、洪水等的可能，并对高铁做了加固防护。

中国的高铁之坚固，甚至可以抵挡小型导弹的冲击，只要你不是用重型火箭或者云爆弹之类的高杀伤力炸弹，一时半会儿很难将高铁打穿。

这种情况下，用弹药去攻击高铁，实际上是下下策。一是你的设备未必有那么高端，能命中这么一个高速移动的物体；二是命中了未必能造成足够的杀伤；三是就算你目标达到，也会被列入恐怖组织，被世界各国一同通缉。

想要制造一起完美的，不被人怀疑，看上去像"意外事故"的事件，最好的方法应当是利用黑客技术，让高铁脱轨。

唯有如此，各国才会不相信中国高铁的安全程度，拒绝引进中国高铁，而不是集中火力，一起打击万象集团这个恐怖组织！

但很快，NULL就想到——岩罕的计划，索帕知不知道？

他立刻问应龙："你对文南国的政坛最清楚，你告诉我，如果索帕控制住军权，架空总统，总统还能翻盘吗？"

应龙想了一会儿，才说："有可能，因为本届文南国的总统，其实是武克里先生的最后一任秘书。武克里先生当年发起独立同盟，率领一众百姓，推翻了殖民者，建立共和国，在文南有着至高无上的威望。由于武克里先生的几个孩子都陆续过世，他的政治资本就被几个心腹继承。而现在，一直跟随武克里先生的核心团队，就只剩下现任总统，以及垂垂老矣的大元帅了。这两人就算没有实权，也有足够崇高的声望，一旦他们站出来指责索帕，百姓绝对会相信他们！"

也就是说，哪怕索帕掌握了大权，总统的存在还是会对索帕有威胁！

情况有些不妙啊！

NULL思忖片刻，突然下了决心："既然如此，就只剩一种办法了——岩罕如果还没开始攻击移动信号基站，我来！"

"N 先生！"应龙吓了一跳，"您——"

"不用劝我，我这么做，当然有自己的道理！"

九点二十五分，政府大楼。

"咦，手机怎么上不了网了？"

"对啊，我的手机也没信号了。"

"电话呢？能拨出去吗？"

"不行，电话也打不通。这怎么办啊？因为我们这儿有柴油发电机，家里的五个充电宝都带来让我充，正打算中午给他们送回去呢。结果现在信号都没了！手机用不了，还要充电宝干吗！"

政府的工作人员们怨声载道，却听见外头传来枪响，不由得被吓了一跳。

而此时，刚驱散堵在大楼前的重重人群，让武装车队开进政府大楼院子的颂猜却擦了一把冷汗。

NULL 先生说得没错，万象集团果然声东击西！就在刚才，整个移动信号全都瘫痪了，手机简直就成了个摆设，完全不能用！

"N 先生，您的防御程序还没写好吗？这个问题现在能解决吗？"

NULL 拉了拉兜帽，将自己的表情掩盖在黑暗中，语调冷静："没想到他们动手这么快，我还没来得及开始防御，但——这不是问题的关键。"

见颂猜十分疑惑，NULL 继续解释："你知道，万象集团为什么要攻击移动基站，断掉大家的移动信号吗？因为这样，采用特殊频段和特定通信方式，还在使用的信号就会特别醒目，比如军用通信，再比如——高铁独立的信号系统。"

他这番理论确实没错，但真正懂行的人就知道，哪怕各种无线信号纷杂无比，可只要通过专用的间谍设备，其实能准确地区分频段，定位相关的信号，根本不需要采取断掉民用移动信号这么复杂的方式。

但这些专业知识，颂猜不懂，其他人更不懂。而文南国那些厉害的技术人员，现在全被调到军事基地去防御军事指挥系统和军事卫星受到的攻击了，整个政府大楼内部，就没几个懂行的人。

所以，他们就全被 NULL 忽悠了。

听见 NULL 意味深长地在"高铁"二字上加重了语气，颂猜脸色一白："您的意思是——万象集团真正的目标是高铁？糟糕！总统正乘坐高铁，准备回国！上头还有东盟各国的元首！"

"是与否，查几个人的手机和电脑就够了。"

应龙立刻站出来，对颂猜说："我国的高铁信号，采用的是一套独立的调度系统，其中有很多频段根本无法访问。但贵国在签订合约时，曾经表示，希望我国能无偿转让一部分高铁信号方面的技术，并为贵国培养相关人才，我国答应了。现在，我们严重怀疑，这些技术已经流向万象集团。"

颂猜下意识地想给索帕打电话，却发现，他的手机早就没办法使用了。

一旁的军官见状，连忙递上军用通信设备，结果这部依靠卫星来传递信息的通信工具，居然也没信号了！

颂猜不知道这是 NULL 动的手脚，不仅攻击了武克里市的信号基站，让大家的手机都变成了砖头，还对颂猜等人的军用通信进行了信号压制，让他们无法与索帕联系。

在颂猜的想法中，这肯定是因为军事卫星遭到入侵，所以军用通信设备才无法通话！

索帕是一个非常强势的长官，不喜欢身边的人自作主张。这就导致颂猜虽然位高权重，却不是一个擅长下决定，更不喜欢担当责任的人。

他被 NULL 这么一大堆道理砸下来，早就有些心慌意乱，仔细想想，就决定按照 NULL 说的做，万一出了什么事，把责任往对方身上推就行。

所以，他点了点头，立刻吩咐军官们："把当时负责与中国接洽，学习高铁技术的人员的随身物品，尤其是移动设备，全都拿过来！"

就在他们交谈的工夫，训练有素的军人们已经将整栋大楼控制起来，并在一楼腾出一个房间，供 NULL 使用。

没过五分钟，相关人员的设备就全都摆在了 NULL 面前。

NULL 用最快的速度，逐一检查过去，两分钟之内，已经检查出七八个问题手机，等查完一台笔记本电脑后，他直接对颂猜说："这个人被万象集团收买了，一年多以前，他发了一封邮件给一个匿名邮箱，将他所掌握的高铁信号技术全都发给对方。我认为，万象集团已经在贵国的高铁信号指挥系统中，留下了后门，随时能控制高铁，让它脱轨。"

虽然此人已经将邮件删除，但以 NULL 的技术，恢复起来，不过是分分钟的事情。

NULL 紧接着又说："我需要高铁信号系统的最高权限，以及，给我找五十台信号模拟器过来！"

他这一连串指令下得太快，颂猜根本就来不及思考，只能照办！

由于高铁信号系统的最高权限，掌握在交通部长手里，对方从身份上来说与索帕平级，颂猜只能自己跑一趟，与交通部长交涉。如果仅派一个军官过去索要，对方肯定不会给。

他走之前，不忘让士兵们守在门口，心想这也算部长所说的"寸步不离"吧？

颂猜一走，中国特种精英小队的人立刻聚集起来，将 NULL 围在正中间，只听 NULL 小声说道："我们必须考虑到最坏的结果，即岩罕和索帕是同伙，他们都想要各国元首乘坐的那辆高铁出事。岩罕是黑客，他采用的方式是黑客攻击；但索帕是军人，很可能会动用重型火力，反正事后，他可以栽赃给万象集团。我借协助维护文南国军事指挥系统之便，查了一遍他们的武器库存，认为索帕最有可能动用的就是反坦克导弹。由于两国是全面战略合作伙伴的关系，文南国有我国'红箭－8'反坦克导弹的生产许可和生产工厂，这也是他们部队的主流配置！但'红箭－8'有两个致命的缺陷：第一，它的距离只有三公里，这也就意味着，你们的排查范围会大大缩小，只需要在高铁必经之路的三公里内即可；第二，它发射出去后，还是需要手动操纵，所以它尾部会携带一根数据线，而那根数据线上，有无线信号！"

这就是为什么，NULL 要断掉武克里市全城移动通信的原因。

如果一个城市里，其他的无线信号全断了，只有特殊的几个信号还在使用，那就像黑夜中的星辰一样，就算是不懂行的人，凭借特定的仪器，也能轻易捕捉到！

"等颂猜把信号模拟器拿过来之后，我会找个借口，让你们全都分散出去，到高铁沿途会经过的地方。地图我在车上的时候，就已经传到你们手机里。大家自己分好路段，覆盖周围，只要一捕捉到特殊信号，立刻启动信号模拟器，进行信号压制和模拟，用这种手段诱骗'红箭－8'打向错误的地方，防止最糟糕的情况发生，明白吗？"

众人面色肃然，向 NULL 行军礼："明白！"

NULL 刚挥挥手，示意他们散开，颂猜就已经上气不接下气地跑过来，递给 NULL 一张纸条："权限已经拿到了，这是口令，信号模拟器仓库没那么多存货，只有三十台，也马上送过来。但请问，要信号模拟器干什么？"

"因为万象集团可能在高铁周围进行信号诱骗，从而模糊高铁的判断，令高铁走向错误的方向，从而脱轨。"NULL 不动声色地胡编，"我建议你，派三十个信任的人，与我们的队员一起，分布在高铁必经之路周围，以防不测。"

颂猜将信将疑。

但他转念一想，只要每个中国精英身边，自己派三个军人跟着就行。所以点了点头："我立刻调集车辆，很快就好！"

武克里市现在停水停电断网，想调车本是一件十分困难的事情，好在这里是政府大楼，高官名流们又聚集在此开会。这些大人物几乎都是坐着自己部门的公车过来的，军队临时征调这些公车，他们怎敢说不？别说三十辆，三百辆也能凑齐！

这就是NULL为什么要一再忽悠颂猜的原因。

没有颂猜的配合，就算NULL本事通天，在这异国他乡，想要阻止这么一场惊天阴谋，也有心无力。

而此时，时间已经到了九点三十六分。

九点四十分整，载着各国元首、编号为D9999的高铁，距离武克里市只有五十公里。

迎面驶过来一辆洁白的高铁，从他们左侧呼啸着驶过，文南国总统透过车窗，看见那辆高铁的车厢里坐满了人，不由欣慰地点头："交通方便了，百姓的日子就会越来越好。"

安寨国总理见状，不由叹道："是啊，我们也希望高铁能修到自己家门口，将我国的特产带到世界各国。"

这句话充斥着无限的感慨，还有说不出的憋屈。

就像文南国历代总统坚持国内不种罂粟、不贩毒，不希望外人提到文南国就想到毒品一样，安寨国总理也不希望别人一提到安寨，立刻就联想到色情产业。但硬件条件的限制，实在让人为难。

如果高铁能穿过升龙省，修到安寨国，安寨的百姓们也能迎来各国的游客，像泰国那样，靠旅游业快速发展，摆脱物资匮乏、经济不发达的困境。

其他各国元首也纷纷点头，有人称赞中国制造的高铁就是好，又快又稳；也有人对中国的"一带一路"战略充满着赞赏，认为这一战略有力地带动了东南亚各国的发展。

就在这时，刺耳的警报突然响起。

元首们面面相觑，就听见广播："前方路况有误，前方路况有误！"

保镖们听到后，立刻去找列车长了解情况。

没过多久，他们就面色惨白地回来了，语气都带着颤音："司机说，刚才有个扳道出了问题。我们这辆车本来应该走右边的轨道，但那个扳道不知道为什么，没有让开右边的轨道，反而让开了左边，导致我们这辆车走进左边的轨道！"

左边！

刚才那辆与他们擦肩而过的高铁，不就是从左边来的吗？

保镖的下一句话，证实了这个噩耗："列车长说，再过五分钟，我们将与一辆迎面而来的高铁相撞！"

# 第四十九章　力挽狂澜

保镖们的回答，让东盟各国元首都有些急了，其中当数文南国总统最心焦。

他顾虑的不是自己的生命安危，而是这辆高铁目前正行驶在文南的国土上，一旦惨案在文南国发生，无疑会让文南国与其他国家的关系急剧恶化。

高铁上不仅有东盟各国的元首，而且因为东南亚还有一些国家仍是君主制，部分王室成员，包括滇国的王储都在车上。

这位王储是老国王唯一的儿子，至今膝下也没有一儿半女，上头也没有叔叔伯伯。王储要是死在这里，王室一脉就彻底没了继承人。天知道晚年丧子的老国王会做出什么疯狂之举，光是想想那种可能性，文南国总统就不寒而栗。

他急迫地问："不能让高铁停下来吗？"

一旁负责为元首们讲解高铁运行原理的技术人员，脸色铁青，额头上全是冷汗："这辆高铁的时速高达每小时380公里，想要停下来，必须逐渐放缓速度。短短两分半钟之内，要让两辆飞速行驶的高铁全部停下来，可能性几近于无。"

安寨总理语带绝望："那怎么办？我们只能等死吗？"

"还有机会。"技术人员回答，"这辆车还要经过两个扳道，只要前方在任意一个扳道上换轨，走回正确的路，那就行了。"

王储听了，连忙道："那还等什么，快点让人去切换扳道啊！"

"列车长已经在向文南国高铁指挥中心请示了！"

众位元首悬着的心终于稍微放下，却不知道，此时的高铁调度室内，列车长拼命呼叫文南国高铁指挥中心，通信却始终处于忙音状态，无法接通。他想联系W1234，即马上要迎面而来的那辆高铁，告知对方这一突发状况，同样联系不上。

列车长心急如焚，那边司机的请示又过来了："列车长，很快就要30秒了，我要不要继续踩踏板？"

由于高铁在行车过程中，驾驶室内只有司机一人，不像普通火车会配备正副两名司机，可以轮流去休息，加上高铁速度很快，不能出现毫厘差错，导致司机必须聚精会神，甚至连喝水的时间都没有。

为防止司机疲劳或者走神，影响高铁的安全，驾驶室内有一个特殊的踏板，司机必须 30 秒内踩一次。如果超过 30 秒没有踩，系统就会报警，7 秒钟后自动停车。

但这个停车过程也不是急刹车，而是缓缓停下，这就代表着他们这辆编号 D9999 高铁，其实还要往前开一段路。

如果 W1234 收到了消息，两辆高铁同时停下，运气好的话，有一定概率不会出事，只是希望很渺茫而已。

可列车长既联系不上指挥中心，也联系不上 W1234，急得团团转。

出错的是他们这辆载有各国元首的高铁 D9999，而不是 W1234！如果 W1234 没收到通知，不知道前方路况发生了变化，按照平常的高速正常行驶，等看到他们这辆高铁时再想停下，已经晚了！

这一刻，列车长心里十分紧张，他必须做一个抉择。

到底是让高铁继续开，赌下一个扳道没出问题，可以顺利地将他们送回正确的路上，还是让高铁就此停下？

冷汗自额头滴落，列车长咬了咬牙，在司机都快读秒的时候，毅然道："别踩，让高铁自动停下！"

说完这句话，他整个人都松了一口气，但随之而来的，却是更深的担忧。

万一他这个决定做错了呢？

但这时，司机恐惧的声音却响了起来："不行，我明明没踩踏板，但列车却没有触发报警机制，还在继续行驶，速度也降不下来！"

怎么可能！

列车长的心都快要跳出嗓子眼了，只听见司机惊恐地喊："前方的扳道，挡板自动开了，还是左边！"

这一刻，就好像有一双无形的手，正越过司机，操纵正在发生的一切！

所有知情的人全都在不断发抖，有些乘务员已经吓得瘫倒在地上，甚至绝望地闭上了眼睛。

列车长用颤抖的双手，一遍遍地拨打指挥中心的联系电话，却始终传来忙音。

但这些人加起来，都没有司机一个人恐惧——他已经看见了前方不远处的高铁，正在飞速朝这边驶来！

就在司机哆哆嗦嗦，以为自己必死无疑之际，正前方的下一个扳道，突然开始切换，挡板从左边直接切至右边。

D9999 的十六节车厢全部走上右边的轨道时，挡板立刻切换，让出左边的通道，下一秒，W1234 呼啸而过！

只差一秒，两辆高铁就要相撞，车毁人亡！

而此时，W1234 高铁的司机也吓出一身冷汗，对列车长汇报："D9999 列车好像出了问题，刚才差点与我们撞上。"

按理说 D9999 不该在那个口变道，就算要变，也该提前通知 W1234 一声，但 W1234 却没收到配合调度的信息。

列车长十分奇怪，立刻联系指挥中心，得到的结果却是："最近十分钟之内，D9999 并没有对指挥中心发送任何异常情况汇报。"

他们都不知道，此时的政府大楼内，NULL 抬眸看了紧张的颂猜一眼，淡淡道："万象集团的黑客已被我彻底驱逐，高铁的信号系统恢复正常，各国元首乘坐的 D9999 高铁没有丝毫损伤。"

高铁上的诸位元首并不知道这场黑客攻防战役的凶险，但两辆高铁擦身而过的惊险情景却被尽收眼底，大家都松了一口气，心中后怕不已。

劫后余生的庆幸后，有些人便想：中国这高铁吹得很厉害，但真正运行起来，未免也太不靠谱了吧？什么全自动扳道、智能调度系统、提前掌握前方路况……元首坐在高铁上，都能差点车毁人亡，安全真的有保证吗？

正当许多人对中国高铁的安全性开始存疑之际，突然，剧烈的震动和爆炸声响起。

"什么情况！"

"5 号车厢被不明物体袭击，车体破损！"列车长通过全车监控，第一时间掌握到了信息，顿时脸色惨白，"系统判断为——导弹打击！"

此时，正值九点五十五分。

时间倒退至五分钟前，武克里市近郊，高铁沿线。

傅立鼎坐在副驾驶座上，时不时抬起左手，看一眼手表上的时间。

九点五十分。

距离高铁驶入武克里站，还有十五分钟。

按照 NULL 给的时刻表，高铁开到傅立鼎所负责的位置时，应该在九点五十五到五十七分之间。

由于他们出发的时候已经是九点三十七分，想要在这么短的时间内穿过大半个武克里市，无疑十分困难，加上信号模拟器也只有三十台，不够分，所以 NULL 给三十组成员都划定了范围。

信号模拟器的辐射范围是 3×3×3，也就相当于一个半径为三公里的球体，但 NULL 大手一挥，一个队伍划了十二公里，让他们在这个范围内来回开车，一旦捕捉到特殊信号，立刻启动信号模拟器，进行压制和干扰。

应龙守在 NULL 身侧，不方便离开，傅立鼎就和严明树分好工，两人分别领了高铁轨道东南角和西北角的任务，一个最先看见高铁驶入，一个最后看见高铁开出，其他队员则分布在高铁沿线的路上。

为了能在十几分钟内赶到市郊，傅立鼎驾驶高性能的"枭龙"越野车，一路风驰电掣。

这还要感谢文南国的军事基地就建立在京郊东南角，刚才军队的武装车队一路到政府大楼的时候，顺便把道路给清了，这让傅立鼎"原路返回"的效率变得很高。否则就之前突突车乱停、百姓堵路的那个状况，别说越野车，就是法拉利也开不出足够快的速度。不像现在，道路空空如也，足够他们狂飙。

与他相比，严明树那边就可怜了，要一边鸣枪开路，一边才能开过去。但高铁到他那边的时间晚，这样的安排倒也合理。

傅立鼎一边盯着信号模拟器，一边回想 NULL 的交代："我刚才看了一下中国高铁的资料，做了一个建模估算。发现一枚'红箭-8'反坦克导弹，威力并不足以令整个高铁被摧毁殆尽，顶多是某节车厢出故障，高铁相应的安全和保护机制会立刻开启。各国元首身边的警卫们也不是吃素的，只要给他们足够的机会，未必不能逃生。想要彻底摧毁高铁，杀死里面的人，必须至少十余枚'红箭-8'一同瞄准车厢，拼命轰击，而且要三枚以上的导弹落在同一个车厢才行。"

这就给了傅立鼎缩小目标的机会。

如果只需要一枚"红箭-8"就能摧毁高铁，傅立鼎会很头疼。

他对这种中国独立研发的反坦克导弹颇为了解，知道以导弹来看的话，"红箭-8"算得上非常轻便了，导弹本身加战斗部件的重量只有二十多斤，一个成年男子是可以扛起来的。若是索帕就派一两个人，导弹发射完就走，想要大海捞针还真不容易。

但既然 NULL 说了，想摧毁高铁，"红箭-8"至少要三五枚，那就好办了。

三枚导弹有七十多斤，五枚就是一百多斤，如果十余枚，那就更重。一两个人抗不动，而谋杀总统这么机密的事情，索帕应当不至于派出一个连来完成吧？这就代表着，持有导弹的人，必须有一辆车来运输这些导弹。

这样一来，目标其实就很醒目了。

文南国百姓的交通工具是以突突车为主，有私家车的本来就不多，加上武克里市停电三天，加油站已经不营业了，这时候还有油，并会在外面乱跑的车，实在算不上多。所以，傅立鼎让一旁的文南军人开车，在 NULL 划定的区域里来回兜着圈子，自己则紧紧地盯着四周。

突然间，他发现了目标。

一辆"枭龙"越野车，低调地从一个巷子中穿出，又立刻闪进旁边的一个巷子，很快就不见了踪影。

直觉告诉傅立鼎，这辆车十分可疑！

但他用眼角的余光瞟着身旁给他当临时司机的军人，顿觉有些难办。

"枭龙"是文南国的军方用车，正与他一起执行任务的文南军人不会不知道。自己贸然提出要跟踪那辆军车，此人会怎么想？

傅立鼎左思右想，还是觉得人心隔肚皮，不能冒险。

他的大脑飞速运转，正想着怎么摆脱此人，自己追上去。突然看见前方有个亮着灯的大型超市，顿时有了主意："哥们，前面有个超市，我们在那里停一下。我不懂文南当地话，你能帮我买包烟吗？"

说着，他就打开钱包，抽了五百块人民币出来。

这名临时司机愣了一下，想到颂猜耳提面命，尽量满足中国人的需求，还是点了点头，接过钱，下车去帮傅立鼎买烟。

他一下车，傅立鼎立刻跨到驾驶位，一踩油门，就将越野车开得轰轰响，绝尘而去。

从他看见军车到骗司机下车，也就一分钟不到，但那辆军车已经连影子都找不到了。

越到关键时刻，傅立鼎就越冷静，他想，发射反坦克导弹，动静那么大，对方肯定会找个僻静地方，尽量不让百姓看到。

然后，他打开手机，翻到 NULL 发给他的区域地图，大脑飞快运转。

东南区域是武克里市的老城区，有很多老旧的居民楼，以及一些破旧的工厂，至于他负责的区域附近……

傅立鼎的目光，落到一处建筑上。

那是一个大型垃圾处理站。

垃圾处理站嘛，肯定是臭气熏天，稍微有点条件的百姓都不乐意住那儿附近，能搬的都搬走了，就只剩几家烟花爆竹厂还留在那里。

论隐蔽和掩人耳目，这片区域内，没有比那儿更好的去处了。

但这片地方，并不在 NULL 给他划定的 12 公里区域内，而在更远一点的地方。因为此地距离高铁轨道超过了三公里，"红箭 -8"打不到。

按理说，傅立鼎不该往那边去的，但他平常虽然冷静，关键时候却非常相信直觉，忍不住给自己找借口——NULL 先生也只是根据地图来框定大概的区域，可万一这份地图是错的呢？又或者，这辆车是通过那个区域某条地图上没有标注的小路，然后绕到一个距离高铁轨道不到三公里的地点？

就像他们追捕万象集团时，谁会知道，废弃工厂的后山竟有一条几十年前挖的防空洞，又被万象集团加以改造，变成了一条跨越国境线的逃生通道？

傅立鼎犹豫片刻，还是把车往垃圾处理站的方向开去。

很快，他就在一个拐角，看见了墨绿色军车的背影。

傅立鼎顿时紧张了起来。

他开得非常谨慎、小心，尽量把车速放慢，为了瞒过前面的军车，傅立鼎甚至刻意在工厂附近绕圈，还在某个厂门口停下，装作找人问路的样子。

实际上，他的注意力，一直盯着信号模拟器。

但信号模拟器却迟迟没给反应。

他猜错了？

傅立鼎下意识将车速放到很慢，意识到了自己的冒失和莽撞——就因为他觉得那辆军车可疑，现在的路线已经偏离了巡逻圈。

他是不是该原路返回，按照 NULL 的规划，去相应区域巡逻？

就在这时，他突然听见了巨大的轰鸣声！

傅立鼎脸色一变，正要发动车子，顺着声音的方向找过去，就看见旁边两个保安模样的人走过来。傅立鼎灵机一动，摇下车窗，笑眯眯地用中文问："不好意思，二位，我迷路了，这是什么地方，刚才那声音怎么回事？怎么像什么东西爆炸了一样？"

保安见他开着豪华吉普，气度不凡，不敢怠慢，便用不够流利的中文回答："这位中国来的游客，您不知道，这片区域有好几家烟花爆竹厂，经常轰隆轰隆。不是厂房爆炸，就是实验新烟花。如果在厂区里放烟花测效果，政府会觉得你污染环境，影响居民生活，动不动就是一大笔罚款。但在那旁边的垃圾山上试新烟花爆竹，政府却不会管。周围的烟花爆竹厂为了省钱，就经常大白天去垃圾山点一堆烟花，测验效果。"

傅立鼎连忙问："你们说的垃圾山在哪儿？听上去挺有意思，我想去看看。"

保安随手一指："就在前头，垃圾场旁边，再靠得近一点，就能闻到刺鼻的臭味了。"

傅立鼎道了谢，立刻开车走了。

保安们面面相觑，实在不解："这有钱人什么毛病，喜欢看垃圾山。"

越野车没开多久，傅立鼎就看见了保安所说的垃圾山。

他原先还以为"垃圾山"只是一个形容词，看过之后才知道，那真是一座二十几米高，大概有几十个足球场那么宽，由垃圾组成的"山"。

原来，武克里市每天产生的垃圾有一半以上都运往这里，直接填埋，垃圾越堆越高，久而久之，就成为了"群山"。

这是连 NULL 也没预料到的一点。

而只要站在这座垃圾山上，拥有足够的高度，距离高铁的轨道，未必就没有三公里！

傅立鼎看了一眼信号模拟器。

上头的红点，已然亮起！

这是捕获特殊波段无线信号的标志！

还没等傅立鼎做出反应，一枚导弹从垃圾山顶呼啸而出，在空中划了一个优美的弧线，以迅雷不及掩耳的速度，准确无误地命中了 D9999 高铁！从声音判断，这已经是垃圾山上发射的第二枚"红箭-8"了！

而此时，高铁内部，尖叫声此起彼伏。

"导弹！是导弹！"

"这是恐怖袭击！"

乘客们抱头痛哭，以为自己下一秒就会死去，但剧烈的撞击，居然只是让车厢震动了几下，烧出一个洞，却没有预想中的爆炸！

文南总统看见这一幕，心中想的竟是："中国高铁真是安全啊！被导弹命中，居然还能扛住。"

但很快，他又担心起来。

由于导弹的轰炸，高铁启动预警机制，已经停了下来，这简直就是个活靶子！只要他们这节车厢再被几枚导弹命中，就要彻底炸裂了！

怎么办？究竟该怎么办？

正当乘客们无比绝望之际，傅立鼎已经按照 NULL 的叮嘱，按下信号模拟器右边的按钮，启动 NULL 预设好的程序！

霎时间，无线信号压制开始！

强烈的无线信号波动，成功诱骗了"红箭-8"，让这种发射出去后仍需要人不断手动调整，才能准确落到既定位置的导弹，被这个极其强烈的信号诱骗，就像大草原的雄狮，看见奔跑的羚羊，就立刻遗忘缩在角落的兔子一样。

在狮子眼里，羚羊才是自己的任务目标。

"红箭-8"也是一样。

在信号模拟器的诱骗下，接下来相继发射的两枚导弹，都险之又险地从高铁旁边飞过，刚好没有擦到高铁的车身，而是落到不远处的空地上！

霎时间，高铁里的所有人都松了一口气。

傅立鼎却知道，事情远远没有结束。

只见他紧张地拿起卫星电话，拨给应龙："应队，我找到发射反坦克导弹的人了，信号压制已经开始，但我担心他们一旦移动，离开信号的压制范围就麻烦了，现在不能再让任何一枚导弹命中高铁，我必须去阻止他们！你们赶快按照这个坐标过来！最好能人赃并获！"

说罢，他深吸一口气，毅然地发动了越野车，朝"垃圾山"上冲去！

此时，站在垃圾山顶的三个士兵还浑然不觉，看见后面两轮导弹射出去，居然没有命中静止的高铁，为首的军官不由皱眉："什么情况？怎么偏向了？刚才不是调试过发射器吗？第一次只打了一枚，中途隔了两三分钟才打第二枚，就是让你们调好位置和距离的！否则按照'红箭-8'的速度，一分钟可以打两枚出去，现在这十几枚都该打完了才对！"

"可能是位置调得不对，偏离得太厉害！"负责发射导弹的士兵辩解了一声，然后催促填装弹药的人，"快点，不能给他们喘息的时间！部长交代过，务必把高铁彻底摧毁，不能让里面的任何一个人活下来！"

正当又一发导弹填装好，马上要发射之际，突然听见了汽车的声音。

转头一看，竟是一辆越野车气势汹汹地向他们冲过来。

明明看见前方就是军车，以及反坦克导弹的发射器，这辆车却还是义无反顾，狠狠朝他们撞去！

# 第五十章　锁定位置

升龙省，万象集团总部。

知道 D9999 高铁被反坦克导弹攻击的那一刻，童素便对岩罕说："这场对弈，是你输了。"

寥寥几个字，却让岩罕气急败坏地反驳："我没有！"

"不，你输了。不仅在黑客攻防上，对方抢先你一步攻瘫了武克里市的 4G 网络，虽然同样是攻击，你们双方的目的不同。"童素冷冷地笑了一下，又毫不客气地在岩罕伤口上撒了把盐，"关键是用导弹袭击高铁这件事，虽然是索帕做的，但文南国政府绝不可能对外这么说，这个锅，只能由万象集团来背。"

说到这里，童素突然笑得很灿烂："你知道你为什么会输吗？"

"我说了，我没有输！"

童素不理会他的反驳，淡然道："因为你太狂妄。"

她顿了一顿，又说："当然，这也不怪你。这么多年来，你不管做什么事情都顺风顺水，无论是对付贾云豪，对付道达，还是对付玛雅，全都无往而不利。但你想过没有，这些人之所以任你摆布，真是因为你比他们聪明吗？"

童素承认，岩罕确实心机深沉，谋略过人。但仔细想想，他能控制贾云豪等人，难道只因他智慧过人？

当然不是。

贾云豪之流虽是人中龙凤，到底没与黑暗世界打过交道，碰上岩罕这种不拿人命当回事，随时有可能杀人的亡命之徒，本能地就会惧怕。

至于道达、玛雅的失败，不得不说，也有德隆的功劳。

道达的心腹都跟了他多少年，岩罕又才多大？再说了，岩罕在万象集团发迹也就这几年，能收买道达多少心腹？那些追随他而背叛道达的"心腹"，有很大一部分其实都是德隆的人，老主人死了就效忠少主人，仅此而已。

但岩罕用惯了这一招，竟想如法炮制，对付索帕，那就大错特错。

索帕寒门出身，却一路摸爬滚打到今天的位置，本就不是什么省油的灯。除了被玛雅坑了一把，窃取了精子，人工授精生下孩子之外，其他时间几乎没踩过陷阱，更难被人抓到把柄。而他之所以被玛雅算计，并不是因为他不够聪明，仅仅是因为他大男子主义，看不起女人罢了。

如果索帕是随随便便就能被威胁到的人，那也不会有今天的索帕了。

"你是个狠角色，没错，但你做人不懂得留一分。"童素淡淡道，"而这世界上，总有人比你更狠，更豁得出去。"

她话音刚落，岩罕就狠狠地扼住了她的脖子，厉声道："你给我闭嘴！"

童素似乎不懂什么叫害怕，面对如此情景，脸上居然还继续在笑，而且笑得无比轻松："万象集团很快就会被东盟各国列为恐怖组织，进行全方位打击吧？你说迎接万象集团的会是什么呢？会不会是为期三天的战略轰炸？"

"闭嘴！"岩罕一向风度翩翩，从来没有像现在这么凶狠，"只要万象集团的位置不被他们掌握，我就还有翻盘的可能！"

童素知道，他越是这么疾言厉色，就越代表他的心乱了。

也难怪，"公爵"的武器只交付了一小部分，除了五十枚云爆弹之外，战斗机、坦克等都还没有运过来，这时候要是东盟各国联手对万象集团动手，万象集团凭什么还击？凭上千条冲锋枪、几个仓库的子弹吗？

岩罕虽然在总部布置了云爆弹，但那是没有办法的办法，是同归于尽的底牌。总不能说因为有云爆弹，他就有恃无恐了吧？

想清楚这点后，童素轻轻地笑了："若要人不知，除非己莫为。"

这个时候，爸爸应该把第二条消息也成功地传出去了吧？

"Yggdrasil？世界树？"

NULL 翻来覆去地想着这个单词，以及单词后面一长串的数字，不明白童素究竟要告诉他什么。

他能联想到的，无非就是两个事物：一是北欧神话中的世界树，二就是德国一家叫 Yggdrasil 的医疗器械公司，这家公司还和 NULL 有些渊源。该公司的创始人就是顶尖黑客 Dante，而夏正华被刺杀的时候，仁德医院的大型医疗器械就是从 Yggdrasil 公司租赁来的。

NULL 认为童素或是"铜棒"说的应该是后者，但他不清楚，这家公司和万象集团有什么关系？

这时应龙推门而入，到 NULL 身旁小声地说："颂猜已经招供了，他说，索帕和德隆的女儿玛雅有私情,这应该就是岩罕用来威胁索帕的理由。"

文南国总统到底是枪林弹雨中走出来的,一看见爆炸的痕迹,就知道是"红箭-8"所造成的。他马上意识到,国内形势有变。

由于D9999高铁被两枚反坦克导弹命中,必须送去维修,不知道何时才能投入使用。各国元首没有办法,只能在武克里市下车。

当时,NULL刚好把移动基站恢复,网络又能重联,总统顺利地联系上了病榻上的大元帅。

大元帅挣扎着病体,偷偷见了几个铁杆老部下,利用自己在军队的影响力,放走被索帕关押的高级将领们。

这些高级将领们也有自己的心腹属下,之所以被索帕控制,主要是因为事情来得太突然。现在一旦恢复自由,都对索帕恨得牙痒痒,他们一边调人手过来打算与索帕对峙,一边去找大元帅和总统告状。

原本肃穆的军事基地,霎时间气氛就变得剑拔弩张。

眼看着文南国的军队自己要先打起来,索帕把自己关在指挥室里,静坐了整整一个小时。

他拿起手机,本想给家人打个电话,但想起自己儿孙死的死,残的残,妻子又跟着女儿女婿去了欧洲定居,夫妻俩几年都不见一次面,已经形同陌路,突然觉得无限悲凉。

这一生,他为文南国奉献了太多,让亲近的人陪他吃了太多苦。如今他已穷途末路,就不要再连累别人了。

出于这种想法,索帕将心腹们喊过来,说:"你们杀了我吧,这样一来,你们也算将功赎罪了!"

"部长!"心腹们各个眼眶含泪,神情激动,"我们手上还有人,和他们打,我们未必会输!"

索帕摇了摇头,叹道:"我迫于岩罕的威胁,为了自保,一念之差对总统下手,已经罪不可恕。如果一错再错,为了自己能苟活,任由军队内讧,负责保家卫国的军人们却对同僚举枪,这样的做法,只会削弱我们国家的军事实力,错过这个打击万象集团的良机。"

心腹们低下头,不说话。

他们心里,或许并不觉得索帕有什么错,如果真有错,也只是因为索帕还不够心狠手辣。如果索帕能在控制那些高级将领的第一时间,就把这些人全杀了,总统和大元帅也未必能翻盘。

看见这些心腹们用沉默做抵抗，索帕举起手枪，对准了太阳穴，大声喊："记住，是你们将功赎罪，才将我杀了！"

说罢，他毅然扣动扳机！

索帕的死，让总统不胜唏嘘。

总统从没想过，他最信任的部长竟会走到这一步。为了弄清楚索帕到底为什么会变成这样，总统把索帕的心腹们全都关起来，分开拷问。

没多久，索帕与玛雅的私情，就已经变为公开的秘密。

与此同时，总统一边调度物资，维护武克里市的稳定；一边请 NULL 帮忙，恢复水电供应。

NULL 不关心这些后续，他在听见"玛雅"这个名字时，突然捉住了一丝灵感。

与 Yggdrasil 公司有关系的人，会不会就是玛雅？

NULL 正在思考，应龙看见"Yggdrasil"这个名词，猛地一怔："刚才我无意中听说，Yggdrasil 公司的直升机打算降落。但武克里市发生了这番变故，暂时封锁了交通，导致他们只能停在附近的城市，然后开车过来。"

"他们公司的人为什么突然过来？"

应龙当然不知道，但见 NULL 如此看重这个问题，便道："我这就去问！"

"不用了，我立即请示总统，与 Yggdrasil 公司的代表见面！如果我没猜错，他们将是我们找到万象集团总部的关键！"

听见 NULL 把 Yggdrasil 公司描述得如此重要，文南总统立刻让人用最快的速度，把该公司的代表接来。

没有人比文南总统更清楚，万象集团的总部究竟有多难被找到。升龙省的老百姓基本上都是许进不许出，万象集团的客人们，则全是从安寨国走，绝不途经文南其他省份。而万象集团迷惑文南国政府的假据点也很多，让文南国政府根本不知哪一处是真的。

在 NULL 和文南总统的热切期盼下，一个小时后，Yggdrasil 公司的团队终于赶到。他们立刻被请进政府大楼，与 NULL 会面。

NULL 十分直接、干脆地问他们的来意，Yggdrasil 的代表也不含糊，把事情的前因后果交代得一清二楚。

原来，两年前玛雅在 Yggdrasil 公司订购了一台小型单人救生潜水艇。

这种潜水艇由 Yggdrasil 公司独立研发，全世界只卖出去了 1000 台，每个买家都是身价亿万的大富豪，在 Yggdrasil 全都有编号和记录，玛雅买的那台潜水艇排在第 789 号。

三天前，Yggdrasil 突然收到警报，编号 789 的救生艇发生爆炸。这令公司的技术与研发人员都非常震惊，他们不明白，主打安全、可靠，可以承受 100 米深水压的潜水艇，居然会爆炸，这是否代表着他们的产品有着安全隐患呢？

Yggdrasil 公司十分看重这次的潜水艇爆炸事件，所以派出专业的技术组，想要回收黑匣子，研究事故原因。如果证明确实是潜水艇本身质量的问题，他们会立刻召回另外 999 台潜水艇，这就是为什么 Yggdrasil 公司来得这么快。

"黑匣子？"NULL 福至心灵，"你们清楚黑匣子的位置吗？"

"我们清楚爆炸发生的位置，至于黑匣子，很可能是在水下。需要通过专业的声呐探测仪，才能彻底定位。"

NULL 的眼睛亮了起来。

Yggdrasil 公司的技术人员大致框定了黑匣子的范围，这个消息，令文南国的总统以及军方将领们十分兴奋。

万象集团作为一个大型犯罪组织，却能霸占升龙省，与文南国政府对着干这么多年，很重要的一点就在于他们的总部极其隐蔽，无论文南国政府用了多少手段，派了多少特工、间谍进去，始终不清楚万象集团的总部究竟在什么位置。

但现在，他们终于掌握了大概的坐标！

不仅如此，作为军方最高领导的索帕还因为犯下了叛国罪，自杀身亡。而他空出来的部长之位，几位高级将领非常眼馋，雄心勃勃地想要拿万象集团的覆灭作为自己辉煌的军功章，顺利爬到这个位置上。

只可惜，当 Yggdrasil 公司将具体范围进一步缩小之后，这些将军们却面面相觑了。

升龙省的地势非常复杂，北面是巍峨的高山，崇山峻岭，连绵不绝；南面是一望无际的"圣湖"，到了干季，湖水退去，就成了平原。

而万象集团总部的位置，恰好在"圣湖"与高山的边界。

这令将军们十分为难。

原因很简单，此处交通实在不便，除了空军以外，其他部队很难进去。因为"圣湖"本身就是一道天险，阻碍了陆军尤其是坦克师的脚步。而湄公河流入"圣湖"的支流又有一端非常细，海军更是无从下手。

但空军轰炸，也是有劣势的。

在任何战斗中，除非飞机上装载了云爆弹甚至核弹头，否则空军的主要作用都是战略压制和威胁，真正的扫荡和占领，还是要靠陆军来完成。

何况万象集团的总部位置选得好，就算面对军机的地毯式轰炸，毒贩们却很容易躲避，比如进入山洞，更可以潜入湖中，从水路逃生。

那样一来，出动空军非但起不到足够的压制效果，还容易打草惊蛇，放跑万象集团的一众高层。

文南国总统听了将军们七嘴八舌的分析，不禁长长地叹了一口气："这么说，我们就算知道万象集团的总部所在，也无计可施？"

"那倒不是。"坐在轮椅上，白发苍苍，已年过九十的大元帅铿锵有力地说，"虽然飞机、坦克没用，但还有最古老的战术——斩首行动！"

大元帅不愧是那个枪林弹雨年代中走出来的大人物，一句话直指问题的本质。

万象集团的优点很明显，等级制度森严，令行禁止，集权程度宛若封建帝制。"大王"发下去的每句话，至少明面上看来，就像圣旨一样，没有任何人敢直接反抗。但这也代表着，万象集团真正能做主的人就那么几个，只要这些人一死，整个万象集团立刻就会失去主心骨，树倒猢狲散。

文南国政府现在既然确定了万象集团的大概位置，眼下最重要的事情便是派精英小队秘密潜入，在极短的时间内，将万象集团的高层同时格杀，令这个犯罪王国群龙无首。到时候，文南国政府再派空军轰炸，进行火力压制，万象集团剩下的人十有八九会六神无主，举白旗投降也未必不可能。

但这个斩首行动，听起来像那么回事，做起来却很有难度。

"第一，我们对万象集团的总部，没有任何了解。"军方的专业参谋们已经开始分析，"如果此处是一个防守极为严密，而且人数不多的地方，想要悄无声息地混进去，本身就有极大的难度，更不要说刺杀了。"

这也很好理解。

大城市里邻居都可能互不认识，但要到乡村里，别说多个大活人，就是东家多了一只鸡，西家多了一条狗，不出半天也要传遍整个村庄。

万象集团的总部，听起来很威风，可谁也没亲自去过，不知晓其中的底细。万一里头每个人都是熟面孔，随便多个陌生人就能立刻被发现呢？

那种情况下，想打听情报都难，更不要说执行斩首行动了。

"第二，就是我们自身的状况。"

这位参谋说得十分委婉，但在场的文南国高层们已经黑了脸。

索帕的叛变，对文南国来说，本身就是一件很难堪的事情。而这件事带来的影响，也远远没有结束。

别的不说，就说军方的精英校官，有不少是索帕的徒子徒孙。现在索帕的余毒尚未肃清，万一去执行斩首行动的人还忠于索帕，说不定这边人还没到升龙省，那边万象集团就知道消息了。

这就是索帕叛国带来的恶劣影响——文南国的政界高层对军方生出了极大的信任危机，就连军方内部，也是人人自危。

所以，这些人的眼睛不断往一旁的应龙和 NULL 脸上瞟。

文南国总统见状，不禁在心中暗叹。

这支中国来的精英小队实力多强，他心知肚明，自然知道，如果这支小队愿意出马执行斩首计划，不说马到成功，胜算肯定也比文南国的特种部队高。但总统更清楚，中国的军人，绝不会贸然干涉他国内政，而作为文南国的总统，他也不乐意将这种攸关本国命运的事情，纯粹交到一群外国人手里。

正当气氛有些尴尬之时，一直敲击键盘，不知在倒腾什么的 NULL 突然说："我发现了一些新的线索。"

此言一出，众人的眼睛全都亮了起来："请说。"

"事实上，攻击军事卫星的木马中，除了'Yggdrasil'等几个单词外，还有一长串数字。将这些代码按顺序排列后，可以通过二进制和十进制之间的转换，翻译成一大行字母与数字组合的内容。" NULL 淡淡道，"第一行写的是地下秘道概况。"

# 第五十一章　斩首行动

五天后，万象集团地下隧道。

几十个蛙人陆续从暗河中冒头，其中一人摘掉头上的潜水设备，紧张地打量四周，惊叹道："N 先生，您猜得一点都不错，这暗河果然通向群山，山体中有秘道，这就是万象集团总部的地下通道！"

他们本来也是抱着试一试的想法，决定赌一把，一开始应龙还死活不准 NULL 亲自涉险，唯恐这是一个陷阱，却架不住 NULL 非来不可的坚持。

但好在，他们赌赢了。

"不要掉以轻心。"NULL 低声道，"根据情报的提示，整个万象集团总部的下水管道都铺在这庞大的秘道中，就像一座城市的地下网络一样，盘根错节，错综复杂。我们虽然手上有地图，但必须先弄清楚自己所在的位置，才能按照地图的提示，去解救被关押的我国公民，同时进行斩首行动。"

对于 NULL 的提议，中国的特种精英们自然毫无异议——他们千里迢迢赶赴文南，本来就是为了救人的，而队伍中另一半文南精英们，也表示支持。

现在看来情报应无误，但应龙还是顾虑到这可能是"请君入瓮"的局，所以他附耳对 NULL 说："N 先生，您最好别跟着大部队上去。"

NULL 沉默片刻，还是点了点头。

虽然他很想跟随众位精英们一起潜到地面上，确定童素的安全。但他明白，自己的长处在技术方面，对这种杀敌救人的专业活并不擅长，贸然参与反而会坏事，还不如在后方进行支援。

应龙见 NULL 同意，不由得松了一口气，目光在众人身上巡视了一圈，最后落到傅立鼎身上。

傅立鼎很清楚，不管应龙怎么分队，自己肯定得去地面上，原因很简单——这一行五十多个人里面，童素就认得他和严明树。想要证明自己的身份，取信于人，没什么比他俩往童素面前一站更有说服力。

正因为如此，他立刻站出来："应队，潜入突击的事情，请交给我负责吧！"

应龙是这次特别行动的现场负责人，他把两国五十多名顶尖特种精英分成两路。傅立鼎率一路四十人，秘密从地下通道潜入地上；自己则带着另一路十余人，留在地下作为机动接应，同时保护 NULL 收集相关数据，时时与文南政府保持联络。

傅立鼎等人带着热成像探测仪，在一片漆黑的通道中前进。

严明树手里一直摆弄着 Yggdrasil 公司给的声呐探测器，每次走到暗河边，都要带人下水探测。

特种精英们的这次潜入，实际上冒了很大的风险。毕竟，Yggdrasil 公司只给他们提供了一个模糊的坐标，还有就是 NULL 破译的一张不知真假的地图。除此之外，他们对即将前往的地方一无所知，谁都不知道这地底下有什么，地面上又是什么样。

万一，这张地图是岩罕故布疑阵，引他们上钩呢？

不过如果能确定黑匣子的大概所在，而且又与地图给出的坐标重合——二者同在这蛛网一样密密麻麻的通道与暗河之中，那就证明地图是可信的，他们距离万象集团的总部其实很近了。

不知过了多久，严明树突然说："反应越来越强烈了！黑匣子肯定就在这附近！"

"你们看前面！"有人压低声音说，"像不像一道门？"

众人小心翼翼地摸过去，发现前方有个储藏间模样的地方，这个少有人走动的暗道到处都是灰，只有一个角落的地面却没多少灰尘，显然是有什么物件刚刚被搬离。

傅立鼎对比了一下 Yggdrasil 公司形容的救生艇大小，不由得一喜："就是这里！也就是说，这份地图应该真的！这里就是万象集团的总部。"

众人都觉得非常振奋，连忙打起精神，而耳机中，NULL 也不断告诉他们，接下来该往哪里走，才能与提供情报的人会合。

很快，他们就看见了一个老式的升降梯。

它一次只能搭载两个人，大家商量了一下，由傅立鼎和一个文南精英军人先上，伴随着"嘎吱嘎吱"的声音，两人缓缓上升，来到一个秘道口。

这一次，两人只走了三分钟不到，就到达秘道口的顶端。

没等傅立鼎研究哪里是开启的机关，秘道的大门就已自动打开。

傅立鼎和另一位文南军人下意识地闪避到一边，把枪口对准了透进亮光的秘道大门，就听见一个兴奋的声音响起，说的是中文："终于把你们等来了，快上来吧！"

对方这样说，自然是没有敌意的，但傅立鼎却没有放松警惕："请问您是——"

"童子邦，黑客代号'铜棒'。"

五分钟后。

精英小队都顺利到达地面，应龙、傅立鼎、严明树、NULL 和文南特种部队的负责上校共五人，站在书房里，打量着眼前这个清瘦的中年男人，其他人则分布在四周警戒，通过耳机随时协调行动。

"你果然破译了那份密码，NULL。"童子邦语气淡淡，但神态稍微有些放松，没有平日那么紧绷，"我原本只是赌一把，却没想到，事情居然真的成了。"

从图书馆发现那张书签时，父女俩就意识到，这是覆灭万象集团的大好时机，他们必须将这个消息传出去，而且只能由童子邦传。因为童素很快就会被岩罕看守起来，与岩罕一同去攻击军事指挥系统，根本无从动手。

即便如此，童子邦千辛万苦发送消息时，也是做好了最坏的打算——他不怕 NULL 破译不出来，只怕文南国的高层不会相信。

不信也没办法，这种时候童子邦只能尽人事、听天命了。

幸好 Yggdrasil 公司为了定位爆炸的救生艇，意外地来到文南。两边的信息一汇总，增加了大家对这个情报的信心，果断地派出了特别行动队。

童子邦没时间耽搁，还有一个急切的消息需要传达："你们必须立刻向上汇报——万象集团的总部各处，被岩罕埋了几十颗超大型的云爆弹。"

听见"云爆弹"三字，NULL 还没什么反应，其他人的抽气声已是此起彼伏。

云爆弹的威力如何，这些专业的特种兵心中都有数，自然明白，如果童子邦所言属实，那么斩首计划之后的空军火力压制，就不可取了。

万一——轮地毯式轰炸下来，直接把云爆弹点燃……想到天然屏障高山，再想象被高山拦住的"圣湖"，众人就觉得不寒而栗。

这么重要的情报；NULL 当然第一时间就传达给了文南国总统。

总统知道这一情报时，也不禁脸色一变，暗道岩罕真是个疯子，居然在总部埋那么多云爆弹！这和天天睡在活火山上有什么区别？

但同时，他又有点庆幸，要是这五十颗云爆弹是往武克里市扔的，那才更糟糕。

还没等他侥幸完，童子邦又道："你们来得很巧，再晚三天，下一批的云爆弹，连同五架最新的战略轰炸机就要运过来了。这些战略轰炸机不仅能搭载云爆弹，甚至可以搭载核弹头。而且，万象集团的简易军用机场早就修好了。"

这个消息，立刻将文南国的将军们炸蒙了。

他们都清楚，文南国政府与万象集团的战争之所以在拉锯，很大程度上是因为之前进行的都是使用常规武器的陆战、巷战和丛林战，重型武器的对决并不多。

在这一点上，文南国政府是占据优势的，因为他们有飞机，有坦克，有导弹。

一旦万象集团也有了这些东西，那么局面就会对文南国政府不利。

政府军是讲道义的，不会直接对升龙省的百姓居住地进行轰炸，毕竟他们承担不起"屠杀平民"的道义指责。可万象集团不会管那么多，逼急了，这群疯子什么都敢干。

一个光脚的，一个穿鞋的，可不就是后者顾虑更多嘛！

"必须在这三天之内，完成斩首计划！"

想到这里，总统也顾不得这么多，立刻对应龙和 NULL 说："N 先生，应上校，恕我冒昧，万象集团的行为越来越疯狂，一旦他们获得战斗机和云爆弹，只会更加肆无忌惮，不知道多少百姓要为他们的野心陪葬。我知道贵国的精英小队前来文南，只是为了解救贵国百姓，但眼下正值生死存亡之秋，三天之内，我们很难再送一批精锐潜入万象集团了，眼下只有各位能帮忙。能否请你们配合我国精英，共同完成斩首计划？"

文南国总统的态度诚恳，利弊也分析得很透彻，何况他说的也是大实话——穿过战况激烈的交战区，秘密将他们送到升龙省，潜入"圣湖"，这其中耗费了文南国政府不少力气。从准备到潜入也花了整整五天，现在想要他们三天之内再送一批人来，明显不可能。

虽然应龙离开中国前，领导反复交代不得干涉他国内政。但也明确指出——只要获得文南国政府授权，在解救同胞过程中如果碰到对中国犯下累累血债的万象集团毒贩负隅顽抗，可以开枪击毙。

现在是文南国的总统亲自开口请求，应龙心中有了底。

这时突然听见 NULL 问："'铜棒'先生，童素现在在哪儿？"

童子邦脸色一僵，才道："素素还在机房，被岩罕逼迫带黑客团队去突破文南国军事指挥系统，获取控制权。岩罕派了十个雇佣兵，不分昼夜地看守着她，不准她离开。"

说到这里，他叹了一声，指了指窗外："远处那栋五层楼的房子，就是万象集团的机房所在。"

"为何童先生只是被关在这栋别墅里，童小姐却被控制在机房呢？"傅立鼎提出了自己的疑问。

他们刚从秘道进来时就发现，童子邦的自由被限制得并不死，他只是不能出这栋别墅而已。

为什么父女两人的待遇不同？

"呵呵，"童子邦冷笑道，"岩罕当然不怕我跑掉，因为早在五年前，我体内就被植入了一块生物芯片，具有定位功能，所以他不认为困守'堡垒'中的我有机会跑得掉。

而且他很清楚，同样是被囚禁，我因为惦记着素素，不舍得死。但素素是个很刚烈的人，她要是被逼急了，很可能会走极端，一死了之。所以，看住素素，就等于看住了我们父女俩。另外，岩罕之所以要看紧素素，主要还是认为素素的实力和他就在伯仲之间，他能降伏她。而对于我这个老师，岩罕始终有点畏惧。如果我与素素联合起来做某个程序，其中设下的陷阱，他不一定能够发现。所以他宁愿只让素素一个人来写程序，也要保证安全，不仅如此，他也需要拿素素来牵制我。"

如果说整个世界上，岩罕还会对一个人产生一点敬畏心，那就是童子邦。

虽然岩罕并不会承认，可心里其实非常清楚，童子邦的黑客技术比他更强，能做到许多岩罕做不到的事情。

比如，用极短的时间，就入侵大洋国的军事间谍卫星，甚至夺取控制权。

正因为如此，岩罕在勒令童子邦为他办事时，只敢请童子邦去对军事卫星动手，绝对不敢把突入军事指挥系统这种重任交给童子邦，就怕童子邦反手布下陷阱，坏了岩罕的大计。

NULL 沉默片刻，才问："机房……岩罕是不是也经常在机房？"

童子邦长长地叹了一口气："不错。"

NULL 破天荒有些急了："岩罕的行踪呢？您能掌握到吗？"

童子邦十分无奈："岩罕的行踪其实很好掌握，他就在'堡垒'之内，但你们这么少的人，想要接近他，十分不容易。要知道，你们所处的地方，是万象集团最核心的部分，'堡垒'内常年会有三百人。这三百人中，至少一半都是万象集团的狂热成员，几代人都为万象集团付出，属于最死忠的心腹。另外大概有四五十个世界各地雇来的精锐雇佣兵，剩下一百人就是黑客与科研人员，除了最后这一百人外，其余人基本上都是围着岩罕打转的。"

童子邦向大家大概解释了一下万象集团总部的构成，才继续道："岩罕平常待的几个地方，像机房、军火库等区域，戒备也很森严。比如机房大楼，外表看上去只是平平无奇的一栋楼，实际上却被红外线和激光覆盖，想要进去，也必须经过指纹识别，就像'堡垒'大门一样。而识别权限，只有万象集团的高层才有。"

"如果我们控制了大门——"

"不行。"童子邦很肯定地说，"这个门的开启方式是通过智能识别，而不是依靠人力。就算你们控制了大门，没有相应的权限，无论在里面，还是在外面，都没办法打开它，这招没用。"

NULL 捕捉到关键："'堡垒'的大门，究竟有几个人有权限打开？"

童子邦算了一下，才说："不会超过十五个人。"

他这么算也是有根据的。

首先，万象集团的高层是以54张扑克牌的花色来决定的，但这54个位置并没有满员，实际成员只有40余个。

其次，万象集团有近10个干部常驻海外，比如在南美分部、中亚分部等地，留在总部的高级干部，本来就只有30个出头。又由于前段时间，道达和岩罕争权，岩罕为了铲除异己，一口气杀了七八个，还吓得另外几个人退位让贤。

这么算下来，如今有权限打开"堡垒"大门的人，其实20个都不到。再排除掉童子邦这种，虽然明面上地位很高，但其实就是个囚徒的，那就更少了。

应龙眼睛一亮："那留在'堡垒'的，又有几个呢？"

童子邦意识到他们想干吗了，他立刻打开电脑，调出一张地图，大概看了一下，才说："这个时间点，高级干部门要么去外城和家人团聚，要么寻欢作乐去了，目前留在'堡垒'内的高级干部，只有三四人在，因为我不能确定Demon的行踪！"

严明树也激动了起来："那岂不是说，如果我们能把这几个人杀了，其他人就相当于被关在'堡垒'里，根本没办法出去？"

童子邦一听，顿觉这不失为一个好计策。

问题是，特种部队也就四五十个人，与两三百精英战斗，必定损失惨重，而且'堡垒'外的敌人随时都会来支援！

更不要说，童素还在岩罕手里。

对童子邦来说，童素的安危才是第一位的："我倒建议你们先把其他高级干部全杀了，在这一点上，我可以无条件配合你们。你们也该发现了，我之前传输给你们的地图，并不是完整版的。"

这一点，特种部队心里也有数。

童子邦传出来的，与其说是地图，倒不如说是坐标集合，差不多就相当于：你们到××位置，走几十米，左拐，这种指路方式。但具体的地图，他是没给的，一方面是他不想给，另一方面也是当时的情况不允许传那么多信息。

但现在，他对特种部队提要求了。

"这些高级干部在哪儿，从哪条秘道走最近，该怎么走，我心里都有数。只要我配合，你们行动得当，十几分钟就能把人杀光。但我有个前提，希望你们能向我保证，优先救出童素。"

他虽然没有明说，可大家都知道，若是得不到这个许诺，或许童子邦不会继续帮助他们。而他们如果失去童子邦的支持，就算已经深入'堡垒'，也会变得两眼一抹黑，必定损失惨重。

可想要救出童素，并不是那么容易的事情。

童素被关在机房，在雇佣兵的看守之下，救人的难度非常大。

一旦救了童素，岩罕也会立即得到消息，他会在第一时间要求万象集团的所有高层进行戒备，甚至封锁整个总部。那样一来，斩首计划将很难执行。在这个封闭的、中央集权的，而且遍布亡命之徒的地方，特种部队想要撤退都会变得难如登天。

反过来，如果优先执行斩首计划，就算能干净利落地杀了其他所有高层，可童子邦已经说了，他定位不到岩罕的行踪。也就意味着，他们没办法狙击岩罕。而岩罕一旦收到高层死亡的消息，同样会反应过来——有外敌入侵，那童素的性命就危险了！

这一刻，精英小队的战士们左右为难。

## 第五十二章 兵分三路

当斩首计划与人质救援发生冲突时,应龙一时也犹豫不决。

万象集团无恶不作,又在中国犯下滔滔罪行,他对执行斩首计划并不排斥,毕竟这些大毒枭个个死有余辜。尤其是对于岩罕、郑方和代号"黑桃K"的狙击手,他更是想亲自将其手刃,为牺牲的战友报仇。

但应龙心里清楚,第一,最优先的使命是人质救援;第二,对NULL和童子邦来说,童素的性命是摆在最高级别的,如果不顾童素的性命,先执行斩首计划,这两位顶尖黑客怕是不会全力配合。

假如拿不到童子邦手上的完整地图,特种部队无法在万象集团总部顺利穿梭;同时万象集团那些高层的行踪,也只有童子邦一人掌握。这也是童子邦敢提要求,让他们务必优先救出童素的原因。

问题是,他们这一行人中还有一半是文南国本土的特种精锐部队。这些身经百战的精英们抱着必死的决心前来,就是为了诛杀万象集团的首脑和高层,彻底铲除这个掀起腥风血雨的反政府武装。

对这些战士而言,区区一个童素的性命,与整个万象集团相比,完全不值一提。这些文南国的特种战士或许会表面上对童子邦做出妥协,答应救童素,但他们实际上还是以斩首行动为重。如果应龙坚持说"我们先去救人",只怕他们这两支小队自己要先干上一架。

更何况,如果脱离了文南国政府的配合与支援,又没能实施"斩首"让这个邪恶组织陷入群龙无首的状态,那么就算侥幸救回童素,也没办法成功地在一大群雇佣兵的追击下,越过崇山峻岭和浩渺"圣湖"两重天险,逃离万象集团。

从理性的角度考虑,优先执行斩首行动,无疑是最佳的策略。

但他不能明着这样说,更不能嘴上承诺要救童素,实际上却不执行。那样一来,天知道童子邦会做什么。

进退两难之际,应龙灵光一闪,对童子邦问道:"如果我们调虎离山呢?将岩罕调离'堡垒',我们趁机将童小姐救走,如何?"

应龙越想越觉得这是一个好主意，他们可以先将岩罕调走，然后将滞留"堡垒"内的另外两三名高层全杀了。这样一来，"堡垒"里面的人很快就会发现，他们被关在"堡垒"里，出不去了。

"堡垒"内的部队是万象集团的精锐，与他们相比，外部的那些人只能算是乌合之众；精锐都被关门打狗了，其他人很可能会作鸟兽状四散。

童子邦陷入沉思。

他虽然出入都受到严格限制，但出于黑客的本能，加上一直都没放弃的逃生念头，早就秘密地把整个万象集团的重要建筑图囊括于心。无须打开电脑，他的脑海中已经浮现出立体的三维地图，很快就圈定了几个地方。

只见童子邦一边踱步，一边说："有几个地方，岩罕非常重视。"

"第一，飞机场。万象集团的高层一直懊恼于他们只有普通的直升机，却没有战斗机和战略轰炸机。你们应该知道，没有战斗机，在战争中就没办法取得制空权；没有战略轰炸机，就没有足够的远程打击能力，无法对敌人形成强有力的威胁。正因为如此，他们很早就私下在暗网重金求购这两种飞机，却一直没人卖给他们。直到前一年多以前，他们和'公爵'初步达成合作意向后，立刻在总部往北的一个山谷秘密修建了一个军事训练机场，由重兵把守。这个机场外界装有物理隔离设施，万象集团又防我防得很严，我并不清楚具体的人员布置，只能帮助你们潜入，至于进去后该怎么做，就只能靠你们自己了。第二，军火库。包括枪支、弹药、防弹衣、头盔等重要军械，都放在这儿。万象集团看得非常紧，日夜都有数百荷枪实弹的雇佣兵值班，进出都要经过严格的安检。一旦军火库出事，铁定会惊动岩罕。第三，战略物资仓库。该仓库和军火库分别在总部的东西两角，仓库里储存了大量的粮食、药品，以及其他重要物资，安防同样非常严密。第四，就是他们的机房了。但后面三个地方都在'堡垒'内部，也就谈不上调虎离山。"

应龙顿时有些为难："可飞机场就算出事，那么远，岩罕真会过去？"

童子邦犹豫了一下："还有一个地方，我不知道算不算。"

他"一二三四"地列出来，大家其实听着非常灰心，好在童子邦最后冒出这么一句，顿时又都生出了希望，傅立鼎忙问："什么地方？"

"一座寺庙。"

"寺庙？"众人都颇感诧异。

"德隆手上有一件Demon需要的东西，所以，Demon才和德隆定下十年之约。眼下约定的日期快到了，德隆却死了，这就让事情变得很复杂。"童子邦缓缓道，"德隆和

Demon 都是一诺千金的人，自然不会撕毁契约。但岩罕不一样，他会牢牢地掌握那件东西，以控制 Demon。"

NULL 立刻追问："那件东西在寺庙里？是什么？"

童子邦苦笑道："别说是我，就连岩罕，甚至德隆都不知道 Demon 究竟想要什么。但我心里大概有个猜测，德隆和岩罕估计也是这样想的——德隆手中有一件至宝，那就是阿育王塔，以及里面供奉的舍利子。"

应龙倒吸一口冷气，而文南国的那些精锐士兵们，已经哗然。

阿育王是古印度历史上的一个伟大帝王，他所在的时代距离今天已经有两千多年。在这位王者的统治期间，古印度的繁荣与发展到达了巅峰。

据说阿育王早年十分好战肆杀，通过武力统一了印度全境。晚年却放下屠刀，立地成佛。他将佛教定为国教，派僧人们向全世界传经，并修建了八万四千座阿育王佛塔。

应龙之所以知道得这么详细，是因为在中国南京栖霞寺，就供奉着世界上现存最大的阿育王塔。

2008 年的时候，在海内外 108 位高僧大德的见证下，栖霞寺中的七宝阿育王塔金棺银椁被打开，其中存放的佛顶真骨和感应舍利等稀世奇珍重现人间。应龙作为国家安全部门的一员，也全程参与了这次盛大的事件。

故他很清楚，如果德隆手里有阿育王塔和舍利子，这个消息一旦传出去，必定震惊世界。而这两件绝世珍宝，当然值得 Demon 卖身十年。

看看文南国这些精英特种兵的反应们就知道，他们一个个面色潮红，神色虔诚。估计他们到了佛塔面前，直接就要跪倒在地，虔诚参拜了。

NULL 查清楚阿育王塔和佛骨舍利的价值后，突然问："德隆从哪儿弄来那么贵重的东西？"

童子邦苦笑道："据说是百年之前，那个混乱、屈辱却激荡的时代，有外国人就用了几块银元，便从敦煌把这些至宝一箱一箱地买了回来。这群外国文物贩子途经文南的时候，被当地的将军黑吃黑。那个将军大字不识一个，抢来的金银挥霍掉了，一些看不上眼的书卷杂物等就堆在库房里吃灰。他正是德隆岳父的先祖。"

后来的事情，不问也知道了。

德隆踩着岳父等人的尸骨，成为了升龙省至高无上的统治者。他本身就有很高的文化修养，自然不会再让明珠蒙尘。

傅立鼎等人一听，先是愣了，然后就激动起来。

这些文物，原本是中国所有？

那当然是想方设法要带回去,让国宝回归国家呀!

好在他们高兴归高兴,还没忘记文南国是一个虔诚的佛教国家,阿育王塔这种宝贝,文南人肯定不准他们带走。所以傅立鼎思索片刻,便道:"无论如何,这等千年文物,绝对不能落在毒贩手里。"

这句话,恰好是中国和文南国特种兵们共同的心声。

就连文南国政府那边,听见这个消息,也沸腾了,连忙指示他们,斩首行动要执行,但佛塔和舍利也一定要带回来!

这就好办了。

在应龙的指挥下,整个部队兵分三路:

第一路由严明树带队,成员中一半中国战士,一半文南战士,秘密潜入佛寺;

第二路三人一组,分成十个小队,组员以文南国战士为主,中国战士为辅,根据童子邦给的信息,通过秘道,偷偷潜入万象集团总部的外城区,在 NULL 和童子邦两大顶尖黑客的协助下,逐一击杀这些滞留外城区的高层们;

第三路则是傅立鼎带队前往机房,等候时机,这支小队的成员大部分都是中国特种战士,他们以救人为重。如果调虎离山成功,岩罕把郑方,以及另外一名高层都带走,自然最好。如果没有,傅立鼎小队就要在解救童素的同时,杀了这两人。

等到三路人马准备就绪,行动才能正式开始。

严明树趴在草丛里,一动不动,盯着不远处金碧辉煌的佛寺。

德隆是个虔诚的佛教徒,认为佛寺周围不应该有任何现代科技的踪影。所以这座佛寺以及周边,非但没有监控器,就连电和网络都没有。

这意味着战士们必须靠自己的经验,随机应变地采取行动,黑客能起到的帮助非常少。

耳机里传来应龙的询问:"严队长,你那边怎么样了?"

"正在分析情况。"严明树声音压得很低,"就目前来看,佛寺外部的守备并不算严密,甚至可以说很松懈,里头只有诵经的僧人们,除此之外,就连个警卫都没有。"

乍一看,严明树觉得这应该是个陷阱,外松内紧,故意让人掉进去,所以非常谨慎。

但仔细观察,发现真的没有警卫,也没有高科技安保措施。这让他反而怀疑起来——阿育王塔和佛骨舍利,真的在佛寺里吗?

"应上校,"严明树犹豫了一下,还是问了出来,"岩罕会不会已经秘密把这两件至宝转移走了？"

应龙陷入沉思。

并不排除这种可能。

但这样一来，他们的处境又会变得十分尴尬。

要知道，原定的计划是——严明树小队先将佛塔运走，然后制造出一点动静，引岩罕过来。与此同时，斩首小队立刻发动攻击，以雷霆之势诛杀万象集团的高层。而只要岩罕一走，傅立鼎等人马上给机房断电，控制整个机房，从而将童素救出。

环环相扣，容不得半分疏忽。

正因为如此，万一第一环就失败，对所有的后续计划来说，都将产生致命的影响。

就在严明树有些灰心之际，突然听见童子邦和 NULL 的声音同时响起："不会。"

"为什么？"

童子邦和 NULL 都顿了一下，似乎在等对方先说，看见对方没发话，又异口同声地说："因为任何防御措施，对 Demon 来说都是无效的。"

此言一出，大家也都明白了。

Demon 这种神一般的狙击手，你再怎么设置安保、防御，对他而言，也就是突入时间长短的问题。如果他真心想要强抢，放再多的警卫在佛寺也不顶用，反而会激怒他——我真心实意履行契约，为你效力十年，眼看时间快到了，你却翻脸不认人？想借舍利来要挟我，也不看看你的脑袋究竟经得起几枪！

岩罕就算真想控制 Demon，也不会用这么蠢的方式，在这个节骨眼上得罪对方。

刚好契约时间还没到，Demon 还没走，在这个期限内，佛寺不设防，至宝就像往常那样由僧人供奉，反而是一种最好的安抚。

确定这一点后，严明树已打定主意，对身边的队员们说："根据'铜棒'先生的说法，佛塔不大，两个人就能扛起。待会大家跟着我偷偷潜入，然后以雷霆之势，控制住整个寺庙的僧人，问佛塔在哪里。等佛塔一拿到，我们先当着僧人的面，跑进佛寺后方的山林里，再从山林的秘道中偷偷离开。切记，整个过程中，不要伤害这些僧人！"

众人纷纷点头，明白严明树的用意。

他们的任务，一是带回国宝，二是调虎离山。只要他们带着佛塔和舍利跑了，那些僧人自然会向岩罕报信。

眼看时间差不多了，严明树下令："动手！"

与此同时，在童子邦书房里的应龙，也指挥第二组的所有成员——无论他们此时潜藏在天台、民居，还是道路的夹角：

"各小队请留意，斩首行动，即将执行！"

戒备森严的机房里，一大群黑客正在忙碌。

对童素来说，这是再正常不过的一天。

岩罕对文南国的军事指挥系统志在必得，每天派人严格监控着童素，自己也早早就来到机房，与童素一同指挥，开始对军事指挥系统的秘密渗透。

经过这几天的努力，文南国大量的军事资料已经被他们解密；剩下的，不过就是该系统的控制权罢了。

到了这种时候，饶是童素，也有一点焦急。

她总是忍不住想，父亲将消息传出去了吗？NULL破获了这些消息吗？文南国政府会采取什么措施呢？

但她却什么都做不了。

被人严密看守的她，就如被关在笼子里的困兽，只能听从岩罕的命令行事。因为如果她不听话，岩罕很可能真的会对童子邦动手，给父亲注射高纯度的毒药！

每每想到这里，童素就满腹忧虑。

如果她实力更强一些，能在岩罕眼皮子底下做手脚就好了……

正当童素寻找机会之际，郑方匆匆赶来，对岩罕耳语。

霎时间，岩罕的脸色立刻沉了下来。

只见他对手下说了一句"看好她，我不在的期间别让她碰电脑"就急忙出了门，童素从来没看见他这么焦急过，从来。

发生了什么？

童素敏锐地意识到，这可能是一个转机。

但她根本没办法做什么，因为两个女雇佣兵已经上前，将她双手捆在身后，然后恭恭敬敬地说："赫卡忒小姐，请先跟我们出去一下。"

然后，就将她半推揉半拉扯地押到了临时休息室。

这也是这段时间来，童素每天享受的"待遇"。

不管她做什么，就连睡觉乃至洗澡的时候，身边都会跟着两个女雇佣兵看守，房门外更是有三十个雇佣兵将前后左右上下通道包括排气管都全部把守住了。在这群人的严密监视下，她连玩个魔方都不行，更不要说碰任何电子设备。

外面到底出了什么事，能让向来镇定的岩罕变得慌张？难道是救援人员根据父亲传递出去的地图，已经进入万象集团总部？

她的大脑飞速地运转，思考着如何寻找逃出这个鬼地方的机会。就在这时，整个房间突然变得一片漆黑！

两名女性雇佣兵立刻变得十分警惕，将枪拔了出来，戒备地听着周围的动静。

然后，只听见休息室的门嘎吱嘎吱地被轻轻推开。

童素心中一动，刚要出声提醒来人有危险，却听见"砰""砰"两声。

并不是枪响，而是人体倒地的声音。

下一刻，她的面前出现了巨大的阴影，就见来人手握安装着长长消声器的手枪，微微弯下腰，英俊到毫无瑕疵的脸上，露出不带任何感情的微笑。

竟是 Demon。

只见这个金发的恶魔用流利的英文，缓缓道："赫卡忒！走吧！"

## 第五十三章　隧道伏击

岩罕端坐车上，神色阴鸷。

郑方知岩罕心情不好，便挑了点好事说："您放心，那些贼人偷了佛塔后，居然跑进了林子里，我们很快就能把佛塔追回来。"

对万象集团来说，这确实是不幸中的大幸。

倘若这些偷佛塔的人铤而走险，佛塔得手后直接开车风驰电掣，强冲关卡，然后走水路开游艇逃跑，万象集团或许还真没辙，因为他们顾忌佛塔，不能动用重型武器，唯恐伤到佛塔的一丝一毫，只能围追堵截。

但跑进林子里，对万象集团来说，想逮住这群人，就和瓮中捉鳖没区别。

区区一群外人，还能有他们熟悉附近的山林？

郑方这么说，本是想让老板不要过于担忧，谁知岩罕立刻追问："逃进林子？谁看见了？"

"僧人们都……"郑方话还没说完，立刻反应过来，"不对，这些僧人为什么都没事！"

虽然岩罕和郑方还不清楚，究竟是哪一股势力如此有针对性，不仅知道了佛寺中供奉佛塔和舍利的秘密，还派人来强抢。但他们都很确定，如果是"自己人"，即组织中的反对派，或者是 Demon 的手下，必定都是心狠手辣之辈，杀人就和呼吸一样寻常，佛寺里的僧人们没有一个能活下来！

既然这些人活了下来，那就代表着——

"马上回去！"岩罕面沉似水，"我们中计了！"

夺宝而不杀无辜之人，如此心慈手软，只可能是一种人，那就是军人！

这是调虎离山之计！

郑方也想明白了这一点，惊怒之余，便是惊恐："组织之中出了叛徒！"

下一刻，他马上锁定了嫌疑人："童子邦！我去杀了他！"

说罢，郑方踩停了越野车。

岩罕其实并不确定是不是童子邦干的，他考虑敌人若要潜入总部，只可能由组织内的高层带进来，而童子邦看似在万象集团地位很高，实际上是个囚徒，并没有实权。他自己都出不去，怎么能带外人进来呢？更值得怀疑的，倒是万象集团那些面和心不和的其他高层。

但岩罕没有阻止郑方的举动，因为这时放任童子邦不在掌控之中，确实不是什么好事："童子邦未必是叛徒，他可不知道组织内的这些秘事，但他确实是我重要的棋子，不能有闪失。你将他和童素统统带到'安全屋'里去，然后就别管他们了，黑客在'安全屋'中，翻不起任何风浪。你这次回'堡垒'，最重要的任务是控制局面，千万不能让'堡垒'内部出乱子！"

郑方冷静过后，也认为岩罕说得有道理，眼下的当务之急是防止有人趁乱捣鬼。就迅速下车，上了后面的一辆吉普，让车上的几个雇佣兵和自己一起回"堡垒"。

岩罕对"佛塔失窃"这件事很恼火，疑心是不是Demon在里面耍了什么花招，现在想想，还留在"堡垒"内的高级干部，除Demon之外，竟只有"红桃8"一个，而且对方只是个新型毒品的研究人员，并不是"黑桃"，没有调动军事力量的权力，完全无法与Demon相比。

对岩罕来说，他本人必须去一次现场，看看佛塔失窃究竟是什么状况，而让郑方回"堡垒"主持大局也是值得放心的。

Demon是"黑桃K"不假，郑方却也是"黑桃Q"。谁都知道，郑方才是岩罕的心腹。

岩罕想了想，觉得郑方带的人还是太少，又问："郑方的直属小队在哪儿？"

"回BOSS，他们运了新一批的武器回来，几分钟前刚刚下船！"

"命令他们用最快的速度与郑方会合，一起回到'堡垒'！至于那些武器，你带队去押解进'堡垒'！"

"是！"

就在岩罕与郑方兵分两路之际，他们的动静，已被两国联合特种小队捕捉。

"这里是二组八小队三号，目标A和目标B突然分开，目标A以及随行的三辆车朝机房折返，目标B继续开车往东南方！"

童子邦一听，立刻懂了："郑方是来找我的。"

"抱歉。"严明树也意识到他们的行动哪里出了问题——他们恪守军人的原则，不滥杀无辜，本身就是最大的破绽。

应龙权衡了一下，说道："童先生，这儿已经不安全了，我们马上撤离。"

"稍等。"童子邦盯着屏幕，双手飞也似的敲击键盘，"他落单了，这是个好机会。"

电脑屏幕前，赫然是整个万象集团的地图！

应龙比童子邦的战术素养高上不少，童子邦尚且能判断出这是千载良机，应龙更是稍微扫了几眼地图，就发现郑方再驾车转过两个路口，就会驶入一条蜿蜒的隧道，大概要开十五到二十分钟，就会从隧道口出来。而出口恰好是一个"丁"字形的狭窄地带，两边又是茂密的树木，而且还有小小的弧度，路面高，路边低，无疑是绝佳的伏击地形！

几乎是下意识地，应龙已经做出判断："就在这儿埋伏，来个瓮中捉鳖！"

应龙的指令，让特种兵们都激动起来。

他们最想击杀的人其实是岩罕，因为岩罕一死，万象集团必定群龙无首，但岩罕警惕性太高，他们没有下手的机会。所以，队员们都分开去执行自己的任务了，只有童子邦和NULL，通过高超的黑客技术，飞速入侵一切能掌控到岩罕行踪的设备，从而想方设法，定位到了岩罕的车队所在！

恰好，执行任务的十个小分队中，八小队刚好能及时赶到伏击地点。虽然来的不是岩罕，但如果能干掉岩罕的左膀右臂郑方，也足够令人兴奋！

此时不狙击，更待何时！

应龙马上指挥："七小队、三小队，你们的任务已经执行完毕，又距离目标地点不远，加紧过去增援八小队，务必不能让郑方跑了！"

"收到！"

七小队之前潜入万象集团一名高管情妇的家里，成功"斩首"；三小队则混入了"夜色"酒吧的赌场，也已完成击杀任务。这令他们有了足够的条件，赶去围堵郑方——因为他们都从目标人物身上，搜出了车钥匙。

这两支队伍的六名精英，很快就开着车，在童子邦的指挥下，从东西两个方向，朝隧道的出口汇合。

地图上的三辆车，慢慢将在"丁"字路口交汇。

这时，郑方正不停地打电话，越打心情越差。

他先是想联系"黑桃10"，因为在佛塔丢失后，郑方立刻吩咐"黑桃10"封山，绝不能让窃贼们跑掉，现在想询问一下具体进度，结果"黑桃10"的电话却一直都打不通！

"黑桃10"虽然在集团中的排序比郑方低，严格来说要受到郑方管辖，但这个越南佬一向不服郑方管辖。

郑方也能想到"黑桃10"的不以为然，不就是一个佛塔失窃了吗？东西丢了就丢了，反正也没特别贵重的东西，干吗兴师动众到必须封山？

毕竟，佛寺里头供奉着阿育王佛塔与舍利子的事情，只有德隆、Demon、郑方等几个亲近的人知道，就连童子邦，也是通过强大的黑客手段，才洞悉了这一秘密，"黑桃10"这个级别的人自然无从得知。

郑方见"黑桃10"就是不接电话，气得半死，索性去打"方块9"的电话，让他立刻调动所有船只，日夜不停地在"圣湖"附近巡逻，以免窃贼走水路逃出去。

谁知，"方块9"的电话竟然也打不通！

这些家伙都在干什么！

郑方正心浮气躁，车子却在驶出隧道的那一刻，突然颠了一下。

"怎么回事？"

"有些不对。"车上其余三人都是身经百战的精锐，立刻察觉到问题，"好像是车胎被什么东西扎破了。"

他们的车胎可是特殊定制，就连普通子弹都未必能打穿，何况是被扎破！

但对方的动作实在太快！快到此人话音刚落，刺目的白光突然在四人眼前炸开。

下一刻，什么东西就扔到了车上！

"轰！"

竟是闪光弹加手榴弹的双重覆盖！

四人立刻推开车门，以滚地的姿势，先抱头往外头扑去，而此时，密集如雨点的枪声已经响了起来！

敌人竟是直接埋伏在隧道的出口，就距离他们不到十五米的位置！

面对突如其来的袭击，郑方终于明白——这是一场针对万象集团高层的谋杀！"黑桃10"和"方块9"不是故意不接他电话，很可能已经死了！

"黑桃10"倒也罢了，两人没什么感情，但"方块9"却是郑方过命的好兄弟，还带着血缘关系！

郑方直接拔出自己腰上别着的枪，循声射击。

特种精英小队对郑方的伏击颇为成功。

仅仅一轮扫射，在密集到毫无盲点，又超级近距离的凶猛火力覆盖下，郑方车内四人便有三个重伤，再也无力挣扎。偏偏只有目标之首的郑方，也不知是命大还是身手好，不仅只受了轻伤，还进行了反击！

"砰砰砰！"

三声枪响，在密集的枪雨里本来极不显眼，也只打中了一发，但这一发的作用，却极其致命！

被击中肩膀的那个战士，几乎是顷刻间就倒下，剧烈的痛苦，让他嘶号着不断在地上打滚。

"不好！"另一位作战经验丰富的特种战士反应过来，"这是达姆弹！"

众人霍然变色。

达姆弹是一种极其恶毒的子弹，里面包了铅，一旦打入四肢，人就必须截肢。若是打到躯干，不仅致死率极高，就算侥幸救回来，铅毒已经深入躯体，将会像魔鬼一样，如影随形，覆盖受害者的后半生。

正因为如此，国际上早就禁用了达姆弹，却没想到这种"怪物"会在万象集团重出江湖。

"我们必须快点解决战斗！"小队长说，"及时治疗，或许只是截肢，性命还有得救！"

这些特种战士们都知道，从他们执行斩首计划的那一刻开始，文南国的多架战斗机和医疗救援直升机就已经出发了，他们现在要做的就是以最快的速度完成任务，然后将战友送去急救！

但就在这时，耳机里传来 NULL 急促的声音："发现前方有一个车队快速赶来！疑似敌方支援，人数不少！"

"队长！"

"不能撤退！"队长咬牙，对着郑方的位置，将最后一个手榴弹扔了出去，"先杀郑方！一定要干掉郑方！"

队员们只犹豫了一瞬，然后毫不犹豫地再度端起了枪，对着郑方的位置进行扫射！

他们明知道万象集团的增援马上就要到来，如果现在不撤，一旦陷入苦战，很可能大家全会战死在这里。

但他们得把握住这个良机，击杀郑方！

斩首行动的宗旨就是，万象集团的高层，一个不留！

哪怕留一个，都可能后患无穷！

暴雨般的子弹，很快就把郑方打了个对穿！

但这时候，飞驰而来的四辆越野车中，跳下了十六七个全副武装的男子，为首的那个戴着微型耳麦，似乎正与谁通信。

这几个人，恰是郑方的直属部队！

他们奉岩罕之命与郑方会合，却没想到在回到"堡垒"的必经之路上遭遇了枪战。带队的立刻联系岩罕，马上得知正在燃烧的越野车，就是郑方乘坐的那一辆！

　　目睹郑方死在自己眼前，此人眼睛红了，端起冲锋枪就是一通乱射。

　　特种战士们打了个滚，纷纷寻找树木做掩体，唯有那个中了达姆弹，无法动弹的战士，成了活生生的靶子，又身中数弹，有一枪更是不幸正中面门，只抽搐了一下就壮烈牺牲。

　　但这种时候，就连悲伤的时间都没有！

　　只见小队长利落地换了弹夹，从树边冒头，砰砰砰打几枪，立刻打滚，离开原本的位置！

　　下一秒，那里就被密集的火力覆盖了！

　　只要他晚离开一秒，就将死得无比凄凉！

　　就在这时，突然，"砰"的一声！

　　随后，便是"啊"的惨叫！

　　竟是万象集团那边有一支冲锋枪炸膛了！

　　飞溅的弹片霎时间就成了强有力的武器，重伤了附近郑方的几个亲信，霎时间，骂声不绝于耳，带队的更是直接咒骂："这枪有问题！刚换子弹就炸膛！"

　　而特种战士们敏锐抓住这个机会，猛烈地进攻！

　　一轮凶猛的火力齐射，威力无与伦比！

　　这群毒枭还想抵抗，谁知他们手中的枪似乎中了诅咒一般，不是炸膛，就是卡壳，猝不及防之下，竟被八个特种战士打得节节败退！

　　岩罕听着耳麦那边传来的激烈枪声和惨烈哀号，直到所有声音停止，脸色阴沉。

　　郑方直属小队负责押运"公爵"新送来的一批武器，听到他的命令后，怕随身携带的武器不够多，干脆直接从装甲车上拆了一箱枪支弹药，才去与郑方会合。

　　按理说，这些枪支应该都是崭新的、完好无缺的才对，怎么会出现这么大的纰漏？难道"公爵"故意拿残次品来坑他？

　　但很快，岩罕摇了摇头，否决了这一想法。

　　"公爵"与万象集团做买卖也不是一次两次了，前几次提供的武器都是好好的，一分钱一分货，从来没出现过卡壳、炸膛等情况。所以万象集团检查武器的时候，再也不会一一去验，基本上都是一批试一两个觉得没问题就行。

　　而这批武器，是"公爵"刚刚派人送来的，才刚到码头，还没来得及详细检查，更没来得及送入武器库。如果在押运的过程中，被人暗中掉包了，也有可能。

是谁？谁藏在背后，这样害他！

他一定要把这个"内鬼"揪出来，将对方千刀万剐！

就在这时，手下又带给他一个坏消息："BOSS，所有高管都联系过了，电话全都打不通！"

岩罕心中一沉。

郑方遭遇伏击的那一刻，他就让手下立即联系万象集团的其他高管，现在看来怕是凶多吉少。

有本事这么精准定位所有高管的人，他就想到一个，顿时怒道："童子邦呢？立刻把他抓了！"

他本来可以让尚且留在"堡垒"内的雇佣兵和卫队去抓童子邦，但他并不特别信任这些人，尤其那几个负责看守童子邦的雇佣兵，全都是 Demon 一手调教出来的。碍于 Demon，岩罕不好一上位就换人，才没第一时间给这些人下命令，而是让郑方回去主持大局。

可现在郑方已死，他也顾不得那么多了。

问题是，手下传来的又是坏消息："BOSS，联系不上！手机全部没人接！"

"堡垒"内部，一定出事了！

隧道口的枪战，最后以特种小队的胜利而告终，但他们在全歼敌人的同时，也付出了惨烈的代价——两名战士重伤，一名战士牺牲。

而郑方一死，就代表着，万象集团留在总部的高管，只剩下最后三个了。

Demon、岩罕，还有一个负责科研的"红桃8"。

虽然捷报频传，但由于迟迟没有收到第三路人马的消息，童子邦非常焦急："傅队长那边呢？为什么还没有动静？"

就在这时，NULL 突然喊道："不好，严队那边失去联系了！"

# 第五十四章　混乱局面

时间回到十五分钟前。

突入机房的傅立鼎蹲下身子,探了一下横七竖八倒在地上的雇佣兵的呼吸。

一片冰凉与死寂。

他打开防弹头盔上的夜光功能,上下打量了一圈,脸色非常沉重,喃喃自语:"一枪毙命。"

这样的枪法,他只在一个人身上见过。

"黑桃K。"

傅立鼎尚且还能保持冷静,他的组员已经蒙了:"傅队长,这这这……"

机房大楼的门口布有电网,所有的窗户、通风管道口都布置了红外线热度探查仪,一旦测到有未知物体,就会拉响警报。但不知为何,整栋大楼却有几个电箱装在外面,傅立鼎等人设法破坏了这几个电箱的线路,令机房大楼断电,然后潜进去想带走童素。结果发现,机房已经成了人间炼狱。

这个"堡垒"内最核心的技术重地,尸横遍野,血流满地。

诡异的场景,令队员们都面面相觑。

傅立鼎也满心疑惑。

如果说这是"黑桃K"干的,合理吗?

且不说"黑桃K"身为万象集团的高管,没理由这样杀人,就算是"黑桃K"动的手,他能这么短时间内杀了这么多人?不可能吧?

傅立鼎仔细回想,又觉得刚才他们破坏电箱的行动太过顺利。

机房大楼既然有几个电箱在外面,岩罕肯定会派人保护,可他们摸过去的时候,别说守卫,就连巡逻的人都没有,这不合常理。

一个接一个的问题,令傅立鼎心烦意乱。

他本想与NULL联系,但不知为何,自从他踏入机房大楼起,他和队友的耳机就一直充斥着"嗞嗞"的电流声,完全听不见外界的动静。

"傅队长,我们该怎么办?"

"先去旁边的科研大楼。"傅立鼎拿定了主意,"杀掉万象集团留在'堡垒'内的最后一名高级干部——'红桃8'!"

他话音未落,爆炸声就响起!

傅立鼎扭头一看,顿时僵住——旁边的科研大楼烈火熊熊,在爆炸中摇摇欲坠!

面对这一幕,傅立鼎只得咬牙:"撤!"

科研大楼的爆炸,立刻吸引了"堡垒"内所有人的注意力。

巡逻的卫队本来想救火,突然发现不对——科研大楼里平常也有几十个人工作,为什么爆炸了,没人跑出来?

熊熊火焰吞噬了整个科研大楼,山风吹来,让靠近大楼的人皮肤感觉炙热,还明显能嗅到空气中夹杂着人体被烤焦的气味。

难道科研楼里的人都死了?他们一个都没跑出来?

人们还没有从这一震惊中缓过神来,旁边的机房里又突然爆出恐怖的喊声:"死人了!死人了!全都死了!"

蜿蜒的血迹从机房不断流出,踹开机房大楼的正门,就看见黑漆漆的机房大楼中,到处是尸体!

整个机房就像一个屠宰场,完全没有了生的气息。

无边的恐惧,蔓延上了这些人的心头。

"堡垒"里面本来就不到三百个人,突然无声无息地死掉近百人,还引发了爆炸,谁不害怕?胆子小的人甚至双腿都打哆嗦,忍不住说:"这,这不会是闹鬼了吧!"

"胡说八道!"有人立刻反驳,"你们看伤口,全是枪伤!"

此言一出,众人更是倒吸一口冷气。

他们大部分都是亡命之徒,不怕鬼神,却害怕人心。在他们看来,这些人被鬼弄死不可怕,但被人杀死,却令他们不寒而栗。

机房大楼的常驻人口中,虽然有四五十名黑客,但还有近半数的毒贩和雇佣兵,负责保卫并看守这些黑客们。这些恶棍个个身经百战,枪不离手,怎么就死得这么快、这么突然?究竟是谁杀了他们?那些凶手还在不在"堡垒"里?

一想到暗处有很多双眼睛盯着他们,想要夺走他们的性命,这些人惶惶不安,下意识地握紧了枪。

就在这时,防空警报忽然拉响!

这些人原本就十分紧绷的神经,霎时间被拉到最紧,此时的他们已如同惊弓之鸟,飞也似的窜进了最近的建筑,躲避即将到来的空袭!

下一刻,纷纷扬扬的"雪花"散落。

有人小心翼翼地打开窗子,想看看外面的动静,一片"雪花"刚好飘了进来,竟是一张张的传单。

让他们投降的传单!

这张传单上写着,文南国政府的空军已经出发,现在投放传单的是先遣部队。限岩罕一小时内投降,无辜百姓若要撤离,就带上白旗,前往飞机场,等待文南国医疗与运输机的降落。

一小时后,文南空军将对此地展开地毯式轰炸,直接轰平每一寸土地!

霎时间,这群恶徒的心理防线就崩溃了!

"这一定是文南国政府搞的鬼!"

"他们的部队杀过来了!"

"快跑!现在去飞机场,还能捡回一条命!"

雇佣兵高喊:"门呢?开门的人在哪里?我们怎么出去?"

他一开口,马上就是许多人响应:"你们快把门打开,我们要去机场!"

"你们不要相信这张传单!"一名小队长模样的文南男人站了出来,安抚大家,"文南国政府绝对不敢对这里进行地毯式轰炸!因为这有几十枚云爆弹,一旦云爆弹被引爆,造成的后果,文南政府很难承担!"

此人也算岩罕的心腹之一,知道岩罕将云爆弹安放在了山体各薄弱点处。但他怕说得太清楚,反而让雇佣兵们更加恐惧,就含糊其词,只说这里有云爆弹。

这话雇佣兵们根本听不进去:"我们知道这里有云爆弹,但文南国政府知道吗?"

"对!就算他们知道,你能保证他们真不投弹吗?"

"就是,我们只是收了万象集团的钱,可没真打算卖掉自己的命!"

雇佣兵们越说越激动,有人直接拿枪对着这名队长,疯狂地吼道:"快开门!让我们出去,否则我一枪崩了你!"

毒贩们见雇佣兵们要动手,立刻端起枪,对准了雇佣兵。而这些雇佣兵也管不了那么多,同样把枪指着队长,逼迫他开门!

队长看了一眼呼啸离开的文南战机,心里也有点打鼓,但他为了控制局面,还是大喊:"你们出不去!我们也出不去!谁都出不去!这个大门只能由高管打开,我们没有任何权限!"

此言一出,"堡垒"陷入异样的死寂。

万象集团的高层,目前似乎都在"堡垒"外头,谁能保证这些人会赶回来,而不是抛弃他们，直接前往飞机场，妄图逃命？

不知过了多久，一个雇佣兵突然放声狂笑起来，只见他举起枪朝毒贩们疯狂扫射！

濒临死亡，却只能等死，无法自救的恐惧，让他陷入了疯狂。

这时候，他唯一的想法，就是带走更多人的性命！就算死，也要拉更多垫背的，一起下地狱！

连续的枪响就如某种号令，卫队猝不及防，被击倒了好几个。其他人连忙闪躲，然后就立刻回击。而其他雇佣兵们也觉得，这时用武力夺取"堡垒"的大门，说不定就能破解门禁系统，有机会逃出生天！

为了活命，雇佣兵们猛烈进攻。

整个"堡垒"内部，枪声不绝于耳，时不时就有人倒下。

到后来，许多人已经是杀红了眼，根本不管周围是谁，反正大家都要死，索性一起死！

局势一团混乱的时候，谁也没有发现，第一个举枪扫射，导致双方矛盾彻底激化并进而内讧的雇佣兵，在临死前对着耳机，犹如最狂热的信徒，无比虔诚地说："Demon大人，任务已经完成。"

在"堡垒"内乱成一锅粥的时候，应龙、童子邦，以及已经完成任务的第一和第二路精英队员，先撤退到秘道休整，等待文南国派出的撤离直升机。

傅立鼎接到命令，也带队往秘道撤退。刚到童子邦住的那栋小楼附近，有队员突然惊呼："傅队，严队他们怎么在这儿！"

傅立鼎顺着队员指的方向看过去，就发现严明树等人横七竖八地躺在小楼门口，生死未卜。

"严队？怎么可能？"

应龙在耳机里听到这个消息，顿时大惊："严明树怎么可能在这儿？他五分钟前最后一次向我汇报的时候，应该还在距离你们二十公里外的地方！"

傅立鼎顾不上那么多，先救人要紧，七手八脚地将严明树和几个队员弄醒。

严明树刚恢复一点意识，看到是傅立鼎，立刻抓住他的手："快告诉应上校，情况不对！我们刚进佛寺的密室，想要搬走佛塔，就被迷晕了！"

"什么？"

此言一出，就连童子邦都被震住了："那之前和我们一直保持联络的人是谁？那就是严明树你的通信、你的声音啊！"

众人面面相觑，都觉得毛骨悚然。

与此同时，越野车上。

看见飞掠而过的战斗机，以及主动响起的防空警报，岩罕瞳孔骤缩，忍不住咬牙："来得好快！"

而他身边的人，终于开口："BOSS，留得青山在，不怕没柴烧，我们先撤退吧！"

岩罕顿时暴怒："你让我跑？"

"我们的总部已经被文南国政府发现了！"望着飞掠而过的战斗机，属下忧心忡忡地说，"您现在走还来得及啊！"

他的话也没说错。

战斗机的到来，终于将雇佣兵们，以及万象集团成员的心理防线击垮了。

他们其实心里很清楚，以一个集团的力量抗衡一个国家有多吃力，之前有恃无恐，依仗的便是文南政府找不到他们的总部所在。但现在，文南国的战斗机都来了，这意味着什么？密集的空袭马上就要到来！

万象集团总部的外围，那些毒贩们的家属已经瑟瑟发抖，有地窖的全都钻到地窖里，以躲避炸弹的袭击。

而万象集团内部的"堡垒"，已经尸横遍地！

雇佣兵和本土毒贩全都杀红了眼，失去了人性，恨不得让眼前所有的一切全部被摧毁，只留自己一个活着的人！

岩罕回到"堡垒"时，看见的就是这么一个场景！

"谁干的！"怒火直接冲上岩罕的脑门，让他几乎失去了理智，"这是谁干的！"

只见他愤怒地从属下手上夺过枪，一通乱扫，发泄过后，才渐渐清醒："不对，这情况不对！就算'堡垒'里面混了人进来，有Demon在，他应该制止才对，怎么会让局势发展到这种地步？"

岩罕本就是个极其精明的人，稍作思考，就知道这必定是有人蓄意挑事。

雇佣兵和本土毒贩之间本来就矛盾不断，一旦他们发现自己被困在"堡垒"里，天空中又有文南国的战斗机，只要一个人开了枪，其他人必定会连锁开枪。

这一点，岩罕当然能想到。

但Demon是在"堡垒"内的！怎么会让局势失控到这一步！

还没等他发泄完，耳机里传来Demon的声音："我把赫卡忒带到'安全屋'了。"

"Demon。"岩罕阴着脸，声音几乎从牙缝中挤出，"你知不知道，'堡垒'里发生了什么？"

"有人混了进来。"Demon 干脆利落地说，"发现机房停电的那一刻，我就用最快的速度去了机房，强行带走赫卡忒。"

他的语调仍旧是那么平静，岩罕却觉得一股气直冲脑门："你就做了这一件事？"

"容我提醒一句，我与德隆先生的合约，还有不到三十分钟就要到期。"Demon 淡淡道，"在这三十分钟里，我只能心无旁骛地做一件事。"

言下之意，他带走童素，已经算对得起万象集团了。至于童子邦的叛变、雇佣兵和毒贩的厮杀，他或许是能够解决的，但一是太麻烦，二是太花时间，契约都快结束了，他就不想多花力气了。

岩罕怒不可遏："你看看'堡垒'里面，成了什么样子！你再看看外面！高级干部全都死了！郑方也死了！"

Demon 依旧很冷静："然后呢？"

岩罕突然不说话了。

他环顾四周，身边的人都不敢直面他的目光，瑟缩地躲下去。但岩罕知道，这些人都不想死。

是啊，万象集团，只是他的万象集团，除了他，谁会为万象集团拼命呢？

意识到这一点后，岩罕突然轻轻地、慢慢地笑了起来："没关系，我还没有输。"

地下秘道里，应龙正在与文南国政府联络。

按照文南国军方的意思，他们打算派战斗机过来扫射一轮，然后就让空降兵直接降落到万象集团总部，先控制住局面，再逐步增兵。只要不轰炸，应该不会引爆云爆弹。

这时，那边突然收到最新息："文南国政府的官网刚才被黑客攻击了，上面写着，如果文南国不退兵，万象集团总部的 50 枚云爆弹就将被引爆，所有人，包括文南国政府派来的军队，都将死去！"

童子邦脸色很沉重："是岩罕做的。"

入侵文南国政府的网站，对他们这些高手来说不要太简单。岩罕甚至都不需要电脑，只需要一部手机，就能做到。

"那怎么办？"应龙意识到不对，"难道我们要接受他的胁迫，就这么算了？"

"不算了又能如何！"NULL 冷冷道，"童素还在他手上！"

童子邦没说话。

他很清楚，现在这件事的主导权，压根不在他们手上，而在文南国政府的手里。

而文南国总统，此时正召开紧急会议，磋商这一问题。

云爆弹的事情，鉴于一开始童子邦就提过，官员们当然不认为这是个谎言。

一旦这些云爆弹真的点燃，山峰坍塌，湖水倒灌，那将是犹如洪水侵袭，海啸到来一般可怕的场景。不仅自然环境将遭受不可逆的破坏，众多的生命——包括很多无辜的老百姓，都将死无葬身之地。

倘若事情真的走到那一步，文南国政府将会成为众矢之的，做出这一决定的总统更会成为千古罪人！

正因为如此，文南国政府倾向于妥协——反正万象集团的总部已经被他们定位，高级干部又杀得差不多了，基本上就差一个光杆司令了，暂时妥协又如何？难道岩罕还能在这里待下去吗？但要是让岩罕发疯，引爆所有的云爆弹，就无法善后了。

没错，文南国政府确实也有人提出，这只是岩罕的恐吓，他不会这么做，但谁能保证呢？

岩罕可是一个敢炸飞机炸高铁暗杀各国元首的疯子，谁敢说他要死不会拉着所有人陪葬？

再说了，对此时的岩罕来说，威胁文南国政府，也不过是争取到了苟延残喘的机会，顶多是给了他几天逃命的时间罢了。

成为光杆司令的岩罕，已经不足为惧。

最后，在岩罕的要求下，文南国总统直接与他通了电话，亲口承诺：

政府军可以暂缓进攻万象集团的总部，但有一个要求——交出童素。

岩罕同意了。

可他也有一个条件——只准 NULL 一个人过来领回童素。

"堡垒"的深处，有一间"安全屋"。

一个完全隔绝电磁，任何信号都覆盖不到，也没有任何窗户的牢笼。地面、墙壁、屋顶，都浇筑了大量的隔离网络的材料，是一个完全"密不透网"的空间。

这是岩罕出于保护自我的本能而建造的，据说世界上的很多顶尖黑客，都会有一个类似的"安全屋"。

多么可笑，依靠网络和移动信号，在虚拟世界呼风唤雨、无所不能的人，内心深处真正认为安全的地方，竟是一片没有电磁，更没有网络的净土。

"所以，到最后，你还是要选择这种方式。"童素的眼中有着淡淡的不屑，"面对你的对手，你从来不想着精神上将对方打倒，只想着肉体消灭。对道达这样，对 NULL 还是这样，暴力，原始，充满着兽性。"

这就是她看不上岩罕的原因。

在他彬彬有礼的外表下，始终无法掩饰野兽的本质——哪怕他披着再华丽不过的人皮。

她话音刚落，岩罕就捂住了她的嘴巴，微笑着说："没错，我骨子里就是一头猛兽，所以，请你安静地观赏。"

他喜欢古罗马的角斗场，那是男人的战场。

胜者为王。

# 第五十五章　生死决斗

"安全屋"的大门，缓缓打开。

应龙还想劝 NULL 不要赴这场明显有去无回的必死之局，NULL 毫不犹豫地走了进去。

大门"砰"地关上，同时，电磁隔离系统正式启动，不管是岩罕的手机，还是 NULL 拿着的手机，统统失灵。

NULL 抬起头，就看见岩罕坐在王座上，居高临下地看着他。

那是货真价实的王座，是法老王曾经的黄金座椅，也是在黑市上花了天价才拍回来的绝世奇珍。

王座的一旁，是一把黄金椅子，童素坐在椅子上，身体被绳索紧紧捆绑，嘴巴也被封住，无法说话。

岩罕上上下下地打量 NULL，最后嗤笑道："你就是 NULL？看你这身高，是不是不到一米七？"

NULL 沉默不语。

岩罕觉得没劲，将手中的匕首扔到地下，落至 NULL 面前："游戏规则很简单，我们两个里面，只能活一个。"

NULL 隐藏在兜帽下的脸扯出一丝讥讽的笑："原来，你也只是个懦夫。"

他们是黑客，理应用黑客的身份来较量。但之前的几次战斗，岩罕从来没有赢过，所以岩罕才会逼迫 NULL 来到安全屋，褪去黑客的光环，用最原始的方法——男人的力量，分出胜负。

对于现实中的自己，NULL 确实是自卑的，甚至带点逃避，但这一刻，他心里却激起了无穷的勇气，以及对岩罕的深深不屑。

岩罕被 NULL 一语道破内心，不由得恼羞成怒。

只见他抓起另一把匕首，从王座上站了起来，冷冷道："胜过了我这个懦夫，你再自称是英雄吧！"

说罢，他已如猎豹一般，狠狠地冲向了 NULL！

NULL 下意识地做出防御的姿态，抬手要挡下这招针对自己胸口而来的攻击，谁料岩罕只是虚晃一招，匕首狠狠地划伤了 NULL 的右臂！

他要让自己使不出力气！

NULL 右手吃痛，匕首忍不住掉落。

岩罕将脚一钩，直接把匕首踢到远处，然后对 NULL 的胸口就是一刺。

NULL 条件反射地打了个滚，以肩膀上划了一个巨大口子的代价，躲过岩罕致命的一击，再连滚带爬地去捡匕首！

还没等他站直身子，岩罕已经急冲过来，拿着匕首，对着 NULL 的后背猛地一扎！

这是一场极其不公平的战斗。

短短五分钟，NULL 已是遍体鳞伤。

他的兜帽早已被割破，但面容还是模糊，因为鲜血遍布他的面庞、全身，将他染成了一个血人。

他的胳膊、大腿、肚子、后背乃至脸上，全都有匕首留下的深深划痕，而他已经起都没办法起来，瞳孔大张，仰躺在地板上，看上去就像快要死了。

凭岩罕矫健的身手，三十秒之内就能取 NULL 的性命。但岩罕对 NULL 深深的，连他自己都没明白从何而来的恨意，令岩罕如猫戏老鼠一般，一刀又一刀地刺在 NULL 身上，就像对 NULL 展开凌迟酷刑。

直到 NULL 倒下，再也爬不起来，岩罕才蹲下身子，冷冷一笑，眼中只有杀意："不是说我懦夫吗？起来，再打啊！"

NULL 已经是进气多，出气少了，但他还不肯屈服："你赢了我又怎么样呢？万象集团这么大的家业，还不是被你丢了！"

话音刚落，岩罕就在 NULL 的胸口，狠狠地开了一刀！

NULL 一边躲闪，一边刺激岩罕："你知道这里是怎么暴露的吗？因为黑匣子，你没有想到吧，那个救生艇的黑匣子！"

岩罕似乎愣了一下，NULL 抓住时机，猛地朝岩罕刺去！

但岩罕早就训练出来了本能，一个侧身，反手挥刀。自己非但毫发无伤，反而给 NULL 来了重重一刀！

NULL 面露痛苦之色，滚到地上，匕首也随之落下，被岩罕一脚踢到了远处。

岩罕扯出一丝冷笑："这种分散注意力的幼稚方法，我早就不用了！"

玛雅的那个救生艇，早就被他全方位地检查过，GPS 定位系统全都改掉了。他都能往里面放炸弹了，还会忘记这点？

这个理由，他压根不信。

在岩罕看来，万象集团的总部所在，就是童子邦泄露出去的，至于 NULL 说是黑匣子的问题，其实是为了分散自己的注意力，想要趁机偷袭。

毕竟，人在听到自己的过失时，或多或少会愣一下，这是人之常情。

其实这个判断也没错，因为童子邦传递的第二条信息中，确实包括了万象集团的地理坐标。

但特种部队们能这么轻易地走水路进来，Yggdrasil 公司确实功不可没。

岩罕不知道，正因为他懒得与 NULL 多费唇舌，少说的两句话，让他与真相失之交臂。

NULL 更不清楚黑匣子中深藏的玄机，他以为岩罕心志坚硬如铁，面对最大的过失都不曾后悔，更不会动摇，顿时生出一股绝望——这样的敌人，才最难对付。

剧烈的痛苦，过度的失血，让 NULL 的意识逐渐模糊，他知道，自己快不行了。

但不能就这么放弃，他必须，必须寻找机会！

岩罕这样的敌人，最大的破绽是什么！

是狂妄！

NULL 的双手，下意识地想去摸自己的腰——那里藏着一支钢笔大小的特殊武器，里面装着致命的毒素。

那是像 NULL 这样为国家出生入死，执行机密任务的顶级安全人员，给自己留的最后一条路。

想到这里，NULL 拿定了主意。

他似乎放弃了挣扎，无力地倒在地上，目光一直试图越过岩罕，望向被绑在椅子上，已是满面泪痕的童素。

岩罕见状，神情更加扭曲："你喜欢她？就凭你？在网上，你还能装装大神，而现实里——"

他语带不屑，满面嘲弄："她会为你而哭，是因为没看清你的样子吧！你为什么不照照镜子，看看你自己这张脸，究竟配不配得上她！"

NULL 的眼中浮现一抹绝望的光，只见他嘴嚅动，似乎说了什么。

岩罕低下头，想要听清 NULL 的遗言，究竟是不甘，还是憎恨，又或者是后悔？

下一刻，肚子突然传来剧痛，令他不可置信地睁大眼。

岩罕下意识地抬了一脚，将 NULL 踹到几米之外，然后他才低下头，就发现一支"钢笔"狠狠地扎进了自己的肚子！

原来，NULL 刚才所做的一切都是为了示弱，就是要等到岩罕放松防备的机会，积攒力量，将这支"钢笔"扎进岩罕的肚子！

岩罕想要把"钢笔"拔出来，可他很快就发现，自己的手根本就不受控制，无法抬起来，身体也迅速变得无力，直接往地上栽倒，手中的匕首也随之掉了下来！

几乎是顷刻之间，岩罕就明白了"钢笔"里头有什么——竟然是神经性毒素！

这种毒素发作起来，并没有许多致命的毒素那么快，不会在一两秒之内就夺去人的性命，相反，从中毒到毙命，大约有十分钟左右的时间，并不是特工自杀的首选。但NULL 却毫不犹豫地选择了它藏在身上，只因这种毒素的恐怖之处在于，它会紊乱人的神经，先是四肢不受控制，然后就是躯体，最后你甚至无法控制自己进行呼吸，活生生地窒息而死！最重要的是，无药可解！

这种现代科技创造的无法挽救的剧毒，正是 NULL 给自己留的后路！

一旦被其他国家的特工抓到，他会立刻用这种毒自杀，不会给任何人窥探到国家机密的机会！

看见岩罕犹如垂死的青蛙般，先是剧烈挣扎了几下，然后就像一团泥一样，软在地上，只有头还能稍稍转动。NULL 才拖着沉重的身子，将岩罕掉落的匕首捡起，缓缓走向童素，用最后一丝力气，割断束缚童素的绳索。

双手获得自由的那一刻，童素立刻揭开粘住自己嘴巴的东西，然后扶起 NULL，通红的眼眶中，泪水涟涟落下。

但她毕竟是个坚强的女性，什么多余的话也没说。

只见童素先扶 NULL 在椅子上坐好，然后拿过 NULL 手上的匕首，走到岩罕面前，单膝跪了下来，用匕首指着他的喉咙，冷冷道："云爆弹的控制枢纽在哪里？"

岩罕应该没想过他会失败，会死，在他看来，这只是一场猫抓老鼠的游戏。

可同样，童素也知道，岩罕一定会引爆那些云爆弹——在他逃离文南国之后。

因为对岩罕来说，他得不到的东西，别人也别想得到。万象集团的总部就算毁了，也绝不会交给别人，更何况，这也是他对文南国政府的报复。

至于他的所作所为会让多少人死去，他根本就不在乎。

童素当然不能让岩罕的疯狂举动得逞，所以她必须逼问出来，不把控制器毁了，她良心难安。

岩罕的全身都已经失去了知觉，他知道，毒素马上就要入侵到他的大脑，让他无法说话，更无法呼吸。与童素的交谈，很可能是他生命中最后一句话，可他还是竭力勾了勾唇角，挑衅地说："赫卡忒，我就要死了。"

一个马上就要死去的人，难道还在乎早死或者晚死一秒吗？

岩罕快死了，但 NULL 没有，如果再拖下去，NULL 估计也要死了！

童素看了一眼满身是血、极度虚弱的 NULL，咬了咬唇，将匕首放进口袋，就去扶 NULL。

她一边撑着 NULL，一边去打开"安全屋"的门。

应龙等人一见他们出来，立刻围上去，童素正要把 NULL 交给他们，自己继续回去逼问岩罕——她还是没死心，总觉得自己能找到对付岩罕的办法。

谁知道她前脚刚迈出"安全屋"，后脚大门就"啪"地关上了。

"等等！"童素想要把门弄开，可怎么都不成功！

童子邦拉住女儿，示意她快点跟过来："素素，你快上飞机啊！"

文南国政府答应给岩罕一天时间，所以今天战斗机只是在天空盘旋，撒下传单，唯一降落的是医疗专用的直升飞机，上面抢救设备一应俱全。

之前直升机已经飞走了好多架，将重伤员和战友们的遗体都运走了，精英突击队的大部分队员也都已经离开，毕竟斩首行动已经圆满成功，他们应当撤退了。现在这架是专门等童素、NULL，还有坚持不肯走的童子邦等几人的。

"可我还没问到云爆弹的控制枢纽在哪里！"童素急急道，"以岩罕的性格，他有可能派心腹守在那里，过几个小时就把云爆弹给引爆！"

应龙突然问道："岩罕人呢？"

"人在里面。"童素回答，"和'NULL'决斗受了重伤，快死了。"

"如果岩罕自己还没逃走，他肯定不会下命令引爆，放心吧。"应龙宽慰道。

童素一想，觉得也是。

岩罕再怎么疯狂，想要引爆云爆弹，预先总要设计一个给他自己"逃亡"的时间。而且现在他都要死了，被关在完全隔离通信信号的安全屋里，根本没有办法对手下发布相关命令了。等到文南国政府派兵收复此地，再地毯式搜索一下，不信找不到云爆弹的控制枢纽。

"安全屋"内，岩罕静静地躺在地上，等待着那两声即将到来的枪响，以及童素的悲鸣。

他和 Demon 说好了，让 Demon 等在外面，只要 NULL 出去，就一枪爆头。如果童子邦也等在外面，Demon 也要当着童素的面，把童子邦杀了。

至于要不要杀童素，他当时犹豫了一下，还是没给出确定的答案，只让 Demon 看着办。

谁知，枪声并没有如约响起，不仅如此，在童素和 NULL 出去后，"安全屋"的大门竟然立刻关上。

金发碧眼的男子，从之前关押童素的暗门里走了出来。

岩罕睁大眼睛，不可置信："你——"

"十年之约已经到期，我没必要履行一个没有效力的承诺。"Demon 淡然道："十年前的这个时候，我与德隆约定，要取走他人生中一件重要的宝物，为此愿替他效力十年。现在，该到他履行承诺的时候了。"

岩罕仿佛意识到了什么，却又好像什么都不明白，下意识地说："佛塔……"

"德隆从来就没得到过真正的佛前舍利，以及阿育王佛塔。"Demon 英俊的面庞在黑暗中闪闪发光，就像太阳神阿波罗一般俊美，可他说出来的话，足以令任何一个人坠入地狱，"那只是天衣无缝的高仿品，好让你们相信，我是为它而来，仅此而已。

"好了，时间到了，我该收回——真正索要的东西了。"

飞机升上了千米高空，正要振翅而飞。

突然，巨大的轰鸣声和强烈的冲击波，令青云之上的飞机都左摇右晃，差点稳不住。

童素透过窗户，怔怔地往下看。

云爆弹的威力极其惊人，顷刻间，滚滚浓烟升起，升起巨大的蘑菇云。

山体和建筑瞬间被高温蒸发得一干二净，湖水就像被煮沸了一样，咕嘟咕嘟，不断冒泡，向四周倾泻而出，肆无忌惮地摧毁四周的一切。

这是真正的地狱。

大地的剧烈振动，不仅引发了"海啸"，也引起了山崩。

连绵的群山之上，巨石不断滚落。

那些曾经在"圣湖"上的村落，就如同海浪上的泡沫，一个浪打过来，浪花就变得粉碎，泡沫更如幻梦一场。

高温与水汽蒸腾，化作雨点，不断落下。

长久的死寂之后，大家如梦初醒。

"怎么会？"傅立鼎有些恍惚，"岩罕不是死了吗？"

童子邦也非常奇怪："岩罕的那个'安全屋'是隔离电磁的，素素说了里面除岩罕之外没别人。按理说，他没办法通知别人引爆云爆弹，自己也没办法控制系统啊！"

应龙面沉似水："我一直觉得有点不大对劲，就好像我们在执行任务的时候，还有另一股势力潜伏其中。无论是严队他们莫名其妙地晕倒，出现在地道，还是万象集团武器的走火，包括现在云爆弹莫名其妙地被引爆，都让我觉得不安。"

严明树也一个劲点头："没错，我也心有余悸。但我不懂，如果真有幕后黑手，他们图什么呢？就比方说，他们干吗不杀了我，反而费尽千辛万苦地把我们送到傅队面前，让我们得救呢？"

他们几个在激烈讨论，童素却贴着冰凉的玻璃，半晌才轻声呢喃："六千人。"

"啊？"这句没头没尾的话，吸引了所有人的注意力。

"万象集团的总部，加上'圣湖'附近的村落，大概有六千多个人生活在那儿。"童素的声音有些哽咽，"这六千人里，虽然有一部分是罪大恶极的毒枭、蛇头、人贩子，但更多的是他们的亲人、孩子，以及那些被欺凌的可怜人。"

这些人无辜吗？当然不无辜，比如那些毒枭家属，他们的幸福生活都建立在另一些家庭的破碎与痛苦之上。

但这些人有罪吗？也没什么罪，更不该死得这么惨。

"我应该多问几句的。"童素胡乱地抹着脸，却控制不住泪水一个劲地往下落，"我明明可以问出来的，可我没有。"

如果她多逼问岩罕一阵子就好了。

如果她再对这件事上心一点就好了。

如果……

那么多如果，又有什么用呢？

短短几分钟时间，六千人就死了啊！再也回不来了。

NULL始终保持沉默，什么话都没说。

由于失血过多，他的身体十分虚弱，可他依旧不愿意睡过去，而是睁着眼睛，看着窗外的蘑菇云，以及倾盆大雨。

这个场景，他一辈子都不会忘记。

# 尾 声

"童小姐，你好。"

"沈医生，你好。"

寒暄完毕之后，童素就坐在沙发上，一言不发。

她并不想来咨询所谓的心理医生，因为这会让她有一种隐私被窥探的感觉，但由于她卷入了万象集团的事情，从文南国回来之后，国家安全部门坚持让所有参与此次事件的人进行心理诊断与治疗，包括童素。

结果也并不意外——她患上了PTSD，即"创伤后应激障碍"。

这是一种精神方面的障碍。

见过战争残酷的人，心中往往会留下一道无法愈合的伤口，很容易成为PTSD患者。正因为如此，他们才需要进行专业的心理评估，对症下药，进行治疗。否则这种精神障碍发展下去，很容易影响他们的正常生活。

由于万象集团覆灭的那一幕太过惨烈，特种小队的所有人都或多或少地陷入一种无力、自责、愧疚的情绪中去，无法自拔。

他们本可以挽救那些人的。

对童素而言，她的感受就更加深刻，她只要一闭眼，就想到遮天蔽日的蘑菇云、沸腾的湖水、山峰下陷形成的巨大漩涡与深坑。

负面的情绪，几乎将她吞没。

可她一句话都不想说，尤其不想说给所谓的心理医生听。

就在这片诡异的沉默中，窗外惊雷响起。

倾盆大雨，冲刷着大地。

密集的雨点，仿佛打到了童素心里。

就在这时，童素的手机突然震动起来。

她下意识地低头看了一眼，就发现屏幕上弹出一条未知号码发来的短信："你本可以阻止那场爆炸，救下几千条无辜的生命，但你没能做到。"

下一秒，又一条短信发来："所以，要一起吗？阻止下一场更大的浩劫！"